Kerstin Groeper

Kranichfrau

Für meinen Vater, den Schriftsteller Klaus Gröper,
der mich lehrte zu träumen …
und sicherlich mit einem Schmunzeln vom Himmel
auf uns hinunterblickt!

Kranichfrau

Die Geschichte
einer Blackfeet Kriegerin

Historischer Roman
von
Kerstin Groeper

TraumFänger Verlag

FSC
www.fsc.org
MIX
Papier aus verantwortungsvollen Quellen
FSC® C083411

Impressum

Kranichfrau, Kerstin Groeper
1. Auflage Februar 2009
TraumFänger Verlag Kerstin Schmäling
Dorfener Weg 14, 83104 Hohenthann
ISBN 978-3-948878-42-9
3. Auflage November 2024
Lektorat: Ilona Rehfeldt
Satz und Layout: Janis Sonnberger, merkMal Verlag
Druck und Bindung: CPI Clausen & Bosse GmbH, Leck
Titelbild: Marion und Doris Arnemann

Printed in Germany

Inhalt

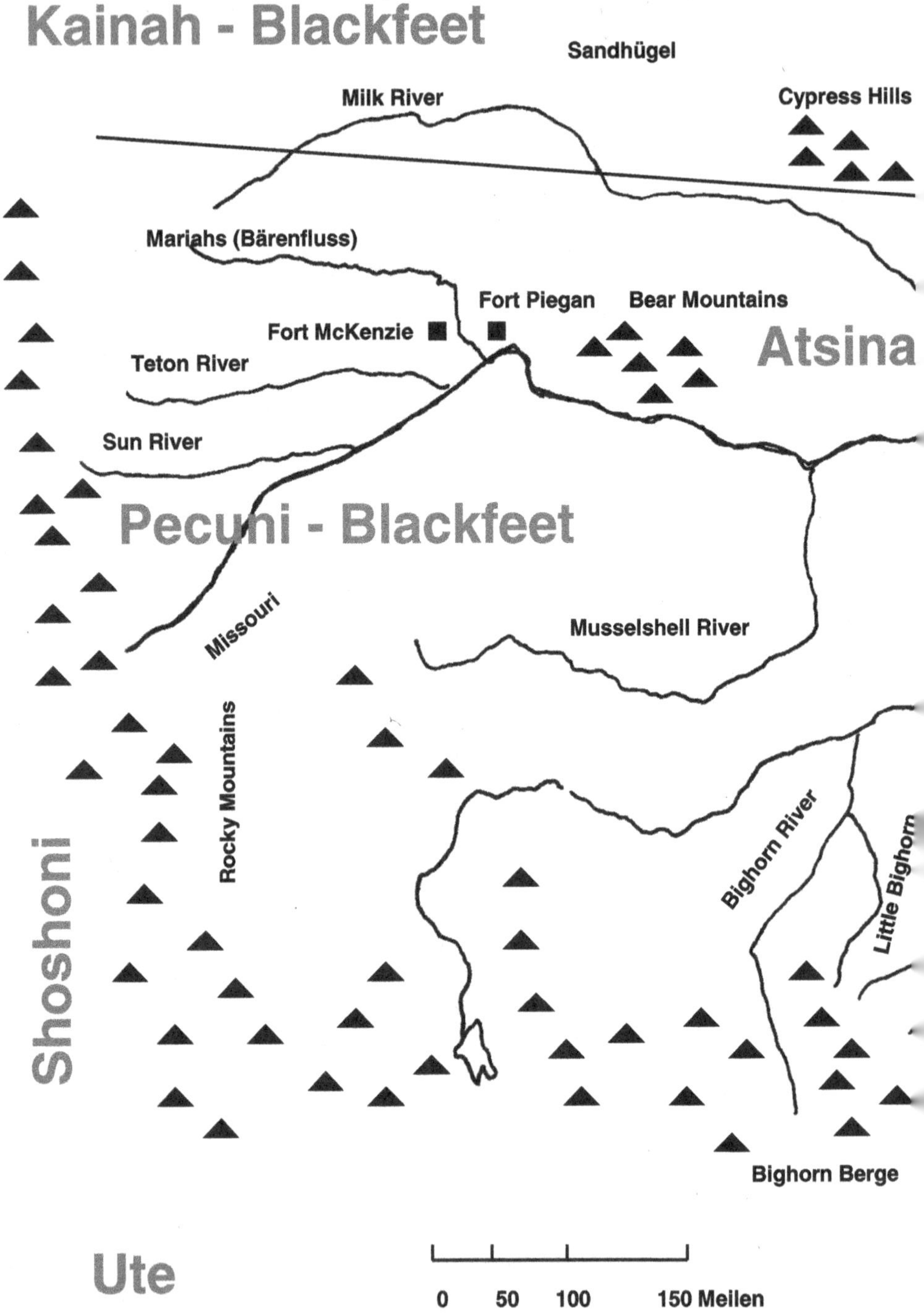
Kainah - Blackfeet
Sandhügel
Milk River
Cypress Hills
Mariahs (Bärenfluss)
Fort Piegan
Bear Mountains
Fort McKenzie
Atsina
Teton River
Sun River
Pecuni - Blackfeet
Missouri
Musselshell River
Rocky Mountains
Shoshoni
Bighorn River
Little Bighorn
Bighorn Berge
Ute
0 50 100 150 Meilen

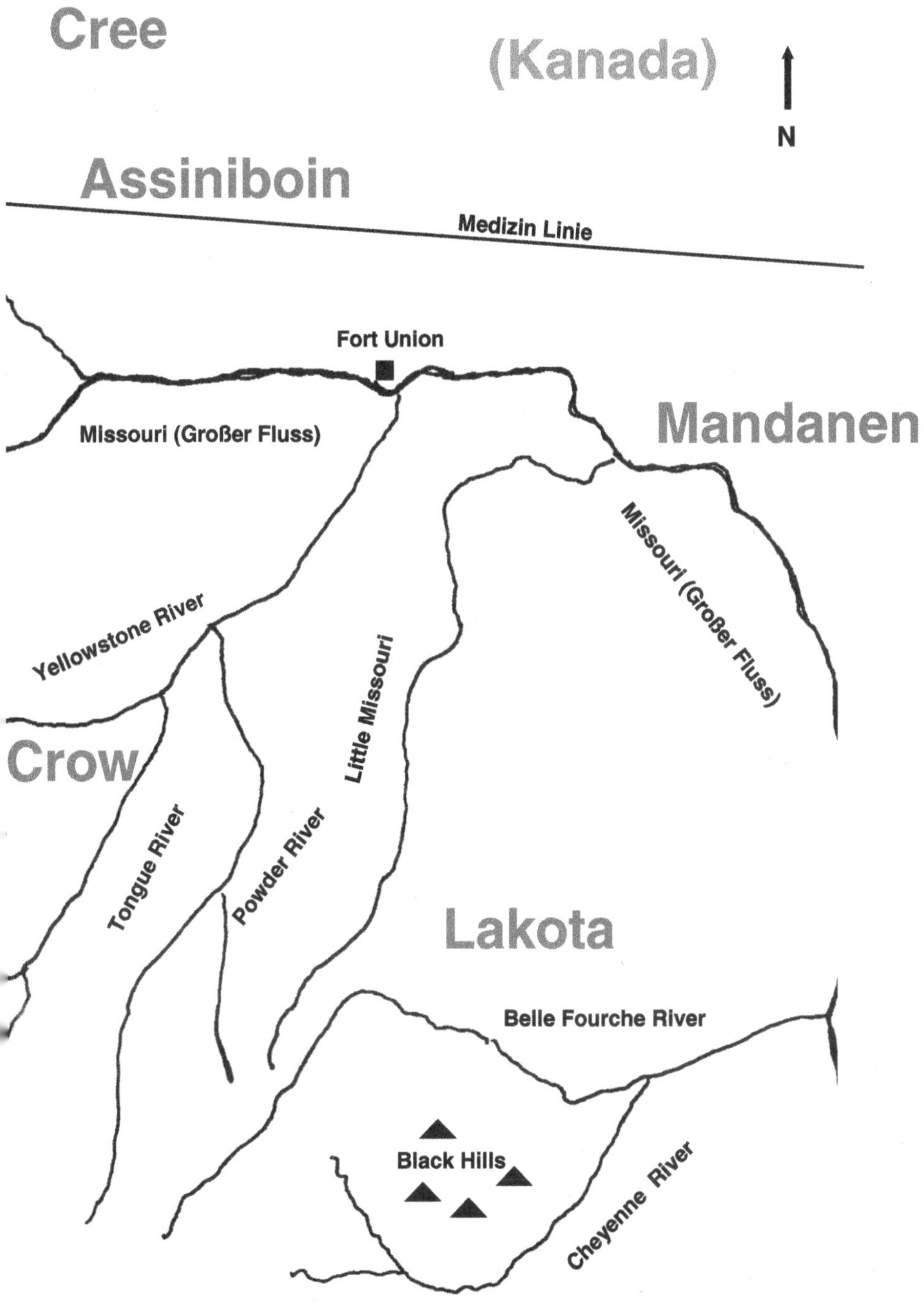

Cree
(Kanada)
N
Assiniboin
Medizin Linie
Fort Union
Missouri (Großer Fluss)
Mandanen
Missouri (Großer Fluss)
Yellowstone River
Little Missouri
Crow
Tongue River
Powder River
Lakota
Belle Fourche River
Black Hills
Cheyenne River

Die Pecuni

(Nördliches Montana, 1830)

Kranichfrau starrte fassungslos auf ihren toten Bruder. Steif lag er vor ihr, verschmiert mit getrocknetem Blut. Ein tiefer Schnitt zog sich über seine Kehle, die ihm ein Krieger vom Stamm der Crow durchgeschnitten hatte. So war das also! Sein junges Leben beendet in seinem ersten Kampf gegen die Feinde. Nur drei seiner Freunde waren von dem Kriegszug zurückgekehrt, drei von acht jungen Pecuni-Kriegern, die ausgezogen waren, um Ruhm zu ernten. Klageschreie drangen aus den anderen Zelten, aber Kranichfrau war still. Zu tief saß der Schock über den Tod des Bruders. Warum nur?
War er nicht gut auf den Kampf vorbereitet worden? Hatte seine Medizin versagt? Hatte er nicht genügend gebetet? War der Sonnenhäuptling so erzürnt über ihn gewesen, dass er ihm seinen Schutz versagt hatte?

Mit zitternden Händen begann sie ihren Bruder zu waschen, rieb geduldig das getrocknete Blut von seinem Gesicht. Dann zog sie ihm die verdreckte Kleidung aus. Sie musste sein Hemd aufschneiden, denn seine Arme waren bereits steif und so konnte sie ihm das Gewand nicht über den Kopf ziehen. Vorsichtig knüpfte sie die Knoten an den Fransen seines besten Kriegshemdes auf und legte ihm die saubere Kleidung an. Dann bückte sie sich über den Körper und knüpfte das Hemd unter den Achseln wieder zusammen. Ihr Bruder sollte nur mit seinen besten Sachen ins Jenseits ziehen.
Es dauerte lange, bis er vollständig bekleidet war. Zärtlich bemalte sie sein Gesicht mir roter Farbe, dann wickelte sie ihn in eine schöne Schwarzhornrobe.
Apathisch ruhten ihre Hände in ihrem Schoß, jetzt, wo es nichts mehr zu tun gab.
Ihre Gedanken flogen. Was würde jetzt aus ihr werden? Ohne Mutter und Vater? Ihr Bruder hatte sie versorgt, denn noch wollte sie nicht im Zelt eines Mannes wohnen, fühlte sich noch nicht

bereit, die Pflichten einer Ehefrau zu übernehmen. Jetzt blieb ihr wohl keine andere Wahl mehr!
Zwei Krieger steckten ihre Köpfe in das Zelt und blickten sie abwartend an. Sie machte eine hilflose Geste mit ihrer Hand, erlaubte ihnen den Leichnam hinauszutragen. Dann bemalte sie ihr Gesicht mit weißem Lehm und schnitt ihre langen Haare bis auf Schulterlänge zurück. So zeigte sie ihre Trauer um den Bruder.

Leiser Klagegesang erklang von draußen und mit steifen Beinen erhob sie sich, um sich den Trauernden anzuschließen. Langsam bewegte sich der Zug zu den nahen Bäumen und regungslos nahm sie wahr, wie ihr Bruder in einer Astgabel bestattet wurde. Ihre großen Augen sahen ausdruckslos zu ihm auf, keine Tränen sammelten sich in ihnen, denn sie wollte nicht weinen. Sie brauchte keine Tränen, um ihrem Schmerz Ausdruck zu verleihen. Sie wollte Rache!
Mit festem Schritt ging sie in ihr Tipi zurück und setzte sich an die erloschene Feuerstelle. Dort hing sie ihren Gedanken nach, kaute unablässig an ihren Lippen. Mit ihrem weiß bemalten Gesicht, aus dem nur die großen, fast schwarzen Augen leuchteten, und den blutroten geschwungenen Lippen wirkte sie wie ein klappriger Geist, der bereit war, die Träume der Schlafenden heimzusuchen.

Eine ältere, rundliche Frau mit gutmütigem Gesicht, ebenso mit weiß bemalter Stirn als Zeichen der Trauer, steckte den Kopf herein. Es war Zedernsängerin, ihre Tante, die sich um ihre Nichte sorgte. Doch Kranichfrau winkte energisch ab, wollte die Tante verscheuchen, wie man einen schlechten Traum wegwischt. Sie wollte keinen Trost, niemand konnte ihr den Bruder wieder zurückgeben.
Trotzdem setzte sich die beleibte Tante schnaufend auf den Platz neben ihr. „Ich verstehe deine Trauer, aber du musst jetzt bei uns wohnen!“ Es war keine Einladung, sondern ein Befehl.
Natürlich war es unmöglich, dass ein unverheiratetes Mädchen allein lebte. Sie nickte gehorsam. Ihr Onkel war jetzt für sie verantwortlich und würde entscheiden, was für sie am besten war.

„Liebe Tante, ich komme gleich", murmelte sie leise.
„Lass dir Zeit, mein Kind."
Dankbar blickte Kranichfrau ihrer Tante hinterher. Sie wollte noch ein wenig ihren Gedanken nachhängen, in Ruhe ihre Habseligkeiten packen. Traurig sah sie sich in dem Zelt um, das so lange ihre Heimat gewesen war. Wie ein Schattenspiel bewegten sich die bemalten Zeltwände im ewigen Wind und verliehen den Tierfiguren ein lebendiges Aussehen. Die Zeichnungen der Otter hatten sie stets beschützt. Jetzt würde das Tipi ihrem Onkel und ihrer Tante gehören, zumindest solange, bis sie heiratete.
Mit einem tiefen Seufzer begann sie methodisch ihre Sachen zu packen. Die meisten Dinge lagen sowieso ordentlich verstaut in ihren bunten Taschen.
Schweren Herzens ging sie zu dem Zelt ihres Onkels.
Das weiß schimmernde Gesicht ihres Onkels glänzte ihr ebenso traurig, aber auch ein wenig unwillig entgegen. Im Gegensatz zu seiner Frau wirkte der Körper ihres Onkels geradezu asketisch.
„Willkommen in meinem Zelt. Du hättest schon längst bei mir wohnen sollen!" Der Vorwurf war deutlich zu hören.
„Ja, Onkel", antwortete sie, ohne ihre Stimme zu heben. Sie hatte nicht die Kraft schon wieder mit ihrem Onkel über dieses Thema zu streiten.
„Wenn deine Trauerzeit beendet ist, werden wir dir einen guten Ehemann suchen!", versuchte er sie aufzuheitern, aber genau diese Worte wollte sie eigentlich nicht hören.
„Jetzt lass sie doch erst mal!", schimpfte ihre Tante resolut. Betreten senkte der Mann seinen Kopf. Eigentlich wurde von ihm als Medizinmann mehr Rücksichtnahme erwartet. Er seufzte tief, als er in Trauer die Augen schloss. Auch er litt unter dem Verlust seines Neffen. „Zu viele junge Männer haben ihr Leben gelassen! Wir werden einen großen Kriegszug schicken, um es den Crow heimzuzahlen! Auch ich werde reiten, um deinen Bruder zu rächen!"

Kurz leuchteten die Augen in dem Gesicht des Mädchens auf. Ja, ihr Onkel würde ihren Bruder rächen! Das waren die Worte, die sie hören wollte, die sie fest in ihrem Herzen aufnahm. Mit plötz-

licher Hochachtung ruhten ihre Augen auf ihrem Onkel, denn er war Medizinmann, ein Bewahrer des heiligen Biberbündels, längst dem Alter entwachsen, in dem er noch auf Kriegszüge ging. Seine Stirnhaare waren zu einem dicken Knoten zusammengebunden, in dem einige rote Federn steckten, Zeichen seiner hohen Würde, aber eigentlich konnte man es eher mit einem Vogelnest vergleichen. Seine Stirn war wie bei Zedernsängerin mit weißem Lehm eingeschmiert, die Haare bis auf Schulterlänge gekürzt. Ferner-Bär wurde er gerufen. Bär wegen seiner Stärke und Kraft, Fern, weil er ein Vielgesichtsmann war, einer, der Visionen hatte und Verbindungen zur Geisterwelt unterhielt.
Kranichfrau breitete ihre Decken neben den zwei Töchtern von Ferner-Bär aus und verstaute mit ruhigen Bewegungen ihre Taschen an der Zeltwand, dann versank sie in ihren Gedanken.

Die nächsten Tage vergingen für Kranichfrau wie im Traum. Nur von fern vernahm sie die Geräusche in dem Zelt, gleichmäßig plätscherten die Stimmen der Familie ihres Onkels dahin, für sie ohne Bedeutung.
Wie ein Geist saß sie da, unfähig etwas zu tun. Die beiden Mädchen im Alter von acht und zwölf Wintern machten einen Bogen um sie, denn das ausdruckslose Gesicht ihrer Cousine flößte ihnen Angst ein. Schließlich machte ihre Tante dem ein Ende, indem sie ihr einfache Aufgaben übertrug: „Bitte, hole mir doch Wasser!", oder, „Bitte, hole mir doch Holz!"
Unwillig und nicht bereit in ihren Träumen gestört zu werden, machte sie sich jedes Mal auf den Weg, vergaß manchmal nach einigen Schritten, was sie eigentlich tun sollte. Dann ging sie wie abwesend durch das Dorf, geistig und körperlich entrückt. Mitleidige Blicke begleiteten sie und manchmal führte eine Frau das Mädchen zurück zu ihrem Zelt.
Zedernsängerin machte sich Sorgen um ihre Nichte. Immer wieder sprach sie mit ihrem Mann über das hohlwangige Mädchen: „Sie muss auf andere Gedanken kommen. Vielleicht wäre eine Ehe gut für sie?"
Nur zu gern willigte Ferner-Bär ein: „Vielleicht, aber im Moment sieht sie nicht gut aus. Wer sollte um sie werben?"

„Sie magert zu sehr ab, warum redest du nicht mit ihr?"
„Du bist doch die Frau! Du findest bestimmt treffendere Worte als ich."
Scherzhaft schlug ihm seine Frau auf die Schulter und meinte: „Du bist der Onkel!"
„Ai!" Seine runzeligen Züge verzogen sich zu einem freundlichen Grinsen. Selbst als Medizinmann war er in seinem eigenen Zelt zuerst einmal Ehemann und Vater.
Drei Tage schlich Ferner-Bär um das junge Mädchen herum und suchte nach einer passenden Gelegenheit, um mit seiner Nichte zu reden. Schließlich packte er sie am Arm und führte sie zu einem umgestürzten Baum. „Komm, ich will mit dir reden!"
Mit gesenktem Kopf setzte sich Kranichfrau neben ihren Onkel und wartete ab.
„Fühlst du dich wohl bei uns?", fragte Ferner-Bär umständlich.
Kranichfrau nickte fast unmerklich. „Ja, eure Gegenwart spendet mir Trost."
Ferner-Bär schluckte schwer. „Ich möchte mit dir über deine Zukunft reden."
„Meine Zukunft?"
Sie hatte keine Zukunft, sie lebte in der Vergangenheit.
„Ja, denkst du nicht manchmal an eine eigene Familie?"
„Nein!", kam es knapp und kurz von seiner Nichte.
„Aber du zählst siebzehn Winter! Es wird Zeit für dich, nach einem Mann Ausschau zu halten!"
„Das ist nicht mein Weg!", wehrte sie ab.
„Nicht dein Weg? Was ist dann dein Weg?", bohrte er nach.
„Ich weiß nicht", wich sie aus.
„Du weißt es nicht?" Langsam verlor der Onkel die Geduld. Das seltsame Verhalten seiner Nichte ging über seinen Verstand, trotz ihrer Trauer. Ihr Vater hatte sie als Lieblingskind behandelt, ihr immer wieder Sonderrechte eingeräumt, und auch ihr Bruder hatte diese Tradition nach dem Tod des Vaters fortgesetzt. Solche Kinder galten als schwierig, hielten sich nicht an überlieferte Traditionen, doch auch sie hatten ihren Platz in der Gesellschaft.
„Ach, ich weiß es nicht. Ich weiß nur, dass ich einen anderen Weg beschreiten muss."

Nachdenklich lehnte sich der Onkel ein wenig zurück, dann warf er einen unsicheren Blick auf seine Nichte. Ihr fast knabenhafter Körper, ausgehungert von der langen Trauer, wirkte nicht besonders einladend auf Männer. „Vielleicht solltest du dich in die Einsamkeit zurückziehen und beten? Vielleicht erhältst du dann eine Antwort?", fragte er vorsichtig.
Ihr spitzes Kinn zitterte. Jetzt, als sie so dicht neben ihrem Onkel saß, war deutlich die Familienähnlichkeit zu sehen.
„Vielleicht. Würdest du dann diese Antwort achten?"
„Du bist meine Nichte. Wenn du eine Antwort auf deine Fragen bekommst, so werde ich dir nicht im Wege stehen!"
„Dann ist es gut. Ich werde beten!"
Mit einer leichten Geste erlaubte Ferner-Bär dem Mädchen sich zu entfernen und schaute ihr nach. Er hatte dabei ein mulmiges Gefühl im Bauch. Was sie jetzt wohl vorhatte?

Seine Nichte war wirklich schwierig. Anders herum, sagten die Frauen. Meistens arbeitete sie mit ihrer linken Hand, obwohl ihre Mutter versucht hatte, ihr das abzugewöhnen. Selbst bei ihren ersten Riten hatte sie mit ihrer linken Hand gestickt, und die Frauen hatten den Kopf geschüttelt.
Anders herum! Wie sehr hatte Kranichfrau die Belehrungen bei ihrer ersten Menstruation gehasst, aber nur gut unterwiesene Mädchen durften Quillarbeit machen, sonst würden sie erblinden. Sie wollte überhaupt nicht sticken, sondern viel lieber mit ihrem Bruder jagen gehen. Ihr Bruder, jetzt war er tot!

Am nächsten Morgen war Kranichfrau verschwunden.
Beunruhigt wandte sich Ferner-Bär an seine Frau: „Wohin ist Kranichfrau gegangen?"
Zedernsängerin legte sich die dünnen Zöpfe hinter ihre Ohren und blinzelte verlegen. „Sie wollte um eine Vision beten. In einigen Schlafen ist sie zurück!"
„Aber sie ist doch viel zu schwach für ein solches Unternehmen!", ärgerte sich Ferner-Bär. Eigentlich fühlte er sich schuldig, weil er ihr diesen Vorschlag gemacht hatte. Aber wie hätte er ahnen können, dass dieses widerspenstige Kind sofort aufbrach!

„Offensichtlich nicht, denn sie ist gegangen“, bemerkte die Tante ruhig und vertiefte sich wieder in ihre Näharbeit.
Kopfschüttelnd trat der Mann aus dem Zelt und blickte in die Ferne. Wohin seine Nichte wohl gegangen war? Eine Visionssuche war schon für gesunde Menschen anstrengend, aber Kranichfrau war alles andere als geistig und körperlich stark. Besorgt holte er sein Pferd und machte sich auf die Suche.

Kranichfrau saß in einem kleinen Tal und betete zu dem Sonnenaufgang. Sie hatte keine Augen für die Schönheit des erwachenden Morgens, sondern flehte inbrünstig um die Gnade einer Vision: „Ich weiß nicht, wer ich bin! Ich weiß nicht, wohin ich gehe! Hilf mir, meinen Weg zu finden!“
Unablässig flüsterte sie die kurzen Sätze, bat um eine Vision, die ihr sagte, wie sie weiterleben konnte. In der Ferne leuchteten schemenhaft die Berge, „Das Rückgrat der Welt“, wie ihre Leute sie nannten. Darüber tanzten Wolkenfetzen, die sich wie die Schaumkronen einer riesigen Welle auf sie zu bewegten. Am liebsten wollte sie darin versinken, für immer in diesem weichen Nebel verschwinden.
Am ersten Tag war sie noch bei klarem Verstand, achtete auf das Vogelgezwitscher in der näheren Umgebung, ob die gefiederten Freunde ihr etwas sagen wollten.
Leise singend schaukelte sie mit erhobenen Augen hin und her, flehte inbrünstig um eine Erleuchtung. Selbst als die kalten Finger der Nacht nach ihr griffen, hielt sie nicht inne. Zitternd vor Kälte sang sie heiser ihr Visionslied. Am nächsten Tag bereits rebellierte ihr geschwächter Körper gegen den Hunger und Durst. Grelle Blitze flimmerten vor ihren Augen und ihre Zunge lag geschwollen wie ein Fremdkörper in ihrem Mund. Fast unhörbar krächzte sie ihr Lied, wie in Trance schaukelte sie unablässig hin und her, nahm längst ihre Umwelt nicht mehr wahr. Erinnerungsfetzen stiegen in ihr hoch, Bilder aus ihrer frühen Kindheit, als ihr Vater sie maßlos verwöhnt hatte. Sie war das dritte Kind gewesen, das ihm geboren worden war. Eine ältere Schwester war bereits gestorben, und so steckten die Eltern alle Liebe in diese Tochter. Selbst ihr Bruder widmete sich hingebungsvoll dieser

kleinen Schwester, lehrte sie Bogenschießen und Reiten. Warum musste ihr Leben eine solche Wendung nehmen? Ihr die Eltern, die Schwester und dann noch den geliebten Bruder nehmen? Was hatte der Sonnenhäuptling für sie vorgesehen? Welches Schicksal ihr zugedacht?

Die rote Nachtflamme zeigte sich am Firmament, ließ das Sternbild der Sieben Menschen fast verblassen. Wo war der Wolfspfad, wo der Stern, der still steht? Alles verschwamm um sie herum und kraftlos kippte sie auf die Seite.

In der Nacht bekam sie hohes Fieber und hatte längst nicht mehr die Kraft ins Dorf zurückzukehren. Hilflos lag sie am Boden, wurde von Fieberträumen geschüttelt. Ameisen krabbelten über ihr Gesicht und im Unterbewusstsein wollte sie sich dem schwarzen Nichts ergeben, das nach ihr griff.

Dann tauchte vor ihr plötzlich das lächelnde Gesicht ihres Bruders auf, der sich über sie beugte. Es war so klar und deutlich, dass sie glaubte, er wäre da. Sie wollte ihn begrüßen, doch ihr ausgetrockneter Mund brachte keinen Ton heraus. Er bewegte seine Lippen und mühsam versuchte sie, sich darauf zu konzentrieren, was er sagte. Es war so wichtig!

Langsam verschwand ihr Bruder und verzweifelt griff sie nach ihm, wollte ihn nicht fortlassen. Ein letztes Mal lächelte er, drückte ihr seinen Bogen in die Hand, dann wurde seine Stimme klar: „Tötet-die-Crow, folge meinem Weg!“, beschwor er sie, ehe seine Umrisse verblassten.

Sie spürte nicht mehr, wie eine Hand die Ameisen von ihrem Gesicht wischte, ihr Körper sanft hochgehoben und nach Hause getragen wurde. Traumlos schlief sie in dem Zelt ihres Onkels, schluckte benommen den Tee, der ihr vorsichtig eingeflößt wurde.

Sie fühlte sich um vieles gealtert, als sie endlich die Augen aufschlug und die freundlichen Gesichter ihrer Tante und ihres Onkels über sich erblickte.

„Wie komme ich hierher?“, fragte sie benommen.

„Haijah, du wärst eine leichte Beute für die Ameisen gewesen!“, meinte Ferner-Bär tadelnd, aber seine feuchten Augen verrieten, welche Sorgen er sich um seine Nichte gemacht hatte.

Sie schloss müde die Augen. Was redete er da? Sie konnte sich an keine Ameisen erinnern. Eine Schale berührte ihre Lippen und sie schlürfte hungrig die lauwarme Suppe.
„Onkel", murmelte sie erschöpft, „ich hatte einen seltsamen Traum!"
„So? Möchtest du ihn mir erzählen?"
Sein spitzes Kinn berührte fast ihre eingefallene Wange, als er sich niederbeugte, um ihre schwache Stimme zu vernehmen.
„Ja! Ich träumte von meinem Bruder. Er lachte und es war so schön, ihn wiederzusehen. Ich wollte ihn nicht weglassen, wollte ihm folgen in die Sandhügel!" Zögernd hielt sie inne, als sie an den deutlichen Traum dachte.
„Gut, dass du es nicht getan hast!", seufzte ihr Onkel, ehrlich betroffen.
„Er nannte mich Tötet-die-Crow. Er hat mir seinen Bogen gegeben und mich gebeten, dass ich seinem Weg folge!"
Entsetztes Schweigen herrschte nach ihren Worten und die Tante schlug sich die Hand vor den Mund.
Ihr Onkel fing sich als Erster: „Das ist eine starke Vision!"

Sie nickte nur mit dem Kopf und schloss wieder erschöpft die Augen, während Ferner-Bär sich nachdenklich zurücklehnte. Prüfend musterte er seine Nichte, runzelte die Stirn über ihr knabenhaftes Aussehen. War das ihr Weg? Manchmal wählten Frauen von sich aus wie ein Krieger zu leben, Frauen, mit dem Herzen eines Mannes. Vielleicht war sie eine solche Frau? Ihre Vision konnte nicht ignoriert werden. Der Sonnenhäuptling hatte ihren Weg gewählt und es wäre falsch, ihm nicht zu gehorchen!
„Onkel?"
„Ja?"
„Was bedeutet dieser Traum?"
Ferner-Bär schloss die Augen, seine Stimme wurde ernst. „Ich kenne nun deinen Weg. Du wirst wieder in deinem Zelt leben, als Krieger. Ich werde allen sagen, dass du nun mein Neffe bist und Tötet-die-Crow heißt."
„Bin ich nun ein Mann?"
Ferner-Bär zögerte sichtlich. „Das wird der Sonnenhäuptling ent-

scheiden. Dein Bruder gab dir seinen Bogen, damit du ihn rächst. Wir werden beide gegen die Crow ziehen, wenn du soweit bist. Wenn du deinen Bruder gerächt hast, wirst du wissen, was deine Bestimmung ist."
Beruhigt schloss Kranichfrau die Augen. Morgen würde sie als Tötet-die-Crow aufwachen und ihr neues Leben beginnen.
Sie war oft mit ihrem Bruder zur Jagd gegangen, hatte wissbegierig seinen Worten gelauscht, fast wie ein kleiner Bruder. Jetzt würde sie dieser kleine Bruder sein. Selbst wenn sie nicht den Körper eines Mannes hatte, so würde sie doch wie ein Krieger leben. So ein großer Unterschied zu ihrem Leben vorher war das nicht, denn alle Mädchen lernten Bogenschießen, damit sie sich gegen Feinde verteidigen konnten. Wie oft hatte ihr Onkel missbilligend die Stirn gerunzelt, wenn sie eher wie ein Junge herumtobte, anstatt sittsam bei ihrer Tante zu sitzen und nähen zu lernen. Aber die Erziehung sah Strafen nicht vor, wenn sie einfach von ihren Arbeiten verschwand, um mit ihrem Bruder zur Jagd zu gehen. Manchmal hatten sie über dessen Verantwortungslosigkeit geschimpft, ihn gebeten das Mädchen in ihr Zelt zu geben, damit sie auf ihre zukünftige Rolle als Ehefrau und Mutter vorbereitet wurde. Aber ebenso stur hatte er dies abgelehnt: „Kranichfrau bleibt bei mir! Sie wird schon lernen, was sie später einmal braucht. Sie ist ja oft genug bei ihrer Tante!"
„Ja, aber jedes Mal, wenn sie gerben oder nähen soll, verschwindet sie mit dir!"
Ihr Bruder hatte nur gelacht und seine Schwester mit einem Zwinkern eingeladen ihm zu folgen. Oh, wie hatte sie ihn geliebt und ihm nachgeeifert! Jetzt würde sie in seine Fußstapfen treten!

Die Frauen im Dorf waren entsetzt. Ein Mädchen, das wie ein Mann leben wollte! Sie fürchteten den schlechten Einfluss auf ihre Töchter und redeten auf die Tante ein, diesen Unsinn zu unterbinden. Auch die Tante wehrte sich mit Händen und Füßen, fürchtete um ihren Einfluss bei den Frauen und um den Status ihrer Familie.
„Wie kannst du uns nur so etwas antun?", schimpfte sie mit ihrem Mann.

„Denk doch an unsere Töchter! Ich möchte nicht, dass sie ebenso werden! Alle werden über uns reden!"
„Sie hatte eine Vision! Das kann ich doch nicht ändern!", verteidigte sich Ferner-Bär.
„Aber sie kann doch nicht als Mädchen allein in einem Zelt leben!"
„Sie lebt neben uns und außerdem ist sie jetzt ein Krieger!"
„Ein Krieger!", zischte die Tante empört, ihre schmalen Lippen verzogen sich zu einem dünnen Strich. „Sie sieht wahrlich nicht aus wie ein Krieger!"
„Dann nähe ihr eben Männerkleider!"
„Ai, wenn sie ein Krieger ist, dann kann sie sich ja selbst Männerkleider nähen!" Ganz bestimmt wollte die Tante diesen Weg nicht auch noch unterstützen. Wutentbrannt schob sie ihre breiten Hüften an ihm vorbei und stürmte aus dem Zelt, schimpfte leise murmelnd vor sich hin.

Also nähte sich Tötet-die-Crow einfache Männerkleider, und ihr Onkel lehrte sie, wie man Pfeil und Bogen herstellte. Außerdem fertigte er ihr ein Medizinschild, den er mit dem Zeichen der Sonne verzierte. „Der Sonnenhäuptling gab dir diese Vision, also wird er dich auch beschützen!", lächelte er.
Trotzdem wurde sie immer wieder daran erinnert, dass sie im Grunde eine Frau war. Weit vor dem Sonnenaufgang ging sie zu dem Badeplatz der Frauen, um sich zu waschen.
Natürlich tuschelten die Frauen über ihr ungehöriges Benehmen, und so wich sie ihnen aus. Trotzdem blühte sie auf in ihrer neuen Kleidung, lebte ungebunden und ohne die Zwänge, die sonst jungen Mädchen auferlegt waren.
Die Männer behandelten sie nach anfänglichem Zögern wie einen der Jungen, der sie bald auf dem Kriegszug begleiten würde. Doch oft war sie auch das Opfer derber Späße, obwohl sich diese Späße selten gegen ihre Weiblichkeit richteten, sondern eher gegen ihre Unwissenheit, wie bei allen anderen Jungen auch.

Unter diesen Gleichaltrigen fand sie noch am ehesten wirkliche neue Freunde, die fast vergaßen, dass sie ein Mädchen war.

Wiesel-gefangen-am-Schwanz oder Freund-der-Otter wurden gute Freunde, maßen sich mit ihr in vielen Wettkämpfen. Im Laufen hielt sie locker mit, aber im Ringen war sie selbst diesen gleichaltrigen Jungen hoffnungslos unterlegen. Manchmal verlor sie den Mut, wenn sie übersäht mit blauen Flecken an ihrem Feuer saß, aber dann besann sie sich auf ihre Stärken. Sie konnte den Bogen genauso gut wie die anderen spannen, und wenn ihre Treffsicherheit zunähme, wäre sie ein gefährlicher Gegner. Nur den Kampf Mann gegen Mann musste sie vermeiden, solange sie noch einen so mädchenhaften Körper hatte! Sie stählte ihren Körper, damit sie eines Tages stark genug war, um ihren Bruder zu rächen. Sie glaubte fest an ihre Vision, hatte ein großes Vertrauen darauf, dass der Sonnenhäuptling sie beschützen würde. Solange sie sich nicht den Gefühlen einer Frau hingab, konnte ihr nichts geschehen.

Aber sie hatte den Körper einer Frau, und auch bei ihr setzte regelmäßig die Monatsblutung ein, die sie in ihr Zelt verbannte. Bei einem Kriegszug wäre das ein Problem, denn dann musste sie abseits der Männer reiten, damit sie nicht deren Kraft schwächte. Wäre sie doch nur als Junge geboren worden!

Ohne sich um die missbilligenden Blicke der Frauen zu kümmern, ging sie zur Jagd. Sogar ein Schwarzhorn, wie ihr Volk die Büffel nannte, hatte sie bereits erfolgreich erlegt, obwohl ihr Onkel ihr noch nicht erlaubte auf die große Treibjagd mitzugehen. Aber das war auch den anderen Jungen verboten.

Kranichfrau versorgte umsichtig ihren Büffelläufer, eigentlich ein Pony, das Ferner-Bär ihr geschenkt hatte, und gewöhnte es an ihre Schenkel. Letztendlich musste sie sich bedingungslos auf ihr Pony verlassen können, wenn es zum Kampf kam. Sie arbeitete gern mit dem Pony, denn im Gegensatz zu den Männern spielte es keine Streiche mit ihr. Überschwänglich lobte sie es, als sie sich eines Nachmittages von seinem Rücken gleiten ließ und es schweißgebadet zum Stehen kam.

„Komm, genug für heute!“, tätschelte sie es, dann tauchte sie in den kühlen Fluten des nahen Bärenflusses unter und ließ sich eine Weile treiben. Die Kälte ging ihr durch und durch und frierend kletterte sie wieder ans Ufer.

Verärgert fing sie den spöttischen Blick eines fremden Mannes ein, der zweifelsfrei ihren fraulichen Brüsten galt und zischte ihn böse an: „Was grinst du so frech!"
Der Krieger zuckte nur die Schultern und meinte: „Gleichgültig wie gut du reitest, du wirst immer eine Frau bleiben!"
Wütend zog sie das Hemd über und legte den Lendenschurz um, doch dann traf sie die Wahrheit seiner Worte. Sie würde immer in diesen fraulichen Körper stecken! Mit trauriger Stimme drehte sie sich zu ihm um: „Du hast Recht. Wie sehr beneide ich dich, denn du hast den Geist eines Mannes und den Körper eines Mannes! Mein Geist dagegen steckt für immer in diesem Körper einer Frau! Doch ich kann mein Schicksal nicht ändern, sondern muss mit dem zufrieden sein, was der Sonnenhäuptling für mich vorsieht."
Verlegen senkte der Mann die Augen und machte eine entschuldigende Bewegung mit der Hand. „Ich wollte dich nicht beleidigen. Ich wünschte nur, dass das Schicksal einen einfacheren Weg für dich gewählt hätte, denn du wärst eine wundervolle Ehefrau für jeden Mann dieses Dorfes! Das ist alles!"
Sie lächelte freundlich und strich sich die feuchten Haare aus dem Gesicht. „Nun, so werde ich eben ein wundervoller Kampfgefährte, meinst du nicht?"
Schallendes Gelächter antwortete ihr, doch dann wurden seine Augen ernst. „Ich bin Zwei-Pferde, du kannst mir gern den Rücken freihalten, wenn wir in den Kampf ziehen!"
Ihre Brust schwoll vor Stolz, dann richtete sie ihre feurigen Augen auf ihn. „Ai, du reitest mit?"
Sein Gesicht verdunkelte sich merklich: „Ja, auch ich habe einen Bruder durch die Crow verloren, und meine Schwester haben sie entführt. Ich habe wahrlich Grund genug, die Weiber der Crow zum Weinen zu bringen!"
Kurz streiften ihre Augen die schlanke Gestalt des Mannes. Er hatte viel Ähnlichkeit mit ihrem Bruder: langes offenes Haar, einige Lachfalten um seinen Mund und schwarze Augen, in denen sich die Sonnenstrahlen spiegelten. Eigentlich sah er ganz nett aus, musste sie sich eingestehen, aber auf so etwas durfte sie jetzt nicht mehr achten. Allein seine Kampfkraft zählte.

„Wir werden uns wiedersehen!", verabschiedete sie sich und sprang gewandt auf ihr Pony.

In den nächsten Tagen trafen sich die Krieger in dem großen Versammlungszelt und berieten über den kommenden Kriegszug. Hitzige Reden über die Grausamkeit der Crow stachelten alle an und sie waren sich einig darüber, dass die Feinde eine harte Strafe verdienten. „Nie wieder darf sich ein Crow in unsere Jagdgründe trauen!"

„Wir müssen so hart zuschlagen, dass sich ihre Weiber und Kinder nicht mehr aus den Zelten wagen, wenn sie unseren Namen hören!"

„Wir werden so viele unserer Feinde töten, dass ihre Weiber noch lange um ihre Männer trauern!"

„Wir sollten ihre Frauen am besten gleich mitnehmen, damit sie nicht verhungern müssen!", spottete ein anderer Krieger und löste schadenfrohes Gelächter aus.

„Ja, und dann gebären die Crowfrauen unsere Kinder!"

In den Zelten senkten die Frauen beschämt die Köpfe, denn ihnen blühte das gleiche Schicksal, wenn ein übermächtiger Gegner ihr Dorf überfiel. Viele verabscheuten den Krieg und sahen es nicht gern, wenn ihre Männer auszogen, Tod und Verderben über andere zu bringen. Die Blackfeet, aufgeteilt in drei große Untergruppen aus Pecuni, Siksika und Kaihnah, waren die größte Macht auf den nördlichen Plains, ihre Jagdgründe reichten von dem Missouri-Fluss im Süden bis weit über den Saskatchewan im Norden. Grundsätzlich kämpften sie gegen alle Nachbarstämme, aber mit den Crow verband sie seit Langem ein unversöhnlicher Hass.

Die Lakota

(Gebiet des Little-Bighorn-Flusses)

Nata-He-Yukan ging schnellen Schrittes durch das Dorf, dessen Zelte verstreut an der Biegung eines Flusses lagen. Er strotzte vor Selbstbewusstsein, und sein ausholender Gang verriet, wie stolz sein Volk auf ihn sein konnte. Nata-He-Yukan, Kopf mit Hörnern, allein der Name besagte schon, dass er sich Respekt verschaffte. Niemand legte sich ungestraft mit ihm an. Aber warum auch? Bei seinem Volk, den Oglala-Lakota, die ihre Jagdgründe, mehr oder weniger, zwischen dem Platte-Fluss im Süden und dem Yellowstone im Norden sahen, galt er als guter Jäger und viel versprechender junger Kämpfer.

Sein ganzer Körper spiegelte sein kriegerisches Leben: schlank und groß, wie alle seines Volkes. Seine offenen tief-schwarzen Haare fielen ihm bis ins Kreuz, als Haarschmuck trug er den Roach seines Kriegerbundes: eine ovale Platte, gefertigt aus dem Brustbein des Hirsches, an dem senkrecht schwarzes Pferdehaar und die rot gefärbten Haare des Weißwedelhirsches befestigt waren, geschmückt mit zwei Adlerfedern, die ihn als fähigen Späher auszeichneten. Jetzt im Spätsommer trug er nur einen Lendenschurz, der rhythmisch seine Beine umspielte, als er gut gelaunt in sein Tipi glitt.

Verglichen mit dem gleißenden Sonnenlicht draußen, wirkte der sanfte Halbschatten in dem Tipi angenehm. Eine leise Brise wehte durch die geöffneten Zeltwände aus Büffelhäuten, die wegen der Hitze vom Boden weg nach oben geschlagen worden waren.

„Hau, Ina!", grüßte er kurz.

„Han, Mitschinkschi!", antwortete die verhaltene Stimme seiner Mutter.

Nata-He-Yukan setzte sich auf seinen Platz und wartete darauf, dass seine Mutter ihm etwas zu essen gab. Er lehnte sich gemütlich gegen seine Rückenstütze aus Weidenzweigen und sah zu, wie seine Mutter aus dem Tipi schlüpfte, um aus dem Büffelmagen, in dem die Suppe mit heißen Steinen erhitzt wurde, einige Fleischstücke zu fischen. Im Sommer kochte seine Mutter immer vor dem Zelt, auch weil der Bisonmist, den sie zum Feuern verwendete, entsetzlich qualmte. Mit einer Schüssel kehrte sie zurück und reichte sie ihm mit einem Lächeln. Ihre Zöpfe waren ordentlich geflochten und fielen über ihre Schultern nach vorne. Sie trug keinerlei Schmuck und doch hatte ihr einfaches Kleid etwas Festliches. Am Halsausschnitt war es mit einer blauen Borte aus gefärbten Stachelschweinborsten verziert, und auch ihre Mokassins führten das gleiche einfache Muster.

„Habt ihr Büffel gesehen?", versuchte seine Mutter ein Gespräch zu beginnen.

Lässig winkte Nata-He-Yukan ab: „Nein, noch nicht! Heute Abend tanzen wir den Büffeltanz, um das Büffelvolk zu rufen. Ich werde wieder als Späher reiten und nach ihnen Ausschau halten!"

„Ma, das ist gut!"

Hungrig schlang der junge Mann das Fleisch hinunter, dann fiel ihm die offensichtliche Ruhe in dem Zelt auf. „Wo ist meine Schwester?"

„Bei ihrer Freundin."

„So?", amüsierte er sich. Seit dem Tod seines Vaters vor drei Wintern fühlte er sich verantwortlich für das kleine Mädchen. Sein Vater hatte sie nicht mehr gesehen, denn er war kurz vor der Geburt bei einem Jagdunfall ums Leben gekommen. Seither kümmerte sich Nata-He-Yukan um die beiden, übernahm die Vaterrolle für seine kleine Schwester und war im Stillen froh, dass seine Mutter nicht einen neuen Mann genommen hatte. So wurde er bestens versorgt, und musste sich keine Gedanken machen irgendein Mädchen zu heiraten. Oft lebte er in dem Zelt der Kit-foxes, seines Kriegerbundes, achtete darauf seinen Ruf als Krieger zu stärken, ging auf jeden Kriegszug mit, der sich anbot, jedoch ohne sich Sorgen um eine Familie machen zu müssen.

Ein kleines nacktes und ziemlich schmutziges Mädchen steckte seine Nase in das Zelt und funkelte ihn strahlend an. „Mitiblo!", mein Bruder!

„Mitankschi!", meine Schwester, lächelte er zurück.

Sofort setzte sich das zierliche Wesen auf seinen Schoß und sperrte fordernd den Mund auf: „Lo watschin!", ich habe Hunger.

„Hier, mein kleiner Hund!“ Er stopfte ein Stück Fleisch zwischen ihre blitzenden Zähne. Noch wurde zwischen den beiden nicht die Zurückhaltung erwartet, wie sie später zwischen Bruder und Schwester üblich war, denn das Kind galt noch als Baby, das tun und lassen durfte, was es wollte.
„Ich bin kein Hund! Ich bin Machpiya-ska, die Weiße-Wolke!“, empörte sich das Mädchen.
„Nein, du bist mein kleines Vielfraß!“, ärgerte er sie weiter.
„Nein, ich heiße Machpiya-ska!“ Sie stand ihm an Sturheit in nichts nach.
„Nein, du bist Mitankschi, meine kleine Schwester!“
Stirnrunzelnd starrte das Kind ihn an, etwas verwirrt von seiner Logik, aber wild entschlossen nicht klein beizugeben.
„Ich bin Machpiya-ska und Mitankschi“, bot sie schließlich als Kompromiss an.
Nata-He-Yukan lachte hellauf: „Das ist wahr! Du bist Machpiya-ska, Mitankschi!“ Oh, er liebte dieses kleine Mädchen und er war froh, dass es noch lange dauern würde, ehe ein Mann um ihre Hand anhalten durfte. Er war jetzt schon eifersüchtig!
Wieder ernst wandte er sich an seine Mutter:
„Lege meine schönsten Sachen bereit, denn ich möchte das Büffelvolk angemessen begrüßen, wenn ich losgeschickt werde, um sie zu suchen.“
Sie nickte nur, stolz über die wichtige Aufgabe, die ihr Sohn erfüllen sollte. „Vielleicht solltest du dich reinigen und beten?“, meinte sie fürsorglich.
Mit einem Lächeln sah er in ihre freundlichen Augen, in denen sich deutlich ihre Liebe und ihre Bewunderung widerspiegelten.
„Vielleicht. Wenn mich dieser kleine Hund hier gehen lässt!“
„Ich heiße Weiße-Wolke!“, schnappte seine Schwester sofort.
„Na gut, du kleine Wolke, dann puste ich dich eben weg!“, drohte er und warf das Kind auf das dichte Fell neben sich.
„Du bist so ein guter Bruder! Es wird Zeit, dass du dir eine Frau suchst und eigene Kinder hast!“, wünschte sich seine Mutter sehnsüchtig.
„Hohch, aber nein! Dafür bin ich noch zu jung!“, wehrte er entsetzt ab.

„Zu jung! Du zählst zehn und acht Winter. Du brauchst eine Frau, die dir deine Kleider näht, für dich kocht und deine Lenden erfreut!"
Nata-He-Yukan hasste dieses Thema. Er wollte noch keine Frau, für was denn? Seine Mutter versorgte ihn und so recht wusste er nicht, was denn seine Lenden erfreuen sollte. Wenn er ein unerklärliches Gefühl verspürte, dann ging er eben auf einen Kriegszug, oder eine gefährliche Jagd, das kühlte sein Begehren wieder ab. Den Mädchen im Dorf ging er ganz bewusst aus dem Weg, denn noch war er kein reicher Mann, um den möglichen Schwiegereltern entsprechende Geschenke zu bieten. Seine Familie galt als arm. Mit nur zwei Pferden, die er dringend für die Jagd benötigte, konnte er unmöglich an eine Ehefrau denken.
Vielleicht schob er diesen Gedanken aber auch ganz bewusst von sich, weil so ein lausiger Miniconjou Krieger ihm das Mädchen Grashüpfer weggeschnappt hatte.
Noch einmal wollte er keine solche Schlappe erleben! Nein, erst musste er sich noch als fähiger Krieger beweisen, vielleicht noch einige Pferde von ihren Feinden den Crow, Shoshone, Ute oder Pawnee rauben. Bisher hatte er sich durch Mut einen Namen verdient, bereits seinen ersten Coup errungen, was sich aber weniger in seinem Besitz auszeichnete. Ihm war es wichtiger, einen Feind zu berühren oder zu töten als irgendwelche Pferde zu rauben.

Seine Mutter dagegen hoffte endlich auf eine junge Schwiegertochter, die ihr bei der Arbeit helfen konnte, und der es vielleicht gelang, ihren wilden Sohn zu zähmen. Jedes Mal zitterte sie um sein Leben, hatte Angst davor, endgültig allein dazustehen, wenn er von einem Kriegszug nicht mehr heimkam. Sorgenvoll blickte sie hinter ihm her, als er ohne zu antworten aus dem Zelt kletterte und einfach verschwand.

Nata-He-Yukan wandte sich zum Fluss. Dort sammelten seine Freunde bereits biegsame junge Weiden, um die rituelle Schwitzhütte zu bauen. Für jeden abgeschnittenen Ast legten sie ein Tabakopfer nieder, um sich bei Wakan-tanka, dem großen Geheimnis, für diese Gabe zu bedanken. In der Mittagshitze lief ihm

sofort der Schweiß herunter und lästige Moskitos umschwirrten ihn. „Warum überhaupt eine Schwitzhütte bauen?“, dachte er mit einem flüchtigen Lächeln. Hier draußen war es vermutlich genauso heiß wie später in der Hütte, wenn der Feuerhüter die erhitzten Steine in das Innere rollte.
Zusammen mit dem Medizinmann und dessen Gehilfen half er den anderen die Zweige zu biegen und miteinander zu verbinden, sodass eine Halbkugel entstand, über die sie die Felle legten. Alles geschah mit ruhigem Gemurmel und voller Konzentration, denn diese Zeremonie war ein Gebet, eine rituelle Reinigung, damit die Jagd von Erfolg gekrönt sein würde.
Dann stellte der heilige Mann in jeder der vier Himmelsrichtungen einen Stab auf, der mit einer Adlerfeder geschmückt war, und hängte Tabakopfer daran. Ein Helfer des Medizinmannes entzündete die Pyramide aus Feuerholz, in der die Steine erhitzt wurden. Schweigend warteten alle darauf, dass die Steine die nötige Hitze für die Zeremonie erreichten. Der Feuerhüter wartete geduldig, bis das Feuer fast heruntergebrannt war, ehe er das Zeichen für den Beginn der Zeremonie gab. Der Medizinmann legte seine Kleider ab und wirkte plötzlich alt und zerbrechlich.

Nata-He-Yukan schluckte schwer, während er selbst seinen Lendenschurz ablegte und sein Geschlecht mit Salbeizweigen bedeckte. Er achtete den Medizinmann, aber selbst dessen Macht war nicht unbegrenzt. Trauer erfüllte ihn, als er daran dachte, wie sein Vater hatte sterben müssen, weil die Heilkünste des Medizinmannes nicht ausgereicht hatten. Aber er empfand keinen Hass gegen den heiligen Mann, erkannte nur, dass auch dessen Wissen und Medizin nicht allumfassend war. Nata-He-Yukan verließ sich lieber auf Dinge, die er sehen und fühlen konnte, nicht auf magischen Zauber, der dann doch versagte, wenn man ihn brauchte. So entstand eine Kluft in ihm, denn einerseits glaubte er an das Überirdische, an all die Geister, die ihn umgaben, andererseits glaubte er nicht an einen besonderen Schutz, der ihm helfen könnte in dieser Welt zu bestehen. Seine Waffen und sein starker Arm, das waren die Kräfte, denen er vertraute. Jeder Mann musste seinen eigenen Weg wählen.

Der Medizinmann kroch als erster in die winzige Hütte, dann folgten in einer Kreisbewegung nacheinander die anderen. Schweigend drängten sich die Männer um die kleine Grube und der Feuerhüter rollte die ersten sieben Steine herein. Das Eingangsfell fiel zu und plötzliche Dunkelheit umhüllte die Männer. Nur die rot glühenden Steine in der Grube wirkten wie das Nest eines gefährlichen Untiers.
Aromatischer Duft breitete sich aus, als Salbei verbrannt wurde, um die bösen Geister zu vertreiben. Leise sang der Medizinmann das Lied für die vier Winde, dann lud er mit einem Geistlied die guten Geister ein zu ihnen zu kommen. Süßlicher Geruch breitete sich aus, als er Süßgras verbrannte, um die guten Geister anzulocken. Anschließend spritzte ein Helfer Wasser auf die Steine und heißer Dampf stieg auf. In der zweiten Runde rollte der Feuerhüter fünf Steine in die Grube. Wieder stieg Dampf auf, dann wurde die Pfeife entzündet. Lieder wurden gesungen, um sich bei den Geistern zu bedanken. Ihr Volk gedieh, keine Krankheiten schwächten sie und die Jagd war gut. Sie hatten viele Gründe dankbar zu sein.
Ein weiteres Mal wurde das Fell hochgeschlagen und die nächsten Steine wurden hereingerollt. Nata-He-Yukan lief der Schweiß in Strömen herunter, als weiterer Dampf die winzige Hütte erfüllte. Doch tapfer betete er für eine gute Jagd, bat die Geister darum, ihnen die Büffel zu schicken.
Ein letztes Mal wurden die Steine hereingerollt und eine gewisse Apathie breitete sich aus. Schwer atmend saßen alle beisammen, plötzlich eins mit dem Herzschlag von Mutter Erde. In einem leisen Gesang wurden die Geister verabschiedet und der Medizinmann beendete die Zeremonie mit den Worten „Mitakuyeoyas´in." Dann verließ er die Hütte und fast erleichtert folgten ihm die anderen.
Nata-He-Yukan hatte jedes Mal Brandblasen auf der Haut, wenn er schließlich, gequält von der entsetzlichen Hitze und Atemnot, wieder heraus kroch, um in den kalten Fluss zu springen.
Erfrischt kletterten die Männer an das Ufer und schlüpften wieder in ihre Lendenschürze. Alle freuten sich auf den abendlichen Tanz, wenn sie als Büffel verkleidet um das Feuer tanzen würden.

„Ich bin auch als Späher erwählt worden!", verkündete Bleza-Si mit vor Stolz geschwellter Brust. Ohne die Miene zu verziehen streifte Nata-He-Yukan den jungen Mann mit einem flüchtigen Blick, vermied den direkten Augenkontakt.
Entenfuß! Eigentlich sein ärgster Gegner, denn seit Kindheit an maß er sich mit ihm, wer von ihnen der Beste, der Schnellste, der Tapferste war. Es war ein ewiger Kampf um die Gunst des Häuptlings und der älteren Krieger. Als Folge ihrer harten Wettkämpfe verunstaltete eine gespaltene Lippe das Gesicht von Bleza-Si. Er war bei einem harten Wettrennen vom Pferd gestürzt und mit seinem Gesicht auf einen spitzen Stein geprallt. Den seltsamen Namen hatte er erhalten, weil er immer mit nach außen gedrehten Fußspitzen ging, sodass der Eindruck entstand, er watschle wie eine Ente.
Bleza-Si hasste diesen Namen, aber bisher war noch niemand auf die Idee gekommen, ihm einen anderen zu geben, obwohl auch er begierig war, seinen Mut zu beweisen, damit sie ihn endlich änderten.
Beide Krieger lächelten sich höflich zu. Sie kontrollierten ihre Gesichtszüge, damit sie nicht ihre weniger freundlichen Gedanken verrieten. Dann drehten sie sich einfach um und gingen zu ihren Zelten, um sich für den Tanz anzukleiden. Niemand wunderte sich über das Benehmen der beiden, denn alle kannten den Ehrgeiz, der diese Männer antrieb. Allein Tapferkeit zählte und es war nur natürlich, sogar erwünscht, dass Männer sich untereinander maßen. Sie waren ein kriegerisches Volk. Aber wo lag die Grenze zwischen Ehrgeiz und Hass?
Nata-He-Yukan machte sich darüber keine Gedanken, für ihn waren die Geplänkel mit Bleza-Si von jeher etwas rauere Wettspiele, wie sie unter Knaben und jungen Männern eben üblich waren.

Im Zelt steckte seine Mutter das zappelnde Mädchen bereits in ihr Festgewand und staunend nahm Nata-He-Yukan das frisch gewaschene Kind an beiden Händen und drehte sie hin und her.
„Eh, was habe ich für eine schöne Schwester!", lobte er lächelnd.
„Du musst dich auch schön anziehen!", piepste sie zurück.

„Wan, alles was ich anziehe, ist bestimmt nicht so hübsch wie dein Kleid!“, entgegnete er und erntete ein glückliches Lachen seiner Schwester. Aber auch seine Mutter bot einen schönen Anblick in ihrem hellbraunen Hirschlederkleid, dessen gesamte Schulterpartie mit blau gefärbten Stachelschweinborsten bestickt war. Ihre festlichen Mokassins und Leggins waren vollständig bestickt, außerdem trug sie eine lange Kette aus weißen Dentaliumschnecken. Mit ihren zehnmal drei und sieben Wintern wäre sie auch jetzt noch eine gute Partie für einen Krieger.

Neugierig beugte sich Nata-He-Yukan über die Kleidung, die sie für ihn herausgesucht hatte. Ein sorgfältig gefertigtes Hemd, reichlich bestickt und mit Fransen verziert, dazu passende Leggins. Er hatte gesehen, dass sie den ganzen Winter daran gearbeitet hatte, und jetzt staunte er über die wunderschöne Arbeit, die in ihren Händen entstanden war. „Nape-waschte-win!“, Frau mit den guten Händen, so war ihr Name und sie führte ihn zu Recht.
„Nape-waschte-win. Meine Mutter“, flüsterte er dankbar und fühlte einen dicken Kloß in seiner Kehle.
Fast schüchtern schlüpfte er in das wunderschöne Hemd und ließ es zu, dass seine Mutter voller Stolz an ihm herumzupfte.
Freudig erregt verließ Nata-He-Yukan das Tipi und führte sein Pferd zu dem Tanzplatz. Voller Erwartung nickte er seinen Freunden zu, die ebenso ihre Pferde herbeiführten.

Ein riesiger Feuerball verschwand hinter den Hügeln und die tanzenden Strahlen der Sonne streichelten über die hoch aufgerichteten Tipis, ehe die Nacht hereinbrach.
Langsam versammelten sich die Menschen um das große Feuer, bestaunten die Männer, die sich als Büffel verkleidet hatten. Die Sänger saßen um die große Trommel und schlugen gleichmäßig den dumpfen Rhythmus, der wie ein Herzschlag alle Menschen erfasste. Der Gesang schwoll an, von kreischend hohen Tonlagen sank er tiefer, bis er fast den dunklen Ton der Trommel erreichte.
Mit langsamen Schritten bewegten sich die Frauen und Mädchen im Kreis, flehten um die Güte des Büffelvolkes, während die Männer die stampfenden Bewegungen der Büffel nachahmten.

Ja, die Büffel nährten sie gut, mit ihrer Hilfe würden sie auch den kommenden Winter überleben.
Nata-He-Yukan wartete mit den anderen drei Reitern auf das Zeichen des Medizinmannes, dann würden sie in alle vier Himmelsrichtungen ausschwärmen und Ausschau halten, ob die Büffel bereits kämen. Schließlich gab der Medizinmann das Zeichen und die jungen Reiter stoben davon.
Die anderen tanzten weiter. Abwechselnd würden sie solange tanzen und flehen, bis ein Reiter zurückkäme und endlich die ersehnte Ankunft der Büffel verkündete.

Nata-He-Yukan spürte die Muskeln seines Ponys unter sich und erfreute sich an dessen Kraft. In der Dämmerung erlaubte er, dass es im vollen Galopp über die Steppe sauste, erst später würde er langsamer reiten, damit es nicht in einem Loch stolperte. Der Wind war angenehm und langsam trocknete der Schweiß an seinem Körper. Unermüdlich ritt er nach Westen, bewunderte, wie die Farben des Himmels von einem dunklen Rot in ein sanftes Lila wechselten. In den Senken des hügeligen Landes herrschte bereits Tiefschatten, der die lange Nacht erahnen ließ.

Mit einem Ruck an den Zügeln hielt er sein braun geflecktes Pony auf der Kuppe eines Hügels an. Sorgfältig ließ er seinen Blick über das Land schweifen, vernahm jede Bewegung. Er hoffte auf ein Zeichen, ehe es zu dunkel wurde etwas zu erkennen. Unschlüssig hockte er im Sattel und überlegte, welche Richtung er jetzt einschlagen sollte. Wo würde er hingehen, wenn er ein Büffel wäre? Als Adler würde er immer weiter in den Sonnenuntergang hinein fliegen, versuchen die letzten Strahlen zu erhaschen, aber als Büffel? Wasser wäre schön und hohes, grünes Gras. Er verzog wehmütig die Mundwinkel, ja, als Büffel würde er ein schönes Tal suchen!

Er wandte sich nord-westwärts, folgte dem Lauf eines kleinen Baches. Der Vollmond tauchte das Grasland in ein silbergraues Licht, hell genug, dass er zumindest Umrisse erkennen konnte. Dösend saß er auf dem Pony, hing seinen Gedanken nach, ohne wirklich auf den Weg zu achten. Manchmal stieg er auch ab und ließ das Pony ein wenig grasen. Er hatte es nicht eilig. Bisher waren die Büffel immer gekommen und er verließ sich auf die heiligen Gesänge, die das Büffelvolk herbeiriefen.

In den frühen Morgenstunden wurde es kalt.
Nebel stieg auf und die Feuchtigkeit ließ ihn frösteln. Die Sterne verblassten und in der ersten aufkommenden Morgendämmerung ließ er sein Pony angaloppieren, um wieder warm zu werden. Die Silhouette eines abgestorbenen Baumes zeichnete sich deutlich gegen den blassen Himmel ab, dann schob sich der Rand der Sonnenscheibe über den Horizont und tauchte ihn von einem Moment in den anderen in ein warmes Orange, durchzogen von lila Wolkenstreifen.
Nata-He-Yukan hielt neben dem Baum und hob seine Arme der Sonne entgegen. Leise flüsterte er ein Gebet, bat Wakan-tanka, das große Geheimnis, um Hilfe für seine Aufgabe. Warme Strahlen kitzelten sein Gesicht und er seufzte wohlig. Mit seinen Schenkeln dirigierte er sein Pferd den Hügel hinunter, dann ließ er es scharf angaloppieren, um auf der anderen Seite einen Hang zu erklimmen.
Dahinter schlängelte sich ein klarer Fluss durch ein breites Tal. Zu beiden Seiten des Ufers standen Pappeln und Büsche, die willkommenen Schatten spenden würden. Saftiges Gras, jetzt mit morgendlichem Nebel bedeckt, wuchs in den Niederungen und hob sich deutlich von dem sonst so braunen und verdorrten Steppengras ab.
Wie er es vermutet hatte, weideten in der Nähe die Büffel. Er genoss den Anblick der gewaltigen Tiere, schaute belustigt zu, wie sich riesige Stiere in Schlammkuhlen wälzten und kalumetrote Kälber um ihre Mütter sprangen. Mit einem frohen Grinsen zog er vorsichtig sein Pony zurück, um die Herde nicht aufzuschrecken, und machte sich auf den Rückweg. Bei Tage kam er wesentlich schneller voran und oft ließ er das Pony in einen ausdauernden Trab fallen. Gegen Mittag hörte er von fern den Trommelschlag seines Stammes. Hoka! Also war er der erste! Wakantanka war ihm wohl gesonnen! Er schmierte sich Staub in das

Gesicht, damit es ein wenig theatralischer wirkte, vergaß auch nicht sein Pferd ordentlich mit Dreck einzuschmieren und sauste im gestreckten Galopp durch das Dorf. „Die Büffel, die Büffel!", spielte er das Spiel, wie es von jeher von den erfolgreichen Spähern erwartet wurde. Es verfehlte seine Wirkung nicht. Sein verdrecktes Äußeres und die Erschöpfung waren glaubhaft genug und er sonnte sich in der Bewunderung, die ihm von allen Seiten zuteil wurde. Wohlwollende Hände klopften ihm auf die Schulter, freundliche Frauen steckten ihm Leckerbissen zu. Die Ältesten lächelten zufrieden und gaben das Zeichen zum Aufbruch.

In aller Ruhe brachen die Frauen das Lager ab und innerhalb kürzester Zeit bildete sich die Marschordnung. Trotz seiner eher geringen Stellung im Stamm, durfte seine Mutter gleich nach den Ältesten reiten, denn ihr Sohn hatte die Büffel gefunden. Napewaschte-win genoss es sichtlich. Zum ersten Mal musste sie nicht den Staub des gesamten Lagers schlucken, der aufwirbelte, wenn sich die Pferde mit den beladenen Travois in Bewegung setzten. Nata-He-Yukan hielt seine kleine Schwester vor sich auf dem Pferd und ritt stolz neben dem Häuptling und dem Medizinmann.

„Hast du deine Gebete verrichtet?", fragte der Medizinmann besorgt, denn die kleinste Missachtung konnte verheerende Folgen haben.

„Ja, beim Sonnenaufgang habe ich gebetet!", beruhigte ihn Nata-He-Yukan.

„Das ist gut! Und was geschah dann?"

„Hinter dem nächsten Hügel fand ich die Herde!"

„Eh, du siehst, Wakan-tanka belohnt dich gut!"

Sichtlich enttäuscht schlossen am Abend die erfolglosen anderen drei Reiter zu dem Stamm auf. Auch sie hätten sich gern in dem Ansehen gesonnt, als erste die Büffel gefunden zu haben! Nata-He-Yukan bemerkte nicht den Hass, der kurz in den Augen von Bleza-Si aufloderte, als er ihn und seine Mutter an der Spitze reiten sah. Stattdessen begrüßte er vergnügt die anderen Späher, die sicherlich das nächste Mal wieder erfolgreicher sein würden. Nur

Bleza-Si verschwand in der Reihe der Travois und ließ seinen Unmut an seiner gefangenen Shoshonefrau aus. „Warum hast du nichts zu essen für mich?“, herrschte er sie an.

Mit einer Routine, wie sie jedem Nomadenvolk zu eigen ist, errichteten die Frauen das Lager für die Nacht. Kochfeuer wurden vor den Tipis entfacht und es summte wie in einem Bienenstock. Männer sprachen über die besten Jagdtaktiken, Frauen beratschlagten, wie man am schnellsten das Fleisch zerteilen konnte, ehe die Hunde über die wertvolle Beute herfielen.
Jungenbanden spitzten ihre Pfeile und hofften, dass viele Kälber übrig blieben, die sie zum Schluss erlegen durften. Denn so ungefährlich war auch das nicht. Die allgemeine Unruhe erfasste sogar die Babys in ihren Wiegen, die ihre Eltern die ganze Nacht hindurch wach hielten.
Am Morgen herrschte hektische Betriebsamkeit. Mit Lendenschürzen bekleidete Krieger bemalten sich mit Schutzzeichen für die Jagd, dann schmückten sie ihre Ponys mit Federn, und bemalten deren Beine mit ebensolchen Zeichen. Das war wichtig, denn wenn ein Pferd stolperte, konnte das tödlich für Pferd und Reiter sein.
Auch Nata-He-Yukan verließ sich ganz gern auf solche Schutzzeichen und kniete geduldig vor seinem Pony, um die Beine mit roten Streifen zu versehen. Was nützen ihm seine Reitkünste, wenn sein Pferd stürzte? Ansonsten kleidete er sich für die Jagd eher spärlich: Lendenschurz und Mokassins, sonst brauchte er nichts. Seine Haare hatte er in einfache Zöpfe geflochten und dick mit Fett eingerieben, damit sich während der Jagd keine Strähnen lösten und ins Gesicht wehten. Auf dem Rücken trug er seinen Köcher mit Pfeilen, in der Hand hielt er locker seinen Bogen. Ansonsten hatte er nur eine Messerscheide am Gürtel. Er war bereit!
Schon saß ein Trupp Jäger auf ihren Ponys und mit einem Hochgefühl schloss sich Nata-He-Yukan ihnen an. Büffelvolk, wir kommen!

Unruhe brach unter den braunen Kolossen aus, als sich die Jäger näherten, aber noch dachten sie nicht an Flucht. Erst das schrille

Geschrei ließ sie unwillig schnauben und erste Tiere setzten sich langsam in Bewegung. Den Lakota gelang es, einen Keil in die Herde zu treiben und eine kleine Gruppe der Tiere abzuspalten. Jetzt begann die Jagd. Einzelne Jäger hielten ihre Ponys Schulter an Schulter mit den Büffeln, gut gezielte Pfeile fanden den Weg in den empfindlichen Nacken des Tieres. Staub wirbelte auf, wenn so ein Koloss zusammenbrach und der Jäger geistesgegenwärtig sein Pferd zur Seite riss.

Han! Sie waren gute Jäger!

Nata-He-Yukan hatte bereits das dritte Tier erlegt, als er bemerkte, wie seitlich von ihm ein Mann mit seinem Pferd stürzte. Sofort wirbelte er herum, um ihm zu Hilfe zu kommen, doch von der anderen Seite näherte sich bereits Bleza-Si. Beruhigt bemerkte er, wie dieser sicherlich schneller bei dem gestürzten Mann sein würde, und setzte die Jagd fort. Sein Pony zeigte bald die ersten Anzeichen von Erschöpfung. Vielleicht sollte er es wechseln? Aber das andere seiner Pferde hatte längst nicht so viel Erfahrung, und so trieb er seinen Schecken wieder an. Noch ein oder zwei Büffel und er hätte Jagdbeute genug.

In dem aufgewirbelten Staub der fliehenden Herde konnte er fast nichts mehr sehen, nur schemenhaft erkannte er die Umrisse der anderen Jäger. Hier und da tauchte ein Horn auf, dann der schwarze Schwanz eines Pferdes. Irgendwie nahm er nur einzelne Körperteile wahr, manchmal einen Kopf, dann einen Arm, wie dieser den Bogen hob. Diese Jagd war irgendwie unwirklich, fast gespenstisch. Kein Blöken war zu hören, nur das Trommeln tausender Hufe. Er verschoss seine letzten zwei Pfeile und ließ sein Pferd ausgaloppieren. Plötzliche Stille umgab ihn, kein Vogelzwitschern, kein Zirpen, einfach nichts.

Als ob die Natur vor Schreck erstarrt wäre, als die unhaltbare Flut brauner Leiber alles niedertrampelte. Nata-He-Yukan fühlte seinen schnellen Herzschlag in der Brust, spürte das Blut, das in seinen Adern pulsierte. Dankbar klopfte er den schweißnassen Hals seines Ponys und flüsterte beruhigende Worte. Langsam lenkte er es zum Fluss, dann ließ er es durch das klare Wasser plantschen. Durstig tauchte das Pony seine Nase in das kalte Nass und ebenso durstig ließ sich Nata-He-Yukan vom Rücken gleiten, um einige Handvoll zu schöpfen. Er war völlig verschwitzt und in einem Impuls tauchte er mitsamt seinem Lendenschurz unter. Wan, das tat gut! Bei der Hitze würden seine Sachen blitzschnell wieder trocken sein, nur seine Mokassins trieften und er musste sie auswringen, sonst wären sie ihm von den Füßen gerutscht.

Erste Frauen liefen bereits über das Feld, um die gejagten Tier auszunehmen, aber ihn interessierte das nicht sonderlich. Seine Aufgabe war getan, alles andere war jetzt Frauensache.
Überhaupt, sein Magen knurrte und erinnerte ihn daran, dass er seit dem Morgen nichts gegessen hatte. Er schaute sich nach den anderen Jägern um, doch er konnte niemanden sehen. Immer noch war es merkwürdig still, keine Jubelschreie, nichts war zu hören. Seltsam!
Etwas beunruhigt schwang er sich wieder auf sein Pferd und trottete in Richtung Dorf zurück. Eine Mauer finsterer Blicke und eisigen Schweigens empfing ihn. Unsicher drehte er sich um, ob vielleicht irgendwelche Feinde hinter ihm her waren, aber die deutliche Ablehnung galt offensichtlich ihm. Er schluckte schwer und wartete einfach ab. Mehrere Akitschitas, Krieger mit Ordnungsfunktion, kamen drohend auf ihn zu und herrschten ihn an: „Komm mit ins Beratungszelt!“
Er war völlig fassungslos. Was hatte er getan? Ungläubig starrte er auf die Männer, die noch am Morgen seine Freunde gewesen waren. „Warum?“, krächzte er mühsam.
„Du hast Kalter-Stein im Stich gelassen. Die Büffel haben ihn zu Tode getrampelt!“
Nata-He-Yukans Augen schlossen sich vor Entsetzen. Aber Bleza-Si … Eine entsetzliche Ahnung stieg in ihm auf. Hatte er …? Mühsam blinzelte er zu dem Krieger mit der gespaltenen Lippe. Ein hämisches Grinsen huschte kurz über dessen Gesicht, für die anderen nicht zu sehen. Wie gelähmt folgte Nata-He-Yukan den Akitschitas, doch seine Gedanken wirbelten. Was war passiert?
Drohendes Schweigen schlug ihm entgegen, als er in das große Versammlungszelt schlüpfte und ihn beschlich ein unangenehmes Gefühl.

Bleza-Si dazwischen. „Verräter, Feigling!“, zischte sein Widersacher und andere murmelten beifällig „Aho“. Einen anderen Krieger im Stich zu lassen galt als schlimmstes Vergehen, gleichzusetzen mit Mord! Bewegungslos stand Nata-He-Yukan vor seinem Pferd, sein Blick folgte den Bussarden, die über den getöteten Büffeln schwebten. „Ich bin kein Feigling!“, schrie seine innere Stimme.

Nach einer Ewigkeit traten die Krieger vor das Zelt und einige spuckten ihm verächtlich vor die Füße. Der Häuptling nickte ihm zu und seine Stimme war ernst: „Wir sind Lakota. Wir müssen einander vertrauen und wir müssen füreinander kämpfen. Du hast Kalter-Stein und Bleza-Si im Stich gelassen! So eine Tat schadet unserem Volk. So jemanden können wir nicht mehr bei uns dulden. Deshalb sollst du gehen! Du bist hier nicht mehr willkommen!“

Nata-He-Yukan schluckte schwer, als der Häuptling das aussprach, was er befürchtet hatte. „Meine Mutter und meine Schwester?“, wagte er zu fragen.

„Ihr Zelt und all dein Besitz geht an die Familie von Kalter-Stein! Deine Mutter und deine Schwester werden in einem anderen Zelt leben. Jetzt geh!“

Verbannung! Sie straften ihn mit Verbannung. Das kam einem Todesurteil gleich! Er wusste, was das bedeutete.

Vier Winter durfte er nicht zu seinem Stamm zurückkehren.

„Du bist hier nicht mehr willkommen. Iyaya-yo! Geh!“, wiederholte ein anderer Mann und gab ihm einen Stoß.

Nata-He-Yukan unterdrückte den Impuls zurückzuschlagen und sein Herz wurde schwer. Sein Blick schweifte über die Menschen, die sich demonstrativ umdrehten und ihm die kalte Schulter zeigten.

„Ich werde überleben und wiederkommen!“, drohte Nata-He-Yukan mit vor Wut verzerrter Stimme.

Im Hintergrund wurde das Grinsen von Bleza-Si noch unangenehmer. Noch nie hatte dieser gehört, dass ein einzelner Mann vier Winter allein in der Wildnis überlebt hätte.

Höhnisch leuchteten seine grauen Augen, ein Erbe seines weißen Vaters. Er hatte lange auf diesen Augenblick gewartet, doch nun sah er befriedigt, wie der Sohn des Mannes, der seinen Vater vor Jahren in einem Streit getötet hatte, in die Verbannung geschickt wurde. Endlich war er seinen Rivalen los!

Der Kriegszug

(Montana, nördlich des Missouri)

In vollem Kriegsschmuck brachen gut einhundert Männer der Pecuni auf, eine gewaltige Streitmacht, bereit über die Dörfer der Crow herzufallen. Eine eindrucksvolle Parade marschierte einmal um das Dorf, begleitet von den Hochrufen und den Wünschen der Frauen. So manch eine steckte ihrem Liebsten noch gute Medizin zu, so mancher Rat wurde noch schnell von dem Großvater an den Enkel weitergegeben, dann verschwand der Kriegszug gen Süden.

Tötet-die-Crow ritt neben ihrem Onkel, ein wenig flau im Magen war ihr jetzt doch. Noch nie hatte sie einen Menschen getötet und jetzt war sie auf dem Weg genau dies zu tun. Wie würde es sein, wenn ihre Keule einen Kopf zerschmetterte, ihr Pfeil in einen Körper surrte? Konnte sie jetzt noch zurück?

Nein, denn dann würde sie sicherlich bestraft werden! Niemand verriet seine Vision!

Ihre Anspannung wich schnell einem Gefühl von Langeweile, denn die Jagdgründe der Crow lagen weit entfernt. Tagelang ritten sie gemächlich dahin, ließen den Milch- und den Sonnenfluss hinter sich, zogen dann am Großen Fluss entlang, bis sie eine Stelle fanden, wo sie ihn überqueren konnten. Sie folgten den endlosen Wäldern, manchmal versteckten sie sich, rasteten dann in irgendwelchen Senken, überließen Tötet-die-Crow und einigen Jungen das Wasserholen und Kochen.

Plötzlich war sie doch wieder eine Frau, flickte Mokassins, sammelte Holz und bereitete das Nachtlager. Aber sie tat es wie die anderen Jungen, die zum ersten Mal auf einen Kriegszug mitgingen, die ohne zu murren genau die gleichen Aufgaben verrichteten wie sie. Achselzuckend schloss sie sich Wiesel-gefangen-am-Schwanz und Freund-der-Otter an, wenn sie Holz sammelten oder die Reservepferde trieben. Tatsächlich hatte sie den Eindruck, wie einer der anderen Jungen behandelt zu werden, und das spornte sie an. Sie überschritten den Hirschfluss und waren nun endgültig inmitten des feindlichen Stammesgebietes.

Vorsichtig erkundeten die Späher das Gebiet, suchten nach den Dörfern der Crow. Immer südlicher stießen sie vor, stets in der Gefahr selbst überrascht zu werden. Dann, als sie auf keine feindlichen Dörfer stießen, schwenkten sie nach Osten. Eine angespannte Stimmung breitete sich aus, denn die ständige Wachsamkeit lastete auf ihren Nerven.
Tötet-die-Crow spürte wieder dieses flaue Gefühl in ihrem Magen. Sie hörte die Gespräche der Männer, hing gierig an den Lippen der Späher, wenn sie etwas über feindliche Bewegungen berichteten und zur Vorsicht mahnten. Oft bauten sie sich einen kleinen Unterschlupf, um abzuwarten und in Ruhe die hügelige Umgebung zu erkunden.
Schließlich stießen ihre Späher auf ein feindliches Dorf. Es lag zu Füßen eines hohen Gebirges, an einem schnell fließenden Fluss, der mit Kirschbäumen und Pappeln gesäumt war.
„Dreißig Zelte!", berichteten die Späher mit glänzenden Augen, als sie zurückkehrten.
„Viele Männer sind zur Jagd!" Eine leichte Beute für sie!
Umsichtig führten die Späher den Kriegstrupp in die Nähe des Dorfes, nutzten ihre Kenntnis des Geländes, um verborgen zu bleiben. Schließlich machten sie eine warnende Geste. Sofort glitten alle von den Pferden, versteckten sich hinter einer Hügelkette, damit der Feind sie nicht entdeckte.
Das Gebiet der Crow war zerklüftet und hügelig, mit weitläufigen Wäldern, in denen sich ein feindlicher Trupp tagelang verstecken konnte, ohne gesehen zu werden. Bedächtig bemalten sich die Pecuni mit Kriegsfarbe, zogen ihre prächtigen Kriegshemden an, beteten über ihren Medizinbündeln und warteten auf den geeigneten Moment für den Angriff. Tötet-die-Crow hatte kein Medizinbündel und erschrak sichtlich. Was würde sie jetzt beschützen? Vielleicht der Geist ihres Bruders? Plötzlich war sie völlig verunsichert. Sie hatte auch keine Kriegsfarbe, um sich zu bemalen, und unentschlossen ging sie zu ihrem Onkel. „Du hütest die Pferde!", ordnete er an.
„Aber mein Traum?", entgegnete sie schüchtern.
„Es ist dein erster Kriegszug. Du lernst wie alle Jungen! Zuerst hütest du die Pferde!"

Irgendwie war sie froh, dass Ferner-Bär ihr die Entscheidung abnahm. Es hatte keinen Sinn, etwas zu überstürzen, wenn sie noch nicht erfahren genug war.
Grimmig machten sich die Krieger auf den Weg. Sie hielten ihre todbringenden Waffen in den Händen, bereit ihre Feinde empfindlich zu strafen.
Nur aus der Ferne hörte Tötet-die-Crow den Kriegsschrei ihres Volkes und das entsetzte Kreischen von Frauen und Kindern, die um ihr Leben liefen. Tötet-die-Crow verharrte betend und flehte um den Beistand des Sonnenhäuptlings. Bereits nach kurzer Zeit ebbte der Kampflärm ab, dann kehrten die ersten Krieger siegestrunken zurück. Schreiend wirbelten sie die Skalpe gefallener Gegner über ihren Köpfen, manche zerrten Frauen und Mädchen hinter sich her. Nichts mehr war von den freundlichen, zurückhaltenden Männern übrig, die Tötet-die-Crow sonst kannte. Es war ein leichter Sieg gewesen. Ein kleines Dorf, das dieser Übermacht kaum etwas entgegen setzen konnte.

Mit klopfendem Herzen sah Tötet-die-Crow den Kriegern entgegen, beobachtete verächtlich die Gefangenen, die ins Lager getrieben wurden. Weinende Frauen wurden vorwärts getreten und geschlagen, während sich hilflose Kinder an ihre Mütter klammerten. Ein schreiendes Mädchen wurde von einem Krieger zu Boden gedrückt, dann unterband er ihr Schreien mit seiner Hand. Die Augen des Mädchens nagelten sich in den ihren fest, aber Tötet-die-Crow hatte kein Mitleid.
Diese Männer nahmen sich nur, was ihnen ihrer Meinung nach zustand. Nach dem Kampf gehörten die Frauen des Feindes ihnen. Mit seinem Messer ritzte der Krieger das Mädchen an der Backe und machte somit deutlich, dass er sie für sich beanspruchte. Dann schickte er sie wieder zu den anderen Gefangenen.
Umbarmherzig trieben die Pecuni die Gefangenen voran, es waren nicht viele, verglichen mit der Angriffskraft der Krieger. Acht Frauen, drei Mädchen und fünf Kinder aus einem Dorf mit dreißig Zelten. Kurz überlegte Tötet-die-Crow, wie viele Feinde wohl überlebt hatten. Aber ihr blieb keine Zeit, weiter darauf zu achten oder Mitleid zu empfinden. Auf einen Befehl hin trieb sie hastig

die Pferde vor sich her. Sie wunderte sich über die plötzliche Eile der anderen. Sie hatten doch gesiegt! Wurden sie verfolgt?
Erst am Abend erlaubten es sich, die Pecuni endlich eine Rast einzulegen und hungrig fielen die Krieger über die Vorräte her. Neugierig setzte sich Tötet-die-Crow neben die Männer und versuchte endlich zu erfahren, wie der Angriff verlaufen war. Ihr flüchtiger Blick streifte dabei die gefangenen Kinder, die zusammengekauert bei ihren Müttern saßen und leise schluchzten. Sie würden auf die Zelte der Krieger verteilt werden, ebenso wie deren gefangene Mütter. Zum ersten Mal überdachte Tötet-die-Crow diese harte Tatsache. Frauen und Kinder, die aus ihrem gewohnten Leben herausgerissen wurden, um irgendwo ein neues Leben zu beginnen.
„Vielleicht nimmst du dir eine Gefangene?", zwinkerte Ferner-Bär ihr zu, so als hätte er ihre Gedanken erraten.
„Ich?" Ihre Augen wurden rund vor Überraschung.
„Na ja, jetzt, wo du ein Krieger bist, brauchst du doch eine Frau, die dein Tipi führt. Eine gefangene Frau wäre gewiss sehr dankbar, wenn sie nicht dein Lager teilen muss!"
Wieherndes Gelächter schlug ihr entgegen und sie senkte empört die Augen. Der Krieg hatte ein Gesicht, das ihr nicht gefiel. Schweigend setzte sie sich abseits und wickelte sich in eine Decke, um ein wenig zu ruhen.
Kurz nach Sonnenaufgang schreckte sie hoch. In der Ferne erklang es wie ein Donnergrollen und kurz dachte Tötet-die-Crow an ein Gewitter. Doch dann waren die Verfolger da: eine riesige Staubwolke aufgestachelter Krieger, die nur noch töten wollten. Ohne Warnung fielen die Crow über die Pecuni her, die sich ebenso mutig den Angreifern entgegen stellten.
Ein wimmerndes Crowmädchen versuchte sich vor dem tödlichen Schlag eines Beils in Sicherheit zu bringen, als der Krieger die lästige Gefangene einfach vom Pferd warf. Ein anderer Krieger schrie ihn an und deutete auf die angreifenden Crow: „Die sind deiner würdig, nicht das Mädchen!" Dann knallten die verfeindeten Parteien aufeinander und auch Tötet-die-Crow zog ihr Beil. In dem Staub war fast nichts mehr zu sehen und hilflos drehte sich ihr Pferd im Kreis. Wer war hier Freund, wer Feind?

Orientierungslos preschte sie vorwärts, hoffte, dass wenigstens ihr Pony wusste, was es tat. Graue Gestalten schlugen aufeinander ein, erst im letzten Augenblick war überhaupt zu erkennen, wer der Feind war. Plötzlich war sie mitten in dem Getümmel aus um sich schlagenden Ponys, schreienden Feinden und kämpfenden Freunden.

Ein Pferd krachte seitlich in ihres und mit einer drehenden Bewegung schlug sie dem Reiter die Keule an das Kinn. Der Kopf des Angreifers flog nach hinten, als wäre er abgebrochen und sie stieß einen heiseren Schrei aus. Dann verschwand sie schnellstens in der Wand aus Staub, denn im Nahkampf wäre sie den Männern hoffnungslos unterlegen. Mit einem Ruck zog sie ihren Bogen von der Schulter und legte einen Pfeil auf. Mit zusammengekniffenen Augen versuchte sie den Nebel aus Staub zu durchdringen, irgendein Ziel auszumachen.

Dann erkannte Tötet-die-Crow die hoch gekämmten Haare eines feindlichen Kriegers vor sich und schoss. Ihr Pfeil verletzte ihn am Arm und wutentbrannt ging der Crow auf sie los. Für ihn war es nur ein Pecuniknabe, der es frecherweise wagte, auf ihn zu schießen. Ihr Herz rutschte in den Lendenschurz, als sie die geballte Wut auf sich zukommen sah. Hastig griff sie in den Köcher und legte den nächsten Pfeil auf. Da hatte er sie bereits erreicht und reflexartig ließ sie sich von ihrem Pferd fallen und tauchte unter dessen Bauch. Wütend duckte sich der Krieger, glitt von seinem Pony und suchte nach ihr. Ein schwarz bemaltes Gesicht mit fleischigen Lippen verzerrte sich zu einer Grimasse, als er seine Beute in unmittelbarer Nähe erspähte.

Tötet-die-Crow rutschte am Boden liegend rückwärts, Panik stieg in ihr hoch, als der Mann den Tomahawk hob, um sie zu töten. In Todesangst hob sie ihr Hemd, um ihm zu zeigen, dass sie ein Mädchen war. Einen winzigen Moment stutzte der Krieger, dann huschte ein brutales Grinsen über sein Gesicht. Eine Hand griff nach ihren Brüsten, während er den Tomahawk an ihren Hals setzte. Kaltes Eisen, eingetauscht bei einem weißen Trapper, drückte gegen ihre Kehle. Dann krallten sich seine Finger so in ihre Brust, dass sie stöhnen musste. Verzweifelt tasteten ihre Finger nach einer Waffe oder sonst etwas, um sich diesen Mann vom

Leib zu halten. Sie erwischte mit ihrer rechten Hand einen mittelgroßen Stein und schlug ihn mit aller Kraft gegen seine Schläfe. Sein Tomahawk rutschte von ihrer Kehle weg und sofort schob sie seine Hand mit aller Kraft weiter, dann schlug sie ein zweites Mal gegen seinen Kopf.

Langsam dämmerte dem Mann, dass sie gefährlich war, und benommen versuchte er sie mit seinen Beinen zu kontrollieren. Mühsam holte er mit dem Tomahawk aus, um sie zu töten, doch die Bewegung dauerte viel zu lange. Mit ihrem Messer stach sie in seinen Bauch, worauf er stöhnend zusammensank.

Er hatte nicht damit gerechnet, denn sie kämpfte mit ihrer linken Hand, hatte die Messerscheide aus diesem Grund auch auf dieser Seite gehabt. Wieder stach sie zu und versuchte unter ihm herauszurollen. Er war schwer und brach über ihr zusammen. Immer wieder stach sie in Panik zu, bis sie merkte, dass der Mann längst tot war.

Zappelnd versuchte sie sich zu befreien, doch sie klemmte unter dem schweren Körper fest, der sie selbst im Tod noch umklammert hielt. Es war unmöglich, in ihrer Situation um Hilfe zu rufen. Der Kampflärm hatte sich zwar entfernt, aber sie konnte nicht wissen, ob sich gerade Freund oder Feind in der Nähe befanden. Sie verschnaufte eine Weile, versuchte langsam zu Luft zu kommen, dann zog sie sich Stück für Stück unter der Leiche hervor. Völlig außer Atem starrte sie auf den Toten, bemerkte dann schockiert das Blut, das ihre Kleidung verunreinigt hatte. Ihr Pony war weggelaufen. So sammelte sie erst einmal ihre Waffen zusammen.

Der Lärm war verebbt und bei der Suche nach ihren Kampfgefährten stolperte sie immer wieder über Leichen: Crow und Pecuni! Ihr Herz zog sich zusammen, als sie die vielen Toten sah. So viele Witwen würden um ihre Männer trauern. Sie schnappte sich ein herumirrendes Pony und galoppierte nordwärts, in Richtung ihrer Heimat.

Sie folgte einer Senke und blieb im Schatten der hohen Felsen, während sie eigentlich damit rechnete, auf irgendwelche Crow zu stoßen, die kein Erbarmen kennen würden.

Sie wich in einen lichten Wald aus und sprang vom Pferd, um es zu führen. Hastig zog sie es immer weiter, versuchte in den Halbschatten der Bäume zu verschwinden.
Ihr Herz schlug unregelmäßig und sie versuchte sich zu orientieren. Wohin sollte sie nur gehen? Wo würden die anderen Männer hingehen? Sie bewegte sich ungefähr in nördlicher Richtung, immer auf der Hut vor den Crow, und versuchte auf Umwegen den alten Lagerplatz zu erreichen. Vielleicht würden einige versprengte Krieger dorthin zurückkehren?

Gegen Mittag ereichte sie den Ort, an dem sie noch vor zwei Tagen ihr provisorisches Lager errichtet hatten. Erleichtert atmete sie auf, als sie tatsächlich fünf Krieger erkannte, drei von ihnen verletzt. Sie waren dorthin zurückgekehrt, um ihre Wunden zu verbinden, unter ihnen Zwei-Pferde. Er hatte auf mehr Verstärkung gehofft und nicht nur auf ein Mädchen in Knabenkleidung.
„Also hast du überlebt?", meinte er mit einem kurzen Nicken.
Tötet-die-Crow konnte ihre Erleichterung nicht verbergen: „Ja, aber es war ein schrecklicher Kampf!"
„Es war ein großer Kampf! Viele Feinde sind gestorben!", hörte sie die stolze Stimme von Zwei-Pferde, der aus einer Wunde am Arm blutete.
Tötet-die-Crow antwortete nicht.
Zwei-Pferdes Blick fiel auf das blutverschmierte Hemd des Mädchens: „Bist du verletzt?"
Sie schüttelte den Kopf. „Nein, ich tötete einen Crow, es ist sein Blut!"
„So, du hast also deinen ersten Feind getötet?" Seine Stimme verriet ein wenig seinen Zweifel, aber das Blut war Beweis genug.
„Ich tötete heute zwei Männer! Aber auch viele unserer Männer sind gestorben!"
„Ai, es war ein guter Kampf! Die Crow sind unsere Feinde! Es ist gut, wenn sie sterben!"
„Ja, aber wieder mussten Krieger von uns sterben! Warum?"
„Mädchen!", antwortete er auf herablassende Art. „Wenn du das nicht verstehst, dann solltest du nicht Krieg führen!"
„Ich war voller Hass auf die Crow, denn sie haben meinen Bruder

ermordet. Ich wollte ihn rächen. Zuerst haben wir getötet. Dann kamen die Crow, um ihre Toten zu sühnen. Wieder starben Krieger und wieder werden unsere Männer kommen, um sie zu rächen! Ist das der Krieg?"
„Ja!", antwortete Zwei-Pferde knapp. „Und noch sind wir lange nicht daheim. Du kannst froh sein, wenn du ihnen nicht lebend in die Hände fällst! Sie werden keine Rücksicht auf deine Visionen nehmen!"
Sie dachte an die brutale Hand, die sich in ihre Brust gekrallt hatte, und gab ihm Recht: „Das weiß ich!"

Schweigend warteten die Krieger auf die Dunkelheit und hofften auf ein Zeichen der anderen. Manchmal ließ einer das Rufen einer Eule erklingen, aber niemand antwortete. Entweder sie waren weit entfernt oder es war eine vernichtende Niederlage gewesen. Am schlimmsten war die Ungewissheit, nichts von den anderen zu hören, nicht zu wissen, ob der Onkel noch lebte.
„Was machen wir jetzt?", fragte Tötet-die-Crow mit bangem Herzen.
„Wir schlagen uns durch!"
„So weit, allein durch feindliches Gebiet?"
„Hast du einen anderen Vorschlag?"
Sie schüttelte betroffen den Kopf. „Vielleicht sollten wir bei Nacht reiten, damit wir nicht entdeckt werden?"
Ein anderer Krieger deutete spöttisch auf das Mädchen. „Schaut euch dieses Küken an! Das erste Mal auf einem Kriegszug dabei und schon hat sie Ideen! Vielleicht sollte sie uns führen?"
Alle lachten verhalten, aber die Stimmung war gedrückt, fast feindselig. Sie waren gereizt, denn ohne die anderen waren sie dem Feind ausgeliefert.
„Wir sollten sofort aufbrechen und die anderen suchen!", meinte Roter-Fuchs, ein junger Krieger, groß und schwer, mit riesigen Händen und Füßen.
„Und wenn uns die Crow sehen?", warf Zwei-Pferde ein.
„Sie sind bestimmt in ihr Dorf zurück geritten und pflegen ihre Wunden. Wir sollten möglichst viel Abstand zwischen uns und sie bringen!" Vorsichtig rückte Roter-Fuchs seinen imposanten

Kopfschmuck aus zwei langen gespaltenen Hörnern und Hermelinschwänzen zurecht. Seine Haare waren gänzlich unter der Haube verschwunden und so wirkte es, als hätte er weiße Schwänze anstatt Haare. Eigentlich ähnelte er einem mystischen, riesigen Tiergeist.
„In der Dunkelheit sehen die Hundegesichter sowieso nicht weit!", meinte ein anderer verächtlich.
„Gut! Lasst uns aufbrechen!", stimmte Zwei-Pferde zu. Seine Zöpfe hatten sich gelöst und auch die Federn seiner Kriegshaube hatten im Kampf dermaßen gelitten, dass er nun aussah wie ein gerupftes Huhn. Es war ein vernünftiger Vorschlag, denn bei Sonnenaufgang würden sich wieder rachsüchtige Crow an ihre Fersen heften.

In einer Reihe folgten sie einem Flusslauf, umgingen einen dunklen Wald, der sich tiefschwarz und drohend vor ihnen auftat. Sie hatten keine Angst vor Geistern, aber nachts war der Wald undurchdringlich, zu groß die Gefahr, dass die Pferde über Wurzeln stolperten. Die Stille ließ Tötet-die-Crow frösteln, immer wieder stieg das Bild des getöteten Mannes in ihr hoch. Erst jetzt wurde ihr bewusst, wie knapp sie mit dem Leben davongekommen war und ihr Herz raste, wenn sie an die fleischigen Lippen dachte, die sich verächtlich nach unten verzogen hatten, als er sie töten wollte. Sie hatte wie ein Feigling ihre Brüste gezeigt, um Gnade gebeten. Nichts Männliches war an dieser Handlung gewesen, sondern nur die Angst zu sterben. Hatte sie so wenig Vertrauen in ihre Bestimmung? Zweifelnd beobachtete sie Zwei-Pferde, der kurz vor ihr ritt. Er hatte bestimmt keine Angst vor dem Tod! Überhaupt, alle Krieger erschienen ihr als überaus mutig, nur sie war ein Feigling! Sie lenkte ihr Pferd neben Zwei-Pferde und sah ihn unsicher von der Seite an.
„Was?", fragte er kurz angebunden.
„Ich hatte heute Angst", erklärte sie unumwunden.
„Angst?"
„Ja, Angst vor dem Sterben!"
Er lachte leise.
Ohne Spott gestand er ihr: „Heute hatten alle Angst!"

„Wirklich?“ Ihr fiel sichtbar ein Stein vom Herzen.
„Ja, nur die Angst lässt uns überleben, durch sie werden wir wendig und geschickt!“
Sie dachte darüber nach, erinnerte sich, wie ungewohnte Kräfte die Hand mit dem tödlichen Tomahawk beiseite geschoben und ihr Körper sich aufgebäumt hatte, damit sie das Messer ziehen konnte.
„Die Angst ist eine innere Stimme in dir! Du musst lernen auf sie zu hören und ihr zu vertrauen!“
„Ich soll auf meine Angst hören? Dann würde ich ja ständig weglaufen!“ Sie kicherte bei dem Gedanken und er lachte gutmütig mit.
Dann fasste er sie eindringlich an der Schulter. „Du sollst nicht weglaufen, aber die Angst warnt dich, macht dich vorsichtig! Gute Krieger hören auf sie!“
„Und schlechte Krieger?“
„Sind bald tot!“

War ihr Bruder ein schlechter Krieger gewesen? Hatte er nicht auf seine innere Stimme gehört? War er zu unbedarft und wagemutig gewesen, eigentlich das, was sie immer so an ihm bewundert hatte? War das ihre Bestimmung? Umsichtiger zu sein, überlegter zu handeln, ihrer inneren Stimme zu folgen? Wenn sie nur wieder lebend heimkamen!
Seufzend ließ sie ihr Pony zurück fallen und hing ihren Gedanken nach.
Lange vor der Morgendämmerung wurde der Himmel grau und die Pecuni ließen ihre Pferde in einen ausdauernden Trab fallen. Noch hatten sie keine Spur der anderen Krieger gefunden und beunruhigt ritten sie immer weiter nach Norden. Es war eine leicht vorauszuberechnende Handlung, aber sie hatten keine Wahl. Deshalb wunderte es sie auch nicht, als im rötlichen Dunst der aufgehenden Sonne gut zwanzig Crow vor ihnen auftauchten. Sie waren im Feindesland, hatten sie gereizt und diese würden nicht eher ruhen, bis sie alle Pecuni getötet hatten.
„Kehrt um!“, befahl Zwei-Pferde. Er übernahm als erfahrener Krieger die Führung. Niemand widersprach, denn die Crow

setzten sich bereits in Bewegung, um ihren Widersachern zu begegnen.
Im vollen Galopp preschten die Pecuni davon, schlugen Haken, verschwanden in dem hügeligen Gebiet, indem sie manchmal die Richtung wechselten, aber die Crow folgten unbeirrbar ihrer Fährte. Selbst, wenn die Crow ihre Feinde nicht erspähten, verrieten ihnen doch die Spuren, wo sie suchen mussten. Manchmal verloren sie etwas Zeit, wenn die Pecuni ihre Pferde durch einen seichten Fluss trieben. Aber spätestens, wenn sie den Fluss wieder verließen, trafen die Crow auf die verräterischen Hufabdrücke.

Drei Tage und Nächte saßen die Pecuni auf ihren Pferden, gönnten ihnen nur kurze Pausen, bis diese vor Erschöpfung schwankten. Allen knurrte der Magen, aber sie hatten nichts mehr. Außer einigen Schluck Wasser, die sie beim Durchwaten eines Flusses zu sich nahmen, hatten sie keine Nahrung zu sich genommen. Zwangsläufig mussten sie eine längere Rast machen, denn auch die Pferde brauchten Ruhe. In ihrer Verzweiflung zogen die Flüchtigen ihre Ponys in das Unterholz des Waldes, dort kamen auch die Crow nicht schnell voran, außerdem würden die Pferde der Crow ebenso erschöpft sein, wie die ihren.

Noch fiel das Licht durch die Zweige auf die erschöpfte Gruppe, doch bald würde sich die Dämmerung über den Wald senken. Sie brauchten etwas zu essen oder die Rast half ihnen nichts! Auf einer kleinen Lichtung machten sie schließlich halt. Hungrig rupften die Ponys das weiche Gras, knabberten an Zweigen und Ästen, nur für die Menschen war nichts Essbares in der Nähe.
Mit tiefen Rändern unter den Augen saß Tötet-die-Crow auf der Lichtung und schlang ihre Arme um die Knie. Ihr Magen knurrte hörbar und ihr war schlecht vor Hunger, aber sie konnte sich nicht aufraffen etwas Essbares zu suchen.
„Komm!“, forderte Zwei-Pferde sie auf. „Vielleicht finden wir Nüsse!“
„Hier gibt es keine Nüsse!“
„Woher willst du das wissen, wenn du keine suchst!“

„Ich möchte ein großes Stück Fleisch!“, beharrte sie wie ein kleines Kind.
„Wir haben keine Zeit zum Jagen! Jetzt geh und such Nüsse!“ Sein Ton ließ keine Widerrede zu und taumelnd richtete sich Tötet-die-Crow auf. „Warum können wir kein Gras wie die Ponys fressen?“
„Such Nüsse!“
„Oh!“ Widerwillig trollte sie sich in den Wald, prüfend wanderten ihre Augen über die Bäume: Nadelbäume, keine Laubbäume! Seufzend ging sie einige Schritte weiter und suchte nach Büschen oder Pilzen. Nichts! Aber vielleicht war sie auch nur zu müde! Ihr ganzer Körper sehnte sich nach Schlaf, nur mit Mühe hielt sie ihre Augen geöffnet. Nur ein bisschen schlafen, nur ganz wenig! Wo sie stand, sank sie zu Boden, von Müdigkeit übermannt.
Schwärze war um sie herum, totale Finsternis, ohne Erinnerungen, Visionen oder Träume. Sie fühlte sich hochgehoben, doch sie war zu müde, um die Augen zu öffnen.

Nach einer Ewigkeit rüttelte sie Zwei-Pferde wach und erschrocken fuhr sie hoch. Licht fiel durch die Zweige und orientierungslos blickte sie sich um.
„Na, du kleiner Mann? Fühlst du dich besser?“ Neckend hielt ihr Zwei-Pferde eine Hand voll Pinienkerne entgegen.
Das schlechte Gewissen drückte sie. „Oh, bin ich …?“
„Du hast geschlafen wie ein Bär im Winter!“
„Oh!“ Überrascht überblickte sie das kleine Lager, das um sie herum aufgebaut worden war. Sogar ein Feuer hatte offensichtlich gebrannt.
„Du wärst eine leichte Beute für alle Schlangen, Bären und Pumas gewesen!“, lachte Zwei-Pferde sie aus. „Jetzt iss! Wir müssen sofort weiter!“

Gierig stopfte sich Tötet-die-Crow eine ganze Handvoll Kerne in den Mund, doch verglichen mit ihrem Hunger war es so gut wie nichts. Eigentlich verschlimmerte sich ihr Appetit nur, denn ihr ausgehungerter Körper wollte mehr. Sie hatte fast nicht mehr die Kraft auf ihr Pony zu steigen. Mit zitternden Knien zog sie

sich nach oben und sofort wurde sie von einem Schwindelgefühl erfasst. Verzweifelt presste sie die Augen zusammen, versuchte schwankend das Gleichgewicht auf dem Pony zu finden.
Dann beruhigten sich die roten Flecken vor ihren Augen und sie atmete erleichtert durch. Sie durfte nicht ohnmächtig werden wie ein kleines Mädchen!
Wieder trotteten sie durch den Wald, wichen Bäumen aus, duckten sich unter tief hängenden Ästen durch. Doch das Schlimmste war die Richtung. Sie ritten nach Süden, nicht nach Norden. Immer weiter wurden sie von ihrer Heimat weggeführt. Glasklar standen die Gipfel eines Gebirges vor ihnen und sie folgten den bewaldeten Hängen.

Gegen Mittag hielt Zwei-Pferde unvermittelt an und deutete auf einige umgestürzte Kiefern, die in einem heillosen Chaos übereinander lagen, ein Windbruch vom letzten Orkan. „Hier!“
„Was hier?“
„Hier werden wir uns verteidigen.“
„Verteidigen?“
„Ja, wir können nicht ewig vor ihnen davon laufen!“
„Aber wenn wir hier bleiben, werden sie uns einkesseln! Wir haben keine Vorräte und kein Wasser!“, wandte Tötet-die-Crow ein.
„Hast du eine andere Idee?“ Spöttisch drehte sich der Tiergeist zu ihr um, seine Hörner ein wenig zur Seite gelegt, während er auf eine Antwort wartete. Roter-Fuchs schwitzte unter seiner Haube, aber um nichts in der Welt hätte er seine Kriegsmedizin abgesetzt. Herausfordernd blitzte sie ihn an, hatte keine Angst vor diesem Tiergeist, denn sie wusste, dass es eine Täuschung war. Dies war Roter-Fuchs, ihr Freund. Dann schoss es wie ein Blitz durch ihre Gedanken. Täuschung! Vielleicht konnte man die Crow täuschen? Ihre verzweifelte Lage doch noch zu einem Vorteil wenden?
„Ja!“, erklärte sie selbstsicher. „Wir sollten sie lediglich glauben machen, dass wir uns hier verteidigen, einige von ihnen töten und dann schnellstens weiter reiten!“
Zwei-Pferde lächelte amüsiert. „Wie sollte uns das gelingen?“
Sie zuckte ein wenig zurück und dachte nach. „Wir machen ein

Feuer und erwecken den Eindruck, als wollten wir hier bleiben!"
„Und dann?"
„Nur zwei bleiben beim Feuer, die anderen legen sich in einen Hinterhalt. Wenn die Crow kommen, schießen wir von mehreren Seiten auf sie! Dann, wenn sie sich um ihre Verletzten und Toten kümmern, fliehen wir auf den Pferden!"
Tadelnd warf ihr Zwei-Pferde einen kurzen Blick zu. „Es ist nicht unsere Art, so zu kämpfen!"
Sie blaffte ihn giftig an: „Na und! Diese Crow sind in der Überzahl! Was ist daran tapfer?"
Zögernd überdachte Zwei-Pferde die Worte des Mädchens. Eigentlich hatte sie Recht. Kein Mann hätte es gewagt, einen solchen Vorschlag zu machen, aber jetzt war er ganz froh um diesen Ausweg.
„Gute Idee!", lächelte Roter-Fuchs und schlug ihr freundschaftlich mit seiner riesigen Hand auf die Schulter. Alles war besser als dieses ständige Fortlaufen.
In aller Hast zogen sie einige kleinere Stämme zusammen und bauten sie zu einer Brustwehr auf. Es wirkte ziemlich echt. Die Pferde versteckten sie im Wald, während einer der Krieger ein Stück zurück lief, um auf die Ankunft der Crow zu warten.

Tötet-die-Crow sammelte Holz und machte ein kleines Feuer, um die Täuschung perfekt zu machen. Hungrig saßen sie um das Feuer, dösten ein wenig, während ein Mann Wache hielt.

Tötet-die-Crow war schlecht vor Hunger und sie kaute auf einen Grashalm, um sich ein wenig abzulenken. Sollten diese Hundegesichter nur kommen! Lieber suchte sie den Kampf, als dass sie feige vor ihren Feinden davonrannte. Es dauerte eine geraume Zeit, und nervös kauten die Männer auf den Lippen. Einige beteten über ihrer Medizin, bereiteten sich auf den möglichen Tod vor, dann kam der Späher mit langen Sätzen zurück.
„Sie kommen!"
Blitzschnell verschwanden die vier Krieger außerhalb der Lichtung hinter den Bäumen, während Tötet-die-Crow und Zwei-Pferde am Feuer blieben.

Als lebende Zielscheiben präsentierten sie sich den Feinden, denn die Crow sollten glauben, dass alle sich hier für ein letztes Gefecht verschanzt hatten. Das Feuer war eine gute Finte, sie in diesem Glauben zu lassen.

Dann waren die Feinde da! Hohe Gestalten, bunt bemalt, mit Federn geschmückt, Waffen griffbereit in den Händen. Die Crow waren kriegerisch, bekämpften jeden, der es wagte in ihre Jagdgründe einzudringen und hatten wenig Skrupel davor, regelmäßig gegen andere Stämme Krieg zu führen. Für ein so kleines Volk hatten sie unverhältnismäßig viele Feinde, aber jetzt fühlten sie sich überlegen.
Sich ihrer Übermacht wohl bewusst, schauten sie auf die klägliche Abwehr, die sich die paar Pecuni dort gebaut hatten. Bald würden die Skalpe dieser Eindringlinge an ihren Gürteln hängen. Zehn Krieger zählten sie noch, die sich an die Fährte dieser versprengten Gruppe gehängt hatten. Die anderen hatten sich dem anderen Verband angeschlossen, um die größere Gruppe der Pecuni endgültig zu vernichten.
Niemand sollte ihnen entkommen! Mit einer gewissen Vorsicht näherten sie sich dem Versteck, spähten misstrauisch auf die Lichtung und glitten dann von ihren Pferden. Einen jüngeren Krieger schickten sie mit den Ponys zurück, dann verteilten sie sich lautlos und schlichen sich von mehreren Seiten an, nutzten die Deckung der umgestürzten Bäume. Deutlich waren die Pecuni zwischen den Zweigen der behelfsmäßigen Brustwehr zu erkennen. Der erste Crow hob seinen Bogen und zielte auf die Gestalt am Feuer.

Im letzten Moment konnte Zwei-Pferde das Mädchen zu Boden ziehen, dann hob er bereits seinen Bogen, um dem Crow seine todbringenden Pfeile entgegen zu schicken. Die im Wald versteckten Krieger nahmen die Crow von hinten unter Beschuss. Völlig überrascht merkten diese, dass sich die Situation zu ihren Ungunsten verschob. Drei fielen zu Boden, von Pfeilen hinterrücks getroffen. Das war ein unglaublich hoher Blutzoll für die erste Angriffswelle.

Wütend zogen sie sich zurück und umkreisten die Pecuni, die ihnen einen Hinterhalt gelegt hatten. Doch diese waren schlau, bewegten sich sofort weiter und versuchten zu der Brustwehr durchzukommen. Verhaltener Kampflärm war zu hören, dann ein Stöhnen, aber in dem Dickicht des Waldes und zwischen den umgestürzten Bäumen war nicht zu erkennen, wer kämpfte.

Von der Brustwehr aus versuchte Zwei-Pferde einen Treffer zu erlangen und schoss auf jeden Crow, der zwischen den Stämmen seine Deckung verließ. Er traf einen, der eben mit seinem Tomahawk auf Schwarzer-Fluss losgehen wollte. Ein Blick tiefster Dankbarkeit belohnte ihn, dann hechtete der junge Mann über die Brustwehr in Sicherheit.
„Wo sind die anderen?", fragte Zwei-Pferde besorgt.
„Ich weiß es nicht! Ich habe sie nicht gesehen!"
„Wir müssen hier weg, ehe die Crow sich sammeln!" Suchend wanderten seine Augen durch das Unterholz, bis er endlich einen weiteren seiner Freunde erblickte. Mit einem Satz warf sich Roter-Fuchs neben Zwei-Pferde auf den Boden.
„Wo sind die anderen?", wiederholte Zwei-Pferde.
„Tot!"
„Oh!" Tiefes Bedauern stieg in Zwei-Pferde auf, aber er konnte es nicht mehr ändern. „Wie viele Crow haben wir getötet?"
„Vielleicht vier!"
Sie hatten selbst zwei Männer verloren, also blieben noch fünf oder sechs Feinde übrig. Die Chancen standen nicht so schlecht.
„Seid ihr bereit?"
Sie nickten nur, denn sie hatten keine Zeit mehr. Bald würden die Crow wieder zu ihrem vermeintlichen Versteck vordringen. Bis dahin brauchten sie wenigsten einen kleinen Vorsprung.
„Also los!"
Geduckt kletterten sie über die Stämme, schlichen zwischen den Bäumen hindurch, überwanden die Distanz zu ihren Pferden.

Hastig nahm Tötet-die-Crow die Zügel ihres Ponys, dann sprang sie auf. Ein Pfeil traf sie an der Hüfte und sie zuckte zusammen.
„Nicht reiten!", zischte Zwei-Pferde, aber es war zu spät.

Die Crow hatten die Finte erraten und waren ihnen sofort gefolgt! Verzweifelt hob Zwei-Pferde seinen Bogen und schickte ihnen einige Pfeile entgegen, während die anderen weiter in den Wald flüchteten, das Pferd mit der verletzten Frau hinter sich herziehend.

Tötet-die-Crow fühlte nur eine merkwürdige Schwäche, als sie mit ihrer Hand nach dem Pfeil tastete. „So ist es also, zu sterben!", dachte sie merkwürdig ruhig. Sie hatte keine Ahnung, dass dieser Pfeil sie nicht so schnell töten konnte.
Dann preschte Zwei-Pferde heran und untersuchte kurz ihre Wunde. Vorsichtig brach er den Pfeil ab, und sie fiel stöhnend nach vorne.
„Rühr die Pfeilspitze nicht an, wir schneiden sie später heraus!"
Dann drehte er sich zu den Verfolgern um.
Wie Wölfe, die Blut gerochen haben, folgten ihnen die Crow. Jetzt würden sie nicht mehr von ihrer Beute ablassen!

Tötet-die-Crow fühlte, wie ihr Mund trocken wurde. Er hatte später gesagt! Später! In einem Anflug von fast heiterer Gelassenheit wusste sie, dass sie später tot sein würde. Wieso redete er solch einen Unsinn? Ihr Herz raste unregelmäßig und Schweiß lief über ihre Augen. Sie hatte nicht die Kraft, ihn wegzuwischen, sondern hörte mit geschlossenen Augen auf das seltsame Rauschen in ihren Ohren. „Wie ein Wasserfall!", dachte sie verwundert, aber hier war überhaupt kein Fluss.
„Tötet-die-Crow, kämpfe dagegen an!", rüttelte sie die Stimme von Zwei-Pferde wach.
„Wogegen?", hauchte sie.
„Du darfst nicht ohnmächtig werden! Reiß dich zusammen! Mach die Augen auf!"
Gehorsam blinzelte sie den Schweiß weg und öffnete die Augen zu einem kleinen Schlitz.
„Reite weiter! Wir lenken die Crow von dir ab! Bleibe in südlicher Richtung, bis wir dich wieder einholen!"
Sie nickte dankbar, denn sie hatte keine Kraft mehr irgendetwas zu tun. Es kostete sie alle Anstrengungen, überhaupt auf dem

Pferd zu bleiben. Langsam trottete es in südlicher Richtung davon und sie klammerte sich an der Mähne fest.
Kurz entschlossen folgte ihr Roter-Fuchs, während die anderen sorgfältig alle Spuren verwischten. Dann änderten sie die Richtung, hofften auf eine Möglichkeit, sich abermals den Crow zu stellen.

Aber so leicht ließen sich die Crow nicht täuschen, auch sie waren hervorragende Fährtenleser. Sofort erkannten sie, dass sie nur noch die Spuren von zwei Pferden vor sich hatten, und teilten sich auf, um auch die anderen Reiter zu suchen. Zwei setzten Tötet-die-Crow und Roter-Fuchs nach, die anderen vier blieben Zwei-Pferde und Schwarzer-Fluss auf der Spur.

Die Crow hatten es nicht eilig. Bald würden sie die Pecuni ohnehin einholen, außerdem wussten sie, dass sie sich dem Kampf stellen würden. Die beiden Crow, die Tötet-die-Crow und Roter-Fuchs folgten, erkannten außerdem an den deutlichen Blutstropfen, dass einer der Krieger vor ihnen verletzt sein musste.

Mutig stellte sich ihnen Roter-Fuchs in den Weg, während das verletzte Mädchen unter den Bäumen verschwand.
Zu zweit näherten sich die Crow, warteten geringschätzig auf den Krieger, der sich ihnen in den Weg stellte. Sein Pfeil zischte haarscharf an ihnen vorbei und mit gezogenem Tomahawk stellte sich Roter-Fuchs seinen Feinden entgegen.
Die Crow waren gereizt. Zu viele waren bei dem Angriff auf das Dorf getötet worden. Der Feind vor ihnen war groß und schwer, also gingen die beiden Crow gleichzeitig auf ihn los.
Kurz dachte Roter-Fuchs an Tötet-die-Crow und an seine Frau, die zu Hause auf ihn wartete, dann spaltete ein Schlag seinen Schädel.
Es war ein kurzer und ungleicher Kampf, aber den Crow war nicht nach Ehre zu Mute, sondern nach Rache. Sofort setzten sie dem verwundeten Pecuni hinterher, um auch diesen in die Geisterwelt zu schicken. Siegesgewiss näherten sie sich langsam, ihre Aufmerksamkeit gänzlich auf den Feind vor sich gerichtet.

Tötet-die-Crow zitterte. Eine plötzliche Kälte in ihrem Körper ließ sie erschauern, zudem pochte die Wunde in ihrer Hüfte. Sie wusste, dass die Crow kurz hinter ihr waren, und wartete auf den tödlichen Pfeil. Zusammengesunken hockte sie auf dem Pony, wünschte sich einen kühlen Schluck Wasser für ihren staubtrockenen Mund. Ein Kriegsschrei forderte sie zum Kampf heraus, aber sie hatte nicht einmal mehr die Kraft den Kopf zu heben. Wieder schwoll das Rauschen in ihren Ohren an, dann traf sie der längst erwartete Pfeil an der Schulter. Von der Wucht des Aufpralls verlor sie das Gleichgewicht und stürzte vom Pferd. Ehe sie noch den weichen Waldboden berührte, war sie in eine gnädige Ohnmacht gefallen.

Die Verbannung

(Bei den Lakota, westlich des Little-Bighorn Flusses)

Nata-He-Yukan warf einen verzweifelten Blick auf seine Mutter, die vor Scham eine Decke über ihr Gesicht gezogen hatte. Eines Tages würde sie die Wahrheit erfahren!
Mit zusammengebissenen Zähnen drehte er sich um. Stolz und aufrecht schritt er davon, ließ sich nichts von seiner Demütigung anmerken. Dabei dachte er an Bleza-Si und er fühlte den Hass in sich brodeln. Ja, dieser Hass würde ihn am Leben erhalten und eines Tages würde es eine Gelegenheit geben, sich zu rächen.
Mit düsteren Gedanken ging er an den erlegten Büffeln vorbei, ignorierte die Frauen, die beschämt die Köpfe wegdrehten, als sie ihn sahen. Sollten sie ihn nur verachten, eines Tages würden sie anders von ihm denken.
Im Moment schlug der Sinn für das Praktische bei ihm durch. Er trug nur das, was er am Leibe hatte, und sein Magen knurrte.
Wenigstens hatte er noch seinen Bogen und sein Messer steckte im Gürtel. Im Vorbeigehen zog er ein paar Pfeile aus den Kadavern und er überlegte, ob er sein Pony rufen sollte. Noch war es in Rufweite! Aber dann dachte er daran, wie die anderen verächtlich über ihn reden würden und gönnte ihnen diesen Triumph nicht. Er wandte sich nach Westen, fort von den Jagdgründen seines Volkes.

Es dämmerte bereits und er hatte keine Ahnung, wohin er eigentlich gehen sollte. Im Süden lebten die Pawnee, im Norden die Blackfeet, im Westen die Crow, Shoshone und Ute, alle begierig darauf, seinen Skalp an ihre Gürtel zu hängen.
Allein, ohne den Schutz seines Dorfes, wäre er eine leichte Beute für jeden seiner Feinde. Aber er hatte keine Wahl!
Noch bewegte er sich in seinen Jagdgründen, war also halbwegs sicher, doch langsam wurde ihm die Aussichtslosigkeit seiner Situation bewusst. Er hatte keine Kleidung, keine Nahrung, kein Pony, wo sollte er den Winter überleben? Quälende Fragen schossen durch seinen Kopf, dabei wusste er noch nicht einmal, wo

er die nächste Nacht verbringen sollte. Der lange Schatten des nächsten Höhenzuges mahnte ihn, dass er dringend einen Unterschlupf suchen musste.
Zwischen einigen vertrockneten Büschen grub er sich mit dem Messer eine Kuhle, dann sammelte er in einem weiten Kreis die verdorrten Äste zusammen und schlug dabei immer wieder mit einem Ast auf den Boden, um eventuelle Klapperschlagen zu vertreiben.
Dann kniete er sich hin, um ein Feuer zu machen. Seine Handflächen wurden wund, als er endlos einen schmalen Zweig zwischen seinen Händen drehte, bis endlich ein Funke in das strohtrockene Gras sprang, das er als Zunder benutzte.
„Jede Frau stellt sich geschickter dabei an!", stellte er ernüchtert fest. Frierend saß er mit nacktem Oberkörper vor dem kleinen Feuer und zählte in Gedanken auf, was er alles zurückgelassen hatte. Wo sollte er das jetzt herbekommen?
Er brauchte ein Hemd, eine Decke, eine Unterkunft, neue Waffen! Tränen der Wut stiegen in ihm hoch, als er an die Demütigung dachte, die sein Volk ihm angetan hatte. Dann dachte er mit Schrecken an seine Mutter. In welchem Zelt würde sie jetzt wohl wohnen müssen? Wer kümmerte sich nun um seine kleine Schwester? Wenn ihnen etwas zustieß, dann würde er furchtbare Rache üben!
Die gnadenlose Kälte der Nacht griff mit klammen Händen nach seinem ungeschützten Körper und ihm wurde bewusst, dass er viel zu leicht angezogen war. Frierend legte er sich in die Kuhle und deckte sich mit Sand und Grasbüscheln zu.

Kurz vor Morgengrauen weckte ihn die Kälte und zitternd fuhr er hoch. Er glaubte sich in einen schlechten Traum versetzt, aber dann holte ihn die Realität wieder ein.
Wenn er nicht schnellstens einige Felle bekam, würde er erfrieren. Es war Spätsommer, bald käme der Herbst und mit ihm der erste Frost. Dann musste er sich für den Winter rüsten. Wo sollte er überhaupt hin? Aufrecht stellte er sich hin und streckte seine Arme der aufgehenden Sonne entgegen. Die Einsamkeit traf ihn, und zum ersten Mal in seinem Leben war er völlig verwirrt. Nicht

einmal bei seiner Visionssuche hatte er eine solche Verlassenheit gespürt, denn damals hatte er gewusst, dass er einen tierischen Begleiter finden würde, der ihm Kraft verleihen würde. Jetzt hatte er alles verloren, was ihm vertraut war, und flehend suchte er die Hilfe seines Traumtieres: „Schildkröte! Ich bin allein! Gib mir die Kraft, die Zeit der Verbannung zu ertragen! Zeige mir, wohin ich gehen soll!"

Er machte sich weiter auf den Weg, entspannte seine steifen Muskeln im warmen Sonnenschein. Seine geübten Augen tasteten über den Boden und suchten nach Spuren. Sein Magen knurrte unüberhörbar und lenkte ihn ab. Er musste jagen, denn mit vollem Bauch konnte er besser nachdenken.

Er erlegte ein Kaninchen und nahm sich die Zeit, ein Feuer zu entfachen und es zu braten. Ein tiefer Seufzer entfuhr ihm, als er endlich in das saftige Fleisch biss.

Dann legte er sich zurück und sah den Wolken zu. Sollte er sich einem anderen Stamm seines Volkes anschließen und dort die Zeit abwarten, bis er zurück konnte?

Aber er wollte nicht als Bettler erscheinen, als jemand, der nichts hatte! Nein! Sein Volk hatte ihn davongejagt und er würde die Strafe hinnehmen, ihnen beweisen, dass er es auch allein schaffte! Er hatte Kalter-Stein nicht im Stich gelassen und das würde er beweisen, indem er nach vier Wintern zurückkehrte!

Ein Adler schwebte in der Ferne davon und lächelnd blickte er ihm nach. Ein gutes Zeichen!

Er würde dem Adler folgen, der auch allein seine Kreise am Himmel zog! Vielleicht sollte er in die Berge ziehen, sich ein Nest suchen, weit oben, wie es der Adler tat?

Warum sonst schickte die Schildkröte ihm dieses Zeichen! Er würde sich ein kleines Tal suchen, wo die Gefahr nicht so groß war, entdeckt zu werden. Hier war es ihm sowieso zu kalt! Auf der offenen Prärie hätte er im Winter so gut wie keine Überlebenschancen. Mit neuem Mut brach er auf, hatte nun ein Ziel, das es zu erreichen galt. Die fernen Berge! Mit weiten Schritten holte er aus, unermüdlich suchten seine Augen nach Gefahren, denen es

auszuweichen galt oder nach Wild, das er erlegen könnte. Vielleicht sollte er eine Antilope erlegen, denn das Fell würde ihm nützen. Aber wer sollte für ihn nähen? Abgesehen von der Gefahr, dass irgendwelche Feinde ihn ausfindig machten, stellten sich ihm schwer lösbare Probleme. Er war ein Krieger und Jäger! Das Verarbeiten der Felle war Frauenarbeit!
Er hatte nicht einmal Sehnen oder eine Nadel zum Nähen!
Er reduzierte das gesamte Dilemma, in dem er steckte, auf einen Namen: Bleza-Si!
Er würde dessen Gedärme bei lebendigem Leib auf einen Stock drehen!
Hasserfüllt trabte er immer weiter nach Westen, folgte einem Bachlauf und achte scharf auf irgendwelche Veränderungen in der Landschaft. In der Ferne sichtete er eine Herde Antilopen und entschlossen trabte er im schnellen Dauerlauf darauf zu. Vielleicht konnte er am Morgen ein Tier erlegen, wenn es zur Tränke kam?

In der Nacht regnete es leicht und langsam kamen ihm doch Zweifel, ob er es schaffen konnte. Der Baum, unter dem er sich verkrochen hatte, bot kaum Schutz und er war gezwungen sich einen Unterschlupf aus Zweigen zu bauen.
Am Morgen war alles nass, und so konnte er unmöglich weiter gehen. Die Mokassins wären im Nu durchnässt und er würde sich seine Füße blutig laufen.
Missmutig beschloss er, einige Tage in der Senke zu verbringen, um zu jagen und sich einfache Kleidung zu nähen. Geduldig legte er sich auf die Lauer und wartete auf die Antilopen, die sich misstrauisch dem Ufer näherten. Sein Pfeil traf ein Tier, das sich auf die vermeintliche Sicherheit der Herde verlassen hatte, während die anderen Antilopen in hohen Sätzen verschwanden. Geschickt schlug er das Tier aus seiner Decke, dann trennte er vorsichtig die Rückensehne heraus, denn damit konnte er später vielleicht etwas nähen. Wenn man die Sehne trocknete, ließ sie sich ganz einfach zwischen den Fingern teilen, und es entstanden lange, dünne Fäden, die er brauchte, um später Kleidung herzustellen. Nur mit seinem Messer kratzte er vorsichtig das Fleisch und Fett

von der Haut. Mehrmals ritzte er dabei die Haut, aber er hatte kein geeignetes Werkzeug dabei. Schließlich hielte er das steife Ding vor sich, das ziemlich nach nassem Leder stank, schnitt eine Öffnung in die Mitte und zog es wie einen Poncho über den Kopf. Wan! Wenigstens war es warm!

Er verbrachte zwei Tage in der Senke, briet das Fleisch der Antilope und wartete darauf, dass das Wetter besser wurde. Dann wanderte er weiter in Richtung der Berge, die in der Ferne leuchteten. Das einzige Wegzeichen, an das er sich hielt. Es war mühsam und er wünschte sich sein Pferd herbei.
Die Prärie erstreckte sich nicht in sanften Wellen, sondern lag wie ein sturmgepeitschter Ozean vor ihm, mit grotesken Formationen. Immer wieder stand er auf einem kegelförmigen Hügel oder tischartig abgeflachten Berg, um in die Ferne zu sehen. Er wurde vorsichtiger, ging lieber in der Nacht, damit ihn keine Feinde erspähten, aber auch, weil er nachts entsetzlich fror. Tagsüber kuschelte er sich in den sandigen Boden, gewärmt von den Strahlen der Sonne und döste übermüdet.
Nur in der Dämmerung erlaubte er es sich, ein kleines Feuer zu entfachen, um das Fleisch der Tiere zu braten, die er unterwegs getötet hatte.
Manchmal war er gezwungen, einige Tage in einem Unterschlupf zu bleiben und er übte sich im Gerben. Verzweifelt versuchte er, sich daran zu erinnern, was seine Mutter getan hatte, um das Leder weich zu bekommen. Der Poncho war inzwischen so steif wie ein Stück Holz und stank unangenehm.
Seine Mokassins wurden löchrig, immer wieder musste er eine Naht mit einem Stück Sehne flicken und es war absehbar, wann sie auseinander fallen würden. Außerdem brauchte er unbedingt Leggins, denn seine Beine waren von den Dornen und dem scharfkantigen Gras völlig zerkratzt. Er wickelte sich dicke Fellstreifen um die Waden, nicht nur gegen die Dornen, sondern auch gegen die Klapperschlangen. Allerdings bezweifelte er, ob das Leder wirklich einen ausreichenden Schutz gegen einen Biss bot. Warum machte er sich überhaupt die Mühe, seine Beine oder abends sein Lager vor den Klapperschlangen zu schützen?

Warum hoffte er nicht einfach auf den tödlichen Biss einer seiner schleichenden Brüder und alles wäre zu Ende!

Langsam veränderte sich die Landschaft. Endlose Prärie wurde durchbrochen von Ausläufern kleinerer Wälder, das ewige Braun der Steppe verwandelte sich in das Dunkelgrün der Pinien.
Unbeirrbar folgte er dem kreisenden Adler, erklomm die ersten Höhenzüge und drang tiefer in die Bergwelt vor. Weiße Felsen wechselten sich mit rotem Gestein ab, dazwischen krallten sich die Wurzeln der Bäume in den kargen Boden zwischen den Felsen. Die Berge waren fast vollständig bewaldet. Dichter, undurchdringlicher Wald, dunkel und düster, öffnete sich zu grünen Bergwiesen oder lichter stehendem Baumbewuchs.
Nur die hohen Gipfel der Berge waren spärlich bewachsen, auf einigen lag bereits der erste Schnee und bedeckte die kargen Geröllhänge.
Die Luft kühlte tagsüber merklich ab, ohne dass es nachts wesentlich kälter wurde.
Nata-He-Yukan hatte sogar den Eindruck, dass es hier milder war, weil der ewige Wind durch die Berge und Wälder gebremst wurde. Hier waren die Jagdgründe der Crow, obwohl er bisher noch keine Anzeichen ihrer Anwesenheit bemerkt hatte. Meist lebten sie nördlich der Berge in den sanften Tälern, an Flussläufen verteilt, aber sie kamen durchaus auch zur Jagd hierher.

Nata-He-Yukan fürchtete sie nicht. Er war in der Lage sich zu verteidigen und selbst der Tod schreckte ihn nicht. Mehr Angst machte ihm tatsächlich die Einsamkeit, außerdem fehlten ihm Pfeife und Tabak. Er verbrannte Salbei und Süßgras, damit seine Gedanken zu Wakan-tanka getragen wurden. Seit mehr als zehn Mal zwei Tagen hatte er mit niemandem mehr gesprochen, und so führte er Selbstgespräche, um die Stille zu vertreiben. Vier Winter! Das war eine entsetzlich lange Zeit, wenn er sie denn überlebte.

Nach drei weiteren Tagen hatte er endlich gefunden, wonach er suchte: eine geräumige Felsenhöhle, offensichtlich das Winter-

quartier eines Bären, wie er unschwer an den Tatzenabdrücken erkennen konnte. Der Adler hatte seinen Nistplatz auf einem hohen Felsen, den er von seiner Höhle aus in der Ferne sehen konnte, und Nata-He-Yukan fühlte sich durch ihn beschützt.
„Danke, mein Bruder! Du fliegst hoch! Warne mich, wenn du Feinde erspähst!“
Es war nicht ungefährlich, trotzdem entschied er sich, hier zu bleiben und die Höhle, wenn nötig, gegen den vierbeinigen Widersacher zu verteidigen. Der Boden war weich und trocken, im hinteren Bereich hatte die Höhle einen zweiten, wenn auch winzigen, Ausgang, durch den er sich knapp durchzwängen konnte. Den Vordereingang der Höhle verengte er durch Äste und Zweige, die er mit Steinen und Erde beschwerte. Anschließend verhängte er das verbliebene Loch mit einem Fell und betrachtete zufrieden sein Werk.
Jetzt konnte er sich an andere Dinge machen. Neugierig erkundete er die nähere Umgebung, prägte sich jeden Schritt und Tritt ein. Er erlegte eine flinke Bergziege, doch nicht das Jagen war das Problem, sondern das Verarbeiten. Wie sehr wünschte er sich seine Mutter herbei, die mit ihren geschickten Händen wunderschöne Sachen herstellen konnte.
Auf mehreren Gestellen neben dem Höhleneingang trocknete das Fleisch in der Sonne und insgeheim war er stolz darauf, dass er langsam Fortschritte machte. Vielleicht sollte er Wasna herstellen? Noch gab es in der Umgebung Beeren und Pinienkerne, die er zusammen mit dem getrockneten Fleisch und Fett zu einer schmackhaften Masse zerstampfen konnte.
„Ich wäre eine gute Ehefrau!“, scherzte er mit sich selbst. Überhaupt, wozu brauchte er die anderen? Sollten sie doch ohne ihn fertig werden! Er brauchte niemanden! Manchmal warf er dem Adler etwas von seiner Beute hin und sah zufrieden, wie der gefiederte Bruder seinen Dank annahm.

Ihm blieb keine Zeit, großartig über sein Schicksal nachzudenken. Stattdessen entwickelte er eine gewisse Routine im täglichen Überleben. Morgens wusch er sich wieder regelmäßig, achtete darauf, dass er gepflegt und sauber war. Auch seine Haare kämmte er mit einem Kamm, den er sich geschnitzt hatte. Eitel, wie er war, ließ er sie wieder offen über den Rücken fallen. Er jagte Bighornschafe und versuchte das Fell richtig zu gerben. Seine Versuche endeten damit, dass er halbwegs brauchbare Leggins bekam, die er nicht nähte, sondern an den Fransen zusamenknüpfte. Ähnlich schneiderte er sich ein warmes Lederhemd, welches den stinkenden Poncho ersetzte.

Die Blätter der wenigen Laubbäume färbten sich in strahlendes Gelb, manchmal gemischt mit Rottönen. Herbst und Winter kamen schnell in diesem Land.

Nata-He-Yukan sammelte fast vertrocknete Pflaumen, stahl den Eichhörnchen ihre mühsam angelegten Nussvorräte und sammelte Brennholz. In der Nähe des Eingangs brannte stets ein kleines Feuer, um den Bären aufzuhalten, sollte dieser in sein Winterquartier schlüpfen wollen. Anfangs hatte sich der Rauch des Feuers in der Höhle gesammelt, bis er hustend und spuckend geflüchtet war. Doch dann hatte er oberhalb des Eingangs ein Loch gelassen, das als Rauchabzug diente. Geduldig legte er das Holz neben das Feuer, damit es trocknen konnte, ehe er es verbrannte. Und so war es ihm gelungen, die Höhle für den Winter bewohnbar zu machen.

Seine Streifzüge führten ihn jetzt in die weitere Umgebung. Morgens lag bereits der erste Frost auf den Halmen und mahnte ihn an den kommenden Winter. Verschwunden war die flimmernde Luft des heißen Sommers, stattdessen herrschte in der klaren Luft eine Fernsicht, die schmerzte. Alle Farben, alle Umrisse traten überdeutlich hervor, als wäre die Luft von der Kälte gereinigt worden.

Oft regnete es und Nata-He-Yukan war gezwungen in seiner Höhle zu bleiben, um die wenige Kleidung zu schonen, die er hatte. Dann traf ihn die Einsamkeit mit ganzer Wucht. Noch nie hatte er eine solche Verlassenheit gespürt, denn immer war irgendjemand um ihn gewesen. Seine Freunde, seine Mutter, seine Schwester, die Dorfbewohner. Er stürzte ins Bodenlose, fühlte sich wie ein Falke im Sturzflug, nur dass auf der Wiese keine Maus wartete, die er packen konnte.

Manchmal wäre er am liebsten in ein Dorf der Crow geritten, damit sie ihn töten könnten. Lieber ein ehrenvoller Tod als diese Leere. Aber er wollte nicht aufgeben. In seinen Tagträumen verfolgte ihn die gespaltene Lippe seines Widersachers und dann arbeitete er wutentbrannt an seiner Ausrüstung.
„Ich komme wieder!", schwor er sich selbst. In seinen Händen entstanden neue Pfeile, ein Speer, nur mit neuen Mokassins tat er sich schwer. Das war wirklich ein Problem. Er wickelte sich Felle um die Füße, die er mit Lederstreifen festband. Sie hinterließen so merkwürdige Abdrücke, dass vermutlich kein Feind auf die Idee käme, die Spur eines Menschen vor sich zu haben.
Aber noch war er niemandem begegnet, nicht einmal von fern hatte er eine Rauchsäule gesehen, die ihm die Anwesenheit von Menschen bestätigt hätte.
So nutzte er die schönen Tage für die Jagd, verwischte sorgsam alle Spuren, die zu seiner Höhle führten und richtete sich für den Winter ein. Er brauchte unbedingt noch ein Bisonfell, damit er eine warme Decke hatte, und so kletterte er öfter ins Tal, um dort nach den lockigen Brüdern zu suchen. Ihr Fell würde bereits für den Winter dicht und warm sein, genau das, was er für die langen Nächte brauchte.
Die Wahrscheinlichkeit, dass sich die Büffel im Herbst in die bewaldeten Hügel zurückzogen war groß, denn nicht einmal die Büffel setzten sich den winterlichen Stürmen in der offenen Prärie aus. Auf seiner Suche lief er lange Strecken, immer auf der Hut vor möglichen feindlichen Jägern. Er hielt sich in der Deckung der Pinien und Kiefern, suchte die Gebiete nördlich der Berge auf, damit die Wälder ihn schützten. Vielleicht konnte er sich an ein feindliches Dorf heranschleichen und sich die Ausrüstung, die er brauchte, einfach stehlen?
Das wäre ein Spaß! So einem Crowweib die Mokassins aus dem Tipi zu stehlen, das wäre eine Herausforderung! Doch seine Feinde hatten sich offensichtlich weit nach Norden verzogen, auch um dem Druck der Lakota zu entgehen, die immer weiter nach Westen drängten. Nata-He-Yukan grinste freudlos. Ja, die Crow hatten gute Jagdgründe bewohnt! Doch jetzt gehörte das Land des fetten Grasflusses den Lakota!

Ihn fröstelte und er überlegte, ob er nicht besser in seine Höhle zurückkehren sollte. Waziya, der Herr des Nordwinds, blies mit seinem kalten Atem und bald würde der erste Schnee fallen.

Dann duckte er sich erschrocken hinter einen Baum, als er unweit einige berittene Crow entdeckte. Deutlich erkannte er die kunstvolle Haarfrisur und die prächtig bestickten Hemden. Crow auf dem Kriegspfad!
Nach der Einsamkeit der vergangenen Monde traf ihn die Anwesenheit seiner Feinde wie ein Schock, erinnerte ihn unsanft daran, dass er sich mitten in feindlichem Gebiet befand.
Die Aufmerksamkeit hatte nachgelassen und er hatte sich von der trügerischen Ruhe blenden lassen. Wan! Fast hätten die Feinde ihn entdeckt! Griffbereit lag sein Bogen in seiner Hand, dann sah er bereits, wie einer der Krieger langsam zwischen den Kiefern auf ihn zuritt.
Irgendetwas hatte doch dessen Aufmerksamkeit erregt und nun näherte er sich misstrauisch. Nata-He-Yukan wand sich wie ein Fisch im Netz. Wenn dieser Crow ihn fand, dann wäre er verloren, hätte bald den ganzen Stamm auf dem Hals.
Entschlossen legte er einen Pfeil auf die Sehne, schnellte aus seiner Deckung und schoss. Kurz flammte die Überraschung in den Augen des anderen auf, dann stürzte er geräuschlos von seinem Pferd. Ohne weiter auf ihn zu achten rannte Nata-He-Yukan hinter dem anderen Crow her. In der Ferne verschwand ein weiterer Reiter zwischen den Bäumen. Gleich würden sie das Verschwinden ihres Freundes bemerken und die Gefahr ahnen.
Der weiche Boden verschluckte das Geräusch seiner langen Sätze, mit denen er den beiden Crow hinterherrannte. Er verharrte atemlos, als er bemerkte, wie der hintere Mann innehielt und sich suchend umdrehte. Ein forderndes Rufen erklang. Dann, als keine Antwort erfolgte, riss der Crow seine Keule aus dem Gürtel. Zu spät! Ein Pfeil traf ihn in der Gurgel und verzweifelt griff der Mann an seinen Hals, schnappte hilflos nach Luft. Nata-He-Yukan hatte ein Würgen in seinem Hals, denn was er hier tat war schändlich, ohne jede Ehre. Er tötete aus dem Hinterhalt, schoss auf ahnungslose Feinde, doch er musste

es tun, wenn er überleben wollte. Mit zusammengebissenen Zähnen machte er sich auf den Weg, den Letzten der Crow zu töten. Hoffentlich hatte dieser etwas gemerkt und lieferte ihm einen wahren Kampf.
Das Pony des hintersten aber trottete ohne Eile dahin, der Mann saß zusammengesunken auf dessen Rücken, als schliefe er.
Nata-He-Yukans Kampfruf schallte durch die Wildnis und entschlossen zogen sich seine Lippen nach unten. Seine Hand umschloss fest den Bogen, als er diesem Feind hinterher stürmte. Jetzt! Sein Pfeil traf den Mann an der Schulter und befriedigt sah er zu, wie der Crow vom Pferd stürzte und reglos liegen blieb. Ohne zu zögern zog er sein Messer, um dem Feind den Todesstoß zu versetzen.

Winyan-o'hanschitscha

(Little-Bighorn Berge, Ausläufer der Rocky Mountains)

Nata-He-Yukan drehte den Körper des Crow um und setzte ihm das Messer an die Kehle. Mitten in der Bewegung erstarrte er und blickte verblüfft auf den Feind. Es war kein Crow! Es war überhaupt kein Mann! Es war ein Mädchen in Männerkleidung. Er war so verblüfft, dass er vorsichtshalber das Hemd hochschob, doch ihre Brüste bewiesen ihm, dass er tatsächlich ein Mädchen vor sich hatte. Hoh!

Sofort nahm er die klaffende Wunde an ihrer Hüfte wahr, aber auch sein Pfeil hatte ein Übriges getan, sodass sie nun schwer verletzt vor ihm lag. Ihr Atem war nur noch ein feiner Hauch und kalter Schweiß glänzte auf ihrer Stirn. Seufzend steckte er das Messer weg, dann sicherte er mit einem kurzen Blick die Umgebung. Was sollte er jetzt tun? Und was sollte er mit einem schwer verletzten Mädchen? Waren noch mehr Crow in der Nähe, die sie verfolgten?

Alles war eine Bedrohung für seine kleine Welt, die er sich aufgebaut hatte. Auch die Leichen der beiden Crow waren ein Problem. Sicherlich würden andere Stammesmitglieder nach ihnen suchen, dann wäre er entdeckt!

Außer sie dachten vielleicht, dass jemand anderer sie getötet hatte!

Mit einem Grinsen nahm er zwei Pfeile aus dem Köcher des Mädchens und lief zu den getöteten Crow zurück. Kaltblütig entfernte er seine eigenen Pfeile aus den Wunden und steckte stattdessen die Pfeile des Mädchens in die Körper der Crow. Prüfend drehte er einen weiteren Pfeil in seinen Händen. „Blackfeet!", entschied er schließlich. War das Mädchen vom Volk der Blackfeet? Ohne Hemmungen zog er den Leichen die Mokassins aus und probierte sie an seinen Füßen an. Er konnte sich Verschwendung nicht leisten. Sie waren ein wenig zu groß, aber wenn er etwas Moos hineinstopfte würde es schon gehen. Auch die schönen Kriegshemden nahm er mit, nichts Ungewöhnliches, denn die Kriegshemden der Crow waren begehrte Tauschobjekte. Jeder

Feind hätte sie mitgenommen! Sanft lockte er die Ponys der zwei Krieger, die irritiert in der Nähe standen und darauf warteten, dass ihre Herren nach ihnen riefen. Mit einem Mal hatte er drei Pferde, ein wahrer Reichtum für ihn!
Mit den Pferden am Zügel kehrte er zu dem Mädchen zurück, das unverändert auf dem Boden lag, fast tot, aber hier konnte er sie nicht versorgen, nicht mit der Gefahr weiterer Feinde in der Nähe. Er legte sie vor sich in den Sattel, band ihr Pony an den Zügeln des anderen Pferdes fest und machte sich auf den Rückweg zu seiner Höhle.
Unterwegs dachte er nach, fühlte das Mädchen an seinem Körper und hoffte, dass sie überleben würde. Wieso hatte er sie nicht getötet? Sie trug eindeutig Waffen, durfte somit keine Gnade erwarten. Auch die Blackfeet waren seine Feinde, obwohl die Lakota nicht oft auf diesen Stamm trafen. Aber irgendwie hatte er Hemmungen, ein Mädchen zu töten, das sich nicht verteidigen konnte. Außerdem interessierte ihn, welche Bewandtnis es mit ihr hatte. Wieso trug sie Jungenkleidung?
Er fand, dass sie lächerlich damit aussah, unschicklich. Ein Lendenschurz, wo es überhaupt keine Lenden gab!
Ihr knabenhafter Körper schaukelte im Schritt des Pferdes hin und her und er lächelte. Sie wirkte wirklich nicht wie ein Mädchen, nur ihr Gesicht war zart, mit feinen Linien gezeichnet. Ihr Kopf baumelte schlapp nach unten, ebenso ihre kurzen Zöpfe, die einen zierlichen Nacken entblößten. Vielleicht war sie eine Gefangene gewesen, der es gelungen war, ihren Feinden zu entkommen? Was sollte er bloß mit einem Mädchen? Der Winter würde bald kommen, dann müsste er seine Vorräte teilen, es würde mühsamer werden, zwei Menschen zu ernähren. Abgesehen davon, dass er für niemanden verantwortlich sein wollte, wenn sie überhaupt überlebte. Kurz fasste er an ihren Hals, prüfte, ob sie noch atmete.
Endlich hatte er seine Höhle erreicht und behutsam legte er die Fremde auf sein Lager, doch dann ging er erst eine gute Strecke zurück und verwischte sorgfältig alle Spuren. Ihre Überlebenschancen nahmen ohne Behandlung der Wunden stetig ab, aber er durfte sein Versteck nicht verraten. Geduldig richtete er Gras-

halme wieder auf, drehte einzelne Kiesel um, bis nichts, aber rein gar nichts mehr seine Anwesenheit verriet. Erst dann kehrte er in sein Tal zurück. Die Ponys suchten in der Nähe nach Gras und einigermaßen beruhigt schlüpfte er in seine Höhle, um nach der verwundeten Frau zu sehen. Hoh!
In ihrer Hüfte steckte noch die Pfeilspitze. Die Blutung hatte zwar aufgehört, aber wenn er die Pfeilspitze entfernte, würde die Wunde wieder aufbrechen. Er biss sich besorgt auf die Lippen. Er war kein Heiler oder Medizinmann, eigentlich hatte er von Wunden wenig Ahnung, hatte plötzlich eine ungeheure Angst, etwas falsch zu machen. Wenn er die Pfeilspitze einfach stecken ließ? Dann würde sie eitern, soviel wusste auch er.
Hunhunhe! Wenig begeistert schürte er das Feuer, zog der Frau die Sachen aus und drehte sie auf den Bauch. Dann beugte er sich über ihren schweißgebadeten Körper und stach in das wunde Fleisch. Yun! Das Blut von erlegten Tieren machte ihm nichts aus, aber jetzt stieg ein verräterisches Würgen in ihm hoch. Tapfer bohrte er weiter, versuchte mit der Messerspitzte unter den Pfeil zu kommen. Vorsichtig fischte er danach, schob den Fremdkörper immer weiter aus ihrem Fleisch nach oben.

Dann säuberte er die Wunde und versuchte mit einem brennenden Ast die Blutung zu stillen. Es stank erbärmlich und wenig heldenhaft fühlte er, wie ihm die Magensäure nach oben stieg. Mit Müh und Not schaffte er es vor die Höhle, dann rebellierte sein Magen.
Er schöpfte einige Handvoll frischen Wassers aus dem nahen Bach, um den schalen Geschmack aus seinem Mund zu bekommen, dann kroch er wieder in die Höhle. Prüfend musterte er die Wunde, aber die Blutung schien aufgehört zu haben.
Aus Lederstreifen legte er einen festen Verband an, ärgerte sich ein wenig, dass er dafür eine wertvolle Haut zerschnitt. Seine Lippen pressten sich energisch zusammen, als er daran ging, die zweite Verletzung zu behandeln. Mit einem Ruck zog er wenig zartfühlend seinen Pfeil aus ihrer Schulter, der zum Glück nicht so tief steckte, legte einen weiteren Verband an und wusch ihren Körper sauber. Vorsichtig legte er das Mädchen auf sein Lager

und betrachtete prüfend sein Werk. Ohne diese lächerlichen Knabenkleider wirkte sie schon eher wie ein Mädchen, zumindest hatte sie hübsche, feste Brüste, die ihm unter dem Hemd nicht weiter aufgefallen waren.
Jetzt fielen sie ihm auf und behutsam streichelte er über ihre zarte Haut. Seine Finger zitterten plötzlich und ungewohnte Gefühle stiegen in ihm hoch. Fast erschrocken zog er seine Hand zurück, dabei konnte er seine Augen nicht von den Brüsten des Mädchens abwenden. Mit einem Kopfschütteln stand er auf und deckte sie behutsam zu. Was sollte das? Schließlich war sie verletzt!
Vielleicht war es doch nicht so schlecht, dass er sie gefunden hatte? Sie könnte ihm die lästigen Frauenarbeiten abnehmen, kochen, nähen und, wie sagte seine Mutter, seine Lenden erfreuen? Sein Atem ging schneller, als er sich vorstellte, wie es wäre, auf ihr zu liegen, ihren Körper zu spüren, eins mit ihr zu werden. Andererseits hatte er Angst vor dem Unbekannten. Wie behandelte man eigentlich eine Frau? Dunkel konnte er sich an das Flüstern und Stöhnen unter der Decke erinnern, wenn sein Vater Liebe mit seiner Mutter gemacht hatte. Aber was wirklich passiert war, das hatte er nicht gesehen.

Draußen war es inzwischen dunkel. Trotzdem suchte er nochmals nach den Pferden und nahm ihnen die Sättel ab. Die Crow hatten schöne Pferdedecken, stellte er fest, gut genug, um sie als Schlafdecken zu nutzen.
Dann sammelte er einige Tannenzweige, um auch für sich ein Nachtlager zu bauen. Er zerrte sie in seine Höhle und legte eine der Decken darüber.
Manchmal schaute er nach dem Mädchen, wischte ihr den Schweiß von Stirn und Hals, versuchte ihr etwas zu trinken einzuflößen. Er hatte kein Gefäß und so war es fast unmöglich, ihr mit der flachen Hand Wasser in den Mund zu gießen. Am nächsten Morgen wollte er eine Schale schnitzen, denn damit wäre es einfacher. Wachsam hörte er auf die Stimmen der Nacht, doch dann legte er sich beruhigt auf sein Lager, wickelte sich in die erbeutete Decke, um zu schlafen. Er konnte lange nicht einschlafen, denn die Ereignisse des Tages hatten ihn aufgewühlt. Immer noch

pulsierte nach dem Kampf das Blut in seinen Adern und seine Hände wurden heiß, als er an die zarte Haut des Mädchens dachte.

Am Morgen glühte die Verletzte vor Fieber und wälzte sich unruhig hin und her. Er befürchtete, dass so die Wunden wieder aufbrechen würden oder sie dem Feuer zu nahe kam. So hieb er zwei Pflöcke in den Boden und band sie mit gestreckten Armen fest. Auf diese Weise lag sie bequem auf dem Rücken, konnte sich aber nicht mehr hin und her wälzen.
Wieder war sie schweißgebadet und geduldig wusch er sie sauber, erneuerte ihre Verbände. Dann suchte er nach einem geeigneten Stück Holz, um daraus eine Schale zu schnitzen. Er verbrachte den ganzen Vormittag damit, dann betrachtete er stolz das schiefe Ding, das in seinen Händen entstanden war. Aber man konnte es mit Wasser füllen und sein Rand war dünn genug, um ihn zwischen ihre Lippen zu schieben.
Vorsichtig hob er ihren Kopf und versuchte ihr etwas Wasser einzuflößen. Das Mädchen war völlig ausgedörrt, selbst in ihrer tiefen Ohnmacht nippte sie an dem Wasser, als wüsste sie, dass sie sonst sterben würde. Für ihn war das ein gutes Zeichen, denn viel mehr konnte er nicht tun. Er bereitete einen fiebersenkenden Tee zu und sammelte einige Kräuter gegen Wundbrand, ansonsten verließ er sich einfach darauf, dass die Zeit die schweren Wunden heilen würde.

Immer wieder suchte er das Tal auf und legte sich auf die Lauer, um auszuspähen, ob irgendwelche Feinde auftauchten. Er misstraute dem scheinbaren Frieden, rechnete damit, dass weitere Crow nach dem Mädchen oder den beiden getöteten Kriegern suchen würden. Aber nichts rührte sich und so kehrte er stets beruhigt zu seiner Höhle zurück.

Besonders einfühlsam war er nicht. Damit die Fremde nicht auf das Lager urinierte, legte er ihr eine einfache Windel aus Leder und Moos unter, die er manchmal entleerte, ansonsten kümmerte er sich wenig um die Frau. Hin und wieder flößte er ihr Wasser oder Suppe ein oder kühlte ihre heiße Stirn. Nur waschen tat er sie gern, dann erfreute er sich an ihrem nackten Körper, tastete versuchsweise nach ihren festen Brüsten. Schüchtern stellte er sich vor, was er vielleicht bald mit ihr tun könnte.

Bisher hatte er sich Zurückhaltung und Selbstbeherrschung abverlangt, aber jetzt fühlte er eine Begierde in sich, die er bald nicht mehr kontrollieren konnte. Die Anwesenheit des Mädchens irritierte ihn und so versuchte er sich irgendwie abzulenken. Diese Art von Gefühlen war neu für ihn, verunsicherte ihn, und er versuchte Klarheit in seine Gedanken zu bekommen.
Er musste ohnehin seine Waffen aufrüsten, für den Fall, dass neue Feinde auftauchten. So sammelte er Feuersteine für neue Pfeile, klopfte mit einem Stein, den er als Meißel benutzte, geduldig scharfe Steinsplitter ab und bastelte aus einem größeren Bruchstück einen Speer. Mit seinem Messer, das ebenfalls eine scharfe Steinklinge hatte, spaltete er Truthahnfedern und band sie mit den feineren Sehnen an die Pfeilschäfte.
All diese Aufgaben waren ihm vertraut und lenkten ihn von der Frau ab, die auf den Decken lag und um ihr Leben kämpfte. Wenn sie starb, wäre er wieder allein, aber er konnte auch nicht einschätzen, was geschah, wenn sie erwachte.

Manchmal kletterte er auf den höchsten Punkt der Berge, weit über die Baumgrenze hinaus und schaute nach Osten. Wie es wohl seiner Mutter ging? Ihm wurde schwer ums Herz, wenn er an sie und seine Schwester dachte. Wütend warf er einige Steine in die Luft, sah zu, wie sie auftrafen und eine kleine Geröllawine auslösten.
Aufgeschreckt erhob sich der mächtige Adler in die Lüfte, seine Schwingen trugen ihn höher und majestätisch verschwand er nach Osten, fixierte mit einem Auge den Eindringling unter sich. „Ja, flieg nur! Sage meinen Brüdern, dass ich noch lebe!“, schrie er ihm nach. Wie eine Lawine würde er zurückkehren! Aber nicht als Habenichts, sondern reich, mit vielen Pferden, Fellen und anderen Dingen! Vielleicht sogar mit diesem Blackfeetmädchen!
Die Lakota sollten sehen, welch einen großartigen Krieger sie weggeschickt hatten. Stolz erhobenen Hauptes würde er zurück-

kehren, nicht wie ein geprügelter Hund! Ja, und seine Schwester würde für ihn tanzen! Wehmütig dachte er an das kleine Mädchen, hielt in Gedanken wieder ihre zarten Hände.
„Machpiya-ska!", flüsterte er und schaute dabei sehnsüchtig in den Himmel.
„Sieh nur, diese weißen Wolken schicke ich dir!" Mit geblähten Wangen pustete er in den Himmel und bildete sich ein, dass er die Wolken weiterwandern ließ.
Dann musste er über seine seltsame Idee lachen und sprang kopfschüttelnd auf. Es war längst dunkel, als er seine Höhle erreichte. Sofort beugte er sich über die fast erloschene Glut des Feuers und blies hinein. Er warf einige Tannenzapfen in die aufglühenden Funken, die lodernd in Flammen aufgingen. Kurz fühlte er nach dem Herzschlag des Mädchens, dann legte er zufrieden weitere Äste in das Feuer und beobachtete, wie der Rauch über die Öffnung oberhalb des Höhleneingangs abzog.
Zwei Schaffelle hingen zum Räuchern über der Feuerstelle, drehten sich langsam hin und her, wie in einem Tanz. Es erschien ihm bereits wie eine Ewigkeit her, dass sein Volk den Büffeltanz getanzt hatte. Die Zeit verging hier nur langsam, und es würde eine weitere Ewigkeit dauern, ehe er zurückkehren durfte.

Draußen fiel inzwischen der erste Schnee und es wurde kalt, bitterkalt. Meist trug er zwei Hemden übereinander, wenn er hinausging. Die Crowhemden erwiesen sich jetzt als wertvolle Beute. Innen prasselte ein warmes Feuer, das ihn wärmte, wenn er von seinen kurzen Ausflügen zurückkehrte.
Das Fieber des Mädchens war gesunken und er hoffte, dass sie bald aufwachte. Die lange Ohnmacht machte ihm Sorgen. Aber schließlich war es soweit: ihre Lider flackerten, dann öffneten sich riesige schwarze Augen, die in ihrem eingefallenen Gesicht deutlich hervorstachen. Wan!

Das Erste, was Tötet-die-Crow sah, war ein junger Crowkrieger, in dem Hemd mit den typischen Mustern dieses Volkes, der mit einem selbstgefälligen Grinsen auf sie hinunterblickte. Ihre Hände zuckten in Abwehr, aber sie konnte sie nicht bewegen, weil sie festgebunden waren. Sie war gefangen! Ihre Augen weiteten sich vor Entsetzen, als sie die Erinnerung daran einholte, wie der Pfeil sie getroffen hatte. Schmerzen!

In ihrer Hüfte pochte es, obwohl sie spürte, dass ein fester Verband um die Wunde lag, ebenso um ihre Schulter. Ansonsten war sie unter der Decke nackt und sie schämte sich wegen ihrer Blöße. Wo waren ihre Sachen? Wieso lag sie in einer Höhle?

Lebten die Crow in Höhlen? Sicherlich nicht! Sie konzentrierte sich wieder auf den Krieger, der sich über sie beugte und die Fesseln löste. „Nicht-bewegen!“, deutete er in Zeichensprache an. „Du-schwer-verletzt!“

Bewegen! Sie hatte nicht einmal die Kraft, mit den Kopf zu nicken, aber sie war froh, dass ihre Hände nicht mehr angebunden waren. Ihr Kopf wurde angehoben und sie fühlte, wie eine Schale ihre Lippen berührte. Durst! Gierig schlürfte sie das frische Wasser und schloss dann sofort wieder die Augen vor Anstrengung. Das Schlucken raubte ihr alle Kraft und völlig erschöpft fiel sie wieder in ihren Dämmerschlaf.

Nata-He-Yukan schwankte zwischen Befriedigung und Besorgnis. Manchmal hatte er nicht geglaubt, dass sie je aufwachen würde, so nahm er es als gutes Zeichen, dass sie überhaupt aus ihrer Bewusstlosigkeit erwacht war.

Aber er erkannte sofort, dass die Heilung noch lange dauern würde. Dann stand er vor einem unlösbaren Problem: Ihre Monatsblutung hatte eingesetzt, und angeekelt starrte er auf das Blut zwischen ihren Beinen. Er war völlig überfordert mit dieser Situation und überlegte fieberhaft, wie er damit umgehen sollte. Ihr Blut würde ihn schwächen, deshalb musste sie unbedingt aus seiner Höhle hinaus. Aber wohin?

Draußen lag Schnee und sie würde erfrieren! Oder reichte es, wenn er einen größeren Abstand zu ihr einhielt? Sein Lager einfach in den hinteren Teil der Höhle verlegte, weg von dem mächtigen Menstruationsblut? Achselzuckend zog er sein Lager nach hinten, brachte seine Waffen aus ihrer Reichweite, aber damit löste er immer noch nicht das Problem, dass sie versorgt werden musste. Mit spitzen Fingern stopfte er einfach mehr Moos auf das

Fell, ansonsten berührte er es nicht. Danach reinigte er sich die Hände mehrmals, schrubbte sie mit Sand, damit nichts von dem Unreinen zurückblieb.
Verunsichert streifte sein Blick die blutende Frau und er beschloss eine Schwitzhütte zu bauen, um sich spirituell zu reinigen. Schon längst hätte er in einer Zeremonie Klarheit finden müssen und nun war der Zeitpunkt endgültig gekommen. Sein ganzes Leben war durcheinander gewirbelt worden und er brauchte den Beistand der Geister.
Er hatte keinen Tabak, so sammelte er Salbei und Süßgras. Dann kletterte er weit ins Tal hinab und suchte sich einen abgelegenen Platz mit jungen Weiden.
Mit seinem Beil fällte er sie und legte jedes Mal Rauchopfer für sie auf den Boden.
Wie gewohnt baute er sich eine winzige Schwitzhütte, so klein, dass drei Häute genügten, um sie völlig abzudecken.
Dann band er Salbei für die vier Winde an einige Stangen. In einem Feuer erhitzte er sieben Steine und rollte sie in die kleine Grube der Schwitzhütte. Alles war so seltsam.
Zum ersten Mal machte er diese Dinge allein, ohne die anderen. Er verbrannte Salbei und Süßgras, schwitzte, als der heiße Dampf aufstieg. Leise sang er die rituellen Lieder, dankte Wakan-tanka, dass er noch lebte.
Er bat um Reinigung, weil er mit dem Menstruationsblut in Berührung gekommen war, und er bat um Hilfe, damit er die Zeit der Verbannung überstand.
Verbannung! Dieses entsetzliche Wort. Tränen schossen in seine Augen und plötzlich konnte er sie nicht mehr zurückhalten. Schluchzend saß er in der Schwitzhütte und weinte seinen Schmerz heraus. Diese Einsamkeit war unerträglich!
Vielleicht hatte er deshalb dieses Feindmädchen nicht getötet? Abgesehen davon, dass er eine Frau brauchte, die ihm beim Gerben und Nähen half. Aber warum hatte sein Pfeil nicht besser getroffen? Hatte Wakan-tanka dieses Mädchen geschickt? War sie ein Zeichen seines Wohlwollens? Gehörten sie am Ende zusammen? Hier draußen brauchte er eine Frau, dachte er nüchtern. Fast erleichtert verabschiedete er sich von den Geistern und kroch

benommen aus der Schwitzhütte. Mit dem Wasser des nahen Flusses erfrischte er sich und seltsam befreit ging er zu seiner Höhle zurück.

Die nächsten zwei Tage wachte das Mädchen immer nur kurz auf und er begnügte sich damit, ihr hin und wieder etwas Wasser einzuflößen und weich gekautes Fleisch in den Mund zu stopfen. Ihn ekelte es so vor dem Menstruationsblut, dass er sie nicht mehr wusch und auch sonst sich selbst überließ.

Er hoffte auf den Tag, an dem sie in der Lage war aufzustehen und für sich selbst zu sorgen. Allmählich wurde die ganze Situation unerträglich. Sie stank nach Urin und Blut, aber ganz sicher würde er nicht das Fell auswechseln, solange sie blutete.

Auch ihre Wunden untersuchte er nur unregelmäßig, verließ sich ganz darauf, dass sie von alleine heilen würden.

Er hatte das Mädchen nicht mehr festgebunden, weil die Wunden sich geschlossen hatten. Matt lag sie auf dem Lager, zu schwach, um sich hochzuziehen. Aus glatten Zweigen, die er mit Lederschnüren zu einer Matte verband, baute er eine Rückenstütze für sie. Er befestigte sie an einem Dreibein aus starken Ästen und zog das Mädchen schließlich in eine sitzende Position. Sie war so leicht wie eine Feder, bis auf die Knochen abgemagert und geschwächt von den schweren Verletzungen. Sie lehnte kraftlos an der Rückenstütze, kaum in der Lage ihren Kopf zu halten. Er sah in ihr keine Gefahr und machte sich am Feuer zu schaffen.

Dankbar richtete Tötet-die-Crow ihren Körper etwas auf, froh darüber, nicht mehr auf dem Rücken zu liegen. Jeder Muskel tat ihr dort weh, obwohl die sitzende Stellung sie ebenso anstrengte wie das Liegen.

Immer noch saß sie nackt, nur in eine Decke gehüllt, an dem Feuer, das in der Nähe brannte und sie wärmte. Manchmal, wenn der Krieger die Höhle verließ, konnte sie sehen, dass eine weiße Pulverschicht das Land bedeckte. Kaltmacher war inzwischen gekommen! Wie lange lag sie schon hier? Die Schmerzen ihrer Verletzungen hatten nachgelassen, aber sie fühlte das schmutzige Moos zwischen ihren Beinen und sie stank erbärmlich. Prüfend fuhr sie mit ihren Fingern zwischen die Beine, aber das Blut dort war längst geronnen, ihre Blutung hatte inzwischen aufgehört. Sie musste den Schmutz loswerden, sich gründlich waschen, ihre Haare kämmen!

Wieder hockte sich der Krieger vor sie hin und bot ihr eine Schüssel mit Fleisch an. Höflich schüttelte sie den Kopf, deutete mit der Hand nach draußen und machte das Zeichen für Waschen. Ein erleichtertes Grinsen huschte über das Gesicht des Mannes, und mit Schwung riss er das Antilopenfell vor dem Höhleneingang nach oben.

Die Sonne blendete sie und ein Schwall kalter Luft ließ sie frösteln. Fest packte sie der Mann unter den Achseln, hob sie ein wenig hoch und schleifte sie einfach nach draußen in den Schnee. Huh! Alles zog sich in ihr zusammen!

Es war kalt und schwankend hockte sie im Schnee, mühsam gegen die Schwäche ankämpfend. Angeekelt zog sie das Fell zwischen ihren Beinen hervor, wickelte es zusammen und bedeutete ihm, dass sie es nicht mehr brauchte.

Auf einem Stock balancierend brachte er es einige Schritte weg, wo er es in einer Versenkung verschwinden ließ. Ohne Hemmungen begann er ihren Rücken mit Schnee abzureiben, doch sie zuckte bei der Berührung zusammen. Es war so unschicklich, wie er mit dem Schnee über ihren Körper fuhr!

Böse zischte sie ihn an, befahl ihn mit ihren Augen, seine Finger von ihr zu lassen. Doch angestachelt von ihrer Abwehr ließ er seine Hand besitzergreifend auf ihrer Brust liegen. Sie schluckte schwer, hatte aber nicht die Kraft, irgendetwas dagegen zu tun. Schließlich hob der Krieger sie hoch und trug sie wieder in die Wärme der Höhle zurück. Mit zitternder Stimme bat sie um ihre Sachen, aber er gab ihr nur wieder eine Decke, die sie hastig um ihren nackten Körper wickelte. Sie fühlte sich schutzlos und ausgeliefert, als der Mann den Verband prüfte und ihre Scham ignorierte. Dann deckte er sie endlich mit einem Fell zu und verließ die Höhle.

In ihr wirbelten die Gedanken. Warum machte sich dieser Mann die Mühe sie zu pflegen? Sie durfte hier nicht bleiben, zu deut-

lich hatte ihr dieser Mann gezeigt, was er von ihr wollte. Warum hatte er sie nicht getötet, das wäre ehrenvoller gewesen als dieses Schicksal jetzt!
Mit einem Bündel Holz in seinen Armen kehrte der Krieger nach einer Weile zurück, sein Blick streifte prüfend ihr Gesicht und er grinste herausfordernd. Sie verdammte ihre momentane Schwäche! Mühsam zog sie sich in eine sitzende Position und wickelte ihre Decke fester um ihren Körper, dann funkelte sie ihn böse an.

Nata-He-Yukan dagegen amüsierte sich köstlich. Kaum war dieses freche Ding erwacht, zeigte sie bereits ihre Zähne. Wie ein zusammengefallenes Gerippe lehnte sie an der Rückenstütze. Nur ihre Augen zeugten von einer inneren Kraft, die ihn erstaunte. „Du-hungrig?", fragte er, doch sie schaute hochmütig weg. Dabei musste sie am Verhungern sein.
Eigentlich ärgerte er sich über ihr Verhalten! Was bildete dieses Weib sich ein? Ohne den Blick von ihr abzuwenden klatschte er herausfordernd einige Stücke Fleisch in die Schale und hielt sie ihr vor die Nase. „Iss!", befahl er mit einem drohenden Unterton in der Stimme.
Sie zögerte etwas, aber dann siegte der Hunger, und gierig stopfte sie sich das Fleisch in ihren Mund.
Zufrieden setzte sich Nata-He-Yukan auf seinen Platz, eingebildet darüber, dass sie seinem ersten Befehl gehorchte. Die Schale war leer und bittend hielt sie ihm das Mädchen entgegen. Das war doch schon viel besser! „Waschté? Gut, fragte er und sie ließ sich zu einem Nicken herab.
Sichtlich besser gelaunt füllte er die Schale erneut und sah zu, wie sie das Fleisch herunter schlang. Dann kniete er sich über seine Zweige und begann sie zu sortieren. Einige waren lang und gerade, sie wollte er als Pfeilschäfte verwenden. Die kräftigeren bog er in eine runde Form. Verflochten mit Zweigen und Leder waren bald einfache Schneeschuhe hergestellt, mit denen er im Winter zur Jagd gehen konnte. Das Gerippe hatte sich in der Zwischenzeit zu einer Kugel zusammengerollt und schlief wieder. Er hatte keine Angst vor dem Mädchen, trotzdem versteckte er vorsichtshalber alle Waffen außerhalb der Höhle, nur seine eigenen ließ

er neben dem Eingang hängen, achtete wachsam darauf, immer zwischen ihr und den Waffen zu sitzen.

Natürlich bemerkte sie sein Misstrauen, schob enttäuscht die Lippen vor, aber im Moment war sie nicht einmal in der Lage, sich zu erheben. Immer noch musste er sie stützen, wenn sie in die Decke gehüllt vor die Höhle trat, um ihre Notdurft zu verrichten. Es war so beschämend, in seiner Gegenwart zu urinieren, auf seine Hilfe beim Waschen angewiesen zu sein! Sie fühlte seine Blicke auf ihrem Körper und wäre am liebsten vor Scham in den Boden versunken.
Trotzdem brauchte sie die Möglichkeit, sich zu bewegen, merkte, dass langsam ihre Kraft zurückkehrte. Dabei war der fremde Mann noch nicht einmal unwirsch. Er behandelte sie einfach als … Frau. Doch genau diese Tatsache verwirrte sie zutiefst und löste eine tiefe Angst in ihr aus. Sie war keine Frau!
Wie selbstverständlich half er ihr bei den alltäglichen Dingen, erwies sich sogar als ausgesprochen nett, als er nach dem Waschen ihre verfilzten Haare kämmte und sorgfältig in kurze Zöpfe flocht. Dann lächelte er freundlich, wartete offensichtlich auf ihre Dankbarkeit. Bockig senkte sie den Blick, täuschte vor, müde und erschöpft zu sein. Sie war nicht nett oder gar dankbar!
Nein! Warum hatte er ihr diese Demütigung nicht erspart und sie getötet? Das wäre ehrenhaft gewesen.

Unschlüssig beobachtete Nata-He-Yukan die schlafende Frau, ein wenig enttäuscht über ihr Verhalten. Der Morgen war durch ihre lange Morgentoilette weit fortgeschritten und so nahm er seinen Bogen, um zur Jagd zu gehen. Er hoffte noch auf ein wenig Großwild, ehe eine dichte Schneedecke weitere Ausflüge unmöglich machte. Außerdem gewann er so ein wenig Abstand zu diesem undankbaren Ding!
Leichtfüßig sprang er über den murmelnden Bach, wandte sich ostwärts und verschwand zwischen den Bäumen. Seine Höhle befand sich am südlichen Ende eines winzigen Tales, gerade groß genug, dass die Pferde grasen konnten. Ansonsten war es umgeben von sanften Hügeln. Erst dann wurde die Gegend schroffer,

verwandelte sich in ein Gebirge mit verkrüppelten Kiefern und scharfen Felsen. Sein Tal wirkte unberührt, als wäre noch nie ein Mensch vor ihm dort gewesen, aber dem war nicht so. Selbstverständlich kamen regelmäßig Jäger verschiedener Stämme vorbei, aber für einen Stamm war es als Rastplatz für die Tipis zu klein. Für einen einzelnen Mann dagegen war es ideal.
Die Zeit der Streifzüge war vorbei, längst hatten Crow, Shoshone und Ute ihre Winterquartiere erreicht. Die Gefahr entdeckt zu werden sank entsprechend.
Ziemlich unbekümmert durchstreifte Nata-He-Yukan daher die Wildnis, achtete nicht so sehr darauf, seine Spuren zu verwischen, sondern folgte den Wildwechseln auf der Suche nach Beute.

Er fand einen Dachsbau, fand Spuren von Stachelschweinen, aber die wollte er später im Winter jagen, wenn ansonsten die Beute spärlich wurde. So merkte er sich den Ort des Dachsbaus, betrachtete ihn als lebende Speisekammer.
Auch die Höhlen von Stinktieren und Füchsen registrierte er, suchte nach den Vorräten von Eichhörnchen oder den Verstecken von Wachteln und Truthähnen. Er vermisste die anderen, seine Freunde bei den Lakota, vermisste ihr Gelächter und ihre Gesellschaft. Keine Tänze, keine Versammlungen in den Zelten der Kriegerbünde, keine rituellen Schwitzhüttenzeremonien.
Ihm missfiel die Stille und das Blackfeetmädchen war auch kein sonderlich guter Gesprächspartner. Eigentlich sprach sie überhaupt nichts, starrte ihn nur mit diesen riesigen schwarzen Augen an! „Wie eine Schlange, ehe sie zubeißt!“, dachte er unwillig. Fast bereute er es, sie mitgenommen zu haben. Sollte er sie etwa den ganzen Winter beaufsichtigen, wie ein Wildpferd, das bei der ersten Gelegenheit versuchte auszubüchsen?
Andererseits konnte sie ihm helfen, ihm die lästigen Arbeiten abnehmen, wenn sie sich endlich erholt hatte. Irgendwann würde er kosten, wie es war bei einer Frau zu liegen. Es lohnte sich vielleicht, darauf zu warten!

Tötet-die-Crow lag unterdessen wach auf dem Fell und überdachte ihre Situation. Offensichtlich lebte der Krieger allein in

dieser Höhle und es war klar, was er früher oder später mit ihr tun würde. Sie war nicht einmal wütend darüber, denn dieses Schicksal blühte allen gefangenen Frauen. Aber sie war keine Frau! Sie war ein Krieger!
Sollte sie versuchen, ihm das verständlich zu machen? Durfte sie einem Feind von ihrer Vision erzählen?
Nein! Sie musste schnellstens wieder zu Kräften kommen und die Flucht wagen. Sie versuchte sich auch ohne seine Hilfe hochzuziehen, spannte die Muskeln an und hob abwechselnd ihre Beine. Es zog unangenehm im Bauch und sie fühlte deutlich die Narbe in ihrem Rücken. Sie stützte sich an der Höhlenwand ab, überwand das Schwindelgefühl und machte einige Schritte.
Dann ließ sie sich schweißgebadet wieder auf ihren Platz sinken. Aber jeder Schritt machte sie stärker und sie wusste instinktiv, dass der Mann nicht mehr lange warten würde. Sie musste hier weg!
Dann versteifte sie sich plötzlich vor Furcht. Ein Tapsen erklang vor dem Eingang, ein vorsichtiges Schnüffeln, dann wurde daraus ein zorniges Brüllen und wütende Tatzen rissen das Antilopenfell weg. Ein Echtbär!
Dieser verrückte Crow lebte in der Höhle eines Echtbären! Panik überfiel sie, und hastig riss sie einen brennenden Ast aus dem Feuer. Wo waren ihre Waffen? Ihre Augen suchten die Höhle ab, aber sie war dem Bären schutzlos ausgeliefert.

Der Grizzly schlug unterdessen mit seinen Tatzen auf die Zweige und Äste am Eingang, versuchte mit aller Kraft in seine Winterbehausung einzudringen. Erde und Dreck flogen durch die Gegend, tiefe Kratzspuren zogen sich über den vereisten Boden. Der Rauch des Feuers und der Geruch der Menschen irritierten den Bären. Wütend riss er das Maul auf und ließ ein markerschütterndes Brüllen hören. Mit ihrer Beherrschung war es vorbei. Hysterisch schrie sie um Hilfe, sah bereits die gewaltigen Zähne, mit denen der Bär sie zerfleischen würde. Dann hatte der Bär den Eingang frei und schob seinen gewaltigen Kopf in die Höhle. Ihr Schreien wurde schrill, mit dem bloßen Fuß erwischte sie die glimmenden Äste des Lagerfeuers und schubste sie in Richtung des Bären. Fauchend wich er ein Stück zurück, doch dann überwand er seine Furcht und schob sich weiter in seine Höhle.

Nata-He-Yukan hatte das Geschrei gehört und rannte mit federnden Sprüngen zurück zu seiner Höhle. Der Bär, auf den er so lange gewartet hatte, war endlich da! Entsetzt verharrte er, als er erkannte, dass der Bär bereits in die Höhle eingedrungen war. Sein Speer! Er hatte ihn in der Höhle gelassen!
Kurz zögerte er und schätzte die Situation ein. Der Vordereingang war versperrt und er musste sich beeilen oder der Bär würde das Mädchen bei lebendigem Leib verschlingen. Eilig zwängte er sich durch den Hintereingang, ließ die Keule fallen und griff nach seinem Speer, der im hinteren Teil an der Wand lehnte.
Mit einem Schrei stürmte er nach vorne. Immer noch schreiend wälzte sich das Mädchen weg und kurz überraschte ihn die Kraft, die sie plötzlich aufbrachte.
Dann hatte er nur noch Augen für den Bären, der sich immer weiter in die Höhle zwängte. Zielsicher stach Nata-He-Yukan mit der Lanze nach den Augen des Bären und brüllend vor Schmerz richtete dieser sich auf, fuhr mit seiner Tatze nach dem verletzten Auge. Wieder stach Nata-He-Yukan zu, suchte den Weg durch die Brust des Bären zu dessen Herzen.
Aufbrüllend griff der Bär nach dem Speer, schlug mit seinen Tatzen nach dem Angreifer. Seine Gestalt richtete sich drohend auf, sein Kopf verhedderte sich in den Fellen, die zum Trocknen an der Decke hingen. Wütend schlug er seinen Kopf hin und her, sein gewaltiger Körper stürzte taumelnd über die verschiedenen Ausrüstungsgegenstände, richtete ein heilloses Chaos an.
Schwitzend suchte Nata-He-Yukan nach einer günstigen Gelegenheit, dem wildgewordenen Tier den Todesstoß zu versetzen, doch der Bär drehte sich orientierungslos im Kreis und tapste in das Feuer. Der Geruch nach verbranntem Haar erfüllte die Höhle und das Gebrüll wurde zu einem Fauchen, als der Bär wütend gegen das Feuer schlug. Glühende Äste und Holzkohle flogen durch die Höhle, dann hatte der Bär sich befreit und richtete sich zu seiner vollen Größe auf, als er drohend gegen den bewaffneten Mann schlug. Wieder stieß Nata-He-Yukan zu, sein Speer drang

tief in das Fleisch des Bären ein, dann zog er sich blitzschnell zurück. Viel Platz blieb ihm nicht mehr, er hatte fast die rückseitige Wand der Höhle erreicht, dort, wo das Mädchen kauerte und spitze Schreie ausstieß.
„Geh raus!", befahl er ihr, aber dann fiel ihm ein, dass sie ja kein Wort verstand. Ihm blieb keine Zeit, eine erklärende Geste zu machen, denn der Bär griff schon wieder an.
Es wurde eng. Dicker Schweiß stand ihm auf der Stirn, als er mit zusammengekniffenen Augen den Bären beobachtete. Noch ein Fehlstoß und er wäre tot.
Ganz ruhig wartete er auf den Angriff, hoffte, dass der Bär sich wieder aufrichten würde. Schließlich riss er seine Arme hoch und brüllte den Bären an, tat so, als wollte er nun angreifen.
Irritiert richtete sich der Bär zu einer Drohgebärde auf. Er wollte dem Widersacher zeigen, dass er der Größere und Stärkere war. Der Speer drang tief in das Herz ein und aufschnaubend fiel der Bär in sich zusammen.

Völlig außer Atem schaute Nata-He-Yukan auf das gewaltige Tier, zu benommen, um zu realisieren, wie knapp das Mädchen und er dem Tod entronnen waren. Seine zitternde Hand wischte den Schweiß ab, der über seine Augen lief, dann drehte er sich nach dem Mädchen um. Es kauerte in der Ecke und hielt drohend die Keule, die er hatte fallen lassen.

So! Der Kampf war also noch nicht zu Ende! Heiße Wut erfüllte ihn plötzlich über die offensichtliche Undankbarkeit der Frau. Hatte er sie nicht tagelang gepflegt? Eben gerade vor dem Bären gerettet? Unbewaffnet beugte er sich über sie, seine Stimme heiser vor Zorn: „Du störrisches Weib! Leg die Waffe weg!"
Ihre Augen waren weit vor Entsetzen und er erkannte, welche Todesangst sie gerade gehabt haben musste. Etwas freundlicher befahl er: „Leg die Waffe weg! Der Bär ist tot!"
Fordernd streckte er ihr die Hand entgegen und deutete mit seinen Lippen an, dass er seine Waffe zurück wollte. Eine winzige Ewigkeit schaute er in ihre schwarzen Augen, sah ihren Kampfeswillen, doch dann ließ sie gehorsam die Keule sinken.

„Komm!“, befahl er, und griff nach ihren Armen, um ihr hoch zu helfen.
Schwankend vor Erschöpfung wankte sie zu ihrem Lager, kaum in der Lage einen Fuß vor den anderen zu setzen. Mit einem Seufzen erkannte er, dass sie ihm beim Ausweiden des Bären keine Hilfe sein würde und so setzte er sie an die Rückenlehne. Ihre Atmung kam schwer und unregelmäßig und ihre Lippen zitterten im Schock.
Hastig brachte er das Lager in Ordnung, damit sie sich ausruhen konnte, dann besserte er den Eingang aus und hängte das Antilopenfell wieder davor. Es wurde empfindlich kalt und nachlässig warf er ein Fell über die am Boden liegende Frau.
Dann sammelte er die glühenden Zweige zusammen und setzte sich erst einmal müde an das Feuer. Hätte diese Frau wirklich zugeschlagen? Ihr Blick ging ihm nicht mehr aus dem Kopf, der deutliche Wille zu kämpfen!
Oder war es nur die Angst gewesen? Seine Lippen zogen sich verächtlich nach unten. Was machte er sich Gedanken um dieses Mädchen! Er war ein Krieger und sie in keiner Verfassung, es mit ihm aufzunehmen. So war das!
Auch sein pochender Herzschlag hatte sich nach dem Kampf beruhigt und so setzte er sich neben den erlegten Bären und streichelte ihm über das dichte Fell. Es würde ihn im Winter warm halten. „Danke, mein Bruder!“, murmelte er. Dann zog er sein Messer und begann methodisch das Fell zu lösen.
Es wurde Abend, ehe er das Tier zerlegt hatte, doch dann briet das erste Fleisch des Bären über dem Feuer und er freute sich auf die Mahlzeit.

Tötet-die-Crow öffnete bei dem Duft nach Fleisch mühsam die Augen. Ihr ganzer Körper stand noch unter dem Schock des Erlebten, ihre Muskeln zitterten von der Anstrengung, die es sie kostete, sich hochzuziehen. An einem Gestell an der Wand hing das große Bärenfell und ihr wurde schlecht. Ein Bär war heilig! Dieser Crow hatte ihn getötet, weil der Bär sonst ihn getötet hätte. Was für ein Frevel, dem heiligen Tier das Fell abzuziehen! Briet dieser dumme Mensch etwa sein Fleisch auf dem Feuer? Oh!

Ihr drehte sich der Magen um und sie wurde ganz steif vor Ekel. Dann beugte sich der Mann zu ihr und bot ihr etwas von dem Fleisch an. Nein!
Der Geist des Bären würde sie von innen heraus zerfressen! Schnell drehte sie ihren Kopf weg, deutete an, dass sie nichts von dem Fleisch wollte. Dieser verrückte Crow würde sie beide ins Verderben stürzen!
Sichtlich verärgert setzte sich der Mann an das Feuer und blitzte sie drohend an. Bemerkte er nicht ihre völlige Verzweiflung? „Oh Sonnenhäuptling, hast du mich verlassen?“, flüsterte sie unhörbar.

Nata-He-Yukan biss in das saftige Fleisch und schimpfte über seine Gefangene. „Du störrische Frau!“, wiederholte er mehrere Male, „Verhungere doch, du machst mir ohnehin nichts als Ärger!“
Wahrscheinlich war sie überhaupt keine Frau, sondern nur ein böser Geist, der ihm die Zeit der Verbannung erschweren sollte. Wahrscheinlich taugte sie nicht einmal als Frau etwas!
Wütend stopfte er das Fleisch in den Mund, Fleisch, das er tapfer erlegt hatte, und das sie nun verweigerte. Er würde sehen, wie viel sie ihm noch verweigerte. Noch konnte sie ihm sowieso nicht viel Widerstand entgegen setzen!
Es amüsierte ihn, wie sie so dasaß und ihn hasserfüllt anstarrte. Vielleicht war es an der Zeit, diesem Weib zu zeigen, wo ihr Platz war! Immer noch fühlte er die Nachwirkungen des Kampfes in seinen Adern und mit plötzlicher Entschlossenheit wischte er sich die Hände ab und kroch zu ihr.
Vielleicht war es an der Zeit, einen anderen Kampf auszufechten! Mit ihr und mit seiner eigenen Unsicherheit! Die dunklen Augen wurden noch größer, als er mit einem Ruck die Decke von ihr zog und fordernd in ihre schwarzen Augen blickte. Sein Geschlecht wurde hart und plötzlich fühlte er eine ungewohnte Hitze in seinem Körper. Wenigstens als Frau wollte er sie haben, als Belohnung für all den Ärger, den er mit ihr bereits gehabt hatte. Sie schob ihre Hände gegen seine Brust, doch er packte sie an den Armen und schob sie auf das Lager. Jetzt!

Seine Backenmuskeln zogen sich zusammen, als er mit zitternden Händen über ihre Brüste strich, dann zog er seinen Lendenschurz aus und drückte sich auf ihren Körper, fühlte ihre Wärme und glitt mit seinen Fingern in den Spalt zwischen ihren Beinen. Verzweifelt zwängte sie die Beine zusammen, flüsterte Worte, die er nicht verstand und die ihn auch nicht interessierten. Jetzt wollte er wissen, was das wohl sein konnte, was seine Lenden erfreute und was für ein Gefühl das genau war.
Er folgte seinem Instinkt, drückte ohne nennenswerten Widerstand ihre Beine auseinander und stieß zu. Wan! Nichts konnte ihn jetzt noch aufhalten! Schwer atmend drang er tiefer in sie ein, stöhnte unbeherrscht, als die Erregung schier unerträglich wurde. Er war ungeschickt, wusste noch nichts davon, wie man auch einer Frau Freude bereiten konnte. Er schloss die Augen und überhörte, wie sie scharf die Luft einzog. Nie da gewesene Gefühle brandeten durch seinen Körper, ein wohliges Zittern durchlief ihn, dann brach er schweißgebadet und viel zu schnell über ihr zusammen. Hokahey! Er war ein Mann!
Eine seltsame Befriedigung erfüllte ihn und zum ersten Mal hatte er das Gefühl, dass sie den Ärger wert war!

Sie lag wehrlos unter ihm, ergab sich einfach in ihr Schicksal. Kurz dachte sie an das Crowmädchen, das hilflos zu ihr geblickt hatte, als der Blackfeetmann sie mit dem Messer zeichnete.
Vielleicht war ihr die Flucht gelungen, ansonsten hatte sie erdulden müssen, was sie jetzt erduldete, eben weil dieser Crow sich nahm, was ihm zustand.
Sie war seine Gefangene und sie hatte Angst vor dem Unbekannten. In ihrer Sprache bat sie ihn sanft zu sein, vergaß in ihrer Angst, dass er sie überhaupt nicht verstand.
Doch dann ließ sie ein scharfer Schmerz zusammenzucken. Mussten alle Mädchen so leiden? Plötzlich wurde sie sich bewusst, dass genau dieser Schmerz sie für immer von einem Mann unterschied. Aber sie wollte keine Frau sein! Ihre Vision!
Sicherlich musste sie jetzt sterben! Ihre Arme spannten sich an, als sie ihre Brüste schützen wollte, ihn wegdrücken wollte aus ihrem Innersten. Aber es war zwecklos. Apathisch lag sie einfach

da und wartete, bis es vorbei war, hoffte, dass sie endlich sterben würde. Sie sah sein zufriedenes Gesicht und drehte ihren Kopf weg. Dieses Hundegesicht!
So war das also, von einem Mann genommen zu werden. Den Samen eines Mannes in sich zu tragen, der von dem Volk stammte, das ihren Bruder getötet hatte. Sie dachte an die gefangenen Crowfrauen, die vielleicht Kinder empfingen, von den Feinden, die ihre Ehemänner getötet hatten. Deswegen wollte sie keine Frau sein! Weil sie dieses Schicksal nicht wollte!
Warum wählte es der Sonnenhäuptling trotzdem für sie, lieferte sie den Händen ihres Feindes aus? Wollte der Sonnenhäuptling ihre Standhaftigkeit testen? Warum starb sie nicht nach diesem Frevel?
Müde und erschöpft schloss sie die Augen, blendete die Anwesenheit des Mannes und das, was er gerade mit ihr getan hatte, einfach aus.

Nata-He-Yukan wickelte sich in seine Decke und schlief außergewöhnlich gut. Er war wie berauscht, fühlte sich unbesiegbar und stark. Hoh, er hatte diesem Weib seine Manneskraft bewiesen!
Am nächsten Morgen half er ihr gut gelaunt auf und ließ sie in den Schnee hinaustreten, damit sie sich erleichtern und waschen konnte. „Eigentlich bräuchte sie überhaupt kein Kleid!“, dachte er mit einem anzüglichen Lächeln.
Er war in Hochstimmung und warf ihr großzügig zwei Felle zu: Du-machen-Kleid! Dann suchte er seine primitive Nähnadel und einige Sehnen, damit sie arbeiten konnte und verließ die Höhle, um zu jagen. Er fühlte sich seltsam erfrischt und befreit, atmete tief die kalte Luft ein und machte sich auf den Weg in das Tal. Er hatte dieser Frau gezeigt, wo ihr Platz war!

Schluchzend legte sich Tötet-die-Crow auf ihre Felle, winkelte die Beine an und hielt die Hände an ihre wunde Stelle. Das war erniedrigend und furchtbar! Sie musste hier weg! Sie wollte nicht die Gespielin für diesen Feind sein! Sie war ein Krieger!
Hastig suchte sie in dem Halbdunkel der Höhle nach ihren Sachen. Schließlich fand sie ihre Mokassins und Leggins, zog eines

seiner Kriegshemden über und band sich ein Fell wie einen Rock um ihre Hüften. Alle ihre Waffen waren weg, trotzdem verließ sie die Höhle, ungeachtet der Gefahr, der sie sich aussetzte.
Nur weg von hier! Weg! Sie erkannte an seinen Spuren, dass er in Richtung des Tales gegangen war und schlug eine andere Richtung ein. Oberhalb der Höhle kletterte sie die Felsen entlang, rutschte mehrmals im Schnee aus und versuchte auf schnellstem Weg das Tal zu verlassen.
Bereits nach kurzer Zeit war sie schweißgebadet und grelle Blitze schossen durch ihre Augen. Sie hatte sich zu viel zugemutet und nach der ersten Anhöhe sank sie erschöpft zusammen. Wenn er sie wenigstens nicht vor der Nacht fand! Dann könnte sie in der Nacht sterben, sich dem Kaltmacher ergeben, damit er sie mit seiner Kälte einhüllte! Das wäre ehrenvoller als diese Schande! Immer wieder musste sie sich ausruhen, lag zitternd am Boden, ständig in der Angst, dass der Krieger sie einholte. Noch ein Stück, noch ein Stück. Mit diesen Worten zog sie sich schließlich mit steif gefrorenen Fingern über den Boden, weil sie nicht mehr die Kraft hatte aufzustehen.
Ihre Knie bluteten von den scharfen Steinen, doch unbeirrbar kroch sie höher und höher, hoffte, dass er ihre Spuren auf dem felsigen Boden nicht fand.
„Oh, mein Bruder, hilf mir! Sonnenhäuptling, verberge mich vor diesem Feind!“, betete sie inbrünstig.
Zitternd vor Erschöpfung rutschte sie über den Kamm des Berges und glitt in eine schmale Schlucht. Vor ihr lag ein weiteres Tal, mit einigen Bäumen und schneebedeckten Wiesen. An den Hängen scharrten einige Bighornschafe den Schnee zur Seite.
Sie flüchteten aufgeregt, als Tötet-die-Crow einige Steine lostrat. Hier war ein schöner Ort, um zu sterben! Mühsam zog sie sich weiter, rote Flecken tanzten vor ihren Augen, als sie leise ihren Todesgesang anstimmte und sich bereit machte in die Sandhügel zu ihren Vorfahren zu gehen. Die Bighornschafe hatten sich beruhigt und sie hörte den dumpfen Knall der Hörner, als zwei Männchen miteinander balgten. Fast amüsierte es sie, dass sie eine solche Kleinigkeit überhaupt noch wahrnahm. Aber vielleicht war sie schon tot und all dies nur noch eine Sinnestäuschung?

Dann hörte sie Hufgeklapper und rollte sich entsetzt zusammen, verbarg sich hinter einem Felsen. Nein! Pferde! Daran hatte sie überhaupt nicht gedacht. Deutlich waren die Tritte des Ponys zu hören, das sich stetig ihrem Versteck näherte. Der Mann gab sich überhaupt keine Mühe, leise zu sein. Weit vor der Dämmerung hatte er sie gefunden, war problemlos ihren deutlichen Spuren gefolgt. Warum durfte sie nicht sterben?

Mit finsterem Gesicht baute sich Nata-He-Yukan vor dem Mädchen auf. Ihre Hände und Knie waren blutig von dem vergeblichen Versuch, ihm zu entkommen. Spöttisch verzog er seine Lippen und beugte sich zu ihr hinunter. Er berührte sie spielerisch mit seinem Bogen, als zählte er einen Coup an ihr. „Erwischt!", grunzte er triumphierend.
Müde, apathische Augen blickten ihn an, warteten nur noch auf den Tod. Erst jetzt sah er in ihr das junge Mädchen, das zu Tode erschöpft war, und seine Wut verrauchte. Trotzdem!
Sie bedeutete eine Menge Ärger! Unwillig befahl er ihr aufzustehen, doch dazu fehlte ihr die Kraft.
Mit flatternden Händen versuchte sie sich an den Felsen hochzuziehen und rutschte erbarmungswürdig zu Boden. Er musste sie stützen und lehnte ihren zusammensinkenden Körper gegen die Schulter seines Pferdes. Seine Lippen wurden schmal, als er befürchtete, dass sie sich ernsthaft verletzt hatte und alles wieder von vorne anfing. Er hatte keine Lust mehr, sie ewig zu pflegen, schon gar nicht wegen eines übereilten Fluchtversuches.
„Halt dich fest!", befahl er gereizt. Mit einem Satz schwang er sich hoch, dann zog er sie vor sich in den Sattel. Kraftlos hing sie in seinen Armen und er schüttelte den Kopf über ihre Dummheit.
„Wo wolltest du störrisches Ding eigentlich hin?", fauchte er unwirsch. Wieso unternahm sie einen Fluchtversuch, wenn sie viel zu schwach dazu war? Mit geschlossenen Augen lag sie an seiner Brust, nur ein schwaches Mädchen und längst kein Feind mehr.

Vor der Höhle hielt er sein Pony an und glitt mit ihr im Arm vom Rücken des Pferdes. Er duckte sich in die Höhle, etwas unsanft setzte er sie an die Rückenstütze und zog ihr das Kriegshemd aus. Er brauchte diese Dinge dringend selbst, zumindest, bis dieses störrische Weib ihm neue nähen konnte. Kurz prüfte er ihre Verletzungen, aber die Wunden heilten gut und hatten sich zum Glück nicht wieder geöffnet.

Tötet-die-Crow genierte sich, hasste es, schon wieder mit entblößten Brüsten vor ihm zu sitzen und verschränkte ihre Arme. Er lachte amüsiert über ihre Scheu und gab ihr eine Decke. Dann entzündete er mit klammen Fingern das Feuer, eine Aufgabe, die in Zukunft ihr überlassen bliebe. Es wurde Zeit, dass sie sich als Frau fügte und richtige Aufgaben übernahm.
Wieder deutete er auf die zwei Felle und meinte großzügig: „Du-nähen-Kleid!"
Mit keinem Wort erwähnte er ihren Fluchtversuch, hielt es nicht einmal für nötig, sie vor einem weiteren Versuch zu warnen, denn er würde sie ohnehin schnell wieder einholen! Was sollte dieser ganze Unsinn? Er war weder unfreundlich, noch sah er schlecht aus! Jede Frau wäre froh, wenn er um sie werben würde!
Freundlich bot er ihr eine Schale mit Fleisch an, versuchte ganz bewusst ihren finsteren Blick zu ignorieren.
Angewidert lehnte sie ab, dabei musste ihr Magen ganz gehörig knurren. Erstaunt musterte Nata-He-Yukan das widerspenstige Mädchen. Sie war nur noch Haut und Knochen, musste unbedingt ein wenig zunehmen, damit sie ihm gefiel. Warum verweigerte sie ständig die Nahrung? Selbst ihr musste klar sein, dass sie in diesem geschwächten Zustand keinen weiteren Fluchtversuch wagen konnte!
Er versuchte es zur Abwechslung mit einem freundlichen Lächeln: „Fleisch-gut, du-essen, du-zu-schwach!"

Misstrauisch schaute sie ihn an, verwundert über die Lachfältchen um seinen Mund, die so überhaupt nicht zu diesem grimmigen Krieger passten. Aber auch er war noch jung, nicht viel älter als sie, obwohl er einen kräftigen, drahtigen Körper hatte.
„Bär-ist-heilig!", erklärte sie mit Handzeichen, „Ich-nicht-essen!"
Die Verblüffung stand ihm in das Gesicht geschrieben, doch dann bot er ihr etwas Hirschfleisch an. „Du-essen-Hirsch?"

Tränen schossen in ihre Augen und sie schalt sich für diese Schwäche. Warum konnte sie nicht stark sein? Zögernd nahm sie die Schale und nickte höflich, versuchte ihm nicht ihre Erleichterung zu zeigen.
„Ich-heißen-Kopf-mit-Hörnern, Nata-He-Yukan!", versuchte er ein Gespräch anzufangen, aber sie antwortete nicht.
Tötet-die-Crow wollte nicht, dass er Macht über ihre Seele gewann, wenn er ihren Namen wusste. Es genügte, dass er ihren Körper besaß.
„Wie-du-heißen?", versuchte er es wieder, aber sie schüttelte stur ihren Kopf. Sofort verfinsterte sich sein Gesicht über ihren Starrsinn und wütend blitzte er sie an: „Dein-Name-Winyan-o'hanschitscha! Verstehen-du? Ungehorsame-Frau!"
Dazu zeigte er mit Gesten die Bedeutung ihres Namens. Eigentlich bedeutete es mehr. Störrisches, ungehorsames, gemeines Weib! Ja, das war sie!

Ihr war das völlig gleichgültig, sollte er sie doch rufen, wie es ihm gefiel! Trotzdem funkelte sie ihn wütend an und legte die Hand an ihre Stirn, das Zeichen für Crow. „Du-feiger-Crow!" deutete sie unmissverständlich mit ihren Gesten an.
Verblüfft riss der Mann die Augen auf, ignorierte dabei die Beleidigung, weil er froh war, dass sie überhaupt etwas sagte.
„Ich-nicht-Crow! Ich-Lakota!", erklärte er grinsend.
Ungläubig starrte Tötet-die-Crow auf das schöne Hemd, das dieser Krieger trug, eindeutig ein Crowhemd.
„Crow-verfolgen-mich?", fragte sie zögernd.
„Ja, zwei Crow! Ich-töten-Crow-mit-meinem-Bogen!", erklärte Nata-He-Yukan leichthin.
„Warum-du-nicht-töten-mich?", fragte sie mit zusammengekniffenen Augen.
Ein wenig beleidigt legte Nata-He-Yukan den Kopf schief. „Ich-nicht-töten-verletztes-Mädchen!"
„Du-verrückter-Mann!", ärgerte sie ihn ganz bewusst, hasste ihn dafür, dass er ihr keinen ehrenvollen Tod gewährt hatte.
Die Miene des Kriegers verfinsterte sich zusehends.: „Winyan-o'hanschitscha!", zischte er. „Störrische-Frau!"

Sie hielt seinem Blick ohne Weiteres stand, schwor sich, diesen Mann eines Tages zu töten. Irgendwie erleichterte es sie nicht besonders, dass er kein Crow war. Er hatte ihr wehgetan, gegen ihre Vision gehandelt, allein diese Tatsache genügte ihr, seinen Tod herbeizuwünschen.
Nata-He-Yukan übersah ihre Entschlossenheit, konnte sich nicht vorstellen, dass ein Mädchen in irgendeiner Form eine Gefahr darstellen könnte.

In den nächsten Tagen erholte sie sich zusehends, aß von dem Hirschfleisch und machte sich widerwillig an die Arbeit, die er ihr auftrug. Ihre bockige Art reizte ihn und so ließ er sie schuften, behandelte sie wie eine Gefangene und nicht wie eine wahre Frau, die selbst wusste, was zu tun war.
Er verschwendete keinen Gedanken daran, dass sie vielleicht eine andere Bestimmung hatte.

In ihrem neuen Kleid beugte sich Tötet-die-Crow über die Jagdbeute, die er ihr brachte, fügte sich zum Schein in die Rolle, die er ihr zudachte: Sorgsam nahm sie die Innereien heraus, trennte das Fell von dem Fleisch, schabte es sauber, kratzte das Haar herunter. Dazu gab ihr dieser Krieger tatsächlich das Messer zurück, obwohl er sie nicht aus den Augen ließ. Aber sie beherrschte sich. Sie musste Kraft sammeln, ehe sie sich mit ihm anlegen konnte!
Stöhnend beugte sie sich über die schwere Arbeit, bekam raue Hände, als sie das Fell mit Sand glatt rieb, außerdem schmerzte ihre kaum verheilte Hüfte.
Ihre Fingernägel bekamen dunkle Ränder von der dreckigen Arbeit und selbst durch kräftiges Waschen bekam sie den Geruch nach Blut nicht von ihren Händen. Mit einem Stein klopfte sie das Gehirn der erlegten Tiere zu Brei, stellte sich hasserfüllt vor, wie sie stattdessen auf den Kopf dieses arroganten Kriegers einschlug. Dann weichte sie das Leder in dem Sud aus Wasser und Hirnmasse ein. Fliegen, angelockt von dem Geruch, umschwirrten sie und einige hartnäckige Moskitos, die vor der Kälte in die Höhle geflüchtet waren, fanden in ihr eine willkommene Beute. Sorgfältig wrang sie das Leder aus, wiederholte das Einweichen

des Fells, damit die ölige Substanz in alle Poren der Haut eindringen konnte.
Schließlich quetschte sie mit aller Kraft die Feuchtigkeit aus dem Leder, drehte es auf einem Stock, um den letzten Tropfen auszuwringen. Schweiß perlte auf ihrer Stirn, ihre Augen wanderten zu dem Mann, der ruhig am Feuer saß und sie beobachtete.
Warum gab sie sich überhaupt soviel Mühe? Andererseits wollte sie nicht, dass er sie für wertlos hielt und sie vielleicht tötete. Nein, sie war gut unterwiesen worden! Dieser Feind sollte nicht denken, dass die Pecuni faule Frauen hatten!
Sorgfältig untersuchte sie die Haut auf eventuelle Risse und stopfte diese vor dem endgültigen Trocknen. Eines Tages würde sie dafür ihm die Haut abziehen!
Zum Glück verlangte er nicht, dass sie das Bärenfell bearbeitete. Mit einer Sorgfalt, die ihr verriet, dass er so etwas schon öfter gemacht hatte, bereitete er selbst das Fell zu. Schließlich legte er es auf sein Bett und nahm es als Zudecke für sie beide. Sie glaubte keine Luft zu bekommen, dachte, dass der Geist des Bären sie bestimmt töten würde, aber nichts geschah. Ganz im Gegenteil. Ohne Fell wären sie wahrscheinlich einfach erfroren, wenn das Feuer, während sie schliefen, herunterbrannte, aber unter dem Fell war es kuschelig warm.

Tiefer Schnee machte längere Ausflüge unmöglich, oft musste Nata-He-Yukan den Eingang frei graben, ehe er hinausgehen konnte. Der hintere Zugang war völlig verschneit, begraben unter einer dicken Schicht des weißen Pulvers.
Tötet-die-Crow konnte nicht hinaus. Tagsüber, wenn Nata-He-Yukan auf seine Streifzüge ging, überließ er ihr sein Messer, während sie in der Höhle das Feuer hütete und ihre Arbeiten erledigte. Sie dachte nicht an Flucht, noch nicht!
Erst wollte sie warten, bis ihr Körper kräftig genug war auch eine lange Wanderung durchzustehen, oder sie sicher genug war, um ihn zu töten. Der gescheiterte Fluchtversuch war ihr eine Lehre, niemals wieder würde sie ihr Leben so sinnlos aufs Spiel setzen. Jetzt im Winter wäre eine Flucht ohnehin erfolglos, also fügte sie sich und bemühte sich, nicht sein Missfallen zu erregen. Sie hörte

auf das Heulen der Wölfe und bat ihre Brüder, sie von der Gegenwart dieses grässlichen Mannes zu befreien.
„Wölfe! Reißt ihm die Gedärme heraus!"
Aber stets kehrte der Lakota zurück, mit einem jugendlichen, überheblichen Grinsen.
Mit Tränen in den Augen beugte sie sich über ihre Näharbeit. Sie vermisste ihren Stamm so sehr! Ob es die anderen geschafft hatten, den Crow zu entkommen? Und ihr Onkel?
Die Ungewissheit nagte an ihr, sie war zu oft allein und hing ihren trüben Gedanken nach. Dieser Lakota redete kaum mit ihr und so lernte sie nichts von seiner Sprache, wollte es im Grunde auch nicht. Er gab Befehle wie „Mach das Feuer!", „Gib mir Essen!", die sie verstand, ansonsten sprach er nichts.
Auch der Reiz des ersten Geschlechtsaktes war verflogen, denn sie lag einfach nur da wie ein Stück Holz und ließ es über sich ergehen. So genügte es dem Krieger, nur hin und wieder ihre Beine zu spreizen, um sich an ihr zu befriedigen. Wie konnte der Sonnenhäuptling so etwas zulassen? Warum schickte er nicht den Blitz, um diesen dreckigen Lakota zu bestrafen?

Für Nata-He-Yukan dagegen war die Welt in Ordnung. Er hatte eine Frau, wenn auch nur eine Blackfeet, die für ihn arbeitete und ihm die einsamen Nächte versüßte. Sie redete nichts, aber das erwartete er auch nicht.
Außerdem hatte er genug zu tun, da hätte ihn das ewige Geplapper ohnehin nur gestört. Das Überleben zu zweit war schwierig, selbst in der Höhle wurde es unerträglich kalt. Er kam sich vor wie Tokahe, der Erste seines Volkes, der den Lockungen Anog-Ites erlag und sein Volk aus der Höhle auf die Erde geführt hatte. Vielleicht war diese störrische Frau in Wirklichkeit sogar Anog-Ite, die Doppelgesichtige Frau, deren eine Gesichtshälfte wunderschön und die andere verunstaltet war?
Nata-He-Yukan lächelte still. Wie oft hatte sein Vater ihm diese Geschichte erzählt, als Mahnung nicht zu viel zu begehren! War dieses Blackfeetmädchen in Wahrheit Anog-Ite, die Doppelgesichtige Frau? War sie nur hier, um ihn in die Irre zu führen?
Energisch setzte er sich vor das Mädchen hin und nahm ihr Ge-

sicht in seine Hand. Dann wischte er mit seiner Hand heftig über ihre Wangen, um zu prüfen, ob sie ihn vielleicht mit Farbe täuschte. Abwehrend ruckte die Frau ihren Kopf zurück und er ließ sie los, musterte stattdessen eindringlich ihre Züge. Gut! Sie war hübsch, aber nicht blendend schön! Ihre Augen waren ein wenig zu groß in ihrem feinen Gesicht, und sie hatte eine lange gerade Nase über schön geschwungenen Lippen. Außerdem hatte sie ein kleines, spitzes Kinn, das ihr einen energischen Ausdruck verlieh. „Eine widerspenstige Frau, keine Hexe!", urteilte er zufrieden.

„Ist dir kalt?", fragte er, um seinem Handeln einen Sinn zu geben.

Sie nickte wortlos.

„Vielleicht-Decken-nehmen?", überlegte er in Zeichensprache.

Bereitwillig stand sie auf und spannte Decken, die das hintere Ende der Höhle abteilten. Die Hitze des Feuers wurde nun reflektiert und im vorderen Teil der Höhle sammelte sich die Wärme. Keine schlechte Idee!

Zufrieden beugte er sich über die Zweige, aus denen er neue Pfeile schnitzen wollte. Er hatte ihr nichts davon gesagt, aber seine Vorräte wurden spärlich. So viel Wild gab es in der Umgebung nicht und er machte sich Sorgen, wie er die Frau satt bekommen sollte. Das Fleisch des Bären würde nicht mehr lange reichen und er hatte nichts mehr für das Mädchen. Sollte er sie verhungern lassen? Zur Not blieben ihm noch die Ponys, aber eigentlich brauchte er sie im Frühjahr zur Jagd. Außerdem wollte er in vier Sommern mit ihnen zu seinem Volk zurückkehren.

Immer noch fielen ihm seine langen schwarzen Haare offen über den Rücken und Tötet-die-Crow amüsierte sich über seine Eitelkeit. Täglich musste sie seine Haare kämmen und manchmal rupfte sie absichtlich an den langen Strähnen!

So ein Biest!

Mit einem besorgten Blick streifte Nata-He-Yukan die junge Frau, die still am Feuer saß und nähte. Ihre Haare waren nachgewachsen, außerdem wirkte sie rundlicher, fraulicher. Ihm gefiel das. Warum hatte sie überhaupt so kurze Haare gehabt? Trauerte sie um jemanden? Kurz flammte die Neugier in ihm auf, aber dann hatte er doch Hemmungen, sie zu fragen. Wie sollte er etwas so Sensibles fragen? Du-weinen-um-jemand? Da ließ er es lieber gleich. Außerdem würde sie ihm darauf sicherlich keine Antwort geben, wenn sie schon bei etwas so Einfachem wie ihrem Namen die Lippen zusammenpresste.

Also schnappte er sich seine Schneeschuhe, zog ein zweites Hemd gegen die Kälte über und machte sich auf die Suche nach Wild. Des Öfteren fing er Kaninchen und Schneehasen, aber die reichten höchstens für eine Mahlzeit. Aber er wollte nicht, dass sie hungerte, wieder so mager wurde wie anfangs, als er sie gefunden hatte.

In der Ferne heulten Wölfe und am Himmel kreisten Aasfresser, warteten auf die Reste, die für sie übrig bleiben würden. Vielleicht sollte er ihnen die Beute entreißen?

Aber sein Stolz ließ das nicht zu. Noch war er wie der Adler, der seine Beute selbst fand! Entschlossen drückte er die weiße Mütze aus Schneehasenfell, die sie ihm genäht hatte, auf den Kopf und blinzelte in die schmerzende Helligkeit des reflektierenden Schnees. Die Mütze war warm und hier draußen, in dieser Kälte konnte er sie gut gebrauchen. Vorsichtig machte er sich an den Abstieg in das Tal.

Er überlegte, ob er vielleicht einige Fische fangen könnte. Der schnell dahin fließende Fluss war nicht zugefroren und so konnte er sein Glück dort versuchen. Seine Füße sanken dank seiner Schneeschuhe kaum ein, trotzdem fühlte er die unbarmherzige Kälte. Er war froh, dass er seine Beine mit Fellen umwickelt hatte und schlitterte in seinem ausdauernden Trab voran.

Am Fluss setzte er sich auf einen Stein, nahm seinen Speer und blickte in das eisblaue Wasser.

Forellen sammelten sich gern unter solchen natürlichen Hindernissen und geduldig wartete er auf seinen ersten Fang. Nach sechs Fischen hatte er genug, Wakan-tanka, was für ein Fang!

Vor Freude glühten seine Backen, denn mit den Fischen konnte er sie beide für zwei Tage ernähren. Stolz machte er sich auf den Rückweg, hielt die Fische lässig über der Schulter baumelnd an einer Lederschnur. Die Bewegung wärmte ihn, erinnerte ihn an seine fast erfrorenen Füße. Haun, er würde sie in die Nähe des Feuers strecken und dann sollte Winyan-o'hanschitscha sie massieren. Argwöhnisch zog er den Vorhang zur Seite, achtete darauf, dass sie nicht neben dem Eingang stand und ihm eine Keule überzog, aber sie saß harmlos am Feuer, schaute ihn mit ihren großen Augen an.

Dann wurden sie vor Entsetzen blank, als sie die Fische sah.Was wollte er mit diesen Ungeheuern aus dem Wasser? Sie waren giftig, gehörten allein den Wasserwesen!
Platschend landeten die Fische vor ihren Füßen und sie sprang aschgrau vor Ekel in die Höhe.
„Bereite sie zu!", befahl er.
Ungläubig starrte sie ihn an, verstand nicht, was sie tun sollte.
„Hörst du nicht, Winyan-o'hanschitscha? Bereite sie zu!"
Es schüttelte sie vor Ekel und sie wich entsetzt zurück.

Wütend setzte sich Nata-He-Yukan neben das Feuer und rieb seine Hände. Was war denn jetzt schon wieder mit dieser störrischen Frau los? Hatte sie etwa Angst vor ein paar toten Fischen? Das war ja lachhaft!
Mit geübten Schnitten nahm er die Forellen aus, dann steckte er sie auf einige lange Äste und hielt sie über das Feuer. Eigentlich mochte er sie lieber in einer Kochgrube gebraten, aber direkt über dem Feuer ging es schneller, und er hatte Hunger. Ungeduldig winkte er die Frau heran. „Setz dich wieder hin. Du siehst doch, dass die Fische tot sind!"

Widerstrebend hockte sich Tötet-die-Crow auf ihren Platz, verfolgte ungläubig, wie der Mann die Fische briet. Er wollte sie offensichtlich essen!
Oh, allein der Geruch drehte ihr den Magen um. Die Mäuler standen weit offen, lange Barthaare krümmten sich in dem Feuer und die Glupschaugen schienen sie durchbohren zu wollen. Ihr wurde schlecht und hastig verließ sie die Höhle, um sich zu übergeben. Schnell wurde es draußen zu kalt für sie und mit weichen Knien begab sie sich wieder in das Innere, drückte sich an der

Wand entlang nach hinten, um nicht sehen zu müssen, was der Mann dort tat.

Nata-He-Yukan hockte zufrieden neben dem Feuer, legte den ersten Fisch auf einen flachen Stein und zerteilte ihn. Sorgfältig entfernte er die Gräten, dann stopfte er die ersten Stücke in seinen Mund. Ein vergnügtes Lächeln spielte um seine Lippen und freundlich bot er ihr auch etwas an.
Sie wand sich vor Ekel, drehte empört den Kopf weg und strafte ihn mit Verachtung. Wie konnte er nur! Gleich würde er bestimmt umfallen, sich in Krämpfen winden und sterben. Ha, sie brauchte nur abzuwarten und sie wäre ihn los.
Eine plötzliche Wut wallte in Nata-He-Yukan hoch. Wie sollte er sie satt bekommen, wenn sie ständig irgendetwas nicht aß!
Gut, sollte sie doch verhungern!
Missmutig legte er sich neben sie, verzichtete darauf, sich an ihrem Körper zu wärmen. Blackfeetfrauen waren wirklich nicht nach seinem Geschmack!
Vielleicht sollte er sich lieber ein anderes Mädchen rauben, das sich seinen Wünschen fügte!

Am nächsten Tag konnte er die Höhle nicht verlassen, weil ein Schneesturm über das Land fegte. Nata-He-Yukan blieb gezwungenermaßen in der Höhle und bastelte an neuen Pfeilen. Aber er hatte keine besondere Eile zur Jagd zu gehen, denn er hatte noch die anderen Fische. Er ignorierte den entsetzten Blick seiner Gefangenen und briet sie über dem Feuer.
„Du-nicht-essen! Dann-du-hungrig!", meinte er kalt. Er konnte es nicht ändern.
Ihr Augen wurden zu Schlitzen und hasserfüllt starrte sie ihn an. „Du-schlechter-Mann!", zeigte sie mit deutlichen Gesten. „Schlechter-Mann!"
Dieser Lakota würde sie sicherlich elendig verhungern lassen. Sie musste ihn endlich loswerden!
Ihr Blick fiel auf das Messer, das er achtlos neben sich gelegt hatte, fast in ihrer Reichweite. Ohne nachzudenken packte sie es und ging unvermittelt auf ihn los. Mit erhobenem Arm richtete sie

sich auf und stach mit voller Wucht zu, ihr Gesicht vor Wut verzerrt.

Eine stahlharte Faust schloss sich um ihr Handgelenk und blitzschnell ließ sich der Krieger nach hinten fallen. Durch den Schwung stürzte sie auf ihn und in einer drehenden Bewegung warf sie der Mann brutal zu Boden.

Alles ging so schnell, dass sie kaum merkte, wie er ihr das Messer entwand und es ihr an die Kehle setzte.

Entsetzt hielt sie die Luft an und wartete auf den Todesstoß. Seine losen Haare fielen in ihr Gesicht, aber sie wagte nicht sich zu bewegen, fühlte nur den schweren Körper auf sich, der sie zu Boden drückte. Warum war er so viel kräftiger als sie? Seine Augen sprühten vor Zorn und die Messerspitze drückte in ihre Halsschlagader. „Stich doch zu!", dachte sie hasserfüllt. „Mach dem allem endlich ein Ende!"

Dieses Blackfeetweib! Wie konnte sie es wagen, ihn anzugreifen! Er hatte es satt! Drohend begann er in deutlicher Zeichensprache mit ihr zu reden, ohne den Druck auf ihren Hals auch nur zu verringern. „Du-meine-Gefangene! Du-schlechte-Frau! Meine-Medizin-stärker-als-deine! Du-angreifen, dann-ich-nehmen-deinen-Skalp!"

Mit nur einer Hand, die er für die Zeichensprache zur Verfügung hatte, war es ein bisschen schwierig, alle Gesten richtig zu zeigen, trotzdem verstand Tötet-die-Crow seine Botschaft. Sein Blick aus obsidianschwarzen Augen ließ keinen Zweifel an der Ernsthaftigkeit seiner Drohung zu. Fordernd wartete er auf eine Antwort.

Sie schluckte schwer.

Wieder drückte die Messerspitze gegen ihren Hals und kurz überlegte sie, ob es nicht ehrenvoller wäre, zu sterben. Doch sie wollte leben, hatte plötzlich Angst, selbst den Tod zu wählen. Warum konnte sie nicht stark sein? Dieser Mann wollte ihre Unterwerfung, nichts anderes, und sie gab auf: „Ich-gehorche!"

Seine Lippen verzogen sich zu einem zufriedenen Grinsen. Betont langsam steckte er das Messer weg und setzte sich zurück an das Feuer.

Für die Nacht fesselte er ihre Hände grob an einem Pflock fest, ignorierte ihren hasserfüllten Blick. Dieses Weib war gefährlich und er wollte nicht das Risiko eingehen, dass sie ihn hinterrücks ermordete. Ihre Augen blitzten wütend, aber er war gewarnt!

In Tötet-die-Crow dagegen tobten die Gefühle. Wütend drehte sie an ihren Handgelenken, doch die Fesseln saßen fest. Vielleicht sollte sie versuchen, das Leder durchzunagen? Aber was nützte ihr das? Wohin sollte sie im Winter gehen? Entmutigt schloss sie die Augen, versuchte mit ihren gefesselten Händen eine bequeme Lage zu finden. Sie hatte ihre Chance verspielt und nun würde dieser Mann sie den ganzen Winter anbinden wie einen bissigen Hund. Aber noch schlimmer war das Gefühl der Demütigung: Sie hatte aufgegeben, sich unterworfen, hatte zugegeben seine Gefangene zu sein! „Oh, mein Bruder, welchen Weg hast du für mich gewählt!", schluchzte sie unhörbar. Sie fühlte sich verraten, sowohl von ihrem Gott als auch von ihrem Bruder.

Jean Baptiste
(Little-Bighorn Berge)

Winterstürme zogen über das Land und fesselten die beiden an die Enge der Höhle. Die Vorräte gingen zur Neige, auch weil ein Teil des Wasnas Schimmel angesetzt hatte. Es wurde Zeit, dass Nata-He-Yukan dem Dachs an den Kragen ging oder er nach anderem Kleinwild Ausschau hielt. Tagsüber krachten die Stämme der Bäume, wenn sie von der unmenschlichen Kälte barsten. Der laute Knall war weithin zu hören, wurde als Echo von den Berghängen zurückgeworfen. Die Stimmung in der Höhle war gereizt.
Nata-He-Yukan hasste es, wenn er nicht hinaus konnte, außerdem fehlte jeder Tag, an dem er nicht jagen konnte. Dann wurde auch noch das Feuerholz knapp und sehnsüchtig wartete er auf besseres Wetter. Kaum schien die Sonne, nahm er die Blackfeetfrau mit nach draußen und ließ sie Holz sammeln.

Tötet-die-Crow genoss die Abwechslung, manchmal der Enge der Höhle entfliehen zu können, und folgte ihm zum Holzsammeln in den Wald. Nüchtern erkannte sie, dass sie beide um ihr Überleben kämpften und ihre Chancen standen mit diesem Mann besser, als wenn sie alleine wäre. Gehorsam sammelte sie das Holz und beobachtete, wie er einen Dachsbau freilegte. An sich war er ein guter Jäger, stellte sie bewundernd fest.
Schade, dass er ein Lakota war und sie ihn töten musste, sich rächen für das, was dieser Mann ihr angetan hatte!
Mit einem langen gegabelten Stock stieß er in den Bau und drehte das sich windende Tier hinaus. Es war bissig und gefährlich, doch Nata-He-Yukan drückte den Kopf mit der Astgabel nach unten und stach mit dem Messer zu. Der Dachs zuckte kurz, dann blutete er aus dem Maul und starb.
„Gutes Essen heute Abend!", frohlockte der junge Mann und zeigte ihr stolz seinen Fang.
Sie lächelte zurück, bemüht sein Misstrauen einzuschläfern. Sie hatte festgestellt, dass er wesentlich freundlicher war, wenn sie

manchmal lächelte. Trotzdem fesselte er sie nach wie vor in der Nacht, ließ in seiner Wachsamkeit nicht nach. Aber bis zum Vielregenmond blieb ihr noch viel Zeit ihn einzuschläfern und in Sicherheit zu wiegen.
Sie hatte ein riesiges Bündel Holz mit einem Riemen zusammengebunden und zog es hinter sich her. Sorgfältig schichtete sie es neben dem Feuer, damit es schneller trocknete, dann befahl ihr der Krieger erneut Holz zu sammeln.

Nata-He-Yukan ließ sie allein und suchte woanders nach Beute, wohl wissend, dass sie bei diesem Schnee keinen Fluchtversuch wagen konnte.
In seinen Schneeschuhen trabte er den Hügel hinunter, bis er plötzlich auf eine andere Spur stieß. Die Fußabdrücke eines Menschen! Und nicht seine eigenen! Jetzt, mitten im Winter!
Bestürzt dachte er an all die Spuren, die er hinterlassen hatte, und die jeden Feind sofort zu seiner Höhle führen würden.
Seine Pferde unter den Bäumen! Wachsam nahm er seinen Bogen in die Hand und folgte vorsichtig der deutlichen Spur.
Dann stürzte er fast in eine Felsspalte, die von dem Schnee zugeweht worden war. Jetzt klaffte hier eine Öffnung, weil der Eindringling ahnungslos darüber gegangen war. Han!
Nata-He-Yukan zog die Schneeschuhe aus, umging den Felsen und sein erstaunter Blick fiel auf den Mann, der vor ihm im Schnee lag. Hoka! Damit hatte er hier am wenigstens gerechnet!
„Mon dieu!", murmelte der Fremde und machte das Zeichen für Freund.
Etwas spöttisch beugte sich Nata-He-Yukan herunter, nahm sein Messer und setzte es dem Fremden an die Kehle. Freund!
Noch entschied er, wer hier Freund oder Feind war.
Aber an der Stelle des Mannes, der offensichtlich verletzt war, würde auch er allen die Freundschaft anbieten. Der seltsame Mann zuckte nicht einmal zurück, als die Spitze des Messers seine Kehle berührte und Nata-He-Yukan bewunderte dessen Mut.
„Ich bin Franzose!", erklärte der Mann, aber Nata-He-Yukan hatte nicht wirklich eine Ahnung, wo dieses merkwürdige Volk lebte. Wenigstens konnte er sich in Zeichensprache verständigen.

„Ich heiße Jean!"
„Dschon?", versuchte Nata-He-Yukan das seltsame Wort nachzusprechen.
„Oui, Jean!"
„Ich heiße Nata-He-Yukan!"
„Ah, Natter!"
„Hiya, Nata-He-Yukan!", schmunzelte der Indianer und ließ die Hand mit dem Messer sinken.
„Nata-he-comment?"
„Nata-He-Yukan!", wiederholte der Krieger geduldig. Längst hatte er beschlossen diesen seltsamen Mann am Leben zu lassen, denn er fand ihn lustig.
„Welches Volk?", fragte der Franzose.
„Lakota!"
Ein erleichtertes Lächeln huschte über das Gesicht des Weißen.
„Ah, Lakota-meine-Freunde!"
Jetzt lachte Nata-He-Yukan wirklich, denn er hatte längst gesehen, dass das Bein des Mannes gebrochen war.
„Dein-Bein-gebrochen, so-alle-deine-Freunde!", meinte er lässig.
Lachend fiel der Mann in sein Gelächter ein und vergnügte blaue Augen blitzten in seinem Gesicht. Dann sagte er in verständlichem Lakota: „Waschitschu iktschetscha hematscha!"- Ich bin ein guter Weißer!
So wurden die Franzosen meist von den Lakota genannt, weil sie durch ihren fairen Handel beliebt waren.
Nata-He-Yukan staunte, obwohl er sich redliche Mühe gab, seine Überraschung zu verbergen. Sein Stamm hatte oft mit den Waschitschu iktschetscha gehandelt, manchmal hatten sie den ganzen Winter bei dem Handelsposten verbracht, aber einen Händler so weit westlich anzutreffen wunderte ihn.
„Du sprichst meine Sprache?" Seine Stimme klang neutral, kaum interessiert, so als würde er fragen, ob das Wetter schön wäre.
„Nur wenig!", antwortet der Mann mit leichtem Bedauern.
Nata-He-Yukan musterte ihn abschätzend, überlegte, was er jetzt tun sollte. „Du bist weit im Westen!"
„Na, du auch!", entgegnete der Weiße und reizte Nata-He-Yukan damit schon wieder zum Lachen.

„Hecetu! Ich bin dein Freund!“, bot er großzügig an.
Dann überlegte er sich, wie er den verletzten Mann transportieren konnte. Er kletterte zurück und holte seine Schneeschuhe, versuchte den Mann auf seiner Schulter zu tragen, aber mit dem zusätzlichen Gewicht sank er zu tief ein. Ächzend legte er den Mann wieder in den Schnee und nagte an seiner Lippe. Er brauchte einen Schlitten. Vielleicht konnte er die bunte Decke des Franzosen dazu benutzen? Sie war aus einem seltsamen Material, allein schon wegen der bunten Farben ein begehrtes Tauschobjekt bei seinem Volk. Vorsichtig legte er Jean auf die Wolldecke und begann ihn hinter sich herzuziehen.
„Mon dieu, mein Bein!“, stöhnte der Franzose, aber Nata-He-Yukan konnte auf seine Schmerzen keine Rücksicht nehmen. Erst musste er ihn in die sichere Wärme seiner Höhle bringen. Es wunderte ihn sowieso, was dieser Mann so alleine hier draußen tat.

Mit großen Augen bestaunte Tötet-die-Crow den weißen Mann, den Nata-He-Yukan hinter sich her zog. So etwas hatte sie noch nie gesehen, obwohl sie wusste, dass es solche Menschen gab.
„Omakiya-yo!“Hilf mir, befahl Nata-He-Yukan der Frau.
Gemeinsam zogen sie den Verletzten in die Höhle und legten ihn auf das Lager von Nata-He-Yukan. Ungeschickt fingerte Tötet-die-Crow an den unbekannten Knöpfen seiner Jacke und Hose, löste den Gürtel und schnitt einfach die Verschnürungen seiner Stiefel auf, weil die Knoten völlig vereist waren. Dann zog sie die Hose über sein gebrochenes Bein und staunte über die helle Haut.
„Wie der Mond!“, dachte sie verwundert. Vielleicht kamen diese Menschen vom Mond? Er trug eine komische rote Hose über seinen Lenden und sie kicherte bei dem Anblick.
„Deine Frau?“, fragte der Franzose.
„Meine Gefangene!“, winkte Nata-He-Yukan ab.
„Oh!“ Etwas verblüfft sah Jean die Frau an, dann grinste er freundlich. „Sie-haben-schönes-Gesicht!“
Nata-He-Yukan hob warnend seinen Zeigefinger: „Sie hat ein scharfes Messer! Diese Frau ist gefährlich!“ Dann beugte er sich über das Bein des Weißen und richtete mit einem Ruck den Knochen wieder ein.

„Oh!", machte der Mann, seine blauen Augen verdrehten sich, und er fiel in Ohnmacht.
Nata-He-Yukan war das nur recht, so konnte er in Ruhe das Bein schienen und es mit Fellstreifen umwickeln.
Dann untersuchte er interessiert die Sachen des Weißen und zog voller Bewunderung das blanke Messer aus der Scheide. Das war eine Waffe! Er steckte es ein, damit es der Blackfeetfrau nicht in die Hände fiel und machte sich auf den Weg, die Ausrüstung des Mannes zu bergen.
Schneeflocken tanzten in der Luft, kündigten einen weiteren Schneesturm an. Eilig kehrte er zu der Stelle zurück, wo er den Mann gefunden hatte, und suchte methodisch den Schnee ab. Er fand ein Gewehr und hielt es staunend in seinen Händen. Der Vater von Bleza-Si hatte eine solche Waffe besessen und kurz flammte die Erinnerung an seinen verhassten Gegner auf.
Hastig sammelte er die Taschen und ein Bündel mit Fellen auf, dann musste er die Suche abbrechen, weil das Schneegestöber zu gefährlich wurde. Seine Wangen brannten und hastig trabte er den Weg zu seiner Höhle zurück, senkte seinen Kopf gegen die umbarmherzige Kälte. Frierend tauchte er in die Wärme und zog mit einem Ruck das Antilopenfell vor die Öffnung.

Die Frau hatte die Decke des Weißen zum Trocknen über das Feuer gehängt, kniete brav an der Kochstelle und nahm den Dachs aus. Nata-He-Yukan blies in seine Fäuste und schüttelte mit Schwung den Schnee aus seinem Haar. Dann untersuchte er neugierig die Beutel des Weißen. Er fand einen Sack mit Kugeln, in einem Horn befand sich stinkendes Pulver. Vielleicht Medizin? In einer größeren Tasche steckte Proviant, und vorsichtig knabberte Nata-He-Yukan an einem Zwieback. Das unbekannte Gebäck schmeckte gut, und während er kaute, untersuchte er die weitere Ausrüstung des Mannes. Wäsche zum Wechseln in eigenartiger Qualität, weich und leicht, nicht so fest wie die hirschledernen Gewänder, die sein Volk trug.
Dann drehte er neugierig das Gewehr in seinen Händen, wusste aber nicht, wie es funktionierte. Als damals der weiße Mann bei ihnen gelebt hatte, war er noch ein Kind gewesen, und der Weiße

hatte seine „Medizin“ geheim gehalten und immer einen großen Zauber darum gemacht.
Mit einem Achselzucken packte er alle Sachen wieder ein und verstaute sie neben dem Eingang. Er hatte gesagt, dass dieser Weiße sein Freund war und Freunde beraubte man nicht, man fragte! Auch das Messer legte er dazu, obwohl er es mitnehmen würde, wenn er die Höhle verließ, damit es nicht der Frau in die Hände fiel. Mit den anderen Sachen konnte sie ohnehin nichts anfangen.

Mit einem gequälten Stöhnen wachte Jean wieder auf. „Oh, merde!“, fluchte er, als er sein eingebundenes Bein wahrnahm. Schweiß trat auf seine Stirn, als die Schmerzen in Wellen seinen Körper erfassten.
Nata-He-Yukan konnte ihm nicht helfen, er hatte keine schmerzlindernden Kräuter und konnte auch keine suchen. Ob Kälte helfen würde? Als er den Weißen gefunden hatte, schien er keine großen Schmerzen gehabt zu haben.
Er hob das Fell von dem Eingang hoch und schaufelte den hereinfallenden Schnee, der sich wie eine kleine Lawine in die Höhle ergoss, auf das Bein des stöhnenden Mannes. Nach einer kleinen Weile entspannte sich dessen Gesicht und es schien ihm besser zu gehen.
„Bist du hungrig?“, fragte er höflich.
„Mais oui, comme un loup!“, erklärte Jean mit einer deutlichen Geste auf seinen Bauch.
Nata-He-Yukan machte eine befehlende Handbewegung und gehorsam brachte Tötet-die-Crow dem Weißen eine Schale mit Essen.
„Prisonée, he?“, brummte der Mann und schlang hungrig das Essen in sich hinein. Dann verfolgte er verwundert, wie Nata-He-Yukan das Mädchen für die Nacht fesselte.
„Du hast Angst vor dem kleinen Mädchen?“, fragte Jean verblüfft. Seine Lakota war holperig, aber seine Zeichen waren schnell und geübt.
Nata-He-Yukan schnaubte empört: „Das ist kein kleines Mädchen! Diese Frau ist gefährlich! Sie hat versucht mich zu töten!“

„Was?“, fragte der Franzose, denn alle Worte hatte er nun doch nicht verstanden.
„Sie-will-mich-töten!“, erklärte Nata-He-Yukan in Zeichensprache.
„Mon dieu!“, entfuhr es dem Franzosen. „Du-nicht-lassen-allein-mich-mit-Frau!“
Nata-He-Yukan grinste wie ein Fuchs und beruhigte ihn: „Ich gebe dir dein großes Messer, damit du dich verteidigen kannst!“
Wieder lachten beide, amüsierten sich über die erste Konversation, die zwischen ihnen möglich war. Nata-He-Yukan erkannte plötzlich, dass auch sein Gegenüber noch sehr jung war. Er wirkte nur älter, weil er diese komischen Haare im Gesicht hatte, aber sein Körper war noch so schlaksig wie bei einem Jugendlichen.
„Du bist ein junger Mann!“, stellte er fest. „Warum bist du allein hier?“
Wieder antwortete ihm dieses jungenhafte Grinsen: „Ich-bin-Trapper! Ich-fangen-Biber, Wölfe, Füchse, tauschen-mit-Indianern!“
Han! Das beantwortete aber nicht, warum er allein hier war. Oder waren noch mehr Menschen in der Nähe, Freunde oder Feinde?
Vorsichtig forschte er genauer nach: „Wir jagen im Stamm! Du bist allein, das ist sehr gefährlich, warum?“
„Nicht gefährlich! Indianer sind meine Freunde!“
Nata-He-Yukan unterdrückte ein Grunzen, denn mit einem Pfeil im Rücken würde er nicht mehr sagen können, dass alle Indianer seine Freunde waren. Er staunte über die Naivität dieses Mannes, aber offensichtlich hatte er noch keine schlechten Erfahrungen gemacht.
„Du-auch-allein, nur-mit-gefangener-Frau, warum?“, stellte Jean die Gegenfrage.

Ebenso gespannt wartete Tötet-die-Crow auf die Antwort, hoffte auf diese Weise etwas über diesen fremden Lakota zu erfahren.
Zögernd senkte Nata-He-Yukan den Kopf, dann machte er eine abschließende Handbewegung, denn er wollte nicht davon erzählen. Stattdessen schaufelte er weiteren Schnee auf das Bein des Trappers und schlüpfte dann unter sein warmes Bärenfell.

Eines merkte Nata-He-Yukan schnell: Der Weiße war zwar lustig, aber eine riesige Belastung! Mit seinem gebrochenen Bein war er unfähig, irgendetwas zu tun und ihre Vorräte schwanden rapide, weil er sie jetzt mit drei Personen teilen musste. Längst waren die Vorräte der Eichhörnchen geplündert, selbst Erdhörnchen gehörten inzwischen zu seiner Jagdbeute, oder Fisch.

Jedes Mal verzog sich Tötet-die-Crow in den bitterkalten hinteren Teil der Höhle, wartete angeekelt, bis die Männer diese schlüpfrigen Biester verschlungen hatten, ehe sie sich wieder hervor wagte. Jean lachte Tränen über ihre Dummheit, aber selbst er konnte sie nicht überzeugen, dass Fische genießbar waren.
Irgendwann hätten beide Männer Glupschaugen und würden als Geister in die Wasserwelt ziehen! Lieber hungerte sie, denn andere Nahrung war nicht da!

Nata-He-Yukan war das gleichgültig. Wenn er etwas anderes fand, dann brachte er es ihr, ansonsten musste sie eben hungern. Ungehorsame-Frau!
Oft knurrte ihr der Magen, während die Männer sich die Bäuche voll schlugen. Aber wenn die Winterstürme tobten, hungerten auch die Männer, aßen lediglich von dem trockenen Zwieback.

Nata-He-Yukan jagte nun für drei und die Verantwortung lastete schwer auf ihm. Das nächste Mal würde er niemanden mehr aufsammeln, der seine Hilfe benötigte. Andererseits genoss er die Anwesenheit des Franzosen. Mit ihm konnte er Männergespräche führen und Witze machen.
Am meisten freute er sich über die Fortschritte des Trappers seine Sprache zu lernen. Wan! Jean lernte schnell, während diese störrische Frau keine Anstalten machte sich mit ihm zu verständigen. Aber sie gerbte, kochte, nähte und wehrte sich im Bett nicht, was wollte er mehr?

Manchmal verglich er sie mit seiner Mutter, mit ihren geschickten Händen, ihrer freundlichen Stimme und ihren lustigen

Augen. Diese Blackfeetfrau war bockig, widerspenstig, stumm, kein freundliches Wort kam über ihre Lippen, kein nettes Lächeln verschönerte ihr Gesicht. Niemals hätte er um dieses Mädchen geworben, aber sie war ihm schließlich in die Hände gefallen, gehörte nun ihm.

Jeans Bein heilte langsam, und manchmal humpelte er bereits mit einem Stock vor die Höhle, um zu urinieren. Es war ihm schrecklich peinlich gewesen, dazu ein Fell zu benutzen, das die Frau dann mit spitzen Fingern vor die Höhle trug, aber es ging nicht anders. Jetzt konnte er immerhin hüpfen und er kam sich vor wie ein Storch. Das Messer steckte an seinem Gürtel in der Scheide, wenn Nata-He-Yukan die Höhle verließ, um zu jagen.
Nicht, dass er glaubte, dass das Mädchen ihn angreifen würde, aber man konnte ja nie wissen.
Überhaupt konnte es nicht schaden, eine gewisse Vorsicht walten zu lassen.
Also lud er sein Gewehr, für den Fall, dass doch feindlich gesinnte Indianer vorbei kamen und verließ die Höhle, um zu testen, ob das Pulver trocken war.

Wissbegierig beugte sich Nata-He-Yukan über die Waffe, sah endlich die Möglichkeit, etwas mehr über dieses Zauberding zu erfahren: „Wie schießt diese Waffe?"
Grinsend lud Jean die Waffe mit einer Kugel, schüttete Pulver in den Lauf und steckte ein Zündhütchen auf.
„Schau her!", lachte er, dann legte er an, zielte auf einen Ast und schoss.
Vor Schreck ließ Nata-He-Yukan sich zu Boden fallen, dann hallte das Echo zurück. Wan! Er hatte ganz vergessen, wie laut diese Waffe war!
Aber auch bei seinem Volk hatten die Menschen geglaubt, dass der Weiße den Donner in diesem Stock gefangen hielt!
Bewundernd starrte er auf den Ast, der krachend zu Boden fiel. Auch dieser Weiße konnte mit Donner töten! War er ein Donnergott, so wie der Vater von Bleza-Si?
„Waschté?", fragte Jean unschuldig.

Nur mühsam konnte sich Nata-He-Yukan beherrschen, versuchte wieder den Jungen in diesem Gott zu sehen, den er vor vielen Tagen im Schnee gefunden hatte. „Mhh, waschté!", brachte er heraus und Jean nickte zufrieden.
Höflich hielt er ihm das Gewehr hin: „Du auch?"
Fassungslos starrte Nata-He-Yukan auf diese mächtige Waffe. Durfte er sie tatsächlich abfeuern? Unsicher nahm er das Gewehr in die Hände, unschlüssig was er jetzt tun sollte.
Jean zeigte ihm, wie er die Waffe laden konnte, dann legte er sie an die Schulter, wie er es bei Jean gesehen hatte. „Non, non, non, mon ami!", bremste ihn sein Freund. „Du musst gut stehen, oder du fällst um!"
Zufrieden sah er zu, wie Nata-He-Yukan sorgfältig zielte und abdrückte. Die Kugel prallte in den Baum und hinterließ eine lange Schramme, während Nata-He-Yukan sich fassungslos das Ohr hielt. Das war laut!
Dann blickte er in den Himmel, an dem schimpfend ein Schwarm Gänse vorbei flog, die ersten Vorboten des nahenden Frühlings. Seine Pfeile waren wesentlich leiser und verscheuchten nicht alles Wild. „Zu laut!", mit diesen Worten drückte er Jean das Gewehr wieder in die Hand.
„Zu laut! Alle Feinde werden uns hören!"
Grummelnd verschwand Jean in der Höhle und setzte sich beleidigt auf sein Lager. Aber so Unrecht hatte der Junge nicht. Wenn er nur wüsste, warum er allein hier lebte, nur mit diesem gefangenen Mädchen. Sein Blick blieb an ihr kleben und er dachte neidisch an die Nächte, in denen sich Nata-He-Yukan mit ihr vergnügte.

Auch Tötet-die-Crow hatte die Gänse gehört und Hoffnung regte sich in ihr. In ein, zwei Monden würde der Schnee verschwinden und sie konnte an ihre Flucht denken. Sie fühlte den Blick des weißen Mannes auf sich und Angst griff nach ihrem Herzen. Es würde schwierig werden, der Wachsamkeit von zwei Männern zu entkommen, aber vielleicht verschwand der Weiße ja, um seine Biber zu jagen. Ihr Magen knurrte und sie hoffte, dass Nata-He-Yukan mit Beute zurückkam.

Tatsächlich bückte sich der Krieger nach einiger Zeit grinsend mit zwei erlegten Gänsen in die Höhle und hielt sie ihr hin, damit sie das Essen zubereitete. Angewidert drehte sie sich weg.
Was brachte dieser Lakota denn noch? Aßen sie etwa auch Vögel?

Nata-He-Yukan sah ihren Ekel und sein Hals schwoll an vor unterdrücktem Zorn. Wovon ernährten sich die Blackfeet eigentlich? Er hatte es satt, ewig ihren angewiderten Blick zu ertragen, wenn sie doch froh sein konnte, dass er überhaupt etwas Essbares brachte! Drohend kam er auf sie zu und befahl ihr die Gänse zuzubereiten.
Ihre Hände wurden feucht, als sie nach den Füßen der Vögel griff und ungeschickt ließ sie das Federvieh zu Boden fallen. Ihr entsetzter Blick fiel auf die toten Körper, und sie fühlte, wie ein Würgen in ihr hoch stieg. Mit weichen Knien drückte sie sich an dem Krieger vorbei, hastete aus der Höhle und übergab sich. Oh nein! Sie konnte die Vögel nicht zubereiten, alles in ihr wehrte sich dagegen.
Wütend beugte sich Nata-He-Yukan über die Gänse und begann sie zu rupfen.
Jean setzte sich hilfsbereit neben ihn und half ihm mit dem anderen Vogel. „Verrückte Frau!", lachte er scherzhaft.
Nata-He-Yukan war nicht nach Lachen zumute, ihm reichte es schon lange. Verbissen nahm er die Gans aus und steckte sie zum Braten über das Feuer. Gut! Sollte sie doch verhungern!
Er würde ihr jedenfalls nichts anderes mehr bringen. Entweder sie aß das, was er ihr brachte, oder sie bekam nichts! So einfach war das!
Finster schaute er zu ihr auf, als sie aschgrau an ihm vorbeikletterte und in den hinteren Teil der Höhle verschwand. Dort war es kalt und schadenfroh beobachtete er, wie sie sich in eine Decke hüllte. Seine Laune besserte sich, als ein angenehmer Bratenduft die Höhle erfüllte. Vorsichtig stach er in das weiße Fleisch und trennte einen Flügel ab. Dann bot er den knusprigen Braten seinem Freund an.
Dankbar nahm Jean das Fleisch entgegen und biss mit Appetit hinein. „Mhh, schmeckt wirklich sehr gut!"

Lächelnd schnitt sich Nata-He-Yukan ein weiteres Stück ab, dann drehte er sich zu der Frau um und biss herausfordernd in den Schenkel. Saft tropfte ihm über das Kinn und einige Fasern des Fleisches fielen ihm aus dem Mund.
„Mhhh, siehst du, Ungehorsame-Frau! Siehst du, wie es mir schmeckt!“ Angeekelt vermied sie den unappetitlichen Anblick, fühlte wieder dieses Würgen in sich aufsteigen.
Die Männer lachten belustigt und aßen die ganze Gans auf, glücklich darüber, sich endlich mal wieder den Magen so richtig vollschlagen zu können.
Tötet-die-Crow war schlecht vor Hunger, aber nichts konnte sie überzeugen, etwas von diesem Federvieh zu essen.
Wie gern würde sie selbst jagen gehen, aber der Krieger hatte ihren Bogen versteckt und würde ihn ihr ganz sicher nicht geben.
Am nächsten Tag ging der Krieger demonstrativ nicht zur Jagd, denn er hatte ja noch die andere Gans.

Wieder sah Tötet-die-Crow einem Tag des Hungerns entgegen, und sie fühlte sich schlapp und elend.
Das Gespräch der Männer plätscherte dahin, aber sie konnte sich nicht darauf konzentrieren. Der Weiße sprach mit einem lustigen Akzent, selbst sie hätte die Worte besser nachsprechen können, aber sie sagte nichts, deutete mit keiner Geste an, dass sie genauso lernte wie Jean. Beim Holzsammeln fand sie schließlich einige verschimmelte Nüsse und ausgehungert stopfte sie sich das Wenige in den Mund, fühlte eine angenehme Schwere in ihrem Magen.
In der Höhle briet die nächste Gans und der entfiederte Leib hatte Ähnlichkeit mit einem kleinen Kind, das man über dem Feuer röstete. Mit zusammengebissenen Zähnen sank sie auf ihrem Lager zusammen, drehte sich weg, damit sie nicht sehen musste, wie das unappetitliche Essen zwischen den Zähnen der Männer verschwand.
Sie döste ein wenig, träumte von ihrem Onkel, sah, wie er die Arme ausbreitete, um sie in Empfang zu nehmen.
Schweißgebadet wachte sie auf, geschockt von der Realität des Traumes. Ihr Herz raste, als sie über die Bedeutung nachdachte.

War auch ihr Onkel zu den Geistern gegangen? So wie ihr Bruder? Oder war es nur der Hunger, der ihr hier einen Streich spielte? Verstört setzte sie sich auf, bemerkte kurz, dass das grässliche Essen verschwunden war.

Nata-He-Yukan beachtete sie nicht, doch Jean zwinkerte ihr freundlich zu. Er schnitzte gerade an einer Schale, und bewundernd deutete Nata-He-Yukan auf die scharfe Klinge. „Eine gute Waffe! Wir tauschen?"
Prüfend hielt Jean die Klinge gegen das Feuer, dann meinte er zögernd: „Tauschen? Was gibst du mir?"
Unentschlossen zuckte Nata-He-Yukan mit den Schultern. Viel hatte er wirklich nicht. „Vielleicht ein Pferd? Oder ein Kriegshemd? Was möchtest du?"
Ein Grinsen huschte über das Gesicht des jungen Weißen. „Ein Pferd, he? Non!" Dann deutete er unmissverständlich auf das Blackfeetmädchen.
Der Weiße wollte die Frau! Die bedeutete ihm wirklich nichts, war höchstens lästig! Nachdenklich blickte er zwischen ihr und dem wertvollen Messer hin und her.
„Eine Nacht! Du gibst mir das Mädchen für eine Nacht!", bat Jean.
Nata-He-Yukans Augen wurden rund vor Überraschung. Dieser Weiße musste es bitter nötig haben!
Er hätte sie ihm als Freund längst angeboten, wenn er das gewusst hätte. Schließlich war sie nur eine Gefangene.
Aber warum sollte er nicht das Messer für ihre Dienste nehmen? Geschmeidig stand er auf und ging zu ihr hinüber. Er öffnete die Riemen ihres Kleides und zerrte sie hoch, sodass das Kleid zu Boden rutschte.
Dann zog er sie zu dem Weißen, damit sie das Messer bezahlte. „Hier! Es ist üblich, dass ein Mann großzügig ist! Du hast keine Frau, also nimm meine!"

Hilflos nahm Tötet-die-Crow die Worte des Kriegers zur Kenntnis, nicht einmal wütend über das, was er hier tat. Wusste er nicht, wie schlecht es ihr ging?

„Uh! Danke, mon ami!", murmelte Jean auf Französisch, strich sich verlegen die Haare nach hinten, dann bat er mit einem kurzen Nicken, dass Nata-He-Yukan solange draußen wartete. Glücklich nahm der Indianer das Messer und verschwand aus der Höhle. Endlich war die Frau einmal nützlich für ihn!

Tötet-die-Crow wäre am liebsten im Boden versunken. Sie verstand es als weitere Demütigung, als Zeichen ihrer Unterwerfung, als Zeichen, wie wertlos sie für ihn war.
Er überließ sie einfach diesem Mondmann, diesem Fremden, wie es sein Recht war und wie er es schon längst hätte tun können. Unter anderen Umständen hätte es ihr vielleicht sogar Spaß gemacht, aber sie war nicht gefragt worden.

Gierig drückte sie der weiße Mann auf ihr Lager und öffnete seine Hose, dann tastete er nach ihren Brüsten. Sie schmerzten ungewohnt und bittend schob sie ihre Hände auf Jeans Brust, versuchte ihn etwas wegzudrücken. Sein Mund presste sich auf ihre Lippen und sie fühlte wie seine Zunge in sie vordrang.
„Wie ein Bodenschleicher!", dachte sie entsetzt und die Intimität nahm ihr den Atem.
„Ah, ma chérie!", stöhnte Jean und ließ seine Hände über ihren Körper wandern. Sie war das Messer wert! Oder war es nur Freundschaft? So ganz klar waren Jean die Gewohnheiten der Indianer immer noch nicht!
Tötet-die-Crow hörte dunkel, wie sein Fleisch auf das ihre klatschte, es war unwirklich und weit entfernt, aber es tat weh. Schwindel erfasste sie, ein seltsames Pfeifen dröhnte in ihren Ohren, dann wurde sie ohnmächtig.

Jean hatte die Augen geschlossen und gab sich ganz dem Gefühl hin, das er solange nicht mehr gehabt hatte. Oft hatte er in seinem jungen Leben ohnehin noch nicht die Möglichkeit gehabt bei einer Frau zu liegen. Einmal, vor endloser Zeit in einem Freudenhaus in St. Louis, ja, damals …!
Dann merkte er, dass etwas nicht stimmte und schüttelte sanft ihren Kopf. „He, du!"

Ratlos zog er sich zurück, dann rief er ein wenig ängstlich nach Nata-He-Yukan: „Ich habe nichts getan, wirklich!"
Der Indianer warf einen nachlässigen Blick auf die Frau. „Sie hat zu wenig gegessen! Störrische-Frau! Morgen geht es ihr wieder gut!"
Zweifelnd deutete Jean auf das ohnmächtige Mädchen: „Vielleicht gibst du dem Mädchen etwas anderes zu essen?"
Nata-He-Yukan zuckte nur die Schultern, ohne eine Antwort zu geben. Schließlich war sie nur eine Gefangene.

Fröstelnd wachte Tötet-die-Crow am nächsten Morgen auf. Sie hatte Fieber und fühlte sich elend. Nata-He-Yukan war längst weg und auch der weiße Mann rumorte bereits vor dem Eingang. Nur mit Mühe krabbelte sie aus der Höhle und erhob sich schwankend.
Sogleich hielt Jean sie fest. „Mädchen, Mädchen! Du bist ja ganz heiß!", murmelte er bestürzt.
Die Frau stützte sich ab, dann schien der Schwindel zu vergehen und sie ging einige Schritte unter einen Baum, um sich zu erleichtern. Dann half ihr Jean in die Höhle zurück. Zitternd vor Kälte wickelte sie sich in eine Decke und suchte die Wärme des Feuers. Jean brachte ihr eine Schale mit Wasser und durstig trank sie es in langen Zügen. Sie fühlte überhaupt nichts, wehrte sich auch nicht gegen die Anwesenheit des Mannes. Sollten sie doch mit ihr tun, was ihnen beliebte.

Dieses Mal kam Nata-He-Yukan gut gelaunt mit einem Stachelschwein zurück. Stolz warf er seine langen Haare nach hinten und deutete auf seine Beute. In Zeichensprache wandte er sich freundlich an das Mädchen: „Du-sehen! Kein-Fisch, kein-Bär, kein Vogel! Heute-dein-Bauch-voll!"
Ihre Augen wurden rund vor Überraschung, als er versuchte nett zu sein. Dann hatte sie sich wieder im Griff und blieb regungslos am Feuer sitzen, ohnehin zu schwach, um sich zu erheben.
Jean entschuldigte sie: „Deine Frau hat Fieber!"
Seufzend beugte sich Nata-He-Yukan über das Stachelschwein, aber dann lachte er sie an. „Ich-kochen-für-dich, gut?"

Sie nickte gnädig und plötzlich lief ihr das Wasser im Mund zusammen. Sie brauchte Kraft, um mit den beiden fertig zu werden.

Die Umgebung der Höhle verwandelte sich in eine Sumpflandschaft. Alles war durchweicht, als der Schnee schmolz und der Boden taute. Dafür wurde es merklich wärmer und alle genossen die warmen Sonnenstrahlen. Erste lila und gelbe Blüten schossen aus dem Boden und ein sanftes Grün an den Zweigen ließ die Blätter erahnen.
Dem Mädchen ging es besser, trotzdem versuchte es, die Männer von sich fern zu halten. Sie wollte nicht der Spielball für beide sein, aber immer wieder überließ Nata-He-Yukan sie dem Weißen, zeigte damit seine Großzügigkeit.
Tötet-die-Crow fand sich damit ab, sie hätte es sowieso nicht ändern können, die Männer vielleicht nur zu Brutalitäten gereizt, wenn sie sich gewehrt hätte. Der Geschlechtsakt an sich machte ihr nichts aus, es war nur Nata-He-Yukans demütigende Art, die sie in Rage versetzte. Aber je williger sie sich verhielt, umso eher konnte sie die beiden von sich fernhalten, wenn es ihr schlecht ging. Dann schob sie bittend ihre Hände auf seine Brust und schüttelte den Kopf.
Seltsamerweise akzeptierte Nata-He-Yukan ihre Verweigerung, nahm hin, dass sie manchmal einfach nicht wollte. Eigentlich schlief sie wesentlich lieber mit dem Weißen, denn er war sanft und zärtlich zu ihr, behandelte sie nicht in der demütigenden Weise wie Nata-He-Yukan.

Nata-He-Yukan kehrte nun regelmäßig mit reichlicher Jagdbeute zurück. Auch die Tiere waren nach dem langen Winter geschwächt und waren eine leichte Zielscheibe für ihn.
Viel Fleisch war nicht dran, nur die Raubtiere schlugen sich die Bäuche an dem Überangebot voll. Selbst Büffel, die schwankend das vermoderte Gras fraßen und keine Kraft mehr hatten, sich gegen die Wölfe zu wehren, gehörten zu ihrer Beute.
Widerstandslos beugte sich das Mädchen über die vielen Felle und Nata-He-Yukans Misstrauen ließ nach. Ohne es sich einzugestehen, brachte er stets Beute mit, die auch sie aß. Ihre großen

dunklen Augen gefielen ihm und auch ihr Körper wurde weiblicher, seitdem sie mehr aß. Ohne das Mädchen wäre es im nächsten Winter ganz schön einsam!

Fast fürchtete er den Frühling und Sommer, denn da wäre es leichter für sie, einen Fluchtversuch zu wagen. Konnte er sie denn ständig fesseln? Er musste jagen, wie sollte er dann auf sie aufpassen? Solange Jean bei ihnen war, konnte dieser auf die Frau achten. Aber wenn der Weiße wieder fort ging?

Dann wäre er wieder allein mit diesem stillen Weib, das ihn feindselig anstarrte und auf ihre Chance wartete!

Ohne Zweifel würde sie einen Fluchtversuch wagen! Fast fürchtete er den Tag, an dem Jean ihn verlassen würde.

Mit ihm waren inzwischen richtige Gespräche möglich und er staunte, wie schnell der Weiße seine Sprache lernte.

„Womit handelst du?“, deutete Nata-He-Yukan auf die Bündel, die immer noch unberührt in einer Ecke lagen.

„Nun, hier in den Bergen fange ich Biber, Füchse und Hermelin, die ich dann im Frühjahr tausche. Ich bekomme Dollars für sie!“

„Dollars?“

„Ja, Geld!“

„Was ist Geld?“

„Tss!“, pfiff Jean leise durch die Zähne und überlegte.

„Also, ich fange Biber, die tausche ich dann für etwas, was ich brauche! Aber bei den Weißen, kann ich sie auch gegen Geld tauschen. Dieses Geld hat einen bestimmten Wert. Dann kann ich mir später etwas tauschen, das ich brauche!“

„Warum tauschst du es nicht gleich?“

Jean grunzte leicht: „Manchmal ist es besser, wenn man Geld hat!“

„Wieso? Entweder ich tausche, weil ich etwas brauche oder ich tausche nicht!“, wunderte sich Nata-He-Yukan.

„Ja, schon! Aber Geld ist viel kleiner. Manchmal bekomme ich das, was ich möchte, nicht dort, wo ich die Biber tausche. Dann nehme ich Geld, damit ich mir woanders etwas kaufen kann.“

„Wie sieht Geld aus?“

Eifrig kramte Jean einige Münzen aus seiner Jacke und zeigte sie Nata-He-Yukan.

„Die sind schön! Man könnte sich Schmuck daraus machen."
„Quatsch! Mit diesen Münzen kannst du ein Messer tauschen!"
„So viel?", staunte Nata-He-Yukan.
„Aber ja!"
„Jagst du deshalb hier? Um diese Münzen zu bekommen?"
„Ja, aber ich tausche auch mit den Indianern. Weißt du, mein Vater war bereits ein Trapper und ich habe es von ihm gelernt."
„Dein Vater war schon vor dir hier?"
Jean grinste amüsiert: „Ja, er heißt Jean Baptiste Trudeaux, aber jetzt überlässt er das Jagen und Handeln mir!"
„Baptiste?", fragte der Indianer verblüfft und seine Augen wurden rund.
„Han, Jean Baptiste Trudeaux!"
Unsicher schielte Nata-He-Yukan auf den Franzosen, nun vollkommen verunsichert. „An der Mündung des Schlechten-Flusses handelten wir mit einem Mann, der so hieß. Vor langer Zeit, als ich noch ein Junge war!"
„Ja, mein Vater!", bestätigte Jean amüsiert. „Ich sagte doch, dass die Lakota meine Freunde sind!"
„Ja, schon …!"
„Aber?"
Jetzt kicherte auch Nata-He-Yukan. „Nun du bist wirklich mein Freund! Du bist der Sohn von Baptiste! Wan, mein Herz ist froh, dass ich dich nicht getötet habe!"
Jean lachte dröhnend: „Ich auch!"
„Wie geht es deinem Vater?"
„Oh, gut, hoffe ich!"
„Warum kommt er nicht mehr zu uns, um zu handeln?"
„Ach, er wird langsam alt! Jetzt überlässt er das Handeln jüngeren Männern!"
Verständnisvoll nickte Nata-He-Yukan mit dem Kopf, dann fiel ihm etwas anderes ein. „Dein Vater kam nie allein zu uns, sondern mit anderen Männern! Wie kommst du hierher, so allein?"
Jean machte eine abfällige Handbewegung. „Mit einem Pferd, aber es wurde von einer Klapperschlange gebissen und ist gestorben!"
„Hunhunhe! Wie kommst du dann zurück zu deinem Volk?"

Nachdenklich wackelte Jean mit seinem Kopf. „Ich weiß nicht! Vielleicht suche ich ein Dorf der Crow!“

Nata-He-Yukan lachte herzhaft und fast ein wenig beleidigt fragte Jean ihn nach dem Grund seiner Heiterkeit.

Nata-He-Yukan deutete mit einer weiten Handbewegung auf die Bündel von Jean. „Wan, dann wird von deinen Tauschwaren nicht mehr viel übrig bleiben!“

Jean grunzte empört: „Das sagst du nur, weil die Crow deine Feinde sind!“

„Stimmt, die Psa sind meine Feinde und ich töte sie! Aber wenn du gern lebensmüde bist, gebe ich dir ein Pony, und dann kannst du zu ihnen reiten!“

„Wirklich?“

„Aber ja!“

Vogelmädchen

Dann kam eines Morgens die Zeit des Abschieds. Jean wollte endlich weiter, hatte genug Zeit in dieser Höhle verplempert. Nur durch die gelegentlichen Nächte mit dem stillen Mädchen war ihm die Zeit etwas versüßt worden, außerdem hatte er ziemlich gut Lakota gelernt, eine Sache, die ihm als Händler durchaus nützen konnte. Gepackt lagen seine Bündel neben dem Eingang, und dankbar nahm er Nata-He-Yukan in die Arme. „Mon ami!", murmelte er mit belegter Stimme, „Pilámaya!" Danke!
„Pass auf, dass die Crow und Blackfeet dich nicht skalpieren!", warnte ihn Nata-He-Yukan.
Mit einem süffisanten Grinsen drückte er ihm die Zügel seines Crowponys in die Hand.
„Du weißt doch, alle Indianer sind meine Freunde!", lachte Jean und packte voller Begeisterung seine Bündel über den Sattel des Pferdes. Schwungvoll zog er sich hoch, erst dann staunte er über die Machart des indianischen Sattels. „Sag mal! Ist das ein Crowpony?"
Wiehernd vor Lachen schlug sich Nata-He-Yukan auf die Schenkel. „Ja! Aber deine Worte werden dich sicherlich schützen!"
„Ha, ha, sehr witzig!", entgegnete Jean weniger freundlich.
„Vielleicht gehst du doch lieber zu Fuß?"
„Non, non! Zu spät! Die Crow werden mir schon nichts tun! Ich werde einfach sagen, dass ich dieses Pony von einem dreckigen Lakota eingetauscht habe!"
Grinsend nahm Jean das Gewehr in die Hände und wandte sich talabwärts.
Nata-He-Yukan schüttelte ungläubig den Kopf. „Wo gehst du überhaupt hin?"
„Überall und nirgends!", schallte es zurück.

Ausdruckslos stand Tötet-die-Crow neben dem Eingang der Höhle und blickte Jean hinterher. Sie hatte nichts gegen diesen Weißen, fand ihn sogar ganz nett mit seinem maisfarbenen Haar und der hellen Haut, außerdem war er sanft zu ihr gewesen. Sie lächelte, als er seine rote Mütze aufsetzte und ihr einen Kuss zuwarf. Seltsam, dieses Küssen, aber sie hatte sich daran gewöhnt. Jetzt musste sie ihn nicht mehr töten, denn er war weg! Längst war es die Zeit des Vielregenmonds und sie konnte Pläne für ihre Flucht schmieden.

Stille kehrte in die Höhle ein, denn ohne Jean hatte Nata-He-Yukan niemanden mehr, mit dem er reden konnte. Wortlos hockte die Frau in ihrer Ecke, bearbeitete die Felle oder beäugte ihn mit ihren großen Augen.
„Wie eine Spinne, die auf Beute lauert!“, dachte er frustriert und hatte nicht einmal Unrecht. Er vermisste die Gesellschaft des lustigen Weißen und ihm graute schon jetzt vor dem nächsten Winter. Manchmal ärgerte er die Frau, indem er mit Absicht Jagdbeute mitbrachte, die sie nicht mochte.
Dann legte sie ihre Hände in den Schoß und senkte bockig den Kopf. Winyan-o'hanschitscha! Andererseits ärgerte er sich, dass er sich zu einem so kindischen Verhalten herabließ.
Sie rächte sich, indem sie einfach während des Kochens bereits die besten Stücke des Fleisches aß oder einige Brocken versteckte, damit sie etwas hatte, wenn er wieder Geflügel oder Fisch brachte. Es war ein Kleinkrieg zwischen den beiden, der nie nachließ, ebenso wenig wie ihre Gedanken an Flucht.
Ihr Körper wurde rundlicher und kräftiger, sie fühlte, dass nach dem langen Winter die Kraft zurückkehrte und lauerte auf eine günstige Gelegenheit.
Nachts pflockte er sie nach wie vor an, vereitelte somit die Möglichkeit, ihn im Schlaf zu töten und so hoffte sie auf eine andere Chance.

Diese kam bald durch seine Bequemlichkeit. Das Gelände war wenig dazu geeignet, lange Streifzüge mit dem Pferd zu machen, so brach er meistens zu Fuß auf, um in dem unwegsamen Gebirge zu jagen. Dann hatte er es satt, die schwere Beute über weite Strecken zu tragen und nahm sie mit. So konnte sie vor Ort den Hirsch oder das Schaf zerlegen und für ihn die schwere Last tragen. Wie einen Packesel belud er sie und lachte, wenn sie unter

dem Gewicht strauchelte. Sie tobte vor innerer Wut, aber geduldig wartete sie auf ihre Gelegenheit.
Schnell wurde es wärmer, fast übergangslos verschwand der Kaltmacher und überließ das Feld dem Sonnenhäuptling.
Überall blühten ganze Kolonien gelber Blumen und über Nacht brachen die Knospen der Blätter auf und ein helles Grün dominierte in der Natur. Elstern wippten in den Zweigen und schimpften in ihrer krächzenden Tonlage, dann kehrten die ersten Singvögel zurück und erfüllten mit ihrem Gezwitscher die Luft.
Schwitzend beugte sich Tötet-die-Crow über die vielen Felle, die er sie gerben ließ. Aus zwei weißen, feinen Schaffellen nähte sie sich ein neues Kleid, ein kürzeres, das ihr gerade bis über die Knie ging, denn in dem anderen stolperte sie ständig, wenn sie über die Felsen kletterte.
Wutentbrannt schlug der Krieger es ihr um die Ohren, denn sie hatte ihn nicht um die Häute gebeten.
Sie kugelte sich zusammen, bis seine Wut verraucht war, und zog es dann doch an, ignorierte seinen missmutigen Blick.
Eigentlich sah sie ganz hübsch darin aus, fand Nata-He-Yukan. Das helle Kleid bildete einen schönen Kontrast zu ihrem schwarzen Haar, außerdem erlaubte es einen Blick auf ihre schmalen Beine. Nicht schlecht!
Er bemerkte sofort, dass es ihre Bewegungsfreiheit erhöhte, und geschickt kletterte sie bei seinen Streifzügen neben ihm her. Immer höher drang er in die Bergwelt vor, mied das Tal, denn er befürchtete dort Spuren zu hinterlassen, die seine Feinde zu seiner Höhle führen könnten.
Er hatte einen Platz entdeckt, an dem er sich bequem auf die Lauer legen konnte. Eigentlich musste er nur in Ruhe abwarten, bis die Jagdbeute an ihm vorbeikam. Mit seinem Bogen in der Hand kauerte er auf dem Felsvorsprung und deutete der Frau an, sich neben ihn zu setzen. Geduldig wartete er mit angelegtem Pfeil auf Beute und spähte auf die Hänge unter ihm.

Gelangweilt saß Tötet-die-Crow neben ihm, dachte an die schwere Last, die sie bald würde schleppen müssen. Ein kleiner Stoß mit ihrem Fuß gegen einen Stein und alle Beute wäre verschwunden!

Aber sie fürchtete seinen Wutanfall und die Strafe, die dann folgen würde. Aber ein Stein!
Eine waghalsige Idee schoss durch ihren Kopf und ihre Augen tasteten über den Boden. Dort! Ein großer Stein mit scharfer Spitze! Eine ideale Waffe!
Sie rückte ein wenig näher, tat so, als wären ihre Beine eingeschlafen, was ihr sofort einen warnenden Blick des Kriegers einbrachte. Er war wachsam!
Schweiß bildete sich auf ihrer Stirn, aber sie wollte es versuchen, hatte vielleicht nie wieder eine solche Gelegenheit. Ihre Finger umschlossen den scharfen Stein und sie zog ein Bein an.
Der Mann vor ihr hatte sich in eine kniende Position aufgerichtet. Seine ganze Aufmerksamkeit galt der Beute unter ihm. Langsam spannte er den Bogen, dann, im letzten Moment, warnte ihn sein inneres Auge, spürte er die Gefahr, die hinter ihm drohte und er duckte sich instinktiv weg. Wusch!
Ein harter Schlag traf ihn am Kopf und er verlor das Gleichgewicht. Mit einem Schrei stürzte er kopfüber in die Schlucht, rollte ungebremst den steilen Hang hinunter.
Tötet-die-Crow spähte triumphierend hinter ihm her, sah zu, wie er sich mehrmals überschlug und regungslos liegen blieb. Dann stockte ihr Herz vor Entsetzen, als sie beobachtete, wie der Mann nach seinem blutenden Kopf fasste und sich benommen aufrappelte. Er lebte noch!
Seine Augen schauten nach oben, fanden die Frau auf dem Felsen, blanke Mordlust in seinem Blick. Entschlossen sammelte er seine Waffen zusammen und machte sich an den Aufstieg. Wie eine Bergziege kletterte er den Geröllhang nach oben, ließ seine Beute nicht aus den Augen. Hokahey! Er wollte töten!

Panik stieg in Tötet-die-Crow hoch und verzweifelt hetzte sie los, wusste bei ihren ersten Sätzen, dass er sie einholen würde. Ihr Schlag hatte ihn nicht tödlich getroffen und jetzt war es vorbei. Trotzdem kletterte sie in Windeseile über die Felsen, hoffte auf irgendein Wunder, ihm zu entkommen. Vielleicht fand er ihre Spuren nicht? Sie verschwand hinter dem nächsten Felsen, wechselte die Richtung und kletterte weiter in das Tal. Manchmal rutschte

sie, bremste die Geschwindigkeit an Grasbüscheln, an denen sie sich festhielt.
Sie bekam Seitenstechen von der ungewohnten Bewegung und die Krämpfe nahmen ihr die Luft. Kurz setzte sie sich hin, versuchte zu Atem zu kommen, dann hetzte sie weiter, kletterte wieder über Felsen, um seiner Mordlust zu entfliehen. Ihr Atem kam stoßweise, immer wieder zwangen sie die Krämpfe sich hinzusetzen und sie wusste, dass er aufholen würde.
Vielleicht bremste ihn die Kopfverletzung? Sie hatte gesehen, dass es blutete!
In der Ferne hörte sie ein gleichmäßiges Murmeln, vielleicht ein Fluss, an dessen Ufer sie sich verstecken konnte. Wieder rannte sie los, folgte dem Geräusch, das langsam zu einem tosenden Donnern anschwoll.
Dann hielt sie entsetzt inne, als sich einige Pferdelängen unter ihr ein reißender Strom gurgelnd zwischen den Felsspalten hindurchzwängte. Ihre Augen suchten die Hänge ab, aber sie saß in der Falle! Verzweifelt versuchte sie nach oben zu klettern, drehte den Kopf, um nach ihm Ausschau zu halten.

Wie ein Puma kam er mit großen Sprüngen auf sie zu, keine Spur von einer tödlichen Verletzung. Er riss einen Pfeil aus seinem Köcher und schoss auf die fliehende Frau.
Sie presste sich an die Felsen und spürte, wie der Pfeil eine lange Schramme in ihren Rücken riss. Ihre Knie wurden weich und sie rutschte das kleine Stück, das sie geklettert war, wieder hinunter, stellte sich ihm widerstandslos entgegen. Mit einem verächtlichen Grinsen zog er seine Keule und ging auf sie zu.
Sie blickte kurz in das tosende Wasser unter sich und traf ihre Entscheidung. Sie wollte ihren Tod selbst wählen, ihm nicht die Genugtuung geben, ihr schönes Haar an seinem Gürtel zu tragen. Wie ein Vogel breitete sie die Arme aus und ließ sich nach hinten fallen. Sie war frei!

Nata-He-Yukan streckte die Hand nach ihr aus, als wollte er sie halten, dann sah er zu, wie sie fiel.
Er trat an den Abgrund, verärgert darüber, dass sie ihm so ent-

kommen konnte, dann machte er sich an den Abstieg. Irgendwo würde sie an Land getrieben werden und dort würde er sie einholen!

Der schwere Aufprall nahm Tötet-die-Crow den Atem.
Schon wurde sie unter Wasser gezogen und von der Strömung mitgerissen. Sie knallte ungebremst gegen einen Felsen und ein scharfer Schmerz durchfuhr ihre Brust, als ihre Rippen brachen. Doch ihr Überlebenswille ließ sie kämpfen.
Ihre Arme bewegten sich wie in Trance, mühsam kam sie an die Wasseroberfläche und schnappte nach Luft.
Wieder wurde sie nach unten gedrückt, doch sie wehrte sich gegen das Ertrinken.
Plötzliche Panik stieg in ihr auf.
Sie wollte nicht bei den Wassermonstern sterben!
Verzweifelt suchte sie nach etwas zum Greifen, versuchte sich irgendwo festzuhalten, aber die gurgelnde Flut wollte sie nicht loslassen und entführte sie immer weiter stromabwärts. Ihre Bewegungen wurden langsamer, die Kälte des Eiswassers griff nach ihrem Herzen und entsetzliche Schmerzen quälten ihren Körper.

Dann wurde sie in seichteres Wasser getrieben und sie hatte nur noch den Wunsch, die wärmenden Sonnenstrahlen auf ihrem Körper zu spüren. Mit schwindender Kraft zog sie sich aus dem Wasser, wollte nicht den Wasserwesen ihre Leiche überlassen. Zitternd lag sie in dem warmen Flusssand, rollte sich zu einer Kugel zusammen und ergab sich den Krämpfen, die ihren Körper schüttelten, unfähig auch nur eine Bewegung zu machen. Eine Ewigkeit lag sie da, hoffte auf den gnädigen Tod, der sie von den Schmerzen erlöste.
Die Sonne und der warme Wind wärmten ihre nasse Kleidung und trockneten ihre Haare. Trotzdem war sie schweißnass, krümmte sich vor Schmerzen und die gebrochenen Rippen nahmen ihr die Luft.
Vögel zwitscherten über ihr und in der Nähe hüpfte so ein gelber Gesell und schielte mit einem Auge vorsichtig auf die zusammengekrümmte Gestalt.

„Gelbbrustvogel, bitte, bringe meine Worte zum Sonnenhäuptling! Ich bin zu schwach, um mein Totenlied zu singen!", flüsterte sie unhörbar. Ihr ganzer Körper zitterte vor Schmerzen und ihr Mund wurde trocken.

Ein Fußtritt schleuderte sie plötzlich auf den Rücken. Ohne ein Geräusch zu machen war Nata-He-Yukan neben ihr aufgetaucht, dann droschen seine Fäuste auf sie ein.
„Winyan-o'hanschitscha!", schimpfte er wutentbrannt.
Die Schmerzen brandeten wie Wellen durch ihren Körper und sie schnappte mühsam nach Luft. Ihre Arme waren so schwer wie Baumstämme und sie hatte nicht mehr die Kraft ihr Gesicht zu schützen. Sie schmeckte Blut, als ihre Lippen platzten, und ein weiterer Krampf zog ihre Gedärme zusammen.
Etwas Warmes flutschte zwischen ihre Beine: das Wesen, das nie in ihrem Bauch hätte wachsen dürfen, war zum Sonnenhäuptling zurückgekehrt. Ein warmer Strom quoll zwischen ihre Beine, gleichzeitig wurde sie eiskalt, entsetzliche Schauer schüttelten sie und sie fühlte sich wie in einem Strudel nach unten gezogen. Nata-He-Yukans wütendes Gesicht drehte sich immer schneller im Kreis, seltsam verzerrt, verschwand in der Ferne, während sie in den schwarzen Abgrund driftete, der nach ihr griff.

Eine kleine Schildkröte, die sich in dem warmen Sand gesonnt hatte, krabbelte langsam davon und Nata-He-Yukan stutzte. Wurde diese Frau von seinem Traumtier beschützt?
Hätte sie nur mit einem Finger gezuckt, so hätte er ihr mitleidlos das Beil in den Kopf geschlagen. So erfüllte es ihn mit Zufriedenheit, dass sie ihm nicht entkommen war, aber was bedeutete die Schildkröte?
Mit ausgebreiteten Armen lag die Frau vor ihm, wie ein abgestürzter Vogel, ihr Gesicht und die Haare noch nass vom Wasser. Plötzlich erkannte er, dass es nicht Wasser, sondern eine dichte Schweißschicht war, die ihr Gesicht bedeckte und ihre Haare verklebte. Ihre blauen Lippen bebten im Schock, und ihm wurde klar, dass sie im Sterben lag. Das Kleid war in Brusthöhe zerfetzt und blutverschmiert, bedeckte kaum ihre gebrochenen Rippen.

Dann sah er das viele Blut, das zwischen ihren Beinen hervorquoll, und hob vorsichtig das feuchte Kleid, um nach der Verletzung zu sehen. Fassungslos schaute er auf das mehr als handtellergroße Geschöpf, das einst sein Kind hätte werden sollen. Er wusste, was ein Fötus war, hatte so etwas schon oft bei seiner Jagdbeute gesehen, aber jetzt stieg ein namenloses Entsetzen in ihm auf.
Unkontrolliert übergab er sich, rutschte weg von dem Anblick der verletzten Frau. Hunhunhe! Was hatte er getan?
Immer wieder erbrach er sich, bis seine Augen tränten und seine Rippen schmerzten.
Nur langsam bekam er sich in den Griff, kniete erschöpft über dem Wasser, um sich sein Gesicht zu waschen.
Sie hatte ihn besiegt!
Diese Frau hatte ihn besiegt, war viel stärker, als er es je sein würde! Er konnte vielleicht ihren Körper bezwingen, aber niemals ihren Geist.
Er hatte gesehen, wie sie die Arme wie die Schwingen eines Vogels ausgebreitet hatte, sich in den Abgrund fallen ließ, um frei zu sein. Wie einen gefangenen Vogel hatte er sie den ganzen Winter gefesselt und in die Höhle gesperrt, aber niemals hätte er ihren Geist besiegen können.
Sie war ein Vogelmädchen, deshalb aß sie auch kein Geflügel, denn sie war mit ihnen verbunden, hatte die gleiche Seele wie ihre gefiederten Freunde.
Zintkala-win, Vogelmädchen!

Wie gelähmt hockte er sich zu ihr, betrachte ihren geschundenen Körper und überlegte, was er nun tun sollte. Vorsichtig tastete er nach ihrem Herzen und fühlte das flatternde Schlagen in ihrer Brust. Sie lebte noch! Seine Augen wanderten über ihren Körper und fanden die vielen Verletzungen. Eine klaffende Wunde an ihrem Oberschenkel, gebrochene Rippen und er wusste, dass sein Pfeil sie am Rücken verletzt hatte. Dann starrte er auf das Blut zwischen ihren Beinen und wusste instinktiv, dass sie sterben würde, wenn es nicht aufhörte. Aber ausgerechnet hier konnte er überhaupt nicht helfen!

Vorsichtig schnitt er mit seinem Messer das zerrissene Kleid auf und wickelte die Fehlgeburt in einen Teil des Fetzens. Er hatte keine Angst mehr, dass ihn das Blut schwächen könnte, denn er war ohnehin besiegt. Ohne Hemmungen wusch er sie sauber, legte ein Stück Leder als Binde zwischen ihre Beine.
Dann hob er das Bündel mit dem Fötus hoch und bettete es in eine Astgabel. Schluchzend brach er darunter zusammen und dachte an das kleine Wesen. Er hätte sich darauf gefreut!
Warum hatte sie ihm nichts gesagt? Vielleicht kehrte es eines Tages in ihren Leib zurück, wenn es wusste, dass es willkommen war?
Er hob seine Arme und zum ersten Mal seit langer Zeit betete er wieder: „Wakan-tanka, zu dir schicke ich meine Stimme!
Höre auf mein Flehen und habe Mitleid mit mir!
Sage dem Kind, dass es mir willkommen war!
Ich werde ihm ein guter Vater sein!"
Wieder liefen ihm die Tränen über das Gesicht, aber er schämte sich ihrer nicht. Es waren Tränen um dieses Kind, das nicht leben durfte, und er gab sich selbst die Schuld. Er hatte diese Frau fast in den Tod getrieben und nun würde er dafür büßen.

Vorsichtig nahm er die Frau auf seine Arme und machte sich auf den Rückweg. Hier konnte er sich nicht um sie kümmern, denn er hatte nichts dabei, außer seinen Bogen.
Er begann den Aufstieg zu seinem Tal, kletterte die steile Uferböschung hinauf, doch bereits nach einem Pfeilschuss keuchte er vor Anstrengung. Mit jedem Schritt wurde sie schwerer und er hatte das Gefühl, dass seine Arme gleich abfallen würden. Völlig überanstrengt biss er die Zähne zusammen und stolperte mit seiner Last weiter. Es war ein weiter Weg bis zu seiner Höhle und mehr als einmal wünschte er sich sein Pferd herbei. Immer wieder horchte er auf ihren Atem, hatte Angst, dass sie in seinen Armen sterben würde. Seine Knie knickten ein und schwer atmend ließ er sich niedersinken, um ein wenig auszuruhen. So ging das nicht weiter! Vorsichtig legte er die Frau über seine Schulter, wohl wissend, dass er ihr damit weitere Schmerzen zufügte, aber er konnte es nicht ändern.

Stolpernd kämpfte er sich bergauf, wie in Trance setzte er einen Fuß vor den anderen, bis er endlich schnaufend sein Tal erreichte. Schweißgebadet hob er seine Last in die Höhle und bettete sie sanft auf ihr Lager. Ihr Atem war so flach, dass er kaum zu spüren war, und er tastete nach ihrem Hals, um zu fühlen, ob sie überhaupt noch lebte. Ein unregelmäßiges Pulsieren beruhigte ihn ein wenig und er lehnte sich erschöpft zurück.
Es schien ihm eine Ewigkeit her, dass sie am Morgen aufgebrochen waren, um zu jagen. Müde massierte er seine steifen Muskeln, dann beugte er sich über ihre Wunden. Die Binde zwischen ihren Beinen war mit dunkelroten Batzen durchtränkt, frisches Blut, wie er unschwer erkannte.
Aus einem Fell schnitt er eine neue Binde für sie. Dann kümmerte er sich um die anderen Wunden, legte einen festen Verband um ihre Rippen und säuberte die Verletzungen am Oberschenkel und Rücken. Ihre Zähne klapperten vor Kälte und so schob er heiße Steine unter das warme Bärenfell, versuchte sie so gut wie möglich zu wärmen. Aber es war eine innere Kälte, die sie erschauern ließ, der hohe Blutverlust, der sie schwächte.

Täglich wechselte er ihre Binden, flößte ihr heiße Suppe ein und streichelte ihre verschwitzten Haare. „Zintkala-win!", flüsterte er, hoffte, dass sie wenigstens einmal ihre Augen öffnete, damit er sich entschuldigen konnte.
Die Zeit verging, Tage und Nächte, an denen er neben ihrem Lager wachte und betete.
Nur selten verließ er die Höhle, eigentlich nur, wenn er wieder etwas zu essen brauchte. Die Felle lagen unbearbeitet in der Nähe, während Fliegenschwärme auf den Fleischresten saßen und ganze Völker von Ameisen sich auf die Fettreste stürzten. Streng achtete er darauf, ihr nur Hirschfleisch anzubieten. Niemals wieder würde er ihren Geist mit Vogelfleisch beleidigen!
Draußen wurde es heiß! Alles blühte in bunten Farben und mit dem Knospenmond kamen die Jäger der feindlichen Stämme. Die bewaldeten Bighornberge versprachen Schatten und gute Jagdbeute. Es war eher unwahrscheinlich, dass in diesem riesigen Gebiet jemand die Höhle fand, aber die Pferde würden ihn

verraten. So brachte Nata-He-Yukan die beiden Pferde tiefer in das Tal und versuchte so von seiner Spur abzulenken.
Misstrauisch beäugten ihn die Ponys, wenn er nach ihnen suchte. Sie verwilderten zusehends.
Manchmal ritt er sie, streichelte ihre Hälse, damit sie nicht endgültig davon liefen. Andererseits waren sie inzwischen so scheu, dass sie auch niemanden sonst an sich heranlassen würden. Sie bildeten eine kleine Herde, fraßen das saftige Gras und hatten eigentlich keinen Grund, das Tal zu verlassen.
Zufrieden sah Nata-He-Yukan ihnen zu, dann kletterte er wieder zurück in seine kleine Welt, um nach der Frau zu sehen.
Irgendwie schien es ihr allmählich besser zu gehen. Die Blutungen hatten nachgelassen und das Fieber war gesunken. Er wertete das als gutes Zeichen, wartete geduldig darauf, dass sie endlich aufwachte.

Tötet-die-Crow fühlte seine Anwesenheit, noch ehe sie ihre Augen öffnete. Alles war schwer und es dauerte eine Ewigkeit, ehe sie die Muskeln fand, die ihre Augenlider bewegten.
Warum lebte sie noch?
Warum hatte er sie nicht getötet? Oder würde er sie jetzt töten? Sie hatte kein Gefühl dafür, wie viel Zeit verstrichen war und wo sie sich befand. Es fühlte sich weich an und nicht nach dem Sand des Flusses. Wo war sie überhaupt?
Es kostete sie alle Kraft, doch dann blinzelte sie und blickte apathisch in sein Gesicht.
Er strahlte sie an, sichtlich erleichtert, dass sie endlich erwachte. Warum lachte er? Seine Hände streichelten sanft über ihr Gesicht.
„Zintkala-win! Zintkala-win!"
Es klang fast wie ein Gebet. Wer war sie? Warum nannte er sie so? Dann huschte ihr Blick überrascht umher und sie merkte, dass sie wieder in der Höhle war. Wie war sie hierher gekommen? War alles nur ein Traum? Aber dann waren da die Schmerzen in ihrer Brust und eine seltsame Leere in ihrem Bauch. Sie schloss die Augen, als die Erinnerung sie einholte.
Ihr Geist war froh, dass sie sein Kind nicht mehr trug, aber ihr Körper sehnte sich danach zurück.

Aber nicht so, nicht als Schande, nicht als Gefangene, befahl sie sich selbst. Ihr Kopf wurde angehoben und eine Schale an ihre Lippen gesetzt. Unwillig öffnete sie ihre Augen, versuchte zu sehen, was er ihr gab.
„Hirsch!“, lächelte er freundlich und erstaunt spürte sie die zerstampften Fasern in ihrem Mund, zerstampft, damit sie leichter schlucken konnte. Sie musste lange im Schattenland gewesen sein! Wieder war sie seine Gefangene. Warum tötete er sie nicht einfach, sondern machte sich die Mühe, sie gesund zu pflegen?
Versuchsweise zog sie ihre Arme an, aber sie waren frei. Nun, im Moment stellte sie auch keine große Gefahr dar!
„Zintkala-win!“, hörte sie seine Stimme, aber es kostete sie alle Mühe, sich auf seine Worte zu konzentrieren.
Er hatte die Bewegung ihrer Arme gesehen und lächelnd beugte er sich zu ihr. „Zintkala-win! Du bist frei!“
Frei! Wie meinte er das?
Aber er führte seine Handgelenke zusammen und riss sie mit einem Ruck auseinander, klar ersichtlich die Geste für Freiheit. Sie war frei!
Nicht mehr seine Gefangene? Aber warum? Sie hatte doch versucht ihn zu töten! Sie war zu müde, um weiter darüber nachzudenken, aber in ihrer Seele schrie es wie ein Donnerhall.
Frei!
Ihre Augen wurden feucht vor Freude, dann fielen sie zu und ihr Körper überließ sich dem Schlaf, den er für seine Genesung brauchte.

Nata-He-Yukan lehnte sich erfreut zurück. Er hatte die richtigen Worte gefunden und gesehen, wie die Hoffnung in ihren Augen aufleuchtete. Jetzt würde sie kämpfen! Nun würde sie den Tod besiegen! Aufatmend legte er sich auf sein Lager und schlief zum ersten Mal tief und fest, ohne die Angst, dass sie am Morgen vielleicht tot war. Vielleicht wäre er eines Tages tot, wenn sich ihr Messer in sein Herz bohrte, aber das war ihm gleichgültig. Er hatte gesagt, dass sie frei wäre und das meinte er mit aller Konsequenz. Niemals wieder würde er sie fesseln, ihre Seele in der Höhle einsperren.

Tötet-die-Crow verschlief einen weiteren Tag, aber es war Schlaf, keine Ohnmacht. Dann öffnete sie ihre Augen, weil sie fühlte, dass er ihre Binde zwischen den Beinen wechselte. Oh! Es war ihr peinlich, aber an seinen ruhigen Bewegungen erkannte sie, dass er dies schon oft gemacht hatte. Vorsichtig lugte sie an ihrem Körper herunter, spürte ihre eingebundenen Rippen und einen Verband an ihrem Oberschenkel. Dann sah sie seine freundlichen Augen. Was hatte ihn so verändert?

„Zintkala-win! Hast du Hunger?"

Zintkala-win! Dieser Name gefiel ihr besser als Winyan-o'hanschitscha, er gab ihr Macht.

„Zintkala-win? Warum?", flüsterte sie leise.

Er lächelte und erklärte in Zeichensprache: Dein-Geist-ist-wie-Vogel! Ich-kann-ihn-nicht-besiegen!

Sprachlos starrte sie ihn an, erkannte mit einem Mal, dass sie ihn besiegt hatte! Nicht als Krieger, sondern als Frau!

Kranichfrau!

Wie seltsam fremd klang ihr früherer Name. War das die Verbindung zu ihrem früheren Leben?

Kranichfrau! Zintkala-win!

Was hatte das zu bedeuten? War es nun doch ihr Schicksal, als Frau zu leben?

„Folge meinem Weg!", hatte ihr Bruder befohlen, doch welchem Weg war ihr Bruder gefolgt, welche Visionen hatte er gehabt? Vielleicht hatte sie die Vision missverstanden?

Aber der Bogen hatte eine deutliche Sprache gesprochen, ihr befohlen zu kämpfen und ihren Bruder zu rächen. Ein Bogen war eindeutig eine Waffe! Das war kein Missverständnis.

„Du-Hunger?", fragten seine Hände, als ob sie kein Wort von dem verstand, was er sagte. Es ärgerte sie ein wenig, dass er sie für so dumm hielt und schüttelte den Kopf. „Ich stinke!", sagte sie unvermittelt in seiner Sprache.

Staunend hielte er inne, dann legte er den Kopf schief und prüfte, wie viel sie tatsächlich verstand: „Wan, möchtest du in dem Bach baden?"

Sie würde überall baden, wenn sie nur den Schmutz von ihrem Körper bekam! Vorsichtig nickte sie, wusste nicht, wie viel sie

sich zumuten konnte. „Ja, im Bach!“, murmelte sie deutlich in seiner Sprache.
Seine Augen blitzten. So ein Miststück! Lernte die ganze Zeit zu reden wie ein wahrer Mensch! Sanft nahm er sie in seine Arme und trug sie aus der Höhle. Überrascht blinzelte sie in die Sonne, fühlte die Wärme auf ihrer Haut. Wie lange hatte sie denn in der Höhle gelegen, ohnmächtig und hilflos? Wie lange hatte dieser Mann sie gepflegt?

Ohne Hemmungen wickelte er sie aus der Decke und rieb ihren Körper mit Yukkaseife ein. Dann spritzte er sie schwallweise mit dem kalten Wasser ab. Fröstelnd fuhr sie zusammen, aber sie genoss den sauberen Duft.
„Soll ich deine Haare waschen?“, lachte er sie an.
Sie fühlte an der klebrigen, verfilzten Masse und seufzte angewidert: „Vielleicht nimmst du lieber dein scharfes Messer und schneidest sie ab?“
Ein dunkles Lachen stieg in ihm auf, und er protestierte leise: „Aber nein, deine Haare sind wunderschön! Ich werde sie schon sauber bekommen!“
Dann legte er sie mit den Rücken in das Gras, hielt ihren Kopf in die Strömung und rieb die Seife in ihre Haare. Dreimal wusch er sie, dann setzte er sie wieder auf und begann mit seinem Kamm ihre Haare zu entwirren.
Zitternd vor Müdigkeit ließ sie es über sich ergehen, dann flocht er ihre Haare in dicke Zöpfe. „So werden sie nicht wieder so schnell schmutzig!“, meinte er zufrieden.

Sie war längst eingeschlafen, als er sie in die Höhle trug und auf ihr Lager legte.
Sichtlich beruhigt betrachtete Nata-He-Yukan das schlafende Mädchen, deckte es zu und griff nach seinen Waffen. Er wollte nach den Pferden sehen und so wandte er sich talabwärts. Ein Pfiff lockte das Pony heran, während das andere in sicherer Distanz blieb. Mit einem Lächeln legte er dem Pferd die Zügel an, schwang sich auf dessen Rücken und trabte in nördlicher Richtung über die Wiese. Er musste hin und wieder die Gegend er-

kunden, um zu sehen, ob vielleicht Feinde in der Nähe waren oder eine Gefahr für seine Höhle bestand.
Außerdem gehörte er zu einem Reitervolk, war es gewohnt, mit dem Pferd zu jagen. Langsam nervte es ihn, immer zu Fuß unterwegs zu sein. „Ich bin schon wie die Shoshone!", dachte er verächtlich.
„Irgendwann grabe ich genauso nach Wurzeln wie sie!"

Prüfend wanderte sein Blick über die Ebene, aber die Gegend war menschenleer. Wahrscheinlich jagten die Crow die Büffel und kehrten erst zur Herbstjagd zurück. Gut so!
Zufrieden zog er sein Pony in den Schatten des Waldes, atmete tief den Duft nach Kiefern ein. Langsam trottete er dahin und ließ seinen Blick schweifen, aber seine Gedanken waren bei dem Mädchen in seiner Höhle. Was würde sie tun, wenn es ihr besser ging? Sein Herz klopfte unregelmäßig, als er an sie dachte und er wunderte sich über seine Gefühle. Unwirsch wischte er sie beiseite und konzentrierte sich wieder auf die Umgebung.
Da! Ein Hirsch!
Lautlos glitt er vom Rücken seines Ponys und pirschte sich an das Tier heran. Von dieser Beute konnten sie längere Zeit leben!
Sein Pfeil traf den Hirsch ins Blatt. Schwankend stakste er noch einige Schritte, dann brach er zusammen. Sein Pferd tänzelte nervös, als er den schweren Hirsch auf dessen Rücken zog, schnaubte bei dem Blutgeruch, der ihm in die Nüstern stieg.
„He, he, du bist wohl nichts mehr gewohnt!", lachte Nata-He-Yukan.
Dabei war dieses Crowpony ein gutes Pferd, gut ausgebildet, wahrscheinlich ein Büffelläufer!

Gut gelaunt machte er sich auf den Rückweg, ritt direkt vor die Höhle und ließ die schwere Jagdbeute fallen. Dann brachte er das Pony zu dem anderen zurück.
Vor seiner Höhle musterte er angewidert die Fellberge, in denen sich das Ungeziefer sammelte. Wenn er sie je gebrauchen wollte, musste er etwas dagegen tun. Sie waren steif und schwer, stanken in der Sonne und lockten Fliegen an.

Außerdem wiesen sie jedem Feind deutlich den Weg zu seiner Höhle. Hier waren zu viele Spuren!
Deutlich war zu sehen, dass hier jemand lebte.
Es war nicht zu ändern, aber jeder, der hier zufällig vorbeikam, würde über die vielen Spuren stolpern und jeder, der hier vorbeikam, war sein Feind.
Missmutig nahm er die Felle und legte sie in den nahen Bach, damit sie wieder geschmeidig wurden.
Dann zerlegte er den Hirsch, hängte die Fleischstreifen zum Trocknen in die Sonne, damit er endlich wieder Vorräte hatte. Mit dem Herzen des Tieres in seiner Hand glitt er in die Höhle und setzte sich an die erkaltete Feuerstelle.
Immer noch lag das Mädchen bewegungslos auf ihrem Lager und für einen Augenblick dachte er, dass sie gestorben wäre.
Hastig tastete er nach ihrem Herzen, fühlte erleichtert das regelmäßige Schlagen in ihrer Brust.
Erschrocken riss sie ihre Augen auf, fühlte seine Hand auf ihren Herzen und fuhr hoch.
Beschwichtigend drückte er sie wieder auf ihr Lager und lächelte. „Du hast lange geschlafen! Hast du Hunger?"
Energisch zog sie die Decke über ihren Körper, was ihn schon wieder zum Lachen reizte. „Du brauchst ein neues Kleid!"

Mühsam drückte sie sich in eine sitzende Stellung, stöhnte leise, als ihre Rippen schmerzten, dann tastete sie über die lange Narbe an ihrem Oberschenkel. Die sah böse aus!
Mit gemischten Gefühlen verfolgte sie, wie der Krieger sich über das erloschene Feuer beugte und wieder entfachte. Sie fühlte sich seltsam leer, ausgebrannt, vermisste das Gefühl, das die Schwangerschaft in ihr erzeugt hatte. Verärgert biss sie sich auf die Lippen. Sie wollte kein Kind, schon überhaupt nicht von diesem Lakota, aber ihr Körper sehnte sich danach. Stille Tränen liefen über ihr Gesicht, die sie nicht unterdrücken konnte, obwohl sie es versuchte.
Besorgt beugte sich Nata-He-Yukan zu ihr, strich ihr sanft über das Gesicht, ratlos über ihre Traurigkeit. „Was ist? Hast du Schmerzen?"

Sie hasste seine Sanftmütigkeit! Konnte er sie nicht einfach ignorieren? Sie in ihrem Schmerz allein lassen?
Warum weinte sie eigentlich?
Wie sollte sie ihn töten, wenn er nett war? Schließlich war er ihr Feind! Ihre Gedanken wirbelten durcheinander, während unaufhörlich die Tränen über ihr Gesicht flossen. Schluchzend schob sie ihn weg, wollte keinen Trost, wollte seine Hände nicht auf ihrem Gesicht.
Unsicher wich er zurück, betroffen von den Tränen, die sie das erste Mal weinte. Ohne, dass er es verhindern konnte, stiegen ihm ebenso die Tränen in die Augen. Sie weinte um dieses Kind!
Warum hatte sie ihm nichts gesagt? Niemals hätte er zugelassen, dass dieser Weiße sie berührte, wenn er es gewusst hätte!
„Ich habe das Kind bestattet", erklärte er leise. Er konnte die Tränen nicht mehr halten.
Fassungslos starrte sie ihn an.
Zum ersten Mal zeigte dieser verwegene Krieger wahre Gefühle und eine ausgesprochene Verletzbarkeit. Er trauerte um dieses Kind! Sie wischte den Gedanken weg, aber irgendwie beruhigte sie die Gewissheit, dass er es bestattet hatte, und sie nickte dankbar.
„Eines Tages sind wir bereit für ein Kind, dann wird Wakan-tanka es zurückschicken", flüsterte er mit belegter Stimme. Nichts war von seiner sonstigen Arroganz geblieben.
Oh nein! Sie wollte nicht mehr schwanger werden! Nicht als Gefangene, nicht als Frau, überhaupt nicht! Was war nur ihre Bestimmung? Sie machte eine hilflose Handbewegung, weil sie nicht weiter darüber reden wollte. „Ich glaube, ich habe ein wenig Hunger!"

Er gluckste vor Erleichterung. Bei Hunger konnte er immerhin helfen. „Ich habe Hirschfleisch! Soll ich es kochen?"
Ein wenig hysterisch kicherte sie mit: „Ja, bitte! Dann wird es bestimmt besser!"
Geschickt schnitt er das Fleisch in schmale Streifen und röstete sie über dem Feuer. Im Nu waren sie zart-rosa und er hielt ihr einen Streifen unter die Nase. „Siehst du! Schon fertig!"

Vorsichtig knabberte sie daran, pustete, als sie sich fast die Zunge verbrannte. Wieder dieses dunkle Lachen, kein Auslachen, sondern die Freude, dass es ihr besser ging.
Was hatte ihn so verändert?
„Warum hast du mich nicht getötet?", fragte sie unvermittelt.
Er schluckte und blickte sie nachdenklich an. „Ich hätte besser aufpassen müssen."
Sie verstand ihn offensichtlich nicht.
Erklärend fügte er in Zeichensprache hinzu: „Ich-nicht-vorsichtig, drehen-dir-Rücken-zu."
Sie schnalzte herausfordernd mit der Zunge: „Ich wollte dich töten! Warum also hast du mich nicht getötet?"
Mit einem Grinsen fasste er sich an den Kopf. „Du hast mir eine ganz schöne Beule verpasst! Aber du musstest es versuchen. Jetzt ist es nicht mehr nötig, denn du bist frei!"
„Frei?"
„Ja, frei! Du kannst gehen, wohin du willst.
„Auch zurück zu den Blackfeet?"
„Wenn du willst", meinte er ruhig.
„Und wenn ich morgen gehe?", provozierte sie ihn.
Er reichte ihr ein weiteres Stück Fleisch, dann senkte er seinen Blick. „Du kannst auch morgen gehen, aber ich würde warten, bis deine Wunden geheilt sind."
Sie schnaufte unwillig, aber er hatte natürlich Recht.
„Wenn du gehst, gebe ich dir ein Pferd", meinte er großzügig.
„Mein Pferd!", betonte sie. „Und ich möchte meine Waffen!"
Dieses freche Ding! Aufgebracht sprang Nata-He-Yukan hoch und verließ die Höhle. Dann kehrte er mit ihrem Bogen in den Händen zurück. „Hier!"
Ihre Augen blitzten ihn an und kurz erkannte er in ihnen die Absicht, dass sie ihn töten wollte. Nun gut!
Er wich ein Stück zurück und deutete auf seine Brust. „Hier ist mein Herz, warum schießt du jetzt nicht?"
Als ob sie in der Lage wäre den Bogen zu spannen! Aber dann erkannte sie, dass er so weit nicht dachte, dass er es jetzt beenden wollte. Ruhig legte sie den Bogen auf die Seite. „Ich werde nicht schießen! Ich bin frei!"

Er nickte ernst. „Und du änderst deine Meinung nicht? Schleichst dich nicht nachts mit dem Messer an mich heran?"
Sie schnaubte verächtlich. „Nein, du kannst ganz ruhig schlafen!"
„Dann ist das also klar zwischen uns? Du tötest mich nicht und ich töte dich nicht?"
Langsam wurde sie böse, böse, dass er sie zwang ihr Wort zu geben, eigentlich hatte sie jetzt doch große Lust ihn zu erschießen.
„Ja", flüsterte sie leise.
„Hecetu!", besiegelte er ihren Vertrag.
Dieses Blackfeetmädchen ging über seinen Verstand!
Fast bereute er es, ihr den Bogen gegeben zu haben! Konnte er ihr vertrauen? Doch dann huschte ein Grinsen über sein Gesicht. Eben noch hatte er ihr sein Herz angeboten, hätte widerstandslos dem Tod in die Augen gesehen, und jetzt machte er sich Sorgen über ihre Zuverlässigkeit. Seine Gefühle gingen mit ihm durch. Vielleicht sollte er eine Schwitzhüttenzeremonie machen, damit er wieder bei klarem Verstand war!
Misstrauisch beäugte er das Mädchen, setzte sich erhobenen Hauptes wieder auf seinen Platz. Irgendwie hatte er doch Angst, dass sie gehen könnte. Er hatte sich an ihre schnippische Art gewöhnt.
„Vielleicht bleibst du noch eine Weile?", meinte er versöhnlich.
„Ich! Warum?"
Nachlässig zuckte er mit seinen Schultern. „Na, es ist gefährlich so allein zu reiten! Es ist ein weiter Weg bis zu deinem Volk!"
„Ich komme schon klar!"
Manchmal kam sie ihm vor wie ein bissiger kleiner Hund! Wortlos bot er ihr einen weiteren Streifen Fleisch an.

Es dauerte, aber schließlich erholte sich ihr Körper zusehends, und nachts befiel ihn manchmal ein nervöses Kribbeln, wenn sie neben ihm schlief. Doch er fesselte sie nicht mehr, verließ sich auf das Wort, das sie ihm gegeben hatte. Noch war sie nicht in der Lage, schwere Arbeiten zu erledigen, aber sie sammelte Beeren, während er die schweren Häute sauber kratzte. Wenn sie ihn verließ, musste er das sowieso wieder erledigen. Vielleicht sollte er sich dann eine neue Gefangene rauben? Empört verwarf er diesen Gedanken. Keine Frau war diesen Ärger wert! Lieber machte er selbst alle Arbeiten!

Vor seiner Höhle trocknete bereits das erste Fleisch für den Winter, denn noch einmal wollte er nicht so unvorbereitet sein.
Zintkala-win nähte ihm einfache Rohhauttaschen, in denen er das getrocknete Fleisch verstaute. Sie half ihm auch bei der Zubereitung von Wasna und jetzt wusste er, was er im vergangenen Herbst falsch gemacht hatte. Zu wenig Fett und zu viele feuchte Beeren!
Manchmal gingen sie auch gemeinsam in den Wald.
Sie sammelte Beeren und er folgte den Hirschen oder Antilopen. Eigentlich waren sie eine gute Gemeinschaft. Jeder arbeitete, was nötig war und er bedauerte, dass sie bald gehen würde. Sie würde lediglich den Crow in die Hände laufen! Schade!

Abends lehnte er sich gemütlich zurück und schlug die Beine übereinander. Wieder sah er die knabenhafte Gestalt vor sich, die er damals gefunden hatte. Jetzt wirkte sie viel eher wie eine Frau. „Warum hast du Knabenkleider getragen?", fragte er unvermittelt.
Zintkala-win knetete nervös ihre Finger. Ihre Vision! Sollte sie ihm davon erzählen?
Sie hatte vollständig versagt!
„Die Crow hatten meinen Bruder getötet und ich war sehr traurig!", begann sie stockend. Ihr Blick wanderte in die Ferne und er wartete höflich, bis sie weiter sprach.
„Also ging ich in die Einsamkeit, suchte nach einem Weg, um damit fertig zu werden."
Hunhunhe! Aufmerksam hörte Nata-He-Yukan zu, senkte den Blick auf seine Fußspitzen, um sie nicht mit seiner Neugier zu beleidigen.
Seufzend erinnerte sie sich an die Vision. „Mein Bruder erschien mir im Traum. Er gab mir den Namen „Tötet-die-Crow" und befahl mir seinem Weg zu folgen. Also kleidete ich mich wie ein Mann und zog mit den anderen Kriegern, um ihn zu rächen."

Nata-He-Yukans Gedanken wirbelten durcheinander. Ein Mann! Er hatte einen Mann gezwungen wie eine Frau zu leben!
Sie war keine entlaufene Gefangene gewesen, sondern ein Krieger! Haun! Niemals hätte er sie auf diese Weise zwingen dürfen! Vielleicht töten, aber nicht als Frau demütigen!
Voller Schrecken erinnerte er sich an den Fötus, an ihre gebrochenen Rippen und ihm schwindelte vor seiner eigenen Brutalität. Wieso war dann das Kind in ihrem Leib gewachsen? Heiser vor Entsetzen murmelte er: „Das war eine starke Vision."
„Ja, aber ich habe versagt!", meinte sie traurig.
„Aber du hast gekämpft! Du wurdest schwer verletzt!"
„Ja, trotzdem habe ich versagt. Ich lebe wie eine Frau."
Nachdenklich schaute Nata-He-Yukan auf das Mädchen, das sich ohne zu zögern in den Tod gestürzt hatte. Sie war eine Kämpferin. Sie hatte nicht versagt.
Energisch kniete er sich vor sie hin und fasste tröstend nach ihren Händen. „Nein, du hast nicht versagt! Du hast deinen Bruder gerächt! Deine Aufgabe ist erfüllt!"
Ihre Lippen zitterten. „Aber was ist mit meiner Vision, als Krieger zu leben?"
„Vielleicht hast du die Botschaft missverstanden?"
„Wie meinst du das?"
Lächelnd deutete er auf ihren Bauch. „Wakan-tanka würde niemals ein Kind in deinen Bauch wachsen lassen, wenn es deine Bestimmung wäre als Mann zu leben."

Fassungslos starrte Zintkala-win ihn an, schöpfte plötzlich Hoffnung aus seinen Worten.
Auch ihr Onkel hatte diese Zweifel geäußert!
„Ich habe es verloren", meinte sie zögernd.
Er zuckte sichtlich zusammen. „Ja, weil wir beide noch nicht bereit waren für diese Verantwortung. Vielleicht hat dich Wakantanka deshalb hierher geführt? Vielleicht war es deine Bestimmung auf mich zu treffen?"
Und vielleicht war es seine Bestimmung gewesen, hierher zu gehen, dachte er gleichzeitig.
„Und du?", sprach sie seine Gedanken laut aus.

Widerstrebend setzte er sich wieder auf seinen Platz. Er wollte nicht darüber reden, aber sie hatte ein Recht darauf nun auch etwas über ihn zu erfahren.
„Ich wurde verbannt!“ Jetzt war es heraus und sie wusste von seiner Schande.
„Verbannt?“ Ihre Augen wurden groß.
„Ja! Man beschuldigte mich einen anderen Mann bei der Büffeljagd im Stich gelassen zu haben.“
„Und? Hast du es getan?“
Er schüttelte heftig seinen Kopf, wies die Frage weit von sich. „Nein, ich vergewisserte mich, dass ein anderer Mann ihm helfen würde, ehe ich weiterjagte.“
„Wie konnte er dann sterben?“
„Die anderen behaupteten, dass der Krieger nicht helfen konnte, weil sein Pferd von einem Büffel aufgespießt worden war. Aber das war eine Lüge! Ich habe gesehen, dass sein Pferd unverletzt war!“
„Also hat er dir eine Falle gestellt?“
„Ja, aber ich verstehe nicht warum.“
„Dieser Mann muss voller Hass auf dich gewesen sein!“
„Jetzt bin ich voller Hass auf ihn. Wenn ich zurückkehre, werde ich ihn töten!“
Seine Augen waren schwarz vor Wut, als er an die Demütigung dachte.
Sie wich vor seinem Zorn zurück und diese unbewusste Bewegung brachte ihn in die Wirklichkeit zurück. Er wollte nicht, dass sie Angst hatte. Seine Augen glitten über die anmutige Gestalt des Mädchens. Warum hatte Wakan-tanka sie ihm geschickt? Bisher wollte er die Verantwortung für eine Frau nicht, aber hier war sie ihm geradezu aufgedrängt worden. Durfte er sie einfach in ihr Verderben ziehen lassen? Wenn sie sich allein auf den Weg machte, wäre es ihr sicherer Tod!
Nur, wie sollte er sie aufhalten? In einigen Tagen wäre sie kräftig genug, um zu reiten.
„Was schaust du mich so an?“
Verlegen wandte er den Blick von ihr ab. „Nichts! Morgen sehe ich nach den Pferden.“

„Gut, dann bringe doch meins gleich mit!“, meinte sie herausfordernd.
Er verdrehte ungläubig die Augen. Dieses Biest gab einfach nicht auf! „Was, dieses dreibeinige Maultier nennst du Pferd?“, stichelte er zurück.
„Dann gib mir doch dein Crowpferd!“, entgegnete Zintkala-win frech.
„Wenn du soweit bist, werde ich dir dein Pferd bringen.“
„Und wer bestimmt, wann ich soweit bin?“, funkelte sie ihn an.
Lässig beugte er sich vor und tippte an ihre Rippen.
Stöhnend sank sie auf die Seite und er grinste: „Du!“
Es gab ihm einen Stich, wieso lag ihm plötzlich so viel an dem Mädchen?

Irritiert machte er sich am nächsten Tag auf den Weg ins Tal, versuchte wieder einen klaren Kopf zu bekommen. Gedankenverloren beobachtete er die Ponys, sogar ein Fohlen sprang inzwischen umher und er bewunderte die hohen Beine. Es würde mal ein gutes Rennpferd geben! Er befreite die beiden Ponys von allem Zaumzeug, sodass es aussah, als wären es Wildpferde.
Dann lief er im Dauerlauf zu seiner Höhle zurück. Ein kleiner Weg war entstanden, wo sie immer die Höhle verließen und zurückkehrten, aber er konnte es nicht ändern.
Erst zu Beginn des Winters, wenn die Jagdzüge aufhörten, würde er hier wieder sicher sein. Es war ein weites Land und so hoch war die Wahrscheinlichkeit nicht, dass Jäger sich hierher verirrten.

So verbrachte er die Tage mit Jagen, trocknete das Fleisch in der Frühlingshitze und ließ die Frau wieder die Felle gerben. Manchmal half er ihr auch dabei, denn das Spannen des Leders war anstrengend. Auf einer Haut trockneten indessen Beeren in der Sonne, bereit zerstampft zu werden für das Wasna. Schwitzend kauerte das Mädchen über einem flachen Stein und zerstampfte bereits das getrocknete Fleisch. Ihre Rippen heilten langsam und die Muskeln bauten sich wieder auf. Noch hatte sie nicht davon gesprochen, wann sie gehen wollte, und er genoss ihre Anwe-

senheit. Sie war so ausgeglichen, fast sanft. Er staunte darüber, welche Veränderung in ihr vorgegangen war, wie die Freiheit sie verändert hatte.
Warum blieb sie nicht bei ihm? Er hatte Angst vor der Einsamkeit! „Morgen gehe ich in die Berge, um Bighornschafe zu jagen. Kommst du mit?“, fragte er harmlos.
Sie lächelte herausfordernd. „Aber nicht, um die Beute zu tragen! Ich möchte auch jagen!“
Staunend legte er den Kopf schief. Eine Frau, die jagen wollte? Aber sie lebten unter außergewöhnlichen Umständen, und so war eine klare Rollenteilung, wie sie sonst üblich war, nicht möglich. Er spürte ihre Begeisterung und überlegte im Stillen.
Warum nicht? Niemand würde es sehen!
„Na schön!“, willigte er schließlich ein. „Mal sehen, ob du mit deinem Bogen überhaupt etwas triffst! Wahrscheinlich verscheuchst du alles Wild und wir jagen überhaupt nichts mehr!“
„Oh, du!“, lachte sie glücklich.
Verschwunden war der Ausdruck der lauernden Spinne. Stattdessen fand er ihre Augen ausdrucksvoll und schön.

Gemeinsam durchstreiften sie am nächsten Tag die Bergwelt und sie hüpfte neben ihm her. Immer noch steckte der übermütige Junge in ihr, wenn sie mit ihrem Bogen bewaffnet neben ihm herschlich. Sie war eine Kriegerin. Daher kam ihr Selbstbewusstsein. Wie würden die anderen lachen, wenn er mit seiner Frau jagte oder die Felle bearbeitete!
Aber auch bei den Blackfeet war das vermutlich ungewöhnlich.
Zielsicher erlegte Zintkala-win eine kleine Ziege und er runzelte verblüfft die Stirn.
War sie doch ein Junge? Sollte er sie lieber wie einen kleinen Bruder behandeln? Er versuchte es mit einer harmlosen Frage: „Die Blackfeet müssen ein kriegerisches Volk sein, wenn schon ihre Mädchen so gut schießen!“
Sie lachte hell. „Mein Bruder hat mich oft zur Jagd mitgenommen.“
So! Ihr Bruder! Also hatte sie bereits vor ihrer Vision mit dem Bogen geschossen.

Er verzog spöttisch die Lippen:.„Hattest du da auch schon Knabengewänder an?“
„Aber nein!“, wehrte sie ab.
So! Sie war also als Mädchen erzogen worden. Das bewies ihm aber auch ihre Geschicklichkeit im Gerben.
War ihre Vision erfüllt? Er beschloss, sie aufmerksam zu beobachten und herauszufinden, ob sie nun ein Krieger oder eine Frau war!

Zintkala-win dagegen war glücklich. Wie einst mit ihrem Bruder jagte sie an der Seite dieses Mannes, nur dass Nata-He-Yukan eindeutig nicht ihr Bruder war! Das wurde ihr schlagartig bewusst, als er sich geschmeidig vor ihr bewegte. Sie fand ihn als Mann attraktiv, nicht als Bruder! Er war jung, mit einem ebenmäßigen Geicht und vollen Lippen. Seine zuvorkommende Art gefiel ihr, die Freundschaft, die plötzlich entstanden war. Sie genoss die Freiheit, die sie mit ihm hatte und schob den Gedanken, ihn zu verlassen in den Hintergrund. Bald!
Wie selbstverständlich half ihr der Mann bei den schweren Arbeiten, zerteilte das Fleisch und gerbte mit ihr die Felle. Verschwunden war die herablassende Art, mit der er sie gezwungen hatte diese Dinge zu tun. Sie war frei!

Aber Nata-He-Yukan hatte letztendlich keine andere Wahl! Er half ihr, weil keine anderen Frauen da waren. Außerdem lernte er so Dinge, die er bald wieder allein machen würde. Unter ihren geschickten Händen entstanden wunderschöne Häute, nicht mit Rissen und Flecken wie bei ihm. Nur neue Leggins nähte sie ihm nicht.
„Bei den Blackfeet machen das die Männer selbst!“, erklärte sie einfach. Sie hatte keinerlei Veranlassung, das nun zu ändern.
Also setzte er sich zu ihr und begann ziemlich ungeschickt sich Beinkleider zuzuschneiden.
Himmel! Ehe er schneiden konnte, hatte sie ihm das Messer entwunden und schüttelte ungläubig den Kopf.
„Was soll das werden?“
„Leggins!“, meinte er unschuldig.

„Es sieht eher aus wie eine Satteldecke!"
Sein Gelächter hallte durch die Höhle, und glucksend flehte er um Hilfe: „Bitte, ich bin ein Lakota! Bei uns machen das unsere Schwestern!"
„Na schön! Stell dich hin!"
Sie kniete vor ihm und passte ihm die Leggins an seinen kräftigen Schenkeln an. Hier unterschied er sich eindeutig von ihr, stellte sie fest, als sie an ihre schlanken Beine dachte. Er kicherte, als ihre Hände ihn kitzelten. „Halt still!", befahl sie streng.
„Ich hätte jetzt zu etwas ganz anderem Lust!", bemerkte er anzüglich.
„Nun weißt du, warum Blackfeetfrauen so etwas nicht machen! Es bringt die Männer auf dumme Gedanken!"
„Na und!", meinte er mit einem gefährlichen Funkeln in den Augen.
Sie sah seinen Blick und senkte plötzlich scheu die Augen. Vielleicht wäre es besser, bald zu gehen! Warum war sie nicht schon längst gegangen? Ihre Verletzungen waren verheilt und sie war frei.
Nata-He-Yukan schluckte schwer. Sie hatte die Augen gesenkt wie eine Frau, wie ein schüchternes Mädchen! Und er begehrte sie! Sein Herz schlug unregelmäßig, als er daran dachte, dass sie gehen könnte. Vielleicht konnte er sie an sich binden?
Aber als was? Wenn sie nicht wie eine Frau fühlte, dann könnte er sie als Bruder adoptieren. Sollte er sie einfach fragen? Er brauchte endlich die Gewissheit, als was er sie behandeln sollte!
Energisch legte er die Leggins beiseite und kniete sich zu ihr hin.
„Zintkala-win! Ich möchte, dass du meine Frau wirst!"
Völlig überrascht blickte sie ihn an. „Deine Frau?"
Er nickte völlig ernst. „Ja, meine Frau!"
Sie kicherte ein wenig hysterisch, konnte es kaum glauben.
„Aber ich bereite dir doch nur Ärger!"
„Großen Ärger!", bestätigte er mit einem Zwinkern.
„Immer versuche ich dich zu töten!"
Er lachte rau. „Stimmt, jede Nacht raubst du mein Herz!"
Konnte es sein, dass dieser Mann sie liebte? Oder hatte er nur Angst vor der Einsamkeit?

„Warum sagst du das gerade jetzt?“, forschte sie.
Er seufzte tief. „Weil ich nicht möchte, dass du gehst!“
Ihre Hände sanken in ihren Schoß und sie senkte den Kopf. Also doch! Aber auch sie hatte unter der Einsamkeit gelitten! Deshalb wollte sie zurück zu ihrem Volk. Würde Nata-He-Yukan sie begleiten, wenn sie erst seine Frau wäre? Ihre Gedanken wirbelten durcheinander und wieder dachte sie an ihre Bestimmung.
Durfte sie überhaupt seine Frau werden?

Verunsichert zog Nata-He-Yukan seine Hand weg und biss sich auf die Lippen, versuchte sich seine Enttäuschung nicht anmerken zu lassen. „Denk darüber nach! Höre, was dein Herz sagt! So lange kannst du mir ja diese Leggins nähen, damit die Krähen nicht darüber lachen, wenn ich Satteldecken trage.“
Sie lachte herzhaft und hob wieder die Augen, sah in ihm plötzlich nur den jungen Mann, der ihr gerade seine Liebe erklärt hatte. Niemals wieder würde er sie zu irgendetwas zwingen.
„Ich denke darüber nach“, erklärte sie einfach und die Sonne ging in seinem Gesicht auf. Sie war eine Frau! Kein Mann!

Kleine-Krähe

(Little-Bighorn Berge und Pulver-Fluss)

In den nächsten Tagen begleitete Zintkala-win ihn zur Jagd, aber mit den Gedanken war sie weit weg. Sie fühlte sich von Nata-He-Yukan beobachtet und wusste, dass er auf eine Antwort wartete. Wie sehr wünschte sie, dass sie mit ihrem Onkel über ihre Vision sprechen konnte. Hatte sie ihre Bestimmung erfüllt? Sie hatte gekämpft und ihren Bruder gerächt! Durfte sie nun wieder als Frau leben? Sie atmete tief ein und horchte auf ihre Gefühle. Wollte sie ein Mann sein? Oder fühlte sie doch wie eine Frau? Heimlich beobachtete sie Nata-He-Yukan, bewunderte, wie gewandt und geschickt er war.

Sie war seine Gefangene gewesen, wusste wie es war, wenn er sie berührte, und plötzlich sehnte sie sich nach seiner Nähe. Auch sie litt unter der Einsamkeit, vermisste ihre Familie und ihre Freunde. Sollte sie einfach gehen? Oder war es wirklich ihr Schicksal, diesem Mann begegnet zu sein? Wie würde es sein, wenn Nata-He-Yukan sie zur Frau nahm? Nicht als Gefangene, sondern sanft und zärtlich?

Nata-He-Yukan plagten ähnliche Gefühle. Er ahnte, dass sie über ihn nachdachte, und sehnte sich nach ihr.

Abgesehen davon, dass er sich sowieso für unwiderstehlich hielt. Vielleicht sollte er einen weiteren Versuch wagen, einen guten Zeitpunkt abwarten und ihre Antwort fordern?

Er hatte dieses gegenseitige Abtasten satt! Entweder sie kehrte zu ihrem Volk zurück oder wurde seine Frau! Er wurde ausgesprochen gereizt und übellaunig, was sich allerdings nur darin zeigte, dass er ihr aus dem Weg ging und kaum noch mit ihr sprach.

Er hatte ihr ein Mal sein Herz geöffnet, ein zweites Mal ließ das sein Stolz nicht zu. Eine angespannte Stille lag zwischen ihnen. Es war kein Werben um eine Braut, sondern eher das Lauern auf Beute. Sollte er sich eine Flöte schnitzen und tatsächlich um sie werben? Verunsichert dachte er darüber nach. Wie warb man um

eine Frau, mit der man bereits zusammenlebte? In seinem Dorf würde er eine Gefangene einfach zu seiner Frau erklären, wenn sie ihm gefiel, aber hier? Schließlich hatte er ihr die Freiheit geschenkt!
Die Situation überforderte ihn und so ging er ihr aus dem Weg, schaute lieber regelmäßig bei seinen Pferden vorbei.
Gedankenverloren saß er einfach nur auf einem Felsen und sah dem Fohlen zu, wie es mit steifen Sprüngen um seine Mutter sprang. Das Fohlen erinnerte ihn an Zintkala-win. Bockig und frech. Fast wie ein Junge, aber dennoch eine Frau!
War es eine Eigenart der Blackfeet, dass sie so rebellische Frauen hatten oder lag es an ihrer Vision? Zintkala-win war kein Mann. Aber sie hatte sicherlich das Herz eines Kriegers. Seine Augen funkelten, als er sich eingestehen musste, dass genau das ihm gefiel! Aber was würde sein Volk dazu sagen? Es gab auch bei den Lakota solche Kriegerfrauen, aber die heirateten keine Männer! Verrückt! Wakan! Etwas Geheimnisvolles! Aber es reizte ihn.

Seine Aufmerksamkeit war ganz woanders, deshalb traf es ihn wie ein Schock, als er plötzlich einen fremden Mann erspähte, der sich langsam mit einem Lasso auf die Pferde zubewegte!
Ein Shoshone!
Dieser Wurzelsammler wollte die Ponys stehlen!
Sofort tauchte Nata-He-Yukan in die Schatten der Felsen und zog seinen Bogen vom Rücken. Gedanken schossen durch seinen Kopf. Zintkala-win! Hatten die Shoshone seine Höhle entdeckt? Der Rauch würde sie verraten! Der Trampelpfad! Das abgefressene Gras!
Sein Herz wurde kalt, als er sich langsam an den Feind heranschlich. Niemand stahl seine Pferde!
Mit keinem Gedanken dachte er daran, dass der Mann seine Pferde vielleicht für Wildpferde hielt.
Sein Kriegsruf schallte als Echo durch das Tal und in einer fließenden Bewegung riss der Feind seinen Tomahawk aus dem Gürtel. Ohne Bedauern schoss Nata-He-Yukan dem Mann einen Pfeil in die Brust, dann wirbelte er herum, als eine weitere Gestalt durch die Büsche flüchtete. Es waren zwei! Oder waren hier noch

mehr Feinde? Hatten sie vielleicht schon die Höhle erreicht? Er hetzte hinterher,und sein Pfeil streckte den zweiten Mann zu Boden. Ein kleines Kind schrie vor Entsetzen und ihm rutschte das Herz tiefer. Er hatte eine wehrlose Frau getötet! Voller Bedauern trat er an sie heran, tastete beschämt nach dem Sack mit Wurzeln, die sie ausgegraben hatte.
Eine kleine Familie, nur auf Nahrungssuche, genauso wie er. Sie trug nur einen kurzen Rock und so hatte er natürlich angenommen einen weiteren Krieger vor sich zu haben. Keine Lakotafrau würde auf diese Weise ihre Brüste zeigen!
Der kleine Junge hatte sich aufgesetzt und heulte Rotz und Wasser, seine Faust steckte im Mund und schluchzend starrte er auf den fremden Mann.
Unentschlossen musterte Nata-He-Yukan das Kind, das vielleicht gerade alt genug war, dass es laufen konnte. Er legte die beiden Shoshone nebeneinander und bedeckte sie mit Zweigen, dann hob er den kleinen Kerl hoch.
Das Brüllen wurde lauter, steigerte sich zu einem hysterischen Schreien. „Still!“, sagte er drohend.
„Sei still!“
Dieses schreiende Bündel würde sämtliche Crow auf ihn aufmerksam machen. Jetzt weinte das Kind richtig, dicke Tränen liefen ihm vor Schreck über das Gesicht und Nata-He-Yukan überlegte, was er damit tun sollte. Vielleicht freute sich Zintkala-win über den Kleinen? Er ließ ihn ein wenig in seinen Armen hopsen und drückte ihm ein Stück Trockenfleisch in die Hand. Hungrig schob das Kind es in den Mund und begann daran zu lutschen. Das war doch schon besser!
Dann machte er sich auf den Rückweg, sicherte vorsichtig die Umgebung, um zu überprüfen, ob noch andere Shoshone in der Nähe waren.

Mit dem Kind auf dem Arm bückte er sich in die Höhle und drückte es der überraschten Frau in die Arme.
„Wo hast du das Kind her?“
„Shoshone haben versucht die Pferde zu rauben! Ich habe sie getötet“, erklärte er so beiläufig wie möglich.

„Auch seine Mutter?“ Ihre Augen wurden vor Entsetzen groß.
„Ich habe nicht gesehen, dass sie eine Frau war!“, erklärte er gereizt. Was dachte sie denn? Dass er absichtlich eine Frau tötete?
„Aber …!“
Er ließ sie nicht aussprechen, machte eine wütende Handbewegung. „Zintkala-win! Die Shoshone sind meine Feinde! Ich töte sie! Weil sie sonst uns töten!“
Er wollte ihre vorwurfsvollen Augen nicht mehr sehen. Das Kind brüllte wieder und drohend zeigte er mit den Lippen auf den kleinen Jungen. „Gewöhne ihm das ab! Er wird die Höhle verraten!“
Sachte schaukelte Zintkala-win das Kind in ihren Armen, bis es sich beruhigt hatte, geschockt über Nata-He-Yukans Gefühlskälte.
„Was wird nun aus ihm?“, wagte sie zu fragen.
„Nichts! Er wird hier bleiben, denn ich habe seine Eltern getötet. Entweder ich töte ihn oder ich bin für ihn verantwortlich!“
Wütend nagte er an seiner Unterlippe, denn das Kind war eine weitere Belastung, aber er konnte es nicht mehr ändern.
„Du würdest …?“ Tränen sammelten sich in ihren Augen und beschämt ging er zu ihr.
„Nein! Nein! Das würde ich nicht! Aber hier ist nicht die richtige Umgebung für ein Kind. Ich habe einfach Angst. Gewöhne ihm das Weinen ab. Es ist gefährlich!“
Sie nickte erleichtert und drückte den Jungen an sich, wunderte sich kurz, dass er Hemmungen hatte ein Kind zu töten. Sie hatte ihn brutaler, kriegerischer eingeschätzt, aber dann hätte er sie längst in einem unbeherrschten Moment getötet.
Flink huschte sie aus der Höhle, setzte den Jungen an den Bach und wusch ihm das schmutzige Gesicht.
Nata-He-Yukan griff nach seinen Waffen, dann machte er sich besorgt auf den Weg, um die nähere Umgebung zu erkunden. Wo zwei Shoshone nach Wurzeln und Beeren suchten, da waren bestimmt noch mehr. Kurz blinzelte er in den Himmel, an dem der Adler seine Kreise drehte. „Bruder, warne mich, wenn Feinde sich der Höhle nähern!“
Am Abend kehrte er halbwegs beruhigt zurück.

Nichts hatte seine Aufmerksamkeit erregt, auch der Adler saß wieder in seinem Horst auf dem Felsen. Der kleine Junge lag auf einem Fell und schlief mit leicht geöffnetem Mund.
Was sollte er nur mit einem Kind?
Zintkala-win dagegen blühte auf in der Sorge um den kleinen Kerl, sammelte Moos für seine Windeln und nähte ihm ein einfaches Hemd. Tapsig wackelte er durch die Höhle, fiel über den unebenen Boden und rappelte sich auf. „Ist er nicht niedlich?", strahlte sie ihn an.
Nata-He-Yukan wand sich etwas. Eigentlich fühlte er sich noch zu jung, um die Verantwortung für ein fremdes Kind zu übernehmen, vor allen Dingen hier! Sie mussten hier weg!
Zumindest über den Sommer. Zu viele Spuren wiesen allen den Weg zu der Höhle. Die Verantwortung für die beiden drückte seine Stimmung, aber er sah ihr glückliches Gesicht, und lächelte freundlich. Der Kleine war wirklich niedlich.
„Wie wollen wir ihn nennen?", fragte sie ihn.
„Wan, vielleicht Dreckspatz?"
„Du!", schimpfte sie ihn.
„Vielleicht nennen wir ihn auch Schreihals ...", schlug er vor, „oder kleine Krähe! Er schreit nämlich wie eine kleine Krähe!"
Nachts weinte das Kind nach seiner richtigen Mutter, die so urplötzlich verschwunden war. Es sehnte sich nach ihren Brüsten und versuchte manchmal bei Zintkala-win zu trinken. Dann weinte er zornig, wenn sie es verweigerte, und stirnrunzelnd betrachtete Nata-He-Yukan den kleinen Jungen. Warum gewöhnten die Shoshone ihren Kindern das Schreien nicht ab?
Zintkala-win hatte Hemmungen durchzugreifen, wollte erst, dass sich das Kind an sie gewöhnte.
„Na gut!", stimmte sie zu. Kleine-Krähe war kein schlechter Name. Sie war ja auch ein Vogelmädchen.
„Wir ziehen weg!", teilte er ihr unvermittelt mit.
„Zu den Blackfeet?"
Er dachte darüber nach, rechnete sich ihre Chancen aus. Dann schüttelte er den Kopf. „Nein, zu den Lakota! In zwei, drei Tagen sind wir in meinem Stammesgebiet, dort werden wir den Sommer verbringen!"

„Warum gehen wir nicht zu meinem Volk?“
Immer wieder diese Auseinandersetzungen mit ihr, schlimmer als in einem Ratszelt! „Weil ich es so entscheide“, erklärte er kurz angebunden.
„Dann gehe ich eben allein zu den Blackfeet!“, giftete sie ihn an.
Seine Stimme wurde eisig: „Was? Allein? Mit dem Kind?“
Sie funkelte ihn an. „Dann lasse ich ihn eben bei dir!“
„Was sollte ich mit einem Kind?“, fragte er kalt.
Sie schluckte schwer und blickte zwischen ihm und dem Kind hin und her. Sie saß in der Falle! Hatte er das Kind nur verschont, damit sie bei ihm blieb? Sie zitterte vor unterdrückter Wut: „Dann nehme ich ihn eben mit!“
Nata-He-Yukans Augen wurden schwarz. „Allein, mit einem Baby! Du brauchst zehn Mal drei Tage bis zu deinem Volk!“
Er machte eine wütende Handbewegung. „Aber gut, dann geh! Ich halte dich nicht auf!“
Schnaubend nahm sie Kleine-Krähe auf dem Arm: „Ich habe nicht gewählt mit dir in der Verbannung zu leben!“
„Und ich habe es nicht gewählt, ein störrisches Blackfeetweib und ein plärrendes Shoshonekind zu finden!“
„Dann bringe mich doch endlich zu meinem Volk! Dann bist du mich los!“
„Ich will dich nicht loswerden.“
„Gerade eben hast du gesagt, dass du kein Blackfeetweib haben möchtest!“ Tränen der Wut standen in ihren Augen.
Er machte eine hilflose Handbewegung, überlegte sich seine nächsten Worte. „Ich habe dieses Schicksal nicht gewählt, aber jetzt möchte ich nicht, dass die Crow deinen Skalp nehmen oder du als Gefangene in ihren Zelten endest! Unsere Chancen sind besser, wenn wir zu den Lakota reiten, verstehst du das nicht?“
Sie hatte eine giftige Antwort auf ihrer Zunge, doch dann sah sie die Sorge in seinen Augen, Sorge um sie! Er wollte sie beschützen! Nichts anderes! Ohne sie würde er vermutlich in der Höhle bleiben, die Gefahr einfach hinnehmen, aber jetzt suchte er nach einer Möglichkeit um zu überleben. Verlegen senkte sie die Augen und drückte das Kind an sich. Warum hatte der Sonnenhäuptling ihr das eine Kind genommen und ihr nun dieses ge-

schickt? Sie musste auch an dessen Sicherheit denken und alleine durch feindliches Gebiet zu reiten war nicht mutig, sondern dumm. Sie musste auf eine bessere Gelegenheit warten, zu ihrem Volk zurückzukehren. Vielleicht sogar mit diesem Krieger, wenn es ihr gelang, sein Herz zu gewinnen. „Doch, das verstehe ich. Ich werde dir folgen."
Ihre plötzliche Sanftmut überraschte ihn und er entspannte sich sichtlich: „Gut, dann pack unsere Sachen! Wir reiten morgen!"
„Und unsere Vorräte?"Sie deutete auf die Taschen mit dem getrockneten Wasna.
„Ich werde sie verstecken!"
Nachdenklich schaute sie auf die Vorräte. Wenn sie mehrere Monde fort waren, würde das Ungeziefer kommen.
„Vielleicht versteckst du besser die Höhle, dann könnten wir Stangen zwischen die Felsen klemmen und die Taschen daran aufhängen."
Er nickte gnädig, nahm ihre Worte nicht als Befehl, sondern als freundlich gemeinten Hinweis. „Hecetu!"
Eifrig machten sie sich an die Arbeit, alle Spuren ihrer Anwesenheit zu verwischen. Sie verstauten die wertvollen Lebensmittel in Beuteln und Taschen, dann rollte Nata-He-Yukan einige Felsbrocken heran, mit denen er die Höhle verschließen wollte.
Sorgfältig verwischte er alle Spuren, erkannte jedoch, dass das niedergetrampelte Gras sich erst in einigen Tagen wieder aufrichten würde.
Hoffentlich kam niemand zufällig hier vorbei!

Am Morgen holte er die Pferde und sie luden ihre wenigen Habseligkeiten auf. Sie hatten nicht einmal ein Zelt, das sie vor Regen schützen konnte, aber sie konnten eine kugelförmige Weidenhütte bauen und mit Fellen abdecken, wenn das Wetter schlecht wurde.
Die Hufe der Pferde taten ein Übriges, ihre Anwesenheit hier zu verbergen und grinsend ließ er sie einige Male hin und her gehen, als ob Wildpferde hier vorbeigekommen wären.
Die Natur würde den Rest erledigen!
Zu Beginn des Erdbeermonds machten sie sich auf den Weg ins Tal. Kleine-Krähe saß mit großen Augen vor Zintkala-win im

Sattel und zupfte an der Mähne des Pferdes. Schließlich drückte sie ihm ein Stück Fleisch in die Hand, als das Pony nervös zu tänzeln begann und unwillig gegen den Plagegeist die Mähne schüttelte.

Wachsam hielt sich Nata-He-Yukan in den Schatten von Wäldern und Schluchten, galoppierte manchmal auf die nächste Anhöhe, um die Umgebung zu sichern. Zwei Tage und Nächte ernährten sie sich nur von Trockenfleisch, wagten es nicht, ein Feuer zu entzünden, dann entspannte sich Nata-He-Yukan sichtlich.
„Hier sind wir sicher!", erklärte er zufrieden und mit der Arroganz des Kriegers, der kaum daran glaubte, dass Feinde in sein Stammesgebiet vordringen würden.
Zweifelnd schaute Zintkala-win sich um. Baumlose Prärie, durchbrochen von erodiertem Boden, kahlen Felsen und weitläufigen Schluchten. Es sah aus, als würde das Grasland in endlosen Wellen gegen die Berge laufen und wäre durch die Wucht des Aufpralls zusammengefaltet worden. Ein ewiges Auf und Ab! Natürlich waren sie hier sicher, denn hier war nichts! Wie sollten sie hier überhaupt überleben?
„Sammle Büffeldung für ein Feuer! Wir bleiben in der Nacht hier! Morgen ziehen wir zu den Felsen dort hinten. Wenn wir Glück haben finden wir dort Büffel!.Dann kannst du ein Zelt nähen."
Skeptisch kniff sie die Augen zusammen und versuchte bei der Felsformation etwas zu erkennen. „Gibt es dort auch Stangen für ein Zelt?"
„Ein paar!" Er zucktemit den Schultern.

Mit einem Seufzer breitete sie die Felle am Boden aus, während Kleine-Krähe neben ihr her wackelte. Leise brabbelnd sammelte er Kieselsteine in seinen Händen und steckte sie in den Mund.
Gut gelaunt warf Nata-He-Yukan das Kind in die Luft und hielt es vor sein Gesicht.
Die kleinen Knopfaugen leuchteten und kurz erinnerte es ihn an seine Schwester. Dann stieg ihm ein penetranter Gestank in die Nase und lachend drückte er das Bündel der Frau in die Arme.
„Hier! Er stinkt!"

„Oh!“ Sie verzog angewidert die Nase, dann dachte sie mit Schreck an ihren Sack, in dem sie das Moos aufbewahrte. Er war leer. Was sollte sie hier nehmen, um den Urin aufzufsaugen?
„Was nehmen die Lakota als Babywindeln?“
„Büffeldung!“
„Was?“
„Ja, Büffeldung!“ Er wusste das noch ganz genau aus der Zeit, als seine Mutter die kleine Schwester gewickelt hatte. „Du zerreibst ihn zwischen deinen Händen, dann eignet er sich gut als Windeleinlage!“
„Aha!“, meinte sie zweifelnd, aber sie hatte nichts anderes. Also rieb sie den trockenen Büffeldung zu Pulver und nutzte es als Saugmaterial für den Lederfetzen, den sie als Windel benutzte.
In Zukunft würde sie das Kind tagsüber lieber nackt herumlaufen lassen! Sie setzte sich an das qualmende Feuer, verwundert über Nata-He-Yukans Nachlässigkeit. Er musste sich sehr sicher fühlen! Dabei kamen durchaus auch andere Stämme zur Jagd hierher: Cheyenne, Nez-Perce, Flathead, Shoshone, Ute, Pawnee! Wie konnte er nur so sorglos sein?
Am Morgen zogen sie in Richtung der Felsen, Dunst lag über dem hohen Gras und ließ die graue Wand nur erahnen.
Nata-He-Yukans Haare flatterten im Wind, sie dagegen hatte ihre Haare in Zöpfe geflochten, weil es sie störte, dass sie ewig zersaust wurden. Aber sie war ja auch nicht so eingebildet! Während sie sittsam mit dem Kind auf ihrem Pony saß, galoppierte er sicherlich die dreifache Strecke auf und ab, sichtlich vergnügt wieder auf dem Pferderücken zu sitzen. Manchmal war er außer Sichtweite, nur um plötzlich hinter irgendeiner Senke wieder aufzutauchen. Wie ein Kind, das Verstecken spielte.

Schließlich führte er sie zwischen die Felsen, vorbei an einzelnen Büffeln, die in der Nähe grasten. An einem murmelnden Bach bauten sie ihr Lager auf und sie freute sich über das frische Wasser. Einige Pappeln standen in der Nähe, außerdem fand sie viele Büsche mit Beeren, die sie sammeln konnte. Sogar einige Kirschbäume standen am Ufer, aber auch einige abgestorbene Bäume, deren Äste sie als Feuerholz sammeln konnte.

„Woher kennst du diesen Platz?“
Nata-He-Yukan zuckte mit den Schultern. „Mein Stamm hat hier bereits gelagert! Aber sonst kommt hier niemand her. Höchstens ein paar Cheyenne!“
Uh! Menschen vom Volk der gepunkteten Pferde! „Hast du keine Angst vor ihnen?“
Er grinste überheblich. „Ich fürchte meine Feinde nicht. Außerdem sind die Cheyenne freundlich. Sie würden einen allein lebenden Mann nicht angreifen. Sie sind sehr stolz und mutig. Fast so wie die Lakota!“
Sie schnaubte unwillig: „Auch wir Blackfeet sind mutig!“
„Stimmt“, gab er freimütig zu. „Sonst hätten sie kaum so tapfere Kriegerfrauen!“
Überrascht schaute sie ihn an, aber es hatte kein Spott in seiner Stimme geklungen. Kopfschüttelnd sah sie ihm nach, wie er mit seinem Pferd verschwand.

Als Erstes baute sich Zintkala-win eine winzige Hütte aus Zweigen, um wenigstens etwas gegen das Wetter geschützt zu sein. Sie deckte es mit Fellen ab und schob ihre Bündel hinein. Zum Wohnen war es zu eng, aber sie konnten im Trockenen schlafen, wenn es regnete. Die Kochstelle errichtete sie vor dem Eingang, froh darum, dass es genügend Holz gab, das sie fast rauchfrei verbrennen konnte.
Nata-He-Yukan schlich sich unterdessen zu Fuß an die Büffel heran und tötete sie mit seinen Pfeilen. Er war ein guter Jäger und sein Herz schlug schneller, als die gewaltigen Kolosse zusammenbrachen. Im kommenden Winter würde niemand zu hungern brauchen!
An Ort und Stelle half er Zintkala-win das Fleisch zu zerlegen und zu trocknen. Sie arbeiteten wie Mann und Frau zusammen und irgendwie hatte er völlig vergessen, dass sie ihm noch keine Antwort auf seine Frage gegeben hatte. Nur abends, wenn sie um das kleine Feuer lagen, wurde er schmerzlich daran erinnert. Fast ein wenig eifersüchtig bemerkte er, wie sie mit dem Kind im Arm schlief und wünschte sich an dessen Stelle zu sein. Er wollte sie zur Frau, sehnte sich nach ihrem Körper!

Zintkala-win fühlte seinen Blick auf sich ruhen und schloss die Augen. Sie wusste, dass er auf ihre Antwort wartete und wusste nicht, wie sie sich entscheiden sollte. Sie sehnte sich nach ihm, nach seiner Freundschaft, war letztendlich genauso verloren und einsam wie er. Sie brauchte einen Partner, keinen gereizten Puma, der auf einem Felsen lag und ihr auflauerte. Wie sollte sie je zu ihrem Volk zurückkehren? Vielleicht waren ihre Chancen besser, wenn sie seine Liebe gewann?

Nata-He-Yukan war nicht so hart, wie er immer spielte. Er zeigte Mitgefühl und er respektierte ihre Vision!

Sie spürte ein leichtes Kribbeln, als sie sich vorstellte, wie seine Hände über ihren Körper fuhren. Kräftige Hände, gewohnt den Bogen zu führen, und doch zärtlich.

Die Stelle zwischen ihren Beinen fühlte sich feucht an, bereit einen Mann zu empfangen, aber sie war sich nicht sicher, ob sie diesen arroganten Lakota wollte. Sie hörte seine Atemzüge, spürte, dass er ebenfalls noch wach war, und in die Nacht hinein horchte. Er hatte Respekt vor ihr, Achtung, und das schätzte sie an ihm.

Andererseits fühlte sie Neugier in sich, die Erregung, wie es wäre, wenn er sie als wahrer Partner berührte. Entschlossen rollte sie das Kind ein wenig zur Seite, dann öffnete sie die Decke, hüstelte leicht und hielt sie einladend hoch.

Überrascht fuhr Nata-He-Yukan hoch, seine Augen wurden groß, als er erkannte, was sie wollte. Er schluckte schwer, dann kroch er zögernd zu ihr hinüber. War dies die Antwort, nach der er sich gesehnt hatte?

Fordernd drückte er Zintkala-win auf ihr Fell zurück, seine Hand streichelte zärtlich über ihre nackte Brust. „Willst du meine Frau sein?"

Sie lag einfach nur still da und fühlte seine Wärme. Ein wenig blitzte der Trotz in ihr hoch. „Und mein Volk?"

Er seufzte unbeherrscht. „Eines Tages bringe ich dich zu ihnen zurück!"

Sie zuckte überrascht zurück. Ihm dieses Versprechen abzunehmen war so einfach gewesen! Sie kicherte plötzlich wie ein kleines Mädchen. „Gut, dann bin ich deine Frau!"

Han! Nata-He-Yukan konnte sich ein breites Grinsen nicht mehr verkneifen. Vielleicht war es doch nicht so schlecht gewesen, ihr das Shoshonekind zu bringen!
Sanft beugte er sich zu ihr hinunter, fast scheu, und suchte mit seinen Lippen ihre Brüste. Er saugte daran, knetete sie mit seinen festen Händen, gleichzeitig schob er sein Knie zwischen ihre Beine und drückte sie auseinander.
Erschauernd bäumte sie sich auf, ihre Hände tasteten nach seiner Brust, nicht in Abwehr, sondern um auch ihn zu liebkosen. Sie fühlte das Spiel seiner Muskeln, lächelte, als seine langen Haare ihre Brüste kitzelten, und ergab sich seinen kräftigen Händen. Nata-He-Yukan ließ sich Zeit, gab ihr die Freude, die sie so lange vermisst hatte, von ihm auch noch nie auf diese sanfte Weise gespürt hatte. Seine Bewegungen waren ruhig und fließend, nicht mehr fordernd und drängend.
Sie war keine Gefangene mehr!

Nata-He-Yukan war so ausgeglichen und entspannt wie schon lange nicht mehr. Verschwunden war der Eindruck des gereizten Pumas, stattdessen lachte er oft und ritt gut gelaunt zur Jagd. Kopfschüttelnd beugte sich Zintkala-win über ihre Arbeit und wunderte sich insgeheim über die Männer. Eine Nacht, und sie verwandelten sich in sanfte Kaninchen!
Vorsichtig kratzte sie die Haare von dem Büffelfell, dann blickte sie hoch, als Kleine-Krähe leise vor sich hin quengelte. Hier waren keine anderen Kinder, mit denen er spielen konnte, und er langweilte sich. Sie steckte ihm ein Stück Fleisch zu, dann beugte sie sich wieder über ihre Arbeit. Oft tapste der Junge unbeaufsichtigt umher, bis Nata-He-Yukan ihn schließlich neben den Bach setzte und mit ihm einen Damm baute.
„Hier gibt es viele Klapperschlangen im hohen Gras. Du darfst ihn nicht alleine spielen lassen!“, schimpfte er seine Frau.
Empört wies sie seinen Tadel zurück: „Es ist so viel Arbeit! Ich kann mich überhaupt nicht richtig um ihn kümmern!“
Nachdenklich legte er den Kopf schief und sah zu, wie das Wasser über die Steine lief. „Hoka, dann baue ich halt weiter Dämme für ihn“, meinte er versöhnlich.

„Du könntest mir Stangen für das Tipi holen", schlug sie vor.
„Na gut!"
Seufzend beugte sich Zintkala-win über die Felle. Ein Büffelfell zu bearbeiten war eine ziemliche Plackerei! Allein die Haut von Fleischresten zu reinigen dauerte einen ganzen Tag, doch das Gerben, Strecken und Trocknen verlangte viel Geschick. Sorgfältig kratzte sie weiter die Haare herunter, denn sie wollte die Haut als Tipi zusammennähen.
Dann rieb sie die Häute mit der glitschigen Masse aus Fett, Gehirn und Leber ein und ließ sie in der Sonne trocknen. Anschließend wusch sie die Häute und rollte sie zu einem Bündel, um sie feucht zu halten. Jetzt durften die Häute nicht zu schnell trocknen und durch Ziehen verhinderte Zintkala-win, dass sie sich zusammenzogen.
Es war so anstrengend, dass sie Nata-He-Yukan bat, ihr zu helfen. Gemeinsam zogen sie an den Häuten, lachten plötzlich wie die Kinder beim Seilziehen, wenn einer von der Kraft des anderen umgerissen wurde.

Die Tage vergingen in gleich bleibender Routine.
Tage-, wochenlang kniete Zintkala-win über den Häuten, schabte sie sauber und hängte das Fleisch an langen Stangen zum Trocknen auf. Oft genug musste ihr Nata-He-Yukan dabei helfen, sonst wäre das Fleisch vermutlich verdorben.
Nur abends, wenn der Wind etwas Kühlung schickte, saßen sie zusammen und warteten, bis die ersten Sterne am Himmel erschienen.
Manchmal schliefen sie miteinander, aber oft war Zintkala-win einfach zu müde. Den ganzen Tag in gebückter Haltung über den Häuten zu knien, oder Fleisch in Streifen zu schneiden, war ermüdend und anstrengend.

Nach sechs Fellen hatte Zintkala-win gründlich die Nase voll. Es würde ein kleines Zelt ergeben, aber mehr wollte sie nicht: Ein Tipi für zehn Stangen, das leicht von einem Pferd gezogen werden konnte. Sorgsam breitete sie die Häute im Gras aus und überlegte, wie sie den Schnitt machen sollte. Noch nie hatte sie ein

Zelt alleine genäht! Sonst machten sie so etwas gemeinsam, mehrere Frauen, die einander halfen, unter der Aufsicht ihrer Tante. Hier war sie allein.
Zögernd verharrte sie bei dem Zuschnitt der Rauchklappen, versuchte sich an die Form zu erinnern.
Dann machte sie sich an die endlose Arbeit des Nähens, überwachte nebenbei das Trocknen des Fleisches und beaufsichtigte das Kind.
Nata-He-Yukan warf die Tipistangen neben das halbfertige Zelt, und etwas ärgerlich blickte sie hoch: „Kannst du sie schälen?"
„Ich?"
„Ja, du! Bei den Blackfeet machen das die Männer. Sie bekommen eine Beerensuppe."
„So, eine Beerensuppe!", schmunzelte er und seine dunklen Augen leuchteten vor Vergnügen.
Sie kicherte. „Na gut! Ich koche dir eine Beerensuppe, wenn du mir hilfst."
Mit einem Lächeln setzte sich Nata-He-Yukan an die Stangen und begann mit seinem scharfen Messer die Rinde herunter zu schälen.
Zintkala-win erhob sich gut gelaunt. Ihr gefiel, dass er manchmal ihren Wünschen nachgab und einfach lachte. Jetzt, da Nata-He-Yukan ihr Mann war, konnte sie sich eingestehen, dass er gut aussah. Sein Gesicht war sanft, wenn er sie ansah, fast verträumt, und sie liebte seine dunklen Augen. Im Moment trug er nur seinen Lendenschurz und sie bewunderte das Spiel seiner Muskeln, wenn er sich geschmeidig bewegte. Auch ihr Körper war zäh, aber sie war eine Frau!

Ihre Finger schmerzten ohnehin vom Nähen und sie beschloss stattdessen Beeren zu sammeln.
Neben ihr trippelte Kleine-Krähe, der sich begeistert die roten Früchte in den Mund stopfte. Einen Teil nahm sie für die versprochene Suppe, den anderen Teil trocknete sie in der Sonne, um später Wasna herzustellen. Fleisch hatten sie bestimmt schon für drei Winter und sie kam mit dem Verarbeiten nicht mehr nach.
Dieser Krieger brauchte drei Frauen!

Sie war oft allein und sehnte sich nach ihrem Dorf zurück, oder überhaupt einem Dorf. Wie lange würde dieser Mann in der Verbannung leben? Warum brachte er sie nicht zu den Pecuni zurück, wenn er schon nicht zu seinem Volk konnte? Wie gern würde sie mit ihrem Onkel über ihre Vorhersehung reden! Hatte sie ihre Vision erfüllt?
Wer war sie? War es nun ihre Bestimmung Mutter und Ehefrau zu sein? Nata-He-Yukan war kein schlechter Mann, trotzdem sehnte sie sich zurück zu den Pecuni, brauchte den Rat ihres Onkels.

Um sich abzulenken, bat sie Nata-He-Yukan um etwas Farbe und sah befriedigt zu, wie er rote Erde zermalmte und mit Fett mischte. Damit bemalte sie den unteren Rand des Tipis und ließ kreisrunde helle Flächen aus. Das symbolisierte die Erde und die Sterne. „Warum malst du nicht auch etwas auf das Zelt?", bat sie ihn.
„Wozu?"
„Nun, damit die Zeichen uns beschützen!"
Kopfschüttelnd rieb er Kohle zu einer schwarzen Farbe und malte zwei Büffel auf das Zelt, die sich gegenseitig anstarrten.
„Warum malst du Büffel?", fragte sie verblüfft.
„Um mich bei ihnen für das schöne Zelt zu bedanken!"
Bei den Blackfeet malten nur besondere Männer die heiligen Zeichen auf die Zelte, aber Nata-He-Yukan stellte sich nicht schlecht an. Sehr realistisch senkten die beiden Bullen die Köpfe gegeneinander, als würden sie miteinander kämpfen.
Dann richtete Zintkala-win das Zelt auf, zog die Haut das erste Mal über die Stangen. Die Rauchklappen und den oberen Teil hatte sie schwarz bemalt, ebenfalls mit hellen Kreisen, als Symbol für den Nachthimmel mit Sternen. Stolz stand sie davor!
Ihr erstes Zelt!
Sie fühlte sich reich, dabei war es doch ein kleines Zelt. Aber sie hatten eine Unterkunft und Fleisch genug.

Trotzdem ritt ihr Mann täglich los, obwohl sie doch dringend seine Hilfe benötigt hätte, um wenigstens auf das Kind zu achten. Ständig hatte sie Angst, dass er seine kleinen Finger unter ihren Klopfer steckte, wenn sie das Fleisch zerkleinerte.

Um ihn zu beschäftigen, ging sie Kirschen pflücken.
Gierig steckte sich der kleine Kerl die Früchte in den Mund oder warf sie in den Korb, den sie geflochten hatte. Manchmal warf er den Korb aber auch um, lachte begeistert, wenn die roten Kirschen über den Boden kullerten.
Dann schimpfte sie ihn, entgegen ihrer Gewohnheit, und schob gereizt die Früchte wieder in den Korb. Immer noch tobte das Kind vor Zorn, wenn es etwas nicht durfte, aber hier war niemand, der sein Geschrei gehört hätte.
„Sch!", befahl sie dann. „Sei leise!" Sie hatte versucht ihm die Nase zu zuhalten, aber für diese einfache Maßnahme war das Kind inzwischen zu alt.

Die Hitze des Sommers wurde fast unerträglich. Nur der stetige Wind bot ein wenig Erfrischung und Zintkala-win flüchtete zum Arbeiten in den Schatten der Bäume. Ihr schweres Kleid legte sie neben sich, wenn sie gebückt über den Fellen arbeitete, denn hier war niemand, der sie tadeln würde.
Oft stieg sie mit Kleiner-Krähe in den kühlen Bach und ließ das Wasser über ihren nackten Körper rinnen.
Nata-He-Yukan beobachtete sie heimlich und freute sich auf die Nacht, wenn er mit seiner Hand ihre festen Brüste kneten konnte.

Dann kamen die Moskitos. Ganze Schwärme, summend und blutgierig, stürzten auf die Menschen und Tiere.
Kleine-Krähe hatte ein geschwollenes Gesicht von den Stichen und Zintkala-win schimpfte über den Bach, der geradezu ideal als Brutstätte für die Moskitos war.
„Warum ziehen wir nicht weiter?"
Nata-He-Yukan pfiff verächtlich durch die Zähne. „Wohin?"
„Fort von diesem Bach! Vielleicht wieder in die Berge, wo es nicht so viele Moskitos gibt."
„In den Bergen ist es zu gefährlich!", lehnte er ab.
„Nun, es ist doch gleichgültig, ob wir hier von Moskitos oder in den Bergen von Feinden gefressen werden!", meinte sie zynisch.
Müde zupften die Ponys das verdorrte Gras, selbst dem Fohlen war es zu heiß zum Spielen. Mit hängendem Kopf stand es neben

seiner Mutter, genau in dem Radius ihres ständig peitschenden Schweifes, um den lästigen Moskitos zu entgehen.
Zintkala-win wünschte sich auch einen solchen Wedel herbei, wenn sie schutzlos den Blut saugenden schwarzen Schwärmen ausgesetzt war. Schweiß lief ihr über die Nase, als sie das getrocknete Fleisch verarbeitete und die zerstampfte Masse in die Form von Keksen presste.

Die Höhle in den Bergen

Die Tage plätscherten in aller Ruhe dahin. Zintkala-win blieb mit dem Kind meist in der Nähe des neuen Zeltes, während Nata-He-Yukan in immer weiteren Kreisen jagte.
Bewundernd schaute sie ihm nach, eine eindrucksvolle Erscheinung zu Pferd. Inzwischen liebte sie seine lässige Arroganz, denn sie erkannte, dass er sie nur aufsetzte, wenn er ihr gegenüber unsicher war. Sie, Kranichfrau, Tötet-die-Crow und Zintkala-win verunsicherte ihn! Und sie genoss das Gefühl der Macht, die sie über ihn besaß! Zumindest manchmal!
Er war ein hervorragender Jäger, sie wusste schon überhaupt nicht mehr, wohin mit den vielen Fellen. Wenn Kaltmacher kam, konnte sie schöne Kleider daraus nähen!
Die Hitze ließ nach, stattdessen regnete es. Grauer, gleichmäßiger Regen, unaufhörlich und prasselnd. Was vorher zu wenig war, kam jetzt zu viel in stetigen Bahnen vom Himmel.
Tagelang wurde die kleine Familie in ihr Tipi gefesselt, nur Nata-He-Yukan verließ im Lendenschurz das Zelt, um seine Streifzüge zu machen. Doch dann wurde selbst ihm es zu kalt und glitschig. Die Prärie verwandelte sich in eine schlammige Rutschbahn, auf der die Ponys wie auf Eis gingen. Alles stank nach nassem Leder und das Feuer im Zelt qualmte, bis ihnen die Augen tränten. So zündete es Zintkala-win nur zum Kochen an, beschränkte sich auf das Nötigste. Sie nutzte die Zeit, um neue Mokassins zu nähen und ein wärmeres Hemd für Kleine-Krähe.
Nata-He-Yukan begann aus purer Langeweile mit dem Jungen zu spielen. Kreischend saß der kleine Kerl auf seinem Rücken, wenn der Krieger wie ein Pony durch das enge Zelt krabbelte. Manchmal buckelte er wiehernd und ließ das Kind auf die Felle fallen. Doch irgendwie war es mehr ein Spiel, wie zwischen einem Puma und einem Kaninchen, nicht wie zwischen Vater und Sohn.
Trotzdem freute sich Zintkala-win, dass Nata-He-Yukan sich mehr um Kleine-Krähe kümmerte und nutzte seine Anwesenheit, um ein heikles Thema anzuschneiden. Mit Unbehagen dachte

sie an die Höhle, in die sie bald zurückkehren würden. Warum blieben sie nicht hier?
Jetzt, wo die Moskitos verschwanden, fürchtete sie sich davor in feindliches Gebiet zurückzukehren. Hier war niemand, der sie bedrohte.
Nata-He-Yukan dagegen hielt die Höhle für sicherer. „Auch die Lakota ziehen sich im Mond der fallenden Blätter aus den Ebenen zurück. Glaube mir, die Blizzards hier würde unser kleines Zelt nicht überstehen! Im Winter sind wir in der Höhle wieder sicherer! Auch die Pferde finden in den Tälern Futter! Hier würden sie nur verhungern!"
Für ihn hatte die Sicherheit der Höhle etwas mit der Schöpfungsgeschichte zu tun, als sein Volk noch beschützt in der ersten Großen Höhle gelebt hatte, ehe Anog-Ite sie herausgelockt hatte. Irgendwie erschien ihm die Höhle in den Bergen wie die Große Höhle, aus der sie vertrieben worden waren, und in die er jetzt zurückkehrte.
„Warum gehen wir nicht zu den Blackfeet?"
Nata-He-Yukan schnaubte unwillig. Warum fing sie immer wieder davon an? „Der Weg ist zu weit!"
„Der Weg ist weit, aber dann wären wir in Sicherheit!"
„Dann wären wir tot!", behauptete Nata-He-Yukan fest.
„Das kannst du nicht wissen."
„Wir bleiben den Winter in der Höhle und im nächsten Frühling kehren wir hierher zurück. So habe ich es beschlossen!"
Zintkala-win biss sich auf die Lippen und unterdrückte eine weitere Bemerkung, als sie seine Verärgerung bemerkte.
Sichtlich gereizt schnitzte er mit seinem Messer an einem Holzstück und ignorierte das Kind, das enttäuscht am Daumen lutschte. War das schöne Spiel schon zu Ende?
„Wenn du meinst!", lenkte sie ein. Seine Laune besserte sich augenblicklich und er lächelte versöhnt. „Du wirst sehen! Es wird ein schöner Winter! Und in der Höhle ist auch mehr Platz als in diesem kleinen Zelt!"
„Na, den werden wir auch brauchen!", meinte sie mit einem neckenden Unterton.
„Wie meinst du das?"

„Dann kannst du Kleine-Krähe besser auf deinem Rücken reiten lassen, ohne dass du alles umwirfst!"
„Richtig! Komm her du kleiner Jäger!" Schon wirbelte er den Jungen wieder in die Luft und lächelte, als dieser begeistert krähte, weil das schöne Spiel endlich weiter ging.

Nachts legte sich bereits der erste Frost über das Land und erinnerte sie daran, dass der Winter bald vor der Tür stand. Es wurde Zeit aufzubrechen, denn oft kamen die ersten Schneestürme unerwartet und früh.
Also verpackten sie ihre Vorräte und Habseligkeiten auf zwei Travois und zogen nach Westen, in Richtung der Berge.
Einmal erblickte Nata-He-Yukan einen Stamm Crow auf Wanderschaft und wich in einen Wald aus. Zum Glück verschwanden die Crow in der Ferne, suchten die schützenden Wälder noch weiter westlich von ihnen.
Nata-He-Yukan und seine kleine Familie erreichte die Ausläufer des Gebirges und langsam kletterten die Pferde über die Hänge, suchten ihren Weg in das Gebirge. Nata-He-Yukan vermisste den Adler und stieß einen hellen Schrei aus, imitierte täuschend echt den Ruf des Adlers. Aber der gefiederte Freund war verschwunden. Fast ein wenig enttäuscht zuckte er die Schultern.
Irgendwie hatte ihn die Anwesenheit des Adlers im letzten Winter beruhigt!
Dann hatten sie ihre Höhle erreicht und vorsichtig sicherte Nata-He-Yukan die Umgebung. Nichts! Keine verräterischen Spuren zeugten von der Anwesenheit eines Feindes, nicht einmal die eines Tieres.
Seine Hände rollten die schweren Steine von dem Eingang weg, dann duckte er sich in die dunkle Höhle, hielt sicherheitshalber den Speer griffbereit in der Hand. Langsam gewöhnten sich seine Augen an die Dämmerung und unberührt hingen die Felle und Vorratstaschen an der Stange. Zufrieden winkte er nach seiner Frau und sie begannen die Höhle einzurichten. Gemütliche Büffelfelle lagen auf dem Boden und bald prasselte ein Feuer in der Feuerstelle. Lächelnd sahen die beiden sich um und selbst Zintkala-win fühlte sich wohl.

Nata-He-Yukan verengte den Eingang mit den Steinen und hängte ein neues Fell davor. Dann ließ er seine Frau alleine und führte seine Ponys wieder in das Tal. Sehnsüchtig blickte er ihnen hinterher, wie sie übermütig buckelten und das saftige Gras rupften. Jetzt begann wieder die Zeit der langen Fußmärsche! Noch drei Winter! Dann würde er stolz mit seiner Frau und seinem Sohn heimkehren! Deshalb wollte er auch nicht zu den Blackfeet! Nein, zuerst wollte er den Triumph und dann würde er sich an Bleza-Si rächen! Wie würde sich dieses verlogene Hundegesicht winden, wenn er mit einer Frau und einem Sohn zurückkehrte!

Sohn! Er lächelte über diesen Gedanken. Aber er hatte sich an den kleinen Kerl gewöhnt und eigentlich genoss er seine Anwesenheit, liebte die Abwechslung, die der Kleine in sein Leben gebracht hatte.

Inzwischen kletterte das Kind zutraulich auf seinen Schoß und beobachtete mit seinen Knopfaugen genauestens, was er tat. „Ate!"Vater, konnte er sagen und „Ina!"Mutter!

Ansonsten brabbelte er immer noch in seiner Babysprache, die offensichtlich nur Frauen verstanden.

Zintkala-win nahm ihn zur Seite, wenn Nata-He-Yukan an seinen Waffen bastelte, aber manchmal entschlüpfte das Kind ihrer Aufmerksamkeit.

Eines Abends wackelte er wieder zu ihm, voller Neugier, was der neue Vater dort tat.

Nata-He-Yukan schob etwas unwillig das Kind beiseite, das fasziniert auf das glänzende Messer schaute, mit dem er an einem Pfeilschaft schnitzte. Aber immer wieder griff es nach dem interessanten Spielzeug. Nata-He-Yukan ignorierte das Kind und amüsierte sich, als der Junge sich in die Hand schnitt.

„Das ist scharf!", erklärte er deutlich und weinend hielt Kleine-Krähe die Hand hoch. Mit festem Griff hob Nata-He-Yukan das schreiende Kind hoch und setzte es in sicherer Entfernung auf den Höhlenboden.

„Scharf!", wiederholte er und sehr zu seinem Erstaunen verstummte das Geschrei. „Wan, siehst du! Es geht doch!", murmelte er zufrieden und gab ihm zur Ablenkung einen bunten Kristall, den er in den Bergen gefunden hatte. Staunend drehte das Kind den bunten Stein in seinen kleinen Fäusten, steckte ihn in den Mund, während der Krieger ungestört weiterschnitzte. So etwas Kleines war schon ganz niedlich!

Nachts dagegen nahm er das schlafende Bündel und legte es in dessen Bett, damit er das Lager mit seiner Frau teilen konnte. Ja, plötzlich hatte er eine ganze Familie! Seine Mutter würde staunen, endlich bekam sie die Schwiegertochter, die sie sich immer ersehnt hatte! Was sie wohl zu einem Blackfeetmädchen sagen würde?

Längst fielen die braunen Blätter zu Boden und Zintkala-win machte lange Streifzüge in die nähere Umgebung. Sie flocht kleine Körbe aus Weidenzweigen und sammelte die verschrumpelten Hagebutten und Strauchäpfel.

Nata-He-Yukan dagegen nutzte die wenigen verbleibenden schönen Tage, um die Umgebung zu erkunden. Immer weiter führten ihn seine Streifzüge, weg von der Höhle, in der seine Frau mit dem Kind saß. Seine Aufmerksamkeit ließ nach, denn die Stämme hatten ihre Winterlager erreicht und würden kaum noch Streifzüge in die Berge machen.

Zintkala-win saß in der Höhle, als sie ihren Mann zurückkommen hörte. Sie freute sich und beugte sich über das Feuer, um glühende Steine in den Kochsack zu werfen, in dem der Eintopf schmorte. Ihr Mann würde Hunger haben!

Mit einem Ruck wurde der Vorhang aufgerissen und sie schrie vor Entsetzen.

Drei Utekrieger drangen in die Höhle ein, ihre Gesichter dick mit Kriegsfarbe bemalt.

Noch ehe sie nach ihrem Bogen greifen konnte, wurde sie zu Boden gedrückt und ihre Arme nach hinten gerissen. Verzweifelt wehrte sie sich, wie im Nebel hörte sie im Hintergrund das Kind vor Angst schreien.

„Nicht schreien!“, flüsterte sie, ahnte die Gefahr, in der es schwebte. Aufbäumend versuchte sie sich zu befreien, doch gegen drei Männer hatte sie keine Chance. Ihre Hände wurden

auf den Rücken gefesselt und ein Messer an ihrer Kehle unterband ihr Schreien. Kleine-Krähe! Brüllend saß er auf seiner Decke, starrte mit vor Angst verzerrtem Gesicht auf die fremden Männer. Einer griff ungeduldig nach dem Kind und schmetterte es zu Boden.
Nein! Fassungslos hielt sie inne, war so entsetzt, dass sie ihren Widerstand aufgab. Es wurde still. So still!
Nein! Kleine-Krähe!
Aus den Augenwinkeln nahm sie den verrenkten Körper des Kindes wahr und ein verzweifeltes Schluchzen schüttelte sie. Gründlich durchsuchten die Männer die Höhle, lauschten dabei immer wieder nach draußen, ob sich jemand näherte. Auf ein Handzeichen hin verschwanden zwei der Männer wieder, um vor der Höhle aufzupassen, während sich der andere über die Frau beugte und sichtlich zufrieden seine Beute betrachtete.
Zintkala-win drehte hilflos den Kopf weg, wollte nicht, dass dieser Feind ihre Verzweiflung und Trauer sah. Wo war Nata-He-Yukan? Warum kam er ihr nicht zur Hilfe?

Nata-He-Yukan freute sich auf seine Familie. Müde folgte er dem Pfad, kletterte die kleine Schlucht entlang, dann stutzte er.
Es war still, zu still!
Wachsam duckte er sich, doch schon traf ihn ein wohl gezielter Pfeil an der Schulter. Der plötzliche Schmerz nahm ihm den Atem, trotzdem rollte er instinktiv aus der Gefahrenzone. Ein weiterer Pfeil streifte ihn am Kopf und mit einem Satz stürzte er sich den Hang hinunter. Wan! Was war hier geschehen?
Seine Hände umklammerten den Bogen, als er rutschend in Deckung glitt. Warum hatte er das Kind nicht gehört?
Es hätte doch schreien müssen!
Lebte seine Frau noch?
Hinter sich hörte er die Sprünge des fremden Mannes. Er wusste nicht einmal, wer ihn verfolgte!
Seine Schulter schmerzte und vorsichtig griff er nach dem Pfeil, um die Verletzung abzuschätzen. Es war besser, den Pfeil in der Wunde zu lassen, sonst würde er verbluten. Stattdessen brach er den Schaft ab, was ihm den Schweiß auf die Stirn trieb. Laut-

los kroch er weiter, überlegte dabei fieberhaft, wie er dem Mann entkommen konnte, der sich an seine Fersen geheftet hatte. Wieder rappelte er sich hoch, glitt zwischen die Bäume und flüchtete weiter ins Tal. Zintkala-win! Er betete, dass sie noch lebte!
Warum hatte das Kind nicht geweint? Wie viele Krieger waren hinter ihm her? Nur einer? Lauschend verharrte er kurz, achtete auf die Geräusche hinter sich. Steine rollten und er konnte es nicht einschätzen. Vielleicht einer oder zwei! Lautlos huschte er weiter, hoffte auf die Dunkelheit, die seine Spuren verbergen würde. Er brauchte Zeit!
Im Zickzack huschte er durch den Wald, damit er kein leichtes Ziel bot. Ein Pfeil flog weit und tötete seine Beute lautlos, ohne dass man sah, wo sich der Jäger verbarg. Doch an den rollenden Steinen hörte er, dass ihm die Feinde stetig folgten. Gehetzt irrten seine Augen umher, suchten nach einer Möglichkeit, sich verteidigen zu können.
Dann erreichte er die Felsspalte, in die Jean gestürzt war. Fast wäre er jetzt selbst hineingefallen, wenn er nicht gewusst hätte, dass sie hier war. Ihm kam eine verzweifelte Idee. Ohne auf seine Verletzung zu achten, ließ er sich hineinrutschen.
Scharfe Felsen schnitten Wunden in sein Fleisch.
Nur mühsam unterdrückte er ein Stöhnen, als seine Schulter mit dem abgebrochenen Pfeilschaft an der Felswand entlangschrammte. Federnd fing er seinen Sturz mit den Beinen ab und legte seinen Kopf gegen den kalten Stein. Schwindel erfasste ihn und er kämpfte gegen eine Ohnmacht. Sein Herz raste und mit kurzen, flachen Atemstößen versuchte er sein lautes Keuchen zu unterdrücken.
Seine Augen flatterten nach oben, versuchten abzuschätzen, ob seine List gelang. In der Nähe hörte er die vorsichtigen Schritte der Feinde. Zwei!
Dann wurden sie leiser, als die Männer weiter im Tal nach Nata-He-Yukan suchten. Zitternd vor Erschöpfung verharrte Nata-He-Yukan in seinem Versteck.
Der Adler! Blind und taub war er nach dem Sommer in die Höhle zurückgekehrt, ohne auf die offensichtliche Warnung zu hören.
„Ruhig!", mahnte er sich. Erst musste er darüber nachdenken,

wie er weiter vorgehen wollte. Wie viele Männer waren in der Höhle? Und lebte Zintkala-win noch?

Zintkala-win wollte nur noch sterben! Ihr Blick fiel auf das kleine Kind und kalte Wut stieg in ihr hoch. Kleine-Krähe hatte nie eine Chance gehabt! Bitterkeit stieg in ihr hoch, denn es hätte genauso gut ihr Sohn sein können, der dort lag. Diese Höhle bot keinen Schutz für sie und ein Kind!
Niemals hätte sie mit Nata-He-Yukan hierher zurückkehren dürfen. Vielleicht würde sie sterben und mit ihr das kleine Wesen, das in ihr heranwuchs.
Die zwei Männer kehrten zurück und hastig erklärten sie dem anderen, was geschehen war. Ein abfälliges Grinsen huschte über die Gesichter der Männer. Ihr Gegner war verletzt!
Offensichtlich hatten sie die kleine Familie beobachtet und gewartet, bis die Frau allein mit dem Kind in der Höhle war. Ein Mann bewachte den Höhlenausgang, während die anderen zu der gefesselten Frau gingen.
Zintkala-wins Augen weiteten sich vor Entsetzen, dann stimmte sie einen Trauergesang an. Ihre Lippen zitterten und klagend rutschte sie vor den Männern weg. Nein!
Ein scharfer Befehl ließ diese innehalten und abschätzend begutachteten die beiden Ute die klagende Frau. Schließlich zog einer sein Messer und schnitt ihre Fesseln auf. „Du-kochen!", befahl er.

Hasserfüllt starrte sie ihn an. Sie wäre ihm am liebsten an die Gurgel gefahren, aber er hielt das Messer vor ihre Brust und sie beherrschte sich. Gehorsam senkte sie die Augen und machte eine bittende Bewegung zu ihrem Kind.
Die Härte verschwand aus seinem Gesicht und er machte eine auffordernde Handbewegung.
Wehklagend kroch sie zu Kleine-Krähe und nahm den kleinen Körper in ihre Arme. Das Gemurmel der Männer verstummte und zwei setzten sich an das Feuer, um zu essen, während der dritte wachsam den Ausgang sicherte.
Schluchzend wickelte Zintkala-win Kleine-Krähe in ein Fell und legte ihn auf ihren Schoß, schaukelte in Trauer vor und zurück.

Die Ute ließen sie in Ruhe, hatten längst den Kochsack gefunden und bedienten sich selbst. An den Handbewegungen erkannte sie, dass sie über sie redeten und über ihr Schicksal berieten.
Sahen diese Fischmonster nicht, was sie ihr hier antaten?
Fischmonster! Das war das schlimmste Schimpfwort, das ihr einfiel.
Dann roch es nach Erbrochenem und sie stutzte. Tote erbrachen sich nicht! Hastig wickelte sie das Kind aus der Decke und tastete über die verklebten Haare. Am Hinterkopf fühlte sie eine deutliche Schwellung.
Vorsichtig legte sie Kleine-Krähe auf die Seite und sah weinend vor Erleichterung zu, wie das Kind sich erbrach. Dieses kleine Geschöpf, das endlich ein Lebenszeichen von sich gab, war das Schönste, was sie in ihrem ganzen Leben gesehen hatte.

Der Krieger mit dem gelben Gesicht erhob sich neugierig und kam auf sie zu. Sein Gesicht verzog sich überrascht, als er erkannte, dass das noch Kind lebte. Offensichtlich wusste er nicht, wie er damit umgehen sollte.
Tränen liefen über Zintkala-wins Gesicht und hastig versteckte sie Kleine-Krähe unter der Decke, als ob sie ihn so vor der Mordlust des Kriegers verbergen könnte. Demütig kroch sie auf den Mann zu, ihre Hand streichelte seinen Oberschenkel, als sie flehend um das Leben des Kindes bat.
Ihm gefiel das! Eine gehorsame Gefangene, die er in sein Zelt führen konnte. „Dein-Mann-tot!", behauptete er. „Du-jetzt-meine-Frau!"
Nata-He-Yukan war tot? Ihre Augen schwammen vor Hilflosigkeit. Was wurde jetzt aus ihr?
„Bitte! Lass-mir-mein-Kind!", bat sie unterwürfig, dachte dabei an Kleine-Krähe, aber auch an das Kind in ihrem Bauch. Wie würde dieser Mann reagieren, wenn er es bemerkte?

Der Utekrieger hingegen kam sich großartig vor. Eine hübsche Frau, die vor ihm kniete und um das Leben ihres Kindes flehte.
„Du-Crow?", fragte er.
Sie schüttelte den Kopf. „Blackfeet!"

Seine Augen weiteten sich verblüfft. „Wie-du-kommen-hierher?“
Sie machte das Zeichen für „Gefangen“. Sollten die Ute doch glauben, dass die Crow sie gefangen genommen hatten. Es machte ohnehin keinen Unterscheid.
Großmütig deutete er auf das Kind. „Du-jetzt-meine-Frau. Du-nehmen-dein-Kind. Bald-er-ist-tapferer-Utekrieger.“
Sie nickte erleichtert, streichelte weiter sein Bein, um ihn in Sicherheit zu wiegen. Im Hintergrund lachten die anderen, machten keine Anstalten, ihm die Frau wieder streitig zu machen.
„Wie-dein-Name?“
Sie zögerte kurz, dann flüsterte sie ihren Lakotanamen: „Zintkala-win!“
Er sagte etwas völlig Unverständliches und erklärte ihr seinen Namen: „Gelbe-Hand!“
Grinsend ging er zu seinem Lager zurück und kramte in seiner Tasche. Dann strich er seine Hand mit gelber Farbe ein und näherte sich ihr. Hochmütig drückte er seine Hand in Brusthöhe auf ihr Kleid, dann stand er auf und lachte. „Du-gehörst-mir!“

Ihre dunklen Augen verrieten nicht die Demütigung, die sie empfand, nicht den Hass, der in ihr schwelte. Sie nahm es hin, um die Kinder zu schützen, den kleinen Jungen und das Ungeborene.

Gelbe-Hand ließ sie zu Kleine-Krähe kriechen und besorgt tastete Zintkala-win nach der Schwellung des Kopfes, dann erhob sie sich und ging zu dem Feuer.
Drohend richtete sich einer der Männer auf, doch sie bat unterwürfig um Wasser.
„Kind-verletzt!“, erklärte sie.
Mit einer unwilligen Handbewegung durfte sie sich eine Büffelblase mit frischem Wasser nehmen. Dann kniete sie neben Kleine-Krähe und kühlte mit dem nassen Leder seinen Kopf, säuberte ihn von dem Erbrochenen.
Gelbe-Hand ließ sich dazu herab, nach dem Kind zu sehen.
Er nahm eine Paste aus seinem Medizinbeutel und strich sie vorsichtig auf die Schwellung. „Kind-stark!“, bedeutete er.
Zintkala-win kämpfte mit den Tränen, aber sie war eine Kriegerin

und wollte keine Schwäche zeigen. Mit dem Kind in ihren Armen döste sie ein wenig, wartete auf eine Möglichkeit, dieser Situation zu entfliehen.

Abwechselnd wachten die drei Ute und bereits beim ersten Tageslicht wurden sie unruhig. Vorsichtig verließen sie die Höhle und spähten nach dem Feind aus. Nichts rührte sich, nur eine Elster ließ ihr spöttisches Gelächter erklingen und beruhigt grinsten sich die Männer an.
Gelbe-Hand machte das Zeichen für „Hals durchschneiden", deutete damit selbstsicher an, dass der verletzte Mann wahrscheinlich längst gestorben war. Die hübsche Blackfeetfrau gehörte ihm!
Zufrieden kehrte er in die Höhle zurück und machte eine obszöne Geste, die mit verhaltenem Gelächter belohnt wurde.
Zintkala-win rutschte näher an das Feuer und bat Gelbe-Hand um etwas zu essen, zwang sich dabei zu einem ängstlichen Lächeln. Sie musste bei Kräften bleiben, wenn sie überleben wollte.
Nachlässig deutete er auf den Kochsack und sie nickte dankbar.
Die Männer packten ihre Sachen und nahmen mit, was ihnen gefiel.
Vorsichtig wickelte Zintkala-win den Jungen in eine Decke und band ihn sich auf den Rücken. Noch war er nicht erwacht, die Schwellung färbte sich dunkelblau und flößte ihr Angst ein.
Gelbe-Hand prüfte die Lage des Kindes, dann fesselte er ihre Handgelenke mit einem rauen Strick. Sie stöhnte leise, denn so konnte sie sich nicht festhalten, wenn sie über die Berge kletterte.
Mit einem Ruck zog der Krieger sie aus der Höhle und drängte sie nach Süden.
Verzweifelt wanderte ihr Blick über den Boden, um zu sehen, ob irgendwo Nata-He-Yukan lag.
Gelbe-Hand sah ihren Blick und ruckte wütend an dem Seil, sodass sie fast fiel. „Dein-Mann-tot!", herrschte er sie an.
Tränen schossen in ihre Augen, als sie wieder einmal einer ungewissen Zukunft entgegen stolperte.
Ohne Pause wurde sie von den Männern gezwungen vorwärts zu gehen.

Kleine-Krähe auf ihrem Rücken wurde schwer und rührte sich noch immer nicht. Vielleicht war er schon längst tot, aber sie konnte nicht nach ihm sehen. Ihre Muskeln schmerzten vom ewigen Klettern und ihre Handgelenke scheuerten von den Fesseln. Ihr Bauch wurde hart, doch sie biss die Zähne zusammen, denn wenn sie die Ute aufhielt, würden die Männer sie wahrscheinlich töten.

Schließlich schubste Gelbe-Hand sie auf den Boden und deutete nach unten. Einige Pferde grasten dort und sie erkannte, dass es ihre eigenen Pferde waren.

„Du-bald-reiten!“, erklärte er nicht ganz unfreundlich. Er hatte ihre Erschöpfung sehr wohl gesehen.

„Bitte! Kind-noch-leben?“, versuchte sie mit ihren gefesselten Händen die richtigen Zeichen zu geben.

Es interessierte ihn nicht sonderlich und so ließ er sie im Ungewissen, zerrte sie weiter in das Tal, um mit seinen Freunden die wertvollen Pferde zu fangen. Ihre eigenen standen ebenfalls unter einigen Bäumen, festgebunden, um sie vor feindlichen Blicken zu schützen. Für die Ute war es gute Beute: Mehrere Pferde und eine junge Frau mit einem kleinen Jungen! Gelbe-Hand gefiel sich sichtlich in seiner Rolle als großzügiger Feind. Wieder zog er die schwankende Frau hinter sich her, fühlte ein Begehren nach ihrem jungen Körper in sich aufsteigen.

Taumelnd folgte ihm Zintkala-win, versuchte nicht zu stürzen, während sie mit Entsetzen an das Ungeborene in ihrem Leib dachte. Oh, Nata-He-Yukan!

Würde sie auch dieses Kind verlieren?

Nata-He-Yukan hatte ihren Aufbruch beobachtet. Sein Herz krampfte sich zusammen, als seine Frau brutal an einem Strick hinterher gezogen wurde, aber wenigstens lebte sie noch! Das Kind lag festgebunden auf ihrem Rücken und auch das erleichterte ihn.

Er hatte sich die Nacht über zwischen einigen Felsen versteckt, frierend und schwach vor Schmerzen. Aber er konnte auf seine Verletzung jetzt keine Rücksicht nehmen, nicht solange seine Frau in den Händen der Utekrieger war.

Jeder weitere Tag würde ihn weiter schwächen und er spürte das Pochen in der Wunde, wusste, dass sie sich entzündete. Noch konnte er den Bogen spannen, aber morgen wäre er dazu vermutlich nicht mehr in der Lage.
Ruhig umriss er die Situation: Die Ute waren ihm zahlenmäßig überlegen, außerdem schwächte ihn die Verletzung. Er konnte höchstens einen Mann töten, ehe die anderen in Deckung gingen, außerdem setzte er damit das Leben seiner Frau und des Kindes auf das Spiel. Wenn sie merkten, dass sie verfolgt wurden, würden sie wahrscheinlich beide töten.
Nachdenklich blickte er ihnen hinterher, erkannte sofort, dass sie zu seinen Pferden wollten. Vielleicht hatten ihn die Ponys verraten? Wahrscheinlich hatten die Ute erkannt, dass es sich um zahme Pferde handelte und nach ihrem Besitzer gesucht.
Nun, seine Feinde waren mit Beute beladen, außerdem hielt sie die gefesselte Frau auf. Im leichten Trab glitt er zwischen die Bäume und Felsen, um ihnen den Weg abzuschneiden, hoffte auf irgendeine Möglichkeit sie zu überrumpeln. Lange vor seinen Feinden erreichte er das Tal mit den Pferden und versteckte sich im Schatten der Bäume. Dann wartete er ruhig auf die Ute, ignorierte die Hitze, die in seinem Körper aufstieg.

Dort kamen seine Feinde! Grau vor Erschöpfung kniete Zintkalawin auf den Steinen und machte eine bittende Bewegung zu dem Kind. Warum fragte sie, ob er noch lebte? War der kleine Kerl verletzt?
Nata-He-Yukans Mund wurde trocken und Schweiß lief ihm über die Augen. Wenn er sie hier nicht befreite, wäre es zu spät! Sein Körper wehrte sich gegen die Pfeilspitze und sein Atem ging unregelmäßig. Prüfend spannte er den Bogen, testete ob er überhaupt noch die Kraft hatte gegen die Ute zu kämpfen. Seine Arme zitterten leicht, dann besiegte er die seltsame Schwäche in seinen Muskeln. Er hatte keine Zeit mehr!
Leise hob er seine Stimme und flehte um Beistand:
„Tunkáschila! Großer Geist! Höre meine Worte! Steh mir bei gegen diese Feinde! Ich bin schwach, aber mit deiner Hilfe werde ich diese Ute besiegen!“

Mit einem bösen Lächeln wartete er auf die Ute, die prüfend den Weg hinter sich sicherten. Leise lockte er die Ponys näher an sich heran, damit sie seine Feinde zu ihm führten.
Zögernd kamen sie, zupften dann aber weiter das Gras, als sein Locken aufhörte.
Mit der gefangenen Frau in ihrer Mitte näherten sich die Ute und Nata-He-Yukan legte einen Pfeil auf die Sehne.
Noch nicht!
Noch war sie zu nahe bei den Männern!
Unsanft wurde seine Frau zu Boden geschubst und der erste der Männer näherte sich mit einem Lasso den Pferden. Die Aufmerksamkeit der Männer richtete sich auf die schönen Ponys und vorsichtig, um sie nicht zu erschrecken, schlichen sie näher. Jetzt! Sein Pfeil fuhr dem ersten in die Brust, doch sofort stürzten die anderen auf ihn zu. Blitzschnell verschwanden sie zwischen den Bäumen und suchten mit ihren Augen nach dem Angreifer.

Schreckensbleich hockte Zintkala-win im Gras, wartete auf den tödlichen Pfeil, aber er kam nicht.
Die Frau war jetzt nicht wichtig, die Ute konnten sie immer noch töten, wenn der Mann überwältigt war.
Rasch wechselte Nata-He-Yukan seine Stellung, humpelte weiter in den Wald, um die Ute von seiner Frau wegzulocken Ein Pfeil traf ihn ins Bein, dann waren sie über ihm.
„Zintkala-win! Lauf!“, schrie er verzweifelt und zog sein Messer.

Eine Keule sauste haarscharf an seinem Kopf vorbei, dann packte er den Angreifer am Arm und verhinderte einen weiteren Schlag. Aber er konnte nur einen Mann kontrollieren, sah aus den Augenwinkeln, wie der andere Mann seine Keule aus dem Gürtel zog.
Nata-He-Yukan dachte nichts mehr. Seine Kräfte ließen nach und er wusste, dass er jetzt sterben würde. Kaltblütig rammte er sein Messer seitlich in den Bauch des Mannes, der auf ihm lag, dann starrten seine Augen auf die Keule des anderen, die auf ihn hinuntersauste. Kraftlos fiel die Waffe ins Gras und das wutverzerrte Gesicht seiner Frau tauchte hinter dem Ute auf. Langsam

fiel der Mann zu Boden, doch immer wieder hieb sie mit einem Stein auf ihn ein, bis von seinem Gehirn nur noch eine blutige Masse übrig blieb. Sie war nicht geflohen, sondern hatte angegriffen! Blitzschnell hatte sie ihre Chance gesehen und war ihrem Mann zur Hilfe geeilt.

Unendlich müde rappelte Nata-He-Yukan sich auf und nahm ihr den Stein aus der Hand.
Weinend brach Zintkala-win zusammen, schrie ihren ganzen Schmerz heraus, das Kind immer noch bewegungslos auf ihrem Rücken. Vorsichtig schnitt er ihre blutigen Fesseln auf, und verzweifelt tastete sie nach dem Kind, hielt es wehklagend in ihren Armen: „Warum hast du uns nicht beschützt? Warum hast du uns nicht beschützt?“, klagte sie ihn an.
Die Hilflosigkeit übermannte ihn förmlich, seine Stimme zitterte vor Erschöpfung: „Ich kann dich hier nicht beschützen!“
„Ich will zurück zu meinem Volk! Da wäre das nicht passiert!“, brüllte sie ihn an.
„Glaubst du, dass die Crow besser sind? Reite doch, dann siehst du, was sie mit dir tun werden!“
Langsam rutschte er näher zu ihr heran, selbst blind vor Tränen. Ihm schwindelte vor Fieber, doch die Sorge um das Kind hielt ihn wach. „Lebt er?“
Sie beugte sich zu seinem kleinen Gesicht hinunter und spürte den sanften Hauch seines Atems. „Ja! Aber er hat eine Verletzung am Kopf. Wir müssen zurück zu der Höhle!“
Nata-He-Yukans Augen flatterten plötzlich und zum ersten Mal erkannte sie, dass er schwer verletzt war.
„Die Höhle ist so weit!“, dachte er müde.
Ihre Augen weiteten sich, als sie seine Wunden sah. Sein Hemd war blutdurchtränkt und in seinem Oberschenkel steckte ein weiterer Pfeil. Schwach wie ein Baby kniete er vor ihr, zum ersten Mal war er ihr körperlich weit unterlegen. Konnte sie ihn jetzt einfach hier liegenlassen? Für einen kurzen Moment flackerte ein dunkler Gedanke in ihr auf. Was wäre, wenn sie ihn einfach sterben lassen würde, um endlich ihr Leben als Krieger wieder aufzunehmen. Sie brauchte ihn nicht einmal zu töten, musste ihn

nur seinem Schicksal überlassen. Es wäre so einfach! Nie mehr wäre sie abhängig von einem Mann! Abschätzend begutachtete sie seine Wunden und erkannte, dass er ohne ihre Hilfe sterben würde.

Nata-He-Yukans Hand streichelte sanft über den Kopf des Kindes. Er hatte nur Augen für Kleine-Krähe, achtete nicht auf seine eigene Erschöpfung.
Die sanfte Bewegung riss sie aus ihren Gedanken und sie dachte an das Ungeborene, sein Kind, das in ihr heranwuchs. Dieses Mal hatte er es nicht in ihren Bauch gezwungen, sondern er hatte sie als seine Frau genommen, zärtlich und sanft. Ihr Hass galt diesen Utekriegern, nicht ihm!
Nata-He-Yukan war ihr Mann!
Kraftlos fiel seine Hand ins Gras und er schwankte vor Erschöpfung. Er durfte jetzt nicht ohnmächtig werden!
„Kannst du reiten?", fragte sie besorgt. Wenn er es wenigstens bis zur Höhle schaffte!
„Nein!", schüttelte er den Kopf. Er konnte nicht einmal mehr sitzen!
„Doch du kannst!", erklärte sie fest. Mit ihren kleinen Händen zog sie ihn hoch.
„Haun!", flüsterte er schwankend.
Sie packte ein Seil und holte ihr Pferd, ihr kleines dreibeiniges Maultier, wie er es nannte.
„Los, steig auf!", befahl sie energisch. „Du bist ein Lakota!"
Er konnte nicht! Seine Beine knickten ein und hilflos sank er in das Gras, in seinem Kopf ein dumpfes Pochen, das die Ohnmacht erahnen ließ.
Energisch zwang sie das Pony dazu sich neben dem Mann hinzulegen, dann hob sie sein Bein über den Rücken des Pferdes.
„Halte dich fest!", befahl sie und stützte seinen Körper, als das Pony mit ihm aufstand.
Stöhnend sank er vornüber und hielt sich mit zitternden Händen fest. „Du wirst sterben, wenn du hinunterfällst!", drohte sie.
Seine Backenmuskeln zuckten vor Empörung! Sie war wirklich eine treu sorgende Frau.

„Wan, dann kannst du ja endlich zu den Blackfeet zurück!“, hauchte er verbissen, versuchte die roten Flecken vor seinen Augen zu ignorieren.
„So ist es!“
So ein Biest! So ein störrisches Blackfeetweib! Warum hatte er sie nicht einfach bei den Ute gelassen! Wütend hielt er sich fest, erlaubte sich keine Schwäche vor dieser Frau.
Vorsichtig wickelte Zintkala-win das Kind auf ihren Rücken, dann nahm sie das Pony und führte es auf den schmalen Pfad.
Mit geschlossenen Augen hockte ihr Mann auf dem Pferd und mehr als einmal drohte er hinunterzufallen. „Bitte!“, flüsterte sie. „Bitte, fall nicht!“
In einem weit entfernten Teil seines Herzens hörte er die Sorge in ihrer Stimme und die tat ihm gut.
Der Weg zurück erschien ihm endlos und vor der Höhle hatte er nicht mehr die Kraft abzusteigen.

Geduckt schlüpfte Zintkala-win in die Dunkelheit und legte das Kind auf die Decken, dann trat sie zu ihm und half ihm von dem Pferd. Er stürzte geradezu in ihre Arme und keuchend zog sie ihn in das Innere. Ihr bestürzter Blick ruhte lange auf ihrem ohnmächtigen Mann, während ihre Gedanken sich überschlugen. Er hatte sie nicht beschützen können, aber er hatte sie wieder befreit! Nata-He-Yukan hatte sich selbst schwer verletzt in den Kampf mit drei Feinden gestürzt, um ihr zu helfen.
Nachdenklich setzte sie sich zu ihm und erkannte, wie sehr dieser Mann sie liebte. Eine störrische Blackfeetfrau! Aber dieser Mann liebte sie eben wegen ihres Wesens, weil er dieses Kämpferische in ihr bewunderte.
„Oh, mein Mann!“, flüsterte sie sanft, fühlte sich stark durch seine Schwäche.
Dann untersuchte sie seine vielen Wunden und zog ihm das blutdurchtränkte Hemd aus. Er war übel zugerichtet und die Wunde in seiner Schulter begann sich zu entzünden. Hastig schürte sie das Feuer und legte das Messer hinein, bis die Klinge glühte.
Beherzt schnitt sie in das wunde Fleisch und holte die Pfeilspitze heraus. Sie ließ es bluten, bis wieder helles Blut floss, dann legte

sie Kräuter auf die Wunde und band einen festen Verband um seine Schulter. Anschließend wusch sie seinen Körper, kümmerte sich um ihn, wie er schon mehrmals ihre Verletzungen geheilt hatte.

Sie waren eine Kampfgemeinschaft, jeder kämpfte für den anderen und dieses Mal hatte sie sein Leben gerettet.

Seine Augen flatterten und orientierungslos schaute er in ihre Augen, wusste für einen Augenblick nicht, was geschehen war. Langsam kehrte die Erinnerung zurück und er presste schuldbewusst die Lippen zusammen.

Sein Blick fiel auf die gelbe Hand, die ihr Kleid beschmutzte und er verstand den Schmach und die Angst, die sie ausgestanden haben musste.

Zintkala-win erhob sich brüsk und zog das Kleid vor seinen Augen aus. Stolz schlüpfte sie in ein neues Kleid, warf das andere angeekelt weg. Nichts sollte sie mehr an diesen Utekrieger erinnern. Dann holte sie sich sein Messer.

„Wo willst du hin?", fragte er matt.

„Ich bringe das Pferd zurück und lasse die Leichen verschwinden!", erklärte sie mit harter Stimme.

Er nickte voller Bewunderung und ließ sie gehen.

Zintkala-win ritt in das Tal und suchte voller Verachtung die Stelle auf, an der die drei Utekrieger lagen.

Mit regungsloser Miene begann sie die Leichen zu verstümmeln, durchtrennte die Sehnen ihrer Arme und Beine, dann nahm sie ihre Skalpe, denn erst so waren die Männer wirklich tot.

„Sie werden keinem Kind mehr Schmerzen zufügen!", murmelte sie hasserfüllt.

Sie hatte ihre Familie verteidigt und nun gehörten die Seelen dieser Utekrieger ihr! Nachlässig warf sie einige Tannenzweige über die Leichen. Bald käme der erste Schnee, dann wären sie ein Festessen für die Wölfe. Bis zum Frühjahr wäre nichts mehr von ihnen übrig, außer einigen weiß genagten Knochen. Dann band sie die Ponys der Ute los und nahm ihnen das Sattelzeug ab. Jetzt gehörten diese Pferde ihnen! Mit den Skalpen in ihrer Hand kehrte sie zurück.

Seine Augen wurden vor Staunen groß, aber er verstand ihre Wut. Er hasste sich selbst, weil er seine Familie nicht beschützt hatte. Müde schloss er die Augen und hoffte, dass es Kleiner-Krähe bald besser ginge.
Zintkala-win hockte sich neben das Kind, fühlte nach der Schwellung an seinem Kopf. Warum wachte es nicht auf? Leise summend nahm sie Kleine-Krähe auf den Schoß und versprach, dass sie in Zukunft gut auf ihn aufpassen würde!
Ein Auge blinzelte sie an, doch dann schlief er weiter. Aber sie hatte es gesehen! Hoffnung regte sich in ihr und zärtlich drückte sie ihm einen Kuss auf die Stirn.

Die nächsten Tage verließ sie die Höhle kaum. Sie hatte Angst, denn Nata-He-Yukan kämpfte mit dem Fieber und wurde von Schüttelfrost geplagt. Aber auch das Kind lag schlaff in ihren Armen, schluckte manchmal etwas Brühe und schlief ansonsten. Die Schwellung nahm ab, verwandelte sich von einem schillernden Lila in blasses Gelb.
Die Wunden ihres Mannes heilten nur langsam und immer wieder machte sie nasse Umschläge, um die Hitze aus seinem Körper zu nehmen.
Einmal am Tag half sie ihm aus der Höhle, damit er urinieren konnte und die Anstrengung ließ ihn zittern. Aber um nichts in der Welt wollte er dazu ein Fell benutzen! Schweißgebadet sank er auf seinem Bett zusammen und sie schüttelte gereizt ihren Kopf. Sturer als ein Schwarzhornl!
„Gib mir die Rückenstütze", bat er erschöpft.
„Aber du bist noch zu schwach!"
„Ich will sitzen!" Er klang wie ein bockiges Kind und wütend stopfte sie das Weidengestell hinter seinen Rücken.
„Du bist so unvernünftig!", schimpfte sie.
„Nein, ich bin ein Mann. Ich kann nicht ständig liegen!"
„Ich musste auch ständig liegen, als du mich gefesselt hast."
„Aber du warst meine Gefangene. Außerdem hast du versucht mich zu töten."
„Stimmt!", gab sie zu und kicherte leise. „Du hast mich gerettet und zum Dank habe ich versucht dich zu töten."

„Schön, dass du das endlich einsiehst“, nickte er gnädig.
Er reizte sie immer wieder zum Lachen und plötzlich war sie froh, dass er lebte. Sie mochte diesen bockigen, von sich selbst überzeugten Lakotakrieger! Mit Abscheu dachte sie an den Ute, der keine Hemmungen gehabt hatte, das Kind auf den Boden zu schmettern und fast zu töten.
Zärtlich nahm sie Kleine-Krähe hoch und setzte sich zu ihrem Mann ans Feuer. Das Kind blickte sie mit seinen schwarzen Augen an und flüsterte leise. Fassungslos hielt sie das Kind in ihren Armen und schluchzte vor Rührung.
„Was ist?“, fragte Nata-He-Yukan erschrocken, doch dann sah er die offenen Augen des Kleinen und entspannte sich.
„Er hat gesprochen!“, lachte sie glücklich.
„So? Was denn?“
Kleine-Krähe legte seine Hand auf den Mund und flüsterte: „Leise sein.“
Kichernd lehnte sich Nata-He-Yukan zurück, vor Freude ganz benommen. „Ja! Leise sein!“
Sanft nahm er die Finger des Kindes in seine Hand und drückte sie. „Du bist jetzt ein Lakota. Wir Lakota sind leise!“
„Leise“, wiederholte der kleine Junge ernsthaft. Müde kuschelte er sich an seine Mutter und schloss die Augen.
„Du bist ein guter Mann“, sagte Zintkala-win unvermittelt.
Erstaunt schaute er hoch. „Wie kommst du darauf?“
„Du hast mich vor diesen Männern gerettet.“
Er zischte leise durch die Zähne: „Du bist meine Frau!“

Ihre Stimme zitterte, als sie weitererzählte: „Die Ute haben das Kind vor meinen Augen auf den Boden geschmettert, nur weil er geschrieen hat. Sie konnten nicht wissen, dass es nicht mein Sohn ist. Solange das Kind lebte, hätten sie sicher sein können, dass ich fügsam gewesen wäre. Aber es war ihnen gleichgültig!“
Er schwieg betroffen, spürte die Angst, die sie um Kleine-Krähe ausgestanden hatte.
„Warum hast du mich damals nicht getötet? Warum hast du im Frühling dieses Kind verschont? Was unterscheidet dich von diesen Männern?“

„Nichts!“, wehrte er ab.
„Doch, du bist anders!“
„Nein, auch ich habe die Shoshonefrau getötet.“
„Aber du wolltest es nicht.“
„Nein!“, stimmte er zu.
„Warum sind die Ute so schlechte Menschen?“
„Sie sind Krieger!“
„Ach, findest du es richtig, was diese Männer mit uns gemacht haben?“ Sie spuckte vor Empörung.
„Nein!“, wehrte er ab. „Aber in ihren Augen waren wir eben Feinde. Sie hätten dich genauso gut töten können.“
Zintkala-win schnaubte empört, dann senkte sie die Augen. „Dieser Mann wollte mich als seine Frau in sein Zelt führen. Ich hatte Angst vor dem, was er dann fordern würde.“
Er zuckte erschöpft die Schultern. „Das ist nun mal so. Er hätte sich genommen, was ihm zusteht. Ich habe es ja auch getan!“
„So!“
„Mädchen!“, erklärte er müde. „Wir heiraten gefangene Frauen, ebenso wie dieser Ute, das ist doch nicht schlimm. “
„Für die Frauen schon!“
Ihm reichte es. „Frauen, die nicht wollen, schicken wir zurück! Sie sind den Ärger nicht wert!“
„Na, dann schicke mich doch zurück!“, entgegnete sie giftig.
Seine Lippen zogen sich amüsiert zusammen. „Ich dachte, dass ich ein guter Mann bin?!“
Sie nickte beschämt. „Du bist ein guter Mann, aber hier kannst du mich nicht beschützen. Ich habe Angst, dass so etwas noch Mal passiert.“
„Zintkala-win! Ich werde dich immer beschützen und ich werde einen besseren Ort für dich finden!“
„Bei den Lakota?“
„Vielleicht! Oder wir gehen zu den Blackfeet. Aber auch eure Dörfer sind nicht sicher vor Überfällen.“
Sie nickte traurig und dachte an ihr eigenes Dorf. Auch sie waren schon von den Cree, Assiniboin oder Crow überfallen worden!
„Nata-He-Yukan!“, flüsterte sie bittend. „Ich möchte dich nicht verlieren!“

Er lachte gutmütig. „Aber nein! Ich bin dein Mann. Ich werde immer sehr vorsichtig sein!"
„Wirklich? Du wurdest schwer verletzt! Du hast ja nicht einmal ein Medizinbündel, das dich schützt!"
„Nein, ich musste es zurücklassen! Warum machst du mir nicht eins? Du bist so mächtig, dass es mich bestimmt gut schützen wird." Seine Augen fielen zu und fürsorglich nahm Zintkala-win die Rückenstütze weg, damit er sich ausruhen konnte.

Seine Schwäche machte ihr Angst und ständig fürchtete sie entdeckt zu werden. Nur bewaffnet ging sie in den Wald, um Feuerholz zu holen und stetig wanderte ihr Blick hin und her, immer auf der Hut vor Feinden.
Am liebsten blieb sie in der Höhle, wachte über seine Genesung und begann zu nähen. Ihre Augen glänzten voller Freude über die neue Aufgabe. Ja, sie würde ihrem Mann ein Medizinbündel machen! Mit Feuereifer färbte sie Stachelschweinborsten und begann ein feines Stück Haut in Quilltechnik zu besticken, während ihr Sohn auf seinen Decken lag.
Neugierig sah er zu, wie sie geduldig die stacheligen Borsten weich kaute.
„Ina beißt!", erklärte er seinem Vater, hatte plötzlich die Sprache für sich entdeckt.
Dann spielte er wieder mit den bunten Kristallen, die Nata-He-Yukan ihm gebracht hatte. Er schlief viel, ein Zeichen, dass er eine schwere Kopfverletzung hatte. Aber wie bei allen kleinen Kindern fand sein Körper Mittel und Wege, um damit fertig zu werden.

In aller Ruhe faltete Zintkala-win die bunten, flach gekauten Stacheln nebeneinander, bis ein schönes Muster entstand. In der Mitte leuchtete die gelbe Sonne, damit sie ihren Mann beschützte, außen herum faltete sie blaue Stacheln, als Symbol für den Himmel. Mit ihrer einfachen Nähnadel war es mühsam, das Quillmuster zu befestigen, aber der Ehrgeiz hatte sie gepackt. Er amüsierte sich darüber, aber offensichtlich half ihr die Arbeit, das Geschehene zu vergessen. Manchmal war sie so vertieft, dass

sie nicht bemerkte, wie die Zeit verging und er hungrig vor dem Kochsack kniete. Dann legte sie erschrocken ihre Stickarbeit zur Seite und begann schuldbewusst zu kochen.
„Lass dir doch Zeit mit der Tasche!", meinte er gutmütig.
„Nein! Nein! Jeder Mann braucht eine Medizin, die ihn schützt!", erklärte sie fast ängstlich und er erkannte, dass sie so versuchte, ihre Welt zu ordnen und ihre Gefühle zu kontrollieren.
Betroffen lehnte er sich zurück, drehte nachdenklich die Kristalle, mit denen Kleine-Krähe immer spielte, in seinen Händen. Er war ein guter Krieger, aber die Hilflosigkeit, mit der seine Familie den Feinden ausgeliefert war, erschreckte ihn. Jedes Mal, wenn er die Höhle auch nur kurz verließ, krampfte sich sein Herz zusammen. Er konnte ein wenig göttlichen Beistand wahrhaftig brauchen! Lächelnd reichte er den Stein seiner Frau. „Sieh nur! Das ist ein magischer Stein für meine Medizin! Mein kleiner Sohn wird mich sicherlich gut beschützen!"
Plötzliche Tränen liefen über ihr Gesicht und fast bereute er, was er gesagt hatte.
Aber sie packte den Stein freudestrahlend in eine kleine Tasche und meinte: „Ja, das ist wahrlich eine gute Medizin!"
„Warum weinst du dann?", wunderte er sich.
„Du hast gesagt, dass Kleine-Krähe dein Sohn ist!"
Er lachte dunkel. „Ja! Freut dich das?"
Seltsame Sterne tanzten in ihren Augen und ihm wurde mulmig zumute. Frauen waren so seltsam!
„Ja! Es freut mich!"

Schnee in den Bergen

Am nächsten Morgen kam Nata-He-Yukan mit einem schelmischen Grinsen von seiner Morgentoilette zurück und fuhr mit kalten Händen unter ihre Decke.
Empört schob sie ihn weg und funkelte ihn an. „Was?"
„Schnee!"
Zintkala-win ließ sich zurücksinken und schloss die Augen. Schnee! Sie kannte kein schöneres Wort. Jetzt würde niemand mehr ihre kleine Welt bedrohen! Kaltmacher würde sie beschützen!
Wieder hängte sie die Decken im hinteren Bereich der Höhle auf, um die Wärme zu halten und hängte ein weiteres Fell vor den Eingang. Im hinteren, kühleren Teil der Höhle stapelten sich die Vorräte und sie machte sich keine Sorgen. Zufrieden saß sie am Feuer und nähte neue Kleidung für ihren kleinen Sohn. Er sah süß aus in den winzigen Leggins und dem Hemd! Noch war er klein genug, sodass ihm der Platz in der Höhle zum Spielen reichte. Nata-He-Yukan verließ immer nur kurz die Höhle, um Feuerholz zu sammeln oder schlanke Zweige für neue Pfeile zu schneiden. Ansonsten hockte er entspannt auf seinen Decken, schnitzte an irgendetwas oder bastelte Spielzeug für das Kind. Sein Körper erholte sich langsam, nur einige Narben erinnerten deutlich an den schweren Kampf.

Winterstürme fegten über das Land, doch sie saßen geschützt in der Höhle und wärmten sich an ihrem Feuer. Morgens musste er oft den Eingang von Schnee frei graben und Kleine-Krähe lachte vergnügt, wenn der Schnee hereinfiel. „Kalt!", staunte er und seine Mutter pustete ihm die Finger wieder warm. Manchmal ging sie in die Kälte hinaus, stapfte durch den hohen Schnee, auf der Suche nach geeignetem Holz.
Nata-He-Yukan grunzte unwillig, denn in den Bergen war die dichte Schneedecke gefährlich. Er wollte nicht, dass sie ebenso fiel wie Jean im vergangenen Winter. „Ich hole das Holz! Du musst nicht gehen!"

Sie lachte ihn aus. „Ich kann doch nicht den ganzen Winter am Feuer sitzen!“
„Doch! Mir reicht es völlig, wenn ich mich an dir wärmen kann!“
Sie kicherte leise und beugte sich wieder über das Stück Holz, das sie mit einem scharfen Stein glatt schliff.
„Sag mal, was machst du da eigentlich!“
Ohne hoch zu schauen arbeitete sie weiter, kannte das Wort für Babywiege nicht. „Für ein Baby!“

Ihm dagegen wurde vor Entsetzen schlecht und seine Stimme versagte zu einem Krächzen: „Ein Baby? Haben die Ute …?“ Ein entsetzlicher Gedanke stieg in ihm hoch.
Beschwichtigend winkte sie ab und versuchte den Zweifel in ihm wegzuwischen. „Nein, nein! Es kommt doch schon im Mond des ersten Donners!“
„Im Mond des ersten Donners?“
„Ja, wenn die ersten Blumen blühen!“, erklärte sie, wusste nicht, wie die Lakota die Monde nannten.
Wie lange wuchs denn so ein Kind im Bauch einer Frau? Wakantanka! Wenn ihr etwas zugestoßen wäre, als die fremden Männer …! Seine Hände wurden feucht, als er an das Ungeborene dachte, dass sie im letzten Frühjahr verloren hatte. Jetzt erwartete sie wieder ein Baby? War sein Kind in ihren Bauch zurückgekehrt? Seine Gedanken wirbelten durcheinander und stürzten ihn in ein völliges inneres Chaos. Wenn er es nicht schützen konnte? Wenn wieder Feinde kamen?
Sie missverstand seine Reaktion völlig und senkte traurig den Kopf. „Ich wusste nicht, dass du kein Kind willst! Ich …!“
„Nein, nein!“ Er nahm sie schnell in die Arme. „Ich freue mich so sehr! Ich wünsche mir hundert Babys mit dir!“
„Hundert?“, lachte sie erleichtert.
„Ja! Hundert! Hundert kleine Mädchen, die alle so aussehen wie du!“ Seine Hand legte sich auf ihren Bauch und eine unglaubliche Wut stieg in ihm hoch: „Ich hatte plötzlich eine solche Angst, was hätte passieren können, als die Ute …!“
Hastig presste sich ihre Hand auf seinen Mund und sie schüttelte den Kopf. „Ich möchte nie wieder darüber reden! Es ist dein

Kind, das in mir heranwächst. Ich spüre seine Bewegungen in mir und ich weiß, dass ich es im Frühling gesund gebären werde. Wir sind bereit, Mutter und Vater zu sein."

„Ja!", erklärte er mit fester Stimme.

Der kleine Junge stolperte zwischen sie und lächelnd nahm Nata-He-Yukan ihn auf seinen Schoß. „Dann haben wir bereits zwei Kinder!"

Sie nickte mit einem Augenzwinkern: „Die ersten zwei von deinen Hundert!"

Ohne mit der Wimper zu zucken, blickte er in ihre Augen. „Han!" Wieder schmerzte sein Herz, als er an die Gefahr dachte, in der sie hier schwebten. Ein Leben in der Verbannung mit einer Frau, die sein Kind unter ihrem Herzen trug! „Wenn der Schnee schmilzt, müssen wir hier weg!"

Die Enttäuschung stand ihr in das Gesicht geschrieben: „Ich dachte, wir könnten warten, bis das Baby geboren ist?"

Mit zusammengebissenen Zähnen schüttelte er den Kopf. „Nein!"

„Oh!"

„Zintkala-win, ich werde mit dir im Frühjahr zu meinem Volk zurückkehren!"

„Werden sie dich aufnehmen?"

Er schluckte schwer, vergaß seinen Stolz und die Demütigung. „Nicht mein Stamm, aber wir könnten zu einer anderen Gruppe gehen."

„Das willst du tun?" Ungläubig richteten sich ihre Augen auf ihren Mann. Stolz saß er vor ihr, aber für sie würde er diesen Stolz vergessen.

„Ja!"

Nachdenklich lehnte er sich gegen seine Rückenstütze. Ohne seinen Stamm war er nichts! Er konnte vielleicht überleben, aber er konnte seine Familie nicht schützen! Er brauchte die Gemeinschaft seines Volkes!

Sein Sohn hüpfte auf seinen Knien und quietschend genoss das Kind die Aufmerksamkeit. Erst jetzt verstand Nata-He-Yukan, worin sein Vergehen bestanden hatte. Nur der Stamm war wichtig, nicht der einzelne. Es wäre seine Pflicht gewesen, selbst zu

dem gestürzten Krieger zu reiten und sich nicht auf jemand anderen zu verlassen. So wären Kalter-Stein zwei Männer zu Hilfe geeilt und er hätte überlebt! Nur um das zu lernen, hatten sie ihn weggeschickt. Doch ohne die Verantwortung für die Frau hätte er nichts dazugelernt, wäre er stolz und eingebildet zurückgekehrt. Hatte Wakan-tanka diesen Weg für ihn gewählt? Er kam sich plötzlich klein und nichtig vor, sah sich als Spielball eines so viel mächtigeren Wesens.
Seine Frau beugte sich über das Brett und fuhr weiter mit dem Stein darüber, hobelte jede Unebenheit weg. Er stellte sich vor, wie im Frühjahr sein Kind in der Wiege liegen würde und konnte es überhaupt nicht mehr erwarten.

Zintkala-win verbrachte viel Zeit damit, das Wiegebrett herzustellen. Sorgsam nähte sie die Häute zusammen, legte sie mit weichem Fell aus, damit das Baby weich lag und begann das Kopfteil mit bunten Stachelschweinborsten zu besticken. Sie summte leise bei der Arbeit, horchte in ihren Körper hinein, in dem das Kind heranwuchs. Geduldig spielte sie mit Kleine-Krähe, erzählte ihm kleine Geschichten und lehrte ihn, für seine Notdurft vor die Höhle zu gehen. Der kleine Junge war so begeistert von dem Schnee, dass er andauernd vor die Höhle wollte.
Nata-He-Yukan erstaunte die Sanftheit seiner Frau. Schon Kleine-Krähe hatte Zintkala-win verändert, aber jetzt strahlte sie eine solche Weiblichkeit aus, dass es ihm den Atem nahm. Noch nie hatte er sie so schön gesehen, verschwunden war alles Knabenhafte an ihr. Sie war kein dürres Mädchen mehr, sondern eine Frau, die Mutter seiner Kinder. Trotzdem war sie eine Kriegerin, hatte gekämpft, um ihre Familie zu beschützen! Niemand konnte diese Frau besiegen! Manchmal kuschelte er sich nachts an sie, streichelte sanft ihren Bauch und genoss ihren Geruch.

Verschwunden war die innere Unruhe, stattdessen saß er am Feuer und spielte mit Kleine-Krähe, freute sich auf ein weiteres Kind. Er genoss den Frieden in dieser Abgeschiedenheit und so wurde er völlig überrascht, als er plötzlich Schritte vor der Höhle hörte. Sofort waren alle Instinkte in ihm wach!

In einer fließenden Bewegung schubste er das Kind in ihre Richtung, wies sie mit seinen Augen an in Deckung zu gehen und legte einen Pfeil auf den Bogen. Ein lautes Räuspern erklang, dann wurde das Fell zur Seite gerissen und ein grinsendes Gesicht schaute in die Höhle: „Hoka hey!"
Mann! Aufatmend senkte Nata-He-Yukan den Bogen und ließ den Pfeil kraftlos zu Boden fallen. „Jean!"
„He, ich bin's, dein Freund! Nicht schießen!"
Langsam sammelte sich wieder der Speichel in seinem Mund und empört schimpfte Nata-He-Yukan auf den Trapper ein: „Bist du verrückt! Ich hätte dich fast erschossen!"
„Ich habe mich doch angekündigt! Du bist ganz schön nervös!"
„Hier gibt es genügend Feinde!", bemerkte Nata-He-Yukan bitter und schüttelte indigniert seinen Kopf.
„Alle Indianer sind meine Freunde", lachte Jean und schob seinen Körper endgültig in die Wärme.
Herzlich umarmte er den Indianer und drückte ihn an die Brust.
„He, du siehst gut aus!", bewunderte er ihn. „Wo ist deine Gefangene?"
Ein wenig verlegen winkte Nata-He-Yukan nach seiner Frau. „Sie ist jetzt meine Frau. Ihr Name ist Zintkala-win.
„Frau, he? Gute Entscheidung! Das heißt, ich darf jetzt nicht mehr?" Er machte eine eindeutige Bewegung mit seinem Unterleib.
Zintkala-win errötete vor Verlegenheit, aber Nata-He-Yukan lächelte freundlich: „Nein, denn sie erwartet ein Baby!"
„Mais non! Vraitment? Darf ich mal?" Neugierig legte Jean seine Hand auf ihren Leib und fühlte die Rundung. Seine Augen wurden groß vor bewundernden Staunen und andächtig murmelte er: „Wow! Ich freue mich für euch!"
Dann schlug er Nata-He-Yukan voller Begeisterung auf die Schulter: „Großartig!" Sein Blick fiel auf den kleinen Knirps, der schüchtern aus dem Hintergrund der Höhle auftauchte. „Wer ist das?"
„Unser Sohn!", lachte Nata-He-Yukan.
Schnell rechnete Jean die Monate nach und legte dann ungläubig den Kopf schief. So ganz war das aber nicht möglich!

„Komm erst mal herein und setz dich!", bat Nata-He-Yukan freundlich und erinnerte seinen Freund damit an gewisse Etiketteregeln.
„Mais oui!" Gut gelaunt zog der Trapper seine Bündel in die Höhle und verstaute sie im hinteren Teil. Dann schälte er sich aus mehreren Schichten Kleidung.
„Huh! Kalt!" Er setzte sich an das Feuer und rieb sich seine Hände.
Höflich bot ihm Zintkala-win eine Schale mit Essen an, dann setzte sie sich wieder sittsam auf ihren Platz.
„Pilámaya!", strahlte Jean und schaufelte sich das Essen in den Mund.
„Wo kommst du her?", fragte Nata-He-Yukan.
„Weiter unten vom Fluss", erzählte Jean. „Da gibt es viele Biber! Ich habe zwei Pferde dabei, die möchte ich morgen ins Tal bringen."
„Gut! Hast du noch andere Menschen gesehen?"
„Nein, niemand! Nur ihr seid so verrückt, hier zu leben!"
Mit einem zufriedenen Lächeln lehnte sich Nata-He-Yukan zurück. Also waren keine Feinde in der Nähe!
„Jetzt erzähl doch mal, wie ihr zu dem kleinen Kerl kommt. Kinder wachsen doch nicht auf den Bäumen!"
Nata-He-Yukan seufzte, aber nichts schützte vor der Neugier eines weißen Mannes! „Ich tötete zwei Shoshone, die meine Pferde stehlen wollten!"
„Aha! Und dann hast du das Kind auf dem Baum gefunden, oder was?"
Hohch! Merkte Jean nicht, dass er nicht darüber reden wollte?
Fast ein wenig patzig erzählte Nata-He-Yukan weiter. „Einer der Shoshone war eine Frau. Ich hatte es nicht gesehen! Mein Pfeil tötete sie und das Kind fiel zu Boden. Es weinte und so habe ich es mitgenommen. Oder hätte ich es den Wölfen überlassen sollen?"
„Mais, non!", Jean schüttelte seine maisfarbenen Locken. Inzwischen waren sie schulterlang, eine richtige Löwenmähne.
Nachdenklich musterte er den kleinen Jungen.
„Hättest du nicht geschossen, wenn du gesehen hättest, dass sie eine Frau ist?"

Nata-He-Yukan zuckte mit den Schultern, denn er kannte die Antwort nicht. „Du siehst deine Feinde und schießt! Dir bleibt keine Zeit lange nachzudenken, denn sonst bist du tot!“
„Aha! Und jetzt ziehst du den Jungen groß?“
„Ja“, erklärte er einfach.
„Hast du keine Angst, dass er eines Tages die Wahrheit erfährt?“
„Welche Wahrheit?“
„Na, dass du es warst, der seine Eltern getötet hat?“
„Wir sind jetzt seine Eltern. Er wird nie etwas anderes erfahren, außer so ein geschwätziger weißer Mann wie du kann seinen Mund nicht halten!“
„Mois, ich? Aber nein!“, stammelte Jean sichtlich verlegen.
„Wie lange bleibst du?“, wechselte Nata-He-Yukan das Thema.
„Och, vielleicht bis der Schnee schmilzt. Ich habe Vorräte dabei, die ich mit euch teilen kann“, erklärte er schnell.
Lässig winkte Nata-He-Yukan ab. „Diesen Winter haben wir wahrlich genug!“
Leise kicherte Jean in sich hinein. „Eh, das ist immer so! Hast du nichts, dann kommt noch ein Esser hinzu. Hast du genug, dann bringen sie dir noch mehr Vorräte.“
Lachend lehnte sich der Indianer zurück. „Stimmt! Aber wir Lakota teilen immer. Auch wenn wir nichts haben!“
„Ich weiß! Vielleicht komme ich eines Tages auch wieder bei euch zum Tauschen vorbei.“
Interessiert richtete sich Nata-He-Yukan auf. „Tauschen? Vielleicht so scharfe Messer?“
„Han! Aber ich habe auch andere Dinge. Warte! Ich zeige sie dir. Ich habe eine Menge Dinge dabei!“
Schon verschwand Jean im hinteren Teil der Höhle und kam mit einer Tasche zurück. Begeistert riss Jean eine blaue Perlenkette heraus und drückte sie Zintkala-win in die Hand. „Hier! Ein Geschenk für dich!“
Staunend hielt Zintkala-win die glänzenden Perlen in das Licht.
„Sie leuchten in der Farbe des Himmels!“
„Ja, sie sind aus Glas! Hübsch nicht wahr!“
„Glas?“
„Ja, geschmolzener Sand!“

„Sand kann schmelzen?“ So einen Unsinn hatte Zintkala-win noch nie gehört.
„Ja, wenn er sehr heiß ist!“
Dann kramte Jean weiter in seiner Tasche und holte eine Pfeife hervor. „Hier, die ist für dich!“
Nata-He-Yukans Augen bekamen einen sehnsüchtigen Glanz.
„Wan, eine Pfeife!“
Jean lachte schallend. „Ja, wollen wir rauchen?“
Traurig zuckte Nata-He-Yukan die Schultern. „Kein Tabak!“
„Oh, ich habe welchen dabei. Komm, setz dich! Ah, warte, hier habe ich noch etwas für den Kleinen. Habe ja nicht gewusst, dass ihr inzwischen ein Kind habt.“ Er glühte vor Begeisterung, dass er seinen Freunden etwas schenken konnte, dass er sich endlich für seine Rettung revanchieren konnte. Freudestrahlend zog er eine Tasche mit bunten Murmeln heraus und gab sie dem Kind. Kleine Krähe drehte die Murmeln begeistert in seinen pummeligen Händen, doch es war Nata-He-Yukan, der staunte. So etwas hatte er noch nie gesehen. Mit großen Augen nahm er eine Murmel und bewunderte die Farben. „Als wäre der Blitz darin gefangen!“
„Sie sind auch aus Glas!“, erklärte Jean. „Sie heißen Murmeln!“
„Muhmeln?“
„Genau! Man kann mit ihnen spielen! So wie mit Steinen oder Kernen! Schau her!“
Eifrig grub Jean eine kleine Kuhle und versuchte die Kugel hineinzurollen. Kichernd lagen die Männer am Boden und schossen mit den Murmeln, während Kleine-Krähe eifersüchtig seinen Schatz verteidigte. Schließlich gaben ihm die Männer die Murmeln zurück und setzten sich an das Feuer, um zu rauchen. Ein süßlicher Geruch stieg auf und gemütlich lehnten sich die Männer zurück, genossen die Anwesenheit des anderen.

Kleine-Krähe war mit den Murmeln in seinen Fäusten eingeschlafen. Vorsichtig löste Zintkala-win seine Finger und steckte die Murmeln wieder in die Tasche zurück. Dann richtete sie eine Schlafstelle für Jean, schüttelte Büffeldecken auf, damit er es bequem hatte.

Müde zog Nata-He-Yukan seine Kleidung aus und zum ersten Mal konnte Jean die tiefen Narben sehen, die sich über dessen Körper zogen: „Sag mal, was ist denn mit dir passiert? Bist du unter die Pranken eines Bären geraten?"
„Nein, kein Bär! Ute!"
„Ute?"
Unwillig winkte der Lakota ab. „Sie haben uns überfallen!"
„Ich dachte, es wären Shoshone gewesen?"
Nata-He-Yukan seufzte. „Erst kamen die Shoshone, dann die Ute!"
„Wow! Jetzt verstehe ich, warum du so nervös bist!", lachte Jean.
Ironisch schaute ihn Nata-He-Yukan an. „Die Indianer sind alle deine Freunde, aber nicht meine! Ich nehme ihre Skalpe!"
„Gut, dass du mein Freund bist! Ich wäre ungern dein Feind!"
Nata-He-Yukans Stimme bekam einen dunklen Unterton: „Stimmt, deine Haare wären eine Zierde an meinem Gürtel!"
„Non, non, mon ami! Ich bin dein Freund, oder?"
„Han, du bist mein Kola!", bestätigte Nata-He-Yukan und er meinte es so.
Kola war ein besonderer Freund, jemand, mit dem man sein letztes Hemd teilte, dem man sein Leben anvertraute. Hier draußen war Jean wirklich sein einziger Freund.
„Na, darauf wollen wir doch einen trinken!", grinste Jean glücklich, obwohl er die besondere Ehre überhaupt nicht verstanden hatte. Nata-He-Yukan war einfach sein Freund.
„Trinken?", wunderte sich der Indianer.
„Ja, schließlich müssen wir meine Rückkehr feiern!"
Eigentlich war Nata-He-Yukan ziemlich müde, aber neugierig sah er zu, wie Jean wieder verschwand und mit einem Krug zurückkehrte. „Den habe ich mir für lange Winterabende aufgehoben!"
Mit einem Grinsen öffnete Jean den Verschluss und nahm einen tiefen Schluck. Die Röte stieg ihm in das Gesicht und mit einem tiefen Seufzer reichte er den Krug weiter.
„Was ist das?", fragte der Indianer misstrauisch.
„Heiliges Wasser!", behauptete Jean.
„Heiliges Wasser?"

„Ja, heiliges Wasser, oder so ähnlich. So ein Wort gibt es in eurer Sprache nicht. Versuch doch mal!"
Zögernd setzte Nata-He-Yukan den Krug an seine Lippen und nahm einen tiefen Zug. Ein Hustenanfall schüttelte ihn, als die scharfe Flüssigkeit seine Kehle hinunterlief.
„Ja, das ist ein Getränk für Männer!", lachte Jean und nahm einen weiteren Schluck. Ihm ging es blendend. „Du auch?", bot er den Krug Zintkala-win an.
Sie wollte nicht unhöflich sein und nahm ebenfalls einen Schluck. Tränen traten ihr in die Augen, als die Schärfe ihr die Luft nahm. Eine angenehme Wärme durchlief ihren Bauch und sie nahm einen weiteren Schluck, wollte gegenüber den Männern keine Schwäche zeigen.
„Ah, ma chérie!", lachte Jean begeistert und ließ auch Nata-He-Yukan wieder trinken.
Schnell kicherten die beiden Indianer unkontrolliert, tranken schluckweise das heilige Wasser und wunderten sich über den Schwindel in ihren Köpfen.
Jean hüpfte auf und begann übermütig zu tanzen. „Komm, mein Mädchen!", forderte er Zintkala-win auf und wirbelte die Indianerin um sich herum.
Alles drehte sich um die Frau und lachend setzte ihr Jean wieder den Krug an die Lippen. Es war so lustig! Ständig musste Zintkala-win über den Weißen lachen und auch Nata-He-Yukan kicherte vor sich hin.
„Na, ist das ein Fest?", fragte Jean ausgelassen. So etwas Gutes hatten die beiden bestimmt noch nie getrunken.
Allerdings! Völlig betrunken kippte Nata-He-Yukan auf die Seite und schlief schnarchend ein.
Auch Zintkala-win setzte sich schwindelig auf ihre Decken, fühlte plötzlich eine bleierne Müdigkeit in sich. Ungeschickt zog sie das Kleid aus und plumpste auf ihr Bett. Sie wollte nur noch schlafen!
„Oh, ist das Fest schon vorbei?", beklagte sich Jean enttäuscht. Aber die beiden Indianer rührten sich nicht mehr. Mit tapsigen Handbewegungen stöpselte er den Krug wieder zu, dann warf er eine Decke über Nata-He-Yukan und beugte sich über die Frau.

Oh Mann! So betrunken konnte er überhaupt nicht sein, dass er nicht eine plötzliche Erregung spürte. Doch dann fiel sein schuldbewusster Blick auf den Indianer. „Mon ami, he?" Schwankend stand er auf, dann steckte er seinen Kopf aus der Höhle und hielt ihn in den kalten Wind. „Merde!", fluchte er, „Merde!"
Mit einem himmellangen Seufzer kehrte er zurück und deckte Zintkala-win zu, dann schlüpfte er aus seinen Sachen und kroch unter das Fell, das sie für ihn hergerichtet hatte. „Merde!"

Mitten in der Nacht weckte ihn ein eiskalter Windhauch und fröstelnd fuhr er hoch. Das Fell vor dem Eingang war offen und kurz schalt er sich, dass er es nicht richtig zugemacht hatte. Nata-He-Yukan lag immer noch bewegungslos auf seinem Lager, sein Mund leicht geöffnet im Rausch. Die Indianerin war weg.
Merde! Wo war sie?
Taumelnd erhob sich Jean, hielt sich seinen Kopf, als rasende Kopfschmerzen ihn durchzuckten. Vorsichtig trat er vor die Höhle und fand die Frau im Schnee liegend. Eine eiskalte Hand griff nach seinem Herzen, als ihm kurz der Gedanke durch den Kopf schoss, dass sie vielleicht schon tot war. Entsetzt stolperte er zu ihr, fühlte hektisch nach ihrer Körpertemperatur.
Eine gelbliche Lache zeigte ihm, dass sie sich übergeben hatte und dann nackt im Schnee zusammengebrochen war. Nun lag sie hier, hilflos und halb erfroren. „Oh non!" Stöhnend hob Jean die Frau auf seine Arme und trug sie aus der Kälte. Wie lange hatte sie dort schon gelegen?
Völlige Panik griff nach ihm und er war sofort wieder nüchtern! Vorsichtig legte er sie auf ihr Lager, dann fühlte er gründlich nach der Wärme ihrer Haut. Am schlimmsten hatte es die Füße erwischt! Besorgt wickelte er sie in Decken und schob Holz ins Feuer, damit es loderte. Dann setzte er sich zu ihren Füßen und begann sie zu massieren. Mehr Wärme! Sie brauchte mehr Wärme! Hastig rollte er die Steine, die das Lagerfeuer begrenzten, unter ihre Decken, achtete darauf, dass sie ihre Haut nicht berührten. Was hatte er getan! Soviel hatten die beiden doch überhaupt nicht getrunken! Vielleicht ein paar Schluck! Einfach lächerlich! Und wenn es dem Baby geschadet hatte?

Seine Hand berührte ihren Leib, schaukelte ihn sacht hin und her. Eine Bewegung drückte sich ihm entgegen und er staunte ergriffen. Noch nie zuvor hatte er so etwas Schönes gesehen!
„Es tut mir leid! Ich wollte deinem Baby nicht schaden.", flüsterte er schuldbewusst. Behutsam nahm er die Frau auf den Schoß und streichelte ihre Haare.
Endlich rührte sich der Krieger und benommen richtete er sich auf, griff stöhnend nach seinem dröhnenden Schädel. Haun! Dann fiel sein Blick auf Jean und seine Augen wurden zu Dolchen. „Was machst du da?"
Jean biss sich auf die Lippen. „Sie war draußen! Sie hat sich übergeben und ist zusammengebrochen! Oh ...!" Seine Stimme brach ab vor schlechtem Gewissen.
Der Schreck fuhr Nata-He-Yukan in die Glieder, eine Angst, die ihn schwindeln ließ. Hunhunhe! Wakan-tanka! Besitzergreifend nahm er seine Frau in die Arme, fühlte voller Angst nach dem Ungeborenen.
„Ich glaube, dass mit dem Baby alles in Ordnung ist! Ich habe seine Bewegungen gespürt! Deine Frau fühlt sich jetzt warm an!", stammelte Jean.
Nata-He-Yukan schenkte ihm ein dankbares Lächeln. „Wenn du sie nicht gefunden hättest ...!"
„Nein, nein! Es ist alles meine Schuld. Ich hätte euch dieses Zeug nicht geben dürfen. Es steckt ein böser Geist in dem Wasser. Ich werde es vernichten, damit es keinen Schaden mehr anrichtet."
Schon sprang er auf und holte den verdammten Krug. Wutentbrannt zertrümmerte er ihn an einem Felsen, sah befriedigt zu, wie der Whiskey in dem Schnee versickerte. Nie wieder würde er einem Indianer Alkohol anbieten, schon gar nicht einer schwangeren Frau. Mit etwas Schnee kühlte er seine Kopfschmerzen, dann kehrte er zu seinen Freunden zurück.
Kleine-Krähe war erwacht und mit einer Kopfbewegung bat ihn Nata-He-Yukan auf das Kind zu achten.
„Ups! Komm her du kleiner Nacktfrosch!", versuchte sich Jean etwas nützlich zu machen. Unbeholfen nahm er das Kind hoch, hatte eigentlich keine Ahnung, was man mit einem so kleinen Menschen machte.

Neugierig griff das Kind in seinen Bart und zog daran.
„Autsch!", schimpfte der Franzose und ließ ihn vor Schreck fast fallen. Kleine-Krähe lachte begeistert und Jean wiederholte das Spiel. Mehrmals warf Jean das krähende Kind in die Luft, dann setzte er ihn auf seinen Schoß und schöpfte etwas kalte Suppe für ihn in eine Schale. „Hier, du kleiner Gauner!", flüsterte er auf Französisch, lachte auf, als der Junge mit seinen kleinen Fingern das Fleisch in seinen Mund schob. Niedlich!
Stöhnend wachte Zintkala-win auf und fasste sich an den Kopf.
„Ai, mein Kopf", hauchte sie.
Besorgt beugten sich beide Männer über sie, und staunend schaute sie in deren wässrige Augen: „Warum weint ihr denn?"
„Hohch! Der Rauch!", wehrte Nata-He-Yukan mit einem Lächeln ab.
„Genau! Der Rauch!", stimmte Jean zu.
„Welcher Rauch?" Irritiert blinzelte sie ihnen zu und kichernd schubsten sich die Männer an, verhielten sich wie Schuljungen, die ihrer Lehrerin einen Streich spielen.
Dann spiegelte sich in Nata-He-Yukans Gesicht seine wahre Besorgnis. „Du hast dich heute Nacht übergeben. Du bist im Schnee zusammengebrochen. Wenn Jean dich nicht gefunden hätte, wärst du jetzt tot!"
„Ai!" Ihre Augen weiteten sich erschrocken.
„Ist dir jetzt warm?"
„Sehr warm!", kicherte sie plötzlich, vergnügte sich an ihren besorgten Gesichtern. „Nur mein Kopf tut weh!"
„Oh, wir machen einen kalten Umschlag, dann wird es besser!"
Diese Männer waren verrückt! Erst wurde sie mit heißen Steinen und warmen Decken fast gekocht, dann mit kalten Umschlägen gekühlt.
„Soll ich nun schwitzen oder frieren?", murmelte sie irritiert.
Hysterisches Gelächter schlug ihr entgegen und sie wunderte sich über die mangelnde Selbstbeherrschung ihres sonst so stolzen Mannes. Das Baby drückte auf ihre Blase und vorsichtig wickelte sie sich aus den Deckenbergen. Ein heftiges Niesen schüttelte sie und in einer unbewussten Bewegung fasste sie an ihren Bauch. Hoffentlich griff kein böser Geist nach ihrem Körper! Sie

wickelte sich in eine Decke, auch um den bewundernden Blicken der Männer zu entgehen und trat in die Kälte. Immer noch schwirrte ihr Kopf und eine leichte Übelkeit stieg in ihr hoch. Nie wieder wollte sie von diesem heiligen Wasser trinken! Reumütig kehrte sie in die Wärme zurück und kümmerte sich um Kleine-Krähe. Ihr Mann hatte sich angekleidet und schulterte seine Schneeschuhe. „Wo gehst du hin?"
„Jagen!" Eigentlich wollte er nur ein bisschen an die frische Luft, um einen klaren Kopf zu bekommen.
„Wir haben doch genug!"
Immer wieder diese Streitereien mit ihr! „Muss ich mich jetzt rechtfertigen, wenn ich etwas tue? Willst du mir in Zukunft sagen, was ein Krieger macht?"
Sie blinzelte verwirrt, wieso war er plötzlich so verärgert?
Tränen schimmerten in ihren Augen, als sie hinter ihm her blickte.
Verlegen setzte sich Jean an das Feuer. „Sei nicht traurig. Er hat nur schlechte Laune, weil er Kopfschmerzen hat! Terrible!"
„Ich auch", murmelte sie, dann legte sie sich auf ihr Lager und hielt sich den brummenden Kopf. Ai, diese Kopfschmerzen! Jean spielte indessen mit dem Kind, lenkte es von seiner Mutter ab, damit sie ein wenig schlafen konnte.
Ein Rütteln weckte Zintkala-win und mühsam öffnete sie die Augen, fühlte sich immer noch ein wenig benebelt. Ihr Mann stand über ihr, sein Gesicht wenig begeistert. „Komm, du hast genug geschlafen! Ich habe Hunger!"
„Yun!", stöhnte sie leise.
Sofort änderte sich sein Gesichtsausdruck. „Geht es dir nicht gut?"
Seufzend drehte sie sich in die Seitenlage und entlastete ihren schweren Bauch. „Mein Rücken tut weh!"
Ein dunkles Lachen schüttelte Nata-He-Yukan und mit einem Ruck zog er die Decke weg: „Knie dich hin!", befahl er. Sie machte einen Buckel und schnurrte behaglich, als seine Hände ihren Rücken kneteten.
Ihre Brüste hingen nach unten und Jean drehte sich schwitzend weg. „Mon dieu!" Er brauchte unbedingt auch eine Frau oder er

würde wahnsinnig werden. Dann verschwand Zintkala-win wieder unter dem Fell, entzog sich seinem begehrlichen Blick.
Oh Mann! Er konnte keine nackte Haut mehr sehen oder er würde einen Baumstamm rammeln. Warum durfte er nicht mal? So wie damals? Natürlich erst, wenn es ihr besser ging? So ganz vorsichtig, damit es dem Baby nicht schadete? Aber sein Freund schlief ja auch nicht mit ihr! Aber warum nicht? Sollte er ihn vielleicht fragen? Doch dieses Thema war ihm einfach zu heikel, zu leicht konnte es zu einem Missverständnis führen. Dann glaubte sein Freund vielleicht, dass er etwas von dem Mädchen wollte! Oh non! Einem Freund spannte man nicht die Ehefrau aus!

Doch in den nächsten Tagen hockte Zintkala-win wieder sittsam am Lagerfeuer, nur ihr Kleid spannte sich sichtbar über ihrem Bauch. Als ahnte sie seine Gewissensnöte, vermied sie es, sich ihm nackt zu zeigen.
Jean respektierte ihre Intimsphäre und machte einen großen Bogen um die Orte, an denen sie sich im Schnee wusch oder ihre Notdurft verrichtete. Irgendwie vermittelte sie den Eindruck, als ob man sie beschützen müsste und seine Leidenschaft verschwand, wich einer staunenden Neugier, wie ihr Körper sich veränderte. Sie wurde schwerfällig. Trotzdem fand er sie wunderschön, beneidete Nata-He-Yukan um diese Frau.

Um sich die lange Zeit des Winters zu vertreiben, spielten die Männer Murmeln. Immer neue Regeln und Geschicklichkeitsübungen machten es zu einem spannenden Wettstreit. Kerne galten als Zahlungsmittel und dem Sieger des Winters gehörte die Frau! Zumindest wünschte sich das Jean in seinen Tagträumen, weil ihn ein Pferd nicht interessierte. Er hatte ein Messer als Einsatz gesetzt, denn davon hatte er genügend. So lagen sie wie die Kinder am Boden, ließen die Murmeln rollen und warfen sich gegenseitiges Schummeln vor. Alle hatten einen Heidenspaß! Dann forderte Jean auch Zintkala-win auf mitzuspielen und abwehrend schüttelte sie den Kopf.
„Warum nicht? Murmeln ist lustig!“, lachte Jean.
„Frauen spielen nicht mit Männern“, meinte Nata-He-Yukan.

„Ja, aber hier ist doch niemand, der es sehen könnte! Schließlich ist sie ganz allein. Lass sie doch mitspielen!"
Zögernd sah Nata-He-Yukan seine Frau an. „Möchtest du?"
Sie strahlte liebevoll. „Ja!"
„Na gut!", lachte Jean in seiner impulsiven Art. „Alles noch mal von vorne!"
Die Männer schütteten ihre Kerne in die Mitte und teilten sie durch drei, damit Zintkala-win die gleiche Chance hatte wie sie.
„Was setzt du als Preis?", fragte Jean interessiert.
„Mich?", ärgerte sie ihn, denn sie hatte seine begehrlichen Blicke gesehen.
Er hustete vor Verlegenheit, doch Nata-He-Yukan lachte mit ihm, verstand es als harmlose Neckerei. Suchend blickte Zintkala-win in der Höhle umher, stellte fest, dass sie eigentlich nichts besaß.
„Ich nähe dem Sieger ein neues Hemd", bot sie an.
„Gut!", erklärten sich die Männer einverstanden.
„Aber wenn ich gewinne, bekomme ich ein Pferd und ein Messer!", forderte sie selbstbewusst.
Nata-He-Yukans Augen funkelten vergnügt. Woher nahm seine Frau nur diese Kraft?

Wieder spielten sie um die Wette, reizten sich gegenseitig mit hohen Einsätzen und Zintkala-wins Kernvorräte schwanden rapide. Es war abzusehen, dass einer der Männer gewinnen würde, aber das war ihr gleichgültig. Sie genoss es, mitspielen zu dürfen und lachte Tränen über den Eifer der Männer.
Meist saß sie jedoch am Feuer und begann nach dem Muster der Crowhemden ein Hemd zu schneidern. Die Vorderseite verzierte sie in Quilltechnik mit einer Sonne, außerdem schnitt sie lange Fransen in die Ärmel.

Hin und wieder verließen die Männer die Höhle und machten sich auf den gefährlichen Abstieg in das Tal, um nach den Biberfallen zu sehen.
Nata-He-Yukan mochte diese Art des Jagens nicht. Elendig und qualvoll verreckten die Tiere in den Fallen. Für ihn war es eine Beleidigung des Großen Geistes. Trotzdem war er neugierig und

begleitete Jean, untersuchte die eisernen Fallen und wunderte sich über die Grausamkeit der Weißen.
„Es gibt auch für Marder und Bären solche Fallen!", erklärte Jean mit dem Stolz des Gebildeten.
„Du fängst den Bären mit solchen Folterwaffen?" Nata-He-Yukan riss die Augen auf.
„Nein, ich schieße ihn lieber! Aber es gibt viele Trapper, die Bären mit solchen Fallen fangen, weil dann der Pelz nicht beschädigt wird!"
„Was sagt euer Gott dazu?"
„Na, der Mensch steht über dem Tier! Es hat keine Gefühle!"
Jetzt blieb Nata-He-Yukan wirklich die Spucke weg. „Für uns sind alle Tiere unsere Brüder!"
„Na, aber ihr jagt sie doch auch!"
„Ja, aber wir bedanken uns bei ihnen, weil sie ihr Leben opfern, damit wir leben können! Wir bereiten ihnen keine unnötigen Qualen."
„Wie fängst du dann einen Biber?"
„Wenn ich sein Fell möchte, dann lauere ich ihm auf und erschlage ihn mit einem Knüppel. Anschließend bete ich für seinen Geist."
„Na, da müsste ich aber oft beten!", lästerte Jean.
„Ja!", stimmte Nata-He-Yukan ohne Ironie zu, überhörte den Spott in der Stimme seines Freundes. „ Wozu brauchen die Weißen so viele Biber?"
„Wir machen daraus Mützen."
„So viele Mützen?"
„Ja, in Europa gibt es fast keine Biber mehr. Deswegen fangen wir hier so viele!"
„Dann gibt es auch hier bald keine Biber mehr. Ist Europa das Land, wo du herkommst?"
„Nein, aber mein Vater. Er kommt aus Frankreich. Das ist weit über dem großen Wasser. Ich wurde bereits hier geboren."
„Aber du hast gesagt, dass du ein Franzose bist!"
„Du erinnerst dich gut! Ich bin ein Franzose, denn ich spreche diese Sprache."
„Du sprichst viele Sprachen! Weißt du überhaupt noch, wer du bist?"

Jean blickte ihn sprachlos an. Auf Ideen kam dieser Indianer!
„Mais oui! Nur weil ich andere Sprachen spreche, ändert sich doch meine Herkunft nicht!"
„Warum nicht? Zintkala-win ist jetzt auch eine Lakotafrau!"
„Das denkst aber auch nur du!", feixte Jean, seine blauen Augen blinzelten vergnügt.
„Doch, im Frühjahr geht sie mit zu meinem Volk!", beharrte Nata-He-Yukan.
„Vielleicht, aber deswegen ist sie noch lange keine Lakota! Warte ab!"
Nachdenklich kniff Nata-He-Yukan die Augen zusammen. Würde Zintkala-win wieder Ärger machen? Jetzt, wo sie sein Kind trug und so sanftmütig war? Je eher sie zu den Lakota zurückkehrten, desto besser!

Die ersten Zugvögel kehrten bereits zurück und Unruhe breitete sich aus. Nata-He-Yukan wartete auf die Schneeschmelze, wollte so bald wie möglich aufbrechen. Regelmäßig sah er nach seinen Pferden und lachte über den übermütigen Einjährigen, der zutraulich näher kam. Er hatte schwarze Fesseln, fast wie schwarze Mokassins und er nannte ihn „Blackfeet", sehr zum Missfallen seiner Frau. Auch die Pferde waren unruhig, denn das Futter in dem Tal wurde knapp. Sie wollten endlich an die Flussauen und dort nach frischem Gras suchen. Ihre Rippen traten deutlich unter dem struppigen Winterfell hervor und mahnten ihren Besitzer zum Aufbruch.
Energisch beendete Nata-He-Yukan das gemütliche Leben in der Höhle, indem er seine Kerne holte. „Lass uns sehen, wer gewonnen hat!", forderte er.
Bäche von Tauwasser weichten bereits den Boden auf und er wollte packen.
„Okay!", brummte Jean und holte seinen Beutel mit den Kernen.
Beide Männer bildeten zwei Haufen, dann öffnete Zintkala-win ihre kleine Tasche.
Nur fünf Kerne waren noch darin und mit einem schelmischen Blick legte sie diese auf den Haufen von Nata-He-Yukan.
„He, das ist geschummelt!", beschwerte sich Jean.

„Nein! Ich kann mit meinen Kernen machen, was ich will! Jetzt hat mein Mann gewonnen!"
„Du kleines Biest!", schimpfte Jean. „Ich hätte dich nicht mitspielen lassen sollen!"
„Zu spät!", lachte sie ihn aus, genoss letztendlich, dass sie entschied, wer gewonnen hatte!
Nata-He-Yukan schüttelte sich vor Lachen. „Jetzt weißt du, warum Männer nicht mit Frauen spielen! Sie betrügen uns!"
„Wahrhaftig!", brummte Jean.
Stolz überreichte Zintkala-win ihrem Mann das Hemd: „Gefällt es dir?"
Nata-He-Yukan drehte sich selbstgefällig im Kreis und hob die Arme mit den langen Fransen. Stolz warf er seine Haare in den Rücken, fühlte sich wie ein Häuptling. „Ja!" So konnte er wahrlich zu seinem Volk reiten, als Jüngling war er gegangen, als Krieger kehrte er zurück!

Sie warteten auf besseres Wetter und eine seltsame Anspannung lag in der Luft. Sorgfältig verpackte Zintkala-win ihre Bündel und wartete auf den Aufbruch. Sie fürchtete sich vor der Reise, denn wieder mussten sie durch das Crowgebiet. Mit ihrem geschwollenen Leib war sie unbeweglich und hilflos, eine leichte Beute für jeden Feind. Warum wartete er nicht, bis das Kind geboren war und sie sich wieder verteidigen konnte?
„Wir gehen, lange ehe die Crow ihre Winterlager verlassen! Du wirst sehen! Niemand wird uns behelligen", wischte er ihre Sorgen beiseite und verschwand zwischen den Bäumen.
Jean sah ihm nach und setzte sich dann neben Zintkala-win.
„Mädchen! Ich begleite euch ein Stück, bis ihr in Sicherheit seid!", versuchte auch er die Frau zu beruhigen.
In einer kleinen Schüssel rührte er etwas Seifenschaum auf, dann zog er sein Messer aus der Scheide schaute in einen winzigen Spiegel, den er in den Spalt eines Baumes quetschte. Er versuchte harmlos, unbesorgt, zu wirken und und so tarnte er seine eigene Nervosität, indem er sich zum ersten Mal seit langer Zeit rasierte. Verwundert über sein merkwürdiges Tun, versuchte Zintkala-win ihn nicht anzustarren, was ihr aber nicht so ganz gelang.

„Ich schneide den Bart aus meinem Gesicht!“, erklärte Jean mit einem Lächeln.
„Oh!“ Fasziniert saß sie neben ihm und hielt Kleine-Krähe fest, der am liebsten vor Neugier in das Gesicht des Weißen hineingefasst hätte.
Ihr Blick tastete über die glatte Haut, erstaunt, wie jung Jean jetzt aussah. Nicht älter als Nata-He-Yukan! Jetzt passten auch die leuchtenden blauen Augen zu dem schmalen Gesicht.
„Schneidest du mir die Haare? Sie sind zu lang!“, bat er sie.
„Aber nein! In den Haaren steckt doch deine Medizin. Es ist nicht gut, sie abzuschneiden.“
Prüfend hob Jean seine Löwenmähne. „Medizin, he! Vielleicht finden mich Frauen damit schön? Was meinst du?“
Sie nickte heftig. „Aber ja!“
„Aber so sind sie eine Plage!“, schimpfte Jean.
„Dann mache dir doch Zöpfe“, schlug sie vor.
„Ich bin doch kein Mädchen!“
Sie kicherte respektlos. „Du bist doch kein Mädchen, nur weil du Zöpfe trägst! Viele Krieger haben Zöpfe. Komm, ich mache dir deine Haare, wie ein Mann sie tragen würde!“
„Meinst du?“
Schon nahm sie seinen Kamm und begann seine Mähne zu bändigen. Dann nahm sie Fellstreifen und wickelte damit zwei feste Zöpfe. „Jetzt siehst du aus wie ein Mann!“
Prüfend schaute er in den Spiegel: „Vielleicht sollte ich noch ein paar Federn tragen?“
Warum nur mussten alle Männer so eitel sein? Kopfschüttelnd erhob sich Zintkala-win und verschwand in ihrer Höhle.
Dann schlitterte Nata-He-Yukan durch den Matsch heran, grinste wie ein Fuchs, als er Jean in seiner neuen Pracht sah.
„Gut!“, bewunderte er ihn. „Du siehst fast so aus wie wir!“
„Meinst du?“
„Aber ja! Hilfst du mir die Pferde zu holen? Ich möchte morgen aufbrechen!“
„Hecetu!“
Gut gelaunt verschwanden die beiden Männer, kletterten über den Pfad ins Tal hinunter. Immer wieder rutschten ihre glatten

Mokassins ab, als sie über vereiste Flächen liefen. Leise rief Nata-He-Yukan nach seinem Schecken, der schnuppernd auf ihn zukam. „Na du? Wollen wir los?“
„Du hast ganz schön viele Pferde!“, meinte Jean bewundernd.
„Ja, viele Ponys von vielen Feinden! Komm, wir bringen sie zur Höhle!“
Die Ponys wehrten sich unwillig, als sie nach langer Zeit wieder einen Reiter auf ihrem Rücken spürten, aber dann trotteten sie gefügig über den Pfad. Ihr Herdentrieb war stärker als die Weigerung zu gehorchen. Buckelnd lief der kleine Hengst neben seiner Mutter her und Jean nickte anerkennend. „Der wird mal ein gutes Rennpferd!“
„Ja, er heißt Blackfeet!“
Kichernd rieb sich Jean das Kinn. „Und was sagt deine Frau dazu?“
„Sie schimpft!“
Am nächsten Morgen bat Nata-He-Yukan seine Frau ihre Bündel auf die Ponys der Ute zu schnüren. Aus zwei schlanken Bäumen baute er ein Travois für das Zelt und belud es mit dem schweren Bündel. Dann bewunderte er mit Kennermiene die beiden Ponys von Jean. „Gute Ponys! Aber das ist nicht das Crowpony, das ich dir gegeben habe!“
„No!“, betonte Jean. „Ich wollte meinen Skalp noch ein wenig länger behalten und habe es eingetauscht! Bei einigen Cheyenne!“
„Gut für dich!“, lachte Nata-He-Yukan.
Langsam setzte sich der kleine Zug in Bewegung, vorneweg Nata-He-Yukan. Ein wenig nervös drehte er sich zu seiner Frau um, die mit den Packpferden kämpfte und gleichzeitig das Kind vor sich im Sattel hielt. Aber er konnte ihr nicht helfen! Wenigstens einer musste bewaffnet die Umgebung sichern, nicht nur gegen Feinde, sondern auch gegen Bären, Pumas oder sonstige Gefahren. Am Abend schlug er einige schlanke Bäume, damit sie ihr Zelt aufbauen konnten. Es war bitterkalt, zu kalt, um im Freien zu übernachten. Erschöpft kniete sich Zintkala-win an das Feuer, massierte ihren Leib, der vom Reiten ganz hart war.
Fürsorglich bereite Nata-He-Yukan ihr ein Lager und drückte sie in eine liegende Stellung. „Ruh dich aus!“

Sie widersprach nicht, sondern schloss nur erschöpft die Augen. Wie lange musste sie noch reiten, bis sie bei den Lakota waren? Inzwischen war es ihr sogar gleichgültig, dass er sie dorthin brachte. Alles, was sie wollte, war ein Ort, an dem sie in Frieden und ohne Angst ihr Baby bekommen konnte. Müde kuschelte sich Kleine-Krähe an sie und sie schloss die Arme um ihn.
In der ersten Morgendämmerung machten sie sich an den Abstieg in das Tal. Es wurde merklich wärmer und Nata-He-Yukan biss sich auf die Lippen. Der Frühling kam hier schneller als in den Bergen, auch der Boden war trockener. Vorsichtig folgte er den Ausläufern des Gebirges, hielt sich in der Deckung dunkler Wälder.
Zintkala-win hatte sich ein ledernes Band um den Leib gebunden, um den Bauch zu stützen. Sie spürte die Bewegungen des Kindes und streckte ihren Rücken. Yun, das Reiten war anstrengend! Sie konzentrierte sich kaum auf die Umgebung und erschrak, als Nata-He-Yukan sie mit einem Handzeichen aufforderte zu warten und hastig die Pferde unter die Zweige der Bäume drückte.
„Reiter!", warnte er leise.
Jean stellte sich neben ihn und spähte mit angespanntem Gesicht in die Ferne. „Was ist?"
„Reiter", flüsterte Nata-He-Yukan.
„Wo?"
Nata-He-Yukan hatte keine Zeit mehr zu antworten, dann waren die Reiter bereits da! Zwanzig Crow auf Pferden, mit finsteren Mienen, versperrten ihnen den Weg.
„Lass den Bogen unten, wenn dir dein Leben lieb ist!", zischte Jean, übernahm sofort die Initiative und ritt mit erhobenen Händen auf die Crow zu.
Nata-He-Yukan schluckte nervös. Diese Methode war ihm neu! Sonst rettete ihm immer die Schnelligkeit, mit der er seine Waffe zog, das Leben! Sein Blick fiel auf seine Frau, die aschgrau auf ihrem Pferd saß. Warnend schüttelte er seinen Kopf. Wenn sie überleben wollte, dann durfte sie nicht kämpfen!
„Alle Indianer sind meine Freunde!", hörte er Jean auf die Crow einreden, dann wiederholte er den Satz in deren Sprache.

Es blieb Nata-He-Yukan nichts anderes übrig, als Jeans Spiel mitzuspielen und zu hoffen, dass wenigstens Zintkala-win verschont wurde. Er bemühte sich um ein entspanntes Aussehen, ließ lässig die Beine baumeln und hielt die Hände ruhig auf dem Hals des Ponys. Seine Mundwinkel hingen ein wenig verächtlich nach unten, als er sein Pony kurz hinter Jean anhielt und mit einem ruhigen Blick seine Feinde streifte. In seinem Inneren tobte es, es kostete ihn alle Überwindung, diese Maskerade aufrecht zu erhalten und nicht seinen Bogen von der Schulter zu reißen.
Jean redete in der Sprache der Crow auf sie ein, unterstrichen mit Gesten und das verblüffte ihn. Sein Freund war nicht dumm!
„Ich handle!“, erklärte dieser gerade. „Ich habe viele Dinge für euch!“
Die Mienen der Crow entspannten sich etwas, dann deuteten sie auf Nata-He-Yukan. „Warum reitest du mit diesem Halsabschneider?“
„Er ist mein Freund“, erklärte Jean. „Er hilft mir!“
„Die Lakota sind unsere Feinde!“, drohten sie.
„Mais non! Er ist allein. Er reitet mit mir. Er ist mein Freund!“
Langsam kamen die Crow näher, berührten Nata-He-Yukan mit ihren Peitschen und nahmen seine Frau in Augenschein. Ohne sich zu rühren, wartete der Lakota ab, wusste, dass eine unvorsichtige Bewegung ihn das Leben kosten würde.
Herausfordernd lehnte sich ein Crow zu Zintkala-win und strich über ihren Bauch. „Deine Frau?“, fragte er. Seine Haare fielen weit über den Rücken hinunter, weil er sie mit Pferdehaar verlängert hatte.
Geschmeidig rutschte Nata-He-Yukan von seinem Pony und trat zu ihrem Pferd. Behutsam half er ihr hinunter, dann nahm er Kleine-Krähe auf den Arm.
Lächelnd, als wäre er schon oft in einer solchen Situation gewesen, wandte er sich an den Krieger: „Ja, meine-Frau! Sie-ist-müde. Wir-rauchen? Wir-tauschen?“
Dem Crow blieb vor Verblüffung der Mund offen stehen, dann machte er eine Bemerkung zu den anderen. Grinsend kamen die Crow näher, umzingelten das junge Paar und strichen der Frau über den Bauch. Zintkala-win zwang sich zu einem scheuen

Lächeln, dann legte sie schützend die Hände über ihren Leib und drängte sich näher an Nata-He-Yukan heran, spielte die schüchterne Ehefrau.
Wohlwollendes Gelächter belohnte sie und neckisch deuteten die Crow auf die Frau. „Du-haben-hübsche-Frau! Bald-haben-noch-ein-Baby! Gute-Frau! Du-tauschen?"
Verneinend schüttelte Nata-He-Yukan den Kopf und erntete weiteres Gelächter. Schließlich trat Jean zwischen sie und schimpfte verzweifelt: „Nein, nein, nicht-Frau-tauschen! Meine-Sachen-tauschen!"
Freundlich wandten sich die Crow ab, breiteten Decken im Gras aus und boten den Händlern ihre Pfeife an. Nata-He-Yukan war für sie ganz einfach ein Händler und genoss somit ihre Gastfreundschaft.
Immer noch grau im Gesicht sank Zintkala-win auf eine Decke, nahm Kleine-Krähe auf ihren Schoß und atmete durch. Sie war keine gute Spielerin! Das hatte sie schon im Winter festgestellt! Aber niemand achtete auf die sichtlich nervöse Frau, alle schauten gespannt, welche interessanten Dinge der weiße Händler anzubieten hatte. Eine Pfeife wurde herumgereicht und mit großartigen Worten pries Jean seine wundervollen Waren. Viel hatten die Crow dagegen nicht anzubieten. Ein Jagdtrupp, nur mit dem ausgerüstet, was sie auf dem Leibe trugen.
„Warum kommst du nicht in unser Dorf?", baten sie ihn. „Dort haben wir viele Dinge zum Tauschen!"
„Uh!", wand sich der Händler. „Mein Freund will in sein Dorf zurück. Ich will ihn nicht alleine lassen. Zu viele Feinde!"
„Wir lassen ihn in Frieden ziehen! Wir kämpfen nicht gegen einen einzelnen Mann und seine schwangere Frau!", versicherten die Crow.
Etwas zweifelnd schaute Jean auf die Krieger, aber sie hielten seinem Blick ohne Weiteres stand.
Sie hatten mit dem Lakota die Pfeife geraucht und es wäre nicht ehrenhaft, ihn hinterrücks anzugreifen.
„Na gut!", stimmte Jean zu.
„Ich komme in euer Dorf! Mein Freund reitet zu den Lakota, in Frieden!"

In aller Ruhe stand Nata-He-Yukan auf, sah die Möglichkeit hier mit heiler Haut zu entkommen, ehe es die Crow sich wieder anders überlegten.
Herzlich drückte ihn Jean an seine Brust: „Mon ami! Pass gut auf dich auf!"
„Ich habe nichts anderes vor!", versicherte Nata-He-Yukan. Jean drückte einen Kuss auf Zintkala-wins Stirn und streichelte sanft über ihren Bauch. „Ich wünsche dir alles Gute, ma chérie!"
Sie nickte ihm freundlich zu, hoffte, dass die Crow sie wirklich ziehen ließen. Schwerfällig zog sie sich auf ihr Pferd und nahm die Leinen der Packpferde. Durften sie tatsächlich gehen?
Ihr Mann spielte das Spiel weiter und sie bewunderte seine Ruhe. Mit seinem Sohn im Arm glitt er auf sein Pony, so als wären die Crow seine besten Freunde, als hätte er es nicht nötig, sich oder seine Familie zu verteidigen.
Einer der Crow kam grinsend auf ihn zu und hielt den Zügel fest. In Zeichensprache sagte er: „Du-spielen-gefährliches-Spiel, Lakota!"
Blitzschnell rechnete sich Nata-He-Yukan seine Chancen aus, doch das Kind vor ihm würde ihn behindern. Bewegungslos saß er da, als er erkannte, dass die Crow ihn durchschaut hatten. Dann verzog der Mann vor ihm bewundernd die Lippen und ließ die Zügel los. „Du-sehr-mutig-doch-nächstes-Mal-du-kommen-ohne-deine Frau-und-deine-Kinder!"
Nata-He-Yukan ließ seine Maske fallen und ehrliche Dankbarkeit leuchtete in seinen Augen: „Die-Crow-tapfer! Ebenbürtige-Gegner! Eines-Tages-ich-habe-Mitleid-mit-euren-Frauen-und-Kindern, so-wie-du-jetzt!"
Langsam wandte er sich mit seiner Familie nach Osten, ritt ohne Eile seinen Jagdgründen entgegen, weil er ihnen sowieso nicht entkommen würde, wenn sie seinen Skalp wollten.
Lange verfolgten ihn die Crow mit wachsamen Augen, wunderten sich, warum er überhaupt mit seiner Frau allein unterwegs war. Sie bewunderten Mut und dieser Krieger war in der Tat mutig. Schade, dass er ein Feind war.
Dann wandten sie sich interessanteren Dingen zu, freuten sich auf den Tauschhandel mit Jean.

„Warum ist dieser Lakota dein Freund?“, wollten sie von Jean wissen.
„Er hat mir im einmal das Leben gerettet!“
Ah, eine Lebensschuld! So etwas verstanden auch die Crow!
„Nata-He-Yukan ist mein Freund! Ich möchte nicht, dass ihm oder seiner Familie etwas zustößt!“, erinnerte er die Crow nochmals an ihr Versprechen.
„Warum ist er allein?“, fragten sie neugierig.
„Er wurde von seinem Volk verstoßen!“
„Hoh, vielleicht hätten wir fragen sollen, ob er mit uns leben möchte. Wir brauchen mutige Krieger!“
„Gute Idee.“, lachte Jean. „Aber er möchte zu seinem Volk zurückkehren!“
„Gut für die Lakota, schlecht für uns! Vielleicht hätten wir ihn doch töten sollen!“, meinte ein anderer junger Mann.
„Non!“, fuhr ihn Jean an.
Achselzuckend setzten sich die Crow auf ihre Ponys und führten Jean in ihr Dorf. Ein Lakota allein war keine besondere Herausforderung!

Nata-He-Yukan ritt bis zum Abend, dann erst erlaubte er sich eine Pause. Sichtlich erleichtert rutschte er von seinem Pony und zog es in den Schatten einiger Felsen. Aschfahl krümmte sich Zintkala-win auf ihrem Pferd, ihre Hände zitternd vor Angst in der Mähne verkrampft. Wann wären sie endlich in Sicherheit? Still sank sie zu Boden, hatte keine Kraft mehr ihre Bündel abzuladen.
„Morgen geht es dir wieder besser!“, flüsterte Nata-He-Yukan, dann holte er die schwere Büffeldecke für sie und reichte ihr etwas Wasna.
„Ohne Jean wären wir jetzt tot“, sagte sie ohne Regung, nahm die Tatsache einfach hin.
Er drehte ihr den Rücken zu und verstaute die Bündel an der Felswand. Ruhig wandte er sich ihr zu: „Ja! Aber dafür sind Freunde da. Um sich gegenseitig zu helfen!“
„Ist Jean auch mein Freund?“, fragte sie.
„Wie meinst du das?“

„Bin ich sein Freund? So wie du es bist? Und nicht nur die Gefangene, die sein Lager geteilt hat?"
Lächelnd streichelte er ihr Gesicht. „Glaube mir, er hat dich schon im letzten Winter nicht als Gefangene gesehen! Er ist dein Freund!"
„Bist du nicht eifersüchtig?"
„Nein, warum? Er weiß, dass du meine Frau bist und würde nie zwischen uns treten!"
„Woher weißt du das so genau?"
„Er hätte in diesem Winter die Gelegenheit dazu gehabt! Aber er ist mein Freund! Ebenso wie deiner!"
Sie nickte zufrieden. „Ja, Jean ist ein guter Mann!"

Tagelang ritten sie dahin, kamen nur langsam voran, denn das Reiten strengte Zintkala-win an. Sie überschritten die mit Kiefern bewachsenen Wolfsberge und Nata-He-Yukan entspannte sich sichtlich. Längst waren sie in seinem Stammesgebiet und er suchte die Lagerplätze seines Volkes. Meist hielten sich die Lakota im Frühjahr an einem der rasch fließenden Flüsse auf, an denen das Gras saftig wuchs und die Ponys sich nach dem Winter die Bäuche voll schlagen konnten. Er musste sich nur vergewissern, dass er nicht ausgerechnet auf seinen eigenen Stamm stieß, denn die würden ihn kaum freundlich begrüßen!
Er entschied, das Tipi in einer geschützten Senke, umgeben von Kiefern, aufzubauen und in aller Ruhe die Dörfer auszuspähen, ehe er sich bemerkbar machte.
Zintkala-win war erleichtert. Sie stand kurz vor der Geburt und es war ihr peinlich, dass sie so unbeweglich war. Ein wenig Rast würde ihr gut tun. Andererseits hatte sie Angst, allein zu bleiben.
„Ich reite nicht weit!", erklärte Nata-He-Yukan.
„Von dem Hügel dort vorn kann ich vielleicht Rauchsäulen erkennen oder ich mache ein Feuer, damit sie auf mich aufmerksam werden."
„Aber ein Feuer können auch deine Feinde sehen!"
Er grinste locker. „Ja, aber ich werde vorsichtig sein!"
Sie blieb mit einem mulmigen Gefühl zurück, achtete darauf, dass wenigstens von ihrem Feuer kein Rauch aufstieg und hoffte,

dass er bald zurückkäme. Kleine-Krähe bohrte mit seinen Fingern in der Erde und sie lächelte ein wenig.
„Möchtest du deine Murmeln?", fragte sie freundlich. Beruhigt sah sie zu, wie das Kind spielte, dann setzte sie sich ans Feuer, um zu kochen.
Leises Hufgetrappel erklang und wachsam erhob sie sich von ihrer Arbeit, nahm sicherheitshalber den Bogen in die Hände. Mehrere Krieger ritten auf sie zu und sie erkannte die Unsinnigkeit ihres Handelns. Also legte sie den Bogen sichtbar vor ihre Füße. Dann starrte sie ängstlich auf die Reiter, die langsam auf sie zukamen. Lakota! War ihr Mann unter ihnen? Nein! Ihre Hände wurden feucht und Schweiß bildete sich auf ihrer Stirn. Vielleicht zehn Krieger, die Hände an ihren Waffen, hielten drohend vor ihr an. Hastig nahm sie Kleine-Krähe auf den Arm, hoffte, dass er nicht losbrüllte und die Männer reizte. Sein Kopf vergrub sich an ihrer Schulter und ängstlich schielte er auf die fremden Männer.
„Welcher Stamm?", fragte ein Krieger sie mit Handzeichen, sein Gesicht verzog sich spöttisch, als er den Bogen vor ihren Füßen erblickte.
„Blackfeet!", antwortete sie wahrheitsgemäß, denn eine Lüge würde ihr auch nicht weiterhelfen.
„Du-weit-weg-von-deinem-Volk!" Seine Hand war verdächtig nahe an seiner Keule, aber noch hockte er entspannt auf seinem Pony, sah in der Frau keine Gefahr. Seine Gesichtszüge waren hart und eckig, gaben ihm ein gefährliches Aussehen.
„Mein Mann ist ein Lakota!", antwortete sie in seiner Sprache.
Ein kurzes Blitzen war in seinen Augen zu sehen, dann nickte er etwas freundlicher. „Wo ist dein Mann?"
„Er sucht die Lagerplätze seines Stammes!"
„Hast du keine Angst, so alleine hier zu sein, nur mit deinem Kind?"
„Muss ich Angst haben?" Ihre Hand machte eine weit umfassende Geste über das Land. „Überall ist das Land der Lakota! Muss ich mich vor ihnen fürchten?"
Bewundernd nahmen die Krieger die junge Frau in Augenschein. Sie war ganz schön dreist! Lässig trieb der Mann sein Pony näher an sie heran und beugte sich zu ihr. „Ich heiße Biberschwanz!

Sage deinem Mann, dass er eine ganz schön vorlaute Blackfeetfrau hat! Du würdest mir auch gefallen!“
Sie wich ein Stück vor ihm zurück, jetzt doch ein wenig besorgt, und drückte das Kind beschützend an sich. Ängstlich brüllte Kleine-Krähe los und sein Gesicht verzerrte sich, als er auf den Mann schaute, der sein Pferd näher an die wehrlose Frau heran trieb. Irritiert blickte der Mann das weinende Kind an, seine Augen wurden schmal, als er erkannte, dass hier doch mehr Ärger auf ihn wartete, als er vorhergesehen hatte. Bei diesem Geschrei würde der Ehemann sicherlich bald umkehren und dann hätte er es mit einem Krieger seines eigenen Volkes zu tun. Er hatte dieser Blackfeetfrau genug Schrecken eingejagt.
Mit einem selbstgefälligen Grinsen drehte er sein Pferd herum. „Gut, dass ein Lakota dein Mann ist, sonst würde ich dich in mein Tipi führen! Wie heißt dein Mann?“
„Nata-He-Yukan!“
Der Mann zuckte sichtlich zusammen, dann blitzten seine Augen herausfordernd. „So, Nata-He-Yukan! Vielleicht nehme ich dich doch mit!“
Sie wurde blass und wich ein Stück vor ihm zurück, fühlte eine plötzliche Schwäche in ihren Knien.
Mit einem Satz sprang der Mann von seinem Pony und machte eine beruhigende Handbewegung: „Es war nur Spaß! Wir warten hier, bis Nata-He-Yukan kommt, damit nicht andere Männer dich entführen!“
Lächelnd setzten sich die Krieger um das Feuer und warfen der verschreckten Frau abschätzende Blicke zu.
Zintkala-win hatte nicht mehr die Kraft, sie zu bedienen. Erschöpft sank sie ins Gras und die Männer wechselten besorgte Blicke.
Endlich kehrte Nata-He-Yukan zurück und nur mit Mühe konnte er die Erleichterung verbergen, als ihm einige Krieger bekannt erschienen. Miniconjou!
Ein entfernter Onkel lebte bei diesem Stamm, vielleicht sogar bei dieser Gruppe! Es wäre schön, ihn wieder zu sehen! Seine Frau kniete unversehrt im Gras und er atmete tief durch. Dieser Unsinn, allein durchs Land zu reiten, musste ein Ende haben!

„Hau!", grüßte er höflich. „Habt ihr mein Feuer gesehen?"
Lächelnd trat Biberschwanz ihm entgegen. „Hau Tahanschi! Du bist ganz schön unvorsichtig! Fast hätte ich mir dieses freche Blackfeetmädchen geschnappt!"
Nata-He-Yukan kannte ihn nur zu gut. Eigentlich waren sie vor drei Sommern Rivalen um das gleiche Mädchen gewesen.
Grashüpfer! Kurz musterte er den Mann, der mit einem süffisanten Grinsen vor ihm stand.
Biberschwanz war ein kräftiger Mann, ein imposanter Kopfputz aus mehreren Adlerfedern schmückte sein Haar, Zeichen der Coups, die er errungen hatte. Außerdem trug er den Schädel eines Fuchses um den Hals, der ihn als Angehörigem des Kit-Fox Bundes auszeichnete. Seine eckigen Züge passten gut zu den hohen Wangenknochen und seiner scharf gebogenen Nase.
Nata-He-Yukan beschloss die Anspielung auf ihre Rivalität mit einem Witz zu übergehen: „Du hast dir schon Grashüpfer geschnappt! Reicht das nicht?"
Brüllendes Gelächter antwortete ihm und plötzlich umringten ihn die Männer, schlugen ihm freundlich auf die Schultern, um ihn zu begrüßen. „Setzt euch!", lud er sie ein. „Meine Frau gibt euch etwas zu essen!"
Mühsam rappelte sich Zintkala-win auf, versuchte so gut wie möglich ihren Bauch zu stützen und gleichzeitig die Männer zu bedienen. Ein merkwürdiges Ziehen machte sich bemerkbar und sie warf ihrem Mann einen hilfesuchenden Blick zu.
Mit seinen Lippen deutete er an, dass sie sich besser ins Tipi zurückziehen sollte. Keiner sagte etwas, als Nata-He-Yukan ihnen die Schüsseln füllte und dann kurz zu seiner Frau ging.
Im Tipi beugte er sich zu ihr hinunter und seine Hand fühlte besorgt nach ihrem Bauch. „Kommt das Baby?"
Heiße Tränen liefen über ihr Gesicht und sie versuchte sie hastig wegzuwischen. „Nein, ich bin nur so müde."
Er lächelte beruhigend. „Bald sind wir im Dorf, dann kannst du dich ausruhen." Ruhig schlenderte er zu den Männern zurück und versuchte einen gelassenen Eindruck zu vermitteln. Er stopfte seine Pfeife und bot sie den anderen an. Schweigend rauchten alle, beobachteten unauffällig den fremden Mann.

Schließlich lächelte Biberschwanz. „Warum kommst du nicht in unser Dorf? Du bist uns willkommen und Grashüpfer könnte sich um deine Frau kümmern."
„Pilámaya", stimmte Nata-He-Yukan mehr als nur erleichtert zu, allerdings ohne sich diese Erleichterung in der Stimme anmerken zu lassen.
Viele Fragen brannten den anderen auf den Lippen, aber hier musste an dringendere Dinge gedacht werden. Zuerst musste die hochschwangere Frau ins Dorf gebracht werden. Schweigend verfolgten sie mit ihren Augen, wie Nata-He-Yukan das Tipi abbrach und auf dem Travois verstaute. Dann sahen sie zu, wie er Zintkala-win auf das Pony half und selbst Kleine-Krähe vor sich in den Sattel nahm. Es war eine Selbstverständlichkeit, dieser Familie in ihrer verzweifelten Lage zu helfen.
In langsamem Tempo machten sie sich auf den Weg, schweigend ritten sie nebeneinander her, die Familie sicher in ihrer Mitte. Verstohlen beobachtete Biberschwanz den Mann. Er kannte Nata-He-Yukan seit seiner Kindheit, oft hatten ihre Dörfer nebeneinander gelegen und ihre Jungenbanden gegeneinander gekämpft. Ihre Freundschaft hatte ein wenig Schaden genommen, als er ihm das Mädchen weggeschnappt hatte.
Aber es war Grashüpfers Entscheidung gewesen. Dabei hatte Nata-He-Yukan damals schon sehr gut ausgesehen. Aber jetzt hatte Nata-He-Yukan sich verändert! Er war kräftiger geworden, muskulöser, ruhiger. Verschwunden war die jungenhafte Arroganz, stattdessen sah Biberschwanz einen Krieger vor sich, einen Mann, der gelernt hatte sein Leben zu verteidigen. Wie verzweifelt musste er sein, um unter diesen Umständen zu ihrem Dorf zu kommen? Denn es war kein Höflichkeits- oder Freundschaftsbesuch.Dieser Mann suchte Schutz!
„Ich bin der Anführer der Kit-foxes! Vielleicht kommst du in den nächsten Tagen in unserem Zelt vorbei!", lud er ihn ein.
Nata-He-Yukan nickte höflich, fast erleichtert. Wenn er hier bleiben wollte, dann brauchte er die Gemeinschaft eines Kriegerbundes!
Schließlich lag das Dorf in der Ferne vor ihnen und ein Trupp Reiter löste sich aus dem Schatten der Zelte. Im Galopp kamen

die Reiter auf die Ankömmlinge zu und kurz blinzelte Nata-He-Yukan seine Überraschung weg. Dort war Langes-Messer, ein Freund von ihm. Was machte er hier? Haun, es war gut wieder Freunde um sich herum zu haben!
Staunend riss der Krieger seinen Mund auf, dann nickte er ihm freundlich zu, ignorierte das Gebot der Ächtung.
„Hau, Tahanschi!"
„Hau, Tahanschi!", grüßte Nata-He-Yukan zurück und lächelte ein wenig über die mangelnde Selbstbeherrschung seines Freundes. Aber so war Langes-Messer eben. Offen und ehrlich, wobei er auf viele Menschen eher unscheinbar wirkte.
Seine Haare waren in einfache Zöpfe geflochten und eine fliehende Stirn unterstrich den Eindruck der langen geraden Nase noch, so als wäre sein Kopf als Baby platt gedrückt worden. Nur der Säbel, den er einem unvorsichtigen Trapper abgenommen hatte, hing drohend an seiner Hüfte, als eindrucksvoller Blickfang.
Er war aus seinem Dorf und Nata-He-Yukan wunderte sich, was der Krieger ausgerechnet hier machte.
Verblüfft glotzte Langes-Messer auf das kleine Kind, das Nata-He-Yukan im Arm hielt und legte den Kopf schief. Dann sah er die hochschwangere Frau und sein Kiefer fiel endgültig herunter. Nata-He-Yukans Anspannung löste sich in einem heiteren Glucksen. Noch nie hatte er gesehen, dass ein Mann seine Verblüffung so schlecht verbergen konnte.

„Langes-Messer! Das ist meine Frau Zintkala-win und mein Sohn Kleine-Krähe!", erklärte er mit einem breiten Lächeln.
„Wan, waschté!", stammelte Langes-Messer und fiel in das Lachen ein. Tausend Fragen brannten ihm auf den Lippen, aber es wäre in höchstem Maße unhöflich, jetzt seine Neugier zu zeigen. Er musste sich in Geduld üben und abwarten, bis sein Freund von selbst seine Geschichte erzählte.
Nata-He-Yukan fühlte sich wohl und entspannte sich sichtlich. Er war heimgekehrt! Nicht zu seinem Stamm, aber zu seinem Volk! Wie oft hatten ihre Dörfer beisammen gelegen, sie gemeinsam Büffel gejagt oder den Sonnentanz getanzt! Oft war es wegen der nahen Blutsverwandtschaft unmöglich, dass junge Menschen

eines Dorfes untereinander heirateten, so nutzen viele junge Männer die großen Sommerlager, um in anderen Dörfern um Mädchen zu werben.
Nata-He-Yukan kannte viele junge Männer in den anderen Dörfern, auch weil es die gleichen Kriegerbünde gab, denen er sich dann anschloss. Auch hier kannte er viele der jungen Männer, hatte bereits mit ihnen gekämpft, wenn es darum ging, ihre Jagdgründe zu verteidigen. Letztendlich konnte er sich auf jeden Einzelnen von ihnen verlassen. Nur nach innen gab es die Unterteilung in die einzelnen Stämme, insgesamt sieben: Oglala, Sans-Arc, Brulé, Siasapa, Two-Kettle, Hunkpapa oder wie hier die Miniconjou, aber nach außen waren sie die Lakota, oder Sioux, die jeden Feind das Fürchten lehrten.

Wie in einer Parade ritten sie ins Dorf und neugierige Frauen und Kinder sammelten sich, um die Ankömmlinge zu begrüßen. Ein wenig enttäuscht senkte Nata-He-Yukan die Augen, denn er konnte seinen Onkel nirgends entdecken.
Flüsternd beugte er sich zu Langes-Messer: „Ich habe gehofft Sieht-die-Wolken-am-Himmel hier zu treffen!"
Sein Freund schüttelte den Kopf. „Er ist bei einer Gruppe, die weit im Osten ihre Zelte hat! Ich habe ihn das letzte Mal vor einem Sommer gesehen!"
Biberschwanz führte die Familie zum Rand des Lagers und wies ihnen einen Platz zu, an dem sie das Tipi aufbauen konnten. Mit einer Handbewegung verscheuchte er die anderen und rief nach seiner Frau.
Eifrig eilte Grashüpfer herbei, die einen schüchternen Blick auf Nata-He-Yukan warf, aber dann wieder ganz gehorsame Ehefrau war und Zintkala-win half das Zelt aufzubauen.
Eine weitere Frau trat hinzu und stellte sich als Sommerregen, die Frau von Langes-Messer vor.
Bewundernd fiel Nata-He-Yukans Blick auf die schlanke Gestalt der Frau. Er kannte sie nicht, aber offensichtlich war sie der Grund, warum Langes-Messer nun hier lebte.
Gemeinsam ordneten die Frauen die Stangen und zogen die schwere Haut nach oben.

Etwas verlegen bedankte sich Zintkala-win, doch lächelnd brachten ihr die Frauen auch noch Feuerholz und einen Kochsack mit duftender Brühe.
Dankbar warf Zintkala-win den beiden Frauen, die ihr halfen die Bündel im Zelt zu verstauen, einen Blick zu.
„Wann kommt dein Baby?", fragte Sommerregen.
„Ich glaube heute Nacht!", seufzte Zintkala-win und die beiden lachten verständnisvoll.
„Du bist keine Lakota", stellte Grashüpfer fest.
„Nein, ich bin eine Blackfeet."
Hoh, ein neugieriges Blitzen leuchtete in den Augen der beiden. Die Geschichten über Nata-He-Yukan und Zintkala-win würden interessant werden! Müde kuschelte sich Kleine-Krähe in die Decken und fürsorglich setzte sich die Blackfeetfrau neben ihn, streichelte zärtlich seine schwarzen Haare. „Siehst du, jetzt sind wir bei den Lakota!"
„Die Lakota sind leise", flüsterte das Kind glücklich. „Keine bösen Männer mehr!"
„Nein, keine bösen Männer mehr!", lächelte Zintkala-win.
„Ist das dein Kind?", fragte Grashüpfer.
Zintkala-win schluckte schwer. „Ja, es ist mein und Nata-He-Yukans Kind!"
Grashüpfer wusste, dass dies nicht möglich sein konnte. Sie wusste von seiner Verbannung und dieses Kind war älter. Trotzdem erkannte sie, dass es der Wahrheit entsprach.
„Wenn dein Baby kommt, dann rufe nach uns", lächelte sie aufmunternd.
Ai, das würde sie ganz gewiss tun!
Seufzend streckte sie sich auf ihrem Lager aus, hundemüde von der langen Reise, aber glücklich endlich in dem Dorf zu sein.
Nata-He-Yukan schlüpfte in das Zelt und besorgt kümmerte er sich um seine Frau. „Geht es dir gut?"
„Ja!"
„Morgen zeige ich dir alles. Du wirst sehen, hier leben viele gute Menschen."
„Ai, zwei habe ich schon kennen gelernt. Grashüpfer und Sommerregen! Sie haben mir geholfen das Zelt aufzubauen!"

Er lachte leise. „Ja, Sommerregen ist die Frau von Langes-Messer, einem Freund von mir. Ich bin froh, dass wir dieses Dorf gefunden haben!“ Er kicherte verlegen. „Auf Grashüpfer hatte ich mal ein Auge geworfen, sie ist aus meinem Dorf, aber sie hat sich für Biberschwanz entschieden!“
„Das kann ich aber überhaupt nicht verstehen!“, heuchelte sie wenig glaubhaft ihr Unverständnis.
„Nicht wahr, dann müsste ich mich jetzt nicht mit einem störrischen Blackfeetweib abfinden!“
„Zu schade!“, stimmte sie zu.
„Zu schade!“, brummte er und streichelte ihren Bauch.
Er schlief wunderbar, träumte von seiner Mutter, die lächelnd ihr Enkelkind hielt. Mit Tränen in den Augen wachte Nata-He-Yukan auf, immer noch war der Traum präsent und Trauer erfüllte ihn. Wie gern hätte er seiner Mutter Zintkala-win gezeigt und das Kind. Kam seine Mutter ihn in seinen Träumen besuchen? Nahm sie so Anteil an seinem Leben?
Der Gedanke tröstete ihn und leise schlüpfte er in seine Mokassins und seinen Lendenschurz, griff nach seinem Hemd und verließ das Zelt.
Ungefähr zehn ungeduldige junge Männer warteten bereits vor seinem Zelt, begierig darauf, endlich seine Geschichten zu hören. Unter ihnen war auch Biberschwanz und ihm war klar, dass sich der Anführer der Kit-foxes ein Bild von ihm machen wollte, auch um den Ältesten Bericht zu erstatten.
Mit einem Grunzen warf Nata-He-Yukan seine Haare nach hinten, dann nahm er Kleine-Krähe an der Hand, der an seinem Lendenschurz zupfte. „Leise sein! Ina schläft noch!“, warnte er das Kind.
Dann folgte er den Kriegern zum Fluss, um mit ihnen zu baden.
„Das ist Kleine-Krähe, mein Sohn!“
„So?“, runzelte Langes-Messer erstaunt die Stirn, übernahm die günstige Gelegenheit seinem Freund einige Fragen zu stellen.
„Ja! Ich habe ihn im Wald gefunden und beschlossen ihn als meinen Sohn aufzuziehen.“
„Sonst nichts?“ Die fliehende Stirn von Langes-Messer kräuselte sich leicht.

„Sonst nichts!“
„Und die Blackfeetfrau?“
„Die habe ich auch im Wald gefunden“, wehrte Nata-He-Yukan ab.
Die Männer lachten leise: „Was sind das für Wälder, in denen Frauen und Kinder auf den Bäumen wachsen?“
Seufzend setzte sich Nata-He-Yukan an das Ufer. „Ich werde euch jetzt meine Geschichte erzählen, aber dann möchte ich sie vergessen“, bat er die Männer.
Sie nickten und zeigten damit ihr Einverständnis und so begann er mit leisen Worten zu erzählen:
„Ich wurde verbannt, weil ich einen Mann meines Dorfes im Stich gelassen habe. Vielleicht habe ich es getan, vielleicht nicht. Es war ein Jagdunfall und diese Dinge geschehen eben. Alle sind wütend, wenn ein Mann sterben muss.“
Nata-He-Yukan machte eine kurze Pause und sammelte seine Gedanken, versuchte den Hass zu unterdrücken, der in ihm hochstieg. Niemand sagte etwas, alle warteten gespannt auf die Fortsetzung der Geschichte. Mit leiser, neutraler Stimme erzählte Nata-He-Yukan weiter:
„Ich ging in die Berge und fand eine Höhle, in der ich überwintern wollte. Dann tötete ich zwei Crow, die meinem Versteck zu nahe kamen. Sie hatten dieses Blackfeetmädchen verfolgt und ich fand sie schwer verletzt. Ich war allein und dachte mir, dass sie mir den langen Winter versüßen konnte!“
Alle lachten übermütig und hingen neugierig an seinen Lippen.
„Und das Kind?“
„Ich tötete seine Eltern, als sie meine Pferde stehlen wollten. Es waren Shoshone.“
„Hokahey! Hast du viel gekämpft?“
Nata-He-Yukans Blick fiel auf seine tiefen Narben. „Ja! Aber lieber hätte ich für mein Dorf gekämpft.“
Allein dieser Satz zeigte ihnen, dass er niemals einen Freund im Stich gelassen hätte. Biberschwanz runzelte nachdenklich die Stirn und nickte ihm freundlich zu. „Du bist hier willkommen!“
Offen blickte ihm Nata-He-Yukan in die Augen. „Dann werde ich für dieses Dorf kämpfen!“

„Waschté!“ Alle nickten zustimmend.
„Gegen wen hast du noch gekämpft?“
„Anfangs gegen das Blackfeetmädchen ...!“, lachte er amüsiert.
„... Sie hat bestimmt dreimal versucht mich zu töten!“
„Dich? Aber du hast sie doch gerettet!“
„Ja, dieses undankbare Biest hielt mich für einen Crow, weil ich eines ihrer Hemden trug!“
„Warum hast du sie dann nicht getötet?“ Verwunderung stand in ihren Gesichtern, dass er so viel Geduld hatte.
„Hohch!“, winkte er ab. „Ich hatte mich an sie gewöhnt! Sie bereitete meinen Lenden Freude!“
Gelöstes Gelächter erklang von den anderen, denn diesen Grund verstanden sie gut.
„Und dann?“
„Dann fielen drei Ute über Zintkala-win her und ich tötete auch sie! Niemand kommt ungestraft meiner Familie zu nahe!“
Hass erklang in seiner Stimme und die Männer, die ihn kannten wechselten vielsagende Blicke.
Eine Veränderung hatte in ihm stattgefunden, eine tödliche Entschlossenheit, seine Familie gegen alle Feinde zu verteidigen.

„Dieses Blackfeetmädchen ist nun deine Frau?“, fragte Zwei-Falken, klopfte damit noch einmal den Status der Blackfeetfrau ab.
„Ja! Sie ist meine Frau!“ Seine Augen leuchteten zufrieden.
„Wie kam es, dass sie dich nicht mehr töten wollte?“
„Hoka! Natürlich hatte sie erkannt, dass ich ein unwiderstehlicher Lakotamann bin!“, erklärte er im Brustton der Überzeugung. Da war er wieder! Sein sorgloser Übermut, den Langes-Messer kannte und mochte.
Gutmütig schlug er ihm auf die Schulter. „Und wie ist so ein Blackfeetmädchen?“
„Wan, störrisch!“, stöhnte er lachend.
„Was ist? Wollen wir schwimmen? Vielleicht hat meine störrische Frau etwas zu essen für mich, wenn ich zurückkomme!“
Er legte seinen Lendenschurz ab und stellte sich an das Ufer. Gutgelaunt warf er das Kind in das kalte Wasser und wortlos ging Kleine-Krähe einfach unter. Erschrockene Augen schauten halb

aus dem Wasser, als er bewegungslos vor Schreck im Fluss trieb. Hastig griff Nata-He-Yukan nach dem Kind und ehe der Junge losbrüllen konnte, mahnte sein Vater: „Leise sein!"
Die Lippen des Kindes schlossen sich zitternd und lächelnd hielt ihn Nata-He-Yukan wieder in das Wasser.
„Mund zu! Schau, du musst strampeln!"
Gehorsam paddelte Kleine-Krähe mit seinen Beinen und nur mit wenig Hilfe konnte er sich über Wasser halten.
„Wir Lakota sind leise!", erklärte Nata-He-Yukan, „auch beim Schwimmen! Und wir machen den Mund zu!"
„Mund zu!", piepste es klappernd vor Kälte.
Staunend sahen die anderen zu, wie geduldig Nata-He-Yukan dem Kind die Angst vor dem Wasser nahm.
„Wieso kann er noch nicht schwimmen?"
„In den Bergen gab es nur einen kleinen Bach!"
Ach so! Geschickt balancierte Nata-He-Yukan das Kind auf seinem Bauch und ließ sich ein wenig auf dem Rücken treiben. Es war schön, wieder bei seinem Volk zu sein.

Fröstelnd schlüpfte er in seine Sachen, war insgeheim froh, dass er sein warmes Hemd mitgenommen hatte. Dann drückte er das frierende Bündel an seine Brust und trug es in die Wärme seines Zeltes zurück. Seine Frau saß bereits am Feuer und blickte ihn ängstlich an. Schweiß sammelte sich deutlich sichtbar auf ihrer Stirn.
„Was?", fragte er besorgt.
„Ich glaube, das Baby kommt!"
„Wan!" Seine Hände wurden feucht. Was jetzt? Ratlos starrte er sie an.
„Ich bin doch hier fremd! Ich weiß nicht …! Nata-He-Yukan, ich habe solche Angst!", stammelte sie.
Hoh! Er kannte sich mit Frauenangelegenheiten überhaupt nicht aus. Vorsichtig wickelte er das frierende Kind in eine Decke, dann überlegte er krampfhaft. „Soll ich dir die Frauen holen?", fragte er schließlich.
„Ai, vielleicht Sommerregen oder Grashüpfer!" Ihr Gesicht verzog sich schmerzhaft, als eine Wehe ihr Innerstes zusammenzog.

Wie der Blitz sauste er aus dem Zelt. Seine Freunde standen plaudernd in der Nähe und sahen verblüfft nach den Krieger, der wie ein aufgeschrecktes Huhn über den Platz lief. „Was ist denn mit dir los?"
„Ich glaube, das Baby kommt!"
Wie eine Lawine rollten die Männer davon, um ihre Frauen zu benachrichtigen, nur um eine weitere Lawine auszulösen, die aufgeregt schwatzend zu dem Tipi von Zintkala-win lief.
Sommerregen kam geschäftig mit Kleiner-Krähe wieder hinaus, während andere Frauen Zintkala-win zu einem abseits gelegenen Zelt führten. Völlig überflüssig stand Nata-He-Yukan mitten in dem Trubel und blickte mit großen Augen seiner Frau hinterher, die seltsam breitbeinig neben den anderen Frauen herschlurfte. Wakan-tanka! Er war froh, dass er sie rechtzeitig hierher gebracht hatte. Nicht auszudenken, was er jetzt tun müsste, wenn sie noch in der Höhle wären! Wieder stieg das Bild von der Fehlgeburt in ihm hoch und ihm schwindelte. Noch einmal wollte er so etwas nicht erleben. Er war den Frauen so dankbar, die jetzt seiner Frau beistanden!
Langes-Messer zog ihn am Arm. „Komm, bleib solange bei mir!"
Dankbar folgte er seinem Freund in dessen Zelt und schaute auf Kleine-Krähe, der bereits mit einer dampfenden Schüssel am Feuer saß. Lächelnd drückte ihm Sommerregen ebenfalls eine Schüssel in die Hand, aber er stellte sie zur Seite, hatte jetzt einfach keinen Hunger.
„Mach dir keine Sorgen! Sie ist jung und kräftig!", tröstete sie ihn.
Er vergewisserte sich, dass Kleine-Krähe gut versorgt war, dann verließ er das Tipi wieder. Wie ein nervöser Puma strich er durch das Dorf, umkreiste lauernd das Geburtszelt, aus dem hin und wieder lautes Stöhnen drang. Warum dauerte es solange? Aber auch die anderen lauschten aufmerksam, denn die Geburt eines jeden Kindes war wichtig für den Stamm.

Kurz vor Sonnenuntergang ging ein Aufatmen durch das Dorf, als die hohe Tonlage eines Neugeborenen erklang.
Kurze, abgehackte Schreie, die empört in die Welt brüllten, weil es plötzlich atmen musste.

Lange geschah nichts, dann kehrte seine Frau, gestützt von zwei älteren Frauen, in ihr Zelt zurück. Im Arm, fast nicht zu sehen, ihr Baby.
Seine Freunde schubsten ihn auffordernd an, aber er fühlte sich merkwürdig beklommen. Fast ängstlich kletterte er in sein Zelt und warf einen unsicheren Blick auf seine Frau. Dort lag sie. Müde und verschwitzt, aber unendlich glücklich. Ihre Augen leuchteten voller Kraft und sie war noch nie schöner gewesen, als in diesem Moment, als sie ihm das Bündel reichte.
„Eine Tochter!", strahlte sie ihn an, denn sie wusste genau, dass er sich freuen würde.
„Eine Tochter?" Seine Stimme war merkwürdig belegt. Dann konnte er nur noch staunen, als er das winzige Wesen in seinen Armen hielt. Nicht das handtellergroße Geschöpf, das er in die Astgabel des Baumes gelegt hatte, sondern ein ganzer Mensch, der atmete und strampelte und lebte! Nichts war mit diesem Augenblick vergleichbar. Seine Frau hatte geboren! Hatte Leben geschenkt! Sie war so viel mächtiger als er!
„Welchen Namen möchtest du ihr geben?", flüsterte er leise, um dieses Wesen in seinen Armen nicht zu stören.
„Ich?" Bei den Blackfeet wählte immer ein alter Mann den Namen oder ein naher Verwandter.
„Ja, ich möchte, dass du einen Namen für sie wählst! Deine Medizin ist stark! Dein Name wird sie gut beschützen!"
Sie überlegte lange, dann dachte sie an das schönste Wort, das er je zu ihr gesagt hatte. „Schnee! Ich nenne sie Schnee-in-den-Bergen!"
Ein tiefes Lachen stieg in ihm auf, eine unendliche Freude, dass er diese Frau geheiratet hatte. „Schnee-in-den-Bergen!" Nur ihr konnte so etwas Schönes einfallen. Der Name würde ihn immer an die Zeit erinnern, die sie gemeinsam in den Bergen verbracht hatten.

Der Verrat

(Gebiet des Pulverflusses)

Nach drei Tagen verkündete der Ausrufer den Namen des Babys und Nata-He-Yukan gab ein kleines Fest. Er war eben erst zurückgekehrt und so gab es nicht viel, das er teilen konnte. Dafür gaben die anderen umso mehr und zeigten somit, dass er willkommen war.

Mit Kleiner-Krähe zog Nata-He-Yukan wieder in sein Zelt und vorsichtig streichelte er über das zarte Gesicht des Babys.

Staunend saß er neben seiner Frau, wenn das Baby an ihren Brüsten saugte und die kleinen Finger sich zu winzigen Fäusten ballten. Alles drehte sich nur noch um die Kinder und Nata-He-Yukan wunderte sich, wie sehr ein so kleines Wesen die Welt durcheinander wirbelte. Tage vergingen, und vor allen Dingen Nächte, in denen das Baby von Bauchkrämpfen heimgesucht wurde. „Bald wird es besser!“, tröstete Sommerregen die junge Familie. „Sie muss sich erst an die Milch gewöhnen.“

Nata-He-Yukan flüchtete manchmal übermüdet in das Zelt der Kit-foxes, wenigstens dort konnte er hin und wieder schlafen. Aber er war ein Krieger und zwangsläufig widmete er sich anderen Dingen. Seine Frau war mit dem Baby beschäftigt, so suchte er den Kontakt zu den anderen Männern und verschwand mit ihnen. Ständig bat ihn jemand, mit auf die Jagd zu gehen oder er ging zu den Versammlungen seines Kriegerbundes.

Stolz trug er den Roach der Kit-foxes im Haar und nahm an ihren Zeremonien teil. Er fertigte sich einen neuen Schild und bemalte ihn nach langen Gebeten mit der Tatze eines Bären. Sein neuer Traumschild, der ihn beschützen würde! Nata-He-Yukan war glücklich, endlich war die Zeit der Einsamkeit vorbei.

Es wurde wärmer und die Prärie verwandelte sich in ein Blütenmeer. Wolken aus Schmetterlingen und Fliegen tanzten in der flimmernden Luft, darüber flatterten bunte Vögel auf der Suche nach reichhaltiger Beute. Überall huschte es, wenn Präriehunde und Kojoten verschwanden, um den Menschen auszuweichen,

die nach Süden zogen, um nach den Büffeln zu suchen. Zufrieden ritt Nata-He-Yukan inmitten seiner Freunde, genoss die Gesellschaft der anderen, freute sich auf seine Tochter und Kleine-Krähe, wenn er hin und wieder abends in sein Tipi zurückkehrte.
Er war sich keiner Schuld bewusst, als er sich durch den Eingang duckte und den deutlichen Unwillen seiner Frau spürte.
Zintkala-win war nicht glücklich! Ständig war sie allein und sie vermisste seine Gesellschaft. Wenn sie wenigstens zur Jagd gehen könnte! Ständig saß Nata-He-Yukan im Zelt seines Kriegerbundes, bereitete die Jagd vor und war mit seinen Freunden unterwegs. Auch bei den Blackfeet wäre das so, doch sie hatte ein anderes Leben mit ihm erlebt.
„Was ist los mit dir?“, fragte er verständnislos.
„Ahch!“, winkte sie ab, wollte ihm im Moment nicht ihre wahren Gedanken anvertrauen. „Ich bin hier fremd!“
„Warum suchst du dir nicht ein paar Freundinnen?“, lächelte er freundlich.
Verärgert biss sie sich auf die Lippen, denn das hatte sie bereits versucht. Doch das einzige worüber sich diese Frauen unterhielten war Nähen und Kochen! Anfangs hatten sie mit großen Augen ihren abenteuerlichen Geschichten gelauscht, doch jetzt wurde von ihr erwartet, dass sie sich in ihr Leben als Frau und Mutter fügte. Das langweilte sie. Sticken war noch nie ihr Stärke gewesen, eigentlich hatte sie es nur gemacht, als sie die Wiege für ihr Baby nähte, doch hier wurden ganze Wettbewerbe in Sticken ausgetragen, der Wert einer Frau meist daran gemessen, wie viel sie nähte und wie viele Felle sie gerbte. Sie vermisste die Ausflüge mit Nata-He-Yukan, wollte mit ihm jagen gehen oder sich mit ihm unterhalten. Gut! Sommerregen und Grashüpfer waren nett, halfen ihr mit den Kindern, aber sie wollte ihr ungebundenes Leben! Am liebsten wäre sie wieder in die Einsamkeit der Höhle gezogen. Dort war sie mit ihm jagen gegangen und sie hatten sich die Arbeit geteilt. Würde ihr Leben jetzt für immer so aussehen? Den ganzen Tag über Fellen knien, Kinder hüten und kochen? Sie hatte eine andere Freiheit erlebt! Immer noch steckte in ihr der Junge, der seinen Freund brauchte. Sie wollte hier weg!
„Wann gehen wir zu den Blackfeet?“, forderte sie ihn heraus.

Seine Augen wurden groß vor Überraschung. „Zu den Blackfeet?"
„Ja, du hast es mir versprochen!"
„Aber doch nicht jetzt!"
„So, wann dann?"
„Na, wenn Schnee-in-den-Bergen größer ist!"
„Im Herbst?"
„Vielleicht", wehrte er ab und mit einem Mal wusste sie, dass er nie gehen würde. Er war wieder bei seinem Volk!
Verbittert schloss sie die Augen, fühlte sich betrogen. Entweder sie fügte sich in dieses Leben oder sie musste ohne ihn gehen.
„Sag mal, was ist eigentlich los mit dir?", fragte er etwas unwirsch.
Sie seufzte tief: „Ach, ich würde gern mal wieder mit dir jagen gehen."
Er lachte schallend. „Was, mit einem Baby auf dem Rücken?"
Anstatt zu antworten, senkte sie nur bockig den Kopf.

Der Ausrufer befahl erneut den Aufbruch und mit düsteren Gedanken brach sie ihr Tipi ab. Die Zeit der Wanderung war für jede Frau anstrengend, und sie hatte erst vor kurzem geboren, außerdem behinderte sie das andere Kind. Die kurzen Beine von Kleine-Krähe trippelten neben ihr her, doch nach kurzer Zeit kam der Junge nicht mehr mit und sie setzte ihn auf das Travoi.
Müde trottete Zintkala-win in der Reihe der Frauen, schluckte den Staub, der aufwirbelte und zog die zwei Pferde mit dem Travoi und den Stangen hinter sich her.
Das Gelände war hügelig, immer wieder unterbrochen von lichten Wäldern, in denen die Frauen Holz fanden. Dann ereichten sie die weite Prärie und staunend blickte Zintkala-win in die Ferne, in die endlose Weite aus sanften Hügeln. Stetig zogen sie nach Osten, entfernten sich immer weiter von den Jagdgründen der Blackfeet. Nata-He-Yukan war wie üblich außer Sichtweite, flankierte irgendwo den Zug, um die Frauen und Kinder zu schützen. Kein Pfad oder Weg führte durch das Land. Langsam schlängelte sich der Zug über die Ebene aus wogendem Gras. Kaum hatten sie eine Anhöhe überschritten, lag bereits die nächste vor

ihnen. Sie wünschte sich ihr Pony herbei, doch es lief in der Herde mit den anderen Tieren, getrieben von einigen Jungen. Ihre Schultern schmerzten von dem Gewicht der Wiege und sie hoffte sehnsüchtig eine Pause herbei, andererseits war sie zu stolz, um offen zu jammern. Die Würdenträger, die den Zug führten, würden entscheiden, wann und wo sie eine Rast einlegen würden, und so lange musste sie eben warten.
Auch Schnee-in-den-Bergen wimmerte leise, weil sie längst Hunger hatte und Zintkala-win runzelte unwillig die Stirn. Das Baby war noch so klein und doch musste sie lernen, dass das Wohl des Stammes wichtiger war.
Endlich kam das Zeichen, dass sie hier rasten würden, und die Frauen die Tipis aufbauen sollten.
Kleine-Krähe war auf dem Travois eingeschlafen und vorsichtig bettete sie ihn ins Gras. Dann begann sie die langen Stangen zu ordnen und ihr Zelt hochzuziehen. Selbst dann war ihr langer Arbeitstag noch nicht vergangen.
Zusammen mit den anderen Frauen sammelte sie Büffeldung, um ein Kochfeuer zu entfachen.
Von den Männern war immer noch nichts zu sehen, denn sie sicherten erst in größerer Entfernung das Lager.
Seufzend bereitete Zintkala-win den Kochsack vor, erst dann erlaubte sie es sich, hinzusetzen und ihr Baby zu stillen. Vor Müdigkeit fielen ihr die Augen zu und kurz döste sie im Sitzen, überhörte dabei, wie ihr Mann zurückkehrte.
Sie fuhr erschrocken hoch, als er sie anlachte. „Bald haben wir den Pulverfluss erreicht! Dort werden wir die Büffel jagen!"
Sie antwortete nichts, sondern deutete nur auf den Kochsack.
Verblüfft sah er ihr nach, wie sie einfach in dem Tipi verschwand.
Hoka! Was war denn mit seiner Frau los?
Wollte sie ihn nicht bedienen, wie es sich gehörte?
Eine steile Furche grub sich in seine Stirn, aber dann beschloss er, ihr Verhalten zu ignorieren. Auch er war müde und hatte keine Lust auf eine weitere Auseinandersetzung mit ihr.

Ohne Eile zogen sie weiter. Viele Gruppen versammelten sich zu Beginn des Sommers in dieser Gegend, denn sie war voller Wild.

So waren sie nicht weiter überrascht, als sich den Spähern eine Gruppe fremder Krieger gegenüberstellte. Handzeichen wurden ausgetauscht und schließlich näherten sich die Fremden vorsichtig. Es waren Oglala und nervös biss sich Nata-He-Yukan auf die Lippen. Sein Stamm! Er wollte sie nicht sehen!

Die Oglala würdigten ihn keines Blickes, aber sie waren auch nicht offen feindselig, denn er war Gast der Miniconjou. Freundlich luden sie die andere Gruppe ein, die Zelte in der Nähe ihres Dorfes aufzustellen.

Nata-He-Yukan schluckte schwer. Das war das Letzte, was er wollte, aber als Gast konnte er auf diese Entscheidung keinen Einfluss nehmen.

Ausgesprochen übellaunig kehrte er mit den anderen Spähern zurück und beobachtete mit gemischten Gefühlen, wie die Kolonne die Richtung änderte. Während sich die anderen auf ein Wiedersehen mit Freunden oder Verwandten freuten, überlegte Nata-He-Yukan, wie er auf diese Situation reagieren sollte.

Würde er seine Mutter sehen? Wieder sah er in Gedanken ihre schlanke Gestalt vor sich und wie sie voller Scham die Decke über ihren Kopf gezogen hatte. Haun! Am besten, er hielt sich abseits, ging den Frauen und Kindern aus dem Weg.

Nur vor den Kriegern konnte er sich nicht verstecken. Selbstverständlich würden die Männer beider Stämme gemeinsam zur Jagd gehen und so wäre er ihren verächtlichen Blicken ausgesetzt.

Gereizt befahl er seiner Frau, das Zelt ein wenig außerhalb zu errichten und verzog sich dann grummelnd in das Innere.

Es war doch keine so gute Idee gewesen, hierher zu kommen! Nicht einmal Kleine-Krähe konnte ihn aufheitern und irritiert verzog sich der Junge zu seiner Mutter.

Zintkala-win sagte besser nichts. Die dunklen Wolken an seiner Stirn verrieten ihr deutlich seine schlechte Laune, obwohl sie nicht wusste, warum er so gereizt war.

Hatte es etwas mit ihr zu tun? Höflich reichte sie ihm seine Pfeife und erntete einen dankbaren Blick. Also war er nicht böse auf sie! Ruhig setzte sie sich auf ihren Platz, zeigte mit ihrer Körperhaltung, dass sie ihm zuhören würde.

Er nahm einige tiefe Züge und ordnete seine Gedanken, dann begann er leise zu sprechen: „Der Stamm, mit dem wir jetzt lagern, sind Oglala! Menschen meines Stammes! Jene, die mich in die Verbannung geschickt haben!"
„Oh!"
„Sie werden uns nichts tun, aber sie werden auch nicht freundlich sein! Es ist besser, wenn auch du die Plätze meidest, an denen sie sich aufhalten!"
„Das werde ich", meinte sie gehorsam, und er lächelte zufrieden.
In den nächsten Tagen ritt Nata-He-Yukan inmitten seiner Freunde, lachte und scherzte mit ihnen und behandelte die anderen mit höflichem Gleichmut. Er freute sich insgeheim, seine alten Freunde zu sehen und hoffte auf den Tag, an dem er zu ihnen zurückkehren konnte. Manchmal sah er ein freundliches Aufblitzen oder einen erstaunten Ausdruck, weil er noch am Leben war, aber niemals zeigte er ihnen, dass er diese Signale gesehen hatte. Dafür fiel ihm auf, dass viele ihre Haare in Trauer gekürzt hatten und ein merkwürdiges Gefühl beschlich ihn.
Öfter beobachtete er aus der Ferne die Frauen, wenn sie morgens zum Fluss gingen, aber nie konnte er seine Mutter oder Schwester sehen. Gut, seine Schwester würde sich inzwischen verändert haben, aber seine Mutter? Hatte sie sich einer anderen Gruppe angeschlossen, vielleicht wieder geheiratet?
Er beschloss, der Sache nachzugehen und bat Biberschwanz ihm zu helfen.
„Ich?", wehrte sein Freund ab. Vergessen war die Rivalität zwischen den beiden.
„Ja, du könntest Grashüpfer schicken! Wenn sie harmlos ihre Familie besucht, könnte sie es in Erfahrung bringen!"
Biberschwanz grinste vergnügt. „So, du schickst eine Frau, um die Frauen auszukundschaften!"
„Sicher!"
Biberschwanz musterte seinen Freund und nickte zustimmend. Es war verständlich, dass dieser Verbannte wenigstens wissen wollte, wie es seiner Familie ging.
„Gut! Wenn ich etwas weiß, komme ich zu dir!"

Tage vergingen, doch Biberschwanz kam nicht. Stattdessen verdrückte er sich, wenn er seinen Freund in der Ferne erblickte. Nata-He-Yukan verfolgte ihn mit seinen Blicken und schließlich näherte sich Biberschwanz zögernd.

Nata-He-Yukan wusste sofort, dass sein Freund keine guten Nachrichten brachte und bat ihn in sein Zelt. Schweigend saßen sie sich gegenüber und Nata-He-Yukan kontrollierte seine Gesichtszüge, obwohl er das Schlimmste befürchtete.

Biberschwanz sammelte sich, dann erzählte er stockend: „Euer Dorf wurde zweimal von den Crow überfallen! Es gab viele Tote und Verletzte …!“

In Nata-He-Yukans Kopf dröhnte es plötzlich, so als würde eine Herde Büffel über ihn hinweg trampeln. Mit starrem Blick saß er vor dem Krieger und hörte nur noch von fern dessen Stimme. Regungslos vernahm er von dem Tod seiner Mutter, krampfhaft versuchte er die Maske aufrecht zu erhalten.

Wieso war er nicht da gewesen, um sie zu beschützen? Warum war sie ihm nach so langer Zeit im Traum erschienen? Um ihn darauf vorzubereiten, dass sie nicht mehr lebte?

Kurz fiel sein Blick auf Zintkala-win, die ebenso erschüttert neben ihm saß. Zintkala-win! Er brauchte jetzt ihre Liebe und Kraft! Unendlich traurig ließ er die Schultern hängen, merkte erst jetzt, dass sein Freund aufgehört hatte zu reden.

„Meine Schwester?“, machte er eine hilflose Handbewegung.

„Sie lebt im Zelt von Bleza-Si!“

Fassungslos blickte Nata-He-Yukan hoch. Bleza-Si! Wieso lebte seine Schwester ausgerechnet bei dem Mann, der all dies verschuldet hatte? Eine ungeheuerliche Wut stieg in ihm hoch.

„Bleza-Si?“, knurrte er mit vor Hass verzerrter Stimme.

„Ja, er nahm sie als Tochter in sein Zelt!“

Nata-He-Yukan blinzelte verblüfft. Wieso war Bleza-Si so großmütig? Wollte er sich an ihm rächen oder hatte er damals etwas übersehen? War das Pony von Bleza-Si tatsächlich von einem Büffel aufgespießt worden, so wie der Krieger es behauptet hatte? Was war damals tatsächlich geschehen? Seine Gedanken flogen, als er versuchte, die damalige Situation neu einzuschätzen.

Er konnte nicht wissen, dass sein Widersacher in einem anderen Zelt vor Wut Gift und Galle spuckte und seine finsteren Pläne schmiedete. Es war Bleza-Si.
Nata-He-Yukan! Wieso war er zurück? Immer wieder stellte sich Bleza-Si diese unbequeme Frage. In seinen Träumen hatte er Nata-He-Yukan längst von den Crow skalpiert gesehen, getötet und verstümmelt! Verächtlich zogen sich seine Lippen nach unten, als er an damals dachte.
Noch heute war er stolz auf die Finte, mit der Nata-He-Yukan in die Verbannung geschickt worden war. Er selbst hatte sein eigenes Pony mit seinem Speer getötet und niemand hatte es bemerkt!
Wie auch. Niemand würde auf einen solchen Gedanken kommen! Seine Augen schlossen sich, als er sich daran zurückerinnerte, wie Nata-He-Yukan wie ein geprügelter Hund davon gejagt worden war, wie seine Mutter und Schwester anschließend hatten leiden müssen. Ihr Zelt war an die Familie von Kalter-Stein gegeben worden und die beiden mussten im Zelt eines anderen Kriegers leben.
Klaglos hatte sich Nape-waschte-win in ihr Schicksal gefügt, hatte von da an als dritte Frau dieses Kriegers gelebt. Doch dann war der schreckliche Angriff der Crow gekommen.
Nape-waschte-win war um ihr Leben gelaufen, bis der Tomahawk eines Crow es beendet hatte.
Für Bleza-Si war es eine weitere Befriedigung gewesen, denn wie sehr würde Nata-He-Yukan leiden, wenn er es erfuhr. Genauso, wie er gelitten hatte, als Nata-He-Yukans Vater mit dem Skalp seines Vaters heimgekehrt war. Aber seine Rachegelüste waren noch lange nicht gestillt. Freundlich hatte Bleza-Si um das kleine Mädchen gebeten und erklärt, dass er ein guter Vater für sie sein würde.
Natürlich hatten sie ihm Machpiya-ska gegeben, keinerlei Zweifel an der Rechtschaffenheit seines Ansinnens gehabt. In seinen Träumen jedoch quälte er ihren Leib, irgendwann hätte er sie benutzt, um ihren Bruder endgültig zu demütigen.
Jetzt war Nata-He-Yukan zurück und argwöhnisch verfolgte Bleza-Si seinen Widersacher. Er wurde vom Hass schier zerfressen.

Nicht nur, dass Nata-He-Yukan überlebt hatte, nein, jetzt hatte er auch noch eine Frau und zwei Kinder, sogar Pferde. Er war reicher als vorher! Welches Aufheben er um diese neugeborene Kröte machte!

Bleza-Si dachte an nichts anderes mehr, als an eine weitere Gemeinheit gegen diesen Mann. Sein Ansehen war während dessen Verbannung gewachsen. Er war geachtet, aber nicht beliebt. Er galt als unerschrockener, fähiger Krieger, der oft Kriegszüge anführte und niemand schaute hinter die Wände seines Tipis, in der er seine gefangene Frau schikanierte.

Anfangs hatte er allen Hass, den er gegen die Frauen empfand, an ihr ausgelassen, sie verprügelt, bis sie blutete. Selbst seine kleine Tochter hatte ihn wenig in seinem Handeln bremsen können, denn er verachtete die Frauen.

Vielleicht, wenn ihm einen Sohn geboren wäre …!

Nur die demütige Unterwürfigkeit der Shoshonefrau gab ihm eine gewisse Befriedigung, dann ließ er sie niederknien wie eine läufige Hündin und lachte schadenfroh.

Nun sah er seinen Status gefährdet, neidisch bemerkte er, wie beliebt Nata-He-Yukan bei den Miniconjou war.

Dieser Ausgestoßene war sofort in die Kreise der Krieger aufgenommen worden, wartete vielleicht auf eine Gelegenheit, sich zu rächen.

Ihm war klar, dass Nata-He-Yukan ganz genau wusste, dass er gelogen hatte. So scharte Bleza-Si seine Anhänger um sich: junge, wilde Krieger, die ihm folgten, weil er erfolgreich war. Wachsam behielt er seinen Widersacher im Auge, denn irgendwann würde dieser sich ihm gegenüber stellen, würde eine Antwort auf die Frage verlangen, was damals geschehen war.

Hasserfüllt plante Bleza-Si seine nächste Racheaktion, suchte geduldig nach einer Möglichkeit, seinem Widersacher eine weitere Falle zu stellen.

In zwei Wintern würde Nata-He-Yukan zu den Oglala zurückkehren, so als wäre nichts gewesen und das wollte er verhindern. So einfach würde es dieses Mal nicht werden, denn niemand würde ein zweites Mal auf eine dermaßen einfache Finte hereinfallen.

Vorsichtig verbarg Bleza-Si seine düsteren Gedanken vor den anderen, scherzte mit seinen Freunden und beschenkte sie mit großzügigen Geschenken. Selbst zu Machpiya-ska war er freundlich, denn sein Status würde darunter leiden, wenn er sie schlecht behandelte. Es genügte ihm, dass ihr Bruder wusste, dass sie bei ihm war!
Unsicher flackerte sein Blick zu dem kleinen Mädchen, das unter dem Deckmantel der Fürsorge in seinem Zelt lebte, ein billiges Ablenkungsmanöver.
Alle hatten seinen Großmut bewundert und beobachteten wohlwollend, wie er sie behandelte. Jetzt störte sie ihn. Er wollte den Hass an jemandem auslassen, er wollte jemandem wehtun. Mit einer flüchtigen Handbewegung schickte er das Kind in ein anderes Zelt, angeblich zu ihrer Freundin, dann ließ er die Maske fallen und zwang die Shoshonefrau, ihm zu Diensten zu sein.
Brutal benutzte er sie, wie man einen fremden Mann sexuell unterwerfen würde, denn er wollte kein weiteres Kind, kein weiteres quäkendes Mädchen, das ihn störte.

Stöhnend vor Schmerzen drückte die Frau ihr Gesicht in das dichte Büffelfell, wartete ab, das es endlich aufhörte und er seine seltsame Lust an ihr befriedigt hatte. Vielleicht sollte er sich eine andere Frau rauben? Eine, die ihm Söhne schenkte?
Nachlässig schubste er die Frau weg, die sich wimmernd auf ihre Decken zurückzog und dachte weiter nach. Diese Blackfeetfrau war hübsch. Vielleicht sollte er sich diese Frau holen? Das wäre eine gerechte Strafe für Nata-He-Yukan!
Ja, wie sehr würde Nata-He-Yukan leiden, wenn seiner Frau etwas zustieß? Gegen sie konnte er leichter etwas unternehmen. Nur durfte niemand merken, dass er dahinter steckte!
Seine Augen leuchteten und wesentlich besser gelaunt griff er nach seiner Tochter. Sie hatte keine gespaltene Lippe und würde ihm eines Tages viele Pferde bringen, wenn ein Krieger um sie warb.
Lächelnd gab er sie seiner Frau. „Nähre meine Tochter gut!"
Zufrieden sah er zu, wie sie das Baby stillte, dann legte er sich dazu und streichelte ihre Tränen weg. Es war nicht gut, wenn sie

weinte! Dann würden ihn die anderen für grausam halten. Nein, er würde ihr nicht mehr wehtun, er würde einer anderen Frau wehtun! Er musste seine Bedürfnisse nach außen richten, gegen seine Feinde, nicht mehr gegen seine Frau. Bisher war sie nur eine Gefangene gewesen, die er schikanieren konnte, aber sie hatte ihm eine Tochter geboren. Selbst wenn er nicht viel für dieses Kind empfand, so änderte es doch den Status des Shoshonemädchens. Ihm war aufgefallen, dass sie inzwischen Freundinnen hatte, die sie mitleidig streichelten, wenn er heimkehrte. Sein Ansehen litt darunter, dass er eine Frau schlecht behandelte, die ihm eine Tochter geboren hatte.
Er musste sein Verhalten ändern. Die Lakota liebten ihre Kinder. Ein guter Vater zu sein, bedeutete ein guter Lakota zu sein. Ja! So gefiel ihm das. Die Shoshonefrau reichte ihm demütig seine Pfeife und er schmiedete seine finsteren Pläne.

Zintkala-win ahnte nichts von der Gefahr, woher auch. Sie kümmerte sich um ihre Kinder und erholte sich von der anstrengenden Wanderung. Das Leben mit dem Neugeborenen spielte sich ein, obwohl sie ihr Volk, die grünen Wälder, aber auch die Berge vermisste.
Die ersten Schwarzkirschen reiften an den Rändern der Wälder heran und sie genoss den sauren Saft der Früchte, die sie täglich sammelte. „Wälder!", dachte sie spöttisch. Der wenige Baumbewuchs an den Flüssen ließ sich schlecht mit den Wäldern ihrer Heimat vergleichen, die man in Tagen nicht durchqueren konnte. Aber wenigstens war es nicht so wie die offene Prärie, braun und staubig, außer den Wellen sich wiegenden Grases ohne einen Baum oder Strauch, der den Blick auf sich ziehen könnte.
Selbst die Jagdgründe der Crow erschienen Zintkala-win begehrenswert, oder ihre kleine Welt in den Bergen, wo die Augen nicht schmerzten, weil sie ständig in die Unendlichkeit sahen.
Wo war die Grenze zwischen diesem Meer aus Gras und dem Himmel, der selbst grün zu schimmern schien? Jeder Felsen, jedes Wäldchen brachte eine Abwechslung in diese Eintönigkeit. Jeder Vogel, der vor ihnen aufflatterte, war ein Zeichen, dass es hier Leben gab.

Dankbar tauchte sie in den Schatten der Büsche und Bäume, machte lange Ausflüge mit Sommerregen. Kleine-Krähe ließ sie in der Obhut von Grashüpfer zurück, so konnte sie ungestört die Körbe mit Beeren füllen. Wenigstens die gleichen Beeren wie bei den Pecuni gab es hier! Büffel und Beeren, das war die Nahrung ihres Volkes!
Schnee-in-den-Bergen verschlief die meiste Zeit in der Wiege, die Zintkala-win an den Ast eines Baumes hängte, damit sie mehr Bewegungsfreiheit hatte. Die Frauen unterhielten sich leise, lachten vergnügt und freuten sich über die schönen Tage. Bald stand die Büffeljagd bevor und dann wartete wesentlich härtere Arbeit auf sie. In den sandigen Hügeln gruben sie aber auch nach Zwiebeln und Artischocken, die einen abwechslungsreichen Geschmack in den Eintopf brachten.
Zintkala-win freute sich über die Gesellschaft von Grashüpfer und Sommerregen. Sie lernte auch andere Frauen kennen, aber am lustigsten fand sie diese beiden. Dabei unterschieden sich Grashüpfer und Sommerregen sowohl im Aussehen als auch im Wesen und passten schon äußerlich überhaupt nicht zu ihren Ehemännern!
Während bei Biberschwanz alles eckig und kantig wirkte, war Grashüpfer rund. Nicht mollig oder dick, aber rund. Ein Gesicht wie der Mond, mit Augen wie schwarze Beeren.
Irgendwann, wenn die Spannkraft der Jugend verging, würde sie vermutlich ähnlich rund sein wie Zintkala-wins Tante. Sie war immer fröhlich und mäßigte mit ihrer Art den kriegerischen, unnahbaren Biberschwanz.
Sommerregen dagegen war wie ein schlanker Gertenzweig. Ihr ovales Gesicht mit der hohen Stirn passte so überhaupt nicht zu Langes-Messer mit seinem platt gedrückten Gesicht. Alle witzelten, wie einmal ein Kind von diesen beiden Menschen aussehen würde. Mit ihrer koketten und manchmal frechen Art entstand schnell der Eindruck, dass Langes-Messer in seinem Zelt nicht viel zu sagen hatte.
Grashüpfer hatte bereits einen Sohn, mit dem Kleine-Krähe gern spielte, so war es nur natürlich, dass die Frauen zueinander fanden. Während die eine auf die Kinder achtete, sammelten die

anderen in aller Ruhe die Beeren. Oft saßen sie anschließend beisammen und lachten über alte Geschichten.
„Warum hast du dich für Biberschwanz entschieden und nicht für Nata-He-Yukan?", erkundigte sich Zintkala-win eines Tages mit einem verschmitzten Augenaufschlag.
„Hoh!", lachte Grashüpfer und ihr rundes Gesicht wurde noch breiter. „Nata-He-Yukan war stets der strahlende Stern und Biberschwanz eher die Sternschnuppe, die ihm folgte. Aber ich wollte keinen strahlenden Stern. Ich wollte selbst strahlen. Ich wollte einen Mann, für den ich die leuchtende Sonne bin. Biberschwanz ist ein guter Mann und er hat Einfluss."
Staunend schaute Zintkala-win auf ihre Freundin. Sie war eine kluge Frau! Ja, Nata-He-Yukan war wie der strahlende Stern. Zumindest benahm er sich so. Selbstgefällig und eingebildet. Sie dagegen war die Sonne! Ihr Feuer hatte diesen strahlenden Stern eingefangen. Sie kicherte vergnügt vor sich hin und gab ihrer Tochter die Brust. In solchen Augenblicken vergaß sie ihre Sehnsüchte, fühlte nur die Zufriedenheit einer Mutter.
Noch am nächsten Tag gingen ihr die Worte nicht aus dem Kopf und sie lachte mit Sommerregen über ihr Gespräch mit Grashüpfer. Kichernd strich sie mit ihren Fingern über die Zweige, pflückte geschickt die reifen Beeren, während sie über Grashüpfer nachdachte. „Sternschnuppe! Sie nennt ihren Mann Sternschnuppe!", lachte Zintkala-win vergnügt, ihre schwarzen Augen spiegelten das Licht der Sonnenstrahlen.
„Ich würde meinen Mann, Langes-Messer, nicht mit einer Sternschnuppe vergleichen", spottete Sommerregen.
„Sondern mit was?"
„Vielleicht mit einer langen Peitsche! Weißt du, er hat so ein langes Ding zwischen seinen Beinen!" Ihr schmaler Körper drehte sich keck, provozierend legte sie den Kopf schief.
Zintkala-win prustete los. Was war denn in Sommerregen gefahren! „Na, dann wird ja bald ein Baby in deinem Bauch wachsen!", hoffte sie für ihre Freundin.
„Hoffentlich!" Vertrauensvoll neigte sich Sommerregen zu ihr. „Wir wünschen uns beide schon lange ein Baby!"
„Gehen wir zurück?"

Vorsichtig hob Zintkala-win die Trage mit dem schlafenden Baby auf ihren Rücken, dann umschlang sie den Korb mit den Beeren und drehte sich in Richtung des Dorfes. Die Nachmittagssonne tastete sich mit ihren langen Strahlen durch die Zweige der Pappeln, begleitet von einer leichten Brise, die die sengende Hitze des Tages langsam abkühlte.

Gellendes Kriegsgeschrei ließ die Frauen wie angewurzelt stehen bleiben. In einem Impuls wollte Zintkala-win zum Dorf laufen, doch Sommerregen hielt sie zurück. „Bist du verrückt?"
„Aber Kleine-Krähe ist im Dorf!", zischte Zintkala-win entsetzt.
„Unsere Männer werden das Dorf schützen. Aber wir sind hier in größerer Gefahr. Wir müssen uns verstecken!"
Unsicher schaute Zintkala-win auf ihre Freundin, dann hockte sie sich mit ihr hinter einen großen Felsen. „Hab keine Angst! Hier wird uns niemand finden!"
„Nimm das Baby an deine Brust, damit es nicht weint", bat Sommerregen flüsternd.
„Sie schreit schon nicht!", winkte Zintkala-win ab, doch dann nahm sie doch die Wiege in ihre Arme. Das Kind lugte aufmerksam hervor, seinen Mund weinerlich verzogen, als hätte es die Gefahr gespürt.
Schreie drangen gedämpft zu ihnen herüber, Pferde wieherten und das Kriegsgebrüll der Männer verwandelte sich zu einem grausigen Wolfsgeheul, das die Frauen bis ins Mark erschütterte. Diese Crow wollten töten, Skalpe erlangen, sich für eine Tat rächen, die ihnen andere Lakota angetan hatten.
In die spitze Tonlage verängstigter Kinder mischte sich das hysterische Gebell der Lagerhunde. Es war schwierig, in diesem Durcheinander an Geräuschen noch etwas zu unterscheiden.
„Sie bringen alle um!", wisperte Sommerregen bleich vor Entsetzen. Zintkala-win dachte an Kleine-Krähe, der inmitten dieses Angriffs war und bestimmt ihren Trost brauchte.
Pferdegetrappel näherte sich ihrem Versteck und die Frauen duckten sich zitternd tiefer. Hastig wickelte Zintkala-win das Baby aus der Wiege und legte es an die Brust. Dann schaute sie ängstlich um den Felsen, ob sie etwas erkennen konnte.

„Nicht!“, redete Sommerregen auf sie ein. „Du bringst uns in Gefahr!“
„Aber ich muss doch sehen, wenn der Feind kommt! Wie soll ich sonst kämpfen?“
„Sei still!“, wisperte Sommerregen, ihre Stimme erlosch zu einem Hauch.
Dann erblickte Zintkala-win einen Lakotakrieger, der bei dem entfernten Kampflärm überrascht das Pferd zügelte und abwartend stehen blieb.
„Es ist ein Mann deines Volkes!“, wisperte Zintkala-win einigermaßen erleichtert und trat aus dem Schatten des Felsens hervor. Eilig lief sie auf den Mann zu, in der Hoffnung, dass er sie sicher zum Dorf bringen könnte, damit sie nach Kleine-Krähe sehen konnte. Der Mann ließ sich vom Pferd gleiten, ein erstaunter Ausdruck umspielte seine Züge. Es war Bleza-Si.
„Hörst du nicht den Kampflärm? Wir müssen ins Dorf zurück!“, herrschte Zintkala-win ihn an.

Bleza-Si ließ seinen Blick zum Dorf schweifen, dann taxierte er die Frau, die ahnungslos vor ihm stand.
Das war die Gelegenheit! So bald hätte er nicht damit gerechnet, er war selbst überrascht über die plötzliche Wendung, die ihm der Angriff der Feinde bot. Niemand würde etwas ahnen, alle würden denken, dass diese Frau von den Crow getötet worden war. In einer schnellen Bewegung riss er sein Messer aus der Scheide und stach zu.
Zintkala-win war völlig überrascht, sah ungläubig in die grauen Augen des Mannes. In einem Impuls machte sie eine winzige Bewegung, dann ritzte das Messer ihr Baby an der Stirn und rutschte an ihrem Brustbein ab. Ein scharfer Schmerz durchzuckte sie und taumelnd wich sie zurück. Ihr Blick fiel auf den blutenden Kopf ihrer Tochter und ein gequältes Stöhnen entwich ihrem Mund, dann sank sie geschwächt zu Boden. Wieder holte der Mann aus, um sein tödliches Werk zu vollenden. Nur der entsetzte Schrei von Sommerregen ließ ihn für einen Augenblick stutzen. In diesem winzigen Moment zog Zintkala-win ihr Messer und stach dem Mann in den Oberschenkel. Bleza-Si brüllte

auf vor Wut, dann verzog er hasserfüllt sein Gesicht und fixierte die Frau, die hastig vor ihm davon krabbelte.
„Sommerregen, lauf!“, schrie Zintkala-win verzweifelt, ahnte, dass dieser Mann auch ihre Freundin töten würde, um diese Tat zu verschleiern.
In Windeseile rannte Sommerregen davon, selbst die angreifenden Crow schienen ihr weniger gefährlich zu sein als dieser Verräter. Kurz starrte Bleza-Si hinter der fliehenden Frau her, dann wandte er sich wieder Zintkala-win zu, die sich schwankend aufrichtete. Wieder hackte er auf die Frau ein, traf sie an der Schulter, doch sein Messer rutschte am Knochen ab.
Schreiend vor Angst hechtete Zintkala-win nach vorne, versuchte sich und ihr Baby aus der Reichweite dieses Mörders zu bringen. Ihre Sätze wurden länger, wie eine Antilope hetzte sie durch die lichten Bäume, erwartete, dass der Mann wieder zustach. In der Ferne sichtete sie mit verschwommenen Augen die Tipis ihres Dorfes und rannte keuchend darauf zu.
Nur einige Pferdelängen vor ihr rannte Sommerregen, doch es erschien ihr irgendwie weit weg, unklar. Alles schwankte plötzlich, als würde eine riesige Faust die Gestalt hin und her schwenken.

Selbst ein feindlicher Crowkrieger links von ihr runzelte nur verdutzt die Stirn, als er die Frau mit dem blutenden Baby an sich vorbei laufen sah, und machte keinerlei Anstalten die Waffe gegen sie zu erheben.
Stattdessen ließ er seinen Siegesruf ertönen und rief die angreifenden Krieger zurück. Sie hatten die Frauen ihrer Feinde zum Weinen gebracht und Skalpe erbeutet, jetzt musste ihnen noch die sichere Rückkehr gelingen. Kurz überlegte er, ob er die Frau vor sich als Siegesbeute mitnehmen sollte, aber sie war verletzt und würde ihn nur behindern.
Sein Pferd machte auf den Hinterhufen kehrt und mit gellendem Geschrei verschwanden die Crow nach Westen, in den blutroten Sonnenuntergang hinein.
Die Lakotakrieger bildeten einen Ring um das Lager, sicherten es gegen einen weiteren Angriff, während die Frauen erste Klageschreie ausstießen.

Der Angriff der Crow hatte sie völlig unvorbereitet getroffen, am Spätnachmittag. So würde es schwierig werden, in der Nacht ihren Spuren zu folgen.
Sommerregen hatte das Dorf erreicht und schrie ihr ganzes Entsetzen heraus: „Bleza-Si! Bleza-Si hat uns angegriffen!"
Völlig hysterisch rannte sie zu Langes-Messer. „Bleza-Si! Er ist auf Zintkala-win losgegangen!"
„Wo?", fragte Langes-Messer, selbst noch völlig außer Atem von dem Kampf.
„Dort! Oh sieh nur, sie ist verletzt!", schrie Sommerregen, hüpfte fast vor Aufregung.
Blinzelnd schaute Langes-Messer in die angewiesene Richtung, setzte sich sofort in Bewegung, aber auch andere rannten auf die Frau zu, die plötzlich strauchelte und zu Boden stürzte.
Vorsichtig drehte Langes-Messer sie um und hielt entsetzt die Luft an, als er die blutenden Wunden sah. Schnee-in-den-Bergen brüllte abgehackt, die winzigen Finger zu Fäusten geballt, die sich hektisch bewegten.
„Das Baby", flüsterte Langes-Messer und drehte sich hilfesuchend im Kreis.
Eine beherzte Frau nahm ihm das Kind ab und presste den Schnitt mit ihren Fingern zusammen. Langes-Messer nahm Zintkala-win auf die Arme und trug sie zum Dorf zurück. Auch die anderen folgten ihm, während Sommerregen immer wieder die Geschichte hervorsprudelte: „Bleza-Si hat einfach sein Messer gezogen und ist auf sie losgegangen!"

Völlig außer Atem kam Nata-He-Yukan angerannt und stieß einen entsetzten Ruf aus, als er seine ohnmächtige Frau fand. „Schnell! Bringt sie in mein Zelt!"
Ohne weitere Erklärungen legten die Umstehenden Zintkala-win auf ihre Decken und eine ältere Frau beugte sich über die Wunden.
Dann sah Nata-He-Yukan das blutverschmierte Baby und sein Herz setzte aus. „Schnee-in-den-Bergen!", schrie er verzweifelt.
„Es ist nur ein kleiner Schnitt!", beruhigte ihn die andere Frau, tupfte sanft das zarte Gesicht sauber. „Es wird bald heilen!"

„Die Hundesöhne! Diese feigen Crow! Das nächste Mal werde ich ihre Frauen und Kinder zum Weinen bringen!", schwor Nata-He-Yukan voller Wut.
Langes-Messer biss sich auf die Lippen, so ungeheuerlich war es, was er jetzt sagen musste: „Dein Zorn ist gerechtfertigt, doch Schlimmeres ist geschehen. Nicht die Crow haben deine Frau und dein Kind verletzt, sondern Bleza-Si!"
Nata-He-Yukan blinzelte vor Überraschung, konnte es nicht glauben, doch die ältere Frau nickte mit dem Kopf. „Sommerregen hat es erzählt. Sie ist dabei gewesen!"
Still stand Kleine-Krähe neben ihr, klammerte sich an ihrer Hand fest und starrte auf seine blutende Mutter. Ungläubig schüttelte Nata-He-Yukan den Kopf, konnte die Ungeheuerlichkeit nicht begreifen.
Dann stieg eine grenzenlose Wut in ihm auf, eine eiskalte, tödliche Wut. Er hatte nur noch den Wunsch diesen Widersacher zu töten! Ohne zu zögern zog Nata-He-Yukan seine Keule und verließ das Zelt. Mit langen Schritten stürzte er in das Dorf der Oglala und mit überschnappender Stimme schrie er nach seinem Feind. „Bleza-Si!", hallte es über die Ebene, wie das Gebrüll eines gereizten Berglöwen. „Bleza-Si! Komm her und kämpfe wie ein Mann!"

Nichts rührte sich, nur der Staub des vergangenen Kampfes senkte sich langsam, ließ die Luft wieder klar werden.
„Bleza-Si!", brüllte Nata-He-Yukan erneut, dann schritt er zu dem Zelt seines Widersachers.
„Bleza-Si!", schnappte seine Stimme über vor Zorn und erschrocken sammelten sich die anderen Dorfbewohner um den wütenden Mann. Viele wussten noch nicht, was geschehen war oder waren vor Schreck wie betäubt. Mit ausgestreckter Hand ging der Häuptling auf ihn zu, doch Langes-Messer stellte sich dazwischen. „Es ist eine Sache zwischen diesen beiden Männern!", erklärte er.
Nata-He-Yukan hatte das Tipi erreicht und riss den Eingang auf. Rasend vor Wut kletterte er in das Innere und stellte sich fordernd vor die Shoshonefrau. „Wo ist Bleza-Si?", herrschte er sie an.

„Ich weiß nicht!", stotterte sie. „Bitte ...!" Ängstlich nahm sie ihre Tochter auf den Arm.
Verächtlich zogen sich seine Mundwinkel nach unten. Er packte die Frau an den Haaren, zerrte sie hoch und schleifte sie aus dem Zelt.
„Bleza-Si!", brüllte er durch das Dorf. „Komm her oder ich töte deine Frau, so wie du Zintkala-win töten wolltest!"
Mit Schwung warf er die Frau zu Boden und hilflos kullerte das Baby über den Boden, als es ihr aus den Armen fiel.
In das entsetzte Weinen des Babys mischte sich ein Aufstöhnen, das durch die Menschenmenge ging. Doch niemand wagte es einzugreifen und dem Rasenden Einhalt zu gebieten.
Wieder schleuderte Nata-He-Yukan die kreischende Frau an den Haaren durch den Staub, schrie herausfordernd nach Bleza-Si. Seine Hand tastete nach seinem Messer und er hielt es der Frau an die Stirn. Sie kreischte vor Entsetzen, tastete mit ihren Händen nach seiner Hand, um ihn vom Skalpieren abzuhalten.
„Nata-He-Yukan!", schrien mehrere Frauen und kamen händeringend auf ihn zu. „Hör auf!"

Verunsichert ließ er die Haare der Frau los, dann sah er auf die zusammengesunkene Gestalt, die demütig zu seinen Füßen kniete. Langsam drang das entsetzte Weinen des Babys zu ihm durch und beschämt nahm er das kleine Mädchen auf den Arm. Was tat er hier? Schwindel erfasste ihn, als er die Brutalität seines Handelns erkannte. Er ließ seinen Zorn an der Frau eines Verräters aus, an einem kleinen Mädchen, das nichts für die Verfehlungen seines Vaters konnte. Sanft wiegte er das Kind in seinen Armen und streichelte über seinen Kopf.
„Ist gut!", flüsterte er. „Es ist wieder gut!"
Immer noch wagte sich niemand an den Mann heran, niemand wollte das Baby gefährden, das er im Arm hielt.
Schluchzend hob die Mutter ihre Arme, bat unterwürfig um ihr Kind. Wie viel Leid musste sie noch ertragen? „Bleza-Si ist nicht da! Hab Mitleid mit mir!", flüsterte sie fast unhörbar.
Der Kopf des Kindes vergrub sich in Nata-He-Yukans Schulter und er klopfte ihm beruhigend den Rücken, drehte sich langsam

im Kreis ohne auf die Umstehenden zu achten. Ja, Bleza-Si war weg! Aber eines Tages würde er ihn finden und dann war die Rache sein! Wie ein Feigling war er davongelaufen, hatte seine Frau und Tochter im Stich gelassen, sie der Wut des Gegners ausgesetzt.
Nata-He-Yukan spuckte vor Verachtung auf den Boden, dann wurde seine Stimme ruhig: „Bleza-Si hat meine Frau und meine Tochter angegriffen! Er wollte sie im Kampfgetümmel mit den Crow töten!“
Ein entsetztes Raunen ging durch die Menge.
„Nun entzieht er sich meiner Rache! Läuft wie ein räudiger Hund davon!“
Anklagend ruhte sein Blick auf den umstehenden Menschen, dann betonte er jeden einzelnen Satz:
„Er ist es nicht wert, eine Frau und Tochter zu haben! Er ist es nicht wert, ein Lakota zu sein! Er ist es nicht wert, ein Tipi sein Eigen zu nennen!“
Das Baby in seinem Arm hatte sich beruhigt und besitzergreifend hob er es vor sich. „Ich nehme mir sein Zelt, seine Frau und seine Tochter! Alles, was ihm gehört hat, soll nun mir gehören! Wer streitet mir dieses Recht ab?“, forderte er.
Aber niemand sagte etwas, denn es war in ihren Augen gerecht.
„Steh auf!“, herrschte er die Frau an. „Bringe das Tipi zu den Miniconjou und bereite es für mich und meine Familie vor!“

Schluchzend erhob sich die Frau, um seinen Befehl auszuführen. Die Umstehenden wandten sich verlegen ab, wussten nicht, wie sie jetzt auf Nata-He-Yukan reagieren sollten. Irgendwie kamen ihnen Zweifel, ob Nata-He-Yukan vielleicht doch zu Unrecht verbannt worden war. Warum sonst hatte Bleza-Si versucht, dessen Frau zu töten?
Nata-He-Yukan aber ging ruhigen Schrittes in sein Zelt zurück. Kleine-Krähe stürzte in seine Arme und sanft nahm er ihn auf seinen Schoß, versuchte das Kind, aber auch sein rasendes Herz zu beruhigen. Besorgt hielt er seine kleine Tochter im Arm, deren Stirn mit einem ledernen Band eingebunden war. Sie war eingeschlafen und auch sonst schien es ihr gut zu gehen.

Zintkala-win saß bereits mit einem festen Verband auf ihrem Platz und lehnte ausdruckslos an ihrer Rückenlehne. Nichts verriet die düsteren Gedanken, die sie hatte. Wozu waren Männer überhaupt gut? Plötzliche Wut erfüllte sie, dass Nata-He-Yukan sie wieder nicht beschützt hatte, nicht vor den Crow, und nicht vor einem Mann seines eigenen Stammes. Fast wären sie und ihre kleine Tochter gestorben.
Sie wollte zurück zu den Pecuni! Dort konnte sie sich selbst schützen, stolz ihren Bogen tragen! Hier war sie nur Frau!
Aber bei den Pecuni gab es Kriegerfrauen, da wäre sie nicht dazu verdammt, das hilflose Leben einer Frau zu führen!
Ihre anfängliche Dankbarkeit verwandelte sich in Zorn, weil ihr Nata-He-Yukan dieses Leben aufzwang.
Was würde aus ihrer Tochter werden? War auch sie dazu verdammt, den Wünschen eines Mannes zu folgen?
Regungslos sah sie zu, wie Nata-He-Yukan mit seinen Waffen das Zelt verließ, um das Dorf zu schützen.
Niemand konnte wissen, ob die Crow nicht zurückkehrten, um ein weiteres Mal ihre Feinde herauszufordern.
Aber am nächsten Morgen würde eine größere Gruppe aufbrechen, um die Crow zu suchen und sie empfindlich zu strafen.

Nata-He-Yukan dagegen würde sich an eine andere Spur heften, aber erst wenn die Gefahr für das Dorf gebannt war. Drei Krieger waren gefallen, zwei Frauen getötet worden und viele hatten Wunden davongetragen.
Zum ersten Mal hörte Zintkala-win auf die Klageschreie, die aus den anderen Tipis drangen und die sich genauso anhörten wie in den Dörfern der Blackfeet. Die Trauer vereinte alle Menschen, zumindest bis die Krieger aufbrachen, um andere zum Weinen zu bringen.

Grashüpfer schlüpfte in das Zelt, um nach ihrer Freundin zu sehen. Zärtlich tasteten ihre Finger über die Stirn des Babys, dann kam auch noch Sommerregen hinzu.
Immer noch stand ihr der Schock des Erlebten ins Gesicht geschrieben. „Wie geht es dir?", fragte sie freundlich.

„Es tut weh!“, antwortete Zintkala-win wahrheitsgemäß und sah schweigend zu, wie ihre Freundin zärtlich das Baby auf den Arm nahm. Ihre Gedanken jedoch waren woanders. Zögernd sprach sie mit den beiden darüber, fand kaum noch Worte, ihren Hass auszudrücken. „Wieso verrät ein Krieger die Frauen seines eigenen Stammes?“
Grashüpfer schluckte schwer. „Ich glaube, er wollte Nata-He-Yukan treffen!“
„Aber warum?“
Grashüpfer ließ die Hände sinken und schickte Kleine-Krähe in sein Bett. „Ich werde dir jetzt eine Geschichte erzählen! Eine Geschichte unseres Stammes, aber auch Nata-He-Yukans!“
Zintkala-win nickte gnädig. Ihr war nicht nach Geschichtenerzählen zu Mute, aber sie wollte hinter die Fassade der Ereignisse blicken.

„Vor langer Zeit, als ich noch ein kleines Mädchen war, da lebte ein weißer Mann unter uns. Im Winter haben wir unser Dorf oft bei den weißen Händlern aufgeschlagen. Dieser Weiße hatte eine Frau unseres Volkes geheiratet. Ein schönes Mädchen mit dem Namen Libelle-am-Teich und ihr Vater war sehr stolz darauf, einen weißen Mann zum Schwiegersohn zu haben! Die beiden hatten einen Sohn, Bleza-Si!
Als er sehr klein war, nannte sein Vater ihn anders, aber dann riefen ihn alle nur noch mit diesem Namen. Entenfuß! Weil er so seltsam geht. Sein Vater war oft weg, manchmal den ganzen Sommer und Herbst, aber stets kehrte er mit Geschenken zurück! Bleza-Si hat oft damit angegeben!
Wenn sein Vater fort war, haben wir Kinder ihn manchmal gehänselt, denn wir mochten ihn nicht, aber wenn sein Vater zurück war, dann gab es immer einige Kinder, die sich von seinen Sachen beeindrucken ließen. Nur Nata-He-Yukan nicht!
Die beiden trugen schon als Kinder ihre Wettkämpfe aus, ständig wetteiferten sie darin, wer von ihnen am besten war. Aber meistens gewann Nata-He-Yukan, obwohl auch Bleza-Si stark war. Viele Jungen konnten ihn nicht besiegen, aber gegen Nata-He-Yukan hat er oft verloren!

Dann gab es einen furchtbaren Streit zwischen dem weißen Mann und Krummer Stab, dem Onkel von Nata-He-Yukan. Der weiße Mann hatte etwas von dem Zauberwasser getrunken, das er immer mitbrachte und das den Geist wirr macht.
Keiner weiß heute mehr, was wirklich geschehen ist, aber am Morgen war Krummer-Stab tot, erschlagen in seinem Zelt und der weiße Mann war mit einigen Pferden verschwunden.
Einige Krieger brachen natürlich auf, um den Mord zu sühnen und Nata-He-Yukans Vater kehrte mit dem Skalp des Weißen zurück. Libelle-am-Teich und Bleza-Si zogen in das Zelt eines Verwandten. Bleza-Si hat sehr unter dem Tod seines Vaters gelitten, obwohl er es sich nicht anmerken ließ.
Aber er wurde noch wilder, noch verschlagener, konnte niemanden mehr mit den Geschenken seines Vaters beeindrucken, sondern musste nun selbst um Anerkennung kämpfen. Besonders mit Nata-He-Yukan maß er sich ständig, als wollte er sich für den Tod seines Vaters rächen. Daher auch die gespaltene Lippe! Ich verstehe jetzt, dass er Nata-He-Yukan schon immer gehasst haben muss, aber niemand konnte ahnen, wie weit er in seinen Hass gehen würde!"
Zintkala-win ließ die Geschichte auf sich wirken, fühlte die Messerstiche, die sie verletzt hatten. Sie, und nicht Nata-He-Yukan, war angegriffen worden!
„Aber warum rächt er sich an mir?", überlegte sie laut.
„Ich glaube, weil er im Grunde alle Frauen hasst! Hast du seine Narbe gesehen? Kein Mädchen schaut ihm nach! Deshalb hat er sich auch dieses Shoshonemädchen geraubt. Aber er behandelt sie nicht gut! Er vergreift sich an dir, weil er zu viel Angst vor Nata-He-Yukan hat!"
„Dann ist er ein Feigling!"
„Ja!", stimmte Grashüpfer ihr zu. „Unsere Männer werden ihn bestrafen, wenn sie ihn finden!"
„Verbannung wäre noch die leichteste Strafe!", drohte Zintkala-win. „Für das, was dieser Mann mir angetan hat, werde ich ihm bei lebendigem Leib die Geschlechtsteile rösten!"
„Uh!" Sommerregen wand sich entsetzt. Mit weit aufgerissenen Augen starrte sie auf ihre Freundin, die nichts Weibliches mehr

an sich hatte. „Weißt du!“, meinte sie bewundernd. „Ich hätte nicht den Mut gehabt, das Messer zu ziehen.“
„Dann wärst du tot gewesen“, bemerkte Zintkala-win lakonisch. „Aber ohne deinen Schrei hätte er mich trotzdem getötet!“, fuhr sie fort und dankte damit ihrer Freundin für die Hilfe.
Sommerregen errötete etwas. „Es war unüberlegt! Erst als du ‚Lauf‘ geschrien hast, habe ich gemerkt, dass auch ich in Gefahr bin! Er hätte uns beide töten müssen, damit es keiner merkt!“
Zintkala-win zuckte mit den Schultern. „Ich sah meine Chance und nutzte sie! Ich habe schon oft um mein Leben gekämpft, vielleicht bin ich deshalb entschlossener.“
„Manchmal bist du nicht wie eine wirkliche Frau“, bemerkte Sommerregen ehrlich.
Sanft schaukelte Zintkala-win das Baby auf ihren Knien, dachte über die Worte nach.
„Vor langer Zeit hatte ich eine Vision, die besagte, das ich als Krieger kämpfen sollte! Aber Nata-He-Yukan nahm mich zur Frau und so konnte ich meine Vision nicht erfüllen. Vielleicht war das nicht richtig!“
Sommerregen staunte. „Aber du hast ein Baby!“
Zintkala-win nickte betreten. „Ja, und ich mag das Gefühl, das dieses Kind in mir macht! Aber du hast Recht! Ich bin anders! Ich will für mich selbst sorgen! Für mich selbst kämpfen! Auf niemanden angewiesen sein!“
„Und Nata-He-Yukan?“
„Er sieht in mir nur die Frau!“
Sommerregen lachte leise. „Alle Männer wollen in ihren Frauen nur die Frau sehen, aber auch wir müssen stark sein und kämpfen. Vielleicht sind deine Gefühle überhaupt nicht so unnatürlich? Sie sind nur stärker!“
„Meinst du?“
„Aber ja, du bist eine Kriegerfrau! So etwas gibt es manchmal.“
„Aber welchen Weg muss ich gehen?“, seufzte Zintkala-win.
„Du wirst ihn finden. Du hattest schon einmal eine Vision. Du musst darauf vertrauen, dass dir wieder dein Weg gezeigt wird.“
Die beiden Frauen kletterten aus dem Zelt und überließen Zintkala-win ihren Gedanken.

Am Morgen erhob sich Nata-He-Yukan und blickte seine Frau forschend an. Ihr schien es besser zu gehen, obwohl sie ihre Schulter noch eine Weile ruhig halten musste. Hämisch zogen sich seine Mundwinkel nach unten, denn mit der Shoshonefrau hätte er eine Sklavin, die seiner Frau helfen könnte: „Pack unsere Sachen, wir leben jetzt im Zelt von Bleza-Si!", befahl er kalt.
Überrascht sah sie ihn an: „Warum?"
„Dieser Feigling ist meiner Rache entgangen. Ich beanspruche jetzt seine Frau, seine Tochter und sein Zelt. Ich schicke dir die Frau, damit sie dir hilft. Du musst dich schonen!"
Ohne eine Antwort abzuwarten stand er auf, ging zu dem großen Zelt von Bleza-Si und herrschte die Frau an, dass sie Zintkala-win beim Packen helfen sollte.
Ein kleines, vielleicht fünfjähriges Mädchen stand neben der Shoshonefrau und starrte ihn angsterfüllt an.
Er erkannte sie sofort und plötzlich wurden seine Knie weich. Machpiya-ska! Seine Schwester!
Was musste sie von ihm denken!
Mit Scham dachte er daran, wie er in dieses Zelt gestürmt und die Frau an ihren Haaren nach draußen gezerrt hatte. War das Kind in der Nähe gewesen? Hatte sie ihn dabei beobachtet?
Behutsam kniete er sich vor das Kind, lächelte freundlich, obwohl sie vor ihm zurückweichen wollte. Sanft nahm er ihre Hände in die seinen, drehte sie wie im Tanz hin und her.
„Na, bist du mein kleiner Vielfraß?", begann er das uralte Spiel mit ihr. Sie versuchte, ihm ihre Hände zu entziehen, wie gebannt starrte das Kind ihn an. Seine Augen! Irgendetwas schien ihr so bekannt zu sein!
„Ich bin kein Vielfraß", flüsterte sie leise.
„Nein?! Na, vielleicht mein kleines Hündchen?"
Wieder fraß sich ihr Blick an seinen Augen fest. „Ich bin Machpiya-ska!"
„Nein!", lachte er glucksend. „Du bist Mitankschi!"
Ihre Lippen zitterten vor lauter Freude. „Mitiblo! Mitiblo!"
„Ja! Ich bin dein Bruder!"
„Du bist wieder da! Kommt Ina jetzt auch wieder?" Die Hoffnung leuchtete in ihrem Gesicht.

Er schluckte mühsam. „Nein, nein, da wo Ina ist, kann sie nicht zurück."
„Können wir zu ihr gehen?"
Er lächelte traurig. „Noch nicht, aber eines Tages!"
„Bleibst du jetzt bei mir?"
„Ja, für immer!", erklärte er fest.

Nata-He-Yukan befahl der Frau brüsk, ihm zu folgen. Dann nahm er seine Schwester an der Hand und brachte sie zu seinem Zelt. „Ich habe eine neue Mutter für dich!", flüsterte er. „Sie heißt Zintkala-win!"
„Zintkala-win?"
„Ja! Wir haben auch einen kleinen Sohn und eine Tochter! Sie ist ein ganz kleines Baby! Du bist ihre Tante!"
Sehnsüchtig erwiderte Machpiya-ska den Blick ihres Bruders. „Du warst so lange fort!"
„Ja, aber jetzt bin ich wieder bei dir!" Abschätzend begutachtete Nata-He-Yukan seine Schwester, versuchte zu ergründen, ob Bleza-Si ihr irgendetwas angetan hatte. „War Bleza-Si gut zu dir?", fragte er mit bangem Herzen.
Seine Schwester lächelte voller Vertrauen: „Ja, alle waren gut zu mir! Aber Bleza-Si ist sehr böse zu seiner Frau."
„So!" Eine steile Falte zeigte sich auf der Stirn von Nata-He-Yukan.
Dann schob er seine Schwester in sein Tipi und zeigte sie Zintkala-win. „Sieh, das ist Machpiya-ska, meine Schwester!"
Zintkala-win nahm das Mädchen an der Hand. „Sei mir willkommen! Möchtest du etwas essen?"
Machpiya-ska nickte höflich, dann setzte sie sich neben Kleine-Krähe. Zärtlich streichelte ihre Hand über den Jungen. „Du bist mein kleiner Neffe!" Sie würde ihn beschützen, so wie Nata-He-Yukan jetzt auf sie achtete!
„Sieh nur, das ist Schnee-in-den-Bergen! Möchtest du sie mal halten?"
Strahlend nahm Machpiya-ska das Baby auf den Arm und streichelte dann betroffen über die eingebundene Stirn.
„Sie ist verletzt!"

„Ja, das ist bei dem Angriff passiert, aber es wird bald verheilen!", beruhigte Zintkala-win das Kind.
„Aber du bist auch verletzt!"
Zintkala-win lächelte mit schmerzhaft verzerrter Miene. „Ja, aber auch mein Messer hat einen Krieger getroffen!"
Machpiya-ska hob bewundernd den Kopf. „Ich möchte auch so kämpfen wie du!"
Nata-He-Yukan lachte herzhaft, mit einem Mal war seine Anspannung wie weggeblasen. „Meine Schwester redet schon wie mein Blackfeetweib! Vielleicht gebe ich ihr ein scharfes Messer!"

Zintkala-win sagte nichts, denn ihrer Meinung nach sollte jede Frau ein langes, scharfes Messer unter dem Kleid tragen, damit sie jederzeit einen ungebetenen Mann in die Schranken weisen konnte! Sorgfältig packte sie ihre Bündel und trug sie einige Schritte weiter zu ihrer neuen Bleibe.
Mit gesenktem Kopf schlurfte die Shoshonefrau hinter ihr her, Bitterkeit im Herzen. Zintkala-win war nicht wohl dabei, als sie in das neue Zelt trat und ihr Bett an der Seite ihres Mannes ausbreitete. Die Shoshonefrau hatte ihre Decken neben den Eingang gezogen, als Zeichen, dass sie in diesem Zelt nur noch geduldet war. Nun saß sie apathisch neben der Feuerstelle vor dem Zelt und schnitt mit zitternden Händen Fleisch klein. Neben ihr lag das Kind, manchmal schüttelte es den kleinen Körper, als das Mädchen im Schlaf schluchzte, sich vielleicht an die unbewusste Gefahr erinnerte.
Nata-He-Yukan setzte sich neben die Frau und befragte sie mit schneidender Stimme: „Weißt du, wohin Bleza-Si gegangen ist?"
„Nein!", antwortete die Shoshonefrau mit gesenkten Augen.
„Ich werde ihn trotzdem finden und töten! Du wirst mir gehorchen. Du wirst Zintkala-win bei ihren Arbeiten helfen. Du bist ein Niemand! Erst, wenn meine Kinder gegessen haben, darfst du dir etwas nehmen! Hast du verstanden?" Seine Stimme war kalt vor Verachtung. Die Shoshonefrau senkte verzweifelt den Blick. Wieder war sie nur eine Sklavin! Ohne Rechte und Schutz! Tränen schimmerten in ihren Augen, aber sie wollte nicht, dass er ihre Verzweiflung sah. „Ja!"

Sie bot ihm demütig eine Schüssel mit Essen an, dann huschte sie in das Zelt, das nun nicht mehr ihr gehörte. Warum musste sie dieses Schicksal ertragen? Wieder war sie gezwungen, mit einem Mann zu leben, der ihr wehtun würde.
Wie oft hatte sie sich gewünscht, eine Lakotafrau zu sein, das Recht zu haben, sich von ihrem Mann zu trennen.
Einmal hatte sie gesehen, wie eine Frau wutentbrannt ihren Mann aus dem Zelt geworfen hatte. Reumütig war er nach einigen Tagen zurückgekehrt und die Frau hatte ihn gnädig wieder aufgenommen.
Sie dagegen war nur eine Gefangene, eine Shoshone, die man schlagen, misshandeln und quälen konnte. Verzweifelt schlug sie die Hände vor das Gesicht und weinte.
Hungrig schlang Nata-He-Yukan indessen das Essen in sich hinein, dann sprang er auf, um seine Freunde zu rufen:
„Dieser Verräter denkt, dass er meiner Rache entkommen kann! Wer folgt mir, um ihn zu finden?"
Sofort schloss sich ihm Langes-Messer an, während sich eine wesentlich größere Streitmacht in Bewegung setzte, um die Crow zu verfolgen.
Die Spuren von Bleza-Si verloren sich jedoch schnell unter den vielen Abdrücken der fliehenden Crow. Bald darauf regnete es und so gaben sie enttäuscht die Suche auf. Immer noch waren die Männer fassungslos über den Verrat dieses Mannes. Nur Nata-He-Yukan war sich endlich über eins im Klaren. „Ich habe damals Kalter-Stein nicht im Stich gelassen! Bleza-Si hat ihn mit Absicht getötet!" Irgendwie erleichterte ihn diese Tatsache, nahm ihm eine Last von der Seele.
Langes-Messer nagte an seinen Lippen. „Wie kann ein Lakota so etwas tun?"
„Er ist kein Lakota mehr! Wenn ich ihn finde, dann ist er tot!", drohte Nata-He-Yukan mit finsterem Gesicht.
„Aber wo kann er sich verstecken?", überlegte Langes-Messer.
„Bleza-Si ist erst nach Westen und dann nach Norden geritten, in das Land der Assiniboin und Atsina!", meinte Nata-He-Yukan. „Aber ich denke nicht, dass er dort Freunde hat! Sie werden einem Lakota keinen Unterschlupf gewähren!"

Vielleicht ist er längst tot und sein Skalp hängt in dem Tipi eines Assiniboin!", hoffte er freudlos.
„Das denke ich nicht! Bleza-Si ist schlau! Irgendwie wird er überleben! Du bist ja auch zurückgekehrt!", widersprach Langes-Messer.
Nata-He-Yukan winkte unwillig ab. „Meine Rache kann warten. Ich habe seine Frau und Tochter. Eines Tages kommt er zurück oder ich finde ihn doch. Dann wird er wissen, dass seine Frau mein Lager geteilt hat!"
„Und wenn er es nicht weiß?"
„Eines Tages wird er es wissen! Und wenn es das Letzte ist, was ich ihm in sein falsches Gesicht spucke!"
Langes-Messer zuckte merklich zusammen, aber er verstand den Zorn seines Freundes, denn er empfand die gleiche Wut.
„Lass uns zurückreiten!", forderte Nata-He-Yukan seinen Freund auf. „Ich möchte nach meiner Frau sehen!"

Rote-Haut

Ruhig und ausgeglichen schlüpfte Nata-He-Yukan in sein neues Zelt. Prüfend tasteten seine Augen über das Innere des Zeltes, sahen befriedigt, dass seine Sachen bereits ordentlich an den Zeltstangen hingen. Ja! Dieses Zelt war angemessen!
Das kleine Mädchen wackelte unbeholfen durch das Tipi und es erinnerte ihn daran, wie sie damals Kleine-Krähe gefunden hatten. Sie machte einen großen Bogen um ihn und stürzte sich schutzsuchend in die Arme ihrer Mutter.
„Wie heißt sie?“, fragte er freundlich. Er wollte nicht, dass dieses kleine Kind Angst vor ihm hatte.
„Kaktusblüte!“
Er gluckste amüsiert: „So?“
„Bleza-Si wollte ihr keinen Namen geben, also wählte ich diesen Namen! Ich mag den Brei aus den Früchten!“, erklärte die Frau schüchtern.
„Hmh! Ich auch!“, lächelte er. „Wie heißt du?“
„Shoshonefrau!“
„Nein, dein richtiger Name!“
„Bleza-Si nannte mich immer nur Shoshonefrau!“, stotterte die Frau verängstigt.
„Nun, ich werde dich bei deinem richtigen Namen rufen! Wie heißt du?“
Ihre Stimme wurde heiser vor Trauer, als sie daran dachte, wie ihre Eltern sie gerufen hatten. Eine Ewigkeit schien ihr das her zu sein, ein ganzes Menschenleben voller Angst und Schikanen.
„Mädchen, das den blauen Schmetterling fängt!“, antwortete sie diesem neuen Gebieter.
Wieder huschte ein Lächeln über sein Gesicht. „Ein schöner Name! Ich werde dich Kimimila-to, Blauer-Schmetterling, rufen! Gefällt dir das?“
Sie nickte schüchtern, schöpfte Hoffnung aus seiner offensichtlich guten Laune. In einer unbewussten Geste legte sie schützend die Arme um ihre Tochter, als sie daran dachte, wie er sie fast getötet hätte. Sie hatte seine Wut erlebt und fürchtete nach wie vor

seinen Hass. Nata-He-Yukan runzelte die Stirn, dann zeigte er auf das Kind. „Sie braucht keine Angst vor mir zu haben. Ich werde ihr nichts tun!“
Ein wenig ungläubig verzog sie die Lippen, aber er ignorierte ihren Blick. „Bring mir meine Pfeife!“, befahl er.
Zintkala-win kehrte in ihr Zelt zurück und strahlte ihn an. „Mein Mann! Du bist zurück!“
„Ja, aber Bleza-Si ist uns entkommen.“
„Ich habe Angst vor einer weiteren Gemeinheit“, erklärte sie unumwunden.
Er dachte darüber nach. „Ja, er wird nicht eher ruhen, bis er mich vernichtet hat! Vor allen Dingen jetzt, wo ich seine Frau habe!“
Zintkala-win schluckte schwer und machte eine nachdenkliche Kopfbewegung in Richtung der Shoshonefrau. „Was hast du mit ihr vor?“
„Nichts!“, erklärte er kalt. „Sie wird mir zu Willen sein und er wird es eines Tages erfahren.“
Sie schreckte vor seiner Kaltschnäuzigkeit zurück, erinnerte sich daran, wie grob er anfangs zu ihr gewesen war. Diese Shoshonefrau war nichts anderes als eine Gefangene für ihn. Verärgert erhob sie sich, um aus dem Tipi zu flüchten.
„Wohin gehst du?“, fragte er erstaunt.
„Ich versorge dein Pferd“, erklärte sie, aber es klang alles andere als freundlich.
Ihr Unwillen verblüffte ihn. „Du bist verletzt! Lass doch sie gehen!“, meinte er mit einer Geste auf die Shoshonefrau.
„Ich gehe selbst! Ich brauche keine Sklavin!“, meinte sie gereizt.
Was hatte er denn jetzt schon wieder falsch gemacht? Hatte sie etwa Mitleid mit der Frau eines Verräters?
Ein schwarzer Schatten stürzte in das Zelt und umarmte ihn überschwänglich.
„Mitiblo!“, lachte seine Schwester, dann hockte sie sich zu dem kleinen Mädchen und nahm ihr Gesicht in die schmutzigen Hände. „Na, meine kleine Kaktusblüte!“
Das Kind krähte vor Vergnügen und steckte einen Finger in den Mund, als Machpiya-ska sie kitzelte. „Nicht wahr?“, fragte sie ihren Bruder. „Kaktusblüte ist immer noch meine Schwester!“

„Wenn du möchtest", wich er aus.
„Du bist bestimmt viel netter zu ihr als Bleza-Si es war!", meinte sie vertrauensvoll.
„So?", runzelte er die Stirn. Aber wie ein Wirbelwind war sie verschwunden, um mit ihren vielen Freundinnen zu spielen. Nachdenklich musterte Nata-He-Yukan die Shoshonefrau, die Kleine-Krähe auf dem Schoß hatte und fütterte.
Sie fühlte seinen Blick auf sich ruhen und sah ihn unsicher an.
„Mach dich bereit für mich! Heute Nacht komme ich zu dir!", befahl er ruhig.

Er wartete, bis alle Kinder schliefen, dann kroch er zu Blauer-Schmetterling hinüber und zog die Decke weg.
Ihm lag nichts an der Frau, aber er wusste, dass er damit Bleza-Si demütigen konnte. Die Rauchklappen des Tipis standen weit offen, sodass ein wenig Licht hineinfiel. Eine sanfte Brise wehte durch das Zelt und nahm die Hitze des Tages.
Zintkala-win drehte sich auf die Seite, denn sie wollte nicht miterleben, was ihr Mann jetzt tat. Eigentlich war sie nicht eifersüchtig, aber ihr missfiel, dass er der fremden Frau wehtun würde, seinen Hass an einer wehrlosen Frau austoben würde.
Nata-He-Yukan griff besitzergreifend nach der fremden Frau. Sie hatte sich tatsächlich gebadet und lag nackt vor ihm.
Ihre Augen brannten, als sie sich demütig vor ihm hinkniete, so als gäbe es keine sanfte Berührung zwischen Mann und Frau, keine Liebkosung, keine Zärtlichkeit.
Er war einigermaßen überrascht, dann schluckte er betroffen, als er im fahlen Licht ihre kaum verheilten Verletzungen wahrnahm. Diese Frau war wie ein Tier misshandelt worden! Plötzlich traf ihn die Wahrheit wie ein Schlag. Bleza-Si hatte diese Frau im Stich gelassen, weil sie ihm nichts bedeutete! Kaltblütig hatte er sie und das Kind der Willkür seines Widersachers überlassen, weil sie ihn nur behindert hätten. Die Shoshonefrau war eine Sklavin, sonst nichts.
Nata-He-Yukans Backenmuskeln zuckten, als er die deutlichen Spuren der Misshandlungen sah, selbst nach Tagen noch nicht ganz verschwunden. Vorsichtig drückte er die Frau auf ihre Felle

und streichelte ihr tränennasses Gesicht. „Es ist gut!", flüsterte er. „Ich tue dir nicht weh!" Ein hilfloses Schluchzen schüttelte sie und er nahm sie in die Arme.
„Es tut mir leid! Ich tue dir nicht weh!"
Wie um seine Worte zu unterstreichen, zog er die Decke über ihren Körper.
„Niemand wird dir mehr wehtun!", versprach er ihr.
Weinkrämpfe schüttelten Blauer-Schmetterling, als sie all ihren Schmerz und ihre Angst herausweinte und Nata-He-Yukan hielt sie fest.
Zintkala-win lächelte still in ihre Hände und liebte ihn, liebte ihn, weil er großmütig war.
Die halbe Nacht saß Nata-He-Yukan da und hielt die Frau fest an sich gedrückt. Irgendwann war sie eingeschlafen, lag entspannt und ohne Angst in seinen Armen. Erst dann wagte er es, sich von ihr zu lösen und zu seiner Frau zurückzukrabbeln. Er schmiegte sich an ihren warmen Körper und genoss den Frieden in seinen Tipi. Es war gut, ohne Hass zu sein.

Am Morgen blinzelte Zintkala-win ihn verschmitzt an. „Jetzt hast du zwei Frauen!"
„Ist es dir recht?", fragte er scheu.
„Ja, du bist ein guter Mann. Du bringst so viel Beute, dass du bestimmt drei Frauen ernähren kannst."
Er lachte leise, wieder diese tiefe dunkle Lachen, das ihr so gefiel.
„Gut, dann nehme ich Blauer-Schmetterling zu meiner Frau!"
„Ja!", stimmte sie zu. Sie wollte keine Sklavin in ihrem Zelt.
Wieder huschte der Schalk über ihr Gesicht: „Und Kaktusblüte wird deine Tochter! Die zweite von deinen hundert Töchtern!"
„Wahr gesprochen! Mit zwei Frauen schaffe ich das sicherlich schneller!"
„Bestimmt!", kicherte sie.

Gähnend rührte sich die Shoshonefrau etwas und liebevoll beugte sich Nata-He-Yukan zu ihrem Gesicht. „Zintkala-win und ich haben beschlossen, dass du meine zweite Frau wirst!"
„Zweite Frau?", stotterte sie voller Freude.

„Ja, du wirst meine Frau und Kaktusblüte meine Tochter! Möchtest du?", fragte er gutmütig.
Frau! Dieser Mann wollte sie zu seiner Frau machen! Ihre Augen strahlten plötzlich. Vorbei waren die Misshandlungen und die Angst. Dieser Krieger nahm sie zur Frau, machte sie zu einem vollwertigen Mitglied des Stammes.
„Ja", hauchte sie, fühlte sich geborgen bei diesem Mann, der ihr keine Gewalt antat.
Dann meldeten sich feine Stimmen und die Frauen setzten sich, um ihren Kindern die Brust zu geben.
Zwei stillende Frauen! Er musste völlig verrückt sein! Mit einem Grinsen entfloh Nata-He-Yukan dem Zelt und überlegte kurz, ob nicht eine dritte Frau ganz vernünftig wäre. Aber dann bräuchte er vermutlich ein weiteres Tipi, um die vielen Kinder unterzubringen.

Er trat zum Ufer des Flusses und mit einem Sprung tauchte er in das kalte Wasser, dann schüttelte er sich wie ein Hund.
Zwei-Falken und Langes-Messer scharten sich um ihn und grinsten unverschämt.
„Was ist los?", wehrte er ihre neugierigen Augen ab.
„Und, wie ist es mit einem Shoshonemädchen?"
Mit dem Vogelbalg im Haar wirkte Langes-Messer wie ein Habicht, der auf Beute lauerte.
„Nichts!"
„Nichts!" Sie glaubten ihm kein Wort. „Ich dachte, du wolltest dich an Bleza-Si rächen?"
„Ja, aber dazu misshandle ich keine Frau!"
„Na, aber gestern hast du noch anders geklungen! Du warst bereit, ihr und dem Baby den Schädel einzuschlagen!"
„Ich war unbeherrscht!", erklärte Nata-He-Yukan mit einem Schulterzucken.
„Und jetzt?"
„Langes-Messer! Ich wollte dieser Frau wehtun! Doch dann sah ich, dass Bleza-Si sie misshandelt hat. Die Shoshonefrau war nie seine Frau, immer nur seine Gefangene. Deshalb hat er sie auch zurückgelassen!"

Langes-Messer pfiff verächtlich. „Er hatte auch keine Zeit sie zu holen! Er ist gerannt wie der Hase vor dem Präriefeuer!"
„Deine Worte sind wahr!"
„Und was gedenkst du jetzt mit ihr zu tun?"
Nata-He-Yukan senkte die Augen, weil er nicht den Spott in ihren Augen sehen wollte. „Ich nehme sie als zweite Frau!"
„Als Frau?" Die Überraschung stand beiden in die Gesichter geschrieben.
„Ja! Ich habe Mitleid mit ihr. Es ist nicht richtig, sie als Gefangene zu halten. Sie spricht unsere Sprache und sie ist willig. Warum sollte ich sie nicht zur Frau nehmen?", erklärte er patzig.
„Also hast du doch ...!", lachten seine Freunde.
„Nein! Sie hätte sich nicht gewehrt, aber erst sollen ihre Verletzungen heilen! Ich will nicht, dass sie Angst vor mir hat!"
Die beiden Männer kicherten respektlos und er schubste sie empört. „Ihr denkt aber auch immer nur an das eine!"
„Ja! Sommerregen war heute Nacht sehr sanft zu mir!", gab Langes-Messer an und warf seine Zöpfe mit einem Ruck nach hinten. Sein ausgestopfter Falke wackelte dabei bedenklich hin und her. Nata-He-Yukan prustete los, nutzte sofort die Gelegenheit, von seiner Person abzulenken. „Wahrscheinlich warst du endlich mal sanft zu ihr!"
„Was soll das heißen!", verteidigte Langes-Messer seine Liebeskünste. Seine kleinen Augen hefteten sich genauso stechend auf Nata-He-Yukan wie die starren Augen des ausgestopften Vogels.
„Nichts!", grinste Nata-He-Yukan. Dann sprang er auf und trabte zu seinem Zelt.

Seine Kinder lachten ihn an und zärtlich nahm er seine winzige Tochter auf den Arm. Sie gähnte ausgiebig und plötzlich bestand ihr winziges Gesicht nur noch aus einem riesigen Mund, der sich aufsperrte wie bei einem Küken. Ihre Finger reckten sich wohlig, dann blinzelten ihm kleine Knopfaugen zu.
Sein Herz schmolz dahin und hingerissen hielt er das zarte Wesen in seinen Händen. Schnee-in-den-Bergen! Vorsichtig bettete er sie auf ein weiches Fell. Dann kitzelte er Kaktusblüte und hoffte, dass sie vergaß, wie grob er zu ihrer Mutter gewesen war. Aber

sie war zu klein, um sich zu erinnern, und kletterte vertrauensvoll auf seinen Schoß.

Ein Räuspern erklang vor dem Eingang und fassungslos bat Nata-He-Yukan den Häuptling seines Stammes herein, der verlegen seinen Kopf hereinsteckte. Der Häuptling, der ihn verstoßen hatte! Die Menschen, die ihn in die Verbannung geschickt hatten! Wieso kam er hierher? Er war doch immer noch verbannt! Sorgfältig verbarg er seine Überraschung und mit neutraler Stimme bot er dem Häuptling den Ehrenplatz in seinem Zelt an.
Ein wenig verlegen wollte er Kaktusblüte wieder absetzen, doch der Häuptling winkte mit einem Lächeln ab. „Lass, es ist schön, das Kind auf deinem Arm zu sehen!"
Nata-He-Yukan lachte trocken. „Ja, besser, als wenn ich ihre Mutter oder sie getötet hätte!"
In dem runzeligen Gesicht des Häuptlings zeigte sich eine weitere steile Falte. Tadelnd sah der Häuptling ihn an. „Wir waren alle in Sorge um dieses kleine Mädchen! Sie ist ein Kind unseres Volkes!"
„Ihr braucht euch keine Sorgen mehr zu machen. Sie ist jetzt meine Tochter!"
Zufrieden nickte ihm der Häuptling zu. „Das ist gut!"

Stille trat ein und schweigend beobachteten sich die beiden Menschen unter gesenkten Wimpern. Nata-He-Yukan bot dem Häuptling seine Pfeife an und zu seiner Überraschung nahm dieser sie entgegen. Beide rauchten eine Weile und Nata-He-Yukans Herz schlug höher. Die Ältesten hatten eine Entscheidung getroffen! Alles verschwamm vor seinen Augen und verzweifelt versuchte er, seine stoische Ruhe aufrecht zu erhalten. Der Felsen, der sein Herz niederdrückte, verschwand und er fühlte sich so leicht wie eine Feder.
Endlich redete der Häuptling, ruhig und ernst: „Wir haben uns gestern beraten! Viel ist geschehen und wir haben darüber nachgedacht. Dein Freund Langes-Messer hat für dich gesprochen, aber auch andere. Wir kamen zu dem Schluss, dass deine Verbannung ungerechtfertigt war. Die Ältesten haben beschlossen, dir

zehn Pferde zu geben als Entschädigung für die Zeit, in der du von uns getrennt gewesen bist! Außerdem erhältst du die Pferde von Bleza-Si!"
Nata-He-Yukans Nasenflügel bebten! Er war willkommen! Seine Schuld war vergessen! In seinen Ohren rauschte es und bewegungslos saß er einfach nur da, bis ihm einfiel, dass er in höchstem Maße unhöflich war. Mit einem Lächeln machte er eine abschließende Handbewegung. „Waschté!"
Damit wäre die Schuld beglichen und alles vergessen.
„Waschté!", stimmte der Häuptling ein. „Komm in den nächsten Tagen zu mir und wähle dir die Pferde aus!"
„Ich werde kommen! Aber ich möchte, dass die Familie von Kalter-Stein die Pferde von Bleza-Si bekommt. Bringst du sie der Familie?", bat Nata-He-Yukan.
„Aber dich trifft keine Schuld!"
„Nein, aber Bleza-Si! Deswegen wäre es gerecht, wenn seine Pferde an die Familie von Kalter-Stein gehen."
„Waschté!", lächelte der Häuptling. „ Und was geschieht mit der Shoshonefrau?"
„Ich nehme sie als zweite Frau!"
Überrascht blinzelte der Häuptling ihm zu. „Du nimmst sie zur Frau? Gestern sah das noch ganz anders aus!"
Fest schaute Nata-He-Yukan dem älteren Mann in die Augen, seine Stimme war plötzlich hart. „Ich wollte töten! Ich wollte mich für das rächen, was Bleza-Si meiner Familie angetan hat, aber ich vergreife mich nicht an Unschuldigen. Diese Shoshonefrau war nichts anderes als eine Sklavin für ihn. Jetzt ist sie meine Frau und vielleicht vergisst sie eines Tages die Schmerzen, die ihr Bleza-Si zugefügt hat!"
„Das ist gut!", lächelte der Häuptling. „Und es ist gut, dass du wieder da bist!"
„Ihr konntet nicht wissen, dass Bleza-Si lügt! Keiner konnte erahnen, wie weit er in seinem Hass gehen würde!"
Erleichtert nickte der Häuptling. „Ja, vielleicht waren wir zu nachsichtig mit ihm. Niemand wollte ihm das Gefühl geben, dass er uns nicht willkommen war, nach dem, was sein Vater getan hatte!"

„Niemand tadelt das Kind für die Taten seines Vaters!"
„Ja!", stimmte der Häuptling zu. „Aber wir waren zu leichtgläubig! Wir haben nicht gesehen, wie tief der Hass in ihm saß! Zu oft haben wir weggesehen, wenn er anders war als die anderen Kinder. Unbeherrschter und grausamer! Weißt du noch, wie er den jungen Hund gequält hat?"
Nata-He-Yukan senkte nur die Augen, wartete darauf, dass der Häuptling weitersprach. Aber im Geist sah er die Shoshonefrau vor sich, die Bleza-Si genauso gequält hatte.
„Nie hat ihn jemand zurechtgewiesen ...", fuhr der Häuptling fort, „denn er sollte das Gefühl haben, dass er zu uns gehörte. Aber er hat unser Volk verraten! Zuerst dich, dann deine Frau und kleine Tochter, und schließlich uns alle!"
„Niemand konnte wissen, wie falsch Bleza-Si ist. Wir vertrauen den Menschen und das ist gut so. Nur wenn wir uns gegenseitig vertrauen, sind wir stark! Ich bin wieder hier und was vorher war, das ist vergessen!"
„Waschté!", murmelte der Häuptling sichtlich erleichtert.
„Rauchen wir?", lächelte Nata-He-Yukan.
„Gern!"
Schweigend saßen die Männer beisammen, lehnten gemütlich an den Rückenstützen und sahen dem Rauch zu, der langsam nach oben stieg. Kaktusblüte war in den Armen ihres neuen Vaters eingeschlafen und vorsichtig nahm Blauer-Schmetterling sie hoch, um sie auf ihre Felle zu legen. Leise verzogen sich die Frauen in den hinteren Teil des Zeltes, um die Männer nicht zu stören.
Kleine-Krähe jedoch eroberte den freigewordenen Schoß seines Vaters und lächelte den Häuptling an.
„Du hast ihn von den Shoshone?"
„Nein!", entschied Nata-He-Yukan bestimmt. „Er ist einfach mein Sohn! Sonst nichts! Ebenso wie Kaktusblüte nun meine Tochter ist! Niemand soll etwas anderes sagen!"
„Hecetu!", bestätigte der Häuptling.
Lange saßen sie beisammen und rauchten, genossen einfach die Stille. Nata-He-Yukan empfand eine innere Ruhe wie schon lange nicht mehr. Allein die Anwesenheit des Häuptlings erfüllte ihn mit Zufriedenheit, zeigte ihm, wie willkommen er war.

Plötzlich kicherte der Häuptling amüsiert und deutete auf die zwei Frauen. „Du bist ganz schön jung für zwei Frauen!"
Nata-He-Yukan seufzte: „Ich habe sie einfach gefunden! Was soll ich machen?"
„Warum nimmst du dann die Shoshonefrau auch noch in dein Zelt?"
„Sie ist einsam", erklärte er unumwunden.
Verblüfft riss der Häuptling die Augen auf.
„Ich war lange allein in den Bergen, entfernt von meinem Volk! Nur mit Zintkala-win, die mein Schicksal geteilt hat! Ich weiß, wie es ist, wenn man allein ohne seinen Stamm ist. Blauer-Schmetterling war nicht nur allein, sie ist misshandelt worden! Obwohl sie Bleza-Si eine Tochter geschenkt hat! Nun ist Kaktusblüte meine Tochter und Blauer-Schmetterling wird mir eine gute Frau sein!"
Nachdenklich betrachtete der Häuptling die Shoshonefrau. Mit gesenktem Blick hockte sie im Hintergrund, klein, dunkler als die Oglalafrauen, ein wenig rundlich, aber mit einem freundlichen Gesicht.
„Es ist nicht unsere Art einzugreifen, wenn ein Mann seine Gefangene schlecht behandelt", meinte der Häuptling. „Aber es ist gut, dass sie jetzt deine Frau ist, auch für das Kind."
Vorsichtig streckte Nata-He-Yukan seine eingeschlafenen Beine und stellte Kleine-Krähe auf die Füße. „Lauf, spiel mit deinen Freunden!"
Mit einem freundlichen Schmunzeln erhob sich der Häuptling, um ebenfalls das Zelt zu verlassen. „Heute Abend ist eine Versammlung, denn wir wollen entscheiden, wohin wir ziehen. Wir müssen jagen, damit du deine große Familie satt bekommst!"
„Gut gesprochen!", lachte Nata-He-Yukan.

Die Ältesten hatten entschieden, das Dorf weiter nach Westen zu verlegen und so zogen die beiden Stämme zum Tongue-Fluss, um dort in dem wildreichen Gebiet nach Büffeln zu suchen. Nata-He-Yukan ritt inmitten all seiner Freunde, stolz, und endlich befreit von einer schweren Last. Niemand redete mehr von seiner Verbannung, sondern nur noch von seiner „Reise". Immer wieder erzählte er seine abenteuerlichen Geschichten, saß abends mit seinen Freunden zusammen und genoss ihre Anwesenheit. Zum ersten Mal seit langer Zeit nahm er wieder an ihren Schwitzhüttenzeremonien teil, fühlte eine innere Ruhe, wenn er dicht gedrängt mit den anderen um die Grube mit den glühenden Steinen saß. Voller Inbrunst betete er, dankte dem Großen Geheimnis, dass er überlebt hatte und wieder bei seinem Volk war.

Dann kamen die Büffel! Wie endlose braune Wolkenberge zogen die Herden an ihnen vorbei, umhüllt von Staub, grau und dunkel wie bei einem Gewitter.
Täglich ritten die Krieger zur Jagd, bemalt mit schützenden Symbolen, ihre Pferde mit Federn geschmückt. Nur gut vorbereitete Krieger durften jagen, Krieger, die enthaltsam lebten und sich in Schwitzhüttenzeremonien reinigten. Viele Männer waren noch fern von ihrem Dorf, immer noch auf dem Rachefeldzug gegen die Crow. So war der Jagderfolg besonders wichtig, sollte das Leben des Volkes sichern.
Nervosität breitete sich aus, auch die Angst, dass jene Männer im Kampf gegen die Crow vielleicht gefallen waren. Die anderen hielten sich umso strenger an ihre Riten, sahen in jedem Vogel ein Omen, in jedem Windhauch den Atem Wakan-tankas.

Nata-He-Yukan übernahm die Aufgaben eines Akitschita, wachte über die Dörfer und die Pferdeherde, jagte für mehrere Familien. Geschlechtsverkehr war verboten, denn er nahm den Männern die Kraft. So vergaß Nata-He-Yukan die sexuelle Zurückhaltung, die ihm mit zwei stillenden Frauen auferlegt war. Aber er hatte schon lange enthaltsam gelebt, seine Lust zügeln müssen, weil er noch keine Frau gehabt hatte. Nur jetzt, ja jetzt, kannte er den Unterschied und er wusste, wie die Frauen seine Lenden erfreuen konnten.
Manchmal wünschte er sich in das Zelt der Kit-foxes zurück, wo ihm nicht die Anwesenheit von zwei Frauen den Verstand raubte. Die Jagd war eine willkommene Ablenkung. Vielleicht sollte er anschließend auf einen Kriegszug mitgehen? Seine Pfeile trafen zielsicher und er erlegte einige Kälber, damit die Frauen daraus

weiche Kinderkleider nähen konnten. Abends wurde gefeiert und sie stopften sich in wahren Fressorgien die Bäuche voll. Die Jagd war eine Zeit des Überflusses, selbst die Lagerhunde wurden dick und fett, stritten sich gierig um die gewaltigen Knochenberge.

Zintkala-win kniete tagelang über den erlegten Büffeln, zerteilte das Fleisch und brachte es mit der Hilfe der Shoshonefrau ins Dorf zurück. Trotz ihrer schmerzenden Stichwunden gerbte sie die Felle, schabte mit ihrem Werkzeug Fleischreste von der Haut, war wieder dazu bestimmt, Frauenarbeiten zu erledigen.
Sommerregen spürte ihren Unmut und schielte betroffen auf die Blackfeetfrau, die mit heftigen Bewegungen das Fett von der Haut schabte und dazu die linke Hand benutzte.
Zintkala-win war wirklich anders! Aber während Sommerregen die Zweifel ihrer Freundin kannte, tuschelten die anderen Frauen über die seltsame Blackfeetfrau.
Sehnsüchtig verharrte Zintkala-win und blickte den Männern hinterher. Sie kannte das Gefühl, neben einem Büffel herzugaloppieren und vermisste die Jagd. Jetzt stand sie wieder bei den anderen Frauen und wartete darauf, die Jagdbeute ihres Mannes zu verarbeiten.
Die Shoshonefrau war eine wirkliche Hilfe, ebenso wie Sommerregen und Grashüpfer, mit denen sie vieles gemeinsam machte, und doch fühlte sie eine steigende Unzufriedenheit in sich.
Oft arbeitete sie gedankenverloren vor sich hin und dachte an die Zeit zurück, in der sie mit Nata-He-Yukan zusammen gejagt hatte. Seine Shoshonefrau war eine weit bessere Frau für ihn als sie! Hingebungsvoll bearbeitete Blauer-Schmetterling die Felle, nähte neue Mokassins für ihn und kümmerte sich um die Kinder. Für Blauer-Schmetterling war Nata-He-Yukan ein Glücksfall, ein netter Mann, der ihren Status hob.
Liebevoll spielte sie mit den Kindern, lächelte stets, wenn er kam und zeigte in all ihrem Verhalten, wie dankbar sie war. In Zintkala-win dagegen riss der Konflikt wieder auf. Wer war sie? Sollte sie zu den Blackfeet zurückkehren? Nata-He-Yukan hatte jetzt eine gute Frau, die sich um ihn kümmern würde, wenn sie ging.

Eigentlich war sie jetzt frei! Sie spürte einen Stich in ihrem Herzen, wenn sie daran dachte. Konnte sie Nata-He-Yukan verlassen? Und was geschah mit Kleiner-Krähe? Konnte sie ihn zurücklassen? Zweifel nagten an ihr, aber langsam reifte der Entschluss in ihr, dass sie gehen würde.
Wie alle anderen Frauen trocknete sie Unmengen an Fleisch und sammelte Beeren, wilden Kürbis und Artischocken. Sie bemalte Rohhautledertaschen, in denen sie Kekse aus getrocknetem Wasna verstaute und grub nach Prärierüben, wie alle anderen Frauen auch. Nur ihr sehnsüchtiger Blick verriet, dass sie an andere Dinge dachte. Ein freier Geist, eingesperrt in dem Körper einer Frau.
Neidisch folgten ihre Augen den Kriegern, die nach der Jagd gutgelaunt durch das Dorf bummelten, sich zu ihren Würfelspielen trafen oder ganz einfach faulenzten, während die Frauen mit der Arbeit kaum nachkamen.
Lässig hockten einige wenige Krieger auf ihren Ponys und ließen die Beine baumeln, als sie über die arbeitenden Frauen wachten, die in der Nähe des Dorfes über den ausgebreiteten Fellen schufteten. Die Hitze war oft unerträglich und so setzten sich die Frauen zum Ausruhen in den Schatten der Bäume.

Zintkala-win sehnte diese Pausen herbei!
Dann stillte sie ihre Tochter und streckte ihren schmerzenden Rücken. Yun! Ein Bad täte jetzt gut.
Übermütig stachelte sie ihre Freundinnen an: „Kommt mit, wir gehen baden! Es ist zu heiß heute!“
Begeistert sprangen die Frauen auf, entkleideten sich und spritzten sich gegenseitig mit Wasser nass.
Die beiden Krieger in der Nähe schauten diskret weg, denn es waren verheiratete Frauen.
Oh! Zintkala-win tauchte in das kühle Wasser und schwamm einige Züge, drehte sich auf den Rücken und ließ sich ein Stück treiben. Dann kraulte sie gegen die Strömung zurück zu den anderen und beteiligte sich an der Balgerei. In kurzer Zeit entstand daraus eine Wasserschlacht und lachend bewarfen sie sich mit Sand. Aus den zwei Kriegern wurden in kurzer Zeit zehn Männer, die grinsend auf ihren Ponys saßen und alles beobachteten.

Verlegen hielten die Frauen inne, kletterten frierend ans Ufer und schlüpften in ihre Kleider. Immer noch kichernd beugten sie sich wieder über ihre Felle, jetzt wunderbar erfrischt. Lieber arbeiteten sie in der abendlichen Brise, nutzten die lange Dämmerung, um endlich fertig zu werden. Aber auch nachdem die Sonne alles in ein dunkles Rot getaucht hatte und eine lila Abenddämmerung hereinbrach, saßen die Frauen beisammen, kochten und unterhielten sich.

Zu dieser Jahreszeit funkelten die ersten Sterne erst spät am nächtlichen Firmament, doch Zintkala-win genoss diese Zeit und lehnte sich gern von außen an die Tipiwand, benutzte eine Stange als gemütliche Rückenlehne. Sie brauchte diese Ruhe, um Abstand zu gewinnen und ihre Gedanken zu ordnen.
Langsam verschwand das letzte Licht und alles wurde schwarz. Über ihr schimmerte das Band der Milchstraße, durchbrochen von den hellen Fixsternen, die ihr Orientierung gaben.
Das Siebengestirn im Norden, der Morgenstern, aber auch andere Formationen. Manchmal dachte sie sich Geschichten aus, bildete sich Gestalten und Tiere ein, die sie in den Sternen sah. Ein Schatten nahm ihr plötzlich die Sicht und überrascht starrte sie auf Nata-He-Yukan, der geräuschlos neben sie getreten war.
„Was machst du hier?", fragte er sie freundlich.
„Ich sehe mir die Sterne an."
„Und was siehst du?"
Sie deutete auf eine geschwungene Linie am Horizont: „Eine Schlange."
Geschmeidig ließ er sich neben ihr nieder und deutete auf andere Sterne: „Da ist der Jäger, der den Büffel jagt."
Sie blinzelte und versuchte sein Bild zu erkennen, dann kicherte sie erfreut, dass er ihr Spiel mitspielte. „Das ist sein Schild."
„Genau!", staunte Nata-He-Yukan.
Wieder blickte er auf seine junge Frau und bewunderte ihre Schönheit. Ihr Gesicht war weicher geworden, fraulicher, und er liebte sie. Wie hatte er je denken können, dass sie vielleicht eine böse Frau war? Er gluckste amüsiert und sie stupste ihn an.
„Was?"

„Im ersten Winter habe ich gedacht, dass du vielleicht Anog-Ite bist, eine verstoßene Frau!“, meinte er verlegen.
„Wer ist Anog-Ite?“
„Huh! Das ist eine lange Geschichte.“
Wieder stieß sie ihn mit ihrer kleinen Faust in die Seite: „Erzähl sie mir!“
Mit leiser Stimme begann er ihr die Schöpfungsmythologie der Lakota zu erzählen:
„Vor langer Zeit lebte Waziya, der alte Mann des Nordens, mit seiner Frau Wakanka unter der Erde in einer geräumigen Höhle, in der es ihnen an nichts mangelte. Sie hatten eine Tochter namens Ite, die so wunderschön war, dass Tate, der Geist des Windes, auf sie aufmerksam wurde. Obwohl Ite kein Schöpfungswesen war, heiratete Tate das Mädchen und sie bekamen vier Söhne.
Das waren der Nord-, West-, Ost- und Südwind.“
Er machte eine künstlerische Pause und prüfte, ob sie ihm auch zuhörte. Dann erzählte er weiter:
„Waziya, der Vater des Mädchens, wurde unzufrieden und wollte ebenso ein Schöpfungswesen sein, mit Kraft und unerschöpflicher Macht. Iktomi, der Gauner, der immer auf der Suche war, irgendwo Unfrieden zu stiften oder jemanden zum Gespött zu machen, sah seine Chance. Er verhandelte mit dem Mädchen, aber auch mit den Eltern, um sie zu betrügen. Er versprach den Eltern noch mehr Macht und Ite, dem Mädchen, einen mächtigen Talisman, damit sie noch schöner wurde. Mit dieser Schönheit würde es ihr gelingen, den Geist von Wi, der mächtigen Sonne, für sich zu gewinnen.“
„Ihr seht in der Sonne ebenfalls ein mächtiges Wesen?“, fragte Zintkala-win erstaunt.
„Aber ja! Die Sonne ist sehr mächtig und schützt unsere größten Tugenden, wie Tapferkeit, Standhaftigkeit, Großzügigkeit und Treue.“
Nata-He-Yukan lehnte sich gemütlich zurück, legte die Beine übereinander und fuhr fort:
„Ite aber vernachlässigte ihre Söhne und kümmerte sich nur noch um ihre Schönheit. Eines Tages erblickte Wi, der Geist der Sonne, die schöne junge Frau. Er war so geblendet von ihrer Schönheit,

dass er seine Frau Hanwi, den Mond, völlig vergaß und stattdessen Ite zum Festmahl der Schöpfungswesen einlud. Ite erschien schon sehr früh zu diesem Fest und setzte sich neben den Geist der Sonne. Als schließlich das Wesen der Mondfrau kam, war ihr Platz bereits besetzt und sie verhüllte ihr Gesicht, um die Schande zu verbergen.
Iktomi lachte alle aus und erfreute sich an seinem Streich, den er den Schöpfungswesen gespielt hatte. Aber Skan, der Geist des Himmels und Richter über alle Schöpfungswesen, wurde wütend und rief alle zusammen, um sie zu bestrafen. Der Geist der Sonne musste seine Frau Hanwi verlassen.
Er sollte am Tag herrschen und seine Frau nur noch in der Nacht. So kam es, dass die Kreisläufe von Sonne und Mond sich trennten! Waziya und Wakanka aber wurden an das Ende der Welt verbannt und durften nicht mehr in ihre Höhle zurückkehren. Auch Iktomi wurde dorthin verbannt und sollte fortan ohne Freunde leben, damit er ihnen keine Streiche mehr spielen konnte. Natürlich lachte Iktomi über dieses Urteil. Er dachte nämlich, dass er dann immer noch die Tiere und Vögel als Freunde hätte, die er ärgern könnte. Ite, die es gewagt hatte, alle mit ihrer Schönheit zu blenden und den Platz eines Schöpfungswesens einzunehmen, wurde am härtesten bestraft. Sie sollte dem Wind Tate ein weiteres Kind gebären, aber es kam viel zu früh und war schwächlich. Dieser Sohn hieß Yumeni, der Wirbelwind. Doch sie durfte ihre Söhne nicht mehr sehen, sondern Tate sollte sie allein aufziehen. Ite wurde daraufhin auf die Erde verbannt und sollte dort ohne Freunde leben. Zur Strafe für ihre Eitelkeit durfte sie nur mit einer Gesichtshälfte ihre Schönheit bewahren. Die andere Hälfte wurde so entstellt, dass jeder bei ihrem Anblick vor Entsetzen davonrennen sollte. Ihr Name war seitdem Anog-Ite, die Doppelgesichtige Frau!"
„Und warum dachtest du, dass ich Anog-Ite wäre?", fragte Zintkala-win fast ein wenig entsetzt.
Nata-He-Yukan machte eine abwehrende Handbewegung.„Oh! Du brachtest mir anfangs eine Menge Ärger!"
Sie kicherte respektlos und dachte daran, wie oft sie diesen Mann neben sich hatte töten wollen.

„Irgendwie fühlte ich mich wie Tokahe, der Erste unseres Volkes! Ich dachte, dass du geschickt worden bist, um mich in die Irre zu führen!“, überlegte er weiter.
„Wer war Tokahe?“, fragte Zintkala-win interessiert.
Nachdenklich lehnte sich Nata-He-Yukan zurück und erzählte weiter die Schöpfungsgeschichte seines Volkes:
„Nach ihrer Verbannung lebten nun Waziya, der Herr des Nordens, und seine Frau Wakanka mit ihrer Tochter Anog-Ite auf der Erde. Das Volk der Menschen lebte zu dieser Zeit noch unter der Erde, in einer Höhle, wo es ihm an nichts mangelte.
Iktomi, der Schwindler, hatte es schließlich satt, nur Vögeln und Tieren Streiche zu spielen. So fragte er Anog-Ite, was sie sich am meisten wünschte.
Auch Anog-Ite langweilte sich in ihrer Verbannung. Sie hatte von den Menschen gehört und wollte sie aus ihrer unterirdischen Höhle locken. Mit Hilfe der Wölfe tötete sie viele Tiere und nähte wunderschöne Kleider und Tipis. Dann brachten die Wölfe diese Dinge zu dem ersten Mann. Er sollte das Fleisch kosten und die Kleidung tragen.
Tokahe, dem Ersten, gefielen die schönen Dinge, doch die anderen Menschen wurden neidisch und wollten wissen, woher diese Dinge kamen. So wurden drei tapfere Männer mit Tokahe hinausgeschickt in die Welt. An einem See trafen sie auf Anog-Ite und Iktomi, die sich zum Schein in eine wunderschöne Frau und einen jungen Mann verwandelt hatten. Staunend versuchten die Menschen die schmackhaften Speisen und zogen die wertvollen Kleider an. Dann kehrten sie zurück in ihre Höhle und erzählten den anderen von ihren Erlebnissen. Dort entbrannte ein Streit, denn einige Menschen wollten Tokahe auf die Erde folgen, andere wollten lieber in dem Schutz der Höhle bleiben.
Schließlich teilte sich der Stamm und ein Teil folgte Tokahe auf die Erde. Natürlich verirrten sie sich, fanden weder eine Unterkunft noch Essen! Der Weg in die Höhle war versperrt und Hoffnungslosigkeit breitete sich unter ihnen aus.
Dann erschien endlich Anog-Ite in ihrer wahren Gestalt! Die eine Seite ihres Gesichtes war entstellt und die Menschen fürchteten sich nun vor ihr.

Auch Iktomi erschien in seiner wahren Gestalt, lachte über das Unglück der Menschen. Tokahe schämte sich, aber er konnte das Schicksal nicht mehr ändern. Seitdem leben die Menschen auf der Erde."

„Und wieso hast du gedacht, dass ich Anog-Ite wäre? Habe ich denn so ein verunstaltetes Gesicht?", fragte Zintkala-win bestürzt.

„Aber nein! Du bist wunderschön!", wehrte Nata-He-Yukan ab.

„Wirklich?"

„Aber ja!"

Das gab Zintkala-win einen Stich, denn es war offensichtlich, dass dieser Mann sie liebte.

Sie dagegen würde diese Liebe verraten, wenn sie ihn verließ!

Eine ganze Weile saßen sie schweigend nebeneinander, dann gähnte Zintkala-win und erhob sich.

Die Shoshonefrau schlief längst und leise schlüpften die beiden in das Tipi und schauten auf die schlafenden Kinder.

Vorsichtig hob Nata-He-Yukan seinen kleinen Sohn aus seinem Bett und legte ihn zu Machpiya-ska. „Er dampft wie eine kleine Feuerstelle!", lachte er leise. Er schlief schnell ein, denn für ihn waren es lediglich Geschichten gewesen, die er seiner Frau erzählt hatte, während Zintkala-win noch lange über ihre Zukunft nachdachte. Sollte sie gehen? Durfte sie gehen?

Am Morgen war Nata-He-Yukan bereits früh mit seinen Freunden unterwegs. Sie wollten die kühle Morgenluft nutzen, um einen Wapiti oder eine Antilope zu erlegen, wenn diese zur Tränke kamen. In der Nähe des Wassers war es angenehm kühl, obwohl die lästigen Mücken heute besonders hartnäckig über die Männer herfielen.

Nata-He-Yukan erlegte einen Gabelbock, dann ließ er die Jagd bleiben, denn von fern hörte er die Rufe seines Volkes. Unruhe war im Dorf ausgebrochen und im Galopp kehrte er neugierig zurück.

„Die Männer, die gegen die Crow ausgezogen sind, kehren zurück!", jubelten seine Freunde und das hohe Trällern der Frauen erfüllte die Luft.

Nata-He-Yukans Herz schlug höher. Also waren die Krieger doch nicht getötet worden! Ganz im Gegenteil, die gute Stimmung deutete darauf hin, dass der Kriegszug ein Erfolg gewesen war. Begeistert schrien schwarz bemalte Krieger ihr „Yiep, yiep, yiep", schwenkten Skalpe in der Luft und trieben einige erbeutete Ponys im vollen Galopp durch das Dorf, sodass die Umstehenden in Deckung gehen mussten, um nicht niedergetrampelt zu werden. Staub wirbelte auf, Kochgestelle fielen um, Kinder wurden zur Seite gerissen, aber niemand nahm den zurückgekehrten Kriegern diese Ausgelassenheit übel.

Dann richtete sich die Aufmerksamkeit der Umstehenden auf die völlig erschöpften Frauen und Kinder, die in die Mitte des Dorfes getrieben wurden. Schreiend bewarfen die Lakotafrauen die Unglücklichen mit Lehmklumpen und Steinen, manch eine ging mit einem Stock auf die Wehrlosen los.
Heulend klammerten sich die Gefangenen aneinander, bis sich das Interesse der aufgestachelten Menschenmenge einem anderen Schauspiel zuwandte. Mehrere Krieger preschten johlend durch das Dorf und zogen einen männlichen Gefangenen hinter sich her. Kreischend vor Lachen stellten sich die Frauen zu einer Gasse auf, als der entblößte Mann mit gefesselten Händen an einem langen Strick hinter dem Pferd hergezogen wurde.

Sofort hielten die Frauen einige Stecken in der Hand und stachen nach dem hilflosen Gefangenen, trafen ihn an seinem nackten Hintern und Rücken. Immer wieder stolperte der Mann vor Erschöpfung, richtete sich auf und versuchte durch kleine Drehungen seine Geschlechtsteile aus der Reichweite der hysterischen Frauen zu bringen. Auch die Männer hatten ihren Spaß und zogen den Mann ruckweise durch das Dorf, machten ihn zum Gespött der Frauen und Kinder.
Nata-He-Yukan aber erstarrte vor Entsetzen.
Kurz blinzelte er seine Überraschung weg, aber die Erscheinung verschwand nicht, sondern blieb vor seinen Augen! Jean! Sein Freund war staubbedeckt und dreckig, aber es war eindeutig Jean.

„Jean!", schrie Nata-He-Yukan entgeistert.
„Jean!"
Fassungslos kämpfte er sich durch den Mob der Frauen, schubste sie zur Seite, als er seinem Freund hinterher rannte. „Hört auf!", brüllte er. „Er ist mein Freund!"
Nur langsam nahmen die Umstehenden die Worte auf, ließen zögernd von dem nackten Gefangenen ab. Immer noch zogen die Krieger den gefesselten Mann hinter sich her, bis Nata-He-Yukan schließlich energisch das Seil ergriff und den Krieger mit einem Ruck vom Pferd riss.
„Hört auf! Er ist mein Freund!"
Stille trat ein und erstaunt schauten alle auf Nata-He-Yukan, der hastig sein Messer zog und die Fesseln seines Freundes durchtrennte.
„Jean!", half er dem Trapper hoch.
„Mon ami!", kam es heiser vor Erleichterung.
Dann warf sich der Trapper an den Hals des Kriegers und stöhnte vor Freude. „Mon ami, bin ich froh dich zu sehen!"
„Ja, ja!", lachte Nata-He-Yukan. „Alle Indianer sind deine besten Freunde!"
„Im Moment reicht mir einer!", brummte der Trapper und küsste Nata-He-Yukan links und rechts auf die Wange.
Was für eine seltsame Begrüßung!
„Oh, schau nur, wie ich aussehe!", stotterte Jean, schwankend vor Erschöpfung. „Mon dieu! Wie eine rote Tomate!"
Tatsächlich hatte er einen gewaltigen Sonnenbrand, ein Zeichen, dass er bereits lange hinter dem Pferd hergezogen worden war. Seine Arme und Beine waren aufgeschürft und er zitterte vor Aufregung. „Mon dieu! Fast hätten sie mich getötet! Mann, oh Mann! Gut, dass du hier bist!
„Komm!", bat Nata-He-Yukan. „Ich bringe dich in mein Zelt!" Hilfsbereit stützte er Jean unter den Armen und versuchte ihn mit sich fortzuziehen.
„Bonne idée!", murmelte der junge Mann, dann fuhr der Schreck in seine Glieder.
„Oh non, nicht so, ich brauche erst etwas zum Anziehen! Was soll deine Frau von mir denken?"

Nata-He-Yukan lachte schallend, dann winkte er die anderen herbei. „Wo sind die Sachen meines Freundes?"
Nacheinander legten die Krieger die Ausrüstung von Jean neben dessen Füße, etwas verwirrt über den Verlauf der Ereignisse.
„Er war bei den Crow! Also war auch er ein Feind!", meinten sie achselzuckend.
„Er ist ein Händler", erklärte Nata-He-Yukan. „Er handelt mit allen Stämmen!"
„Wenn er mit den Crow handelt, dann ist er unser Feind!"
Nata-He-Yukan biss sich auf die Lippen. „Dieser Mann ist mein Freund! Er hat mein Leben gerettet und ich das seine! Ich schütze ihn mit meinem Leben. Er ist der Sohn von Baptiste!"
Haun! Fast erschrocken wechselten die Krieger erstaunte Blicke und einer machte eine abfällige Handbewegung in Richtung des Franzosen: „Warum hat er das nicht gesagt?"
„Vielleicht habt ihr nicht zugehört?", schimpfte Nata-He-Yukan.

Mit flatternden Händen zog Jean seine Sachen an, stöhnte leise, als sein Hemd die wunde Haut berührte. Dann strich er seine Haare zurück und blickte auf das Chaos seiner Sachen. „Wie soll ich…?"
„Lass!", winkte Nata-He-Yukan ab. „Die Frauen werden es bringen!" Mit einer Handbewegung wies er die umstehenden Frauen an, die Ausrüstung zu seinem Zelt zu tragen.
Immer noch schwitzend vor Nervosität wischte sich Jean über die Stirn und warf einen fragenden Blick auf Nata-He-Yukan: „Und Zintkala-win? Hat sie…?"
„Es geht ihr gut. Wir haben eine Tochter! Gleich wirst du sie sehen!"
Kurz schimmerten Tränen in Jeans Augen, dann umarmte er Nata-He-Yukan voller Rührung. „Mann! Ich freue mich so für euch!"
Lachend schob der Indianer Jean von sich: „Jean, schon gut! Alle denken ja, dass du mich heiraten willst!"
„Das will ich auch! Ich war noch nie so froh, einen Freund zu sehen, glaub mir!"
Nata-He-Yukan prustete los: „Doch, das glaube ich dir. Jetzt komm!"

Sichtlich erleichtert folgte Jean seinem Freund, warf einen nervösen Blick auf die anderen Indianer, die ihn jetzt neugierig beobachteten. „Deine Freunde, eh?“
„Ja“, sagte Nata-He-Yukan einfach. Dann zerrte er ihn zu seinem Zelt, vor dem Zintkala-win mit einem strahlenden Lächeln wartete. „Jean!“
„Ma chérie!“, kehrte Jean seine guten Manieren heraus.
„Komm Jean! Sieh dir meine Tochter an!“, schubste ihn Nata-He-Yukan ungeduldig in sein Zelt.
Dann hockte Jean völlig ergriffen vor dem kleinen Wesen, das munter auf einem Fell strampelte.
„So was Kleines! Darf ich mal?“, fragte er.
Vorsichtig legte Zintkala-win ihm das Mädchen in die Arme. „Mann!“, staunte er. „Und so etwas wird einmal eine Frau?“
Sie lachte bitter. „Wenn nicht irgendein Mann sie vorher tötet!“
„Uh, wer würde denn so etwas tun?“
Er sah nicht die Angst in ihren Augen, als sie wieder an Bleza-Si dachte, denn für ihn war so etwas unvorstellbar.

„Komm, lass mich deine Haut sehen!“, unterbrach Nata-He-Yukan die freudige Begrüßung.
„Oh, ja! Das tut weh!“, stöhnte Jean. Vorsichtig zog er sein Hemd wieder aus und berührte seine gerötete Haut.
„Merde!“, fluchte er.
Zintkala-win kicherte ausgelassen. Wieder dieses seltsame Wort, das sie schon so oft von ihm gehört hatte!
„Was lachst du so? Ich finde das überhaupt nicht lustig!“, beschwerte sich Jean.
„Was bedeutet das, merde?“, kicherte sie.
„Uh!“ Er wand sich sichtlich. „Das bedeutet …! Also, das, was bei einem Tier hinten herauskommt, das ist Merde!“
„Aber warum sagst du es so oft?“
„Wenn ich mich ärgere, dann sage ich es!“
„Ach so!“ Trotzdem war ihr der Sinn nicht klar. Warum beschimpfte er die Exkremente eines Tieres, wenn er sich ärgerte? Sehr ungewöhnlich.
„Komm, du musst dich waschen!“, befahl sie energisch.

Widerstandslos folgte ihr Jean zum Fluss, sein Blick streifte dabei die Gefangenen, die immer noch in der Mitte des Dorfes saßen. Einzelne Krieger traten vor und beanspruchten die Beute für sich, nur um dann grinsend mit einer Frau in ihren Zelten zu verschwinden. Niemand zeigte Mitleid und es schien auch niemand darauf zu achten.
Zintkala-win schubste Jean in den Fluss und ließ das Wasser über seine Haut laufen. Es kühlte schön, und seufzend wusch Jean sich den Dreck von der Haut. An Händen und Knien hatte er Hautabschürfungen, die leicht bluteten, und sorgfältig reinigte Zintkala-win die Verletzungen. Jean kramte ein frisches Hemd aus seinen Bündeln, doch erst schmierte Zintkala-win eine dicke Paste auf die entzündete Haut.
Lächelnde Frauen begleiteten die beiden durch das Dorf, staunten über die rote Haut und die blonden Locken.
„Oh Mann, gut, dass sie keine Stöcke mehr in ihren Händen halten!" Nur allzu gern schlüpfte er wieder in die Abgeschiedenheit des Tipis, wo keine neugierigen Augen ihn verfolgten. Aber auch dort saß eine weitere Frau, die ihn vorsichtig beäugte.
„Wer ist das?", maulte Jean ein wenig indigniert.
„Meine zweite Frau!", antwortete Nata-He-Yukan.
„Zwei Frauen, eh! Du bist ein reicher Mann!"
Dann fiel sein Blick auf die anderen Kinder. „Und die da?"
„Das ist Machpiya-ska, meine Schwester, und das Baby dort ist Kaktusblüte, eine weitere Tochter!"
„Aber die ist doch nicht von dir!", bemerkte Jean erstaunt.
„Nein, aber jetzt schon!"
„Du sammelst Kinder wie andere Männer Biberfelle!", lachte Jean gutmütig. „Wo ist überhaupt der kleine Junge?"
„Er spielt mit dem Sohn von Biberschwanz! Jetzt setz dich her und wir rauchen zusammen!"
„Bien! Ich habe dir viel zu erzählen!"
„Dafür ist noch genug Zeit! Erst werden wir essen und rauchen!"
„Mais oui!"

Ziemlich erschöpft lehnte sich Jean gegen eine Rückenstütze und musterte nachdenklich die riesige Familie, die Nata-He-Yukan

inzwischen hatte. Für einen so jungen Krieger lastete eine gewaltige Verantwortung auf Nata-He-Yukan. Aber er schien es zu genießen. Ein kleiner Junge baute sich vor ihm auf und streckte grinsend seinen runden Bauch heraus.
Gutmütig lachte Jean ihn an. „Na, du kleine Krähe! Möchtest du ein Geschenk?"
„Muhmeln!", freute sich Kleine-Krähe.
Erstaunt riss Jean seine Augen auf. „Ja, richtig! Murmeln! Aber ich habe etwas anderes für dich! Warte!"
Eifrig kramte er in seinen Bündeln und wunderte sich, dass noch alles vorhanden war. Bei den Crow hätte inzwischen die Hälfte gefehlt, sie ließen sich ihre Freundschaft teuer bezahlen. Er kramte eine kleine Spieluhr heraus, ein kompliziertes Instrument, das durch das Drehen einer Kurbel eine einfache Melodie spielte. Fasziniert drehte Kleine-Krähe an der Kurbel, lauschte mit großen Augen der unbekannten Musik. Aber auch die anderen schauten wie gebannt auf das kleine Instrument. So etwas Großartiges schenkte er dem Kind?
„Na, gefällt dir die Musik?", freute sich Jean.
„Musik!", plapperte Kleine-Krähe ihm dieses wichtige Wort nach. „Muhmeln und Musik!"
„Du lernst schnell, mein Freund!", lobte ihn Jean.
Sichtlich zufrieden sank er wieder auf sein Fell und nahm die Schüssel entgegen, die Blauer-Schmetterling ihm reichte. „Hmh, sieht lecker aus! Pilámaya!"
Mit dem Appetit des Überlebenden schaufelte er das Essen in seinen Mund, dann rauchten sie schweigend die Pfeife. Nur langsam dämmerte ihm, wie knapp er gerade dem Tod entronnen war. „Mon dieu, das war haarscharf!", seufzte er.
„Was ist genau passiert?", fragte Nata-He-Yukan interessiert.
„Uh, ich war mit einigen Crow unterwegs, wollte eigentlich in ihr Dorf. Da kamen die Lakota und haben alle getötet!"
„Nun, die Crow sind unsere Feinde!"
„Das habe ich allerdings gesehen. Sie haben alle skalpiert! Ja, und dann haben sie sich einen Spaß daraus gemacht, mich nackt über die Wolfsberge zu jagen. Sie fanden wohl meine helle Haut ziemlich lustig!"

„Also haben deine Worte dir nicht geholfen?", amüsierte sich Nata-He-Yukan.
„Welche Worte?"
„Alle Indianer sind meine Freunde!"
„Sie haben nicht einmal zugehört!", beschwerte sich Jean.
„Hoh, das war sehr unhöflich!"
„Nicht wahr!", heischte Jean um Anerkennung, bis er merkte, dass sein Freund ihn aufzog. „Sag mal, lachst du mich aus?"
„Nein!", wehrte Nata-He-Yukan ab.
„Aber es ist nicht gut, in Begleitung von Crow zu reiten, wenn du dich unseren Jagdgründen näherst!"
„Und woher soll ich wissen, wo eure Jagdgründe sind? Ihr seid weit im Westen, mein Freund!"
„Nun, dort, wo wir sind, da sind unsere Jagdgründe!", erklärte Nata-He-Yukan ihre Gebietsansprüche.
„Na, das ist ja einfach! In Zukunft mache ich einen großen Bogen um dieses Gebiet!", fauchte Jean ein wenig gereizt.
Nata-He-Yukan blickte seinen Freund nachdenklich an, dann wurde seine Stimme ernst. „Erst im Herbst haben die Crow unser Dorf überfallen und mehrere Menschen getötet. Auch meine Mutter starb bei diesem Angriff. Dann haben uns die Crow vor einem Mond angegriffen und wieder einige getötet. Vielleicht sind die Crow deine Freunde, aber ganz sicherlich nicht unsere!"
„Das wusste ich nicht! Das tut mir leid!"
„Was?"
„Dass deine Mutter getötet wurde!"
„So ist das eben! Wir töten sie und sie töten uns!"

Langsam verstand Jean die Sorgen von Zintkala-win. Wie leicht konnte ein Kind bei einem Überfall übersehen werden! Obwohl Nata-He-Yukan ja auch den kleinen Shoshonejungen verschont hatte. Wie viele geraubte Kinder wohl in den Dörfern lebten? Oder Frauen? So wie dieses Shoshonemädchen oder Zintkala-win oder die Crowgefangenen? Aber besser lebend bei einem fremden Stamm als tot!
Stöhnend sank Jean auf sein Lager, wusste nicht, wie er sich auf seiner geröteten Haut drehen und wenden sollte. Schließlich

döste er im Sitzen und Nata-He-Yukan biss sich auf die Lippen. Noch nie hatte er einen solchen Sonnenbrand gesehen.
Am nächsten Tag schälte sich die Haut in Fetzen von Jeans Körper und staunend berührten die Indianer die entzündete Haut. „Wie eine Schlange!“, murmelten sie ohne Gewissensbisse, denn immerhin lebte der Weiße noch. So kam Jean auch gleich zu seinem neuen Namen: „Zusetscha“, die Schlange!
„Sehr einfallsreich!“, brummte Jean beleidigt.
Zum Glück wusste er nicht, dass sein Name noch eine andere Bedeutung hatte. Zusetscha! Das war auch der vulgäre Ausdruck für das Geschlecht des Mannes!
Jetzt, da Jean ein Freund war, interessierte es die Menschen natürlich, wie Nata-He-Yukan diesen merkwürdigen Weißen überhaupt kennen gelernt hatte.
Unauffällig gesellten sich Biberschwanz und Langes-Messer zu Nata-He-Yukan und Jean. Sie bewunderten die guten Lakotakenntnisse des Weißen und hofften nebenbei auch auf andere Informationen.
„Jean lebte zwei Winter mit mir in der Höhle in den Bergen, da hat er gut Lakota gelernt, aber ein wenig hat es ihm auch sein Vater gelehrt!“, erklärte Nata-He-Yukan.
„Baptiste?“
„Ja!“
„Warum handelt der Sohn von Baptiste mit den Crow?“
Jean antwortete selbst: „Dort gibt es viele Biber! Die Crow haben gute Jagdgründe!“
Langes-Messer wedelte vielsagend mit seiner Hand. „Vielleicht sollten wir sie dort vertreiben! Dann handelst du wieder mit uns!“
Stöhnend deutete Jean auf seinen Sonnenbrand. „Nicht, wenn ihr mich so unfreundlich empfangt!“
Schallendes Gelächter antwortete ihm und indigniert schüttelte Jean seinen Kopf.
„Lacht nicht über Jean!“, drohte Nata-He-Yukan. „Er hat große Medizin! Er hat einen Donnerstock dabei!“
„Warum hat er dann diesen Donnerstock nicht benutzt, um sich zu verteidigen?“

Einigermaßen ernst zeigte Jean auf Nata-He-Yukan.: „Er ist mein Freund! Ich kämpfe nicht gegen sein Volk."
„Das ist aber sehr dumm, wenn du an einem Seil gefesselt bist!"
Jean zuckte die Schultern. „Vielleicht! Aber ich verdanke Nata-He-Yukan mein Leben! Ich kämpfe nicht gegen die Lakota."
„Zeigst du uns deinen Donnerstock?", wechselten die Männer das unerfreuliche Thema.
„Gut!"
Neugierig folgten ihm die Männer zum Zelt zurück und bedächtig lud Jean sein Gewehr. Natürlich hatten die Indianer solche Waffen schon gesehen, aber sie waren noch nicht weit verbreitet. Nur wenige Häuptlinge hatten eine solche Waffe, benutzten sie aber nur selten, weil sie die Munition nicht verschwenden wollten. In Nata-He-Yukans Dorf hatte niemand eine solche Waffe, und viele, vor allen Dingen die Jüngeren, hatten so etwas noch nie gesehen. Krachend entlud sich das Gewehr und vor Schreck ließen sich die Kinder zu Boden fallen. Wow! So ein mächtiger Zauber!
Beeindruckt kam der Häuptling näher und bewunderte die neue Waffe. „Willst du sie mit mir tauschen?"
„Mais non! Eigentlich nicht! Aber ich habe ein anderes Geschenk für dich!" Wieder kramte er in seinen Bündeln und zog ein neues Messer heraus. „Hier, für dich!"
Prüfend tastete der Indianer über die scharfe Klinge. „Eine gute Waffe!", brummte er zufrieden. „Aber wo gibt es solche Donnerstöcke?"
„In den Handelsposten der weißen Trapper! Wenn du viele Felle bringst, kannst du solche Waffen eintauschen. Meine Waffe brauche ich selbst zum Jagen. Ich habe keinen Bogen, so wie ihr!"
„Wo gibt es einen solchen Handelsposten?"
„Im Norden. Wo die beiden großen Flüsse zusammenfließen."
„Dort leben auch viele unserer Feinde! Mandanen, Assiniboin, Blackfeet, Cree! Kein guter Platz, um dorthin zu gehen!", meinte der Häuptling.
Jean nickte bedächtig. „Ja, aber auch für einen Händler ist es manchmal gefährlich."
Verschmitzt sah ihn der Häuptling von der Seite an. „Du würdest nicht noch einmal mit solchen Donnerstöcken zu uns kommen?"

„Hmh, vielleicht! Wenn ihr mich ein wenig freundlicher begrüßt!"
Die listigen Augen blitzten vergnügt. „Wie unseren Ehrengast!"
„Natürlich!"
Energisch packte Nata-He-Yukan seinen Freund am Arm und schob ihn zu seinem Zelt. „Jetzt bist du erst einmal bei mir! Komm, lass uns essen!"
„Bonne idée!"
Unaufdringlich begleiteten ihn auch Biberschwanz und Langes-Messer, die sich noch mehr interessante Geschichten erhofften. Es wurde eng in dem Zelt, sodass die Frauen sich nach draußen verzogen. Höflich reichte Zintkala-win die Essensschüsseln in das Zelt, dann setzte sie sich zu Blauer-Schmetterling.

Zum ersten Mal erlaubte sich die Shoshonefrau, auch Zintkala-win nach ihrem Leben zu fragen, platzte fast vor Neugier, woher die beiden den seltsamen Weißen kannten. „Du kennst diesen weißen Mann? Du siehst in ihm einen Freund?"
„Ja, er lebte mit uns in den Bergen! Im ersten Winter fand ihn Nata-He-Yukan mit einem gebrochenen Bein!"
„So wie Nata-He-Yukan auch Kleine-Krähe gefunden hat?"
„Ja!", bestätigte Zintkala-win knapp.
Blauer-Schmetterling senkte den Kopf, als sie die Informationen zu einem Bild ordnete. Wieso verschonte dieser Krieger all seine Feinde? Zintkala-win war eine Blackfeet, Jean ein weißer Mann ..!
„Aber Kleine-Krähe ist ein Shoshone?", fuhr sie fort.
„Ja!"
„Und du bist eine Blackfeet?"
„Ja!"
„Und dich hat er auch gefunden?"
Langsam amüsierte sich Zintkala-win. „Er hat uns alle gefunden! Ohne ihn wären wir tot! So ist das!"
Blauer-Schmetterling senkte schüchtern die Augen: „Hattest du Angst vor ihm?"
„Ja! Er war jung und ungestüm. Anfangs hatte ich große Angst! Mehrmals versuchte ich ihn zu töten, aber das reizte ihn nur!" Sie zögerte sichtlich und senkte dann ihre Stimme.

„Aber ich weiß, was du meinst. Du willst wissen, ob er mir anfangs wehgetan hat!"
Ihr dunkles Gesicht errötete sichtlich. „Ja!"
Zintkala-win biss sich auf die Lippen. „Ja, er hat mir wehgetan! Im ersten Winter hat er mich sogar diesem weißen Mann überlassen! Ich war nur seine Gefangene, sonst nichts! Ich versuchte zu fliehen, aber er fand mich, und ich stürzte mich in einen reißenden Fluss."
„Yun!" Blauer-Schmetterlings rundlicher Körper erschauerte vor Entsetzen.
„Ja, aber die Wassergeister wollten mich nicht und gaben meinen Körper frei. Schwer verletzt kroch ich an Land, dann verlor ich das Baby, das in mir gewachsen war." Sie erzählte es, ohne die Stimme zu heben, ohne Emotion. Für sie war es lange vorbei.
„Oh nein!", stöhnte Blauer-Schmetterling.
„Nata-He-Yukan pflegte mich, sonst wäre ich gestorben, und er ließ mich frei!"
„Frei?"
„Ja, ich bin seine Frau! Ich kann gehen, wohin ich will. So wie du!"
Blauer-Schmetterling lächelte sehnsüchtig. „Wir sind beide frei! Kann ich zu meinem Volk zurück?"
„Wenn du möchtest!"
Die Shoshonefrau schloss kurz die Augen und dachte an die Berge ihrer Heimat, ihr früheres Leben.
„Wir sind arm! Die Lakota sind so reich! Hier gibt es immer etwas zu essen. Aber ich wünsche mir einen guten Mann!"
Zögernd fuhr sie fort: „Weißt du, ich habe Angst vor dem, was Männer mit mir machen."
„Das brauchst du nicht", tröstete sie Zintkala-win.
„Nein?" Verunsichert blickte Blauer-Schmetterling hoch.
„Nata-He-Yukan ist sehr sanft, wenn er zu mir kommt!"
Traurig senkte Blauer-Schmetterling den Kopf.
„Vielleicht wäre auch Bleza-Si anders gewesen, wenn ich ihm einen Sohn geboren hätte!"
„Nun, Nata-He-Yukan ist das gleichgültig. Er wünscht sich hundert Töchter!" Zintkala-win lächete voller Liebe.

„Hundert Töchter? Keine Söhne?“, staunte Blauer-Schmetterling. „Ja, aber dann braucht er sicherlich noch ein paar Frauen mehr!“
„Vielleicht findet er ja noch welche? So wie dich, oder mich!“

Unanständiges Gekicher drang in das Zelt, in dem die Männer zusammen saßen und kurz lauschten sie auf das Gelächter der Frauen. „Sie scheinen sich gut zu amüsieren!“, bemerkte Jean. „Worüber sie wohl reden?“
Nata-He-Yukan verschluckte sich fast. „Kein Mann interessiert sich für das Geplapper der Frauen!“
„Hi, hi, ich schon! Vielleicht reden sie ja über mich!“
Kopfschüttelnd zeigte Nata-He-Yukan auf seinen Freund.
„Weiße Männer sind wirklich seltsam. Nun sag, was hast du eigentlich vor?“
„Ich möchte von hier aus nach Norden! Im Spätsommer geht ein Boot den Missouri hinauf zu den Blackfeet. Die amerikanische Pelzhandelsgesellschaft will dort ein Fort bauen und mit den Blackfeet Handel treiben!“
„Eine Gesellschaft?“
„Ja, das sind Menschen, die zusammengehören und arbeiten, und dann alles miteinander teilen.“
„So wie ein Stamm!“
„So ungefähr!“, brummte Jean. „Ein sehr kleiner Stamm, aber nur aus Männern!“
Nata-He-Yukan wackelte bedenklich mit seinem Kopf. „Es ist sehr gefährlich, zu den Blackfeet zu gehen!“
„Nicht unbedingt! Unsere Häuptlinge haben einen Frieden ausgehandelt.“
„Und du willst mit diesem Boot fahren?“
„Ja, ich gehe zum Fort Union, von dort fährt das Boot den großen Fluss stromaufwärts, den die Weißen Missouri nennen. Wir bauen ein Fort, handeln im Winter und kommen dann im Frühling zurück.“
„Wenn ihr dann noch lebt!“, meinte Nata-He-Yukan sarkastisch.
„Oh, keine Sorge! Wir wissen uns zu verteidigen!“
„Wie wollen sich ein paar Männer gegen einen ganzen Stamm verteidigen? Ich traue dem Wort der Blackfeet nicht!“

„Nun, wir bauen ein Fort!", erklärte Jean die Taktik der Weißen.
„Was ist ein Fort?"
„Ein Dorf mit Palisaden herum. So wie bei den Pawnee."
Nata-He-Yukan legte zweifelnd den Kopf schief, dann meinte er abfällig: „Das hilft aber auch nichts gegen eine Übermacht!"
„Nein, aber wir haben Kanonen! Die werden uns ganz sicher schützen und feindliche Indianer auf Distanz halten!"
„Kanonen?"
„Ja, riesige Donnerstöcke, mit denen man ein ganzes Dorf auslöschen kann!", prahlte Jean im Brustton der Überzeugung.
„Hokahey!" Die weißen Männer hatten wahrlich große Medizin! Ehrfürchtig starrten Biberschwanz und Langes-Messer auf Jean. Donnerstöcke! Kanonen! Ein Fort! In einem Gespräch erfuhren sie mehr Neuigkeiten als sonst im ganzen Jahr!

Stolz zeigte auch Kleine-Krähe den Männern seinen neuesten Schatz und staunend starrten die Männer auf die fremdartige Musikdose. Noch nie hatten sie solch seltsame Töne gehört!
„Was ist das?"
„Eine Spieluhr", erklärte Jean.
„Es ist die Melodie eines alten Kinderliedes!"
Leise sang der Franzose „Sur le pond d'Avignon" und die Indianer wunderten sich. Wie stark mussten die Weißen sein, wenn selbst Kinder so starke Lieder bekamen. Aber ihnen gefiel die Melodie. „Haben die Weißen noch mehr solche Lieder?"
„Aber ja! Wir Franzosen singen und tanzen die ganze Zeit! Und wir sind umwerfende Liebhaber!", lachte Jean gutgelaunt.
Grinsend lehnte sich Nata-He-Yukan zurück und nickte neidlos.
„Es wird Zeit, dass du dir auch eine Frau nimmst!"
„Also, ich habe noch kein Mädchen auf einem Baum gefunden", stänkerte Jean bissig.
Biberschwanz und Langes-Messer schauten sich fragend an.
„Auf einem Baum?"
„Ja, das ist nur ein Witz! Habt ihr nicht eine nette Schwester für mich?"
„Nein, aber wir könnten uns für dich umsehen!", bot Langes-Messer großzügig an.

„Non!", wehrte Jean entrüstet ab. „Mir reicht's! Das ist mir alles zu kompliziert! Non, non! Ich bin noch zu jung für eine eigene Frau. Aber irgendwann mal, ja dann. Dann möchte ich eine Frau, dir mir auch so einen Sohn schenkt. So wie Kleine-Krähe! So mit schwarzen Augen und einem dicken Bauch! Oder ein kleines Mädchen mit blauen Augen."
Wieder lachten alle, blinzelten den jungen Mann voller Vergnügen an. Sie mochten ihn!
Jean hatte noch andere Bedenken. Was, wenn die Lakota Recht hatten, und er tatsächlich im Winter von den Blackfeet getötet wurde? Konnte er ein Mädchen in diese Gefahr mitnehmen? Wahrscheinlich war es sicherer, wenn er sich bei den Blackfeet ein Mädchen suchte! Ja, das war eine gute Idee!
So ein Blackfeetmädchen wie Zintkala-win! So etwas wäre sicherlich auch eine gute Lebensversicherung für ihn! Ein Freund bei den Lakota und eine Ehefrau bei den Blackfeet! Vielleicht nahm er sich noch eine Frau bei den Crow? Indianer nahmen das nicht so genau, sie hatten ja oft mehrere Frauen! Ja, ja! Ein Mädchen bei jedem Stamm, Jean Baptiste! Ob sein Vater eine Indianerin gehabt hatte? Vielleicht hatte er ja einen Halbbruder bei den Crow, von dem er nichts wusste? Bei seinem nächsten Besuch in St. Louis wollte er ihn danach fragen!
Übermütig schlüpfte er aus dem Zelt, nahm Zintkala-win in die Arme und schwang sie lachend im Kreis herum. „Komm, lass uns tanzen, ma chérie!
Zehe, Hacke, Zehe, Hacke, eins, zwei, drei!
Zehe, Hacke, Zehe, Hacke, und noch mal!"

Die Reise

(Zusammenfluss von Missouri und Yellowstone)

Nata-He-Yukan freute sich, seinen Freund bei sich zu haben, er lenkte ihn von dem Weibergeschnatter in seinem Zelt ab.
Obwohl Jean sich bald ebenso kindisch verhielt wie die Kleinen. Ständig krabbelte er mit Kleine-Krähe am Boden oder ließ Kaktusblüte auf seinem Rücken reiten. Dann wieder saß er bei den Frauen am Feuer und schaukelte Schnee-in-den-Bergen auf seinen Knien, während seine wunde Haut langsam vernarbte.
„Du magst Kinder, mhh?", lächelte Nata-He-Yukan.
„Weißt du, ich habe viel Zeit mit euch in der Höhle verbracht und mich an den kleinen Kerl gewöhnt." Dann grinste er unverschämt. „Und Mädchen gefallen mir in jedem Alter!"
Nata-He-Yukan deutete auf Kaktusblüte. „Wenn sie alt genug ist, dann gebe ich sie dir zur Frau."
Jean lachte gutmütig, denn er verstand es als Ehre, wie es ja auch gedacht war.
„Wann wirst du reiten?", fragte Nata-He-Yukan.
Seufzend zuckte Jean seine Schultern. „Ich werde bald aufbrechen müssen, damit ich rechtzeitig in Fort Union eintreffe! Hoffentlich werde ich auf dem Weg nicht skalpiert!"
„Hiya! Den gelben Schlammfluss hoch sind alles unsere Jagdgründe", meinte Nata-He-Yukan leichthin.
„Aha! Sehr beruhigend! Aber woher wissen die anderen Lakotastämme, dass ich ein Freund bin?"
„Solange du nicht mit irgendwelchen Crow reitest, werden sie dir nichts tun! Du weißt doch, alle Indianer sind deine Freunde!"
„Sag mal, machst du dich lustig über mich?"
„Ich?!", unschuldig hob der Indianer die Hände.
„Jetzt im Ernst! Meinst du, dass ich unbesorgt reiten kann?"
„Aber sicher! Niemand tötet einen Händler! Dann können wir ja nicht mehr tauschen. Selbst die Shoshone sind vor uns sicher, wenn sie mit uns handeln wollen. Sie bringen schöne Decken aus dem Süden, von einem Volk, das sich Navajo nennt. Aber wir tauschen auch mit Völkern, die weit in den Bergen leben."

„So, ich dachte, ihr tötet sie alle!", knurrte Jean ein wenig zweifelnd. Lachend fiel Nata-He-Yukan nach hinten und hielt sich prustend den Bauch. Selbst die Frauen fielen in das Gelächter ein und pressten sich die Hände vor den Mund.
Empört schaute Jean auf die vergnügten Indianer. „Was lacht ihr denn alle?"
„Und du willst wirklich zu den Blackfeet? Die stellen wirklich nicht viele Fragen, wenn sie auf Fremde treffen!"
Wütend funkelte Zintkala-win ihren Mann an. „Das stimmt doch überhaupt nicht!"
„So? Na, ich habe bisher nicht viel Gutes über die Blackfeet gehört!", brummte Nata-He-Yukan.
„Wie kannst du so etwa sagen? Du kennst sie doch überhaupt nicht!"
„Doch! Ich kenne dich!" Wieder funkelten seine Augen und Zintkala-win erkannte, dass er sie nur neckte.
„Du schlechter Mann!", schimpfte sie empört und schlug mit ihrer Faust nach ihm.
Mit einem Satz brachte er sich aus ihrer Reichweite und deutete, um Unterstützung heischend, auf seine kriegerische Frau. „Siehst du! Sie bedeutet eine Menge Ärger!"
Kichernd setzten sich die beiden Männer wieder an das Kochfeuer und ließen sich Suppe geben. Neidisch zwinkerte Jean zu seinem Freund. „Du bist ein glücklicher Mann!"
„Ich? Wieso?"
„Na, mit zwei Frauen!"
„Wieso bin ich ein glücklicher Mann, wenn ich zwei stillende Frauen habe?"
„Na, ich dachte ...?"
Ein wenig unwillig schüttelte Nata-He-Yukan den Kopf, denn es schickte sich nicht, in der Anwesenheit von Frauen über so etwas zu reden. „Wir schonen unsere Frauen, wenn sie geboren haben, auch wegen des Kindes!"
„Ja, schon! Aber Kaktusblüte kann doch schon laufen. Meinst du nicht, dass Blauer-Schmetterling ...?"
„Nein!", fiel ihm Nata-He-Yukan barsch ins Wort. Redete dieser Weiße eigentlich über nichts anderes?

„Ja, aber warum nimmst du sie dann zur Frau?“, staunte Jean.
Ein wenig unwillig streckte der Indianer seine Füße aus, aber schließlich kannte er die Neugier von Jean. „Also, ich habe sie zu meiner Frau genommen, weil ich Mitleid mit ihr hatte.“
„Mitleid?“
„Ja, aber das ist eine lange Geschichte!“
„So? Dann erzähl sie mir doch!“
Mit leiser Stimme erzählte Nata-He-Yukan von Bleza-Si.
Mühsam beherrschte er sich und versuchte den Hass in seiner Stimme zu verbergen.
„Mon dieu!“, entfuhr es dem Franzosen, aber auch die Frauen senkten schweigend die Köpfe, als die Erinnerung sie wieder einholte.
Langsam dämmerte es Jean, was Zintkala-win gemeint hatte, als sie sagte, dass ihr Baby nur zu einer Frau heranwachsen würde, wenn kein Mann es tötete! „Und was geschah dann?“
„Nichts! Er konnte entkommen! Aber eines Tages werde ich ihn finden und töten.“
„Wakan-tanka! Welche Angst musst du ausgestanden haben!“, wandte sich Jean an die Frau. „Aber was hat Blauer-Schmetterling damit zu tun?“
„Sie war die Frau von Bleza-Si“, erklärte Nata-He-Yukan.
„Du heiratest die Frau dieses gemeinen Verräters?“, flüsterte Jean etwas fassungslos.
Nata-He-Yukan lächelte über diese Reaktion: „Ich wollte sie töten, so wie Bleza-Si fast meine Frau getötet hatte, aber dann sah ich nur diese Frau, die vor Angst geschrieen hat. Ich zügelte meine Wut und dann habe ich erkannt, dass Blauer-Schmetterling nur eine Sklavin war, eine Frau, die Bleza-Si misshandelt hat. Er ist krank in seinem Herzen!“
„Wo ist Bleza-Si jetzt hin?“, fragte Jean neugierig.
Nata-He-Yukan senkte den Kopf. „Wir verloren seine Spur im Regen!“
„Ah, schade! Aber gut, dass er nun weg ist!“
„Ja, gut für ihn!“
Mit einem schiefen Grinsen stand Jean auf, denn er hörte die unverhohlene Drohung in der Stimme seines Freundes.

Nicht um alles in der Welt wollte er mit diesem Krieger verfeindet sein! „Ich packe meine Sachen!“, erklärte er kurz.
Nata-He-Yukan blinzelte gegen die Sonne und schaute ihm nach, wie er zu seinem Pferd ging. Eigentlich war es sein Pferd, das er damals Jean geschenkt hatte. Vielleicht sollte er nach seinen eigenen Pferden sehen? Er genoss den Anblick des Jährlings, der übermütig mit ihm spielte. „Blackfeet!“, lockte er es sanft, freute sich auf den Augenblick, an dem er es zum ersten Mal reiten konnte. Dann hörte er Schritte und sah, wie seine Frau auf ihn zukam. „Nata-He-Yukan!“, bat sie scheu.
„Ja?“ Unwillig runzelte er die Stirn, denn er wusste genau, was sie von ihm wollte.
„Wenn Jean zu den Pecuni reitet, dann könnten wir doch mit, oder nicht?“
„Nein!“, wehrte er entschlossen ab.
Ihr Herz sank in den Staub. „Warum nicht?“
Sein Blick wanderte in die Ferne, dabei versuchte er nur ihr nicht in die Augen zu sehen. „Es ist zu gefährlich!“
Zweifelnd nagte sie an ihren Lippen. „Warum? Jean geht doch auch!“
„Ja, aber weißt du, ob er je zurückkehrt?“
„Aber es ist mein Volk, zu dem er geht! Niemand würde uns etwas antun.“
„Ja, vielleicht! Aber bis dorthin ist es ein weiter Weg. Vorbei an feindlichen Assiniboin, Atsina und Cree!“
„Aber die Weißen würden uns beschützen!“
Er streifte sie mit einem spöttischen Blick. „Du vertraust dein Leben diesen Weißen an, die du noch nicht einmal kennst?“
Bockig senkte sie den Kopf. „Wann willst du dann gehen?“
„Vielleicht im nächsten Sommer, wenn Jean zurückkehrt und bewiesen hat, dass es sicher ist. Dann ist auch Schnee-in-den-Bergen nicht mehr so klein.“ Mit einem Satz sprang er auf sein Pony und galoppierte davon. Für ihn war die Sache beendet.
Wütend funkelte sie ihm hinterher, wusste genau, dass er auch im nächsten Sommer nicht gehen würde! Immer neue Ausreden würden ihm einfallen, bis sie alt und grau war und ihren Wunsch längst vergessen hatte. Traurig setzte sie sich in das hohe Gras

und beobachtete das schwarze Fohlen. Blackfeet hatte es Nata-He-Yukan genannt und sie wusste nicht, ob er diesen Namen gewählt hatte, um sie zu ärgern oder zu erfreuen. Zintkala-win wollte nicht hier bleiben! Bei den Lakota war sie nur eine Frau! Wie würden sie reagieren, wenn sie von ihrer Vision erzählte? Sie hatte ihren Bruder gerächt, aber was war nun ihre Bestimmung? Ja, in den Bergen hatte es ihr nichts ausgemacht, seine Ehefrau zu sein, aber hier, bei den Lakota war sie nicht seine Partnerin, sondern fühlte sich fast wieder wie eine Gefangene! Welchen Weg hatte ihr Bruder für sie bestimmt?
Niemals hätte er ihr den Namen Tötet-die-Crow gegeben, wenn es ihr Schicksal wäre, als gehorsame Ehefrau zu leben. Was besagte diese Vision? Und warum war es sein Schicksal gewesen, so jung zu sterben?
Sie musste Antworten auf diese Fragen finden und diese fand sie nicht bei den Lakota! Ihr Entschluss stand fest! Sie würde mit Jean ziehen! Das war die beste Gelegenheit, die sie hatte, lebend zu den Pecuni heimzukehren. Ihr Herz war schwer, als sie daran dachte, welche Enttäuschung das für Nata-He-Yukan sein würde, aber er hatte ja noch die Shoshonefrau! Blauer-Schmetterling würde ihm eine bessere Ehefrau sein. Außerdem wollte sie Kleine-Krähe zurücklassen, so behielt er wenigstens seinen Sohn. Sie konnte diese gefährliche Reise auf keinen Fall mit zwei kleinen Kindern unternehmen. Schnee-in-den-Bergen brauchte ihre Milch und sie wollte es nicht dem Zufall überlassen, ob eine andere Frau ihr die Brust geben konnte.

Mit großem Hallo wurde Jean am nächsten Tag verabschiedet. Ein Trupp Krieger begleitete ihn noch ein Stück, als er beladen mit seinen Habseligkeiten gen Norden verschwand. Zintkala-win warf ihm eine Kusshand nach, wie sie es im Winter von ihm gesehen hatte, dann verschwand sie in ihrem Zelt und packte eilig einige Dinge zusammen. „Was machst du da?", fragte Blauer-Schmetterling verblüfft.
„Ich gehe mit Jean!", erklärte Zintkala-win unwillig.
Deutlich war die Überraschung in den Augen von Blauer-Schmetterling zu sehen. „Du verlässt Nata-He-Yukan?"

Zintkala-wins Lippen wurden zu einen schmalen Strich, aber sie ließ sich nicht beirren. „Ja, ich muss meinem Weg folgen! Ich kann nicht hier bleiben! Bitte, sage ihm das!"
„Ja, aber ...!", stotterte Blauer-Schmetterling bestürzt. Wie konnte diese Blackfeetfrau einen so großzügigen Mann verlassen? Hatte sie den Verstand verloren?
„Bitte!", unterbrach sie Zintkala-win hastig. „Ich muss nun los, damit ich Jean noch einhole! Bitte kümmere dich gut um Kleine-Krähe! Mein Herz weint, aber ich kann ihn nicht mitnehmen! Er ist auch Nata-He-Yukans Sohn! Sei gut zu ihm!"
Tränen sammelten sich in den Augen von Blauer-Schmetterling, aber sie nickte gehorsam. „Sei vorsichtig!"
Zintkala-win griff nach ihren Waffen und ihrem Schild, und mit dem Baby auf dem Rücken huschte sie aus dem Zelt, um ihr Pony zu holen. Sie hatte ansonsten nur einen Beutel mit den nötigsten Dingen dabei, damit sie schneller vorankam. Ohne sich umzudrehen verschwand sie zwischen den Hügeln, ritt unbeirrbar nach Norden und umging den Tross mit den Kriegern. Ihr Herz schlug ihr vor Freude bis zum Hals, als sie an ihr Volk dachte. Sie kehrte heim!

Jean dagegen war überhaupt nicht begeistert, als sie am Abend zu ihm stieß. „Bist du wahnsinnig!", fauchte er sie an. „Was wird dein Mann von mir denken? Hast du dir das überlegt?"
Er schimpfte wie ein Gelbbrustvogel in der Sonne, holte kaum Luft, um zu atmen, und sein Gesicht wurde rot wie der Sonnenuntergang.
„Es ist meine Entscheidung!", erklärte sie hochmütig, aber auch ein wenig ernüchtert.
„Deine Entscheidung?", brüllte er zurück. „Hast du das mit Nata-He-Yukan besprochen?"
„Nein!"
„Du störrisches Blackfeetweib!", benutzte er die Worte von Nata-He-Yukan. „Winyan-o'hanschitscha! Glaubst du, dass ich die Freundschaft mit Nata-He-Yukan gefährde, indem ich seine Frau mitnehme? Non, non, non! Morgen reiten wir zurück!"
„Ich will nicht zurück! Ich will zu meinem Volk!"

„Kläre das mit deinem Mann, nicht mit mir! Wir lagern hier und morgen früh bringe ich dich zurück!"
Kleinlaut setzte sich Zintkala-win an das Feuer und stillte ihre Tochter. Damit hatte sie nicht gerechnet. Jean war doch ihr Freund! Warum half er ihr nicht? Hatte sie nicht in den Bergen das Bett mit ihm geteilt? Es wäre seine Pflicht, sie nun zu beschützen! Aber ohne seine Unterstützung war es viel zu gefährlich zu reiten, oder sollte sie es allein versuchen? Ohne Schnee-in-den-Bergen hätte sie es sicherlich getan!
In der Nacht konnte sie nicht schlafen, denn in die Enttäuschung mischte sich die Angst, wie Nata-He-Yukan auf sie reagieren würde. Plötzlich fühlte sie Reue, ihn so hintergangen und betrogen zu haben! Würde ihr Mann sie nun bestrafen oder gar töten? Noch wusste sie zu wenig über die Lakota, um seine Reaktion einschätzen zu können. Bei den Blackfeet würde ein gehörnter Ehemann seiner Frau sicherlich die Nase abschneiden!
Aber sie hatte Nata-He-Yukan nicht betrogen, sie wollte lediglich zu ihrem Volk zurück! So folgte sie schweigend und in sich gekehrt dem weißen Mann, als dieser am Morgen sichtlich schlecht gelaunt nach Süden abdrehte.

Noch war das Rot der Morgendämmerung nicht verschwunden, als sich ihnen bereits ein Reiter näherte.
Zintkala-win senkte den Blick und versuchte die Gefühle zu kontrollieren, die plötzlich in ihr hochstiegen. Er war wütend!
Richtig wütend!
Nata-He-Yukan sprang mit finsterem Blick von seinem Pferd und stellte sich ihnen in den Weg. Mit einem tiefen Seufzer stieg Jean ab und machte eine hilflose Handbewegung. „Sie ist mir einfach gefolgt!"
Regungslos verharrte er, als Nata-He-Yukan mit verschränkten Armen einfach stehen blieb und ihn erwartete. Deutlich war die Enttäuschung in seinen Augen zu sehen, der Gedanke, dass sein Freund ihn betrogen hatte.
Dann blinzelte der Krieger überrascht. Jean war ihm entgegen geritten! Nach Süden! Er kam, um ihm die Frau zurückzubringen.
„Sie ist mir einfach gefolgt!", wiederholte sein Freund.

Nata-He-Yukans Blick fiel auf Zintkala-win, die stolz auf ihrem Pferd saß. Wer war diese Frau? Träumte sie vielleicht von der doppelten Frau? Sprach ihr Herz für einen anderen Mann? Wie würden ihn die anderen Männer auslachen, weil er dieser Frau hinterher geritten war! Wenn sie einen anderen Mann liebte, dann wurde von ihm verlangt, dass er sie gehen ließ, ohne offen den Schmerz zu zeigen, den er empfand. Oder aber er strafte ihren Ehebruch, indem er ihr die Nase abschnitt!

„Steig ab!", herrschte er sie an.

Geschmeidig glitt sie von ihrem Pony und blickte ihm gerade in die Augen, wartete einfach ab, wie er reagieren würde.

„Liebst du jetzt diesen Mann?", verlangte er zu wissen.

Völlig überrascht senkte sie den Blick. „Nein!"

„Nein!", raunte er drohend. „Dann erkläre mir, was du hier tust!"

„Ich gehe zu den Pecuni!", entgegnete sie ruhig.

„So? Mit Schnee-in-den-Bergen?"

Ihr spitzes Kinn zitterte leicht. Das einzige Zeichen, das verriet, dass sie nicht so ruhig war, wie sie vorgab.

„Sie ist meine Tochter!"

„Sie ist unsere Tochter!", brüllte er unbeherrscht. „Glaubst du, dass ich nichts für sie empfinde?"

„Ich weiß, was du für sie empfindest", versuchte sie ihn zu besänftigen.

„Warum nimmst du sie mir dann?" Seine dunklen Augen schienen sie durchbohren zu wollen, als er auf eine Antwort wartete. Diese Frau ging gänzlich über seinen Verstand.

„Das verstehst du nicht!"

„So? Dann versuche wenigstens, es mir zu erklären!"

Jean verdrückte sich lieber, diesen Ehekrach wollte er nicht miterleben.

Plötzlich ruhig, nahm Nata-He-Yukan seine Frau an der Hand und führte sie einige Schritte weiter. „Setz dich!"

Zögernd ließ sich Zintkala-win ins Gras sinken und legte den Kopf zwischen die Knie, versuchte ihre Gedanken in Worte zu fassen: „Ich habe dich sehr gern, aber ich kann hier nicht mit dir leben. In den Bergen war alles ganz anders, da war ich an deiner Seite. Das war schön!"

Ungläubig schüttelte Nata-He-Yukan den Kopf. „Hast du die ständige Gefahr vergessen? Die Shoshone? Die Ute?"
„Nein! Das habe ich nicht vergessen! Trotzdem war es schön und ich habe meine Zweifel fast vergessen. Aber hier lebe ich wie eine Frau, nicht wie ein Krieger. Ich bin so unglücklich! Das ist nicht mein Weg."
„Woher willst du wissen, dass du deinen Weg bei den Blackfeet findest?"
„Das weiß ich nicht! Aber wir haben einen Bund solcher Frauen! Frauen, die das Herz eines Mannes haben!"
Nata-He-Yukan schluckte schwer. „Willst du damit sagen, dass ich einen Mann geheiratet habe?"
Sie kicherte leise und berührte sanft seine Wange. „Hast du das Gefühl, dass ich ein Mann bin?"
Sein Kopf reagierte unbewusst auf die zärtliche Berührung und sinnend schloss er die Augen, lauschte auf die Stimme seines Herzens. „Nein! Für mich bist du eine Frau!"
Sie nickte erleichtert und hoffte auf sein Verständnis. „Ja, aber oft fühle ich nicht wie eine Frau!"
Bitterkeit stieg in ihm hoch. „Aber du hast geboren! Du hast zugestimmt meine Frau zu sein! Wie kannst du mich jetzt verlassen?"
Ihre Augen baten ihn um Verzeihung: „Ich muss! Ich kann meine Gefühle nicht verleugnen. Irgendetwas ist anders in mir! Ich brauche Gewissheit darüber, was der Sonnenhäuptling für mich vorgesehen hat! Verstehst du das?"
Er nickte mit dem Kopf, tastete mit seiner Hand zu der Babytrage. „Und Schnee-in-den-Bergen? Wie kannst du eine Mutter sein, wenn du wie ein Mann fühlst?"
„Bei ihr fühle ich nicht wie ein Mann, auch bei dir nicht!"
Endgültig verblüfft riss Nata-He-Yukan die Augen auf. „So?"
„Nein! Nata-He-Yukan, ich mag dich, aber ich weiß nicht wie! Ich mag, wie du mich berührst, und doch muss ich gehen!"
Eine unendliche Erleichterung wogte durch seinen Körper, die Gewissheit, dass er diese Frau liebte, eben wegen ihrer Kraft. Sie war nicht wie die anderen Frauen, aber genau das mochte er an ihr. Sie musste ihrer Vision folgen, deshalb hatte sie ihn verlassen!

Er bewunderte ihre spirituelle Kraft, wie sie sonst nur Heilige Männer besaßen, wusste plötzlich, dass es seine Bestimmung war, dieser Frau zu folgen! Deshalb hatte er sie in den Bergen gefunden! Er war der Partner, den sie gesucht hatte, der ihr bei der Suche nach einer Antwort helfen würde. Er lächelte entspannt, als er eine Entscheidung traf, die er eigentlich schon längst hätte treffen müssen. „Vielleicht sollte ich mein Versprechen einlösen und dich begleiten?"

„Das würdest du tun?"

Er dachte darüber nach, ließ die Worte auf sich wirken. Zu den Blackfeet? Mit seiner Tochter in die Jagdgründe seiner Feinde? Aber er hatte es versprochen und wenn sie wählte, jetzt zu gehen, dann musste er sie begleiten. Oh, dieses störrische Blackfeetweib! Was hatte Wakan-tanka noch alles für ihn ersonnen? Aber das Leben an der Seite von Zintkala-win versprach interessant zu werden! Er seufzte innerlich, als er daran dachte, was er für diese Frau noch alles tun würde. Aber er wollte sie nicht verlieren! Nie wieder! „Ja!", erklärte er entschlossen.

„Oh!" Sie lachte glücklich, erkannte, wie sehr dieser Mann sie liebte.

Nata-He-Yukan fasste sie aufmunternd an der Hand. „Komm! Wir reiten zurück und brechen morgen gemeinsam auf. Kleine-Krähe weint sich die Augen nach dir aus."

„Yun!" Das schlechte Gewissen zog ihr Herz zusammen.

„Du bist jetzt seine Mutter! Du kannst ihn nicht zurücklassen!", ermahnte er sie freundlich.

Sie senkte betroffen den Kopf und dachte an den kleinen Jungen, der jetzt ihr Sohn war. „Dann nehmen wir ihn mit?"

„Ja! So, jetzt setz dich auf dein dreibeiniges Maultier und ich hole Jean!"

Sie kicherte vor Erleichterung und sah ihm liebevoll hinterher.

Energisch ging Nata-He-Yukan zu seinem Freund. „Jean!"

Unsicher erhob sich der Trapper und blickte Nata-He-Yukan entgegen: „Ich wollte nicht ...!"

„Ich weiß!", winkte Nata-He-Yukan ab. „Du bist mein Freund!"

„Komm her, mon ami!"

Endlos erleichtert drückte Jean den Freund an seine Brust. Grinsend schob Nata-He-Yukan ihn weg: „Wir reiten zurück! Kommst du mit uns? Wir möchten morgen gemeinsam mit dir aufbrechen!"
„Wer, wir?", fragte Jean misstrauisch.
„Nun, ich, meine Frau, Kleine-Krähe und meine Tochter!"
„Aha, und deine andere Frau?"
„Ich werde sie bei Biberschwanz und Langes-Messer lassen. Für sie und Machpiya-ska ist die Reise zu gefährlich!"
Jean schnaubte vor Empörung. „Und für Kleine-Krähe und Schnee-in-den-Bergen nicht?"
Nata-He-Yukan machte eine hilflose Handbewegung. „Doch! Aber erklär das meiner Frau!"
Fassungslos starrte der Trapper auf seinen Freund. „Ich dachte, dass du ihr diesen Unsinn ausredest!"
„Du weißt doch! Sie ist ein störrisches Blackfeetweib!"
Jean schnappte mehrmals nach Luft, doch Nata-He-Yukan zuckte mit keiner Wimper. Er hatte seine Entscheidung gefällt.
Jean schüttelte ungläubig seine blonden Locken: „Also wagst du dich in die Höhle des Grizzly? Nur wegen dem Wunsch einer Frau?"
„Ja!"
„Ihr seid beide völlig verrückt! Deux fous!"
Er machte eine eindeutig kreisende Bewegung an seiner Stirn, dann setzte sich der Trapper auf sein Pferd und ritt leise brummelnd voran. Nata-He-Yukan folgte ihm nachdenklich, denn es blieb noch so vieles zu klären! Zum Beispiel interessierte es ihn, wo der Trapper sein Pferd ließ, wenn er mit einem großen Kanu weiterreiste.
„Bei Fort Union!", erklärte Jean kurz angebunden.
Nata-He-Yukan überging dessen offensichtliche schlechte Laune.
„Kann ich dort auch mein Pony lassen?"
„Wahrscheinlich!"
„Was ist los?", bemerkte Nata-He-Yukan den Unmut seines Freundes. Wieso mischte er sich so deutlich in seine Angelegenheiten ein? Aber weiße Männer waren ohnehin seltsam und dachten eben ganz anders als Lakota.

„Ich weiß noch überhaupt nicht, ob ich euch mitnehmen kann", murmelte Jean leise.
„Warum nicht?" Nata-He-Yukan war gar nicht auf die Idee gekommen, dass es seinem Freund nicht recht wäre. Jeder konnte doch sein Pony dahin lenken, wohin es ihm beliebte.
„Nun, ich gehe mit dieser Pelzhandelsgesellschaft! Ich weiß nicht, wie sie reagieren, wenn ich mit zwei Indianern und zwei kleinen Kindern anrücke!"
„Vielleicht finden sie es gut!", überlegte Nata-He-Yukan laut.
„Wie meinst du das?"
„Na, Zintkala-win ist doch eine Blackfeet! Das könnte helfen!"
„Großartig!", stimmte der Trapper zu, aber so ganz überzeugt klang es nicht.
„Jean? Entscheide jetzt, ob wir dich begleiten sollen! Sage ja oder nein!", forderte der Indianer, indem er die Worte „ja oder nein" mit Gesten unterstrich.
„Und wenn ich ‚nein' sage?"
„Dann reite ich mit Zintkala-win alleine! So wie ich es schon längst hätte tun sollen. Sie gehört nicht hierher."
„Du bist ja völlig verrückt!", empörte sich der Trapper erneut.
„Nein!", grinste Nata-He-Yukan, dann deutete er auf seine Frau: „Sie ist völlig verrückt!"
„Mon dieu! Ein Weib mit zwei Kindern! Weißt du eigentlich, wie lang die Reise dorthin ist? Was da alles passieren kann? Ich rede von feindlichen Indianerstämmen, Stromschnellen, Unwettern, gefräßigen Ungeheuern! Aber gut, wenn du es unbedingt willst, dann nehme ich euch mit!"
„Hecetu!", freute sich Nata-He-Yukan.

Der ganze Stamm lief erwartungsvoll zusammen, als sie am Nachmittag wieder das Dorf erreichten.
Kleine-Krähe starrte seine Mutter schweigend an, nur seine Augen zeigten, wie verletzt er war.
Schuldbewusst hob Zintkala-win das Kind hoch und sogleich kuschelte sich der Junge an seine Mutter.
„Nicht weggehen", flüsterte er.
„Nein! Ich nehme dich mit!", beruhigte sie ihn.

„Was ist passiert?", fragte Langes-Messer gespannt, wunderte sich im Stillen, dass der Weiße und das Blackfeetmädchen noch am Leben waren.
„Nichts! Zintkala-win will zurück zu ihrem Volk, und ich werde sie begleiten", erklärte Nata-He-Yukan so beiläufig, als würde er am nächsten Tag zur Jagd reiten.
„Was? Du gehst zu den Blackfeet? Bist du lebensmüde?"
Mit einem schiefen Lächeln schlug Nata-He-Yukan seinem Freund auf die Schulter. „Eigentlich nicht!"
„Und Blauer-Schmetterling und deine Schwester?"
Nata-He-Yukan senkte betreten den Kopf. „Würdest du auf sie achten, bis ich wiederkehre?"
„Tss, woher weißt du, dass du überhaupt zurückkommst?", versuchte Langes-Messer seinen Freund zur Vernunft zu bringen.
„Nun, wenn nicht, dann möchte ich dich bitten, dass du dich um sie kümmerst!"
„Schon gut, schon gut! Es ist mir eine Ehre!", lenkte Langes-Messer ein.
„Ich werde auch die Ponys bei dir lassen!"
„Schön!", lachte Langes-Messer. „Wenn du nicht zurückkehrst, dann gehören sie mir!"
„Ja, als Entschädigung dafür, dass du dann die Frau bekommst!", bemerkte Nata-He-Yukan ironisch.
Mit ernster Miene blickte Langes-Messer ihn an. „Ich werde gut auf sie achten. Mach dir keine Sorgen!"
„Ich weiß!"
Eine kurze Stille entstand, dann fragte Nata-He-Yukan: „Wo werde ich dich im Frühjahr finden?"
„Wahrscheinlich bei den Miniconjou. Wir werden nördlich der Black Hills überwintern.
„Waschté!" Zufrieden wandte sich Nata-He-Yukan ab, denn er wusste, dass seine Familie in guten Händen war.
Nur Blauer-Schmetterling weinte, hatte Angst, dass sie wieder zu niemandem gehörte.
Tröstend nahm er sie in seine Arme: „Du brauchst keine Angst zu haben! Du bist jetzt meine Frau und die Mutter meiner Schwester. Alle werden dich mit Respekt behandeln!"

Blauer-Schmetterlings Simme wurde bittend: „Aber ich möchte dich nicht verlieren!"
Völlig verblüfft sah Nata-He-Yukan seine zweite Frau an. „Aber du kennst mich doch kaum."
„Doch, ich habe in dein Herz gesehen!"
Sein Blick fiel auf das kleine Mädchen, das sie im Arm hielt und das nun auch seine Tochter war: „Es ist schön, dass du so fühlst, doch du brauchst dich nicht zu sorgen. Ich werde zurückkehren und entweder hier bleiben oder dich holen. Aber erst möchte ich sehen, wohin ich dich führen werde. Vielleicht nehme ich dann auch Machpiya-ska mit. Langes-Messer wird sich solange um euch kümmern."
„Und wenn Bleza-Si zurückkehrt?"
Wütend biss sich Nata-He-Yukan auf die Lippen. „Er ist nach Norden gegangen! Vielleicht finde ich ihn dort, dann brauchst du nie wieder Angst vor ihm zu haben. Jetzt hilf Zintkala-win das kleine Tipi zu verpacken und was sie sonst noch braucht!"

Gehorsam erhob sich die Shoshonefrau, obwohl ihr Herz schwer war vor Sorge. Es war so schön gewesen, die Ehefrau eines angesehenen Kriegers zu sein und sie fürchtete sich davor, dass er vielleicht nicht zurückkehrte. Dieser Mann war verrückt, den Träumen eines Blackfeetmädchens zu folgen. Welchen Zauber hatte sie über diesen Mann gelegt, dass er sein Leben für sie aufs Spiel setzte? Wehmütig blickte sie ihnen am nächsten Tag hinterher, Machpiya-ska an ihrer Hand, die ebenso verstört über den Aufbruch ihres Bruders war.
„Ich kehre doch zurück!", hatte er gelächelt. „Niemand wird dir etwas antun!"
„Warum darf ich nicht gleich mit?", bat sie inständig.
„Weil ich nicht weiß, wohin ich dich führen würde. Die Blackfeet sind gefährlich!"
„Aber Schnee-in-den-Bergen und Kleine-Krähe gehen doch auch!"
„Ja, weil sie zu Zintkala-win gehören! Sie ist eine Blackfeet, deshalb wird ihnen nichts geschehen!"
Misstrauisch schaute sie ihn an. „Also ist es gefährlich für dich!"

Sollte er schweigen und sie damit beruhigen? Nein, das war nicht seine Art! „Ja!", antwortete er ehrlich. „Es ist gefährlich!"
„Warum gehst du dann?"
„Weil ich Zintkala-win liebe! Aber ich liebe auch dich, Mitankschi, und deshalb möchte ich, dass du hier bleibst, in Sicherheit! Verstehst du das?"
Sie nickte mit dem Kopf und ihre Stimme bekam einen bittenden Tonfall: „Aber du kommst zu mir zurück?"
Er lachte aufmunternd. „Aber ja! Zu dir, Blauer-Schmetterling und Kaktusblüte! Du passt doch gut auf deine neue Schwester auf, nicht wahr?"
Ihr kleiner Schmollmund verzog sich, aber dann nickte sie kurz, wollte ihren Bruder nicht enttäuschen.
Mit gemischten Gefühlen blickte sie ihm hinterher, wie er in der Ferne verschwand.
Tagelang führte Jean seine Freunde nach Norden. Die Prärie war verdorrt, zeigte sich in einem eintönigen Braun, nur unterbrochen von lichten Kiefernwäldchen oder dem spärlichen Baumbewuchs an den Flussufern. Sie folgten dem Lauf des Tongue-Flusses und erreichten dann den schnell fließenden Gelben-Schlammfluss, der sich tief in den gelben Sandstein eingegraben hatte. Bisher waren sie einigermaßen sorglos, trafen nur ein Mal auf eine Gruppe von Hunkpapa-Lakota, bei denen sie die Nacht verbrachten. Staunend betrachteten die Hunkpapa die Handelswaren von Jean, obwohl sie dem Weißen gegenüber ziemlich misstrauisch waren. Nur durch die Anwesenheit von Nata-He-Yukan ließ der Argwohn etwas nach, aber auch die Blackfeetfrau fühlte sich bei den Hunkpapa nicht wohl.
Diese Gruppe der Lakota lebte bereits so weit nördlich, dass sie sehr wohl Auseinandersetzungen mit den Blackfeet hatten, und so waren sie zwar nicht offen feindlich gegenüber der Frau, aber auch nicht sonderlich freundlich. Nata-He-Yukan spürte die Ablehnung und nahm es als Vorgeschmack dessen, wie die Blackfeet wohl ihn empfangen würden. Sein Herz wurde schwer und er vermisste seine Freunde. Es war fast, als würde er ein weiteres Mal in die Verbannung reiten. Nicht einmal der Reiz des Neuen lenkte ihn von seinen düsteren Gedanken ab.

Tage später hielten sie ihre Ponys auf der Kuppe eines Hügels an und bewunderten staunend den Zusammenfluss von dem Gelben-Schlammfluss und dem Missouri. Im Sommer führten beide Flüsse wenig Wasser und die brackige, braune Brühe schlängelte sich durch die Landschaft. Eingebettet in den sanften Hügeln lag das große Fort, umlagert von den Zelten der Indianer, die zum Handeln hierher kamen. Die dicken Pfosten des Handelspostens symbolisierten die Stärke der Festung, in dieser feindlichen Umgebung sicherlich eine gebotene Vorsichtsmaßnahme, zusätzlich lugten Kanonen aus den vorgesehenen Schießscharten. Wachtürme erhoben sich wie in einer mittelalterlichen Burg und die wehende Fahne der Pelzhandelsgesellschaft verstärkte diesen Eindruck noch.
Überall wimmelte es von Menschen und Tieren, doch aus der Entfernung wirkten die Menschen wie Ameisen, die sich auf das einzige Tor zubewegten oder es verließen.
Von Westen her näherte sich ein weiterer Zug Indianer, viele Frauen zu Fuß und die Travois hoch beladen.
Nata-He-Yukan versuchte seinen trockenen Mund anzufeuchten. Dort war Feindesgebiet!
Unbeirrbar ritt Jean darauf zu, selbst Zintkala-win trieb ihr Pony vorwärts, so als bemerkte sie die Gefahr nicht und im Stillen bewunderte er ihren Mut.
Mit gemischten Gefühlen folgte er den beiden zum Flussufer, dann nahm er seinen Mut zusammen und trieb sein Pony energisch als erster in das Wasser. Noch war er der Krieger!
In der Mitte mussten die Ponys schwimmen und durch die starke Strömung wurden sie etwas abgetrieben.
Besorgt sah sich Nata-He-Yukan nach seiner Frau um, doch sie klammerte sich fest an ihr Pony, ihre Kleidung bis an die Hüfte nass, nur Schnee-in-den-Bergen hing trocken auf ihrem Rücken. Kleine-Krähe saß vor Jean auf dem Pferd und kurz ärgerte sich Nata-He-Yukan, dass er nicht an das Kind gedacht hatte, aber so hatte wenigstens einer die Hände frei, um im Notfall nach den Waffen zu greifen.
Am anderen Ufer entzündeten sie erst einmal ein Feuer, um ihre Kleidung zu trocknen.

Einige Assiniboin näherten sich wachsam und Nata-He-Yukan hätte keine einzige Bisonrobe mehr auf sein Leben gesetzt! Abschätzend musterten ihn die Krieger, dann lächelten sie freundlich, als sie Jean erkannten.
„Allors, mes amis!", rief Jean erfreut. „Schön euch zu sehen!"
Fassungslos beobachtete Nata-He-Yukan, wie Jean die Assiniboin umarmte. Hatte dieser Weiße denn überall Freunde?
„Du kennst sie?"
„Aber ja! Sie arbeiten für uns, gehen auf Jagd und so! Das hier ist Noachpeh! Ein ziemlich grimmiger Krieger!"
So sah er auch aus! Zusammengekniffene Augen taxierten den Lakota prüfend. Auf dem Kopf trug der Krieger einen Schmuck aus Antilopenhörnern, geschmückt mit gelbgefärbtem Pferdehaar. Seine abgeschnittenen Stirnhaare fielen ihm weit in das Gesicht, als wollte er auf diese Weise jede Regung verbergen.
„Hau!", würgte Nata-He-Yukan hervor.
Die strengen Gesichtszüge des Assiniboinmannes verzogen sich zu einem amüsierten Grinsen. „Hau!"
Dann wandte er wieder an Jean: „Er ist mir willkommen, solange er in deiner Begleitung ist!"
Der Dialekt, den die Assiniboin sprachen, unterschied sich ein wenig von dem Lakota, aber trotzdem war es möglich, sich zu verständigen.
Staunend deutete der Krieger auf Zintkala-win und die Kinder.
„Ist das deine Frau, Jean?"
Hastig wehrte der Trapper ab: „Nein, nein! Sie gehört zu Nata-He-Yukan!"
„So?"
Ein wenig spöttisch blinzelte der Assiniboin mit seinen Augen. „Dieser Lakota ist mutiger als ich dachte! Ich werde beachten, dass dieser Mann dein Freund ist! Soll ich euch zum Fort begleiten?"
„Gute Idee!"
Schweigend näherten sie sich dem Fort und staunend ritt Nata-He-Yukan an den meterhohen Palisaden vorbei. Selbst wenn er sich auf den Rücken des Pferdes gestellt hätte, hätte er nicht darüber sehen können.

Noachpeh gefiel sich in der Rolle des großzügigen Beschützers. Immer wieder wies er andere Assiniboin zurück, die mit finsteren Mienen auf Nata-He-Yukan losgehen wollten.
Selbst Jean wurde es himmelangst. Dann ritten sie durch das große Tor und Jean stieß einen erleichterten Seufzer aus. Sofort rannten einige Trapper auf ihn zu und begrüßten ihn mit einem Schwall französischen und englischen Kauderwelschs. Es waren abenteuerliche Gestalten, die sich hier eingefunden hatten. Alle trugen Wildlederkleidung mit langen Fransen. Manche Jacken waren kunstvoll bestickt, offensichtlich von den fleißigen Händen einer Indianerin. Viele hatten ähnliche Löwenmähnen wie Jean, Abenteurer, die schon lange keinen Barbier mehr gesehen hatten, wie auch die zotteligen Bärte bewiesen.
Hier war Grenzland und ein Hemd aus Baumwollstoff war bereits der Gipfel der Zivilisation. Viele trugen inzwischen sogar bequeme Mokassins, andere steckten in Stiefeln, die bestenfalls von den Großeltern stammen konnten. Nur die Waffen waren blitzblank geputzt oder wurden in kunstvollen Futteralen aufbewahrt. Wettergegerbte Gesichter verzogen sich freudestrahlend, mancher neugierige Blick streifte den Lakota.
Abwartend blieb Nata-He-Yukan auf seinem Pony sitzen und nahm Kleine-Krähe auf den Arm. Schnee-in-den-Bergen jammerte leise in ihrer Rückentrage, ermahnte ihre Mutter daran, dass sie dringend versorgt gehörte.
„Avez-vous une chambre?" Jean deutete auf seine Begleitung. „Habt ihr ein Zimmer? Meine Freunde brauchen eine Unterkunft, und ich glaube, das Baby hat Hunger!"
„Deine Freunde?"
„Ja, das ist Nata-He-Yukan, ein Lakota! Und die Frau heißt Zintkala-win! Sie ist eine Blackfeet und möchte uns zu ihrem Stamm begleiten!"
„Sag mal, spinnst du? Du kannst doch nicht eine Frau mit zwei Kindern auf diese Reise mitnehmen!", empörten sich die Männer. Sie machten keinen Hehl aus ihren Befürchtungen.
„Erklärt das mal ihr! Sie ist ganz schön störrisch! Außerdem hilft es uns vielleicht, denn sie könnte für uns übersetzen."
„Das kann Jacob auch!"

„Nun, wir können ja später darüber reden. Habt ihr nun ein Zimmer? Ich möchte die Lakota nicht vor dem Fort ein Zelt aufbauen lassen!"
„Na, schön! Du kannst sie zu mir bringen!", bot einer der Trapper an. „Ich übernachte dann bei Kipp!"
Zufrieden wandte sich Jean an Nata-He-Yukan, der nichts von der Unterhaltung verstanden hatte. „Komm, ich zeige euch, wo ihr bleiben könnt, bis wir zu den Blackfeet aufbrechen!"
Sichtlich zögernd rutschte Nata-He-Yukan von seinem Pony, versuchte verzweifelt, seine stoische Ruhe vor diesen weißen Männern zu bewahren. Zu viele neue Eindrücke verwirrten ihn und mit plötzlichem Entsetzten stellte er fest, dass sie noch nicht einmal die Hälfte der Reise zurückgelegt hatten. Was würde noch auf sie warten? Unsicher wanderte sein Blick zu den Tipis aus Holz, in denen die Weißen wohnten. Hier sollte er bleiben?
Noachpeh sah seine Unsicherheit und kniff hämisch ein Auge zu. „Hast du noch nie ein Dorf der Weißen gesehen?"
Wahrheitsgemäß schüttelte Nata-He-Yukan den Kopf. „Nein!"

Jean brachte die kleine Familie in ein Zimmer seitlich der Ställe und schloss die Tür hinter sich.
Nata-He-Yukan ließ seine Maske fallen und wandte sich an Zintkala-win: „Wir hätten nicht hierher kommen dürfen!"
Sie biss sich trotzig auf die Lippen, aber im Grunde ihres Herzens hatte sie die gleiche Angst, nicht um sich, sondern um die Kinder. „Werden uns die weißen Männer mitnehmen?", fragte sie Jean, denn sie hatte sehr wohl die abfälligen Gesten gesehen.
„Jetzt macht euch mal keine Sorgen! Ich rede mit ihnen!", versuchte Jean sie zu beruhigen. „Ich hole eure Sachen, dann ruht euch etwas aus!"
Mit Schwung warf er die Bündel auf den Boden, dann brachte er die Ponys zu der Koppel, auf der die anderen Pferde der Trapper weideten.
Müde ließ sich Zintkala-win auf ein Fell sinken und legte das Baby an ihre Brust. Das schmatzende Geräusch war alles, was zu hören war, und es vermittelte den Eindruck völliger Hilflosigkeit. Leise trat Noachpeh ein und ließ seinen Blick abschätzend auf

der Frau ruhen. Es wäre so leicht, diese Lakota zu töten! Warum sollte er seine Feinde weiterreisen lassen und erlauben, dass sie ihre Kinder großzogen? Der kleine Junge versteckte sich hinter seiner Mutter und Noachpeh grinste freudlos.
Dann kehrte Jean zurück und verblüfft beobachtete der Indianer, wie der Trapper das Kind auf den Arm nahm.
„Das ist Kleine-Krähe! Ich bin sein Onkel!"
Lachend griff das Kind nach der roten Mütze des Trappers und mit gespielter Entrüstung nahm Jean sie ihm wieder weg. „Non, non, du kleiner Dieb! Du hast schon genug bekommen! Wo sind denn deine Murmeln, hmm?"
„Muhmeln!", forderte das Kind seine Mutter auf, ihm das schöne Spielzeug zu geben.
„Warte! Ich suche sie dir!", schmunzelte Jean, damit Zintkala-win in Ruhe das Baby versorgen konnte.
Indessen standen sich die beiden Krieger drohend gegenüber, denn Nata-He-Yukan hatte sehr wohl den besitzergreifenden Blick seines Feindes gesehen.
Dann senkte Noachpeh plötzlich höflich die Augen und verließ den Raum. Onkel! Jean hatte das Kind zu seinem Neffen erklärt. Es gab genügend Feinde, gegen die er kämpfen konnte, da musste er nicht die Freundschaft mit Jean aufs Spiel setzen oder sich den Unwillen der anderen Weißen zuziehen. Vielleicht ergab sich irgendwann einmal eine Situation, in der er ehrenvoll mit diesem Lakota kämpfen konnte. Jetzt war nicht der richtige Zeitpunkt!

Nervös drückte Nata-He-Yukan die Tür hinter ihm zu.
„Wann fährt das Kanu zu den Blackfeet?", fragte er. Er wollte hier weg, je eher, desto besser!
„Wir warten noch auf das große Boot! Aber in zwei, drei Tagen müsste es kommen! Dann brechen wir auf!"
„Das große Boot?"
„Ja, ein Schiff, so groß wie die hölzernen Tipis! Es fährt von alleine! Mit ihm kommen viele Tauschgüter, die wir für die Blackfeet brauchen!"
Nata-He-Yukan versuchte den Sinn hinter seinen Worten zu verstehen und bemühte sich, all das Neue in sich aufzunehmen.

„Wie kann ein Boot alleine fahren?", fragte er vorsichtig.
„Es fährt mit Dampf!"
„Mit Dampf?" Nata-He-Yukan blickte verlegen auf seine Mokassins, fühlte sich plötzlich entsetzlich dumm.
„Ja, Dampf! Dampf hat sehr viel Kraft, weißt du! Man kann sich diese Kraft zunutze machen. Durch den Dampf wird eine große Schaufel angetrieben, und die paddelt das Schiff über das Wasser. Aber es sieht so aus, als würde das Schiff alleine fahren."
„Aber es ist der Dampf, der das Schiff paddelt?"
Jean lachte gutmütig. „Ja, wenn das Schiff eintrifft, dann zeige ich es dir!"
„Fahren wir mit diesem Boot stromaufwärts?", fragte Zintkala-win entgeistert. Allein der Gedanke, mit einem Boot zu fahren, das von einem Wassergeist besessen war, erschreckte sie zu Tode. Nata-He-Yukan konnte ein wenig Schadenfreude kaum unterdrücken. Zum ersten Mal überdachte sie anscheinend die Gefahr, in die sie alle mit ihrem unüberlegten Handeln gebracht hatte. Zu seiner Enttäuschung verneinte Jean die Frage.
„Nein! Wir fahren mit einem kleineren Boot. Das hat ein Segel und wird vom Wind angetrieben."
Wind? Wie konnte man sich den Wind oder auch den Dampf zu eigen machen? Die Weißen hatten wirklich wenig Respekt vor den mächtigen Geistern.
Zintkala-win blieb die nächsten zwei Tage fast ausschließlich in dem Zimmer. Nur für ihre Notdurft verließ sie kurz das Fort und war erleichtert, wenn sie die starken Wände des Zimmers wieder vor den neugierigen oder feindlichen Blicken schützten.
Jean hatte ihr das Plumpsklo im Fort gezeigt, aber sie ekelte sich vor dem Gestank.

Aber auch Nata-He-Yukan blieb lieber in der Nähe von Jean, der ihm einige seiner Freunde vorstellte:
„Das hier ist James Kipp, er wird uns führen, und der alte Haudegen dort drüben ist Jacob. Du lernst ihn später kennen."
Was für unaussprechliche Namen die Weißen hatten! Keiner sprach Lakota, und so beschränkte sich die Unterhaltung auf einfache Handzeichen.

Dann besuchte sie Kenneth McKenzie, ein eher kräftig gebauter Schotte mit einem ungeheuren Bartwuchs, der Anführer der Trapper. In seiner Begleitung befand sich auch Jacob Berger, ein älterer Trapper, der durch seine Runzeln erst recht wie ein Methusalem wirkte. Nur seine klaren Augen verrieten, dass er noch viele Winter erleben würde! Um seinen Hals hing eine eindrucksvolle Bärenkrallenkette und sein Gürtel wirkte wie ein ganzes Warenhaus. Zwei Messer steckten in bestickten Messerscheiden, an seinen Hüften baumelten ein Pulverhorn, ein Kugelbeutel und ein bestickter Pfeifenbeutel. Die Gegenstände tanzten bei jeder seiner Bewegungen und doch verrieten sie, dass er ein erfahrener Jäger war.
Im Herbst zuvor hatte er im Auftrag der American-Fur-Company einen Friedensvertrag mit den Blackfeet ausgehandelt. Eigentlich war es ein Himmelfahrtskommando gewesen, keiner hatte an seine Rückkehr geglaubt, doch seine guten Kontakte zu den Blackfeet hatten ihm Tür und Tor geöffnet. Für die unglaublich hohe Summe von achthundert Dollar Jahresgehalt war er von der kanadischen Hudsons-Bay-Company abgeworben worden. So viel verdiente sonst nur ein leitender Angestellter, während ein einfacher Jäger vielleicht dreihundert Dollar im Jahr verdiente. Doch selbst das war noch gut bezahlt.

In der Sprache der Blackfeet wandte sich Jacob an Zintkala-win: „So, du willst also mit deinem Mann zu den Pecuni zurück?"
Ihre Augen wurden feucht, als sie nach so langer Zeit das erste Mal wieder ihre Sprache hörte. Beklommen nickte sie nur mit dem Kopf.
Jacob legte seinen Kopf schief und die glasklaren Augen musterten sie abschätzend. „Jean hat mir erzählt, dass du die Gefangene von diesem Lakota warst?"
„Ja!"
„Werden die Pecuni ihn freundlich empfangen, nach dem, was er getan hat?"
Jacob wollte ganz bestimmt keinen Ärger provozieren, indem er mit einem Feind bei den Blackfeet auftauchte. Die Situation war auch so schon heikel genug.

Zintkala-win schaukelte ihr Baby auf den Knien und lächelte gewitzt. „Sie werden ihn freundlich empfangen, denn ich werde nur von seiner Großzügigkeit und Tapferkeit erzählen!"
Der Trapper grinste breit, dann steckte er seine erkaltete Pfeife in den Mund. „Dann ist es gut! Es wird mir eine Ehre sein, dich zu deinem Volk zu begleiten."
Abweisend saß Nata-He-Yukan auf seiner Decke und fühlte sich überflüssig. Wieso redeten diese Weißen mit seiner Frau? Es störte ihn ungemein, dass er kein Wort verstand, und zum ersten Mal dachte er darüber nach, diese fremde Sprache zu lernen.
Höflich wandte sich Jacob in Zeichensprache an den Indianer: „Morgen-kommen-großes-Boot! Dann-wir-brechen-auf!"
„Waschté!", brummte Nata-He-Yukan zufrieden.

Am Vormittag beobachtete Nata-He-Yukan staunend, wie die Assiniboin in fliegender Hast ihre Tipis abbrachen und in sicherer Entfernung auf die Ankunft des Bootes warteten. Der Schaufelraddampfer kam! Der Kapitän war sich des Eindrucks, den sein Schiff auf die Indianer machte, sehr wohl bewusst. Immer wieder ertönte die schrille Pfeife und schließlich ließ er eine Salve aus den Kanonen schießen. Rauch spuckend und blitzend näherte sich das Schiff der Anlegestelle, während die Indianer vor Entsetzen flach am Boden lagen.
Nata-He-Yukans Unterlippe zitterte unkontrolliert, als er dieses Monster auf sich zukommen sah. „Dampf!", beruhigte er sich selbst. „Es wird mit Dampf gerudert!"
Seine Frau war hinter ihm zusammengesunken, grau vor Furcht starrte sie auf den Wassergeist.
Nur Kleine-Krähe lachte begeistert. „Da! Großes Boot! Macht laut! Bumm! Bumm!"
Stolz schubste Jean seinen Freund an. „Was ist? Kommst du mit auf das Schiff?"
„Nein!", wehrte Nata-He-Yukan die Einladung ab. „Ich sehe es mir lieber von hier aus an." Er benötigte seine gesamte Selbstbeherrschung, um nicht ebenfalls in Deckung zu gehen.
„Es ist nur ein großes Kanu, das von Dampf angetrieben wird", erklärte Jean erneut.

„Es gehört nicht zu meiner Welt! Deine Welt verstehe ich nicht!“, gestand Nata-He-Yukan offen.
„Waschté, mein Freund, vielleicht ein anderes Mal, was meinst du?“
„Ja, ein anderes Mal! Ich muss erst darüber nachdenken!“
„Na schön, aber ich gehe jetzt da runter und begrüße meine Freunde!“
„Hast du auch Freunde auf diesem Boot?“
„Ich habe Freunde überall!“, lachte Jean.
Verunsichert beobachtete Nata-He-Yukan, wie sein Freund zu dem feuerspuckenden Untier ging, bewunderte dessen unglaublichen Mut. Und wenn Jean überhaupt nicht so mutig war? Wenn es tatsächlich ganz harmlos war? Ein Brett wurde von dem Boot zum Ufer gelegt und misstrauisch verfolgte er, wie Menschen von Bord gingen. Lebende Menschen! Nicht aufgefressen von dem Untier! Zögernd folgte er Jean, fühlte plötzlich, wie eine Hand an seinen Leggins zog.
„Nein, mein Mann! Bitte gehe nicht zu diesem Wassergeist!“ Blankes Entsetzen schimmerte in den weit aufgerissenen Augen von Zintkala-win und sein Herz hüpfte vor Freude über ihre offensichtliche Sorge. Gleich fühlte er sich wesentlich mutiger und zeigte frech seine Zähne. „Jean sagt, dass dieses Boot nicht gefährlich ist, und ich vertraue ihm!“
Ihre Hand fiel kraftlos in das Gras, während er langsam in Richtung des Ungetüms verschwand.
„Ich auch!“, piepste Kleine-Krähe und ehe sie es verhindern konnte, sauste das Kind hinter seinem Vater her.
Geschmeidig hob der Indianer Kleine-Krähe hoch und näherte sich dem Schiff. Begeistert winkte ihn Jean näher. „Komm nur! Das ist der Häuptling des Kanus! Er zeigt dir, wo der Dampf entsteht!“
Vorsichtig balancierte Nata-He-Yukan über das Brett und sprang an Deck. Ihn wunderte, dass es nicht schaukelte, und neugierig schaute er sich um, bemühte sich nicht, sein Staunen zu verbergen. Aber auch einige Matrosen und Reisende staunten mit offenem Mund über den Indianer, der so selbstverständlich an Bord gegangen war.

Sonst sahen sie „die Wilden“ immer nur aus sicherer Entfernung, hier war nun einer greifbar nahe. Seltsamerweise fühlte sich Nata-He-Yukan hier weniger bedroht als im Fort.
Staunend betrachtete er das riesige Schaufelrad, verstand allerdings kein Wort von den endlosen Erklärungen Jeans. Irgendwie machte der Dampf, dass dieses Rad sich bewegte, und er bewunderte den Einfallsreichtum der Weißen.
Am Ufer sah er Zintkala-win stehen, die jedoch nicht den Mut aufbrachte, an Bord zu gehen, aber immerhin hatte sie sich bis an das Wasser gewagt. Eine furchtlose Frau! Er wusste, dass er sich im Kampf auf sie verlassen konnte, nur über ihre Liebe zu ihm war er sich nicht sicher.
Immer noch nagte die Enttäuschung an ihm, dass sie ihn fast verlassen hätte, weil sie zu ihrem Volk zurück wollte. Aber niemals würde sie ihn wegen eines anderen Mannes verlassen, dessen war er sich sicher! Sie musste ihrer Bestimmung folgen und er hoffte, dass es ihr Schicksal war, mit ihm zusammen zu bleiben!
Jetzt, wo er seine Angst besiegt hatte, lief er leichtfüßig an Land zurück und sah zu, wie das Schiff entladen wurde.
Schwere Ballen wurden am Ufer aufgetürmt und er fragte sich, wie viele davon wohl zu den Blackfeet gingen.
Vielleicht konnte er auch etwas tauschen, damit er nicht mit leeren Händen zu dem Volk seiner Frau ging?
Nur, was sollte er tauschen?
Zusammen mit Zintkala-win ging er in das Fort zurück und seine Frau war sichtbar erleichtert, aus der Nähe des Wassergeistes zu kommen.
„Die Weißen haben merkwürdige Dinge!“, meinte sie schaudernd.
„Sie haben viele mächtige Dinge!“, verbesserte sie Nata-He-Yukan. „Donnerstöcke, Donnerrohre und Donnerboote! Ich möchte auch so einen Donnerstock. Dann bin ich ebenso mächtig.“
Zintkala-wins bewundernder Blick ruhte auf ihrem Mann. Er schien überhaupt keine Angst vor der Zauberkraft dieser Dinge zu haben!
Dann holte ihn Jean zu einer Versammlung der American-Fur-Company,und mit einem breiten Grinsen verschwand Nata-He-

Yukan mit seinem Freund. Es schmeichelte ihm, dass sie ihn inzwischen wie einen Gleichberechtigten behandelten.
„Du kannst für uns jagen!“, hatte Kipp ihm angeboten. „Dafür bekommst du dann Tauschwaren!“
Nata-He-Yukan mochte ihn sofort.
Kipp gehörte zu der Sorte Männer, die Respekt verdienten, und denen man sofort vertraute. Als Sohn deutscher Einwanderer war er vor vierzehn Jahren am oberen Missouri aufgetaucht und hatte schnell eine leitende Position erhalten , erst bei der Columbia Pelzhandelsgesellschaft, dann bei der American Pelzhandelsgesellschaft. Er hatte ein schmales Gesicht, mit einer langen Nase und ausdrucksvollen Augen, die jeden in seinen Bann zu ziehen schienen.
Kurz erläuterte Kipp den anwesenden Trappern die bevorstehende Reise.
„Männer, ihr wisst ja: viel Arbeit, karger Lohn! Dafür verspreche ich euch umso mehr Abenteuer. Wilde Indianer, Klapperschlangen, Stromschnellen, Unwetter und keine Frauen! Dafür habe ich den besten Koch angeheuert, den es gibt. Also, wer jetzt noch mit will, der kann später nicht sagen, dass ich ihn nicht gewarnt hätte. Wer begleitet mich?“
Glänzende Augen antworteten ihm und die Männer strahlten, als hätte er ihnen den heiligen Nikolaus versprochen.
Nata-He-Yukan senkte vergnügt die Augen. Dieser Mann verstand es, seine Männer zu führen! Auch er würde diesem Mann folgen, denn er vertraute ihm. Dieser Weiße hatte gute Medizin! Mit Kipp würde die Reise sicher sein, auch für Zintkala-win und die Kinder.
Zintkala-win dagegen nutzte die relative Ruhe, um mit ihren Kindern weiter flussaufwärts zum Baden zu gehen.
Nur langsam trauten sich die Assiniboin aus den Hügeln heraus. Misstrauisch näherten sie sich dem Boot, hielten geflissentlich Abstand zu dem feuerspuckenden Monster. So würde Zintkala-win am Fluss endlich mal allein sein. Sie wunderte sich ohnehin, wie so viele Menschen an einem Platz leben konnten.
Zwischen einigen Büschen entkleidete sie sich, dann watete sie mit Schnee-in-den-Bergen in das Wasser.

Vor Begeisterung strampelte das kleine Mädchen mit seinen Beinen und lachend tauchte Zintkala-win mit ihrer Tochter unter. Aber auch Kleine-Krähe wollte baden und ging hinter seiner Mutter in das Wasser. Sofort packte ihn die Strömung und sie konnte gerade noch mit der Hand nach ihm greifen. „Haijah! Vorsichtig, du kleiner Fisch! Hier geblieben!" Sie presste die beiden gegen ihre Hüfte und drehte sich schwungvoll im Kreis. „Haijah, ich bin ein Donnerboot!"
Kleine-Krähe lachte begeistert, freute sich über das übermütige Spiel. Schließlich watete Zintkala-win an das Ufer zurück und stellte die Kinder in das flache Wasser. Sorgfältig schrubbte sie ihre Kinder sauber und ließ das Wasser über ihre braunen Körper laufen.
Dann kletterten alle die Böschung hoch, schlüpften wieder in ihre Kleider und setzten sich in die Sonne, damit ihre Haare trockneten. Hufgetrappel erklang in der Nähe und erinnerte sie daran, dass hier ein sehr belebter Platz war. Sie stand auf, um in das Fort zurückzugehen, denn die Assiniboin würden ihr zwar nichts antun, aber sie mochte ihre abschätzigen Blicke nicht.
Inzwischen waren wieder mehr Menschen unterwegs zu dem Schiff und sie eilte an ihnen vorbei, fühlte sich irgendwie beobachtet. Ein nervöses Kribbeln befiel sie und unsicher schaute sie sich um. Da! Ein weißer Mann steuerte geradewegs auf sie zu, dann stutzte er sichtlich.
Zintkala-wins Herz setzte aus, voller Unglauben starrte sie auf die Narbe, die das Gesicht des Mannes verunstaltete. Bleza-Si! Wie im Traum sah sie, dass der Mann nach seinem Beil fasste und sich sein Gesicht vor Hass verzerrte.
In völliger Panik riss sie Kleine-Krähe hoch, drehte sich um, und hetzte los. Schnee-in-den-Bergen weinte empört, als ihre Mutter sie viel zu fest an sich drückte, doch Zintkala-win achtete nicht auf die Kinder.
In fliegender Hast rannte sie auf das Fort zu, keuchte vor Anstrengung und bekam kaum Luft vor Angst. Hinter sich hörte sie die Sätze des Mannes und trotz ihrer Panik erkannte sie, dass sie mit den zwei Kindern im Arm zu langsam war. Ihr gehetzter Blick flackerte zu dem Dorf der Assiniboin und sie drehte ab,

hoffte, dass er sie nicht vor so vielen Menschen töten würde. Zwischen dem Chaos der herumliegenden Travois und Frauen, die eben die Zelte aufrichteten, sichtete sie plötzlich den gehörnten Kopfschmuck des Assiniboinkriegers.

„Noachpeh!", schrie sie verzweifelt. „Noachpeh!"

Völlig hysterisch rannte sie zu ihm, suchte Hilfe ausgerechnet bei ihren Feinden, hoffte auf seinen Großmut.

Verblüfft starrte der Krieger auf die verängstigte Frau, die zwei brüllende Kinder im Arm hielt. „Was ist los?"

„Ein Feind! Ein Feind!", keuchte Zintkala-win in der Sprache der Lakota. „Bitte hilf mir!"

„Wo?"

Mit rasendem Herzen blickte Zintkala-win sich um, konnte aber niemanden mehr sehen.

Noachpeh nahm ihr den schreienden Jungen aus dem Arm und lächelte freundlich: „Sch, sch! Krieger weinen doch nicht!"

Sofort hörte das Gebrüll auf und zitternd schlossen sich die Lippen. „Lakota sind leise!", stotterte das Kind schniefend.

„Gut!", staunte Noachpeh über die Selbstbeherrschung des kleinen Jungen. Der Lakotakrieger hatte wahrlich einen mutigen Sohn!

Sanft schaukelte Zintkala-win ihre Tochter in den Armen, versuchte mühsam wieder zu Atem zu kommen. Wo war Bleza-Si? Hatte sie sich alles nur eingebildet?

Einige neugierige Menschen sammelten sich um sie und ihr Herz klopfte immer noch hörbar in ihrer Brust.

„Bringst du mich zu meinem Mann, bitte?", bat sie leise. Es war nicht mehr weit bis zu dem Fort, aber sie wollte kein Risiko eingehen. Allein konnte sie sich vielleicht verteidigen, aber mit zwei Kindern im Arm wäre sie eine leichte Beute.

„Wer hat dich verfolgt?"

„Ein Mann aus dem Dorf meines Mannes! Er hat uns schon einmal verraten und jetzt habe ich ihn hier gesehen. Er ist mit seinem Beil auf mich losgegangen!"

Noachpeh lächelte beruhigend. „Ich habe niemanden gesehen, der dir gefolgt ist, aber du bist so schnell gerannt, dass selbst der Wind dich nicht eingeholt hätte!"

Zintkala-win kicherte erleichtert, der Witz half ihr, sich wieder zu sammeln. Die Anwesenheit des stattlichen Kriegers war angenehm und beruhigend, vermittelte ihr das Gefühl von Schutz.
„Komm, ich bringe dich zu deinem Mann!“, bot Noachpeh freundlich an.
Sie zitterte immer noch, als sie Kleine-Krähe an der Hand nahm und dem Mann folgte.
Noachpeh führte sie die kurze Distanz zum Fort, doch ihr erschien es wie eine Ewigkeit. Ständig flackerte ihr Blick in die Umgebung, um zu prüfen, ob sie den Mann mit der Narbe irgendwo fand.
Erst im Fort atmete sie erleichtert durch und suchte mit ihren Augen nach ihrem Mann. Er stand bei einigen Trappern und schaute verblüfft auf seine Frau, die in Begleitung des Assiniboinkriegers auf ihn zueilte.
Nata-He-Yukan erkannte sofort, dass etwas nicht stimmte und ging ihr entgegen.
„Tokah-ho?“
„Bleza-Si! Ich habe Bleza-Si gesehen! Er hat mich verfolgt!“
Es war so ungeheuerlich, dass er ungläubig den Kopf schüttelte.
„Doch! Ich habe ihn erkannt! Er sah aus wie ein weißer Mann. Seine Haare waren kurz und er trug die Kleidung der Weißen, aber trotzdem, es war Bleza-Si! Ich habe deutlich seine Narbe im Gesicht gesehen!“
Unsicher wanderte Nata-He-Yukans Blick zu dem Assiniboinkrieger. Was hatte jener damit zu tun?
Noachpeh hob abwehrend die Hand. „Ich habe niemanden gesehen! Aber sie ist schneller gelaufen als eine Antilope! Niemand hätte sie eingeholt!“
Freundlich deutete er auf Kleine-Krähe. „Du hast einen mutigen Sohn.“
Abschätzend kniff Nata-He-Yukan die Augen zusammen, aber der Mann meinte es offensichtlich ernst.
„Ich danke dir! Vielleicht kommst du zum Essen zu mir?“, lud Nata-He-Yukan ihn ein.
Kurz leuchtete der Spott in den Augen von Noachpeh, doch dann besann er sich auf seine Höflichkeit. „Gut!“

Beide Männer lächelten sich an, denn eigentlich mochten sie sich.
Auffordernd wandte sich Nata-He-Yukan an seine Frau: „Geh in das hölzerne Tipi und verschließe die Tür! Bereite das Essen für meinen Gast zu! Ich schaue mich indessen um!"
Gehorsam nahm Zintkala-win die Kinder und verzog sich in die Sicherheit ihres Zimmers.
Nachdenklich musterte Nata-He-Yukan den Assiniboin. „Bleza-Si ist ein gefährlicher Gegner! Ich werde ihn suchen!"
Unschlüssig wackelte Noachpeh mit seinen Hörnern auf dem Kopf. „Vielleicht begleite ich dich!"
„Wenn du willst!"
„Gut! Ich suche ihn! Aber nur, weil es mir Spaß macht!"
„Natürlich!", bemerkte Nata-He-Yukan ein wenig ironisch und folgte Noachpeh in das Dorf der Assiniboin.
„Von dort kam deine Frau angerannt!", zeigte Noachpeh nach Westen. Deutlich war die Spur der fliehenden Frau im Gras zu sehen. Dann stießen sie auf weitere Abdrücke, die unmissverständlich der Frau gefolgt waren. „Deine Frau wurde tatsächlich verfolgt."
„Was meinst du?", tastete Nata-He-Yukan nach dem deutlichen Abdruck.
„Ein Mann, mittelschwer, aber er trug Mokassins."
„Ja!", zögerte Nata-He-Yukan.
„Deine Frau sagte, dass der Mann die Kleidung der Weißen trug!"
„Ja, aber vielleicht hat sie die Mokassins nicht gesehen?"
„Vielleicht! Folgen wir der Spur?"
Ohne zu antworten, heftete sich Nata-He-Yukan bereits an die deutlichen Abdrücke, die sich jedoch bald im Gewirr der Trampelpfade, die in Richtung Fort führten, verloren.
Eine entsetzliche Ahnung stieg in ihm hoch und er hetzte los. Bleza-Si war im Fort!
In Höchstgeschwindigkeit sprang er in langen Sätzen zu der Unterkunft seiner Frau, vorbei an staunenden Trappern, die sich über seine Eile wunderten.
Noachpeh blieb ihm dicht auf den Fersen, hatte die gleiche Befürchtung wie der Lakota.

Ohne seine Geschwindigkeit zu verringern stürzte Nata-He-Yukan in sein Zimmer, dann zuckte er zusammen, als ein Pfeil den Ärmel von seinem Hemd durchbohrte und es an die Wand nagelte. Zintkala-win!

Schreckensstarr hockte sie in der Ecke, hinter sich die Kinder, und ließ den Bogen sinken. „Nata-He-Yukan! Bist du verrückt!", zischte sie erschrocken.

„Ich?!", fauchte er und riss wutentbrannt den Pfeil aus seinem Hemd. Hinter ihm kugelte sich Noachpeh vor Lachen, aber auch vor Erleichterung, dass die Frau in Sicherheit war. Sie war ganz schön kratzbürstig! Schon wurde er von Jean beiseite geschoben, der verständnislos in die Szene platzte. „Was ist denn hier los! Habt ihr euch gestritten?"

Jetzt lachte auch Nata-He-Yukan hellauf. „Wir streiten uns nicht mit Frauen!"

„Na, wieso schießt sie dann auf dich?"

„Ich dachte, dass es Bleza-Si sei, der hier ins Zimmer stürmt", erklärte Zintkala-win verlegen.

„Bleza-Si?"

„Ja, ich habe ihn heute gesehen! Er ist auf mich losgegangen!"

„Das ist doch Blödsinn! Wie sollte er denn hierher kommen?"

Mit ernster Stimme mischte sich Nata-He-Yukan ein: „Es ist kein Blödsinn! Wir haben die Spuren gesehen. Lebt bei euch ein weißer Mann, der eine gespaltene Lippe hat?"

„Keine Ahnung!", wehrte Jean ab. „Aber ich frage sofort die anderen!"

Auf Französisch wandte er sich an die umstehenden Männer, doch die schüttelten den Kopf.

Achselzuckend meinte Jean: „Vielleicht ist er mit dem Schiff angekommen?"

„Vielleicht! Wir müssen wachsam sein, denn ich glaube nicht, dass Zintkala-win sich getäuscht hat!"

„Wir müssen hier weg!", forderte die Frau. „Hier ist es nicht sicher!"

Jean hob nachdrücklich zwei Finger. „In zwei Tagen brechen wir auf. So lange bleibst du besser im Fort oder in der Begleitung deines Mannes!"

„Ja!“, stimmte Nata-He-Yukan zu. „Und ich suche Bleza-Si!“
Jean schüttelte besorgt den Kopf. „Bleibe lieber in der Nähe deiner Frau! Vielleicht versucht Bleza-Si es noch einmal!“
Wütend spuckte Nata-He-Yukan auf den Boden, aber auch Noachpeh ließ geringschätzig die Lippen hängen.
„Wenn ich eines Tages gegen dich kämpfe, dann wird es ein Kampf zwischen Männern, nicht gegen deine Frau!“, meinte er stolz zu Nata-He-Yukan.
Der Lakota lachte auf. „Wenn du eines Tages gegen mich kämpfst, dann musst du aufpassen, dass dir meine Frau nicht anschließend das Messer in das Herz sticht!“
„Gut, dass du mich warnst!“, meinte Noachpeh mit seinem trockenen Humor.
Nata-He-Yukan verzog seine Lippen zu einer diabolischen Grimasse, dann wurde er wieder höflich. „Möchtest du jetzt etwas essen?“
„Kann denn deine Frau auch kochen oder kämpft sie nur?“ Ein wenig zweifelnd ließ sich Noachpeh auf einem Fell nieder, und höflich brachte ihm Zintkala-win eine Schale ihres Eintopfes.

Der große Fluss

(Der Lauf des Missouri , Nord-Dakota und Montana)

Am nächsten Tag bewegte sich Zintkala-win nur mit äußerster Vorsicht, während Jean und Nata-He-Yukan weiter Nachforschungen über Bleza-Si anstellten. Seine Anwesenheit konnte einfach nicht verborgen bleiben. Schließlich wurden sie unter den amerikanischen Trappern fündig, die jedoch keinen Argwohn gegen das Halbblut hegten. „Ach so, ihr meint Jolly! Der hat doch nur eine gespaltene Lippe!“, wunderten sie sich. Jean seufzte hörbar. „Ich fragte nach einem Mann mit einer Narbe im Gesicht! Eine gespaltene Lippe ist doch auffällig!“

Mit einem Achselzucken taten sie die Tatsache ab. „Was wollt ihr überhaupt von dem?“

„Er hat versucht Nata-He-Yukans Frau zu töten!“

„Was, die Indianerin? So gefährlich sieht der Mann gar nicht aus!“, lachten die Männer, die in ihrer ausgeblichenen, speckigen Wildlederkleidung auch keinen sonderlich vertrauenserweckenden Eindruck machten. Deutlich war zu merken, dass keine dieser verwegenen Gestalten in letzter Zeit eine weiße Frau gesehen hatte. Manche trugen bunte Tücher um die Stirn, damit ihnen nicht der Schweiß ins Gesicht lief. So ähnelten sie eher finsteren Piraten als Angestellten einer Pelzhandelsgesellschaft.

Unwirsch blickte Jean ihnen ins Gesicht. „Nun, er ist sehr gefährlich! Seit wann kennt ihr ihn?“

„Erst seit kurzem. Er kam vor ein paar Wochen und hat behauptet, dass sein Vater ein Weißer ist. Dabei spricht er noch nicht einmal unsere Sprache. Wir haben ihm neue Kleidung gegeben und er jagt für uns. Er ist ganz lustig, deswegen nennen wir ihn Jolly. Das ist alles. Wir mischen uns nicht in Indianerangelegenheiten ein. Dein Freund soll halt besser auf seine Frau aufpassen!“

Jean brummte böse, aber letztendlich hatten die Männer recht. Es war eine Angelegenheit zwischen Nata-He-Yukan und Bleza-Si. Sein Freund wäre erst auf dem Boot in Sicherheit, wenn es hier so etwas wie Sicherheit überhaupt gab. Kurz übersetzte Jean seinem Freund, was er erfahren hatte, doch Nata-He-Yukan winkte ab.

„Bleza-Si weiß jetzt, wo er mich finden kann! Er wird mir folgen und erst Ruhe geben, wenn sein Rachedurst gestillt ist. Ich habe keine Angst vor ihm, aber ich fürchte um meine Frau und meine Kinder!“

„Merde!“, stöhnte Jean. „Aber jetzt komm! Das Boot ist angekommen und wir können unsere Sachen verladen! Je eher wir von hier verschwinden, desto besser!“

Fast erleichtert halfen sie Zintkala-win, ihre Sachen zum Boot zu bringen und staunend standen die Indianer vor dem ausladenden Kielboot. Es hatte kaum Tiefgang und war deshalb bestens dazu geeignet, sie den Missouri stromaufwärts zu bringen, denn manchmal war der Fluss zwar breit, aber flach, mit tückischen Stromschnellen. Auf jeder Seite konnten zusätzlich die Ruder durch die entsprechenden Öffnungen geschoben werden, damit es gegen die Strömung ankam.

James Kipp wies der Familie einen Platz an, an dem sie ihre Sachen verstauen konnten. Zum Schlafen allerdings war das Schiff zu klein. Insgesamt vierzig Männer hatten sich ihm angeschlossen, die sich am nächsten Tag auf dem ganzen Boot verteilten, und aufgeregt dem Abenteuer entgegen sahen. Scherze flogen zwischen ihnen und den Männern am Ufer hin und her, dann wurde das Segel gehisst und gemächlich kreuzte das schwer beladene Boot stromaufwärts, unterstützt von dem Paddelschlag der Männer. Ein scharfer Ostwind begünstigte am ersten Tag das Vorwärtskommen, trotzdem erschien es Nata-He-Yukan unendlich langsam, bis das Fort nach einer Biegung in der Ferne verschwand. „Zu Pferde wären wir viel schneller!“, bemerkte er sarkastisch.

„Stimmt!“, grinste Jean. „Aber zu Pferde könnten wir nicht so viele Waren transportieren! Wenn du ein guter Händler sein willst, dann brauchst du Zeit!“

Neugierig untersuchte Kleine-Krähe inzwischen die neue Umgebung, was nicht ganz ungefährlich war, denn das Boot hatte keine Reling, war ja auch nicht für Passagiere oder Kinder gedacht. Lächelnd spielten die Trapper mit dem Kind, während sie manchmal begehrliche Blicke auf Zintkala-win warfen. Die Anwesenheit einer Frau war für manche eine Tortur, ließ sie an Din-

ge denken, die sie schon lange nicht mehr getan hatten. „Lasst die Finger von dem Mädchen, sonst werfe ich euch in den Fluss!", hatte Kipp unmissverständlich gedroht.
So blieb es bei sehnsüchtigen Blicken und die Männer lenkten sich mit anderen Dingen ab. Oft genug mussten sie ohnehin rudern und fluchend wechselten sich die Männer bei dieser ungeliebten Tätigkeit ab, während die anderen vom Schiff aus auf vorbeiziehendes Wild schossen, sodass bis zum Abend frisches Wildbret auf dem Speisezettel stand.

Sanfte Hügel, manchmal unterbrochen von scharfen Felsformationen, zogen an ihnen vorüber. Am Ufer türmte sich oft vermodertes Treibgut vom letzten Hochwasser. Es war eine wilde, ungezähmte Landschaft, durchzogen von dem gewaltigen Fluss, in dessen brauner Wasseroberfläche sich die Wolken spiegelten und von den Tücken darunter ablenkten.
Manchmal trieb ihnen Treibgut entgegen, ein gewaltiger Baumstamm oder verhedderte Äste und Zweige. Dann schrie der Lotse jedes Mal „Achtung!" und Männer mit langen Stangen manövrierten die Gefahr seitlich an dem Boot vorbei.
Zintkala-win saß unter dem einzigen Sonnensegel in dem Bug des Bootes, wie unter einem Baldachin, und stillte ihre Tochter. Schon lange nicht mehr war sie so gelöst und zufrieden gewesen. Jede Biegung, jede Sandbank, jeder Felsen, an denen sie vorbeisegelten, brachte sie näher zu ihrem Volk.
Zurück lag die Bedrohung durch Bleza-Si, freudig erwartete sie das Ende ihrer langen Reise. Fast drei Winter war sie fort gewesen, jetzt kehrte sie heim!

Oft saßen Jean und Kipp bei ihr, um mehr über die Blackfeet zu erfahren und ihre Sprache zu erlernen. Wohl oder übel horchte auch Nata-He-Yukan auf die fremden Laute. Seine Bewunderung für Jean stieg ins Unermessliche, denn nun erfuhr er am eigenen Leibe, wie schwer es war, eine fremde Sprache zu lernen. Zähneknirschend merkte er sich die neuen Wörter, konzentrierte sich mühsam, weil er sich gegenüber seinem Freund keine Blöße geben wollte.

Abends bauten sie in irgendeiner Biegung ihr Lager auf, nutzten die Dämmerung noch zur Jagd und streckten ihre Glieder von dem langen Herumsitzen. Am Lagerfeuer wurde gesungen oder eher gegrölt, wenn der Whiskey die Runde machte.
Nur Nata-He-Yukan und Zintkala-win hielten sich zurück, wunderten sich über die Ausgelassenheit der Männer.
Kipp hatte alle Hände voll zu tun, die enthemmten Männer zu zügeln und sah es nur ungern, wenn sich Zintkala-win allein in die Büsche verzog, um ihre Notdurft zu verrichten. Vierzig Männer im Auge zu behalten war schier unmöglich, aber er hoffte, dass sie die Warnung ernst nahmen und die Finger von dem Mädchen ließen.
Aber in seinen Befürchtungen unterschätzte er die Männer. Es waren Abenteurer, raue Gesellen, doch keine Verbrecher oder Halunken. Sie waren eine Gemeinschaft, die sich an feste Regeln hielt, auch, weil ihr Überleben davon abhing. So machten sie ungeniert anzügliche Bemerkungen, malten sich in ihrer Phantasie aus, was sie alles mit einem Mädchen anstellen würden, aber sie belästigten Zintkala-win nicht. Manchmal einen Blick zu erheischen, wenn sie das Baby stillte oder sich im Fluss wusch, war alles, was sie sich gönnten.
Kipp hatte seine Männer gut ausgewählt und ausgezeichnet im Griff. Er war der geborene Anführer und hatte Dank seiner Freundschaft zu den Mandanen ein gutes Gespür für Indianer. Man munkelte, dass er im Osten eine weiße Frau zurückgelassen hatte, die er regelmäßig besuchte, aber hier kannte man nur seine indianischen Freundinnen.

Am nächsten Tag ließ der Wind nach. Außerdem mussten sie die ersten leichten Stromschnellen überwinden. Mit den Rudern war diese Aufgaben nicht zu bewältigen und fluchend sprangen die Männer an Land und zogen das Boot an Seilen stromaufwärts. Es war eine gemeine Schinderei. Das nasse Seil rutschte durch die Hände und hinterließ schnell blutige Blasen.
Dann regnete es auch noch und Kipp befahl eine Rast einzulegen.
„Jungs! Wir können hier nichts erzwingen! Wir rasten, bis das Wetter besser ist!"

Blitzschnell hatten die Männer einige Planen am Ufer gespannt und rund um ihre Lagerplätze kleinere Gräben ausgehoben, damit das Wasser nicht in die Schlaffelle lief.
Trübsinnig hockten sie unter dem Regenschutz und hoben regelmäßig die Plane mit einem Stock hoch, damit das Wasser ablaufen konnte.
Selbst für ein Feuer war es zu nass. Missmutig stopften sich die Männer etwas kalten Braten in den Mund und schmierten sich Salbe auf die schwieligen Handflächen.
Es regnete den ganzen nächsten Tag, grauer, stetiger, kalter Regen, der alles durchnässte und auf die Stimmung drückte.
Bis auf die Wiege, aus der Schnee-in-den-Bergen neugierig hervorschaute, war alles durchweicht, die Planen längst eingerissen, und frierend hockten die Männer beisammen und wärmten sich mit Whiskey. Am frühen Abend wurde es bereits ungemütlich kalt, aber wenigstens ließ der Regen nach.
Kipp verteilte neue, trockene Decken an die Männer, die fluchend aus ihren nassen Sachen kletterten und sich einhüllten. Überall hingen die Kleider zum Trocknen über Büschen und Bäumen und Kipp opferte etwas von seinem Vorrat an trockenem Feuerholz, um die Männer bei Laune zu halten. Vor Kälte schnatternd hockten sich die Männer um das wärmende Feuer, hielten ihre klammen Hände darüber und verfluchten die Wildnis.
„Hey, wo bleibt denn euer Optimismus? Habt ihr geglaubt, dass dies ein Spaziergang wird!“, lachte Kipp sie aus.
„Gleichgültig, wie viel uns die Company bezahlt! Es ist zu wenig!“, brummte Jacob zurück.
„Wenn wir wenigstens ein paar Weiber hätten, die uns wärmen könnten!“ James deutete unmissverständlich auf Zintkala-win, die ebenfalls völlig nackt in ihre Decke eingehüllt am Feuer saß. „Ich halte das einfach nicht mehr aus!“
Drohend stand Nata-He-Yukan auf, doch Kipp stellte sich vor ihn. „Überlege dir besser, was du sagst“
„Warum, bei der Hudsons Bay Company dürfen wir doch auch indianische Weiber haben! Du hast ja auch eine!“
„Ich sage nichts gegen eine indianische Ehefrau, aber dieses Mädchen ist vergeben! Ist das klar? Sucht euch andere!“

„Na schön! Hoffentlich sind die Blackfeet freundlich und haben ein paar hübsche Mädchen!"
„Zuerst einmal müsst ihr freundlich sein! Sonst habt ihr den ganzen Stamm auf dem Hals!", warnte Kipp die Männer. Dann schubste er Nata-He-Yukan neben seine Frau. „Es ist alles in Ordnung!", meinte er lächelnd.
Ungläubig starrte der Indianer ihn an, dann glitt sein Blick zu Jean, der ebenfalls ein wenig verlegen wirkte. „Nata-He-Yukan, diese Männer hatten schon lange keine Frau! Aber du kannst sie ja nicht mit allen teilen, nicht wahr? Niemand wird Zintkala-win antasten! Sie äußern nur Wünsche!"
„Dann ist ihre Selbstbeherrschung sehr schlecht!", tadelte Nata-He-Yukan die Weißen, niemals hätte er so offen ein Bedürfnis gezeigt.
„In der Tat!", stimmte Jean zu. „Sehr schlecht!"
Nata-He-Yukans Augen wanderten über den wild zusammen gewürfelten Haufen. „Vielleicht sollten sie sich bald eigene Frauen suchen?"
Gutmütig klopfte ihm Kipp auf die Schulter: „Das habe ich auch schon gesagt, mein Freund!"

Peinlich berührt rutschte Zintkala-win in den Hintergrund und zog die Decke höher über ihre Schultern. Sie hatte sehr wohl erkannt, dass es hierbei um sie ging. Zwischen ihr und dieser Horde Männer standen nur Kipp, Jean und Nata-He-Yukan, ein kaum beruhigendes Verhältnis. Sehnsüchtig blickte sie nach Westen, fieberte ihrem Volk entgegen und wollte so schnell wie möglich dieser Situation inmitten lüsterner Männer entkommen. Ihr missfielen die frechen Blicke und die Selbstverständlichkeit, mit der über Frauen geredet wurde, als wären es nur Waren oder Sklaven, ohne Gefühle und Rechte. Natürlich hatte sie kaum etwas von dem verstanden, was die Männer redeten, aber ihre Gestik war dafür umso deutlicher. Ihr Blick fiel auf Nata-He-Yukan, der so selbstverständlich an ihrer Seite saß und ihre Ehre verteidigt hatte. Kein anderer Mann würde sie zu ihrem Volk zurückbringen, erkannte sie nüchtern. Für all diese Männer wäre sie nur eine Gefangene, eine Bettgespielin, keiner hätte ihr die Freiheit gegeben, so wie Nata-He-Yukan es getan hatte. Mit Ausnahme von Jean oder vielleicht Kipp, aber so sicher war sie sich bei ihm auch nicht. Kipp wollte mit den Blackfeet handeln und deshalb schützte er sie!

Aber Nata-He-Yukan liebte sie, gab sein Volk und seine Jagdgründe auf, um sie zu begleiten. Inzwischen glaubte sie ganz fest daran, dass es ihre Bestimmung gewesen war, auf diesen Mann zu treffen. Sie bewunderte diesen lässigen, mutigen, jungen Mann, und insgeheim musste sie zugeben, dass ihr doch wesentlich mehr an ihm lag als sie gedacht hatte. Er erlaubte ihr eine Freiheit, wie es mit keinem anderen Mann möglich war, einfach, weil er ihr Wesen verstanden hatte. Nur mit ihm würde es möglich sein, ihren eigenen Weg zu finden und ihr Herz zu ergründen. Seine Tochter lag an ihrer Brust und ein Glücksgefühl durchströmte sie, dass es ihr trotz der Vision vergönnt war, ein Baby zu haben. Nein, sie war kein Mann, das fühlte sie ganz deutlich, obwohl sie sicherlich wesentlich kriegerischer war als viele Frauen. Oder hasste sie nur die Hilflosigkeit? Nein, es war mehr, sie wollte kämpfen, sich verteidigen, von niemandem abhängig sein, nicht einmal von Nata-He-Yukan. Sie wollte ein gleichberechtigter Partner sein, denn nicht einmal Nata-He-Yukan konnte sie vor Schaden bewahren! Aber ihn schien das überhaupt nicht zu stören, er fühlte sich durch ihr kriegerisches Wesen in seiner Männlichkeit nicht angegriffen. Bei ihm durfte sie Frau sein, die Mutter seiner Kinder. Ja, der Sonnenhäuptling hatte sie diesen Mann treffen lassen, weil es ihre Bestimmung gewesen war.

„Folge meinem Weg!“, hatte ihr Bruder gesagt. Aber noch immer wusste sie nicht, was diese Worte bedeuteten.

Endlich stahl sich die Abendsonne durch die Wolkendecke und tauchte alles in ein zartes Rot, selbst der schlammige Fluss erinnerte an eine Schneise aus Feuer, dessen Zunge sich gierig den letzten Strahlen entgegenstreckte. Wohlig hoben die Männer ihre Gesichter der Sonne entgegen und sofort hob sich die Stimmung.

„Es sieht nach besserem Wetter aus!“, freute sich Jacob.

In der Tat! Ein strahlend blauer Himmel belohnte sie am nächsten Tag als Entschädigung für die durchweichte Kleidung. Ein frischer Ostwind blähte das Segel und fast schwerelos trieb das Boot dahin. Kleine Wellen kräuselten sich am Bug und manchmal erreichte ein Wasserspritzer das Deck, sodass Kleine-Krähe vor Begeisterung lachte.

Die Männer waren wie ausgewechselt. Als hätten der Regen oder auch die klaren Worte sie abgekühlt, konzentrierten sie sich wieder auf ihre Arbeit und ließen die Frau in Ruhe.

Abwechselnd saß Kleine-Krähe ohne Scheu auf ihren Knien und bestaunte die interessanten Sachen, die ihm die Trapper zeigten. Jean scherzte mit Schnee-in-den-Bergen, damit ihre Mutter in Ruhe etwas nähen konnte.

Im ausdauernden Trab lief Nata-He-Yukan am Ufer mit, manchmal verschwand er auch, wenn er auf eine interessante Spur stieß. Grinsend stellte er fest, dass er selbst zu Fuß schneller bei den Blackfeet wäre als mit dem Schiff! Er erlegte einen riesigen Elch und rief nach den Trappern, damit sie die Beute an Bord nahmen. Zintkala-win freute sich über das Fell, denn daraus ließen sich weiche Mokassins für die Kinder fertigen. Müde kletterte auch Nata-He-Yukan an Bord, setzte sich an den Bug und ließ die Beine über das Wasser baumeln. Er döste ein wenig in der Sonne, während das Boot sich weiter flussaufwärts fuhr.

Mit dem Baby im Arm ließ sich Jean neben ihm nieder, doch Nata-He-Yukan nahm ihm das kleine Mädchen ab. Leise schnalzte er mit seiner Zunge und lachte, als seine Tochter ihn anstrahlte.

„Sie ist dir so ähnlich!“, schmunzelte Jean.

„So?“, ein wenig verwundert betrachtete Nata-He-Yukan das kleine Gesicht. Wo sah sein Freund hier eine Ähnlichkeit?

„Ja, sie hat zwar die großen Augen ihrer Mutter, aber sieh nur, um den kleinen Mund hat sie die gleichen Runzeln wie du! Auch der Kopf ist eher rund und sie hat nicht das energische Kinn ihrer Mutter!“

„Na, hoffentlich hat sie dann auch nicht den Sturkopf ihrer Mutter!“, gluckste Nata-He-Yukan respektlos.

„Und wenn doch?“

„Dann werde ich ihr das Bogenschießen beibringen!“, meinte der stolze Vater.

„Huh?“ Etwas fassungslos starrte Jean seinen Freund an.

„Es ist ein Versprechen“, erklärte der Indianer. „Ich habe mir hundert Töchter gewünscht, die alle so sind wie Zintkala-win.“
„Du machst Witze!“
„Nein!“
„Gilt das auch für Kaktusblüte?“ Jean dachte an das Baby der Shoshonefrau.
„Aber ja! Sie ist jetzt auch meine Tochter“, meinte Nata-He-Yukan leichthin.
„Und wer soll dann diese Biester heiraten?“
„Wieso, Zintkala-win ist doch eine gute Frau! Selbst dir gefällt sie!“
„Ja schon, aber …?“, zögernd brach Jean ab, denn ihm fielen keine Argumente ein. Dann drehte er sich zögernd zu den anderen Trappern um. Wahrscheinlich war es überhaupt nicht schlecht, wenn ein Mädchen sich gegen diese Männer oder Männer im Allgemeinen zur Wehr setzen konnte. „Wenn ich einmal eine Frau habe, dann bringe ich ihr auch das Schießen bei!“, erklärte er entschlossen.
„Hecetu! Dann haben wir beide Kriegerfrauen!“
Leises Gelächter ertönte von den beiden, unterbrochen von dem Gebrabbel des Babys.

Ohne Eile fuhren sie die nächsten Tage weiter stromaufwärts. Die Tage plätscherten ebenso wie der große Fluss stetig dahin, ein gleichmäßiger Rhythmus aus Wellen, Wolken und Wind. Trotzdem waren die Männer angespannt, denn sie befanden sich inmitten von Feindesland. Niemand konnte vorhersagen, wie sicher der Friedensvertrag war, den Jacob Berger im vergangenen Herbst ausgehandelt hatte. Vielleicht war sogar Zintkala-win das einzige Pfand, das sie hatten.
Die Männer behandelten sie jetzt mit deutlich mehr Respekt und Zintkala-win entspannte sich etwas. Bisher waren sie auf keine Indianer gestoßen, denn diese bevorzugten klare, saubere Gewässer, kamen eigentlich nur zur Jagd zum Missouri.
Stattdessen passierten sie einige eindrucksvolle Biberbauten, die sich zwischen angeschwemmten oder umgestürzten Bäumen auftürmten.

Nata-He-Yukan nutzte die Gelegenheit zur Jagd, was Kipp nicht so gern sah. „Wir dürfen hier keine Tiere für den Pelzhandel jagen!"
Ungläubig starrte Nata-He-Yukan ihn an. „Ihr dürft nicht jagen? Aber warum kommt ihr dann hierher?"
„Um zu tauschen! Solange wir nur tauschen, ist alles in Ordnung, aber wenn wir jagen, dann haben wir die Blackfeet am Hals!"
„Gilt das auch für mich?", fragte Nata-He-Yukan mit einem ironischen Unterton. Niemand verbot ihm das Jagen!
„Ich hoffe nicht! Wir könnten erklären, dass du für uns jagst! Oder wir sagen einfach, dass deine Frau eine Blackfeet ist! Ach egal, schließlich ist es dein Skalp! Ich wollte dich lediglich warnen!"
„Nun, du hast mich gewarnt!", bestätigte Nata-He-Yukan mit einem selbstgefälligen Lächeln, dann sprang er mit einem Satz aus dem Boot und näherte sich dem Biberbau.
„Unbelehrbar, der Junge!", brummte Kipp verärgert.

Erst spät am Abend schloss sich ihnen Nata-He-Yukan wieder an, als sie längst ihr Lager für die Nacht aufgebaut hatten. Stolz präsentierte er den Trappern einige Biberfelle, dann brachte er sie seiner Frau zum Gerben. „Bei euch ist es kalt im Winter! Vielleicht machst du mir eine Mütze?"
Fast zärtlich strich Zintkala-win über das dichte Fell und lächelte still: „Die Bibermütze wird dich im Winter gut wärmen, aber der Biber ist auch eine starke Medizin für dich."
„So?", wunderte sich Nata-He-Yukan.
„Ja! Wir Pecuni wissen, dass der Biber sehr mächtig ist, mächtig genug, um auch die Menschen zu schützen. Unsere mächtigste Medizin sind die Biberbündel. Es gibt nur wenige und die Menschen, die sie bewahren sind sehr heilig. Mein Onkel ist Hüter eines Biberbündels, das heißt, wenn er lebend von dem Kriegszug gegen die Crow zurückgekehrt ist." Sie biss sich auf die Lippen, als die Erinnerung sie wieder einholte. Deutlich spürte sie einen Stich in ihrem Herzen und mit einem Mal hatte sie Angst. Bislang konnte sie sich der Hoffnung hingeben, dass ihr Onkel zurückgekehrt war, aber bald würde sie Gewissheit haben.

„Warum geht dein Onkel auf einen Kriegszug, wenn er so ein heiliger Mann ist?“
„Weil er meinen Bruder rächen wollte.“
„Und wieso ist der Biber so mächtig?“ Für Nata-He-Yukan war der Biber nur eines von vielen kleinen Tieren, das zu seiner Jagdbeute gehörte.
„Das ist eine Legende!“, lächelte Zintkala-win.
Seine Augen baten sie mit einem Lächeln, die Geschichte zu erzählen und schüchtern blickte Zintkala-win sich um, aber außer ihrem Mann schien niemand zuzuhören.
„Einst, vor langer Zeit, da wollte eine Familie einen Fluss überqueren. Der Fluss war reißend und voller Tücken, so bauten sie ein Floß und bedeckten es mit den Häuten ihres Zeltes. Es war nicht groß, es bot gerade so viel Platz, dass sie den kleinen Jungen darauf setzen konnten. Sie banden das Floß mit einem Strick an dem Schwanz des Pferdes fest und der Mann durchquerte auf dem Pferd den Fluss, während die Frau sich an dem Floß festklammerte. Aber die Strömung war zu stark! Der Strick riss und das Floß wurde abgetrieben. Die Frau war verzweifelt und versuchte sich auf das Floß zu ziehen, aber so wurde es zu schwer und sank. Die Frau und ihr kleines Kind wurden unter Wasser gedrückt, während der Mann sich ans Ufer retten konnte.“
„Haun!“, stöhnte Nata-He-Yukan. „Es muss furchtbar für ihn gewesen sein, zuzusehen, wie seine Familie ertrinkt.“
„Ja!“, nickte Zintkala-win bestätigend.
„Der Mann war völlig verzweifelt und suchte zwei Tage lang nach den Leichen seiner Frau und seines Sohnes. Am dritten Tag fand er sie. Seine Frau und sein Sohn saßen auf einer Sandbank, ganz unverletzt und am Leben. Natürlich war der Mann sehr erleichtert und fragte seine Frau, wie sie denn überlebt hatte. Da erzählte sie: ‚Ein Biber hat uns gerettet! Er hat uns in seinen Bau gezogen und dort waren wir sicher vor den Fluten!‘ Du siehst also, dass der Biber so viel Macht hat, dass er die Menschen beschützen kann!“
„Und was geschah dann?“
„Der Biber erklärte der Frau, dass sie nun große Macht habe und sehr lange leben würde. Er lehrte sie viele heilige Lieder und

gab ihr das erste Biberbündel mit auf den Weg. Als die Frau mit ihrem Kind zurückkehrte, durfte ihr Mann sie nicht berühren. Erst musste er vier Schwitzhütten bauen, in denen sich die Frau reinigte. In jeder Hütte hinterließ sie eine Menge Sand und Seegras und das sahen die Menschen. So wussten sie, dass die Frau die Wahrheit erzählte."

„Ah! Aber welche Macht besitzt das Biberbündel?"

„Nun, wenn mein Onkel es öffnet und all die heiligen Lieder singt, dann kann es Unheil abwenden oder einen kranken Mann heilen! Wenn wir hungern, kann es die Büffel rufen! Es ist sehr mächtig! Im Winter legen wir auch die Samen des Tabaks hinein, denn nur so wird er im Frühling wachsen!"

„Ihr pflanzt Tabak? So wie die Crow?"

„Ja! Im Frühling legen wir die Samen mit vielen heiligen Liedern in die Erde und im Herbst ernten wir den Tabak."

Aufmerksam hörte Nata-He-Yukan seiner Frau zu. Noch nie hatte er über andere Bräuche nachgedacht. Bisher interessierten ihn an seinen Feinden nur, inwieweit er sie töten konnte. Eine völlig neue Welt eröffnete sich ihm plötzlich und nachdenklich beobachtete er Jean, der fröhlich zwischen den anderen Trappern saß und sich mit ihnen unterhielt. Jean wusste so vieles!

Er kannte die Crow, sprach Lakota und die Sprache der Waschitschu, der Weißen, und jetzt lernte er noch Blackfeet. Vielleicht hatten die Weißen deshalb so viele Donnerdinge? Weil sie so gierig das Wissen in sich aufsaugten?

Wäre er auch so mächtig, wenn er diese Dinge lernte? Aber es war so schwierig! Er hatte einige Brocken der Trapper aufgeschnappt und brach sich die Zunge ab, wenn Zintkala-win ihn die Worte der Blackfeetsprache lehrte. Welche Sprache würden seine Kinder sprechen und zu welchem Volk würden sie dann gehören?

Völlig verunsichert schaute er auf Schnee-in-den-Bergen.

Sie war eine Lakota! Erst jetzt wurde ihm die Tragweite seiner Entscheidung bewusst.

Wenn er bei den Blackfeet blieb, würden seine Kinder als Blackfeet aufwachsen, dabei wusste er noch nicht einmal, ob sie ihn freundlich aufnehmen würden!

Gemächlich passierte das Boot in den nächsten Tagen die rauer werdende Landschaft. Grüne Flussauen und sanfte Hügel wurden abgelöst von schroffen Felsformationen, die wie eine düstere Kulisse auf die Stimmung drückten.
Wie riesige, zu Stein erstarrte Soldaten richteten sich die Felsen an den Ufern auf, von Wasser erodiert, vom Wind zerfressen und von den extremen Temperaturen gespalten. Die wenige Vegetation schien fast exotisch in dieser Wüste aus Stein, deplaziert, jede verkrüppelte Kiefer ähnelte eher einem Speer in der Hand dieser aus Stein gehauenen Krieger.
Nata-He-Yukan lief ein nervöses Kribbeln den Rücken hinunter, denn die Felsen wirkten bedrohlich, so als wären sie jederzeit bereit, den frechen Eindringling zurückzuweisen.
Dann wurde er von den ersten Stromschnellen abgelenkt, ein weiteres Hindernis, das sich ihnen entgegenstellte.
Fluchend sprangen die Männer an Land und zogen das Boot hinter sich her.
Nata-He-Yukan hatte irgendwie das Gefühl, überhaupt nicht mehr vorwärts zu kommen. Außerdem wären sie eine leichte Beute für jeden Feind. Nichts wäre einfacher als die unbewaffneten Männer, die am Ufer schwer gebeugt das Schiff zogen, niederzumetzeln. Zwar trabte er zu Fuß neben ihnen her und sicherte die Umgebung, doch wie sollten die müden Männer schnell genug auf das Schiff kommen, wenn Gefahr drohte? Wan!
Besorgt ließ er seinen Blick über das Tal schweifen, dann zuckte er zusammen, als Jacob ihm freundschaftlich auf die Schulter schlug. „Na, bist du nervös?"
Der Weiße lächelte verständnisvoll, war ebenfalls zur Wache abkommandiert worden, weil nur er sich im Ernstfall verständigen konnte.
Nata-He-Yukan blickte ihn ausdruckslos an, wollte sich seine Angespanntheit einfach nicht anmerken lassen.
„Ich? Nein! Ich laufe ja auch nicht als lebende Zielscheibe dort unten herum!"
„Nun, deshalb sind wir ja hier. Um sie zu schützen!"
„Wir sind auch kein Schutz, wenn uns Feinde angreifen!", bemerkte Nata-He-Yukan.

„Nun, dann solltest du besser beten!“, feixte Jacob. Seine klaren Augen blitzten vergnügt in seinem verknitterten Gesicht. Ein empörtes Schnaufen war zu hören, dann lief der Indianer davon. „Ich verlasse mich lieber auf meine Augen!“

Abends belohnten sich die erschöpften Männer mit reichlich Whiskey, den James Kipp großzügig ausschenkte. Er wusste, wie man Männer bei Laune hielt. Zintkala-win übernachtete mit den Kindern auf dem Schiff, denn Kipp wollte kein Risiko eingehen. Whiskey und Frauen, das vertrug sich meistens nicht!

In den nächsten Tagen trieb ein günstiger Wind das Schiff weiter voran und die Strapazen waren schnell vergessen, als die beeindruckende Landschaft an ihnen vorbeiglitt.
Der Missouri machte einen scharfen Knick nach Norden und das Herz von Zintkala-win hüpfte vor Freude. Die Landschaft kam ihr vertraut vor und sie wusste, dass sie sich ihren Jagdgründen näherten. Sie passierten eine eindrucksvolle Pyramide aus Hirschgeweihen, ein Glücksbringer ihres Volkes.
Jede Jagdgruppe, die an diesem Ort vorbeikam, ließ ein Geweih zurück, damit sie bei der nächsten Jagd ebensolches Glück hatte. Manchmal schienen jetzt die Felsen bis in das Wasser zu reichen. Ein riesiger Felsen zwang den Fluss zu einer Biegung und die Franzosen tauften ihn Zitadelle, denn er ähnelte wirklich einer gotischen, überdimensionalen Wehrturmspitze.
Dann hielten die Männer vor Staunen die Luft an, sahen beeindruckt auf die weiß geschliffenen Klippen der Sandsteinfelsen, die in der Ferne das Flussbett zu beiden Seiten einsäumten. Wie weiße Milch ergossen sich die Wände in den Fluss, schienen ihn mit ihrer Kraft zu nähren.
„Ich möchte doch mal an den Brüsten einer Frau saugen!“, meinte Samuel sehnsüchtig.
James Kipp stieß ein unhörbares Gebet aus. „Seht ihr denn in allen Dingen die Brüste einer Frau?“
„Na, also das sieht doch wirklich aus wie Milch!“
„Ja, aber Milch kommt normalerweise von einer Kuh, ihr Hornochsen!“

Grinsend schüttelten die Männer ihre Köpfe und deuteten unmissverständlich auf die Indianerin. „Non, non, sie gibt auch Milch!"
James Kipp regelte es auf seine Weise.
„Ihr geilen Böcke!", polterte er gutgelaunt, dann warf er kurzerhand einige Männer, die zu Nahe an der Bordwand knieten, in das kalte Wasser des Missouri. Prustend tauchten sie auf und versuchten sich hochzuziehen, doch Kipp trat ihnen auf die Finger: „So, und was seht ihr jetzt? Denkt nach!"
„Sieht aus wie die Klippen von Dover!", versuchte der erste sein Glück.
„Sehr gut! Komm rauf! Und was siehst du?" Fordernd stemmte Kipp seine Hände in die Hüften, genoss sichtlich die Macht, die er über die Männer hatte.
„Weiße Felsen!", bibberte der zweite reumütig.
„Schon besser!", lobte ihn Kipp und reichte ihm die Hand.
Mit einem Ruck wollte ihn Samuel ins Wasser ziehen, doch Kipp hatte sich festgehalten, den Angriff längst vorhergesehen.
„Na warte, dir werde ich helfen!", drohte er und griff nach der langen Holzstange.
Hemmungslos drosch er auf den armen Mann ein, der blitzschnell aus der Reichweite der Stange tauchte.
„Wo ist der Lump?", brüllte Kipp und beugte sich suchend über den Rand des Bootes.
Mühsam zogen sich unterdessen die anderen Trapper an Bord und schlüpften aus ihrer nassen Kleidung. Auch Samuel tauchte wieder auf, allerdings auf der anderen Seite des Bootes und mit einem Platsch landete er an Deck, von seinen Freunden gutmütig aus den eiskalten Fluten gerettet.
Nata-He-Yukan und Jean kugelten sich vor Lachen, obwohl der Indianer nicht verstanden hatte, warum Kipp so wütend geworden war.
„Siehst du die weißen Felsen dort vorne? Die Männer sagen, dass es aussieht wie die Milch einer Frau!"
„Wan! Ich finde sie haben Recht. Wie die Milch der Felsen! Vielleicht ist das die Mutter aller Felsen?"
„Felsen wachsen doch nicht!"

„Selbstverständlich wachsen Felsen! Sie haben eine Seele, wie alle anderen Dinge auch! Selbst die Berge waren einst jung, nur kleine Hügel! Aber jetzt sind sie hoch und alt, zerrissen ihr Gestein von dem Wind, der es peitscht, und dem Wasser, das es aushöhlt."

Der Missouri machte in seiner vollen Breite einen Knick nach Süd-Westen, als wäre er von den Klippen in diese Richtung gezwungen worden. Zwischen den Felsen waren deutlich Bighornschafe zu sehen, die mit ihrem hellen, lockigen Fell hervorragend zu der Landschaft aus weißen Felsen passten.

Träge trieb das Schiff dahin, die untergehende Sonne tauchte das Wasser in schillerndes Rot und ließ das Schiff wie auf einer entflammten Straße nach Westen schweben, geradewegs in den Feuerball hinein. Es war atemberaubend und selbst die rauen Männer waren von der Schönheit beeindruckt, betrachteten schweigend das Naturschauspiel.

Kipp steuerte das Boot an das Ufer und sie richteten das Lager für die Nacht.

Nata-He-Yukan verschwand zwischen den Felsen und kehrte gut gelaunt mit einem Schaf zurück. Hier waren gute Jagdgründe! Zintkala-win lachte begeistert. Sie liebte die helle Haut dieser Tiere, denn daraus ließ sich wunderschöne, weiche Kleidung herstellen. „Bringst du mir morgen noch ein Tier? Ich möchte ein neues Kleid!"

„Gern!" Für die Jagd war ihm jede Ausrede recht.

Am nächsten Tag wurde die Strömung reißender und mühsam kämpfte sich das Boot stromaufwärts. Trotz des Segels und günstigen Windes mussten die Männer teilweise mit Seilen das Schiff ziehen oder mit den Rudern gegen die Strömung ankämpfen. Die Arbeit war hart, so wie Kipp es ihnen prophezeit hatte.

Dann, eines Tages, hielten sie inne und schauten betroffen auf die schier unüberwindlich anmutenden Stromschnellen, die sich vor ihnen mit den weißen Schaumkronen schnell fließenden Wassers auftaten.

„Merde!" oder „Scheiße!" waren noch die freundlichsten Kraftausdrücke, die über das Wasser schallten.

„Hilft nichts, Jungs! Immer daran denken, dass es auf dem Rückweg einfacher wird!“, versuchte Kipp seine Leute aufzumuntern. Prüfend wanderte sein Blick über die Stromschnellen und suchte den besten Weg, das Boot zu ziehen.
„Wir versuchen es dort drüben! Da ist es flacher und ihr könnt am Ufer gehen!“
Grummelnd, aber gehorsam sprangen die Männer ans Ufer und begannen, das schwere Schiff gegen die Strömung zu ziehen.
Meter für Meter kämpften sie sich voran, vertäuten das Boot manchmal an einem Felsen, um zu verschnaufen.
„Mon dieu! Wir taufen diese Gemeinheit auf den Namen ‚Kipps‘ verteufelte Stromschnellen!“
Der Name blieb, nur das „verteufelt“ wurde später weggelassen, so blieb die Ehre für den Mann, der dieses Hindernis das erste Mal bezwungen hatte.

Dann ließ ein Warnruf die Männer hochschnellen und erschrocken sahen sie Nata-He-Yukan entgegen, der in Höchstgeschwindigkeit auf sie zuraste.
„Feinde!“, brüllte er auf Lakota, doch die Männer verstanden ihn auch ohne Dolmetscher. Blitzschnell gingen sie an Bord in Deckung, dann prasselte ein Pfeilregen auf sie nieder. Hier und da stöhnte ein Trapper auf, wenn ein Pfeil sein Ziel getroffen hatte, erst dann ertönte gellendes Kriegsgeschrei von den Steilwänden und bemalte Gestalten näherten sich dem Boot.
„Ruhig Jungs, genau zielen!“, mahnte Kipp, während er Zintkala-win mit den Kindern zwischen einige Kisten stieß.
Die erste Salve tauchte das Boot in Pulverdampf, dann herrschte atemlose Stille. Völlig verdattert zogen sich die Indianer zurück, entsetzt über die unbekannte Waffe, mit der sich die Eindringlinge gewehrt hatten.
„Sofort nachladen!“, befahl Kipp, denn er befürchtete, dass sich die Indianer schnell von dem Schreck erholen würden. Dann rief er nach Zintkala-win: „Welcher Stamm?“
„Ich glaube, Atsina!“
„Uh! Verflixt! Ich hatte gehofft, dass es welche von deinem Volk sind!“

Wieder näherten sich einige Krieger, nutzten umsichtig die Deckung der Felsen am Ufer. Ihr Angriff galt dieses Mal dem Seil, welches das Boot am Ufer vertäute. Mit ihren Steinäxten schlugen sie auf das Seil ein, bis ein gut gezielter Schuss sie zwang wieder in Deckung zu gehen.
„Diese Schweine wollen das Seil kappen! Dann wäre die ganze Mühe umsonst gewesen!", fluchte Samuel.
Kipp sagte lieber nichts, denn wenn das Boot bei dieser Strömung abtrieb, würde es vermutlich kentern oder zerschellen.
„Wir müssen verhindern, dass die Indianer uns losschneiden! Also zielt gut!", befahl er besorgt, während er fieberhaft überlegte. Lange würden sie hier nicht durchhalten.
Erste Indianer wateten bereits durch das Wasser auf sie zu, doch sofort wehrten sich die Trapper und schossen auf die Eindringlinge. Schmerzensschreie erklangen und so manch wagemutiger Krieger trieb kopfunter den Fluss hinunter. Aber hier wartete großartige Beute auf sie und so wurde jeder Tote durch einen anderen Krieger ersetzt, der sein Glück versuchte.
Dann besannen sich die Indianer auf eine andere Taktik. Statt sich an das Seil heranzuschleichen und dabei ihr Leben zu opfern, blieben sie in sicherer Entfernung und warfen ihre Beile. Immer wieder prallte eine Waffe auf das Seil, das zusehends zerfledderte. „Verflixt! Wenn sich die Vertäuung löst, sind wir geliefert! Dann sind wir Fischfutter!", fluchte Kipp.
„Wir müssten das Schiff an der anderen Uferseite festmachen! Da können sie uns vermutlich nicht folgen!"
„Und wie sollen wir ein Seil da rüber schaffen?", grunzte Kipp.
Flüsternd beugte sich Jean zu seinem Freund und übersetzte die Worte des Anführers. Nachdenklich biss sich Nata-He-Yukan auf die Lippen. „Ich könnte schwimmen!"
Abschätzend schauten die Männer in die reißenden Fluten, dann schüttelten sie ihre Köpfe. „Wenn du lebensmüde bist!"
„Ich bin nicht lebensmüde, aber meine Frau und die Kinder sind hier in Gefahr!"
Kipp fackelte nicht lange, denn es war nur eine Frage der Zeit, wann das Seil reißen würde. „Los, bindet ihm ein Seil um, dann soll er es versuchen!"

Wir haben kein Seil, das so lang ist!", wandte Samuel ein und deutete auf den Fluss, der an dieser Stelle allerdings nicht mehr so breit war wie am Anfang ihrer Reise.
„Wir könnten versuchen, dass wir ihm das Schiff an der Biegung dort unten entgegensteuern. Er müsste das Seil fangen und festmachen!", schlug einer der Männer vor, während die anderen wieder eine Salve auf die Indianer schossen.
„Wie willst du bei dieser Strömung steuern? Und wie soll Nata-He-Yukan das Seil fangen? Ich glaube, du spinnst ein bisschen!"
„Na, die Strömung treibt uns ohnehin darauf zu, nur, wenn der Indianer das Seil nicht fängt, dann sind wir Geschichte!"
„Bei der Strömung wird es kentern, wenn es plötzlich gestoppt wird. Das ist zu gefährlich!", wandte ein anderer Pelzhändler ein. Zögernd nagte Kipp an seinen Fingernägeln, ein klares Zeichen seiner Nervosität.
„Nicht, wenn wir das Seil am Heck befestigen! Dann treibt es in der Strömung und wir müssen es nur noch zum Ufer ziehen, oder wir schieben es mit den Stangen zum Ufer! Das Wasser ist hier nicht tief! Also gut, so machen wir es! Wir knoten das Seil an eine lange Schnur und binden sie Nata-he-Yukan um den Bauch. Dann braucht er das Seil nur zu sich herüber ziehen!"
Zögernd willigte Nata-He-Yukan ein, schlüpfte aus seiner Kleidung und ließ sich an der vom Ufer abgewandten Seite in das Wasser gleiten. Nervös sahen die Weißen zu, wie der Indianer sofort von der Strömung gepackt wurde.
„Jungs, gebt ihm Feuerschutz!", befahl Kipp, als einige Krieger am Ufer entlangliefen, um auf Nata-he-Yukan zu zielen. Sofort knallte eine Salve in Richtung Ufer und zwang die Indianer in Deckung zu gehen.
Mit eiserner Faust wurde Nata-He-Yukan von dem Wasser ergriffen und flussabwärts getrieben. Er hatte alle Mühe, nicht untergetaucht zu werden, und verlor fast die Orientierung, als er sich verzweifelt nach oben kämpfte.
„So muss sich Zintkala-win gefühlt haben, als sie in den reißenden Fluss gesprungen war!", dachte er kurz, dann erreichte er die Biegung und kraulte in seichteres Wasser. Er zitterte unkontrolliert am ganzen Körper, aber nicht aus Kälte, sondern vor

Anstrengung. Die wenigen Minuten hatten ihm alles abverlangt. Schwer atmend zog er an der Schnur, bis sie gestrafft in seinen Händen lag, dann suchte er am Ufer nach einem starken Hindernis, an dem er das Schiff vertäuen konnte. Das einzig Brauchbare war ein Baum, der in der Nähe des Ufers stand. Er stellte sich davor und winkte zu den verzweifelten Menschen auf dem Boot.
Mit einem Nicken gab Kipp das Zeichen und sie kappten das Tau. Langsam setzte sich das Schiff in Bewegung, wurde von der Strömung erfasst, und nahm an Geschwindigkeit zu. Es neigte sich gefährlich zur Seite, doch einige Männer nahmen lange Stangen zur Hilfe und drehten es wieder in die richtige Richtung. Pfeile regneten auf sie herunter, als die Indianer enttäuscht am Ufer neben ihnen herliefen, wütende Schreie ausstoßend.

Mit hastigen Bewegungen riss Nata-He-Yukan die Schnur an sich heran, bis er endlich das Seil in den Händen hielt. Das Boot trieb bereits an ihm vorbei und kurz sah er die schreienden Männer, die aufgeregt mit ihren Armen fuchtelten.
Der Schreck fuhr Nata-He-Yukan in die Glieder, wie im Traum rannte er in schnellen Sätzen mehrmals um den Baum, verhedderte sich in der Aufregung fast selbst in dem Seil.
Dann spannte es sich und hastig steckte Nata-He-Yukan das Ende des Seils unter die letzte Schlinge, ehe sie sich zuzog. Durch die Spannung hielt sich das Seil nun von selbst und besorgt beobachtete er, wie das Schiff mit einem Ruck hielt und der Baum sich gefährlich zum Wasser neigte.

„Werft Anker!“, schrie Kipp, dann bäumte sich das schwere Boot im Wasser auf.
Einige Männer stürzten zu Boden und verzweifelt lag Zintkalawin auf ihren Kindern und hielt sie umklammert.
Sie rutschte gefährlich nahe an die Bordwand, doch ein Trapper hielt sie an ihrem Gürtel fest.
Einige Kisten der Fracht fielen ins Wasser und wurden davon getrieben, aber niemand hatte Zeit, sich darum zu kümmern.
„Stangen!“, brüllte Kipp weiter, während andere Männer bereits ein weiteres Seil zum Ufer warfen.

Ächzend legte sich das Boot auf die Seite, dann hatte Nata-He-Yukan das zweite Seil geschnappt und versuchte das Schiff zu halten. Mehrere Männer sprangen von Bord, wateten an Land und zogen mit aller Kraft das Boot näher an das Ufer, unterstützten damit die Männer mit ihren Stangen.
Dann lag es still im Wasser, zur Landseite hin mit mehreren Seilen gesichert und mit dem Anker verbunden wie ein Fisch am Haken. Aufatmend ließen sich die Männer einfach fallen, dann brach ungeheurer Jubel aus und begeistert umarmten die Männer Nata-He-Yukan. „Du Teufelskerl!" Sie küssten ihn links und rechts auf die Wange, aber diese Form des Dankes kannte er schon genügend von seinem Freund Jean.
Mit weichen Knien sank Nata-He-Yukan in den Sand und atmete durch. Wakan-tanka, auf welches Abenteuer hatte er sich hier eingelassen!
Erleichtert rannte Zintkala-win auf ihn zu, warf ihn geradezu um vor Begeisterung. Lachend ließ er sich zurückfallen und umarmte seine Frau. Hier hatte er keine Hemmungen mehr seine Gefühle zu zeigen, denn die Weißen taten es ja auch.
Kleine-Krähe deutete empört auf das unsichere Schiff. „Boot macht Buckel wie ein Pferd!"
Nata-He-Yukan lachte erleichtert. „Ja, böses Boot! Wir sollten es schlagen!"
„Böses Boot!", stimmte Kleine-Krähe zufrieden zu. „Böse Männer!", entschied das Kind mit einem Blick auf das andere Ufer.
„Ja, aber jetzt sind sie weg!", beruhigte Nata-He-Yukan seinen Sohn.
„Weg!", Das Kind wischte mit seiner Hand die Erinnerung an die Angreifer fort. Er wollte keine bösen Männer sehen!

An diesem Tag unternahmen sie nichts mehr. Müde und erschöpft hockten alle um das Feuer, feierten ihren neuen Helden und berieten ihr weiteres Vorgehen. Sie hatten die Arbeit eines Tages verloren, aber wenigstens waren sie mit dem Leben davongekommen. Einige hatten Verletzungen erlitten, aber meist nur Fleischwunden, die bald heilen würden. Die feindlichen Atsina setzten ihnen nicht nach, wagten es nicht, an dieser Stelle den

Fluss zu überqueren. Ihre Angriffswut war erloschen, denn sie fürchteten die Feuerkraft der Weißen und dachten, dass sie die bessere Medizin hatten. Wie sonst war es den Weißen geglückt, die Wassergeister zu besiegen? Einen übermächtigen Gegner ließ man besser in Ruhe.

Also zogen die Männer unbehelligt ihr Schiff am nächsten Tag weiter, überwanden die gleiche Strecke noch einmal, dieses Mal am anderen Ufer.

Nata-He-Yukan sah ihnen gleichmütig bei der Plackerei zu. Er hatte seinen Teil dazu beigetragen und jetzt begnügte er sich wieder damit zu jagen und zu spähen. Wie nötig sein Schutz war, hatten die Männer am eigenen Leib zu spüren bekommen, und so maulte niemand mehr über den faulen Indianer.

„Pass nur gut auf uns auf!", meinten sie versöhnlich.

Am Abend brachte Nata-He-Yukan das versprochene zweite Schaf und neugierige Augen richteten sich auf ihn. „Irgendwelche Indianer?"

„Ja, ich!", feixte Nata-He-Yukan.

„Und sonst?"

„Sonst niemand!", beruhigte er sie.

In den nächsten Tagen überwanden sie die Stromschnellen und segelten endlich wieder ruhig dahin. Die Landschaft änderte sich ein wenig. Schroffe, vegetationslose Felsen wurden abgelöst von grünen Tälern mit dunkelgrünen Kiefernwäldern. Auch der faulige Geruch des Missouri war verschwunden. Stattdessen war das Wasser klar und sauber.

„Hier sind unsere Jagdgründe!", erklärte Zintkala-win stolz.

Aufgeregt stand sie am Bug des Schiffes und zeigte auf die bekannten Landschaftsmerkmale.

„Bald kommen wir zum Bärenfluss, an dem mein Stamm oft seine Zelte aufschlägt!"

„Zu welcher Gruppe gehört dein Stamm?", fragte Jacob interessiert.

„Wir sind Pecuni. Unser Häuptling heißt Lahmer-Bulle und wir sind der Stamm der „Harten Knoten am Kopf"!"

„Wirklich? Wie heißt deine Familie?"

„Ich gehöre zu der Familie von Ferner-Bär. Aber ich weiß nicht, ob er noch lebt. Er war damals auf dem Kriegszug gegen die Crow dabei."
Jacob lachte schallend, die Grübchen um seine Augen strahlten wie das Sonnenrad. „Aber natürlich lebt er noch! Ich habe ihn erst im letzten Herbst gesehen, gesund und munter. Mann, du gehörst zu der Familie von Ferner-Bär! Ich glaub's nicht!"
Zintkala-wins Herz hüpfte vor Freude und ihr schwindelte ein wenig. Ihr Onkel lebte! Zumindest hatte er den Kriegszug gegen die Crow überlebt. Ihre Hand tastete nach etwas zum Festhalten und besorgt ließ Jacob sie nieder sitzen. „Was ist denn los?"
„Nichts, ich freue mich, dass mein Onkel noch lebt", stotterte sie überwältigt.
„Dein Onkel, he?"
„Ja!"
Strahlend wandte sich Jacob an James Kipp: „Oh Mann, wir haben die Trumpfkarte gezogen! Sie ist die Nichte von Ferner-Bär, einem der größten Medizinmänner der Blackfeet! Hast du das gewusst?"
„Nein!", erklärte Kipp ehrlich. „Ich hatte keine Ahnung!"
„Mann, warum hast du sie dann so beschützt?"
„Weil sie die Frau von Nata-He-Yukan ist! Indianer bescheißt man nicht!"
Mit einem freundlichen Lächeln legte Jacob den Kopf schief. „Du bist okay! Hast viel gelernt!"
„Deswegen bin ich ja auch der Boss!"
Indigniert schubste ihn Jacob zur Seite. „Blöder Angeber!"

Schließlich erreichten sie die Mündung des Bärenflusses in den Missouri und Kipp manövrierte das Boot an Land. „Hier ist es gut!", meinte er begeistert, als er mit Kennermiene die Umgebung begutachtete. „Was meint ihr?"
„An zwei Seiten der Fluss, genügend Holz und Wasser, ein guter Platz!", stimmte Jacob ihm zu. „Na, dann schlagen wir erst einmal unser Lager auf und morgen schauen wir uns um!", befahl Kipp enthusiastisch. „Jiiipiehhh!", grölten die Männer begeistert, und so manch einer warf seine Mütze in die Luft.

„Freut euch nicht zu früh!", dämpfte Kipp die Begeisterung seiner Männer. „Es gibt noch genug Arbeit für euch!"
Kaum ernst gemeintes Gemurre antwortete ihm: „Ja, ja, du Sklaventreiber!"
Gut gelaunt errichteten die Männer ein provisorisches Lager und bauten zum ersten Mal ihre Zelte auf. Bis ihre Unterkünfte errichtet waren, würden sie in den Zelten leben, denn nachts wurde es inzwischen kalt. Kleine Öfen heizten die Unterkünfte und neugierig schaute sich Zintkala-win die seltsamen Geräte an.
Kleine-Krähe bekam eine Brandblase, weil er natürlich das glühend heiße Ding unbedingt anfassen musste.
Nata-He-Yukan dagegen erkundete die Umgebung und atmete tief den Duft nach Kiefern ein. Es war eine hügelige Landschaft, mit markanten Felsformationen, doch das Flussufer war mit Kiefern und Pappeln bewachsen. Mit seiner Axt schlug er einige schlanke Bäume und freudestrahlend baute Zintkala-win ihr Tipi auf, in dem sie die nächste Zeit wohnen würden. In der sanften Dunkelheit, abgeschirmt von den Büffelhäuten vor den Blicken der Weißen, fühlte sie sich geborgen. Endlich konnte sie in Ruhe ihre Tochter versorgen, ohne Hemmungen die Kleidung wechseln und beruhigt neben ihrem Mann schlafen.

Bei Sonnenaufgang wurde sie wenig einfühlsam von Nata-He-Yukan geweckt, der warnend auf sie hinunter sah. „Blackfeet!"
Schnell schlüpfte sie in ihr Kleid, kämmte ihre Haare und packte Schnee-in-den-Bergen in ihre Wiege. Dann trat sie erwartungsvoll vor ihr Tipi. Die Männer standen am Ufer vor dem Schiff, sichtlich nervös und blickten den Reitern entgegen, die sich langsam näherten.
Zintkala-win stellte sich hinter Jacob und wartete gespannt, ob sie jemanden der Ankömmlinge erkannte.
Ihr Herz schlug unregelmäßig vor Aufregung und ihre Hände schwitzten vor Nervosität.
Einige Pferdelängen vor den Trappern hielten die Indianer, saßen ab und näherten sich furchtlos, sich ihrer Überlegenheit wohl bewusst. Mit finsteren Mienen blieben sie abwartend stehen und musterten die weißen Trapper.

Kipp nahm seinen Mut zusammen, trat einen Schritt vor und machte das Zeichen für Frieden. Kaltes Schweigen antwortete ihm, ohne Regung starrten die Indianer an ihm vorbei.
Dann entstand seitlich von ihnen eine kleine Bewegung, als Kleine-Krähe verschlafen aus dem Tipi kroch und zu Nata-He-Yukan rannte. Verängstigt suchte er den Schutz seines Vaters und der Lakota nahm das Kind auf den Arm. Immer noch rührte sich niemand, obwohl die Blackfeet etwas erstaunt auf den Lakota schauten. Was machte ein Feind vom Volk der Gescheitelten-Haare hier?
Dann trat endlich Jacob neben Kipp und grinste fröhlich. In der Sprache der Blackfeet hieß er die Indianer willkommen:
„Oki, hallo, hier sind wir! Ich dachte, dass wir willkommen sind!"
Der Häuptling legte abschätzend den Kopf schief, dann kam er vorsichtig näher, eine ausgesprochen eindrucksvolle, Furcht einflößende Erscheinung. Sein Gesicht war mit schimmernder, blauer Farbe bemalt und verdeckte nur wenig die tiefen Falten, die sich in seine Züge eingegraben hatten. Er hatte es nicht einmal nötig, irgendwelche Federn oder Rangabzeichen zu tragen, denn er war der Oberhäuptling aller Pecuni.
Jedes Kind flüsterte nur ehrfurchtsvoll seinen Namen „Tatsicki-Stomick". Mit halbgeschlossenen Augen, die nichts von seinen Gefühlen oder Gedanken offenbarten, betrachtete er den Weißen.
„Oki, ich grüße dich, du bist uns willkommen, doch wer sind die anderen?"
„Oh, das ist mein Freund James Kipp! Er führt uns!"
Tatsicki-Stomick machte eine abfällige Bewegung in Richtung von Nata-He-Yukan. „Warum kommt ihr in Begleitung unserer Feinde?"
Jacob Berger seufzte kurz, hoffte, dass es nicht doch ein Fehler gewesen war,, den Lakota mitzubringen. „Er begleitet diese Frau zu ihrem Volk zurück!"
Tatsicki-Stomicks Blick fiel auf Zintkala-win und selbst er schaffte es nicht ganz, seine Verblüffung zu verbergen. Höflich trat Zintkala-win vor, wagte kaum in Gegenwart des großen Häuptlings zu sprechen. Die Laute kamen ungewohnt über ihre Lippen. „Ich grüße dich!"

„Es ist schön, die Nichte von Ferner-Bär wieder bei uns zu sehen! Wie kommst du hierher?"
„Mein Mann bringt mich", antwortete sie leise, und deutete auf Nata-He-Yukan.
Kurz blinzelte der Häuptling, denn noch nie hatte ein feindlicher Krieger eine gefangene Frau zu ihrem Stamm zurückbegleitet. Er nickte wohlwollend und lächelte freundlich zu dem kleinen Jungen, der sich ängstlich vor den versteinerten Mienen der Krieger versteckte.
„Wir machen diesem Kind Angst!", lachte er und wie auf Kommando heiterten sich die Gesichter der Männer auf. Selbst bei den Weißen war die Erleichterung spürbar zu sehen.
Freundlich wandte sich der Häuptling an die Frau: „Wir reden später. Ich möchte deinen Mann kennenlernen!"
Gehorsam beugte Zintkala-win den Kopf, dann stellte sie sich neben Nata-He-Yukan und beobachtete weiter die Verhandlungen.
Kipp breitete Decken am Boden aus und lud den Häuptling ein sich zu setzen.
Hoheitsvoll ließ sich Tatsicki-Stomick nieder, selbst im Sitzen strahlte er eine absolute Autorität aus. Andere hochrangige Krieger setzten sich dazu, teilweise mit eindrucksvollen Kriegshemden bekleidet und in vollem Federschmuck. Auch die Krieger auf ihren Pferden trugen ausnahmslos Kriegsschmuck, ein Zeichen, dass diese Begegnung mit den Weißen nicht zufällig war, sondern dass sie das Schiff beobachtet hatten.
Feierlich überreichte Kipp dem Häuptling ein Gewehr als Gastgeschenk und legte einige Messer für die anderen Würdenträger auf die Decke. Umständlich stopfte Jacob die Pfeife mit dem besten Tabak, den die Fur-Company anzubieten hatte, und reichte sie an die Gäste.
Ein wohlwollendes Nicken belohnte ihn, belanglose Höflichkeiten wurden ausgetauscht, dann kam der Häuptling ziemlich schnell zum Thema. „Wir wollen handeln, so wie du es versprochen hast!"
Kipp schüttelte energisch den Kopf. „Wir sind noch nicht soweit. Das Handeln wird den ganzen Winter dauern. Erst müssen wir Unterkünfte bauen, dann könnt ihr wiederkommen."

„Wir wollen jetzt handeln!", beharrte der Häuptling. „Wir haben viele gute Felle. Wir wollen nicht warten."
Beschwichtigend hob Kipp die Hände. „Auch wir wollen handeln! Aber es wird siebzig Tage dauern, ehe wir bereit sind! Kommt dann mit euren Fellen!"
Es war ein riskantes Pokerspiel, aber Kipp wollte ganz bewusst seine Macht ausbauen. Gab er bereits bei der ersten Begegnung nach, dann würden ihn die Indianer für schwach halten und er konnte den Handel vergessen.
„Dann haben unsere Frauen noch mehr Felle gegerbt!", forderte ihn der Häuptling heraus.
„Gut!", lachte Kipp.
„Hast du so viele Tauschwaren?"
Kipp zeigte auf das Boot. „So viele, dass vierzig Pferde nicht ausreichen, um sie zu tragen!"
Sichtlich beeindruckt nickte der Häuptling. „Wir können jetzt tauschen und dann kehrt ihr noch vor dem Winter zurück!"
Kipp zuckte mit keiner Wimper. So ein schlauer Fuchs! Ein bisschen mit den Weißen handeln, aber keine Zugeständnisse machen. Nicht mit ihm!
„Selbst du hast nicht so viele Felle, dass du alle unsere Waren bezahlen könntest! Es war ein weiter Weg für uns, nun wollen wir auch alle Waren tauschen und nicht nur einen Teil. Der Handel wird den ganzen Winter dauern und deshalb brauchen wir Unterkünfte. So, wie Jacob es mit dir besprochen hat!"
Nachdenklich blickte der Häuptling ihn an. „Und wenn ich nein sage?"
Kipp machte eine lässige Handbewegung: „Dann kehren wir um! Wir achten deine Worte. Wenn du den Handel nicht willst, dann fahren wir zurück und handeln mit den Crow. Aber wenn du den Handel willst, dann bitte ich dich um siebzig Tage, damit wir uns hölzerne Tipis bauen können."
Die halbgeschlossenen Augen des Häuptlings ruhten ausdruckslos auf Kipp, wie eine Schlange, die überlegt, ob sie die zitternde Maus vor sich töten sollte. chließlich zog er seufzend die Stirn hoch. „Gut, wir werden in siebzig Schlafen wiederkommen. Jetzt möchte ich mit der Frau unseres Volkes sprechen!"

„Gern!", willigte Kipp ein und schlug sich vor Begeisterung auf die Schenkel. „Ich begleite dich zu ihrem Zelt!"
Gemächlich schritt der Häuptling hinter Kipp her, dann bückte er sich in das kleine Zelt.
In fliegender Hast hatte Zintkala-win für den hohen Gast ihr Zelt aufgeräumt, jetzt bot sie ihm den Ehrenplatz an. Schweigend setzte sich der Häuptling, während Kipp sich höflich verdrückte. Auf ein Zeichen hin verteilten seine Männer Zwieback unter den Indianern, die neugierig darauf herumkauten.
Indessen bot Nata-He-Yukan dem Häuptling seine Pfeife an und sichtlich zögernd nahm er sie entgegen. Zintkala-win kniete mit ihren Kindern im Hintergrund, bis Tatsicki-Stomick sie herbeiwinkte. „Der Mann vom Volk der gescheitelten-Haare ist dein Mann?"
„Ja, sie nennen sich selbst Lakota und sein Name ist Nata-He-Yukan. In unserer Sprache bedeutet das: Kopf mit Hörnern!"
Die ruhigen Augen des Häuptlings glitten prüfend über den Lakota. „Was ist damals geschehen?"
Zintkala-win biss sich auf die Lippen, als sie an ihre Vision dachte. „Du weißt, dass ich meinen Onkel gegen die Crow begleitet habe?"
Der Häuptling lächelte kurz. „Es gibt nicht viele Mädchen, die Knabenkleider tragen und die Kriegskeule schwingen. Dein Name war damals Tötet-die-Crow!"
Er war plötzlich ganz entspannt und Zintkala-win fühlte sich in seiner Gegenwart wohl. Kurz übersetzte sie ihrem Mann, was gesprochen wurde, dann erzählte sie weiter: „Die Crow verfolgten mich und ich wurde verletzt. Mein Todeslied war bereits auf meinen Lippen, aber Nata-He-Yukan tötete die Crow und pflegte mich. Jetzt ist mein Name Zintkala-win, Vogelmädchen!"
„Und jetzt lebst du wieder als Frau?"
Sie senkte verlegen ihren Kopf. „Ich hatte keine Wahl! Er nahm mich zur Frau, denn er wusste nichts von meiner Vision. Ich habe geboren und doch kenne ich meinen Weg nicht. Mein Mann begleitet mich hierher, damit ich Klarheit erhalte."
„Das ist mutig und großmütig von ihm." Der Häuptling bewunderte Großmut und hatte Hochachtung vor diesem jungen Mann.

„Dieser Lakota ist nicht unser Feind! Er ist mir willkommen!"
„Ich danke dir", flüsterte Zintkala-win.
„Sind das eure Kinder?", lächelte der Häuptling.
„Ja! Ich möchte sie meinem Onkel zeigen! Weißt du, wo der Stamm von Lahmer-Bulle sein Lager hat?"
„Sicher!", meinte der Häuptling mit einem Augenzwinkern. „Ich schicke sie hierher!"
„Das würdest du tun?"
„Ja, sie sind nicht weit von hier! In zwei Schlafen könnten sie bei dir sein!"
„Vielleicht könnten wir auch mit dir reisen?", hoffte Zintkala-win sehnsüchtig. Plötzlich konnte sie es überhaupt nicht mehr erwarten, endlich ihre Familie wiederzusehen. Tatsicki-Stomick schmunzelte und seine Falten gruben sich noch tiefer in sein Gesicht. „Selbstverständlich! Habt ihr Pferde?"
Verlegen schüttelte Zintkala-win ihren Kopf, doch der Häuptling machte eine großzügige Handbewegung. „Ich schicke euch einige Pferde, dann brechen wir auf!"
Nata-He-Yukan schluckte nervös. Was? Mit diesen Feinden reiten? Die Sicherheit der anderen aufgeben? War Zintkala-win verrückt geworden?
Aber ihre Augen leuchteten vor Freude, als sie begeistert die Worte übersetzte. „Ich kehre heim!"
Schon drückte sie ihm Kleine-Krähe in die Arme und begann ihre Habseligkeiten zu packen.

Der Häuptling wechselte einen vielsagenden Blick mit Nata-He-Yukan und plötzlich beneidete er ihn nicht mehr um diese Frau. Hatte nun dieser Lakota die Frau oder umgekehrt sie ihn gefangen? So ganz klar schien ihm das nicht zu sein.
„Komm!", lud er ihn ein. „Suche dir drei gute Ponys aus meiner Herde aus!"
Nata-He-Yukan fühlte sich plötzlich wie in der Höhle des Bären, nur mit einem Speer bewaffnet an die Wand gedrückt, Auge in Auge mit dem Tod. Sein Mund wurde staubtrocken, als er hinter dem Häuptling aus dem Zelt trat und ihm folgte. Hinter ihm saß er auf und sie galoppierten aus dem Lager heraus.

Verblüfft schlossen sich ihnen andere Männer an, als Tatsicki-Stomick mit seinem Gast zu den Reservepferden ritt. Sie folgten dem Tal des Bärenflusses, dann erreichten sie nach einiger Zeit eine große Pferdeherde, die von einigen Jungen bewacht wurde. Die Pferde ließen darauf schließen, dass auch irgendwo die Frauen und Kinder in der Nähe sein mussten, doch Nata-He-Yukan hatte niemanden gesehen. Auf ein Zeichen hin trieben die Jungen einige Pferde näher und der Häuptling machte eine großzügige Geste.

Abschätzend beobachtete Nata-He-Yukan die Tiere und überlegte. Wenn er nur schlechte Pferde wählte, dann würden sie gering von ihm denken. Nahm er nur gute Pferde, dann wäre er gierig. Eine schwierige Wahl!

Die Jungen trieben die Pferde mit einigen Rufen an und mit Kennermiene betrachtete er die wendigen Ponys. Schließlich deutete er auf einen gelben Falben. „Ich-wähle-dieses-Pony-für-mich! Es-ist-wendig-und-schnell!"

„Haijah! Gut!", stimmte der Häuptling zu.

Dann entschied sich Nata-He-Yukan für zwei ruhige Stuten: „Pferd-ist-ruhig! Gut-für-Baby!"

Der Häuptling gab ihm einen Hakamorezügel, den man nur um das Maul des Pferdes legte und behutsam näherte sich Nata-He-Yukan dem Falben.

Ein wenig misstrauisch beäugte ihn das Tier, doch blitzschnell hatte der Lakota ihm den Zügel angelegt und sich auf seinen Rücken geschwungen.

Ah! Wie genoss er es, endlich wieder auf einem Pferderücken zu sitzen. Fest klammerten sich seine Beine um den Bauch des Tieres, das übermütig einige Sprünge machte. In sanftem Galopp drehte er einen Kreis und kehrte an die Seite des Häuptlings zurück. „Achsitak!", bedankte er sich in der Sprache der Blackfeet.

Ein Junge führte die zwei Stuten heran und übergab ihm die Stricke, mit denen sie aneinander gebunden waren.

Jetzt konnte er aufbrechen!

Mehrere Krieger drängten sich herausfordernd an ihn heran, nutzten die Gelegenheit, mit dem Lakota auf Tuchfühlung zu

gehen. Nata-He-Yukan blickte stoisch nach vorne, ließ sie seine Nervosität nicht anmerken, aber er kam sich vor wie im Frühjahr, als die feindlichen Crow ihn umringt hatten.
Ausdruckslose Gesichter wandten sich ihm zu, aber sonst machten sie keine Anstalten, feindlich zu sein. Allein die Autorität des Häuptlings genügte, dass sie ihn als Gast behandelten.
Nata-He-Yukan amüsierte sich im Stillen über die Kleidung der Blackfeet: Sie trugen nur einen lächerlich kurzen Lendenschurz, den er als ausgesprochen unschicklich empfand, denn er verdeckte kaum das Geschlecht und ließ einen Großteil des Hinterns für alle sichtbar frei.

Schweigend ritten sie zu den Weißen zurück, obwohl die Blackfeet sich natürlich über die Situation wunderten. Warum brachte dieser Lakotakrieger die Frau zurück zu ihrem Volk? Und warum trug Tötet-die-Crow nun Frauenkleider, hatte sogar zwei Kinder? Sehr ungewöhnlich!
Bis er zurückkam, hatte Zintkala-win längst alles verstaut und schaute ihm mit glänzenden Augen entgegen.
Neben ihr stand Jean, der ein wenig skeptisch die kampfbereiten Blackfeetmänner musterte. Wollte sein Freund tatsächlich mit ihnen reiten? Ihm war nicht wohl bei diesem Gedanken.
„Mon ami, soll ich dich begleiten?" Im gleichen Augenblick fiel ihm ein, dass sein Freund diese Frage als Beleidigung auffassen könnte, als Sorge, dass Nata-He-Yukan nicht in der Lage war, diese Situation allein zu meistern. „Das heißt, wenn es dir recht ist! Ich würde mich gern ein wenig umsehen und möchte nicht allein reiten!", fügte er schnell hinzu.
Nata-He-Yukan schüttelte verblüfft den Kopf. Jeder Mann entschied allein, was er zu tun gedachte. Selbstverständlich konnte Jean ihn begleiten, wenn es ihm beliebte.
„Ich freue mich!"
„Hecetu! Dann spreche ich kurz mit Kipp!"
„Wozu?", staunte Nata-He-Yukan.
„Na, ich muss ihn doch fragen, ob er damit einverstanden ist!"
„Wieso musst du einen anderen Mann um Erlaubnis bitten?" Nata-He-Yukan fand das höchst eigenartig.

Jean kratzte sich verlegen am Kopf und überlegte, wie er dem Indianer einen Vertrag erklären konnte.
„Wir haben eine Abmachung! Jeder Mann schützt mit seinem Gewehr den anderen! Wir sind eine Kampfgemeinschaft! Wenn ich gehe, dann schwäche ich die anderen! Verstehst du das?"
„Warum gehst du dann mit mir?"
„Ich dachte ja nur?" Jean zuckte verlegen mit den Schultern.
Nata-He-Yukan kicherte wie ein Präriefuchs. „Jean, ich bin jetzt bei dem Volk meiner Frau! Du musst uns nicht schützen!"
„Na, dein Vertrauen möchte ich haben!"
„Nun, ich vertraue Tatsicki-Stomick!", erklärte Nata-He-Yukan.
„Han, aber dann nimm wenigstens das hier!"
Mit einem unsicheren Lächeln überreichte Jean ihm einige Äxte und Messer. Nata-He-Yukan hatte nichts, was er Jean im Tausch geben konnte, aber das erwarteten beide nicht.
Nata-He-Yukan nahm die Geschenke als selbstverständlich hin und würde seinen Freund nicht beleidigen, indem er ihm etwas Geringeres schenkte. Stattdessen bot er dem Häuptling ein Messer und eine Axt im Tausch für die Pferde an.
Staunend tastete Tatsicki-Stomick über die scharfen Klingen des Werkzeugs. „Sukapi!", lächelte er zufrieden. Der Tauschhandel mit den Napikwan versprach interessant zu werden.
Nata-He-Yukan übergab die anderen Äxte und Messer seiner Frau, die sie sorgfältig in ein Fell wickelte. Mit geübten Griffen belud Zintkala-win die zwei Packpferde und verstaute ihr Zelt auf dem Schleppgerüst.
Kleine-Krähe hüpfte aufgeregt um sie herum und stand ihr ständig im Weg. „Bitte, nimm ihn zu dir!", bat sie ihren Mann. „Dann bin ich schneller fertig!"
Mit einem Seufzen hob Nata-He-Yukan das Kind vor sich auf das Pferd und blieb abwartend sitzen, bis Zintkala-win ebenfalls mit der Wiege auf dem Rücken aufstieg.
Geduldig hatten die Krieger auf die junge Frau gewartet, jetzt setzten sie sich wie eine Woge in Bewegung, nahmen die Familie in ihre Mitte.
Mit gemischten Gefühlen sahen ihnen Jean und Kipp hinterher.
„Passt bloß auf euch auf!", brüllte Jean seinem Freund hinterher.

Schallendes Gelächter antwortete ihm: „Keine Sorge, alle Indianer sind meine Freunde!"
„So ein Angeber!", murmelte Jean entrüstet. „Hoffentlich sehe ich diesen Teufelsbraten nie wieder!"
Aufmunternd schlug ihm Kipp auf die Schulter. „Sie werden ihn schon nicht fressen! Keine Sorge! Jetzt komm, lass uns den Posten bauen, damit alles fertig ist, wenn sie zurückkommen."
„Hast recht!", grummelte Jean, trotzdem hatte er ein ungutes Gefühl im Magen.

Am Bärenfluss

Langsam trotteten die Pferde das Tal entlang, folgten dem Bärenfluss stromaufwärts. Ein Teil der Krieger preschte voraus, weil ihnen die Frau mit dem Travois nicht schnell genug vorankam.
Nata-He-Yukan blieb neben seiner Frau, obwohl der Falbe unter ihm nervös tänzelte und am liebsten mit den anderen davongestürmt wäre. Nata-He-Yukan spürte die Kraft des Ponys und genoss den Ritt, doch seine Aufmerksamkeit galt der Umgebung. Ruhig wanderte sein Blick umher, entspannt und locker nahm er die Landschaft in sich auf. „Gute Jagdgründe!", meinte er anerkennend.
„Ja, wir-haben-gute-Jagdgründe! Wir-verteidigen-sie-gut! Niemand-wagt-es-hier-zu-jagen!", signalisierte Tatsicki-Stomick sichtlich stolz.
Die Gesten der Zeichensprache flossen zwischen den beiden Männern hin und her, spielerisch und wohl geübt. „Ich-schon!", provozierte ihn Nata-He-Yukan ganz bewusst, testete aus, wie weit er gehen konnte ohne seinen Skalp zu verlieren. „Du-gehörst-zu-uns!", lachte der Häuptling und bewunderte den Mut des jungen Mannes. Tötet-die-Crow oder Zintkala-win, wie sie jetzt hieß, hatte einen guten Mann gefunden.
„Du-kommst-heute-Abend-in-mein-Tipi?"
Nata-He-Yukan warf ihm einen verblüfften Blick zu, denn es war eindeutig eine höfliche Einladung und keine Aufforderung gewesen. „Gern!", bestätigte er freundlich.
Kleine-Krähe war in seinen Armen eingeschlafen und behutsam bettete er das Kind in seine Armbeuge, wickelte zusätzlich eine Decke um den Kleinen, damit er nicht auskühlte.
Zum ersten Mal fiel dem Häuptling auf, dass dieses Kind unmöglich von Zintkala-win stammen konnte, und auch der Krieger war reichlich jung für ein Kind, das fast drei Winter gesehen hatte. „Dein-Sohn?", fragte er.
„Ja!", antwortete Nata-He-Yukan knapp. Dann überlegte er es sich anders. „Wir-haben-ihn-in-den-Bergen-gefunden!"
„Von-welchem-Volk?"

Nata-He-Yukan zügelte sein Pferd und blickte den Häuptling selbstbewusst an. „Tatsicki-Stomick, das-ist-Kleine-Krähe, vom-Volk-der-Lakota!"
„Haijah!", lachte der Häuptling gutmütig.
Am Spätnachmittag erreichten sie das große Dorf der Blackfeet. Hunderte von Zelten verteilten sich an einer Biegung des Flusses, in der Ferne graste eine riesige Pferdeherde. Nichts unterschied dieses Dorf von den Dörfern der Lakota!
Frauen und Kinder liefen zusammen, um die Ankömmlinge zu bestaunen, Hunde kläfften in allen Tonlagen, vor den Zelten standen die Trockengestelle, auf denen das Fleisch dörrte. An dreibeinigen Gestellen hingen die bemalten Schilde der Krieger, von besorgten Ehefrauen immer in Richtung der Sonne gedreht, damit sie neue Kraft aufnahmen.
Einige Jungen preschten ihnen in halsbrecherischem Tempo entgegen, nur um im letzten Augenblick ihre Ponys durchzuparieren und einen wohlwollenden Blick ihres Häuptlings zu erhaschen. Neugierig richtete sich Kleine-Krähe auf und schielte verschlafen auf die fremden Menschen.
Hastig reichte ihn Nata-He-Yukan seiner Frau, denn grimmige Krieger drängten sich immer näher an ihn heran und versuchten ihn mit drohenden Gebärden zu reizen. Mit stoischem Gesichtsausdruck blieb Nata-He-Yukan neben seiner Frau, wusste eigentlich genau, dass die Blackfeet nur seinen Mut herausforderten.
Kleine-Krähe versteckte sich unter der Bisonrobe seiner Mutter und schimpfte leise: „Böse Männer!"
„Nein, nein, diese Männer sind nicht böse! Sie begrüßen uns!", beschwichtigte Zintkala-win das verstörte Kind.
„Diese Männer sind laut! Lakota sind leise!"
Kichernd versank Zintkala-win unter der Robe, wunderte sich ebenso über den entsetzlichen Lärm. Mit einer vagen Handbewegung verabschiedete sich der Häuptling und wies ihnen einen Platz zu, an dem sie ihr Zelt aufbauen konnten. Sofort sammelten sich die neugierigen Menschen um die Ankömmlinge und etwas gereizt wandte sich Zintkala-win an die umstehenden Frauen: „Meine Kinder sind hungrig und müde! Wer hilft mir das Zelt aufzubauen?"

Hilfreiche Hände streckten sich ihr lächelnd entgegen und sofort änderte sich der Tonfall: „Oh, du bist tatsächlich eine Pecuni! Wie heißt du?“
„Zintkala-win!“
„Haijah, aber das ist kein Name unseres Volkes!“, wunderten sich die Frauen.
„Nein, dieser Lakotakrieger gab ihn mir! Früher war mein Name Tötet-die-Crow!“
„Ist dieser Mann vom Volk der gescheitelten Haare dein Mann?“
„Ja!“
„Warum trägt er keine Zöpfe, wie sonst die Männer seines Volkes?“
Zintkala-win seufzte, denn die Fragen würden kein Ende nehmen. „Die Lakota tragen Zöpfe oft nur, wenn sie jagen oder auf einen Kriegszug gehen. Mein Mann kommt in Frieden. Er begleitet mich zu meiner Familie!“
Wohlwollend schlugen die Frauen die Hände vor den Mund und tuschelten über den jungen Mann, der ein wenig überflüssig inmitten all der Frauen stand. „Ich versorge die Pferde“, murmelte er und verschwand. Eifrige Hände richteten inzwischen das Zelt auf und halfen Zintkala-win die Bündel zu verstauen.
Dann verzogen sie sich höflich, damit die Familie sich ausruhen konnte. Fast erleichtert trat Nata-He-Yukan in das Tipi und verschloss den Eingang, hoffte, dass auch die Blackfeet dieses deutliche Zeichen achteten und ihn in Ruhe ließen. Abschätzend fiel sein Blick auf Zintkala-win, die auf einem Fell saß und Schnee-in-den-Bergen stillte. Tränen liefen über das Gesicht seiner Frau und fast erschrocken hockte er sich vor sie.
„Tokah-ho?“, fragte er mit belegter Stimme. Es kam nicht oft vor, dass seine Frau so offen ihre Gefühle zeigte.
Sie lächelte ihn mit verschwommenen Augen an und stotterte: „Du hast mich hierher geführt. Ich bin wieder bei meinem Volk! Ich wusste nicht, wie sehr sie mir gefehlt haben, bis ich sie sah und ihre Sprache hörte!“
Lächelnd nickte Nata-He-Yukan ihr zu. „Ich kann mir vorstellen, wie sehr es dich freut. Aber noch sind wir nicht bei deiner Familie. Was machst du nur, wenn wir erst dort sind?“

Sie kicherte übermütig, vor Freude ganz benommen. „Ich tanze so verrückt wie Jean!"
Zärtlich wischte er ihre Tränen fort, dann meinte er lächelnd: „Dann tanze ich mit dir!"
„Mit mir?"
„Aber ja, weiße Männer tanzen mit ihren Frauen! So …!" Übermütig sprang er auf, nahm Kleine-Krähe auf den Arm und hüpfte mit ihm im Kreis.
Am Abend begleitete ein Krieger sie zuvorkommend zum Zelt des Häuptlings. Viele Krieger, aber auch einige Frauen, hatten sich bereits versammelt und blickten ihnen schweigend entgegen. Zu Ehren des Besuches hatten sie ihre beste Kleidung angelegt und viele Gesichter waren mit blauer oder roter Farbe bemalt.
Bescheiden setzte sich Zintkala-win in den Hintergrund, doch der Häuptling winkte sie neben ihren Mann.
„Du musst doch übersetzen, was dieser Feind zu sagen hat!", meinte er mit einem Augenzwinkern. Leises Gelächter erklang und verlegen senkte Zintkala-win die Augen.
„Tokah-ho?", flüsterte Nata-He-Yukan.
„Nichts! Sie machen Scherze, weil du ein Lakota bist!"
„Aho! Muss ich mein Messer ziehen, damit sie sehen, dass man besser keine Scherze mit mir macht?"
„Nein, nein!", winkte sie hastig ab und wurde noch verlegener, als der Häuptling wissen wollte, was der Lakota soeben gesagt hatte.
„Nichts!", beruhigte sie den Häuptling und wunderte sich amüsiert, ob dies das einzige Wort bleiben würde, das sie an diesem Abend übersetzte.
„Nun, dann erzähle uns von diesen weißen Menschen am Fluss!", bat der Häuptling.
„Einen Mann kenne ich schon seit Langem! Er hat ein ehrliches Herz und ich vertraue ihm! Auch der Anführer dieser Männer ist ein guter Mann, ebenso wie der Mann, der unsere Sprache spricht!"
Tatsicki-Stomick lächelte verständnisvoll. „Ja, Jacob ist ein guter Mann! Er wird uns nicht betrügen! Und die anderen?"

Zintkala-win senkte den Kopf. „Sie sind Männer! Männer, die schon lange keine Frau mehr hatten. So war es nicht leicht, mit ihnen zu reisen!"
Schweigen breitete sich aus. „Und dein Mann?"
„Mein Mann hat meine Ehre verteidigt, ebenso Jean und Jacob oder auch Kipp! Die anderen Männer gehorchen ihnen. Wir müssen uns nicht um sie sorgen!"
„Vielleicht können wir ihnen einige von unseren gefangenen Frauen anbieten?", lästerte ein Mann.
Es war Gefleckter-Hirsch, ein Häuptling einer anderen Gruppe, der bei Tatsicki-Stomick zu Gast war. Strähnige Haare fielen ihm ins Gesicht und er hatte einen gemeinen, aggressiven Zug um den Mund. „Wahrscheinlich sind die Weiber mehr wert als die Biberfelle, die wir bringen!"
Empört senkte Zintkala-win die Augen, zu betroffen, um die abfälligen Worte zu übersetzen. Auch sie war lange Zeit nur eine Gefangene gewesen und hasste solche Reden.
„Warum reisen die Napikwan ohne Frauen? Wer kocht für sie und gerbt die Felle?", wunderte sich ein älterer Krieger mit rot gefärbtem Gesicht, das mit weißen Punkten durchzogen war.
„Ich weiß nicht! Jean sagte einmal, dass keine weiße Frau in diese Wildnis ziehen würde. Die weißen Männer machen alles selbst, sogar das Kochen und Gerben. Sie teilen sich diese Arbeiten", erklärte Zintkala-win.
„Sie müssen ein schwaches Volk sein, wenn ihnen ihre Weiber nicht folgen!", meinte Gefleckter-Hirsch verächtlich.
Nata-He-Yukan beobachtete den Gast unter gesenkten Wimpern. Er hatte nicht alles verstanden, aber er konnte dem Gespräch insofern folgen, dass er erkannte, dass Gefleckter-Hirsch keine gute Meinung von den Weißen hatte.
„Die Napikwan sind nicht schwach", ließ er seine Frau übersetzen. „Sie sind nur anders!"
„Anders?" Argwöhnisch strich sich der Unterhäuptling eine Strähne aus dem Gesicht.
„Ja, sie haben viele Dinge, die wir nicht kennen! Sie haben Donnerstöcke, die einen Büffel mit nur einem Schuss erlegen! Sie haben Donnerboote, die von selbst den Fluss befahren und sie

zaubern mit dem Wind! Sie kämpfen ohne ihre Frauen und Kinder, das macht sie stark. Eines Tages werden ihnen ihre Weiber folgen. Wir tun gut daran, von ihnen zu lernen!"
Gefleckter-Hirsch lächelte spöttisch. „Die Lakota mögen die Napikwan fürchten! Wir Pecuni werden unsere Jagdgründe verteidigen und jeden töten, der ohne unseren Willen hier eindringt!"
Nata-He-Yukan kniff bissig die Augen zusammen: „Ich fürchte die Weißen nicht! Aber ein kluger Mann schaut voraus! Es ist besser, seine Feinde zu kennen, ehe man gegen sie kämpft! Ich war auf einem solchen Donnerboot! Und wenn ich zurückkehre, werde ich mir einen Donnerstock holen, dann bin ich genauso mächtig wie die Weißen!"
„Haijah!", murmelten die Blackfeet ehrfürchtig, und selbst Gefleckter-Hirsch nahm sich zurück, dachte über die Worte des Lakotakriegers nach.
„Ai! Ich werde mir auch einen Donnerstock holen und dann zeigst du mir, wie man damit schießt!"
Nata-He-Yukan schnaubte unwillig: „Gern!"
Kleine-Krähe gähnte müde, langweilte sich, weil er nichts verstand. Aber auch Zintkala-win wurde unruhig, weil Schnee-in-den-Bergen nach ihrer Brust suchte. Sie warf einen hilfesuchenden Blick auf ihren Mann, der mit einem langen Gähnen aufstand. „Ihr Lakota seid schnell zu ermüden", ärgerte ihn Gefleckter-Hirsch.
Nata-He-Yukan reichte es. „Wir Lakota sind höflich! Wenn die Kinder unseres Gastes müde werden, stellen wir keine weiteren Fragen mehr, sondern leeren unsere Pfeife, damit der Gast gehen kann."
Ehe Gefleckter-Hirsch etwas Unfreundliches erwidern konnte, hatte sich der Häuptling erhoben. Beschwichtigend legte er die Hand auf Nata-He-Yukans Schulter. „Auch wir Pecuni sind höflich. Komm, ich trage das Kind zu eurem Zelt!"
Lächelnd hob er Kleine-Krähe hoch und verließ mit ihm das Zelt. Damit zeigte er allen, wie hoch er diese Gäste schätzte.
Trotzig senkte Gefleckter-Hirsch den Kopf, verstand nicht, warum der Häuptling diesen Lakota beschützte. Gut, dessen Frau war eine Pecuni, aber eigentlich hätte man ihm für diese Frech-

heit den Kopf spalten müssen. Schlecht gelaunt verließ er das Zelt des Häuptlings und nagte an seinen Lippen. Der Streit hatte ihn an Ansehen gekostet, entweder er unterließ es, den Lakota herauszufordern oder er musste ihn eines Tages töten.

Am nächsten Morgen brachen Nata-He-Yukan und Zintkala-win wieder auf. Eine kleine Gruppe Krieger begleitete die Familie immer weiter stromaufwärts, vorbei an schroffen Felsen und verkrüppelten Kiefern. Im Herbst war in der Prärie alles braun, nur an den Flussläufen färbten sich die Blätter der wenigen Büsche und Bäume gelb. Sie übernachteten zwischen einigen Felsen, doch es wollte keine richtige Unterhaltung aufkommen.
Zintkala-win war müde und verkroch sich schnell in ihrem Zelt, während die Krieger schweigend um das Feuer saßen. Sie hatten den Auftrag erhalten, die Familie zu begleiten, aber für sie war der Lakota ein Fremder, von einem Volk, das mit ihnen verfeindet war. Nachdenklich kaute Nata-He-Yukan an einem Stück Fleisch, spürte die Ablehnung, die ihm entgegenschlug.
„Warum kommst du hierher?", signalisierte einer der Männer forschend in Zeichensprache.
Nata-He-Yukan seufzte schwer. „Der-Geist-meiner-Frau-ist-wie-ein-Vogel. Ich-kann-sie-nicht-gefangen-halten."
„Wenn-du-gehst, wird-sie-dich-dann-wieder-begleiten?"
Unwillig schüttelte Nata-He-Yukan den Kopf. Nur die Geister konnten wissen, was in dem Kopf seiner Frau vorging.
„Ich-werde-sehen!", winkte er ab.
Zweifelnd legten die Männer den Kopf schief, bewunderten Nata-He-Yukan für seinen offensichtlichen Großmut. „Frauen-sind-merkwürdig!"
„Stimmt!", bestätigte Nata-He-Yukan. „Ich-nennen-sie-störrisches-Blackfeetweib!"
Die Krieger prusteten los, vergaßen völlig, dass sie einen Feind vor sich hatten. Störrisches Blackfeetweib! Das traf eigentlich auf alle ihre Frauen zu!
Gut gelaunt bemerkte Nata-He-Yukan den Stimmungsumschwung bei den Männern und grinste locker. Der Ruf der Blackfeet als Kämpfer eilte ihnen weit voraus, aber jetzt erschienen sie

ihm als harmlos, so, als wäre es möglich, mit einigen von ihnen Freundschaft zu schließen. Müde erhob er sich und verzog sich in sein Tipi. Er brauchte ein wenig Ruhe, um sich auf den nächsten Tag vorzubereiten, wenn ein weiteres Dorf ihn diskret, aber nichtsdestotrotz neugierig anstarren würde. Sie würden so tun, als wäre er Luft und er würde vorgeben ihre Blicke nicht zu sehen! Han! Auf was hatte er sich hier eingelassen!

Seine Frau ignorierte seine Anspannung, voller Freude kleidete sie sich am nächsten Tag in ihrer besten Kleidung, wartete sehnsüchtig auf die Ankunft in ihrem Dorf. Selbst Kleine-Krähe und Schnee-in-den-Bergen hatte sie herausgeputzt und begeistert bat sie Nata-He-Yukan sein bestes Hemd anzuziehen.
„Hoh, sie werden mich für einen Angeber halten!", wehrte er ab.
„Aber nein, du bist ein großer Krieger, also musst du etwas darstellen! Das ist wichtig bei uns!"
Gutmütig streifte Nata-He-Yukan sein schönes Hemd über und setzte seinen prächtigen Roach auf. Bewundernd blickten ihn die Blackfeetkrieger an, als der Lakotakrieger stolz an ihnen vorbei ritt und die Spitze übernahm. Schweigend ritten sie bis zur Mittagssonne durch die Täler, folgten den Biegungen des rasch fließenden Flusses.
Dann lag das Dorf vor ihnen. In den Augen des Lakota war es riesig, als hätten sich mehrere Dörfer zu einem Fest zusammengefunden. Eine schier endlos anmutende Pferdeherde verteilte sich bis zum Horizont, von einigen Jungen bewacht, die aufmerksam in ihre Richtung blickten. Rauch sammelte sich über den Tipis und viele Gestelle mit Dörrfleisch standen davor.
Staunend sah Nata-He-Yukan all die bemalten Tipis. Er wusste von seiner Frau, dass viele Tipibemalungen überliefert waren und dem Bewohner einen besonderen Schutz boten. Beliebt war das Motiv des Otters oder schwarzen Büffels. Aber auch Hirsche oder Kampfszenen wurden dargestellt. Etwas abseits standen geschälte Stangen gegeneinander gelehnt im Wind, um zu trocknen, bereit für ein weiteres Zelt. Daneben saßen Frauen, die an einem neuen Zelt nähten, so in ihre Arbeit vertieft, dass sie die näher kommenden Reiter nicht bemerkten. Am Fluss saßen einige

Kinder auf ihren Ponys und trieben übermütig ihre wilden Reiterspiele, hatten die Ankunft der Fremden bisher nicht bemerkt. Jüngere Krieger jedoch stellten sich nun wachsam den Fremden entgegen, ließen dann beruhigt die Waffen sinken, als sie sahen, dass die Ankömmlinge Blackfeet waren.
Lässig hielt Nata-He-Yukan sein Schild in der einen Hand, die andere hielt locker die Zügel des Ponys. Täuschen konnte er gut! Niemand bemerkte seine Anspannung, sondern mit der Selbstherrlichkeit der Jugend ritt er in das feindliche Dorf, als wäre es ein Spaziergang.

Zintkala-win hielt sich hinter ihm. Mit klopfendem Herzen hielt sie unter niedergeschlagenen Wimpern Ausschau nach bekannten Gesichtern. Da! Freund-der-Otter, inzwischen längst zum Krieger gereift! Ihr Herz hüpfte, weil auch er den Kriegszug überlebt hatte.
Sein Gesicht verzog sich vor Erstaunen, als er sie ebenfalls erkannte. Aber auch andere schlugen verblüfft die Hände vor den Mund, ignorierten völlig den Lakotakrieger, der gemächlich in ihr Dorf ritt. Lächelnd drehte sich Nata-He-Yukan zu seiner Frau um. „Wohin jetzt?", fragte er vergnügt, amüsierte sich köstlich über die staunenden Blackfeet.
Zintkala-win wurde es gleichzeitig heiß und kalt. Zu lange hatte sie auf diesen Augenblick gewartet! Fast ängstlich schaute sie zu dem Ehrenplatz, an dem sonst immer das Tipi ihres Onkels stand. Groß und prächtig erhob es sich in der Mitte des Dorfes, für alle schon von weitem zu sehen und eine innere Ruhe breitete sich in ihr aus. Das Heim ihres Onkels!
Dort stand es, so wie immer!
Mit ihren Fersen trieb sie ihr Pony wieder an und lenkte es zu dem Zelt. Stille breitete sich aus, dann schlüpfte der alte Mann aus dem Zelt. Sein spitzes Kinn zitterte und plötzlich legte sich sein Gesicht vor Freude in tausend Falten, als er seiner Nichte die Hände entgegenstreckte.
„Kranichfrau!", begrüßte er sie mit ihrem Mädchennamen.
„Mein Onkel ...", flüsterte Zintkala-win, dann rutschte sie vom Rücken des Ponys und legte ihren Kopf auf seine Schulter.

„Ich habe geträumt, dass du zurückkommst!“, stotterte Ferner-Bär gerührt. „Immer wieder! Aber ich wusste nicht, ob ich die Zukunft sehe oder nur einen Wunschtraum habe. Nun weiß ich, dass ich dich gesehen habe. Wohlbehalten und gesund! Ich danke dem Sonnenhäuptling für diese Gnade.“
Sanft umarmte er seine Nichte, dann stießen seine Hände gegen die Babywiege auf ihrem Rücken. „Was ist das?“, fragte er erstaunt.
„Meine Tochter!“
„So, du hast also eine Tochter?“, wunderte sich Ferner-Bär. „Nun komm erst in mein Zelt und begrüße deine Tante. Später wirst du uns alles erzählen!“
„Ja, Onkel! Doch erst begrüße meine Familie! Das ist Nata-He-Yukan, mein Mann, und der kleine Junge ist Kleine-Krähe, unser Sohn!“
„So, so!“, brummte Ferner-Bär und musterte den Lakotakrieger eindringlich.
Ohne mit der Wimper zu zucken glitt Nata-He-Yukan vom Pferd und stellte das Kind neben sich. Irgendwie fühlte er sich gerade genauso belauert wie bei dem Zwischenfall mit den feindlichen Crow. Vielleicht hätte er sich doch besser erkundigen sollen, welche Sitten und Bräuche die Blackfeet gegenüber unerwünschten Ehemännern haben!
Dann huschte ein verschmitztes Lächeln über das Gesicht des Medizinmannes und mit unverhohlenem Stolz erklärte er: „In meinen Träumen sah ich immer einen Mann neben dir. Nun ist es also wahr geworden. Ich heiße den Mann meiner Nichte willkommen!“
Zintkala-win übersetzte leise und einigermaßen überrascht riss Nata-He-Yukan die Augen auf. Ihr Onkel musste ein mächtiger Medizinmann sein!

Mit würdevollem Schritt näherte sich ihnen Lahmer-Bulle, der Häuptling ihres Stammes. Argwöhnisch betrachtete er den Lakotakrieger, dann hellte sich seine Miene auf, als er Zintkala-win erkannte. „Es ist schön, dass eine Tochter unseres Volkes wieder zurückgekehrt ist!“

Höflich neigte sie ihren Kopf, sah abwartend auf ihre Fußspitzen, weil sie eigentlich nicht mit dem Häuptling sprechen wollte. Das hatte Zeit! Erst wollte sie ihre Familie begrüßen!
„Komm heute Abend zu uns!", lud Ferner-Bär den Häuptling ein. „Dann wird meine Nichte uns alles erzählen! Es ist viel Zeit vergangen und sie soll zuerst ihre Familie begrüßen dürfen."
„Ich freue mich!", meinte Lahmer-Bulle freundlich.
Mit einer deutlichen Geste schickte Ferner-Bär seine Nichte in sein Zelt, fort aus den Augen der staunenden Menschen.
Freundlich bedankte er sich bei den Kriegern, die seine Nichte begleitet hatten und gab ihnen noch einige Vorräte und gute Wünsche mit auf den Weg. Mit einem kurzen Nicken verabschiedete er sich von ihnen und sah ihnen nach, wie sie in der Ferne verschwanden.
In aller Ruhe fogte Ferner-Bär schließlich dem Lakotakrieger in das Zelt und deutete höflich auf den Ehrenplatz. Er machte sich an seinen Bündeln zu schaffen, um dem Fremden die Möglichkeit zu geben seine Gedanken zu sammeln.

Geschmeidig setzte sich Nata-He-Yukan auf den ihm zugewiesenen Platz, dann wanderten seine Augen durch das Zelt. Überall hingen Bündel und ausgestopfte Vögel von den Wänden, außerdem duftete es nach Kräutern. Eindeutig das Zelt eines heiligen Mannes! Aber das sagte ihm auch der seltsame Haarknoten, den der Mann auf der Stirn trug. Eine rundliche Frau fiel Zintkala-win um den Hals und nahm ihr schnatternd die Wiege vom Rücken. Nata-He-Yukan verstand kein Wort, aber er hörte auch so, dass sie das Kind bewunderte. Ohne Luft zu holen redete sie auf Zintkala-win ein, kniff nebenbei Kleine-Krähe in die Wange und drückte ihm etwas zu essen in die Hand. Han! Tanten waren überall gleich!
Zwei Mädchen saßen schüchtern im Hintergrund, wagten sich aber nicht hervor, sondern beobachteten misstrauisch den fremden Mann.
Nata-He-Yukan ließ sich zu einem Lächeln herab und sofort senkten die Mädchen die Augen, unangenehm an ihre Neugier erinnert.

Ferner-Bär holte eine mit Federn verzierte Pfeife hervor und begann sie feierlich zu stopfen. Der Pfeifenkopf war aus schwarzem Stein und nicht, wie bei den Lakota, aus rotem Catlinit.
Ferner-Bär nahm einen Zug, dann reichte er Nata-He-Yukan die Pfeife.
Han! Der Tabak der Blackfeet schmeckte gut!
Schweigend saßen sich die Männer gegenüber, rauchten und versuchten sich einzuschätzen, während die Frauen leise flüsternd das Baby versorgten. „Es ist so schön, dass du einen Mann und ein Baby hast!", freute sich die Tante. Ihr rundes Gesicht verzog sich zu einem vergnügten Lächeln.
Ferner-Bär wandte die Augen nicht von Nata-He-Yukan ab, und doch konzentrierte er sich auf das Gespräch der Frauen, um auf diese Weise mehr über seine Nichte zu erfahren.
„Ja, Schnee-in-den-Bergen ist mir eine große Freude!", lächelte Zintkala-win.
„Schnee-in-den-Bergen?", neugierig setzte sich die füllige Gestalt neben die junge Frau. Neben ihrer Tante wirkte Zintkala-win wie ein Grashalm, der sich im Wind wiegt.
Doch auch die Tante war einst ein schönes Mädchen gewesen. Zedernsängerin! Allein der Name ließ ahnen, dass viele junge Männer um sie geworben hatten. Trotz ihrer Körperfülle hatte sie immer noch ein ansprechendes Gesicht mit sanften Augen.
„Ja, sie heißt so, weil wir eine lange Zeit in den Bergen gelebt haben. Mein Mann lebte dort in der Verbannung. Er hat mich gefunden, als ich bei dem Kriegszug von den Crow verletzt wurde."
„Haijah!", schlug die Tante die Hand vor den Mund.
„Ja, er wurde für etwas bestraft, was er nicht begangen hat, aber das ist eine andere Geschichte. Jetzt ist er wieder ein geachteter Krieger bei den Lakota."
„Und dieser kleiner Junge? Er ist doch nicht dein Kind!", fragte Zedernsängerin, am liebsten wollte sie alles gleichzeitig wissen.
Ferner-Bär rollte ungläubig mit den Augen und machte eine vielsagende Handbewegung in Richtung seiner geschwätzigen Frau.
Nata-He-Yukan verzog verständnisvoll die Mundwinkel und nahm einen weiteren Zug aus der Pfeife, tat so, als würde es ihm völlig genügen, im Moment zu rauchen.

„Nata-He-Yukan tötete die Eltern des Kindes, als sie seine Pferde stehlen wollten. Aber er verschonte das Kind und nun ist er unser Sohn!“
Haijah!“, murmelte die Tante erschrocken. „Ist er ein gefährlicher Krieger?“
„Ja!“
„Warum hat er dich nicht getötet?“
Sie kicherte vergnügt. „Er hat gesagt, dass er mich nicht getötet hat, weil ich verletzt war. Er wollte kein hilfloses Mädchen töten!“
„Aber damals warst du ein Krieger!“, runzelte Zedernsängerin die Stirn.
„Ja, aber nicht für ihn. Er hat mich immer nur wie eine Frau behandelt, wie eine gefangene Frau!“, betonte sie nachdrücklich.
„Oh!“, verlegen verstummte die Tante, wusste genau, was sie damit meinte. „Und nun?“
„Zedernsängerin, ich bin nun seine Ehefrau! Ich heiße Zintkalawin, Vogelmädchen, und doch weiß ich nicht, wer ich bin. Ich bin zurückgekommen, um meine Bestimmung zu suchen!“
„Jetzt hör mit deinem Geschnatter auf und bring meinen Gästen etwas zu essen!“, ermahnte Ferner-Bär seine Frau. Geschäftig holte Zedernsängerin das Essen in das Zelt und verteilte die Schüsseln.
„Wir müssen eure Sachen abladen!“, meinte sie eifrig.
„Ja, wir haben ein kleines Zelt dabei. Das möchte ich aufbauen!“
„Oh, bleibst du nicht bei uns?“ Enttäuschung klang in der Stimme der Tante.
„Ich kann doch gleich neben euch wohnen! Aber ich habe jetzt meine eigene Familie. Nata-He-Yukan fühlt sich bestimmt wohler, wenn er in seinem eigenen Zelt ist.“
Zögernd willigte Zedernsängerin ein, denn sie wollte eine gute Gastgeberin sein, und so richtete sie sich nach den Wünschen ihrer Nichte.
Nach dem Essen wandte sich Ferner-Bär schließlich mit einem Augenzwinkern an den jungen Mann: „So, du hast also meine Nichte geraubt!“
„Nein!“, stellte Nata-He-Yukan richtig. „Ihr habt sie verloren und ich habe sie gefunden!“

Zintkala-win gluckste amüsiert, als sie die Worte übersetzte. „So, so! Gefunden! So nennt man das jetzt!"

Nata-He-Yukan legte nur herausfordernd den Kopf schief, er musste sich nicht rechtfertigen.

„Wir bringen gefangene Frauen nicht zurück!", fuhr der Medizinmann fort und erntete einen empörten Blick seiner Nichte.

„Sie ist keine Gefangene!", erklärte Nata-He-Yukan. „Niemand könnte sie halten, wenn sie gehen möchte! Sie hatte eine Vision, doch nun muss sie einen neuen Weg gehen. Ich begleite sie, damit sie Klarheit erhält."

Zufrieden nickte Ferner-Bär. „Zintkala-win hat einen guten Mann gefunden. Du bist großherzig! Ich wünschte, dass alle unsere Feinde so wären wie du. Bleib, solange du willst."

„Ich danke dir für deine Gastfreundschaft!", meinte Nata-He-Yukan. Er hatte seine Frau zu ihrem Volk gebracht, jetzt musste er abwarten, wie sie sich entschied. Würde sie hier bleiben wollen? Seufzend wandte er sich an Ferner-Bär:

„Wir sind mit den weißen Händlern gekommen, die am Bärenfluss ihr Lager bauen. Sie wollen den ganzen Winter bleiben und mit euch tauschen. Vielleicht gehen wir mit ihnen im Frühjahr zurück. Auch wir müssen einen Weg für uns suchen. Es ist nicht leicht, mit einem Pecuni Kriegermädchen verheiratet zu sein!"

Ferner-Bär antwortete ihm mit einem leisen Glucksen, doch eine kleine Faust drosch Nata-He-Yukan seitlich in die Rippen.

„Haun!"

Etwas verwundert schaute die Tante auf. „Du willst wieder zu den Lakota zurück?"

Verunsichert biss Zintkala-win die Lippen zusammen, denn darüber hatte sie überhaupt noch nicht nachgedacht! Immer hatten ihre Überlegungen um die Frage gekreist, wie sie zu den Pecuni zurückkehren konnte, aber nicht, ob sie dort auch blieb. Was vor allem, wenn ihr Mann nicht bleiben wollte?

„Mein Mann hat noch eine zweite Frau und eine Tochter bei den Lakota. Er kann sie nicht im Stich lassen!"

Ferner-Bär wunderte sich ein wenig. Der Lakota war noch reichlich jung für zwei Frauen und drei Kinder! „Warum hast du sie nicht mitgebracht?"

Nata-He-Yukan grunzte ausgelassen wie ein kleiner Junge. Zum ersten Mal ließ die Anspannung in ihm nach: „Es genügt, wenn ihr meinen Skalp nehmt! Ich muss nicht noch meine Frau und das Kind dieser Gefahr aussetzen!"
„Klug gedacht!", lächelte der Medizinmann. Dann wandte er sich mahnend an die Frauen: „Wollt ihr nicht das Zelt aufbauen? Später kommen Lahmer-Bulle und sicherlich noch andere, die eure Geschichten hören wollen!"
Hastig erhoben sich die Frauen, doch auch Nata-He-Yukan verließ das Zelt, um die Pferde zu versorgen. Sofort schlossen sich ihm einige Jungen an, als er die Ponys zur Pferdeherde brachte, und Nata-He-Yukan lächelte. Kinder waren überall gleich, ebenso wie geschwätzige Tanten!
Dann lief er zum Fluss, um sich zu erfrischen. Es wurde empfindlich kalt und fröstelnd schlüpfte Nata-He-Yukan in seine Kleidung. Mit den Kindern im Schlepptau machte er sich auf den Weg zu seinem Zelt. Es war bereits aufgebaut und wirkte neben dem ausladenden Tipi von Ferner-Bär geradezu bescheiden. Aber es war sein Zuhause und er war froh für kurze Zeit seine Frau für sich alleine zu haben. Sanft nahm er sie in die Arme.: „Bist du glücklich?"
„Sehr!", flüsterte sie in sein Ohr, tief bewegt, dass er sein Wort gehalten hatte. Hier würde ihr Herz Frieden finden.

Sie nutzte die wenige Zeit bis zum Abend, um ihre Tochter zu versorgen, dann gingen sie wieder zum Zelt von Ferner-Bär. Es platzte bereits aus allen Nähten, denn jeder wollte Zintkala-win willkommen heißen. Nur neben ihrem Onkel bleiben zwei Plätze frei, denn ohne Zintkala-win und ihren Mann würden die wichtigsten Personen fehlen.
Schweigend wurde die Pfeife herumgereicht, beim Zelteingang jedoch in die andere Richtung zurückgegeben, damit sie den Eingang nicht kreuzte. Das brachte Unglück. Dann warteten alle gespannt, was Zintkala-win zu erzählen hatte. Für viele Männer war sie immer noch der Krieger, der mit ihnen ausgezogen war, um gegen die Crow zu kämpfen. So wunderten sie sich jetzt, dass sie als Frau zurückgekehrt war.

Leise berichtete Zintkala-win, was sich in dieser langen Zeit zugetragen hatte. Sie ließ nichts aus, sondern erzählte auch von ihrer Demütigung und der Fehlgeburt, aber auch von den Zweifeln, die sie daraufhin befallen hatten.
„Nata-He-Yukan war zu stark für mich. Ich habe mich ihm als Frau ergeben!"
Ernst unterbrach der Lakota seine Frau: „Nein, du hast dich nicht ergeben! Du hattest mich besiegt und mein Herz gewonnen! Aber in dir schlägt das Herz eines Mannes. Du bist eine Kriegerfrau, obwohl du mich liebst!"
Bewegt übersetzte Zintkala-win seine Worte und die bislang eher unfreundlichen Mienen der Männer hellten sich bei diesen Worten auf. So war das. Tötet-die-Crow war nach wie vor ein Krieger! Eine Kriegerfrau!
Dieser Mann musste starke Medizin haben, dass er eine solche Frau hatte besiegen und ihre Liebe gewinnen können. Bei den Blackfeet gab es manchmal solche Kriegerfrauen, doch wenn sie mit einem Mann zusammenlebten, wurde dieser oft verspottet, weil er kein richtiger Mann war.
Dieser Lakota sah allerdings nicht so aus, als könnte er sich gegenüber der Frau nicht durchsetzen. Aber warum hatte er in der Verbannung gelebt?

Nata-He-Yukan senkte den Kopf. Er sprach nicht gern darüber, aber er verstand, dass die Blackfeet wissen wollten, wie es dazu gekommen war. „Ein Mann meines Volkes empfand Hass gegen mich! Erst jetzt weiß ich, dass er mich schon immer hasste, aber damals dachte nur jeder, dass wir Rivalen seien, junge Männer, die ihre Kräfte gegeneinander messen. Er tötete mit Absicht einen Jäger unseres Volkes und gab mir die Schuld. Niemand glaubte, dass er gelogen hatte! Wir haben ihn im Fort Union wiedergesehen und er hat versucht Zintkala-win zu töten!"
„Warum wollte er Zintkala-win töten?"
„Er hat es bereits einmal versucht, während eines Angriffes der Crow, aber Zintkala-win konnte ihm entkommen! Er ist feige, deshalb fordert er nicht mich heraus, sondern vergreift sich an meinen Frauen!"

Erstauntes Murmeln war zu hören. Auch bei den Blackfeet gab es Intrigen, wenn ein Mann zu mächtig wurde, aber sich an dessen Frau zu vergreifen galt als schändlich.
„Du sagst, dass Crow euer Dorf überfallen haben?"
„Ja!"
„So, die Crow sind also auch deine Feinde!", lächelte Lahmer-Bulle. „Vielleicht sollten wir Frieden mit euch schließen, schließlich haben wir die gleichen Feinde!"
„Unsere Feinde sind die Pawnee, Assiniboin und Crow! Ich werde nicht mehr gegen die Blackfeet kämpfen, denn damit beleidige ich meine Frau!", erklärte Nata-He-Yukan mit fester Stimme.
„Haijah!", brummten die Männer zustimmend und mochten nun diesen ehrlichen Krieger.
Das hielt sie jedoch nicht davon ab, auch anzügliche Fragen zu stellen, denn nach wie vor fanden sie es lustig, dass ein Mann mit einer Kriegerfrau zusammenlebte.
„Als uns Tötet-die-Crow verließ, trug sie Männerkleidung! Was machst du, wenn sie wieder einen Lendenschurz anzieht?"
Nata-He-Yukan kniff die Augen zusammen und erkannte, dass sie ihn nur ärgern wollten. „Nichts! Sie sieht doch sehr hübsch darin aus!"
Kichernd übersetzte Zintkala-win seine Worte und erfreute sich an den verblüfften Gesichtern.
„Und wer versorgt dein Tipi, wenn sie ein Krieger ist?"
„Ich habe noch eine Frau, die für mich kocht und meine Felle gerbt!", grinste Nata-He-Yukan verschmitzt. „Aber auch Zintkala-win macht diese Dinge. Nur, ich zwinge sie nicht."
Haijah! Dieser Mann konnte es sich leisten, eine Frau neben sich zu haben, die keine Frauenarbeiten machte! In ihren Augen war er reich.
„Wieso hat sie Kinder, wenn sie doch ein Mann ist?"
Nata-He-Yukan überlegte sich seine Antwort. „Sie ist kein Mann. Sie ist eine Kriegerfrau! Aber welche Bestimmung sie hat, das kann nur Wakan-tanka entscheiden. Er hat zugelassen, dass unsere Tochter in ihrem Leib wächst und Zintkala-win kümmert sich wie eine Mutter um sie. Nun müssen wir sehen, wie sie Mutter und Kriegerfrau sein kann!"

Dann lächelte er. „Sie ist meine Frau, obwohl sie manchmal das Herz eines Kriegers hat!“
Abwägend neigten die Männer ihre Köpfe zur Seite, dachten über seine Worte nach. Das war alles sehr ungewöhnlich!
„Jedenfalls ist es gut, dass sie wieder Frauenkleider trägt“, meinte ein älterer Mann.
„Wieso? Es wäre doch sehr einfach, wenn sie das Baby stillen will und nur einen Lendenschurz anhätte!“, lästerte Freund-der-Otter.
Zintkala-win lächelte ihrem alten Freund zu. „Schade, dass dir die Crow nicht deine scharfe Zunge herausgeschnitten haben!“
Erklärend wandte sie sich an ihren Mann:
„Das ist Freund-der-Otter! Er hat uns als Hütejunge begleitet, ebenso wie Wiesel-gefangen-am-Schwanz, und eigentlich hätte auch ich nur die Pferde bewachen sollen. Wo ist Wiesel-gefangen-am-Schwanz?“
Schweigen breitete sich aus, dann meinte Freund-der-Otter leise:
„Er wurde im Frühling bei einem Kriegszug gegen die Cree getötet!“
„Oh!“ Trauer erfüllte Zintkala-win. Davor hatte sie sich all die Zeit gefürchtet: Zu erfahren, wer alles nicht mehr unter ihnen weilte!
Andere Gesichter und Namen fielen ihr ein, doch sie wagte nicht nach ihnen zu fragen. In den nächsten Tagen würde sie Gewissheit erhalten, wer für immer in die Sandhügel gegangen war. Der Onkel klopfte bedächtig die Pfeife aus und beendete mit dieser eindeutigen Geste den Abend.
Höflich standen die Männer auf und verließen das Zelt, ebenso wie Nata-He-Yukan und Zintkala-win, denn die beiden waren müde.
Mit einem langen Stöhnen sank Nata-He-Yukan auf seine Decken. „Wan, was für ein Spaß!“
„Spaß?“, neckte sie ihn.
„Ich überlege mir die ganze Zeit, ob sie mich erst töten und dann meinen Skalp nehmen oder umgekehrt!“
Zintkala-win lachte schallend und streichelte sanft sein Gesicht.
„Was denkst du denn?“, schimpfte sie liebevoll.

Seine Hände packten ihren Arme und schwungvoll warf er sie auf die Decke neben sich. „Komm her, du! Ich muss spüren, dass ich noch lebe!"
Kreischend setzte sich Kleine-Krähe auf seinen Vater, der theatralisch zusammenbrach und ihren Körper unter sich einklemmte. „Siehst du, Kleine-Krähe ist schon ganz wie die Blackfeet!"

Am Morgen räusperte sich jemand höflich, dann schaute Ferner-Bär in ihr Zelt. „Kann ich deinen Mann entführen, damit er mit mir zum Fluss geht, oder baden sich Lakota nicht?"
„Oh, sie stinken ganz fürchterlich!", behauptete Zintkala-win übermütig.
Leider hatte Nata-He-Yukan ihre Worte verstanden. Er konnte bei weitem noch nicht einer schnell geführten Unterhaltung in dieser Sprache folgen, aber einzelne Worte und Sätze verstand er sehr wohl! Ohne auf den Onkel zu achten, warf er sie zu Boden und versohlte ihren Hintern. Besonders zärtlich war er dabei nicht!
„Aiii!", rief sie empört, dann fauchte sie hinter ihm her, als er erhobenen Hauptes hinter Ferner-Bär verschwand. Er hatte sich Respekt verschafft! Noch war er der Herr im Zelt!
Kleine-Krähe hüpfte auf seinen stämmigen Beinen neben ihm her, nahm zögernd seine Hand und schielte von der Seite zu seinem Vater hoch. „Ina böse?", fragte er verunsichert.
„Ja, sie hat gesagt, dass wir Lakota stinken!", erklärte Nata-He-Yukan.
Das Kind schüttelte empört den Kopf. „Nein, Lakota stinken nicht!"
„Nein!", stimmte er zu.

Nebel lag über dem Ufer und der Tau glitzerte an den Grashalmen wie Perlen. Der Winter würde bald kommen und vor den Gesichtern der Männer sammelte sich der kalte Hauch des Atems. Fröstelnd sprangen sie in das kalte Wasser, auch Indianer badeten lieber im Sommer, alles andere war ein notwendiges Übel, auch um sich abzuhärten. Flüchtig streifte Ferner-Bärs Blick die tiefen Narben, die sich über Nata-He-Yukans Brust zogen, dann meinte er bewundernd: „Deine-Feinde-müssen-dich-fürchten!"

„Ja, ich-wurde-verletzt, als-ich-Zintkala-win-verteidigte!", signalisierte Nata-He-Yukan erklärend.
Augenzwinkernd wandte sich der Medizinmann an den jungen Mann: „Mir ist kalt, reiten wir ein bisschen?"
Nata-He-Yukan senkte bejahend die Augen, wusste instinktiv, dass der Onkel mit ihm alleine über seine Nichte reden wollte. Ohne Zügel und Sattel schwangen sie sich auf die Rücken der Ponys und lenkten sie mit den Schenkeln vorwärts.
Nata-He-Yukan wickelte sich und das Kind in die warme Decke, während er schweigend neben Ferner-Bär hertrottete.
„Die-Männer, die-dir-diese-Narben-zufügten, sind-tot?", fragte Ferner-Bär nach einer Weile, obwohl es eher eine Feststellung war.
„Ja, niemand-bedroht-ungestraft-meine-Frau-und-Kinder", bestätigte Nata-He-Yukan mit heftigen Handbewegungen.
Lächelnd beugte sich Ferner-Bär zu ihm und tippte ihn an die Brust. „Auch-du-hast-Stelle, wo-du-verwundbar-bist, großer Krieger! Dein Herz!"
Völlig offen schaute Nata-He-Yukan auf Ferner-Bär.: „Du hast recht! Mein-Herz-ist-verwundbar, aber-ich-schäme-mich-nicht. Ich-habe-starke-Gefühle-für-Zintkala-win-und-meine-Kinder!"
Seine Worte unterlegte er mit Gesten, denn nicht für alle seine Gedanken kannte er die entsprechenden Worte in der Blackfeetsprache.
„Das ist gut!", nickte der Onkel.
Er hatte diesem Mann in das Herz gesehen und was er dort sah, genügte ihm.
„Reiten-wir-zurück? Später-ich-will-jagen!", schlug Nata-He-Yukan vor.
„So, ein Lakota will also in unseren Jagdgründen wildern?"
Nata-He-Yukan lachte gutmütig: „Ja, aber nur, damit meine Pecunifrau satt wird!"
„Geh nur! Ich werde später für euch beten! Vielleicht erhalte ich Antworten auf Zintkala-wins Fragen!"
„Hecetu!", murmelte Nata-He-Yukan.
Schweigend wendeten sie die Ponys und machten sich auf den Rückweg.

Er glitt in sein Tipi und sah belustigt zu, wie sich Kleine-Krähe auf das Essen stürzte, das seine Mutter ihm vor die Nase stellte. Ebenso hungrig schaufelte er sich den Eintopf in den Mund, dann meinte er beiläufig: „Ich werde zur Jagd gehen."
„Schön! Dann kann ich meine Tante besuchen und erzählen, was du für ein grausamer Mann bist!"
„Grausam?"
„Ja, weil du mich allein lassen möchtest!", kicherte sie frech.
Anzüglich nahm er seinen Bogen und schob damit ihr Kleid höher. „Ich kann ja heute Nacht zu dir kommen!"
Sie floh aus seiner Reichweite und schüttelte energisch den Kopf.
„Nein, du bleibst auf deinem Lager und ich auf meinem!"

Mit einem Grinsen griff er nach seinem Köcher und schlüpfte aus dem Zelt. Sofort schlossen sich ihm drei Krieger an, die bereits ihre Pferde am Zügel hielten und offensichtlich auf ihn gewartet hatten. Neuigkeiten sprachen sich hier schneller herum als ein Buschfeuer! Seine Mundwinkel verzogen sich amüsiert nach unten, dann machte er eine einladende Handbewegung. „Ich-möchte-jagen! Wisst-ihr, wo-sich-das-Wild-versteckt?"
„Weißt-du-denn,wie-man-den-Schwanzwedler-schießt?"
Schwanzwedler? Ah, die Blackfeet meinten den Hirsch!
Nata-He-Yukan deutete vielsagend auf seinen Bogen: „Mit-diesem-Bogen-treffe-ich-den-Hirsch, aber-auch-meine-Feinde!"
„Haijah!", schrie der Mann begeistert. „Dann lass uns den Schwanzwedler jagen!"

Zintkala-win aber ging mit ihren Kindern in das Zelt ihres Onkels. Endlich konnte sie ihm all die Fragen stellen, die sie schon so lange gequält hatten.
„Setz dich, mein Kind!", lächelte der Onkel.
Die Tante nahm Kleine-Krähe an der Hand und verließ mit ihm das Zelt. Nur zögernd folgte ihr der kleine Junge, doch schließlich war die Neugier auf die neue Umgebung und die anderen Kinder, mit denen er vielleicht spielen konnte, größer.
„Du warst eine lange Zeit fort", begann der Onkel. „Viel ist seitdem geschehen!"

„Ja, aber ich bin so froh, dass du unter den Lebenden weilst! Es war ein schrecklicher Kampf! Was ist damals geschehen?“
„Nun, die Crow verfolgten uns wie aufgestachelte Hornissen! Sie klebten an unseren Fersen. Gleichgültig welche Finte uns auch einfiel, sie bleiben hinter uns! Wir teilten uns in viele kleine Gruppen und verwirrten so die Streitmacht unserer Feinde!“
Mit gesenktem Kopf lauschte Zintkala-win der Erzählung, dachte wieder an den schrecklichen Tag, an dem sie verletzt worden war. „Ich ritt mit Zwei-Pferde, Schwarzer-Fluss und Roter-Fuchs, als ich verwundet wurde. Sie versuchten die Crow von mir wegzulocken!“
Der Onkel nickte bedächtig. „Roter Fuchs starb, aber die anderen sind zurückgekehrt und haben mir davon erzählt!“
„Oh!“, ihr Herz hüpfte vor Freude.
„Sie haben nach dir gesucht, dich aber nicht gefunden“, erklärte Ferner-Bär.
„Wie habt ihr es geschafft, den Crow zu entwischen?“
„Pah!“, wehrte der Onkel ab. „Die Crow sind gute Fährtenleser, aber sie konnten nicht jeder einzelnen Spur folgen. Auf dem Rückweg haben wir noch viele Skalpe genommen und die Frauen unserer Feinde zum Weinen gebracht!“
„Es war keine Niederlage?“
„Nein, es war ein guter Kampf. Einige gute Krieger sind gefallen, aber wir haben sie inzwischen gerächt. Im letzten Sommer haben wir ein großes Dorf unserer Feinde angegriffen! Viele ihrer Frauen und Kinder leben nun bei uns!“
„So wie ich gezwungen wurde, bei den Lakota zu leben!“, entgegnete sie vorwurfsvoll.
Der Onkel winkte unwillig ab. „Nun bist du wieder hier!“
„Ja, aber nur weil Nata-He-Yukan großmütig ist.“
„Kein Mann könnte dich halten!“, bewunderte der Onkel seine Nichte.
„Ein anderer Mann hätte mich getötet“, erklärte Zintkala-win nüchtern. Sie machte eine bittende Handbewegung. „Ich möchte meine Freundinnen sehen!“
Erstaunt entließ Ferner-Bär seine Nichte und schaute ihr hinterher, wie sie das Zelt verließ. Immer noch hatte sie das Selbstbe-

wusstsein eines Kriegers. Nachdenklich starrte der Onkel ins Feuer und dachte an die Vision. Hatte er sie richtig verstanden?

Zintkala-win streifte unterdessen durch das Dorf und nickte den Menschen zu, die sie freundlich begrüßten. Jüngere Frauen, mit denen sie einst als Kind gespielt hatte, scharten sich um sie und bewunderten das Baby. Es erschien ihr unwirklich und fremd, als wäre hier die Zeit stehen geblieben. Als wäre sie nie fort gewesen und hätte nie als Krieger gekämpft. „Dein Baby ist so niedlich!", schnatterten die Frauen.
„Wie ist es mit einem Mann vom Volk der gescheitelten Haare?"
„Wie haben dich die fremden Menschen behandelt?"
„Haben noch mehr Frauen unseres Volkes bei den Fremden gelebt?"
„Hat dich dein Mann gezwungen wieder Frauenkleider zu tragen?"
„Du siehst viel hübscher damit aus!"
Zintkala-win runzelte unwillig die Stirn. Die Frauen fragten sie lauter belanglose Dinge! Plötzlich vermisste sie Sommerregen und Grashüpfer, ihre wahren Freundinnen. Einsilbig beantwortete sie einige Fragen, wartete höflich auf eine günstige Gelegenheit, dem schnatternden Gänseschwarm zu entfliehen.
Mit ihren Augen suchte sie nach Freund-der-Otter und fand ihn am Fluss, wo er sein Pferd abrieb. Sofort kam er lächelnd auf sie zu und beide setzten sich in das Gras. Seine Hand streichelte sanft über die Wiege mit dem Baby. „Es ist gut, dass du zurück bist!"
„Es ist gut, dass du noch lebst!", meinte sie ehrlich.
„Ja, es war ein gefährlicher Kriegszug, und doch kehrte ich als Mann zurück!"
Auch er hatte sich verändert, längst war er vom Jüngling zum Krieger gereift, trug stolz mehrere Federn im Haar. Nachdenklich senkte sie den Kopf. „Mich machte er wieder zur Frau!"
Freund-der-Otter lachte gutmütig. „Wenn du nur eine Frau wärst, dann wärst du nicht hier. Dann würdest du jetzt als gehorsame Lakotafrau bei unseren Feinden leben. Nein, du bist immer noch der Krieger und so werde ich dich auch behandeln. Als meinen Freund!"

Seine Worte berührten ihr Herz und sie blinzelte in die Sonne. Deswegen war sie heimgekehrt. Um ihre Freunde zu sehen!
„Ich habe gesehen, wie du dem Crow die Keule an den Kopf gedroschen hast! Haijah! Du hast wirklich gekämpft wie ein Krieger", bewunderte sie Freund-der-Otter.
„Du hast es gesehen? Da war so viel Staub, dass ich nicht mehr zwischen Freund und Feind unterscheiden konnte", erinnerte sich Zintkala-win.
„Ja, das ist so im Kampf!", stimmte Freund-der-Otter zu. „Wir waren viele, aber im Kampf ist man plötzlich allein mit dem Feind."
Stirnrunzelnd warf Zintkala-win einen Stein in das Wasser, während sie daran dachte, wie ihr Mann sie nicht hatte schützen können, als die Ute gekommen waren oder Bleza-Si sie verletzt hatte. So war das! Im Kampf war sie allein.
Sie würde ihre Tochter lehren, sich zu verteidigen!
„Was denkst du?", fragte Freund-der-Otter mit einem Lächeln.
„Ich habe mich seit diesem Tag oft verteidigen müssen. Mein Mann ist tapfer, aber auch er kann mich nicht immer schützen. Er konnte das nicht einmal in seinem Dorf. Deswegen wollte ich hierher. Aber auch hier wäre ich allein, wenn uns Feinde angreifen. Mein bester Schutz ist mein Bogen und mein Messer. Ich werde meine Tochter lehren, den Bogen gegen jeden Feind zu führen!"
„Haijah!", lachte Freund-der-Otter. „Was sagt dein Mann dazu, wenn du auch aus seiner Tochter eine Kriegerfrau machst?"
„Nichts", meinte sie ruhig. „Er liebt mich. Warum sollte meine Tochter anders sein als ich?"
Freund-der-Otter lachte breit, dann wurde er ernst: „Du hast recht. Alle Frauen sollten sich verteidigen können. Die Cree oder Assiniboin haben kein Mitleid mit ihnen, wenn sie über unsere Dörfer herfallen!"

Kleine-Krähe kam auf seinen kräftigen Beinen angesaust und setzte sich stürmisch auf ihren Schoß. „Uff!", stöhnte sie. „Wo bist du gewesen?"
„Ich habe mit einem Jungen gespielt. Er spricht anders, aber ich habe ihn trotzdem verstanden!"

„So! Dann gehen wir in unser Zelt zurück. Schnee-in-den-Bergen hat Hunger und ich möchte sie stillen."

„Ich habe keinen Hunger ...", bemerkte Kleine-Krähe hastig, „ich laufe lieber wieder zu meinem Freund!" Eilig verdrückte sich das Kind, völlig begeistert davon, endlich wieder mit anderen Kindern spielen zu können.

Langsam erhob sich Zintkala-win und nahm die Babywiege auf ihren Rücken. „Ich bereite das Essen zu. Mein Mann wird hungrig sein, wenn er zurückkommt!"

Amüsiert funkelte Freund-der-Otter sie an. „Es ist seltsam dich als gute Ehefrau zu sehen."

Sie warf ihm einen schiefen Blick zu. „Ich habe mich lange gegen diese Bestimmung gewehrt, glaube mir! Fast wäre ich an diesem Kampf zerbrochen. Ich werde wieder um eine Vision beten, damit ich Klarheit erhalte. Aber der Sonnenhäuptling hat mich diesem Mann zur Frau gegeben und das Baby in mir wachsen lassen. Es wäre nicht richtig, seine Weisheit anzuzweifeln!"

„Nein!", stimmte Freund-der-Otter zu. „Aber du hast dich nicht verändert. Immer noch bist du Tötet-die-Crow. Genauso kämpferisch und selbstbewusst! Es muss schwer für dich sein, in dem Körper einer Frau zu stecken."

Tränen schimmerten in ihren Augen, als sie erkannte, wie sehr ihr Freund sie verstand! „Ich danke dir für deine Worte", flüsterte sie mit belegter Stimme.

Dann lief sie aufgewühlt zu ihrem Zelt zurück, sehnte sich plötzlich nach der Gegenwart ihres Mannes. Verwirrt legte sie das Baby an ihre Brust und blickte nicht einmal hoch, als Zedernsängerin durch die geöffnete Zelttür eintrat. Sie wollte allein sein, über ihre Gefühle nachdenken und nicht schon wieder dem plätschernden Wortfluss ihrer Tante lauschen.

„Oh, Kleine-Krähe ist ja so niedlich. Wie schön, dass er dein Sohn ist! Alle im Dorf lieben ihn ...!"

Zintkala-win schloss die Augen und blendete die Anwesenheit ihrer Tante aus. Warum fand sie nicht die Ruhe, die sie brauchte? Warum ließ man ihr nicht die Ruhe, die sie sich ersehnte? Ihre Gedanken schweiften ab, zurück zu der Höhle in den Bergen, in der alles begonnen hatte.

„Kind, was ist denn?“, hörte sie die drängende Stimme ihrer Tante. Besorgte Augen waren auf sie gerichtet. „Bist du krank? Geht es dir nicht gut?“
Mit einem Lächeln bat Zintkala-win um Entschuldigung. Sie war in höchstem Maße unhöflich! „Mir geht es gut, liebe Tante! Ich bin nur ein wenig müde. Soviel ist geschehen. Ich bin wieder daheim und das hat mich aufgewühlt!“
„Aber natürlich. Du hast so viel durchgemacht! Ruhe dich nur aus. Ich komme morgen wieder.“ Hastig verließ die Tante das Zelt und schloss die Eingangsklappe, ein deutliches Zeichen, dass Zintkala-win jetzt niemanden sehen wollte. Zintkala-win war wirklich dankbar und schloss seufzend die Augen.

Nata-He-Yukan kehrte erst zurück, als die Sonne bereits hinter den Wipfeln der Bäume verschwand. Gut gelaunt warf er den prächtigen Wapitihirsch, den er erlegt hatte, neben das Zelt und kletterte hinein.
Seine Frau aber saß am Feuer und weinte. Erschrocken kniete er sich vor sie und nahm ihre Wange in seine Hand. „Was ist denn los?“
„Nichts, ich bin nur so verwirrt!“, schluchzte sie hilflos.
Manchmal tat es Nata-He-Yukan so gut, wenn sie einfach nur eine Frau war. Dann fühlte er sich stark, wollte sie beschützen und alle Gefahr von ihr fern halten. „Verwirrt?“, fragte er lächelnd.
„Ja! Ich bin jetzt wieder hier und … Ach!“ Sie zögerte, als sie versuchte ihre Gedanken zu ordnen. Plötzlich umarmte sie ihn heftig und flüsterte: „Ich liebe dich, Nata-He-Yukan! Ich liebe dich!“
Han! Seine Kehle schnürte sich zu und sein Herz machte den Satz eines Berglöwen! Sie liebte ihn! So einfach war das. Ihre großen Augen leuchteten ihn an und er fühlte, dass sie sich ganz sicher war. Nur einmal hatte er diese Liebe gespürt, damals, als er verletzt auf dem Pferd saß und sie ihn zurück in die Höhle geführt hatte. Er lachte leise. „So, du liebst mich! Hast du diesen weiten Weg gebraucht, um das festzustellen?“ Sie kicherte ausgelassen. „Ja! Aber jetzt weiß ich es ganz genau!“
„Dann ist es gut“, murmelte er. „Denn ich liebe dich schon lange! Vielleicht schon immer!“

„Ich weiß, sonst wärst du nicht hier“, hauchte sie gerührt. „Wie war die Jagd?“, fragte sie und wischte energisch ihre Tränen weg. Er lachte offen und deutete auf seine Haare: „Meinen Skalp habe ich noch, wie du siehst!“

Das Gelächter der beiden drang bis nach draußen und Ferner-Bär schüttelte missbilligend den Kopf: „Wie eine Herde Büffel!“
Zedernsängerin hörte auf das Gelächter und freute sich im Stillen. Sie fand das Lachen, das aus dem kleinen Zelt drang, sehr beruhigend. „Ich gehe zu ihnen und helfe den Schwanzwedler zu zerlegen“, meinte sie hilfsbereit.
„Ja, gehe nur. Und bitte die beiden zum Essen in mein Zelt. Ich möchte auch gern lachen!“

Fort Piegan

Die nächsten Wochen vergingen für Zintkala-win wie im Traum. An der Seite ihres Mannes ritt sie oft in die Wildnis, um zu jagen, überließ die Kinder der Obhut ihrer Tante, bis die Milch in ihren Brüsten sie daran erinnerte, dass andere Pflichten auf sie warteten. Dann kehrte sie lächelnd um, während Nata-He-Yukan weiter nach Jagdbeute spähte.

Der erste Schnee bedeckte das Land und er folgte den Spuren von Luchs, Hermelin und Fuchs, weil er die Felle im Fort tauschen wollte. Manchmal begleitete er auch die Krieger auf die Jagd, lernte die Sprache der Blackfeet und bewunderte im Nachhinein seine Frau, weil sie seine Sprache so schnell gelernt hatte. Wütend biss er die Zähne zusammen, wenn er Mühe hatte die schwierigen Laute nachzusprechen oder sich die Wörter einfach nicht merken konnte. Zintkala-win hatte es auch geschafft, seine Sprache zu lernen, da wollte er nicht zurückstehen.

Zintkala-win fühlte sich so frei wie ein Vogel. Es war nichts Ungewöhnliches, dass eine Frau ihren Mann zur Jagd begleitete und niemand nahm Anstoß daran, dass sie einen Bogen trug. Sie verarbeitete die Felle wie jede andere Frau und plauderte gut gelaunt mit ihrer Tante.

Freundlich suchten die Krieger die Gesellschaft ihres Mannes und forderten ihn zu allerlei Wettspielen heraus.

Bei der Jagd oder im Bogenschießen hielt er locker mit und bei Wettkämpfen half ihm eine kaltblütige Rücksichtslosigkeit, mit der er seine Gegner besiegte. Noch waren die Blackfeet in erster Linie seine Feinde und nicht Freunde, mit denen er spielte.

Schnell verbreitete sich der Ruf des unerschrockenen Lakotakämpfers und mit Hochachtung suchten sie seine Freundschaft

Nur zu den Kriegergemeinschaften erhielt er keinen Zutritt, denn noch war er nur der Ehemann von Zintkala-win, ein Fremder. So blieb er abends oft in seinem Zelt bei seiner Familie oder im Zelt von Ferner-Bär. Manchmal wurde er auch zu anderen Familien eingeladen, aber immer mit seiner Frau und seinen Kindern.

Zintkala-win genoss diese Zeit, denn sie hatte Nata-He-Yukan ganz allein für sich, wie damals in den Bergen!
Ihm blieb viel Zeit mit den Kindern zu spielen und er genoss es sichtlich, seine kleine Tochter in die Luft zu werfen, bis sie vor Vergnügen quietschte.
Dann setzte bei seiner Frau seit langer Zeit wieder die Menstruation ein. Er hatte es bemerkt, weil sie nicht wie sonst völlig nackt unter die Decken kroch, sondern eine lederne Binde zwischen den Beinen trug. Auch schlief sie auf der Frauenseite des Zeltes. Deshalb war Nata-He-Yukan verwirrt, dass sie bei ihm im Zelt blieb. Warum ging sie nicht in das Ischnatipi, wie alle Frauen seines Volkes?
Es war vollkommen unmöglich, über ein so heikles Thema mit einer Frau zu reden, und so wand er sich unentschlossen hin und her, unsicher darüber, wie er sich verhalten sollte.
Warum wusste sie nicht, dass ihr Menstruationsblut seine Kräfte schwächen würde, ausgerechnet hier, mitten unter Feinden? Nun lebten sie schon so lange miteinander, aber ein so seltsames Verhalten hatte er noch nie erlebt. Hatte sie kein Schamgefühl?
Vollkommen verunsichert setzte er sich abseits, überlegte, wie er dieser unhaltbaren Situation entfliehen konnte.
Wie war das damals in den Bergen gewesen oder in der Prärie? Dunkel konnte er sich daran erinnern, dass sich Zintkala-win nie abgesondert hatte. Traurig presste er die Lippen zusammen. Natürlich nicht! Damals war sie schwanger gewesen! Die Erinnerung an die Fehlgeburt und das unvollkommene Wesen, das er in der Astgabel eines Baumes bestattet hatte, schmerzte und er wischte diese Gedanken unwillig beiseite.
Gleichzeitig stieg das Bild in ihm hoch, wie sie schwer verletzt und blutend auf den Fellen gelegen hatte. Hunhunhe! Damals hatte er nur seine Felle in den hinteren Bereich der Höhle gezogen. War diese Maßnahme Schutz genug gewesen?
Verwirrt brach er einen Zweig auseinander und stocherte in der Glut des Feuers herum. Damals hatte er keine andere Wahl gehabt, sich sogar dazu überwunden, das Mädchen halbwegs zu versorgen. Aber hier, unter den Blackfeet wurde ihm die ganze Situation zu schwierig. Er befand sich mitten im Gebiet der Feinde

und brauchte seine Kraft. Entschlossen packte er seine Waffen und Felle, klemmte sich einige Habseligkeiten unter den Arm und verließ das Zelt.
„Wo gehst du denn hin?“, wunderte sich seine Frau.
„Mir ist es hier drin zu heiß!“, murmelte er.
„Draußen ist Winter!“
Ohne zu antworten schlug Nata-He-Yukan die Eingangsklappe zu und wanderte ein Stück zwischen die Bäume. Er sammelte trockenes Holz für ein Feuer und baute sich aus Ästen und Zweigen einen brauchbaren Windschutz.
Dann rollte er sich in seine Felle, rutschte näher zu dem Feuer und versuchte einzuschlafen. Wieso nur hatte er sich mit diesem Blackfeetmädchen eingelassen? Wieso nur?

Am frühen Morgen wachte er halbwegs munter auf. Zu seiner Überraschung stellte er fest, dass die Felle ihn gut gewärmt hatten. Er überlegte, ob er wohl in dem Zelt des Onkels etwas zu essen bekommen würde, und erhob sich hungrig aus seinen Fellbergen. Einige Männer standen grinsend in der Nähe, dachten wahrscheinlich, dass die beiden einen Ehestreit hinter sich hatten, und luden ihn voller Mitgefühl zum Frühstück ein.
Nata-He-Yukan nahm die Einladung gern an, nahm die Sticheleien lieber in Kauf als das Zusammensein mit einer menstruierenden Frau.
Er ging ihr die nächsten drei Tage weiträumig aus dem Weg, folgte den Männern auf ihre Jagdzüge und verbrachte die Nächte im Schnee. Dann kehrte er ebenso wortlos in sein Zelt zurück, so, als wäre nichts gewesen.
Zintkala-win starrte ihn mit vorwurfsvollen Augen an, konnte sein Verhalten überhaupt nicht einschätzen. „Bist du böse auf mich?“, fragte sie mit beklommenem Herzen.
„Aber nein!“, wehrte er freundlich ab. „Manchmal muss ein Mann auch mal allein sein!“
„Und jetzt willst du wieder bei mir sein?“
„Aber ja!“
„Das ist gut!“, freute sich Zintkala-win, dachte vielleicht, dass Nata-He-Yukan irgendeine geheime Zeremonie durchgeführt

hatte. „Stelle doch dein Schild in die Sonne, damit es noch mehr Kraft aufnimmt!“, schlug sie eifrig vor. Dann schüttelte sie seine Decken auf und schöpfte eine Schale der Suppe für ihn aus dem Kochsack.
Nata-He-Yukan seufzte zufrieden und setzte sich bequem an eine Rückenstütze. Ein Zelt war doch um einiges bequemer als das Lager im Schnee!

Tage später machte sich der ganze Stamm voller Erwartungen auf den Weg zur Mündung des Bärenflusses, um endlich mit den Weißen zu handeln. Ohne Hast zogen sie durch den tiefen Schnee, rasteten in geschützten Tälern und saßen am Abend um die Lagerfeuer, um Geschichten zu hören. Die wertvollen Felle waren zu Bündeln verschnürt und alle freuten sich auf den Tauschhandel.
Dann standen sie staunend vor dem Handelsposten, den die Weißen in der Zwischenzeit erbaut hatten.
Ein richtiges Fort! Stolz flatterte die amerikanische Flagge an einem riesigen Mast, übergroß und in dieser Landschaft wie ein Fremdkörper. Ein starker Palisadenzaun umgab die Gebäude, drohend ragten Kanonenrohre aus den Schießscharten. Die Bäume in der Nähe waren gerodet worden, sodass nun nach allen Seiten die Sicht freigegeben war. Das Gras war hier niedergetrampelt, teilweise von Schneematsch bedeckt. Hinter dem Fort türmten sich einige graue Felsen auf, warnend streckten sie sich wie die Faust eines Riesen den Ankömmlingen entgegen, als wollten sie sagen: „Wehe euch, wenn ihr nicht in Frieden kommt!“
Doch das Tor stand einladend offen und einige Trapper traten heraus, um die Ankömmlinge zu begrüßen. In einiger Entfernung stand bereits ein Blackfeetdorf und Menschen mit schweren Bündeln auf den Rücken wanderten in Richtung des Forts, manche hatten auch einen Hund vor ihren Schlitten gespannt.
„Nata-He-Yukan!“, brüllte eine Stimme, und lächelnd rutschte der Krieger von seinem Pferd, um seinen Freund zu begrüßen.
„Jean!“
Begeistert drückte ihn der Weiße an seine Brust und mit einem breiten Grinsen erwiderte Nata-He-Yukan die Umarmung. Dann

wiederholte Jean die merkwürdige Begrüßung mit Zintkala-win.
„Ma chérie! Comment-vas-tu?"
„Bien!", antwortete Zintkala-win.
„Donner! Seit wann sprichst du Französisch?"
Sie kicherte nur und sah zu, wie Kleine-Krähe aufgeregt hüpfte.
„Jean, Jean!"
„Komm her, du kleine Krabbe!" Mit Schwung setzte der Mann das Kind auf seine Schultern und Kleine-Krähe lachte begeistert.
Dann wurde Jean förmlich und deutete höflich auf Kipp, der geduldig im Hintergrund stand. „Das ist Kipp, unser Häuptling. Sage das eurem Häuptling!"
Kurz übersetzte Nata-He-Yukan die Worte und ebenso höflich neigte Lahmer-Bulle den Kopf.
„Ihr habt euch ein eindrucksvolles Tipi gebaut! Wir sind hier, um zu handeln. So, wie ihr es versprochen habt."
Kipp rieb sich die Hände. „Gut, gut! Baut doch euer Dorf auf, dann kommt zu mir, damit wir euch begrüßen können! Heute Abend machen wir euch zu Ehren eine kleine Feier!"
Mit einem Lächeln verabschiedete sich der Häuptling und wies die Frauen an, weiter unten am Fluss die Tipis aufzubauen. Wahrscheinlich war niemals vorher ein Dorf so schnell aufgebaut gewesen, denn alle platzten vor Neugier.
Dann kleideten sie sich in ihre Festgewänder und machten sich hinter ihrem Häuptling und anderen Würdenträgern auf, die Weißen zu besuchen. Nata-He-Yukan blieb im Hintergrund, obwohl die Familie von Zintkala-win einen hohen Status hatte.
Höflich blieben die Indianer in der Mitte des Platzes stehen, unverhohlen musterten ihre Augen die Festung. Starke Gebäude aus Holz, umgeben von einem Wall aus Bäumen. So etwas hatten sie noch nie gesehen! Mehrere Feuer brannten, über denen bereits das Wild briet, und einige roh zusammen gezimmerte Tische waren aufgebaut worden, auf denen sich Geschenke stapelten, und natürlich das unvermeidliche Fass mit Branntwein.
Zur Ehrenrettung von Kipp muss gesagt werden, dass er den Alkohol, den er an die Indianer ausschenkte, siebenfach verdünnt hatte. Die bittere Erfahrung hatte ihn diese Vorsichtsmaßnahme gelehrt.

Jacob Berger stand neben Kipp und feierlich übersetzte er die kurze Willkommensrede: „Wir freuen uns in euren Jagdgründen willkommen zu sein! Wir wollen den Handel mit einem Fest beginnen. Alles, was ihr heute bekommt, sind unsere Gastgeschenke für euch! Geschenke für eure Großzügigkeit, dafür dass wir hier dieses Fort bauen dürfen. Wir nennen es euch zu Ehren Fort Pecuni! Kommt und feiert mit uns! Feiert mit uns, auf dass wir morgen fair handeln!"

Die Indianer wussten, was ein fairer Handel war, und nickten bedächtig mit ihren Köpfen. Sie würden sehen, ob diese Weißen die Wahrheit sprachen und ihr Wort hielten!

Großzügig verteilten die Händler das Essen unter den Indianern und noch großzügiger verteilten sie den Branntwein. Schnell wurden die Indianer leutselig, saßen kichernd beisammen und genossen das schwere Gefühl in ihren Köpfen. Kinder steckten neugierig ihre Köpfe in alles, was sie interessierte, und brachten die Weißen an den Rand der Verzweiflung.

Nur Nata-He-Yukan und Zintkala-win rührten den Alkohol nicht an, wussten aus eigener Erfahrung, welchen Schaden er anrichten konnte. „Wir haben das heilige Wasser verdünnt!", versicherte Jean. „Eure Freunde werden nur ein wenig lustig, aber nicht so betrunken, wie ihr es einst gewesen seid!"

„Ich trinke nichts!", wehrte Nata-He-Yukan energisch ab.

„Wenn mein Geist benebelt ist, kann ich meine Familie nicht beschützen!"

„Aber hier droht doch keine Gefahr!"

„Das kannst du nicht wissen."

Jean grinste breit. „Du bist immer noch reichlich nervös."

„Stimmt! Kommst du mit in mein Zelt? Ich würde mich freuen."

„Gern!", willigte Jean ein und gemeinsam schlenderten sie ins Dorf zurück.

Am Morgen brachten die Indianer ihre Fellbündel in den großen Raum, der eigens für den Handel gebaut worden war. In den Regalen türmten sich die Waren und staunend wie die Kinder betasteten die Indianer die Kostbarkeiten. Perlen, Messer, Stoffe, Kochtöpfe, Spiegel, Bürsten, aber auch Äxte und Waffen, alles

Dinge, die kaum einer von ihnen je gesehen hatte. Einige wenige waren vielleicht schon im Norden bei der Hudsons Bay Company gewesen, aber selbst dort hatten sie noch nie ein solches Warenangebot gesehen. Vor allem die Frauen schauten fassungslos in ihre Spiegelbilder, bestaunten die schönen Haarbürsten oder die bunten Decken. Besonders die Perlen hatten es ihnen angetan, denn die leuchtenden Farben faszinierten sie. Schnell brachten sie ihre wertvollen Pelze, baten schüchtern um die begehrten Dinge, während ihre Männer freundlich daneben standen. Die Frauen hatten die Felle gegerbt, also hatten sie auch die erste Wahl, was sie tauschen wollten.

Dann suchten sich die Krieger die für ihre Kriegskunst interessanten Dinge aus, tauschten Äxte und Messer oder ließen sich den Umgang mit dem Gewehr zeigen.

Für die American-Fur-Company war es ein einträgliches Geschäft. Bereits in den ersten zehn Tagen des Handelns gingen über tausend Felle über den Ladentisch. Präriehunde, Biber, Bisamratten, Rotfüchse, Wölfe und unzählige Bisonfelle türmten sich in den Regalen. Aber auch die Indianer waren zufrieden.

Kipp schenkte reichlich Branntwein aus, hielt die Indianer mit großzügigen Geschenken bei Laune und selbst Krieger, die bereits mit anderen Händlern getauscht hatten, mussten zugeben, dass sie noch nie so viele Waren für ihre Felle erhalten hatten!

Zwischen den Indianerinnen und den weißen Händlern wurde heftig geflirtet, denn auch bei den Blackfeet herrschte Frauenüberschuss. Die Weißen galten als gute Medizin und mit ihren Waren als besonders reich. Viele junge Mädchen hatten ein Auge auf die Männer geworfen, aber auch junge Witwen, die sich mit der Heirat eine bessere Stellung erhofften.

Kipp hatte alle Hände voll zu tun die Moral aufrecht zu erhalten, denn, was die Männer als amouröses Abenteuer sahen, war für die Indianer bitterer Ernst. Immer wieder wurde ein Tanz veranstaltet, bei dem junge Mädchen mit den Weißen unter einer Tanzdecke tanzen durften. Doch am nächsten Tag standen sie mit ihren Müttern vor dem Fort und wollten für den Tanz mit großzügigen Geschenken belohnt werden.

Jean hatte einmal mitgetanzt, aber dann war er vorsichtiger geworden, als am nächsten Tag gleich vier Mädchen Geschenke von ihm wollten. Ihn irritierte die Initiative und das Selbstbewusstsein dieser Frauen, die ganz offen um ihn warben.
Dann kam es zu einem Zwischenfall, als die Familie eines Mädchens fordernd vor dem Tor stand und lautstark Genugtuung forderte. Ein Weißer hatte in der Nacht zuvor ihre Tochter zwischen die Büsche gezwungen und sie entehrt. Schnell war der Schuldige gefunden und Kipp stellte ihn zur Rede. „Hast du mit dem Mädchen geschlafen?"
Stotternd vor Verlegenheit versuchte der junge Mann sich herauszureden: „Kipp, ich war betrunken. Sie hat sich überhaupt nicht gewehrt. Sie ist gern mit mir zwischen den Büschen verschwunden!" Verwirrt schaute er auf das junge Ding, das sich verschämt in eine Decke gehüllt hatte und ihn verlegen anstarrte.
„Connor! Bist du wahnsinnig? Natürlich wehrt sie sich nicht! Denn du bist ein Gott, ein reicher Mann, ein Mann mit starker Medizin. Hast du eine Ahnung, was du angerichtet hast?" Kipps lange schmale Nase zitterte drohend wie der Zeigestock eines Lehrers.
„Und jetzt?", fragte Connor mit leiser Stimme. Blaue Augen baten Kipp um Verzeihung.
„Du wirst sie heiraten und ihre Familie mit Geschenken ehren! Und du wirst diese Geschenke selbst bezahlen. Dafür steht die Company nicht gerade! Ist das klar?"
„Ja, Sir!", murmelte der junge Mann, konnte jedoch ein begehrliches Leuchten in seinen Augen nicht verhindern.
Er bekam die Kleine zur Frau!
„Männer, haltet eure Schwänze im Zaum oder ich verheirate jeden von euch, der ein Mädchen auch nur anschaut!", schimpfte Kipp wutentbrannt.
„Und lasst euch ja nicht einfallen die Frauen nach dem Winter im Stich zu lassen! Dann können wir den Handel hier vergessen!" Dann wandte er sich freundlich an die Familie des Mädchens und ließ Jacob übersetzen: „Dieser Mann liebt eure Tochter von ganzem Herzen. Er bietet viele Geschenke, wenn dieses Mädchen seine Frau wird!"

„Wie viele Geschenke?", wollte der Indianer wissen. Er konnte die Gier in seinen Augen kaum verbergen.
„Komm später in den Raum, in dem wir handeln! Wir werden alles vorbereiten."
Zufrieden nickte der Vater. „Wir werden unsere Tochter für die Hochzeit schmücken! Damit ist der Ehre genug getan!"
Übermütig schlugen die Trapper Connor auf die Schultern: „Komm, wir richten dich für deine Hochzeit her! Du musst doch hübsch sein für deine Braut!"
„Wieso? Gestern habe ich ihr doch auch so gefallen!", verteidigte sich der junge Mann. Aber dann folgte er gutmütig seinen Freunden, die einen riesigen Spaß dabei hatten, ihn als Bräutigam auszustaffieren.
„Du musst dich rasieren!", befahlen sie , „und baden!"
„Jetzt hört aber auf!", wehrte Connor ab. „Zum Baden ist es doch viel zu kalt!"
„Die Rothäute baden sich jeden Morgen. Du willst doch nicht, dass deine Frau dich für schmutzig hält?"
„Gestern hat es sie doch auch nicht gestört!"
Energisch wurde er von starken Fäusten gepackt und zum Fluss gezogen.
„Nein! Ich will nicht! Hört sofort damit auf!" Mit seinen Fäusten drosch er auf die anderen Männer ein, doch erbarmungslos wurde er an den Händen und Füßen festgehalten und mit Schwung in das eisige Wasser geworfen. Schaulustige hatten sich am Ufer versammelt und hielten sich die Bäuche vor Lachen. Prustend tauchte der Unglückliche wieder auf und sofort bildeten sich Eisklumpen in seinen verzottelten Haaren. Triefend kam der Mann händeringend an das Ufer zurück. Seine Lederkleidung schlotterte um seinen Körper und er schüttelte sich wie ein nasser Hund.
„Ihr Schweine!", brüllte er aus vollem Hals. „Gottverlorene Halunken!" Irgendjemand überreichte ihm eine Decke und frierend hüllte er sich darin ein, dabei schimpfte er wie ein Rohrspatz. Die Männer schlugen sich vor Lachen auf die Schenkel und Jacob reichte ihm einen Krug mit Branntwein. „Hier, das wird dich wärmen!"

„Das braucht er jetzt nicht mehr. Er hat ja bald ein Weib im Bett, das ihm seine Füße wärmen kann!", stichelten die anderen.
Johlend führten sie den Bräutigam in das Fort zurück, dann rissen sie ihm die nasse Kleidung vom Leib.
„Du brauchst etwas Anständiges zum Anziehen. Sonst blamierst du uns am Ende noch!"
Sofort wühlten schmutzige Hände, die ebenso ein Bad nötig hatten, in seinen Bündeln und zogen eine saubere Hose und ein Hemd hervor. Andere Hände hielten den Kopf des Mannes und jemand zückte eine Schere. „Nein! Nicht meine Haare!", schrie Connor verzweifelt.
„Das sind keine Haare! Das sind Zotteln. Du siehst aus wie ein Tier!" Schon schnitt die Schere einen Teil seiner Haarpracht ab.
„Jetzt halt doch still!", schimpfte James, der noch nie für seine Zartheit bekannt gewesen war. Seine Schere schnitt kurzerhand die Locken ab, dabei stieß er einige Male bis in das Ohr des armen Mannes vor. „Au! Seid ihr verrückt? Lasst mich los!"
„Jetzt seht euch diesen Dreck an! In den paar Locken stecken mehr Läuse als in einem ganzen Pelz eines Indianers! Los, holt mir mal Kamm und Bürste!"
„Ich kann mich alleine kämmen! Ihr Saubande! Lasst mich endlich los!"
Nach einer guten Stunde hatten es die Männer tatsächlich geschafft, Connor ein gepflegtes Äußeres zu verpassen. Gegen die Kälte trug er einen bunt gestreiften Wollmantel und seine Beine steckten in warmen Gamaschen. Seine Haare wellten sich ordentlich gekämmt, immer noch schulterlang, hinter seinen Ohren. Reichlich nervös ließ er sich in den Handelsraum schieben, in dem Kipp bereits die Geschenke hergerichtet hatte.
„Waren im Wert von dreißig Dollar!", lächelte er kalt.
„Was? Das ist ja ein ganzer Monatslohn!", beschwerte sich Connor.
„Ist sie dir das nicht wert?" Kipps Augen wurden schmal.
„Doch, doch!", beeilte sich Connor zu sagen. „Ich dachte ja nur, dass vielleicht ein Heiratsbonus drin ist?"
„Du kannst froh sein, dass ich dir nicht höchstpersönlich das Fell über die Ohren ziehe!", funkelte ihn Kipp an.

Dann wurden alle still und bewunderten andächtig das junge Mädchen, das in den Raum geschoben wurde. Ein neidvolles Stöhnen erklang von den anderen Männern. Ein weißes Wildlederkleid schmiegte sich um ihre schlanke Gestalt und ihr Gesicht war an den Wangen rot bemalt. Sie war das blühende Leben in Person. Ihre Augen waren sittsam zu Boden gerichtet, als ihr Vater sie zu ihrem neuen Ehemann schob.
Kipp machte eine einladende Geste. „Nimm diese Geschenke, die der Ehemann gibt, um die Eltern zu ehren!"
Der Vater bekam gierige Augen, als er die Reichtümer sah. Sein neuer Schwiegersohn brachte ihm wahrlich Ansehen! Voller Genugtuung nahm er die Hand seiner Tochter und legte sie in die Hand von Connor. „Hier gebe ich dir deine Frau. Achte sie und beschütze sie gut!"
Connor hatte einen trockenen Mund, als er das Wesen betrachtete, das nun ganz allein ihm gehörte. Sie war jeden Cent wert! Aber wo sollte er mit ihr leben? Bisher gab es für die Männer nur reichlich muffige Mannschaftsquartiere, in denen es nach den Ausdünstungen der Männer stank.
Zur Feier des Tages spendierte Kipp wieder ein Fass des obligatorischen Branntweins und schnell standen vierzig Männer mit roten Backen um das jungvermählte Paar herum. Witze wurden gerissen und jeder wollte einen Kuss von der Braut.
Schließlich wurde es Connor zuviel und energisch schob er seine Frau aus der Reichweite der angeheiterten Männer. Aber wohin mit dem Mädchen? Zögernd zog sie ihn mit sich fort, in das Dorf ihrer Eltern. Ein Zelt war für die beiden aufgebaut worden und grinsend schlüpfte Connor hinein. So war das also! Die Familie sorgte für eine passende Unterkunft!
Die Eingangsklappe fiel zu und zum ersten Mal hatte er seine Frau für sich! Nicht schnell hinter einem Busch, sondern richtig! Er konnte sein Glück überhaupt nicht fassen!

Connor blieb nicht der einzige, der in diesem Winter heiratete, noch drei andere Männer verfielen den Reizen der dunkeläugigen Schönen und opferten einen Monatslohn, um die Familien zufrieden zu stellen.

Immer mehr Pecuni trafen beim Fort ein, um zu handeln. Zeitweise standen bis zu vierhundert Tipis um das Fort herum und es herrschte ein ständiges Kommen und Gehen.
Kipp war außerordentlich zufrieden! Alle Mitarbeiter waren fast ausschließlich damit beschäftigt zu handeln oder die Waren heranzuschaffen, nur Jean und Nata-He-Yukan gingen täglich zur Jagd, um die Händler mit Frischfleisch zu versorgen.
Der Lakota genoss die Gesellschaft seines Freundes und war froh, sich in seiner Sprache mit ihm unterhalten zu können. Mit ihm konnte er sich frei bewegen, denn unter den Blackfeet gab es viele, die ihn nicht kannten und daher auch nicht sonderlich freundlich musterten.
Aber in Begleitung von Jean gehörte er eindeutig zu den weißen Händlern und man ließ ihn in Ruhe. Immer wieder staunte er über die Organisationsgabe der Weißen, aber auch über die Selbstverständlichkeit, mit der jeder seine Aufgaben verrichtete. Ständig war eine Wache auf dem Schiff eingeteilt, das die Männer in einem enormen Kraftakt auf das Ufer gezogen hatten, um es vor dem Eis zu schützen.
Oft kletterten Kinder über die vereisten Planken und drangen in jeden Winkel des Schiffes vor, aber ansonsten war der Dienst als „Beine in den Bauch stehen" verschrien. Doch wenn sie im Frühjahr die wertvollen Felle den Fluss hinunterschiffen wollten, dann musste gewährleistet sein, dass niemand das Boot zerstörte. Auch das Fort wurde Tag und Nacht nach allen Seiten bewacht, bei nur vierzig Mann Besatzung keine leichte Aufgabe. Allein zehn Mann wurden täglich für die Wache eingesetzt, so hatte jeder Einzelne jeden vierten Tag Wachdienst, ansonsten wurde er zum Handeln, Kochen oder Holz holen gebraucht. Gearbeitet wurde die ganze Woche, denn erholen konnten sich die Männer, wenn sie im Fort Union zurück waren.
Kipp war froh um die Hilfe von Jean und Nata-He-Yukan, denn zum Jagen hatte er tatsächlich niemanden mehr frei. Durch die Anwesenheit so vieler Menschen wurde das Wild in der Nähe des Forts jedoch spärlich und so mussten Jean und Nata-He-Yukan bald weite Strecken zurücklegen, meist noch mit einem Packpferd dabei, das die Jagdbeute trug.

Nata-He-Yukan liebte diese Ritte in die Wildnis und am Abend freute er sich darauf, bei seiner Frau zu sitzen. Er genoss die Achtung, die ihm von den Weißen entgegengebracht wurde, und die ihn wie ihresgleichen behandelten. Gleichzeitig lernte er Englisch und Blackfeet, wobei er Englisch als ausgesprochen einfach empfand.
Die Blackfeet dagegen ließen sich nicht dazu herab, eine fremde Sprache zu lernen. In ihrer Überlegenheit erwarteten sie einfach, dass alle ihre Sprache lernten, nur Zintkala-win war eine löbliche Ausnahme. Sie war zumindest gezwungen gewesen sich in einer anderen Sprache zu verständigen.
Es war schön mit Jean zu reiten, manchmal genoss er es sogar, mit ihm zu schweigen. Selbst sein sonst so geschwätziger Freund brauchte hin und wieder seine Ruhe!
Wieder waren die beiden Freunde in der Wildnis unterwegs, weit entfernt vom Fort, um nach Wild Ausschau zu halten. Zeit spielte keine Rolle und so hockte Nata-He-Yukan auf seinem Pony und ließ seine Gedanken schweifen. Es war nicht wichtig, ob er heute eine Beute erlegte oder erst morgen. Er jagte für diese weißen Männer, und doch verstand er noch nicht die Bedeutung eines Vertrages. Er ging zur Jagd, weil er seinen Freund begleitete oder es selbst wollte, nicht aus der Verpflichtung heraus. Mit einem Lächeln sah er auf den Rücken seines Freundes, der sich vor ihm durch den Schnee kämpfte.
Dann lenkte ihn eine Bewegung seitlich ab.
„Wakta-yo!" Pass auf, zichte Nata-He-Yukan und zeigte auf einen kapitalen Hirsch. Sein Pfeil traf zielsicher und grinsend winkte er nach seinem Freund. „Reiten wir zurück!"
„Jetzt schon? Es bleibt noch lange hell!", meinte Jean.
„Warum nicht? Wir haben gute Beute", wunderte sich Nata-He-Yukan.
„Ach, du willst doch nur zu deiner Frau zurück!", ereiferte sich Jean. Ein wenig irritiert zwinkerte Nata-He-Yukan. „Und was ist falsch daran?"
„Nichts! Aber wir sind so weit geritten. Lass uns die Gelegenheit nutzen und noch einen Hirsch jagen. Dann hat es sich wirklich gelohnt!"

Nata-He-Yukan ließ seinen Kopf auf die Brust sinken. Alles hatte für die Weißen einen Wert oder einen zeitlichen Umfang, der für ihn überhaupt keine Bedeutung hatte. Ihm war kalt, er sehnte sich nach seiner Frau und ein Hirsch reichte ihm! So war das! Aber die Weißen überlegten immer, wie sie das meiste aus allem herausholten. Gut, auch er wurde von Kipp bezahlt, und so legte er missmutig den Kopf schief. „Gut, wir erlegen noch einen Hirsch!"
„Hecetu! Dann können wir vielleicht morgen mal zuhause bleiben. Was meinst du? Die Füße an das Feuer strecken und einfach faulenzen!"
Diese Aussicht heiterte Nata-He-Yukan sofort auf und konzentriert suchte er den Schnee bereits nach weiteren Spuren ab.
Mit zwei Hirschen machten sie sich auf den Rückweg und kurz vor der Dämmerung erreichten sie die ersten Zelte. Sie waren menschenleer, die Kochfeuer erloschen und eine seltsame Stille lag über dem Dorf. Dafür hatten sich fast alle Indianer in einiger Entfernung versammelt, hektische Reden wurden geschwungen, und hin und wieder erklang hysterisches Weinen.
Frauen standen schweigend in einem weiten Kreis, mit Decken verhüllt, und versuchten weinende Kinder zu beruhigen.
„Was ist denn da los?", murmelte Jean, ließ die Leine des Packpferdes los und ritt langsam auf die Versammlung zu. Schweigen breitete sich aus und Jean hatte ein mulmiges Gefühl im Bauch. Doch die Aufmerksamkeit richtete sich nicht auf ihn, sondern auf Nata-He-Yukan. Einige Krieger traten vor und forderten Nata-He-Yukan unhöflich auf ihnen zu folgen. Nata-He-Yukan rutschte von seinem Pony und setzte ein stoisches Gesicht auf. Er hatte keine Ahnung, was die Blackfeet von ihm wollten. Hatte er ein Tabu gebrochen, etwas falsch gemacht?
Dann starrte er auf die Frau, die in der Mitte des Versammlungsplatzes im Matsch kniete, von zwei Männern niedergezwungen, während ein dritter mit einem großen Messer vor ihrem Gesicht herumfuchtelte. Zintkala-win! Sein Herzschlag setzte kurz aus. Was hatte sie getan?
„Zum Donner! Lasst die Frau los!" Es war Jean, der die Indianer wütend anbrüllte.

Abwehrend hob Nata-He-Yukan die Hand. „Halt dich hier raus!“, warnte er seinen Freund. Dann trat er energisch vor, seine ganze Erscheinung zeugte von Spannkraft und Energie. Auch die Augen seiner Frau glänzten vor Erleichterung, weil er endlich da war, und doch wagte sie keine Bewegung.
In der Sprache der Blackfeet wandte sich Nata-He-Yukan an die Krieger: „Was ist los?“
Es war Gefleckter-Hirsch, der ausgesprochen schadenfroh antwortete. Als Anführer der Verrückten-Hunde hielt er die Ordnungsfunktion inne und es machte ihm sichtlich Freude, diesen ungebetenen Lakotakrieger zu blamieren.
„Wir sind hier, um diese Frau zu bestrafen! Sie hat Ehebruch begangen! Du wirst ihr die Nase abschneiden! Alle Frauen sind hier, um zu sehen, was ihnen blüht, wenn sie ihre Männer betrügen!“
Ehebruch? Betrügen? Nur langsam dämmerte ihm, welchem Vorwurf Zintkala-win hier ausgesetzt war. In der Nähe stand ein junger Krieger, der offensichtlich der Auslöser für den Vorwurf war. Seine schwarzen Augen brannten vor Verlegenheit. Er sah gut aus! Groß und schlank, sein Haupt mit Federn geschmückt, die ihn als fähigen Krieger auszeichneten.
Zintkala-win dagegen stand die Scham ins Gesicht geschrieben und flehend blickte sie zu ihm auf. Ihre Augen zeigten keine Reue, keine Schuld und eine ungeheure Wut stieg in ihm hoch. Ehebruch! So einen Unsinn hatte er in seinem ganzen Leben noch nicht gehört! Diese Frau würde für ihn sterben, ihn aber sicherlich nicht betrügen! Sein Gesicht wurde grau vor Wut und mit schneidender Stimme befahl er: „Lasst sie los!“
„Aber sie hat Ehebruch begangen!“, beharrte Gefleckter-Hirsch.
„Ich will mit ihr sprechen. Lasst sie los!“
„Willst du sie der gerechten Strafe entziehen?“
„Das ist meine Entscheidung! Lasst sie los! Ihr beleidigt mich und meine Frau. Sie ist ein Krieger! Wie kann ein Krieger mich betrügen?“ Seine Stimme wurde plötzlich leise, stolz stand er inmitten der Blackfeet und völlig ruhig wiederholte er: „Lasst sie los! Sofort!“
Dann wurde es plötzlich still, als der Oberhäuptling mit seiner ihm angeborenen Würde durch die Menge schritt. Alle Augen

wandten sich ihm zu und die Krieger machten ihm ehrerbietig Platz. Ein Krieger erklärte knapp, was sie gesehen hatten, dann deutete er auf die Frau. „Auch wenn ihr Mann nicht zu unserem Volk gehört, muss sie dennoch bestraft werden!"
Tatsicki-Stomick machte eine befehlende Handbewegung und zögernd ließen die Männer von Zintkala-win ab. Ruhig ließ der Häuptling seinen Blick über die Versammlung schweifen, dann redete er ohne die Stimme besonders zu erheben: „Jeder Mann entscheidet selbst, was er zu tun gedenkt! Auch mein Gast! Er soll hören, was die Frau zu sagen hat!"
Ein hörbares Seufzen ging durch die Reihen der Frauen, während die Männer eher überrascht die Szene beobachteten. Wie sollte ein Krieger einen Krieger betrügen? So hatte das bisher keiner gesehen.
Zitternd stand Zintkala-win auf und lief zu ihrem Mann. Er stand einfach da und wartete auf eine Erklärung.
„Nata-He-Yukan! Ich habe dich nicht betrogen!", versicherte sie atemlos.
„Das weiß ich!", unterbrach er sie ungeduldig.
Sie stutzte. „Das weißt du?"
„Aber ja! Aber warum denken die anderen, dass du dich schuldig gemacht hast?"
Sie errötete leicht und machte eine verlegene Handbewegung in Richtung des jungen Kriegers. „Das ist Zwei-Pferde, ein Freund! Wir haben gemeinsam gekämpft, und als ich ihn heute nach so langer Zeit wieder sah, da ist mein Herz gehüpft vor lauter Freude. Ich habe ihn umarmt und an meine Brust gedrückt! So wie Jean es machen würde!"
Ein dunkles Lachen stieg in Nata-He-Yukan hoch, ein Lachen aus tiefster Seele, das stärker wurde, bis es ihn schüttelte und ihm die Tränen herunterliefen. Die Blackfeet um sie herum verstanden kein Wort und wunderten sich über die ausgelassene Heiterkeit des Mannes. So jedenfalls benahm sich kein gehörnter Ehemann! Immer noch kichernd nahm Nata-He-Yukan seine Frau in die Arme. „Jetzt verstehe ich, warum alle glauben, dass du mich betrügst! Niemand hier kennt die seltsame Begrüßung der Weißen!"

Zintkala-win seufzte vor Erleichterung, blickte voller Dankbarkeit auf ihren Ehemann. „Bist du mir nicht böse?"
„Aber nein! Stell mich doch diesem Mann vor!"
Sie nickte mit einem Lächeln und zog ihn zu Zwei-Pferde. „Das ist mein Mann. Er heißt Nata-He-Yukan!", erklärte sie.
„Dein Mann ist kein Pecuni", stellte Zwei-Pferde fest.
„Nein, er ist vom Volk der gescheitelten Haare."
Nata-He-Yukan wandte sich an Tatsicki-Stomick: „Meine Frau hat nur einen Kampfgefährten begrüßt! Weiße begrüßen einander, indem sie sich umarmen. So hat auch Zintkala-win als Krieger einen anderen Krieger begrüßt, nicht als Frau! Es ist kein Ehebruch!"
Tatsicki-Stomick legte lächelnd den Kopf schief. „Nun, dann ist es gut! Niemals hätte ich an Ehebruch gedacht. Der Sonnenhäuptling hat euch beide zusammengeführt und keiner würde den anderen im Stich lassen!"
Dann wandte er sich energisch an die anderen: „Geht alle in eure Zelte zurück!"
Zögernd löste sich die Versammlung auf, einige Krieger waren sichtbar enttäuscht, während die Frauen tuschelnd die Köpfe zusammensteckten.
Immer wieder wurde einer untreuen Frau die Nase abgeschnitten, bei den Blackfeet häufiger als bei anderen Stämmen. Ihre Ehemänner galten als sehr eifersüchtig und Scheidung war nicht so einfach wie bei den Lakota oder Crow. Viele Frauen waren erleichtert, dass Zintkala-win ungeschoren davon gekommen war, während andere ein wenig hämisch an die Demütigung dachten. Nicht alle waren der Kriegerfrau wohl gesonnen, sahen sie als Gefährdung ihrer Sitten und Bräuche, als schlechtes Beispiel für die anderen Frauen.
Freundlich wandte sich Nata-He-Yukan an Zwei-Pferde: „Du bist in meinem Zelt willkommen! Meine Frau möchte sicherlich wissen, wie es dir ergangen ist!"
„Ich komme gern!", erwiderte Zwei-Pferde.
Schon drängte sich Zedernsängerin mit den Kindern zwischen sie und redete aufgeregt auf ihre Nichte ein: „Kind, Kind! Was für eine Aufregung!"

„Ja, eine Aufregung um nichts!“, schimpfte Zintkala-win empört. Immer noch war sie schockiert, wie schnell alles gegangen war, und dass niemand ihre Erklärung oder die von Zwei-Pferde hatte hören wollen. „Kommt! Gehen wir in unser Zelt zurück!“
Mit großen Schritten stapfte sie in Richtung ihres Dorfes, immer noch aufgewühlt und fassungslos. Dann kam die Wut! Wut darüber, dass nicht einmal ihr Onkel sie verteidigt hatte! Sie würde ihm gehörig die Meinung sagen!
Als sie endlich ihr Zelt erreichte, hatte sich ihre Wut bereits etwas gelegt. Ihre Gewohnheiten hatten sich geändert und es war nur natürlich, dass die Blackfeet entsprechend reagierten. Sie war weder Mann noch Frau, weder Lakota noch Blackfeet! Sie unterließ es, ihren Onkel zur Rede zu stellen, denn niemand zweifelte die Weisheit eines Medizinmannes an!
Sichtlich mitgenommen schlüpfte Zintkala-win in ihr Tipi und wartete auf die Männer. Ihre Gedanken wirbelten durcheinander, doch dann huschte ein Lächeln über ihr Gesicht.
Selbstverständlich hatte ihr Onkel nicht geholfen! Denn er hatte es nicht als nötig erachtet! Es war Aufgabe ihres Mannes gewesen, sie zu verteidigen. Nata-He-Yukan! Dankbar schaute sie hoch, als er sich mit dem Gast in das Tipi bückte. Er hatte überhaupt keine Zweifel an ihrer Unschuld gehabt! Höflich brachte sie den Männern das Essen, dann kümmerte sie sich kurz um die Kinder.
Zwei-Pferde verfolgte staunend, wie Zintkala-win Kleine-Krähe versorgte und anschließend ihr Baby stillte.
Schnee-in-den-Bergen quengelte hungrig und biss ihr fast vor lauter Gier in die Brust. Dann wurde es still und Zwei-Pferde versuchte dieses harmonische Bild mit der kriegerischen Frau in Einklang zu bringen, die er gekannt hatte.
Endlich schliefen die Kinder und Zintkala-win holte für Nata-He-Yukan die Pfeife. Schweigend saßen sich die Männer gegenüber und betrachteten sich freundlich. Zwei-Pferde seufzte hörbar, dann wandte er sich an Zintkala-win: „Es ist schön, dich lebend zu sehen! Willst du mir erzählen, was damals geschehen ist?“
Zintkala-win nickte lächelnd, dann erzählte sie zum wiederholten Male die Geschichte von ihrer Gefangennahme.

Stirnrunzelnd lehnte sich Zwei-Pferde zurück. „Wir haben damals die Crow, die uns folgten, getötet. Dann sind wir zurück und haben nach dir gesucht! Wir haben Roter-Fuchs gefunden, erschlagen von einem Beil! Dann stießen wir auf zwei tote Crow! Sie hatten deine Pfeile in ihren Wunden und so dachten wir, dass auch du es geschafft hättest und nach Norden geritten bist! Aber nirgendwo fanden wir deine Spuren! Erst zu Hause haben wir erfahren, dass du nicht zurückgekehrt bist!"
„Wieso hatten die Crow meine Pfeile in ihren Wunden? Ich hatte nicht einmal mehr die Kraft zu reiten, geschweige denn den Bogen zu heben!", wunderte sich Zintkala-win.
Nata-He-Yukan gluckste amüsiert. „Also habe ich nicht nur die Crow, sondern auch die Blackfeet genarrt!"
Zintkala-wins Augen wurden rund vor Neugier. „Wieso?"
„Ich nahm damals zwei Pfeile aus deinem Köcher und steckte sie in die Wunden der getöteten Crow, um meine Anwesenheit zu tarnen. Anschließend lenkte ich von meiner Spur ab! Ich habe sie offensichtlich so gut verwischt, dass selbst deine Freunde darauf hereingefallen sind."
Mit neuem Respekt schaute Zwei-Pferde auf den Lakotakrieger, dann gab er unumwunden zu: „Ich machte mir Sorgen um Zintkala-win, deshalb habe ich alles sehr genau untersucht! Aber ich habe nichts Verdächtiges gefunden!"
Nata-He-Yukan machte eine lässige Handbewegung. „Weil deine Augen nur das gesehen haben, was dein Geist sehen wollte! Du hast nach Crow gesucht, nicht nach einem Lakotakrieger."
„Die Spuren sind dieselben! Nein, ich habe nichts gesehen! Kein Blut, keine Hufspuren, keine Fußabdrücke, überhaupt nichts!"
Nata-He-Yukan grinste wie ein Wolf, freute sich über dieses offensichtliche Lob.
„Aber auch du hast Gutes getan, als du die anderen Crow von ihr abgelenkt hast! Ich hätte nicht gegen alle kämpfen können!"
Dieses Mal konnte Zwei-Pferde ein Grinsen nicht unterdrücken, die Lachfalten machten ihn sympathisch, ehrlich.
„Wir kämpfen beide gut, aber du hast Zintkala-win zur Frau genommen, während ich immer nur den Krieger in ihr gesehen habe!"

„Ich wusste nichts von ihrer Vision!“, zuckte Nata-He-Yukan mit den Schultern. „Ich war allein und sie eine Frau. Mehr ist dazu nicht zu sagen.“

Leise plätscherte das Gespräch zwischen ihnen dahin und so erfuhr Zwei-Pferde die lange Geschichte, welche die beiden verband. Er kannte die Neigung der Krieger zur Prahlerei, aber dieser Lakotakrieger prahlte nicht. Er erzählte nur, was geschehen war, ohne zu beschönigen oder hinzuzufügen. Zwei-Pferde mochte ihn, wischte den Gedanken beiseite, dass der Mann eigentlich ein Feind war.

Der Winter verging in angenehmer Plauderei.

Tatsicki-Stomick hatte Nata-He-Yukan vor dem gesamten Volk als seinen Gast bezeichnet und somit wurde er mit dem gleichen Respekt behandelt wie der Häuptling selbst.

Mit Freund-der-Otter und Zwei-Pferde ritt er zur Büffeljagd, denn die Winterfelle waren begehrt, oder er begleitete Jean zum Fischfang auf dem vereisten Fluss.

Angeekelt standen die Blackfeet in sicherer Entfernung um sie herum, konnten kaum glauben, dass die Napikwan diese Wassermonster aßen. „Diese glitschigen Schwimmer sind giftig!“, warnten sie Jean eindringlich.

„Wir sind Weiße! Wir können so etwas essen!“, widersprach Jean lachend. Aber auch Zintkala-win weigerte sich nach wie vor, den Fischfang auch nur anzusehen, geschweige denn Fische zu braten. „Bringe sie selbst in das Fort! Ich komme gern und sehe zu, wenn ihr euch in Qualen windet!“

Der Mond der schweren Augen verging und mit ihm löste sich das große Dorf der Blackfeet auf. Die Ponys fanden fast kein Futter mehr und so zogen die Sippen auseinander. Eisschollen trieben über den Fluss hinunter, erstes fließendes Wasser plätscherte über vereiste Ufer. Alles glitzerte und strahlte von Tautropfen und die Natur erwachte aus ihrer Starre. Kraniche, Reiher, Gänse und Enten zogen nach Norden und erste Singvögel wippten auf den kahlen Ästen, warteten auf die ersten Knospen. Klapperdürre Hirsche und Bisons wurden ein leichtes Opfer für die Wölfe, die einzigen, die nach dem Winter reichlich Futter fanden. Immer

wieder trieben aufgedunsene, stinkende Leiber den Fluss hinunter, Tiere, die den langen Winter nicht überlebt hatten. Aber auch die Menschen wurden von der Winterkrankheit geplagt. Besonders zum Ende des Winters wurden sie von Husten geschüttelt, wenn die Nahrungsmittelvorräte schwanden und die Abwehrkräfte nachließen.
Dann kam der Vielregenmond und alles versank in Matsch. Trotzdem wurde er sehnlichst herbeigewünscht, denn bald würde an geschützten Stellen das erste Gras wachsen. Der Schnee gab das vermoderte Gras frei und gierig rupften die Tiere dieses Futter. Schnee-in-den-Bergen wackelte in ihren ersten Mokassins durch das Tipi und stürzte sich kreischend in die Arme eines jeden, der sie auffangen wollte.
Nata-He-Yukan schmuste ausgiebig mit ihr, war völlig überwältigt von der Liebe zu diesem kleinen Mädchen. Sie war jetzt etwa so groß wie Kleine-Krähe, als er ihn gefunden hatte, und erst jetzt konnte er erahnen, was er diesem kleinen Jungen damals angetan hatte. Liebevoll kümmerte er sich um Kleine-Krähe, versuchte ihm den Vater zu ersetzen, den er ihm genommen hatte. Mit großer Sorgfalt schnitzte er an dem ersten Bogen für seinen Sohn und ließ ihn auf kleine Zielscheiben schießen.

Die Weißen ließen endlich das Kielboot zu Wasser und vertäuten es am Ufer. Das Hochwasser war fast bis an das am Ufer liegende Schiff herangekommen, und so nutzen die Männer die günstige Gelegenheit das Boot nur ein kurzes Stück zu ziehen. Schaukelnd lag es im Wasser, an mehreren Seilen gehalten und mit der unvermeidlichen Wache an Deck. Die Händler machten sich für die Abfahrt bereit, pressten die wertvollen Felle zu dicken Bündeln zusammen und packten ihre Sachen. Für die meisten war es eine Freude heimzukehren, doch andere plagte der Abschiedsschmerz.

Auch Nata-He-Yukan saß in seinem Zelt und hatte gedankenverloren seine Arme um die Knie geschlungen. „Ich muss zurück! Ich kann meine Schwester und Blauer-Schmetterling nicht länger allein lassen."

Verständnisvoll senkte Zintkala-win ihren Blick. „Das weiß ich. Nur, was wird aus mir?“
„Du hast keine Antworten auf deine Fragen erhalten“, stellte Nata-He-Yukan fest.
„Nein.“
„Möchtest du flehen gehen?“
Zintkala-win schüttelte traurig den Kopf. „Ich habe gebetet und keine Antwort erhalten. Ich kann auch nicht vier Tage auf Visionssuche gehen. Ich habe ein Baby! Außerdem glaube ich nicht, dass der Sonnenhäuptling mir etwas anderes sagen würde. Die Botschaft war klar, ich verstehe sie nur nicht!“
Nachdenklich blickte Nata-He-Yukan seine Frau an. „Und nun?“
Lächelnd machte Zintkala-win eine ausladende Handbewegung durch ihr Zelt. „Sieh nur! Sieh die Kinder, sieh unser Leben und unsere Liebe! Alles ist so, wie es sein sollte. Ich bin jetzt deine Frau. Einst werde ich verstehen, welche Bedeutung die Worte hatten, die mein Bruder zu mir gesagt hat. So lange werde ich dir folgen!“
Nata-He-Yukan seufzte erleichtert. „Also begleitest du mich zurück zu den Lakota?“
„Ja!“
„Hecetu!“, frohlockte Nata-He-Yukan etwas dümmlich, konnte seine Freude nicht verbergen. „Wir fahren mit dem Boot zurück!“

Es war ein bewegender Abschied von ihrem Onkel und ihrer Tante, dann zog die Sippe davon, auch mit Nata-He-Yukans Ponys, die in der Obhut von Ferner-Bär bleiben sollten.
„Im Herbst kommen wir doch wieder!“, versicherte Zintkala-win. Die Tante nahm sie zärtlich in ihre Arme: „Dein Platz ist nun an der Seite deines Mannes! Möge der Sonnenhäuptling über euch wachen!“
Kleine-Krähe war enttäuscht, denn er hatte viele Freunde unter den Blackfeetkindern gefunden.
„Du siehst sie doch im Herbst wieder! Und bald triffst du Mach-piya-ska und Kaktusblüte, deine Schwester!“
Kleine Krähe machte eine abwehrende Handbewegung, wollte sich nicht trösten lassen. „Ahch, das sind doch nur Mädchen!“

„Freust du dich nicht, sie zu sehen?" Zintkala-wins strenge Augen forderten eine Antwort.
„Doch, doch! Aber ich freue mich auch, wenn wir zu den Blackfeet zurückkehren", versicherte der kleine Junge schnell.

Die Händler hatten inzwischen das Schiff an das Ufer gezogen und begonnen die Waren zu verladen. Eine Planke führte vom Ufer zum Schiff und auch Zintkala-win trug ihre Bündel an Deck. In einer Ecke richtete sie ein Lager ein, legte Decken aus, auf denen sie mit den Kindern schlafen wollte. Fluchende Männer rollten die erste Kanone an Bord, denn sie hatten beschlossen das Fort ohne Besatzung zurücklassen. Vier Männer wollten den Sommer über bei ihren neuen indianischen Familien bleiben, zu wenige, um das Fort im Notfall zu verteidigen.
Als hätte sich ihre Vorahnung bestätigt, ertönte plötzlich in der Ferne ein Donnergrollen. Wie eine Flut tauchten im Dunst des Morgens Reiter auf, die keinen friedlichen Eindruck machten.
Geistesgegenwärtig ließ Kipp das Tor schließen und die Palisaden besetzen. „Noch nicht schießen!", brüllte er energisch. Dann schaute er besorgt zu dem Schiff, das am Ufer vertäut war und in dem bereits eine Menge Felle gestapelt waren.
Nata-He-Yukan wartete nicht. Blitzschnell warf er die Planke in das Wasser und löste die Seile, die das Schiff am Ufer hielten.
„Bist du verrückt?", brüllte James, der einzige, der sonst noch an Bord war, da er die Wache übernommen hatte.
„Nein, lass es ein Stück treiben und dann wirf den Anker!", zischte Nata-He-Yukan, während er mit seinem Bogen bereits in Deckung ging. Seine Pfeile trafen zwei Krieger, die noch versuchten das Boot zu erreichen, dann trieb das Schiff ein Stück in die Mitte des Flusses und gewann rasch an Fahrt. „Wirf den Anker!", schrie Nata-He-Yukan.
Mit einem Ruck kam das Boot zum Stillstand und besorgt beobachtete Nata-He-Yukan die brüllenden Krieger, die wütende Schreie ausstießen. Geduckt wandte er sich an seine Frau: „Wer sind diese Männer?"
„Kainah!", antwortete Zintkala-win. „Eigentlich gehören sie zu unserem Volk!"

„Wieso greifen sie dann an? Wissen sie nichts von dem Frieden?"
„Ich weiß nicht", wunderte sich Zintkala-win.
„Würden sie dich und die Kinder töten?"
„Nein!"
„Nun, dann warten wir ab, was sie wollen!", meinte Nata-He-Yukan ruhig, kniff verächtlich die Augen zusammen, als die Kainah versuchten mit ihren Pfeilen das Boot zu treffen. Mit seinen Händen machte er unfeine Gesten und verspottete seine Feinde.
„Warum reizt du sie noch mehr?", schimpfte Zintkala-win.
„Weil es mir Spaß macht!", rief Nata-He-Yukan übermütig.
Die Krieger am Ufer beruhigten sich und redeten in Zeichensprache: „Du-nicht-kannst-ewig-bleiben-auf-dem-Boot! Du-hast-Hunger, dann-du-kommst-zu-uns!"
Nata-He-Yukan grinste breit: „Ich-habe-Wasser, Fische und Essen!" Dann zog er seinen Lendenschurz hoch und präsentierte ihnen sein nacktes Hinterteil. In Zeichensprache höhnte er: „Und-zum-Scheißen-ich-habe-den-Fluss!"
Empörtes Schreien antwortete ihm: „Du-bist-feige! Komm-her-und-kämpfe!"
Herausfordernd lehnte sich Nata-He-Yukan aus dem Boot. „Was-ist? Schwimmt-doch-her! Meine-Pfeile-warten-auf-euch!"
Sofort sprangen zwei Krieger in das eisige Wasser, doch sogleich wurden sie von der starken Strömung erfasst und abgetrieben. Schadenfroh sah Nata-He-Yukan ihnen hinterher, lachte schallend, als sie ein gutes Stück stromabwärts triefend und frierend aus dem Wasser kletterten. Das war ein Spaß! Sein Herz klopfte vor Aufregung und es fühlte sich gut an, wieder zu kämpfen.
Zwei andere Krieger ritten weiter stromaufwärts. Sie waren schlau und ließen sich von der Strömung auf das Boot zutreiben. James nahm sein Gewehr und zielte auf den Kopf des Kriegers. Ein Schuss hallte über das Wasser und kurz verschwand der Mann. Dann tauchte er wieder auf und schlug hilflos mit einem Arm, um sich über Wasser zu halten. „Ich habe ihn erwischt!", schrie James.
„Ja, das sehe ich! Gib mir ein Seil!", schimpfte Nata-He-Yukan.
„Was?"
„Schnell!"

Schon trieb der Mann auf sie zu, aber auch der andere schwamm heran, um dem Verletzten zu helfen. Geistesgegenwärtig warf Nata-He-Yukan den beiden ein Seil zu, dann traf ihn der erstaunte Blick des Kriegers.
„Ich-helfen!", zeigte Nata-He-Yukan schnell, dann zog er die beiden zu sich heran.
„Bist du verrückt?", brüllte James. „Sie werden uns töten!"
„Die Kainah werden uns alle töten, wenn es zu Toten kommt. Noch haben meine Pfeile nur verletzt. Wenn wir den ersten Mann getötet haben, wird hier niemand mehr lebend herauskommen! Hilf mir!"
Mit vereinten Kräften zogen sie die beiden Krieger an Bord, dann richtete sich der unverletzte Mann auf.
„Warum-du-hilfst-uns?"
Ernst deutete Nata-He-Yukan auf seine Frau: „Meine-Frau-ist-Pecuni!"
Vorsichtig beugte sich Zintkala-win über den Verletzten, der blass und regungslos am Boden lag. Die Kugel hatte den Arm durchschlagen und die Wunde blutete stark. „Ich brauche meine Bündel!", bat Zintkala-win.
Eilig lief Nata-He-Yukan zu ihren Schlafplatz, beruhigte kurz seinen verängstigten Sohn und befahl ihm auf Schnee-in-den-Bergen aufzupassen.
Unschlüssig stand der Kainahkrieger neben seinem Freund und musterte die Feinde, die sich besorgt über die Wunde beugten.
„Warum-du-hilfst-einem-Feind?", fragte er verblüfft.
„Wir-sind-keine-Feinde! Wir-sind-hier, um-zu-handeln. Warum-kämpft-ihr?"
Anstatt zu antworten, biss der Krieger nur die Lippen zusammen und schwieg.
Nata-He-Yukan zuckte ungeduldig die Schultern. „Schwimm-zurück-und-sage-deinem-Volk, dass-wir-den-Kampf-nicht-wollen. Zintkala-win-wird-die-Wunde-deines-Freundes-pflegen."
Der junge Mann nickte sein Einverständnis und ließ sich wieder in das eiskalte Wasser hinab.
Kopfschüttelnd blickte ihm James hinterher. „Du hättest ihn töten sollen! Jetzt haben wir wieder einen Feind mehr!"

„Da draußen sind fünfhundert Krieger. Ein Feind mehr oder weniger macht keinen Unterschied. Aber ein Freund mehr könnte uns helfen!“
James knurrte etwas Unverständliches, dann setzte er sich hinter ein Fass und beobachtete das Ufer. „Sie reiten zum Fort!“
„Ja, sie werden angreifen!“
„Scheiße!“
Schüsse waren zu hören, eine Woge aus braunen Leibern brandete gegen das Fort, doch eine gut gezielte Salve antwortete unverzüglich. Pferde wälzten sich im Schlamm und einige Verwundete brachten sich in Sicherheit. Auf beiden Seiten schien kein größerer Schaden entstanden zu sein und, vorsichtig geworden, zogen sich die Indianer etwas zurück.
„Und jetzt?“
„Wir warten ab, bis uns jemand sagt, was wir tun sollen.“, erklärte Nata-He-Yukan.
„Oder bis wir alle tot sind“, murmelte James bitter.
Fast verächtlich drehte sich Nata-He-Yukan zu ihm um. „Hast du Angst vor dem Tod?“
„Na, du etwa nicht?“
„Ich bin Krieger. Ich muss immer auf den Tod vorbereitet sein.“
Ein wenig fassungslos schüttelte James seinen Kopf. Er war nicht in diese Wildnis gekommen, um seinen Skalp zu verlieren. Er hatte sich auf die relative Sicherheit der Kanonen, der Waffen und der Überlegenheit des weißen Mannes verlassen. Erst jetzt merkte er, wie klein und unbedeutend sie hier waren. „Ich versuche immer den Tod zu überlisten!“, meinte er kleinlaut.
Nata-He-Yukan lächelte wehmütig. „Wenn die Eulenmacherin deinen Namen ruft, dann kannst du sie nicht überlisten!“
„Kämpfst du nicht dagegen an?“
„Nein, ich kämpfe, damit ich tapferen Herzens sterbe und im Jenseits ein gutes Leben habe! Oder ich kämpfe, damit meine Kinder leben können und mein Volk! Der Einzelne ist nicht wichtig!“
Seufzend setzte sich James an die Bordkante und ließ die Beine über das Wasser baumeln, dann stutzte er, als die Indianer am Ufer offensichtlich ein Lager aufschlugen. „Was machen sie denn jetzt?“

Nata-He-Yukan kniff die Augen zusammen und wunderte sich im Stillen über die Kainah. Besonders nachdrücklich oder kriegerisch verhielten sie sich nicht. „Sie lagern! Vielleicht wollen sie verhandeln?"
„Wieso greifen sie dann erst an? Das hat doch keinen Sinn!"
Das stimmte allerdings! Besonders nachvollziehbar verhielten sich die Kainah nicht. Aus dem Angriff wurde eine Belagerung! Wahrscheinlich die erste militärische Belagerung in der Geschichte des gesamten Blackfeetstammes. Ein Ring aus Lagerfeuern um das Fort ließ jeden Ausbruchsversuch im Keim ersticken, andererseits griffen die Kainah auch nicht an. Hin und wieder ritt ein Krieger eine mutige Attacke, die ebenso prompt zurückgeschlagen wurde.
Für die Menschen auf dem Boot wurde die Situation unhaltbar. Trotz der großspurigen Worte von Nata-He-Yukan wurde es eng auf dem Schiff. Nach Tagen langweilten sich die Kinder, konnten sich in dem beladenen Boot kaum bewegen. Ständig musste einer Wache halten, denn manchmal versuchte ein feindlicher Krieger das Boot zu erreichen.
Der verletzte Kainahkrieger erholte sich zusehends und wurde zu einer weiteren Gefahr. Nata-He-Yukan musste ihn fesseln, wollte er das Leben seiner Frau und Kinder nicht gefährden. Nur kurz band Nata-He-Yukan ihn los, damit er essen und seine Notdurft verrichten konnte.
Drohend hielt er dabei seinen Bogen gespannt, damit der Gefangene nicht auf dumme Gedanken kam. Die Wunde heilte, auch weil Zintkala-win einige Heilkünste ihres Onkels gelernt hatte und sorgsam jeden Tag den Verband erneuerte.
In ihrer Gegenwart verhielt sich der Gefangene ruhig, wohl auch aus Dankbarkeit gegenüber der Frau, aber den Männern machte er unmissverständlich klar, dass er jede Gelegenheit nutzen würde, die sich ihm zur Flucht bieten würde. Die beiden Männer waren übermüdet und gereizt, sodass Zintkala-win sich anbot, Wache zu halten.
„Du brauchst deine Kraft für die Kinder!", wehrte Nata-He-Yukan brüsk ab. Zintkala-win verkniff sich eine Bemerkung und ging wieder zu ihren Kindern zurück.

Der Gefangene funkelte sie an. „Ihr könnt nicht ewig auf dem Schiff bleiben! Und die Napikwan können nicht ewig in ihrem Fort bleiben!"
„Nein!", lächelte Zintkala-win kalt. „Aber gleichgültig, was mit uns geschieht! Du landest bald auf dem Grund des Flusses und wirst Futter für die glitschigen Schwimmer!"
Die Augen des Gefangenen flackerten kurz auf vor Entsetzen. „Warum pflegst du mich erst, wenn du mich dann doch zu den Unterwassermonstern schicken möchtest!"
„Dann leidest du mehr! Es dauert viel länger, bis die Fischmonster dich fressen", entgegnete Zintkala-win giftig.
„Du hast das Herz eines Felsens!", erklärte der Gefangene.
„Was erwartest du? Ich sitze hier, werde bedroht von meinem eigenen Volk, meine Kinder haben Angst. Am liebsten möchte ich euch alle zu den Wassermonstern schicken!"
„Niemand hat euch eingeladen! Außerdem ist es nicht anständig, wenn eine unserer Frauen sich mit den Fremden einlässt!"
Zintkala-win zischte vor Wut. „Du wagst es? Diese Napikwan sind hier, weil Tatsicki-Stomick sie eingeladen hat! Und ich lebe mit diesem Lakotakrieger, weil uns der Sonnenhäuptling zusammengeführt hat. Zweifelst du an meinen Visionen?"
„Nein, nein!", versicherte der Mann schnell.
„Warum greift ihr überhaupt an?"
Der Mann senkte verlegen den Kopf. „Man sagte uns, dass hier schlechte Menschen sind, die uns keine gute Ware für unsere Felle geben!"
„Wer sagt denn so einen Unsinn?"
„Die Napikwan im Norden, über der Medizingrenze!"
„Nun, es ist nicht wahr. Alle Pecuni waren sehr zufrieden mit dem Tausch!"
Nachdenklich senkte der Mann seinen Kopf, dann meinte er zögernd: „Vielleicht sollte ich den anderen davon erzählen?"
„So, hast du Angst, dass ich dich zu den Wassermonstern schicke?", stichelte Zintkala-win böse.
„Ja!", lachte der Mann.
Zintkala-win stutzte, dann dachte sie über seine Worte nach. Sie konnten nicht ständig auf den Gefangenen aufpassen und viel-

leicht hielt er sein Wort? „Na schön! Ich werde mit meinem Mann darüber sprechen!"
Enttäuscht ließ der Mann den Kopf zurücksinken. Er hatte gehofft, dass die Frau ihn heimlich losband und er auf diese Weise fliehen konnte. Der Lakota würde ihn niemals gehen lassen.
Aber er täuschte sich. Mit seinem Messer in der Hand beugte sich Nata-He-Yukan zu ihm und kurz dachte der Gefangene, dass er jetzt sterben würde. Doch dann fielen die Fesseln auf die Planken und seine Hände waren frei.
„Geh!", befahl Nata-He-Yukan.
Verunsichert blickte der Kainah ihn an, rieb zögernd seine Handgelenke, bis das Blut zirkulierte. Dann lächelte er. „Ich weiß, dass du mir kein Wort glaubst! Aber ich werde tatsächlich mit den Kriegern sprechen!"
„Dann geh!", wiederholte Nata-He-Yukan ernst.
Vorsichtig ließ sich der Mann ins Wasser gleiten, doch Nata-He-Yukan hielt ihn kurz fest. Leise zischte er: „Niemals werde ich es zulassen, dass ihr meiner Frau wehtut! Wenn ihr das Schiff angreift, dann kappe ich das Seil! Bei diesem wilden Wasser wird es kentern und dann ist die Ladung verloren! Hast du das verstanden?"
Der Kainah nickte flüchtig, dann schwamm er mit vorsichtigen Zügen zum Ufer zurück, schonte dabei seinen verletzten Arm.
James starrte ihm ungläubig hinterher. „Bist du völlig verrückt? Warum lässt du ihn gehen?"
„Wir können ihn nicht ständig bewachen", erklärte Nata-He-Yukan kurz angebunden. „Geh nach hinten und nimm dir eine Axt! Beim ersten Anzeichen einer Gefahr, kappst du das Seil!"
James stotterte vor Angst: „Spinnst du? Dann kentern wir!"
„Nur wenn sie sehen, dass ich es ernst meine, haben wir eine Chance, mit dem Leben davonzukommen! Solange die Kainah nur auf Beute aus sind, werden sie nicht die Ladung gefährden. Aber sie werden niemanden verschonen, wenn sie auf Rache aus sind!"
„Gott im Himmel!", stöhnte James, doch dann kletterte er rasch bis an das Ankertau, das bis zum Zerreißen gespannt das Schiff hielt.

Ein Kanonenschuss hallte durch das Tal und alles erstarrte vor Schreck. Selbst James hielt wie angewurzelt inne und starrte schreckensbleich zum Fort hinüber, wo sich die weiße Dunstwolke wie eine Explosion rasch ausbreitete. Entsetzte Schreie klangen von Seiten der Indianer hinüber, obwohl niemand verletzt zu sein schien. Dann öffnete sich das Tor und ein unbewaffneter Mann trat heraus.

Mit offenem Mund starrte Nata-He-Yukan auf den einzelnen Mann, bewunderte dessen Mut. Er konnte auf die Entfernung nicht sehen, wer es war, doch so wie der Weiße mit seinen Fäusten in die Hüften gestemmt dastand, glaubte er, dass es Kipp war. Misstrauisch näherten sich die Kainah und in Zeichensprache redete der Mann auf sie ein.

„Wir-wollen-keinen-Kampf! Wir-sind-Freunde! Noch-ist-niemand-tot! Wir-haben-große-Donner-Medizin! Lass-uns-jetzt-die-Pfeife-rauchen! Das-ist-gut!"

James überlegte nicht lange. „Schnell hilf mir!", befahl er dem verblüfften Nata-He-Yukan. Blitzschnell lud er die kleine Kanone auf dem Schiff, stopfte Kugel und Pulver in das Rohr, dabei lief ihm der Schweiß über das Gesicht. „Ich brauche Feuer!", befahl er hastig. Er sah die Chance die Belagerung zu beenden und nutzte sie. Zögernd reichte ihm Nata-He-Yukan einen brennenden Fetzen Tuch und mit einem triumphierenden Grinsen entzündete James die Lunte. „Hier kommt sie!", flüsterte er.

Mit einem entsetzlichen Donnerschlag explodierte am Ufer ein Baum und die Indianer, die plötzlich von zwei Seiten angegriffen wurden, ließen sich verängstigt in den Matsch fallen. Donnermedizin! Mit welch übermächtigen Geistern hatten sie sich eingelassen?

Nur zu gern und völlig fassungslos nahm der Häuptling das Friedensangebot an. „Wir-rauchen-Pfeife! Handeln, tauschen, das-ist-gut!"

Mit einer Handbewegung rief er nach Decken und seiner Pfeife, dann ließ er sich feierlich nieder, um mit diesen Napikwan Frieden zu schließen. „Kannst du deine Feinde nicht besiegen, dann verbünde dich mit ihnen, vor allen Dingen, wenn sie stärkere Medizin haben."

Andere Würdenträger setzten sich neben ihn, und auch Kipp kniete sich vorsichtig in den Kreis, rief, ebenfalls mit einer Handbewegung, nach Jacob, damit er übersetzte.

Fließend versicherte Jacob in der Sprache der Blackfeet die guten Absichten der weißen Händler und sofort heiterten sich die Mienen der Indianer auf. „Wir wollen auch tauschen. Wir haben viele gute Büffelfelle!"

Kipp wand sich verlegen. „Wir haben bereits getauscht! Unsere Lager sind leer und unser Boot ist voll mit den Fellen der Pecuni! Kommt im nächsten Winter wieder! Dann tauschen wir."

Es war ein hohes Risiko, den Tauschhandel abzuschlagen, doch Kipp wollte seine Machtstellung weiter ausbauen. Außerdem hatte er tatsächlich nichts mehr. „Wir geben dir als Zeichen unserer Freundschaft schöne Geschenke, damit die Zeit bis zum nächsten Winter nicht so lang ist!"

Sichtlich enttäuscht nickte der Häuptling. „Auch so einen Donnerstock?", wagte er zu fragen.

„Sicherlich! Für meinen Freund, den Häuptling, auch einen Donnerstock!"

Zufrieden blitzten die Augen des Häuptlings. Er bekam etwas von der Donnermedizin der Weißen! Das brachte ihm Ehre und Ansehen!

„Und Perlen für deine Frauen", bot Kipp großzügig an.

Dann deutete er auf das Schiff. „Ich möchte jetzt gern mein Boot sichern! Erlaubst du, dass ich meine Männer an das Ufer schicke? Später kannst du dir deine Geschenke holen."

Zustimmend nickte der Häuptling und neugierig versammelten sich die Indianer am Ufer, wollten sehen, was die Napikwan jetzt machten.

„Wir müssen ein Seil zu ihnen hinüberbringen!" Kipp raufte sich die Haare. „Wer will schwimmen?"

„Ich!", bot sich Jean an.

„Du hast wohl Sehnsucht nach deinem Freund!", grinste Kipp freundlich.

„Non, non, aber nach dem Mädchen und den Kindern! Außerdem muss ich nicht das verflixte Schiff an Land ziehen, wenn ich jetzt schwimme!"

Wiehernd vor Begeisterung schlug ihm Kipp auf die Schulter. „Da hast du recht! Also los! Heute ist dein Badetag!"
Mit zwei Tauen um den Bauch watete Jean in das Wasser. „Uah! Ist das kalt!", stöhnte er. Dann kraulte er los.
Das Hochwasser war zurückgegangen, und so erreichte er schnell das Schiff und ließ sich von Nata-He-Yukan hochziehen. Sofort wickelte Zintkala-win eine Decke um ihn und frierend setzte sich Jean an den kleinen Ofen.
Nata-He-Yukan vertäute die Seile am Bug und am Heck des Schiffes, und mit vereinten Kräften begannen die Trapper das Schiff ans Ufer zu ziehen. Vierzig Männer waren nötig, denn der Fluss wollte seinen Fang nicht wieder hergeben. Doch bald schaukelte das Kielboot ruhig im seichten Wasser und begeisterte Männer legten eine Planke, damit Zintkala-win trockenen Fußes an Land gehen konnte. „Mensch, Nata-He-Yukan!", brüllte Kipp überschwänglich. „Du hast die Fracht gerettet!"
Lächelnd deutete Nata-He-Yukan auf James. „Er hat auch geholfen!"
„Nee, nee!", betonte James. „Du hast die Seile gekappt! Ich habe nur den Anker geworfen. Es ging alles so schnell, dass die Wilden mich skalpiert hätten, wenn du nicht gewesen wärst."
„So, Jungs! Jetzt verladen wir den Rest und morgen geht's los! Jacob, such du noch ein Gewehr und die restlichen Perlen für den Häuptling heraus. Vielleicht findest du ja auch noch einige Pfeilspitzen? Und beeil dich, damit die Indianer endlich abziehen und wir unsere Ruhe haben!"
„Ja, Boss!", brummte Jacob und balancierte an Bord, um die Sachen herauszusuchen.
Bis zum Abend waren die Indianer verschwunden und zum ersten Mal seit Wochen waren die Männer allein. Es war merkwürdig ruhig. Schweigend saßen die Männer beisammen und eine melancholische Stimmung breitete sich aus. Viele freuten sich auf die Heimreise, und doch war das Abenteuer nun zu Ende. „Was wird aus dem Fort?", fragte einer der Männer.
„Wenn wir Glück haben, steht es noch, wenn wir zurückkehren! Ansonsten bauen wir es wieder auf!", meinte Kipp lakonisch.
„Was, die ganze Plackerei noch einmal?"

Kipp zuckte gottergeben mit seinen Schultern. „Wir können ein Fort nur halten, wenn wir genügend Besatzung haben, um es das ganze Jahr zu bewohnen."
„Ich würde auch das ganze Jahr hier wohnen! Es gefällt mir hier. Und auch die Wilden sind nicht so schlimm, wenn man sie kennt. Dann würde ich mir so ein süßes Blackfeetmädchen holen, das mir im Winter mein Bett wärmt", träumte Daniel, ein Einwanderer aus Deutschland.
James schüttelte ungläubig den Kopf. „Und schon hast du einen ganzen Stall voller Kinder!"
„Na und? Ich mag Kinder! Außerdem ist es schwierig, eine weiße Frau zu finden!"
„Das stimmt allerdings! Nicht einmal Huren verschlägt es in diese Gegend!"
Verhaltenes Gelächter erklang, dann hing jeder wieder seinen Gedanken nach.
Am Morgen wurde die amerikanische Flagge eingeholt und wehmütig blickten die Männer ein letztes Mal zu ihrem Fort.
Dann sprangen sie an Bord, verteilten sich überall auf dem Schiff, und johlten lautstark, als es langsam in die Flussmitte steuerte. Wie von unsichtbaren Fäden gezogen trieb es flussabwärts, ein Mann ständig im Bug, der auf Treibholz oder Sandbänke achtete, und ein Mann am Ruder, der geschickt die Strömung ausnutzte. Doppelt so schnell wie auf der Hinreise, trafen sie wieder am Fort Union ein und ein beeindruckter Kenneth McKenzie begutachtete zufrieden die vielen Fellbündel.
Zu Ehren der Rückkehr der Expeditionsteilnehmer wurde ein rauschendes Fest gegeben, das schnell in einem völligen Besäufnis endete.
Dann bekamen die Männer den Lohn ihres Winters ausbezahlt, und kurze Zeit später prügelten sich wilde Gesellen durch das Fort, hatten innerhalb kürzester Zeit alles verspielt, versoffen oder verwettet. Nur einige wenige Vernünftige besuchten ihre Familien oder legten das Ersparte auf die Seite, um später einmal eine Farm oder Ranch zu kaufen.
Jean hatte andere Pläne. Mit seinem Verdienst kaufte er sich Handelswaren, um auf eigene Faust zu den Indianern zu ziehen.

„Ich begleite Nata-He-Yukan und seine Familie zu den Lakota, wisst ihr! Ein wenig tauschen und so! Aber im Sommer bin ich zurück und begleite euch zu den Blackfeet!"
„Ja, komm nur wieder! Wir wollen einen festen Stützpunkt bei den Blackfeet bauen. Da brauchen wir jeden Mann", meinte Kenneth.
Ebenso herzlich verabschiedete er sich von Nata-He-Yukan: „So Männer wie dich können wir brauchen!"
„Ich komme wieder, keine Sorge!", versprach Nata-He-Yukan mit einem Lächeln.
Dann betrachtete er zufrieden die vielen Dinge, die er für seinen Lohn eingetauscht hatte. In den Augen der Lakota war er reich. Als Dank für seine Hilfe hatte ihm Kenneth McKenzie ein Gewehr geschenkt, das er nun stolz mit sich herumtrug. Seine Frau nähte ihm ein Futteral, damit die wertvolle Waffe geschützt vor Regen war, und Nata-He-Yukan sie an den Sattel hängen konnte.

Hunka

(Dakota, Little-Missouri Fluss)

Bereits am nächsten Morgen brachen sie auf. Kipp hatte ein Boot organisiert, das den schwer bewaffneten Jean, Zintkala-win, die Kinder, aber auch die gesamte Ausrüstung an das gegenüberliegende Ufer transportierte. Nata-He-Yukan dagegen trieb die Ponys in den Fluss und schwamm, selbst nur mit Lendenschurz bekleidet, neben den Pferden her. Sein Schecke hatte übermütige Bocksprünge gemacht, als er ihn von der Koppel geholt hatte. Er war nicht so abgemagert wie sonst die Indianerponys nach einem langen Winter, denn er war mit Heu gefüttert worden. „Eine gute Sache!“, hatte Nata-He-Yukan bewundernd festgestellt. Vorräte für die Ponys anzulegen, dieser Gedanke war ihm neu!

Der Missouri trieb ihn weit von der Stelle ab, an der seine Frau und Jean warteten. Klatschnass und frierend schwang er sich auf den glitschigen Pferderücken, nahm die Leinen der anderen Pferde und trabte die Strecke zurück. Richtig warm wurde er dabei nicht, aber er hatte keine trockenen Sachen dabei, lediglich seinen Bogen hatte er halbwegs trocken über den Fluss gebracht, damit er sich im Notfall verteidigen konnte. Fünf Pferde waren geradezu eine Einladung für jeden Pferdedieb.

Ohne Zwischenfälle erreichte er seine Frau und setzte sich fröstelnd an das kleine Feuer, das sie in der Zwischenzeit angezündet hatte. Dankbar schlüpfte er in trockene Kleidung und trank einen heißen Kaffee, ein Getränk, das er zu schätzen gelernt hatte. Im Gegensatz zum Heiligen Wasser machte es den Verstand klar und wach, außerdem wärmte es.

„Na, alter Junge, genug gebadet?“, feixte Jean.

Nata-He-Yukan verzog empört die Mundwinkel. „Ja, das nächste Mal schwimmst du!“

„Klar!“, beteuerte Jean, dabei wusste er natürlich, dass es bis zum Dorf der Lakota keine reißenden Ströme mehr gab.

„Wir sollten nach Süden aufbrechen und möglichst lange reiten, damit niemand in der Nacht unseren Spuren folgen kann!“, meinte Nata-He-Yukan.

„Gute Idee! Außerdem wirst du wieder warm, wenn du auf einem wamen Pony sitzt!“
Umsichtig verstauten sie ihre vielen Bündel und Jean schlug mit seiner Axt zwei schlanke Stämme, aus denen sie ein Travoi für das Tipi machten.
Zintkala-win hatte alle Hände voll zu tun, denn sie führte die zwei Packpferde, lenkte ihr eigenes Pony und achtete nebenbei auf die Kinder, die auf dem Travois saßen.
Einmal fiel Schnee-in-den-Bergen hinunter und weinte empört, doch diese Erfahrung machte sie vorsichtiger. Warm eingehüllt in ein Fell klammerte sie sich an ihren Bruder und unterließ die Versuche aus dem Travois zu klettern.
Die Männer flankierten die Frau, sicherten wachsam nach allen Seiten die Umgebung und hielten ihre Waffen griffbereit in den Händen. In der Dämmerung änderten sie mehrmals die Richtung, um eventuelle Verfolger zu verwirren. In einem Hain richteten sie sich für die Nacht ein, jedoch ohne ein Tipi aufzubauen. Es war bitterkalt, selbst unter den Fellen und Decken.
Eng umschlungen kuschelten sie sich aneinander und auch Jean kroch zu der Familie unter die Decke. „Scheißkalt!“, bibberte er.
Noch vor Sonnenaufgang ritten sie weiter, die Kinder schliefen einfach in den warmen Decken des Travois weiter. Die Männer wollten möglichst viel Abstand zwischen sich und dem Fort haben, und so waren sie zeitig aufgebrochen.
Im stetigen Tempo wandten sie sich nach Süden, entspannten sich etwas, als nach Tagen niemand zu sehen war. Wellenförmig dehnte sich das Land vor ihnen aus, flach und doch gezeichnet von Erosion, wenn immer wieder der weiße Sandstein wie eine eitrige Wunde das Gras durchbrach. Die Natur erwachte zum Leben und der Duft des Frühlings erfüllte die Luft. Überall blühten gelbe und lilafarbene Blumen, selbst der sonst so vertrocknete Salbei glänzte silbergrau. Zwischen den ersten grünen Grashalmen huschte und krabbelte es, Insekten schwirrten umher und Vögel zwitscherten in allen Tonlagen.
Tagsüber wurde es warm, fast übergangslos heiß, und die Kinder langweilten sich. Nata-He-Yukan wagte es nicht, seinen Sohn vor sich in den Sattel zu nehmen, denn im Falle eines Überfalls

würde ihn das Kind nur behindern. Sie waren längst in den Jagdgründen der Lakota, was jedoch nicht bedeutete, dass sie sich in Sicherheit wiegen konnten. Das konnte hier niemand, zu keiner Zeit und nirgendwo.

Unbehelligt zogen sie tagelang den Pulverfluss stromaufwärts und stießen schließlich auf eine kleine Sippe Hunkpapa, eigentlich nur wenige Familien, die zur Jagd aufgebrochen waren.

„Die Miniconjou haben ihre Zelte weiter im Osten", erfuhr Nata-He-Yukan, und so zogen sie in Richtung der Black Hills.

An der Quelle des Little-Missouri stießen sie endlich auf ihr Dorf. Es lag auf einer kleinen Anhöhe, nicht verborgen hinter Felsen oder Bäumen, sondern weithin sichtbar, sodass ein Überraschungsangriff nicht möglich war. Jeder Feind wäre schon von Weitem zu sehen und allein das vermittelte ihnen eine gewisse Sicherheit.

Die Lakota waren sehr stolz. Sie fürchteten nicht entdeckt zu werden, sondern sie fürchteten, dass sie nicht genügend Zeit hatten sich auf den Tod vorzubereiten. Solange sie sich ihre Kriegsfarbe ins Gesicht malen und um Medizin beten konnten, stürzten sie sich todesmutig in jedes Gefecht.

In einiger Entfernung schlängelte sich der Fluss durch das Tal, doch das Dorf lag hoch genug, um auch bei Hochwasser außerhalb der Gefahrenzone zu sein. Gierige Ponys rupften das erste Gras an den Flussauen und eine verdächtig klein gewordene Meute Hunde stritt sich kläffend um einige Knochen. Hunde waren nicht nur eine Delikatesse bei Festen, sondern auch überlebenswichtig, wenn die Nahrungsvorräte im Winter schwanden.

Die Sonnenstrahlen tanzten über den bemalten Tipis, spiegelten sich im Wasser des Flusses und in den Pfützen des aufgetauten Bodens. Frauen verließen ihre Kochfeuer und näherten sich neugierig den Reitern, und eine Horde Jungen galoppierte im aberwitzigem Tempo um sie herum.

„Nata-He-Yukan! Nata-He-Yukan!", jubelten sie voller Begeisterung und wie ein Echo wurde der Ruf von den Frauen aufgenommen.

Frohen Herzens führte Nata-He-Yukan seine Familie in die Mitte. Kläffende Hunde sprangen um sie herum, lächelnde Menschen versammelten sich, um die Ankömmlinge zu begrüßen, und ein kleiner Wirbelwind raste auf Nata-He-Yukans Pferd zu. „Mitiblo!", kreischte Machpiya-ska vor Begeisterung. Doch dann fiel dem Kind plötzlich die gebotene Zurückhaltung ein, die nun im Umgang mit ihrem Bruder angemessen war, und sie senkte verlegen ihre Augen. Liebevoll schmiegte sie sich an den Hals des Pferdes, zeigte dem Tier gegenüber die Liebe, die sie für den Bruder empfand.

Lachend hob Nata-He-Yukan seine Hände nach oben und stieß einen Jubelruf aus: „Seht, ich habe doch gesagt, dass ich zurückkehre!" Auch er hatte seine kleine Schwester vermisst.

„Seht, mein Bruder ist wieder da!", lachte das Kind und folgte dem komplizierten Spiel aus Regeln und Verhaltensmustern, die nun zwischen Bruder und Schwester verlangt wurden.

„Wo ist Blauer-Schmetterling?", wandte sich Nata-He-Yukan an die Umstehenden.

„Dort!", beantwortete seine Schwester die Frage und wedelte dabei wichtig mit der ganzen Hand in Richtung ihres Tipis. Das runde Gesicht der Shoshonefrau leuchtete vor Freude und eilig kam sie auf ihn zugelaufen. „Mihigna! Mein Mann!", lächelte sie freundlich und Nata-He-Yukan wunderte sich ein wenig über die offensichtliche Freude der Frau, die ihn doch eigentlich kaum kannte.

„Du freust dich?", fragte er überrascht.

„Ja, ich freue mich", antwortete Blauer-Schmetterling ehrlich. Mit einem Satz sprang Nata-He-Yukan von seinem Pferd, dann musterte er das winzige Mädchen, das mit seinem Daumen im Mund neben seiner Shoshonefrau stand. Lächelnd beugte er sich nieder und stupste dem Kind mit seinem Finger in den Bauch. „Hau Kaktusblüte, Mitschunkschi!"

Staunend sah er die Augen des Kindes, in denen ein grauer Schimmer an ihren Vater erinnerte. Doch energisch wischte er den Gedanken beiseite. Dieses Kind war nun seine Tochter und sie war niedlich! Bereits jetzt konnte man erahnen, dass sie einst eine Schönheit werden würde.

Dann richtete er sich auf und begrüßte die umstehenden Krieger. Offen lächelten sie ihn an, machten aus ihrer Freude keinen Hehl,

aber am meisten strahlte Biberschwanz. Nicht vor lauter Wiedersehensfreude, sondern weil er offensichtlich gute Neuigkeiten hatte.
Amüsiert zwinkerte Nata-He-Yukan ihm zu. „Ich grüße meinen Freund. Was erfreut sein Herz, dass es strahlt wie die helle Sonne?"
Biberschwanz lachte hellauf, gab sich überhaupt keine Mühe seine Freude zu verbergen. „Fällt dir nichts auf?"
Zaghaft blickte Nata-He-Yukan um sich, wunderte sich, wo sein anderer Freund blieb. „Wo ist mein Freund Langes-Messer?"
„Er ist dieser Tage schwer beschäftigt! Er kann sich überhaupt nicht mehr von seinem Sohn trennen. Wahrscheinlich wird er seine Mutter", lästerte Biberschwanz, aber es war die gutmutige Stichelei unter Freunden.
„Ein Sohn?", fragte Nata-He-Yukan, während er versuchte die Nachricht zu verdauen.
Sommerregen und Langes-Messer hatten so lange auf ein Kind gewartet. Eine tiefe Freude erfüllte ihn, dass seine Freunde nun glücklich waren. „Dann werde ich wohl zu ihnen gehen müssen, damit sie meine Ankunft wahrnehmen!"
„Wan, das hat Zeit! Lade erst einmal deine Sachen ab und begrüße deine Familie!", schlug der praktisch veranlagte Biberschwanz vor.
Doch schon kam Langes-Messer in langen Sätzen angerannt, nicht einmal der neugeborene Sohn konnte ihn davon abhalten, seinen Freund zu begrüßen. „Aké watschinyankelo, he waschté!" – Es ist gut, dich wiederzusehen!
Bewegt griff Nata-He-Yukan ihn an die Schulter. „Ich habe schon gehört …?"
„Ja, ich habe einen Sohn! Kommst du morgen, um ihn zu sehen?"
„Gern!", lächelte Nata-He-Yukan, dann hob er abwehrend seine Hände. „Lasst mich erst einmal ankommen! Wir haben später noch Zeit, um zu reden."
Lachend verschwanden die Männer, überließen das Feld den Frauen, die nun das Zelt aufbauen würden. Nur Jean blieb unschlüssig stehen und kratzte sich verlegen am Kopf. „Ich lade die Pferde ab!", brachte er sich wieder in Erinnerung.

„Die Frauen werden das Reisezelt für dich aufbauen", bot Nata-He-Yukan höflich an.
„Das ist freundlich von dir!", bedankte sich Jean, fühlte sich plötzlich allein. Aber Nata-He-Yukan hatte jetzt seine Familie um sich, da würde er nur stören.
Die Menschenmenge vor dem Zelt hatte sich verstreut, denn in den nächsten Tagen wäre noch genug Zeit, die Heimkehrer zu begrüßen und ihre Geschichten zu hören. Blauer-Schmetterling holte einige Stämme für das Reisezelt und half Zintkala-win es für Jean aufzubauen. Dann verstauten sie die Bündel und Packen, während Nata-He-Yukan die Pferde versorgte und seinen jungen Hengst begrüßte. Übermütig buckelte das schwarze Pony um ihn herum und stupste ihn mit seinen weichen Nüstern. Kurz sah er sich nach seinem Sohn um, aber Kleine-Krähe war längst verschwunden und spielte mit den Jungen des Dorfes.
Nur langsam gewöhnte sich Kleine-Krähe daran, dass hier die Kinder wieder in einer anderen Sprache sprachen. Zum ersten Mal fielen ihm die Unterschiede auf. Nun verstand er, dass Lakota und Blackfeet ganz andere Stämme waren. „Ich spreche auch die Sprache der Blackfeet", verkündete er stolz.
„Die Blackfeet sind unsere Feinde!", erklärte ein größerer Junge.
„Nein, sind sie nicht! Sie sind meine Freunde!", trotzte Kleine-Krähe.
„Ja, aber nur, weil deine Mutter eine Blackfeet ist!"
„Mein Vater ist ein Lakota, trotzdem sind die Blackfeet seine Freunde!" Darauf wusste niemand eine Antwort und zögernd meinte ein anderer Junge: „Vielleicht haben die Häuptlinge Frieden miteinander geschlossen?"
„Wie ist es denn bei den Blackfeet?"
„Genauso wie bei uns!", behauptete Kleine-Krähe. Stolz zeigte er den Kindern den Bogen, den sein Vater ihm gemacht hatte. „Ich werde auch so ein großer Krieger wie mein Vater!"
„Kannst du mit dem Ding denn schon schießen?"
„Haijah! Ich treffe schon gut!"
Grinsend standen die Kinder um Kleine-Krähe herum, doch dann staunten sie, als er treffsicher auf einen Stamm zielte. „Waschté!", lachten sie zufrieden. „Du bist wirklich ein Lakota!"

„Ich muss zurück", sagte Kleine-Krähe. Stürmisch flitzte er zu seinem Zelt und freute sich Machpiya-ska zu sehen, aber auch Kaktusblüte. „Ich habe drei Schwestern!", strahlte er. „Bleiben sie nun bei uns?"
„Ja!", versicherte Nata-He-Yukan. „Sie begleiten uns im Sommer zu den Blackfeet!"
Blauer-Schmetterling wurde vor Entsetzen blass. „Zu den Blackfeet?"
„Ja!", erklärte Nata-He-Yukan ruhig. „Ich bin gekommen, um auch dich zu holen."
In die Freude, dass dieser Mann tatsächlich zu ihr zurückgekehrt war, mischte sich nun deutlich die Angst vor dem Unbekannten.
„Zu den Blackfeet!", wiederholte Blauer-Schmetterling ein wenig fassungslos.
„Ja, die Weißen errichten dort ein Dorf und ich werde im Winter für sie jagen!"
Bei den Männern klang immer alles ganz einfach. Dachten sie nicht daran, dass Frauen vielleicht Angst hatten, wenn nicht um sich, dann doch um die Kinder?
„Und Machpiya-ska und Kaktusblüte?", wagte sie zu fragen.
Nata-He-Yukan zwinkerte belustigt mit den Augen. „Natürlich kommen sie auch mit!"
Wenig begeistert nagte Blauer-Schmetterling an ihren Lippen. „Ist das nicht gefährlich?"
Ein trockenes Lachen antwortete ihr. „Wo ist es nicht gefährlich? Die Lakota raubten dich deinen Eltern. Hier wirst du von Crow angegriffen. Möchtest du mich begleiten oder nicht? Ich zwinge dich nicht!" Verunsichert warf Blauer-Schmetterling einen Blick auf ihren Ehemann. Wollte er sie loswerden? Aber seine freundlichen Augen ruhten wohlwollend auf ihr, eher ein wenig spöttisch, weil sie Angst hatte.
„Aber du wirst mich beschützen", flüsterte Blauer-Schmetterling leise. Es war keine Bitte. Es war der Wunsch, nie mehr allein zu sein und nie mehr der Brutalität eines anderen Mannes ausgesetzt zu sein.
„Ja, ich schütze dich", versicherte Nata-He-Yukan. „Genauso wie Zintkala-win!"

Ihre Hände ruhten in ihrem Schoß, als sie seine Worte in sich aufnahm. Ja, dieser Mann würde sie schützen! Sie wollte nicht mehr allein sein! „Ich folge dir!“, meinte sie einfach.

„Waschté yelo!“, beendete Nata-He-Yukan das Gespräch.

In seinem Zelt lebten nun zwei Frauen und vier Kinder und zum ersten Mal wurde ihm bewusst, welch große Familie er hatte.

„Morgen werde ich jagen!“, meinte er selbstbewusst.

Zintkala-win lächelte verschmitzt. „Und ich werde dich begleiten, wenn du es wünschst.“

Nata-He-Yukan lehnte sich gegen seine Rückenstütze und sah seine widerspenstige Frau nachdenklich an. Nun gut! Inzwischen war es ihm gleichgültig, was die anderen von ihm dachten. Sie war eine Kriegerfrau und sie entschied allein, was sie für richtig hielt. „Gut!“, stimmte er zu.

Ein leises Räuspern erklang vor dem Eingang und zögernd steckte Jean seinen Kopf in das Zelt hinein.

„Geht es euch gut?“, fragte er.

„Aber ja, komm herein!“, lud Nata-He-Yukan ihn ein.

„Waschté! Ich war ein wenig einsam“, meinte Jean erleichtert. Nata-He-Yukan lachte freundlich. „Natürlich! Du warst den ganzen Winter mit diesen Napikwan zusammen!“

„Ja, ganz üble, stinkende Gesellen, aber jetzt fehlen sie mir!“

„Mir fehlen sie auch! Sie sind meine Freunde“, meinte Nata-He-Yukan plötzlich ein wenig wehmütig.

„Deine Freunde, eh?“

„Ja, nicht so wie du, denn dich sehe ich als meinen Bruder, aber Freunde.“

„Oh!“, Jean verschlug es die Sprache. Dann lächelte er: „Gut, dass ich damals ein gebrochenes Bein hatte!“

„Was?“ Nata-He-Yukan zog irritiert die Augenbrauen hoch.

„Na, sei doch mal ehrlich! Ohne das gebrochene Bein hättest du mich doch abgemurkst?“

„Abgemurkst?“

„Ja, abgeknallt, abgestochen, gekillt …!“ Jean fielen viele Worte für dieses gemeine Geschäft ein.

„Du meinst getötet“, brachte es Nata-He-Yukan auf den Punkt.

„Sehr richtig!“

„Vielleicht“, meinte Nata-He-Yukan grinsend. „Vielleicht auch nicht!“
„Ah, du fandest schon damals meine Locken unwiderstehlich!“ Affektiert warf Jean seine blonde Mähne nach hinten.
„Genau! Sie wären eine Zierde an meiner Skalpstange gewesen!“ Empört kicherte Jean in sich hinein, doch er freute sich, dass Nata-He-Yukan so offen zu seiner Freundschaft stand.
Höflich reichte Nata-He-Yukan seinem Freund eine Schüssel mit Essen. „Hier, nimm etwas! Blauer-Schmetterling hat zu Ehren unserer Rückkehr einen jungen Hund geschlachtet! Schmeckt gut!“
Jean und Zintkala-win wurden gleichzeitig unnatürlich blass, ein Würgen stieg in ihnen hoch und angeekelt drehten sie die Köpfe weg.
Nata-He-Yukan sah die Reaktion seiner Frau und lächelte amüsiert. „Sieh nur! Diese störrische Frau mag keinen Hund! Die Blackfeet sind sehr seltsam. Irgendwann werden sie vermutlich einfach verhungern.“
Jean schluckte verlegen. „Ich glaube, ich bin auch lieber störrisch und verhungere!“
Gutgelaunt schlang Nata-He-Yukan die Delikatesse hinunter und lächelte der Shoshonefrau wohlwollend zu, dann beobachtete er feixend, wie Jean verzweifelt an einem Stück Fleisch knabberte. Er platzte fast vor Lachen, doch er rettete seinen Freund auch nicht aus dieser Situation, der angeekelt das Fleisch aß, um ihn nicht zu beleidigen.
„Jean!“, richtete der Indianer sein Wort an den Trapper, wurde von einem Moment zum anderen völlig ernst. „Ich möchte, dass du mein Hunka, mein Wahlverwandter wirst! Dann bist du mein wahrer Bruder.“
Sprachlos starrte Jean seinen Freund an. „Hunka?“
„Ja, es ist eine sehr heilige Zeremonie, die uns auf ewig verbindet. Du wirst vor Wakan-tanka mein Bruder.“ Ganz bewusst wählte Nata-He-Yukan einfache Worte, um Jean nicht abzuschrecken. Aber die Zeremonie bedeutete mehr. Einen Bruder konnte man sich nicht aussuchen, aber einem Hunka vertraute man sein Leben an, bedingungslos.
Jean schluckte schwer. „Es ist mir eine Ehre!“

„Gut!", murmelte Nata-He-Yukan zufrieden. Es war wichtig, die Verwandtschaftsbeziehungen zu festigen, auch für seine Familie, denn im Ernstfall wäre der Hunka verpflichtet für die Familie des anderen zu sorgen. „Ich werde mit dem Medizinmann darüber reden. Du wirst neu geboren in unserem Stamm. Du bist dann der Onkel meiner Kinder", erklärte Nata-He-Yukan weiter.
„Bien! Ich wollte schon immer Onkel sein!", brummte Jean mit einem seltsamen Blick auf die Kinder. Aber eigentlich machte es ihm überhaupt nichts aus. Er mochte Kleine-Krähe und Schnee-in-den-Bergen, selbst Kaktusblüte und Machpiya-ska. Ob ein Indianeronkel auch immer Geschenke mitbrachte? Da musste er sich gelegentlich genauer erkundigen.
„Ich reite morgen mit Zintkala-win zur Jagd", unterbrach Nata-He-Yukan seine Gedanken. „Kommst du mit?"
„Aber sicher! Wir jagen einen Prärieläufer, oder einen Schwanzwedler oder eine Breitnase!", wählte Jean ganz bewusst die Worte in der Blackfeetsprache. Zintkala-win prustete vor Lachen los. „Ich jage lieber ein Schwarzhorn!"
Erstaunt schaute Blauer-Schmetterling sie an. „Was ist denn ein Schwarzhorn?"
„Na, ein Büffel!", kicherte Zintkala-win.
„Und eine Breitnase?"
„Ein Elch!", antworteten die Männer gleichzeitig.
„Nun, ich wünsche mir einen Elch! Ich möchte Kaktusblüte und Machpiya-ska neue Mokassins machen."
Blauer-Schmetterling blühte auf in der Gegenwart der anderen, genoss das Leben, das nun ihr Tipi erfüllte.
Zintkala-win ließ Schnee-in-den-Bergen am nächsten Tag in ihrer Obhut zurück und liebevoll kümmerte sich die Shoshonefrau um das kleine Mädchen. Kaktusblüte war begeistert von der kleinen Schwester, die nun laufen konnte, und führte sie die ganze Zeit an der Hand, während Machpiya-ska lieber mit den anderen Kindern durch das Dorf flitzte. Neidisch verfolgte sie Kleine-Krähe mit ihren Augen, der voller Stolz mit seinem Bogen protzte.

Andere dagegen suchten die Gesellschaft von Blauer-Schmetterling, hofften einige Neuigkeiten zu erfahren. Also setzte sich

Grashüpfer neben Blauer-Schmetterling und half ihr wie üblich beim Kochen. Ein wenig enttäuscht schaute sie sich nach Zintkala-win um. „Wo ist Zintkala-win?"
„Sie ist mit Nata-He-Yukan auf die Jagd gegangen", antwortete Blauer-Schmetterling mit einer vagen Handbewegung.
Grashüpfer sah kurz nach ihrem Sohn, der in der Ferne zu Kleine-Krähe lief. „Es ist schön, dass sie wieder da sind! Werden sie nun bleiben?"
„Nein! Im Sommer gehen wir alle zu den Blackfeet!"
Erstaunt blinzelte Grashüpfer ihre Freundin an, ihre Augen erinnerten an eine Eule auf der Jagd. „Zu den Blackfeet? Ist das nicht gefährlich?"
„Ich hoffe nicht!", meinte Blauer-Schmetterling und drehte ihrer Freundin unwillig die Schulter zu, denn sie wollte nicht über ihre Ängste reden. Schnell lenkte sie vom Thema ab: „Wie geht es Sommerregen?"
Grashüpfer lächelte spitzbübisch. „Yun! Es geht ihr gut. Sie erholt sich zusehends. Es war eine leichte Geburt!"
„Das ist schön!", freute sich Blauer-Schmetterling, zufrieden, weil sie ihre Freundin auf eine falsche Fährte gelockt hatte. „Und das Baby?"
„Der kleine Junge schreit ganz schön laut!", berichtete Grashüpfer mit wichtiger Miene.
Erstaunt blickte Blauer-Schmetterling auf. „Gewöhnt sie ihm das nicht ab?"
„Doch, aber er ist kräftig und zornig! Er kämpft jetzt schon mit seinen Fäusten und wird ganz steif vor Wut! Stell dir vor! Sie hat ihm so lange Mund und Nase zugehalten, bis er blaue Lippen bekam, und dann hat er doch wieder losgebrüllt!" Grashüpfer lächelte amüsiert bei der Erinnerung. „Sie freut sich schon, wenn Zintkala-win sie besuchen kommt! Und Langes-Messer kann es überhaupt nicht erwarten, Nata-He-Yukan seinen Sohn zu zeigen!"
Blauer-Schmetterling lachte leise. „Sie werden bestimmt kommen, wenn Langes-Messer sie sehen will!"
„Hecetu!", freute sich Grashüpfer. Dann eilte sie hurtig davon, um den anderen die interessanten Neuigkeiten zu erzählen.

Einige Zeit später kehrten die Jäger mit drei erlegten Antilopen zurück und etwas fassungslos übersah Blauer-Schmetterling die viele Jagdbeute. Sollte sie jetzt für drei Krieger die Felle gerben? Wieso hatte Jean noch keine Frau und wieso durfte Zintkala-win jagen? Empört schob sie die Lippen vor, als Zintkala-win einfach mit ihrer Tochter in das Tipi schlüpfte, um sie zu stillen. Herausfordernd, vielleicht auch immer noch aufgewühlt von dem Gespräch mit Grashüpfer, wandte sie sich an Nata-He-Yukan und deutete mit einer wütenden Handbewegung auf die Antilopen.
„Soll ich das alleine machen?"
„Ja sicher, oder brauchst du Hilfe?", wunderte sich Nata-He-Yukan mit einem Blitzen in den Augen. Der Tonfall seiner Shoshonefrau missfiel ihm. Er brauchte nicht zwei Kriegerfrauen in seinem Zelt, er hatte schon Mühe, sich an eine zu gewöhnen.
„Ich bin müde, Frau! Bring mir etwas zu essen und Jean auch!", befahl er ruhig.
Fassungslos starrte Blauer-Schmetterling zwischen ihm und dem Wild hin und her. Dann senkte sie verlegen den Blick. Sie hatte ihn gereizt! „Ich bringe euch sofort etwas", murmelte sie und machte eine einladende Handbewegung zum Tipi hin.
Die Männer warfen die Antilopen neben das Zelt und führten die Pferde zu der Herde. Dann fielen sie heißhungrig über das Essen her, während Blauer-Schmetterling schwitzend mit dem Ausweiden beschäftigt war. Kurze Zeit später setzte sich auch Zintkala-win zu ihr und half ihr wortlos das Fleisch in Streifen zu schneiden. Sie war ausgeglichen und glücklich endlich das Leben zu führen, das sie wollte.
„Danke!", meinte Blauer-Schmetterling. „Ich hatte schon Angst, dass ich jetzt drei Männer habe!"
Zintkala-win lachte ausgelassen. „Ich bin kein Mann! Es macht mir nichts aus, dir zu helfen."

Am Abend gingen sie mit Nata-He-Yukan zum Zelt von Sommerregen, und höflich begrüßten sie die junge Mutter.
Langes-Messer platzte vor Stolz und zeigte Nata-He-Yukan seinen Sohn. „Sieh nur, wie kräftig er ist!" Aber auch Sommerregen blühte auf in ihrem Glück als junge Mutter.

Nata-He-Yukan runzelte belustigt die Stirn, aber dann fiel ihm ein, wie es ihm ergangen war, als Schnee-in-den-Bergen geboren worden war. „Kommst du mit auf die Jagd?“, fragte er seinen Freund.
„Aber ja, ich könnte es mit einer ganzen Herde Büffel allein aufnehmen!“, erklärte Langes-Messer in dem überschwänglichem Gefühl der Vaterschaft.

Die Tage vergingen und es wurde warm. Nata-He-Yukan genoss die Zeit bei seinem Kriegerbund oder mit seinen Freunden und erzählte theatralisch die Geschichten seiner Reise. Gern ritt er mit seinen Freunden oder Zintkala-win zur Jagd und ignorierte die spöttischen Blicke der anderen Männer.
Jean hatte begonnen seine Waren anzubieten und war sehr erfreut über den Tauschhandel. Nur Nata-He-Yukan zeigte nichts von seinem Reichtum, ganz im Gegenteil, Jean hatte sogar den Eindruck, dass er seine Sachen verbarg.
„Warum tauschst du nicht?“, fragte Jean irritiert. „Ich schnappe dir noch die besten Pelze weg!“
Nata-He-Yukan lächelte nur und meinte geheimnisvoll: „Ich brauche sie noch für etwas anderes!“
„Hoh, du hebst sie dir für einen besseren Tausch auf?“
„Vielleicht“, meinte Nata-He-Yukan mit undurchsichtiger Miene. Was gab es hier noch Besseres zu tauschen? Argwöhnisch kniff der Weiße die Augen zusammen. Gab es hier Gold oder etwas Ähnliches? Aber die Indianer verstanden doch gar nichts davon! Achselzuckend tauschte er weiter mit den Lakota, die begeistert seine eisernen Pfeilspitzen oder scharfen Messer begutachteten. Lächelnd scherzte er mit den jungen Mädchen, warf ihnen verliebte Blicke zu, bis die besorgten Mütter sie aus der Reichweite seiner begehrlichen Augen brachten. Aber er scherzte nur. So wie es Sitte war, wenn die jungen Männer die Tugendhaftigkeit der Mädchen testeten.

Die Lakota zogen nach Nordosten und suchten die Herden der Büffel. Unverhofft stießen sie dabei auf die Gruppe der Oglala und mit frohem Herzen begrüßte Nata-He-Yukan seine Freunde.

Abends wurde ein Festessen nach dem anderen veranstaltet, als Freunde und Bekannte ihr Wiedersehen feierten und sich Familienangehörige in die Arme nahmen.
Langes-Messer zeigte stolz seinen Sohn, freute sich ebenso wie Nata-He-Yukan wieder bei seinem Stamm zu sein.
Eine lange Kolonne setzte sich in Bewegung, als beide Stämme gemeinsam weiter zogen. Sie fühlten sich sicher in der Gemeinschaft mit den anderen. Längst gab es kein Brennholz mehr in der Prärie, sondern die Frauen benutzten Büffeldung zum Kochen. Noch war das Büffelgras grün und nach einem Gewitter duftete es nach Regen. Gierig rupften die Ponys das Gras, fraßen sich dicke Bäuche an, wie alle anderen Tiere auch. Die Büffel wurden fett, Kälber hüpften verspielt um ihre Mütter, während die Stiere bereits wieder um die Gunst der Kühe kämpften.
Dann wurde es heiß und staubig. In der erbarmungslosen Hitze vertrocknete alles, nur die Grillen zirpten und Vögel zwitscherten ohne Unterlass. Schemenhaft bewegten sich Insektenschwärme wie im Tanz in dem flimmernden Dunst des Sommers. Abends dröhnten die Trommeln und oft wurde getanzt, manchmal zwanglos, manchmal, um die Büffel um Gnade zu bitten oder die Hirsche zu rufen. Bis in die tiefe Nacht hinein trafen sich Freunde, um zu feiern oder Würfelspiele zu machen. Die Stimmung war gelöst, denn die Jagd war gut, obwohl sie noch keine Büffel gesehen hatten. Aber ihre Pfeile trafen Antilopen, Hirsche, Präriefüchse, Enten, selbst Eichhörnchen wurden gejagt, denn die Alten liebten das weiche Fleisch.

Übermütig wurden Pferderennen veranstaltet, und so manch gutes Pony wechselte durch eine verlorene Wette seinen Besitzer. Stolz kümmerte sich Nata-He-Yukan um Blackfeet, seinen kleinen Hengst. Noch war er zu jung, um geritten zu werden, aber er sollte sich an Menschen gewöhnen. So nahm er das ungebärdige Jungtier oft am Zügel mit und band eine Decke auf seinem Rücken fest, damit er die Last spürte. Im Spätsommer wollte er den Hengst mitnehmen, wie überhaupt alle seine Tiere!
Dann lagerten die Stämme zwischen einigen Felsen, an einer Stelle, an der viele Beerensträucher wuchsen. Außerdem fanden die

Frauen Artischocken, Prärierüben und wilde Zwiebeln. Mit ihren Grabstöcken stocherten die Frauen in dem sandigen Boden und bald trockneten überall die Früchte. Es war ein harmonisches Bild, weit in ihrem Stammesgebiet und weit entfernt von irgendwelchen Feinden. Alle waren ausgelassen und fröhlich, vergessen war der schwere Winter und der nächste lag noch in weiter Ferne.

Jean studierte zum ersten Mal die Indianer in ihrem Alltagsleben, staunte über das harmonische Miteinander. Besonders die Kinder wurden mit Aufmerksamkeit und Liebe bedacht und er verglich die Erziehung der Indianer mit seiner eigenen.

Er lächelte, als er sah, wie behutsam Sommerregen ihr Baby versorgte, und wie stolz Langes-Messer auf seinen Sohn war. Für Sommerregen und Langes-Messer war dieses Kind ein lang ersehntes Geschenk. Liebevoll ließen sie ihm alle Aufmerksamkeit zukommen und Jean wurde bewusst, dass diese beiden Menschen alles tun würden, damit das Kind gedieh. Niemals würde es geschlagen oder geschimpft werden. Immer nur liebevoll und voller Geduld. Niemals Prügel oder harte Worte. Es wurde einfach erwartet, dass Kinder sich ordentlich benahmen. Taten sie es nicht, wurden sie beiseite genommen und ein Onkel oder eine Tante redete mit ihnen.

Selbst Nata-He-Yukan bastelte einen kleinen Sattel für Kleine-Krähe, um ihn das Reiten zu lehren, dabei war es doch noch nicht einmal sein leiblicher Sohn.

Krähend vor Begeisterung hockte der Junge im Sattel und hielt sich am Sattelhorn fest. Seine Fersen klopften in den Bauch des Tieres, das darauf ebenso wenig reagierte wie auf den Stich eines Moskitos. Aufgeregt hüpfte Machpiya-ska neben ihm her, und die Fransen ihres Kleides wirbelten den Staub auf. Behutsam setzte Nata-He-Yukan auch das kleine Mädchen in den Sattel. Ihre Beine reichten schon weiter hinunter und energisch klopfte Machpiya-ska dem Tier mit ihren Hacken in den Bauch. Das Pony machte einen Satz und hastig trat Jean zu dem Pferd und stützte das Kind von der anderen Seite.

Nata-He-Yukan ließ das Pony antraben und beobachtete im Stillen seinen Freund. Er war seltsam still und zurückhaltend gewor-

den! Offensichtlich war er einsam und Nata-He-Yukan beschloss, nun endlich die Hunkazeremonie durchzuführen. Hier war es so friedlich, so sollte es immer sein. Ein guter Platz, um Jean in seine Familie aufzunehmen. „Morgen wirst du mein Bruder!", verkündete er frohen Herzens.
„Haijah! Und was muss ich da tun?", fragte Jean verunsichert.
„Nichts! Überlass das mir!" Nata-He-Yukan lächelte über den Hals des Pferdes hinweg.
„Ja, aber, wenn ich etwas falsch mache?", zögerte Jean.
„Dir wird alles ganz genau erklärt!", beruhigte ihn Nata-He-Yukan mit einer lässigen Handbewegung.

Noch vor Sonnenaufgang des nächsten Tages wurde Jean von Nata-He-Yukan geweckt. „Komm, wir müssen beten!"
„Was, jetzt?", blinzelte Jean verschlafen.
„Ja, jetzt!"
Sie stellten sich nebeneinander hin und warteten auf den Sonnenaufgang. Als sich die erste rosa Morgendämmerung über den Horizont schob, begann Nata-He-Yukan mit lauter Stimme zu singen. Beeindruckt stand Jean daneben, denn er hatte seinen Freund noch nie so feierlich erlebt.
Dann packte ihn der Indianer am Arm und zog ihn zu einem kleinen Gehölz. „Wir brauchen einige Äste, damit wir eine Schwitzhütte bauen können."
Biberschwanz kam, um ihnen zu helfen, und gemeinsam hackten sie einige biegsame Weiden ab und legten Tabak nieder, um sich für das Geschenk der Natur zu bedanken. Dort, wo die Hütte gebaut werden sollte, hoben sie eine kleine Grube aus, von der ein flacher Graben aus der Hütte hinausführte. Durch ihn würden später die erhitzten Steine hereingerollt werden. Schweigend arbeiteten die Männer nebeneinander her und kurze Zeit später bogen sie die Zweige zu einer Halbkugel zusammen, die sie mit Fellen abdeckten. Vor der Hütte entzündete Biberschwanz ein Feuer, um die Steine zu erhitzen, während Nata-He-Yukan einen kleinen Erdhügel aufschüttete. Sorgfältig wickelte er Tabak in winzige Lederfetzen und steckte sie mit kleinen Stangen auf den Hügel. Dazu flüsterte er leise Gebete.

Jean kam sich völlig überflüssig vor und blieb einfach abwartend stehen. „Zieh dich aus!", bat Nata-He-Yukan.
„Alles?"
„Ja, alles. Du musst dich reinigen für die Zeremonie."
Mon dieu! Worauf hatte er sich hier eingelassen? Völlig nackt kletterte Jean in die winzige Hütte und bekam sofort Platzangst, denn mit zwei Männern war sie bereits hoffnungslos überfüllt. Biberschwanz rollte die ersten Steine hinein und Nata-He-Yukan goss aus einer Büffelblase etwas Wasser auf sie. Heißer Dampf breitete sich aus und Jean bekam keine Luft mehr. Seine Haut brannte, seine Lungen schienen zu bersten, panisch schnappte er nach Luft und wollte hinaus. „Bleib!", hörte er im Dunkeln die Stimme seines Freundes.
„Es ist zu heiß!", flehte Jean angsterfüllt.
„Nein, achte auf deinen Atem!", beruhigte ihn der Indianer.
„Ich kann nicht atmen!", keuchte Jean.
„Doch du kannst! Mach den Mund zu und atme ganz leicht und schnell, bis du dich an die Hitze gewöhnt hast!"
Gewöhnen? Er würde innerhalb kürzester Zeit sterben! Aber er wollte nicht bereits bei der ersten Zeremonie scheitern und so biss er die Zähne zusammen und atmete flach. Es wurde besser, obwohl ihm jetzt der Schweiß in Bächen herunterfloss.
Viermal rollte Biberschwanz heiße Steine in die Grube und irgendwann war es Jean gleichgültig, ob er jetzt sterben würde. Sein Herz pochte unregelmäßig und viel zu laut und er wunderte sich, wie dröhnend ein Herzschlag sein konnte.
„Wie eine Kirchturmglocke!", dachte er benommen. „Bumm, bumm, bumm!"
Endlich durfte er die Hütte verlassen, und torkelnd folgte er Nata-He-Yukan zum kleinen Fluss. Das kalte Wasser brannte ebenso wie der heiße Dampf vorher und nur langsam kühlte es ihn ab. Die Haut kribbelte, als wäre er in einen Ameisenhaufen gefallen und Blitze tanzten vor seinen Augen.
„Wie fühlst du dich?", fragte Nata-He-Yukan.
Jean warf einen unsicheren Blick auf die kleine Hütte und meinte zögernd: „Wie neugeboren, als wäre ich gerade aus dem Schoß meiner Mutter gekommen!"

„Gut!", lächelte der Indianer zufrieden. „Denn heute wirst du neu geboren! Heute wirst du ein Teil meiner Familie."
Sie schlüpften in ihre Festgewänder und langsam schritten sie zum Versammlungsplatz. Ein neues Zelt war aufgebaut worden, und der heilige Mann erwartete sie bereits in seinem besten Gewand. In seinen Händen hielt er einige Stricke, mit denen er Jean fesselte.
Jean wurde blass. Wurde er vielleicht doch geopfert? War das alles nur eine lange Vorbereitung gewesen, um ihn in Sicherheit zu wiegen? All die Erzählungen der Trapper fielen ihm jetzt ein. Doch er konnte sich an keine Opferung eines Gefangenen erinnern. Zumindest nicht bei den Lakota! Aber wenn einer geopfert wurde, konnte er ja auch schlecht davon erzählen.
Etwas unsanft wurde er in das Tipi gezogen und er bekam einen trockenen Mund. Viele Menschen saßen erwartungsvoll in dem Zelt und kurz schaute er sich nach einem Opferstein um, aber er sah nur den Büffelschädel, der den Lakota als Altar diente. Vor dem Medizinmann fiel er auf die Knie und drohend fuchtelte dieser mit dem Messer vor seinem Gesicht herum.
„Willst du sterben oder als Bruder dieses Mannes wiedergeboren werden?"
„Ich will als Bruder dieses Mannes leben", flüsterte Jean heiser.
„Aho!", murmelten die Anwesenden zufrieden.
„Gut!" Mit einer Handbewegung gab der Medizinmann die Erlaubnis, dass Nata-He-Yukan die Fesseln löste. Dann belehrte er die Männer über die besonderen Pflichten eines Hunka:
„Ihr müsst alles miteinander teilen! Eure Frauen, eure Kinder, euren Besitz, gefangene Frauen, Ponys, alles! Ihr steht füreinander ein, helft euch in der Gefahr und kümmert euch um den anderen, wenn er krank oder verletzt ist. Mit diesen roten Zeichen zeigt ihr eure heilige Verbindung!"
Vorsichtig malte der Medizinmann rote Streifen in die Gesichter der Männer, dann mussten sie sich nackt ausziehen. Alle ihre Kleider schenkten sie dem Medizinmann, als Zeichen, dass sie nun nichts mehr besaßen. Dann hüllten sie sich gemeinsam in eine Decke. Der Medizinmann entzündete eine Pfeife und blies ein Rauchopfer durch die Augen des Büffelschädels.

Gleichmäßig schlug er die Trommel und sang heilige Lieder, damit der große Geist die Verbindung segnete.
Schließlich durften die Männer aufstehen und lächelnd deutete der Medizinmann auf die beiden. „Seht! Diese Männer sind nun als Brüder wiedergeboren!"
Sofort wurden sie umringt und freundliche Hände reichten ihnen neue Kleidungsstücke. Eine Frau bürstete ihnen die Haare, andere zogen ihnen ein Hemd und einen Lendenschurz an, wieder andere brachten Leggins und Mokassins. Zuletzt wurden sie zu ihrem Tipi zurückgeführt, vor dem bereits Nata-He-Yukans Frauen in ihren besten Kleidern warteten.
Sie begrüßten Jean mit „Schwager", wie es sich für den Bruder des Mannes geziemte. Dann öffnete Nata-He-Yukan einige Bündel, die er vor dem Zelt hergerichtet hatte, und begann Geschenke zu verteilen. Zu Ehren seines Bruders verteilte er alles, was er bei der American-Fur-Company eingetauscht hatte.
Als erstes drückte er dem Häuptling sein wertvolles Gewehr in die Hand. Großzügig verschenkte er die Perlenketten an die Frauen, Messer und Pfeilspitzen an die Männer und Zuckerstangen an die Kinder. Dann verschenkte er Felle und Essen, bis er fast nichts mehr hatte, selbst einen Teil seiner Pferde gab er an Familien, die bedürftig waren.
Sprachlos stand Jean daneben, wagte es aber nicht, etwas zu sagen, denn er wollte die Zeremonie nicht stören. Ihm wurde klar, dass Nata-He-Yukan es für ihn tat, um ihn zu ehren. Nur deshalb verteilte er so viele Geschenke und er empfand eine tiefe Freude. Ja, sie waren jetzt Brüder!
Abends tanzten sie um ein großes Feuer und die Mädchen warfen Jean verführerische Blicke zu. Lächelnd deutete Nata-He-Yukan auf die tanzenden Frauen. „Gefällt dir eine? Soll ich für dich fragen?"
Jean senkte höflich den Kopf: „Nata-He-Yukan! Ich will doch kein Pferd kaufen. Ich möchte eine Frau kennenlernen!"
„Nun, dann tanze doch mit ihnen!"
Empört pfiff Jean durch die Zähne und schüttelte den Kopf. „Non, non, und morgen stehen sie dann wieder mit ihren Müttern vor meinem Zelt!"

Nata-He-Yukan lachte schallend. „Wir sind doch nicht bei den Blackfeet! Nein, heute wird nur getanzt! Wenn dir ein Mädchen gefällt, dann gehst du abends mit einer Decke vor ihr Tipi."
Staunend sah Jean ihn von der Seite an. „Und was mache ich dann? Sitze ich vor ihrem Zelt und bete?"
Nata-He-Yukan wurde ernst. „Jean, du lachst über unsere Sitten! Das ist nicht gut. Du bist ein Lakota. Wenn du ein Mädchen heiraten möchtest, dann musst du um sie werben!"
Verlegen stocherte Jean mit seinem Fuß im Sand. „Nur mit einer Decke?"
„Ja, du brauchst eine Brautwerbedecke. Mit der stellst du dich vor das Zelt des Mädchen, dann tritt sie zu dir, und du darfst mit ihr unter der Decke ein wenig reden."
„Unter der Decke?", Jean staunte über diesen seltsamen Brauch.
„Ja, damit euch niemand sieht!"
„Aber jeder weiß doch, dass ich es bin! Wieso muss ich mich dann unter einer Decke verstecken?"
„Weil es so Brauch ist! Außerdem wird erwartet, dass du für deine Auserwählte die Flöte spielst."
Jean schüttelte ungläubig den Kopf. „Sag mal, wo soll ich denn eine Brautwerbedecke oder eine Flöte herbekommen?"
„Nun, da du hier keine ältere Schwester hast, bezahlst du eine geschickte Frau, damit sie dir die Decke näht, und du suchst einen Mann, der dir die Flöte schnitzt!"
„Dann weiß ich ja Bescheid", murmelte Jean. „Nur für den Fall, dass es mir je einfallen sollte, um ein Mädchen zu werben. Geht das nicht einfacher?"
Nata-He-Yukan lachte trocken. „Nur, wenn du sie dir raubst!"

Zweifelnd musterte Jean den Krieger neben sich: „Sag mal, hast du je für ein Mädchen die Flöte gespielt?"
So ganz konnte er sich das nicht vorstellen.
Lässig winkte Nata-He-Yukan ab, hatte keine Lust, ihm von der Schlappe mit Grashüpfer zu erzählen. „Nein, ich war noch zu jung."
Jean schlug sich vor Lachen auf die Schenkel. „Zu jung! Sehr witzig! Wieso hast du dann jetzt gleich zwei Frauen?"

Nata-He-Yukan grinste breit und zuckte mit den Schultern: „Sie sind mir in die Hände gefallen. Wakan-tanka hat sie mir geschickt. So ist das halt!"
„Und warum schickt Wakan-tanka immer nur dir die Frauen und nicht mir?"
Nata-He-Yukans Augen wurden groß. „Vielleicht betest du nicht genug?"
Jean lachte auf, dann gähnte er ausgiebig und erhob sich. „Bruder! Ich gehe jetzt in mein Tipi und träume von einem Mädchen!"
„Gute Idee", murmelte Nata-He-Yukan. Sein Blick fiel auf seine beiden Frauen und er fühlte Zufriedenheit in sich. Er begehrte Zintkala-win, aber eigentlich gefiel ihm auch die Shoshonefrau ganz gut. Mit ihrem runden Körper erinnerte sie ihn an Grashüpfer. Bei ihr würde alles weich sein, wenn er sie berührte, nicht hart und eckig wie bei Zintkala-win. Tatsächlich mochte er lieber Frauen, die auch aussahen wie Frauen, so wie Blauer-Schmetterling. Manchmal stellte er sich vor, wie es sein würde, bei ihr zu liegen, doch energisch mahnte er sich zur Geduld.

Dann wurden seine Gedanken von etwas ganz anderem eingenommen, etwas Wesentlichem, denn endlich schoben sich die lang erwarteten Herden der Büffel an ihnen vorbei. So weit das Auge reichte, war alles übersäht mit den braunen Kolossen, ein unglaublicher Reichtum der Natur, so als würde es niemals ein Ende nehmen.
Täglich ritten die Männer zur Jagd, konzentriert und ernst. Von ihrem Jagderfolg war es abhängig, ob das Volk den nächsten Winter überlebte. Niemand beleidigte die heilige Jagd mit unzüchtigen Gedanken oder Taten!
Im Umkreis der Dörfer waren die Häute zum Bearbeiten im Gras gespannt und Frauen knieten mit ihren Fleischschabern darüber und kratzten das Fett weg. Überall standen Gestelle, an denen das wertvolle Fleisch trocknete, von Fliegenschwärmen umgeben.

Die Krieger schritten mit der Selbstherrlichkeit des erfolgreichen Jägers durch das Dorf, saßen abends faul beisammen und über-

ließen den Frauen die Arbeit. Nach der Jagd war ihre Arbeit getan und diese war gefährlich. Außerdem mussten die Vorräte nun gegen mögliche Feinde verteidigt werden.
Zintkala-win nähte mit Blauer-Schmetterling an einem neuen Zelt. Das alte war vom letzten Winter zerschlissen, außerdem wollte sie mit einem repräsentativen Zelt zu den Blackfeet zurückkehren. Besitz bedeutete viel bei ihrem Volk, und wenn Nata-He-Yukan schon alles verschenkte, so wollte zumindest sie einen gewissen Wohlstand!
Häute, die zu einem Zelt zusammengenäht waren, konnte er schließlich nicht verschenken! Stolz betrachtete sie ihr Werk, das im Gras ausgebreitet war und Nata-He-Yukan, der nach der Jagd nichts wirklich Wichtiges zu tun hatte, machte sich an die Arbeit, es zu bemalen. Tagelang hockte er davor, mischte sich Farbe aus Kohle oder zerstoßenem Stein und malte Kriegs- und Jagdszenen. Staunend kniete Kleine-Krähe neben ihm und ließ sich die Geschichten dazu erzählen. Dann wiederum verschwand Nata-He-Yukan mit dem Kind, lehrte ihn Spuren lesen oder Bogenschießen, oder machte Anschleichspiele. Kriechen, erstarren, schleichen, verstecken, niemand konnte sagen, wer hier das größere Kind war: Kleine-Krähe oder Nata-He-Yukan.

Machpiya-ska nagte eifersüchtig an ihrer Unterlippe. Zu gern wäre sie mitgegangen, nur um in der Gegenwart ihres Bruders zu sein. Außerdem mochte sie solche Spiele viel lieber als mit ihren Puppen zu spielen. Doch ständig musste sie auf ihre Schwestern aufpassen, wenn ihre Mütter mit dem Gerben oder Nähen beschäftigt waren. Fast den ganzen Tag kümmerte sie sich um die Kleinkinder, fütterte sie mit zerstampftem Fleischbrei und achtete darauf, dass sie in der Nähe des Zeltes blieben.
Sehnsüchtig folgten ihre Augen Kleiner-Krähe, der ausgelassen mit den anderen Jungen tobte und alle Freiheiten hatte. Sie trug inzwischen ihr langes Mädchenkleid. Jetzt im Sommer war es heiß und sie schwitzte unter dem Leder. Am liebsten wäre sie wieder nackt durch das Dorf gerannt, so wie früher, aber sie war kein Kleinkind mehr und es wurde von ihr erwartet, dass sie langsam die Pflichten einer Frau lernte.

Zintkala-win sah ihren sehnsüchtigen Blick und verkniff sich ein Grinsen. Dieses Mädchen war ihr so ähnlich! „Warum schenkst du ihr keinen Bogen?“, fragte sie ihren Mann. Nata-He-Yukan verschluckte sich an dem Stück Fleisch, das er gerade kaute und schaute sie fassungslos an. „Einen Bogen?“

„Ja, es ist doch gut, wenn sie sich verteidigen kann“, meinte sie harmlos.

Zweifelnd blickte er seine kriegerische Frau an, doch Zintkala-win nähte beiläufig weiter, so als wäre es nichts Ungewöhnliches gewesen, was sie vorschlug. „Möchte sie denn?“, fragte er verunsichert.

„Frag sie doch!“, schlug sie unschuldig die Augen auf.

„Sollen vielleicht alle meine Töchter das Bogenschießen lernen?“, forderte er sie ein wenig heraus.

„Nun, es wäre doch nicht schlecht, wenn sie sich verteidigen können, damit sie nicht so einem gemeinen Menschen in die Hände fallen, wie es mir geschehen ist!“, erwiderte sie schlagfertig.

„Gemeiner Mensch!“, wiederholte er leise, seine Stimme bekam dabei einen gefährlichen Unterton.

Sie überhörte das drohende Grollen und kicherte respektlos. „Ja, du weißt schon, so ein überlauniger Lakotakrieger!“

Mit einem Satz stürzte sich Nata-He-Yukan auf sie und riss sie zu Boden. Kreischend rief sie um Hilfe: „Blauer-Schmetterling!“

Er zwang ihre Handgelenke zusammen und drückte sie über ihrem Kopf auf das Fell. Wehrlos lag sie unter ihm und er raubte ihr einen Kuss. Dann blitzten seine Augen, als Blauer-Schmetterling tatsächlich an seine nackten Schultern griff und versuchte, ihn von Zintkala-win herunterzuziehen.

„Krieg!“, lachte er mit dunkler Stimme. „Ich habe Krieg mit den Blackfeet und den Shoshone!“

Er wirbelte herum und packte seine zweite Frau um die Hüften. Mit einem Schrei landete sie auf den Decken und absichtlich streichelte er ihren Schenkel.

Fast erschrocken von der Intimität seiner Berührung zog er seine Hand sofort zurück und richtete sich auf. Eine knisternde Erotik lag in der Luft, eine greifbare Anspannung und fast verschämt zogen sich alle auf ihre Plätze zurück.

Nata-He-Yukan suchte den Blickkontakt mit seiner zweiten Frau und lächelte ihr anzüglich zu. Sie hatte den ersten Schritt gewagt! Sie hatte ihn angefasst! Für ihn eine deutliche Einladung, dass sie nun bereit war seine Frau zu werden! Er hatte wahrlich genug Geduld mit ihr gehabt!

Zintkala-win senkte verwirrt ihren Kopf. Deutlich hatte sie die Absicht in den Augen ihres Mannes gesehen und sie horchte in sich hinein, was ihr Herz dazu sagte. Bisher hatte sie Nata-He-Yukan nicht teilen müssen, doch heute Nacht würde er zu der Zweitfrau gehen, dessen war sie sich sicher.
In ihrem Kopf rauschte es ein wenig und sie fühlte die Hitze in sich aufsteigen. Auch sie begehrte Nata-He-Yukan, sehnte sich nach seiner Kraft und Zärtlichkeit und dem Gefühl, das er in ihr hinterließ. Wie würde es sein, wenn sie unter ihren Decken lag und zu ignorieren versuchte, was er mit der anderen Frau tat?
Wie im Traum versorgte sie die Kinder und wartete, bis sie schliefen. Dann rollte sie sich in ihre Decken und blickte unsicher zu ihrem Mann.
Nata-He-Yukan blieb demonstrativ auf seinem Platz sitzen. Obwohl es dunkel war und nur wenig Mondlicht ins Tipi fiel, flocht er unkonzentriert an einem Seil, eine Arbeit, die er bei Tageslicht sicherlich erneut würde machen müssen.
Zintkala-win drehte sich zur Tipiwand und tat so, als wäre sie müde. Ihre Atemzüge kamen ruhig und gleichmäßig, doch sie war hellwach und lauschte auf die Geräusche in der Dunkelheit.

Nata-He-Yukan legte das Seil aus den Händen und krabbelte leise zu Blauer-Schmetterling. Vorsichtig zog er die Decke weg und erwartete, dass er auf Widerstand stieß, doch die Shoshonefrau lag bewegungslos vor ihm.
Ihre Augen waren auf ihn gerichtet, voller Angst davor, was er jetzt tun würde. Sie zitterte, als die Kälte in ihr hoch schlich, doch sie wagte es nicht, sich zu wehren. Sanft streichelte er ihr verängstigtes Gesicht, dann legte er sich zu ihr und zog die Decke über sie beide. „Ich bin dein Mann“, murmelte er. „Ich tue dir nicht weh!“
Stocksteif lag sie da, ihr Atem flatterte plötzlich. Verspielt beugte

er sich zu ihrem Ohr und flüsterte: „Komm, mach die Augen zu! Fühlst du meine Hand?"
Gehorsam schloss sie die Augen und spürte, wie seine Hand sanft über ihren Körper fuhr. Dieser Mann würde sie nicht quälen, keinen Spaß darin empfinden, wenn sie vor Schmerz stöhnte!
„Fühlst du meinen Mund?", hauchte er und berührte mit seinen Lippen ihren Hals. Wie im Spiel küsste er sie überall, suchte ihre Schultern, ihre Arme, ihren Bauch und ihre Brüste. Lange lag er neben ihr und streichelte ihre Angst weg. Seine Hände folgten ihren Konturen, glitten verführerisch über ihre Brüste und neckten ihre Lippen.
Zögernd fasste Blauer-Schmetterling an seine Brust, wunderte sich, dass ein Mann eine solche Zärtlichkeit geben und empfinden konnte. Zum ersten Mal schmeckte sie einen zärtlichen Kuss, roch den Schweiß eines anderen Menschen, fühlte sie sanfte Hände, die streichelten und nicht Schmerzen zufügten.
Irgendwann lag er auf ihr und sie konnte überhaupt nicht sagen, wann er in sie eingedrungen war, denn es war so sanft und zärtlich, dass es wie eine willkommene Vereinigung war, etwas, das sie so lange ersehnt hatte. Seufzend ergab sie sich den Wogen, die er in ihrem Körper auslöste, fühlte seine Härte, die nicht zerriss, sondern Freude bereitete.
Nata-He-Yukan lächelte selbstzufrieden, erlaubte sich nur langsam zum Höhepunkt zu kommen und achtete auf die Frau, die entspannt unter ihm lag. Er empfand nicht die Leidenschaft wie mit Zintkala-win, nicht die völlige Ekstase, wenn zwei Menschen sich ineinander verlieren, sondern nur die Zufriedenheit, dass diese Frau unter seinen Händen ihre Angst verlor. Er liebte Blauer-Schmetterling auf eine andere Art. Hier war er der Mann, der beschützte, der Freude bereitete, während bei Zintkala-win diese Freude zurückgegeben wurde.

Blauer-Schmetterling war seine Frau, sein Besitz, etwas, das ihm gehörte, während Zintkala-win in Wahrheit der Schmetterling war, der um ihn herum flatterte, und den er manchmal wie eine Kostbarkeit berühren durfte. Jetzt, wo er mit seiner zweiten Frau geschlafen hatte, wurde ihm das umso deutlicher bewusst und

seine Liebe zu Zintkala-win noch stärker. Blauer-Schmetterling rollte sich zufrieden zusammen, doch er sehnte sich nach Zintkala-win. Leise kroch er zu ihrem Lager und sah in ihre geöffneten Augen. „War es dir recht?", flüsterte er unsicher.
„Ja!", antwortete sie wahrheitsgemäß. Sie wusste, dass er der anderen Frau Vergnügen bereitet hatte, und liebte ihn für seine Zärtlichkeit.
„Möchtest du auch?", fragte er bittend. Er wollte wieder diese Ekstase fühlen, diese völlige Hingabe.
„Jetzt?", kicherte sie empört.
„Ja!", forderte er drängend, fühlte bereits, wie sein Geschlecht allein bei dem Gedanken an sie hart wurde.
Verblüfft hob sie ihre Decke und lud ihn ein. Mit einem zufriedenen Seufzen kuschelte er sich an sie und saugte an ihren Brüsten. Seine Finger suchten den Spalt zwischen ihren Beinen und drückten ihn auseinander.
Dann fühlte sich Zintkala-win gepackt und gestoßen, seine Leidenschaft übertrug sich auf sie und fordernd umklammerte sie seine Hüften, wollte ihn tief in sich spüren, wollte fühlen, dass er ganz ihr gehörte. Ihre nassen Körper klatschten aufeinander und keuchend vor Leidenschaft wartete Nata-He-Yukan auf den zweiten Höhepunkt in dieser Nacht.
Völlig ausgepumpt klappte er neben ihr zusammen, hörte, wie sein Herz dröhnte und es fast aus seiner Brust sprang. Ein wohliges Zittern durchlief ihn und mit geöffnetem Mund sog er dankbar die kühle Nachtluft ein. Wan! Manchmal hatte es durchaus Vorteile, mit zwei Frauen verheiratet zu sein! Leises Kichern ertönte von den beiden Frauen und er lächelte entspannt.

Er war so überdreht, dass er beschloss mitten in der Nacht zum Fluss zu gehen. Langsam kühlte ihn das Wasser ab und sein Herz beruhigte sich. Müde ließ er sich ins Gras sinken und betrachtete versonnen den Sternenhimmel. Es war warm und das Zirpen der Grillen schläferte ihn ein.
Irgendwann war er eingeschlafen und erst das Gelächter seiner Freunde ließ ihn am Morgen hochfahren. „Haben dich deine Frauen aus dem Tipi geworfen?", stichelten sie.

„Fragt sie doch selbst!“, antwortete er mit dem Grinsen der Mondsichel am Nachthimmel.
Hokahey! Ganz offensichtlich war ihr Freund bester Stimmung und Langes-Messer und Biberschwanz grinsten anzüglich.
„Wenn du es mit einem ganzen Stamm Blackfeet aufnehmen kannst, dann wirst du auch mit den zwei Frauen in deinem Tipi fertig!“
„Aho!“, antwortete Nata-He-Yukan, dabei reichte die Sichel seiner Lippen bestimmt bis zu den Ohren.
„Ich glaube, dass unser Freund eine Abkühlung braucht!“, meinte Langes-Messer indigniert.
Schon hatten sie ihren Freund an den Händen und Füßen gepackt, und obwohl er sich heftig wehrte, purzelten bald alle drei in das seichte Wasser des Flusses. Eine Balgerei brach aus, bis alle schlammverschmiert und herzhaft lachend ans Ufer krabbelten und nach Luft rangen. Es war schön, wieder bei seinen Freunden zu sein, und Nata-He-Yukan bedauerte, dass er bald aufbrechen würde.
Widerstrebend stand er auf, um zu seinem Tipi zu gehen. „Wieso hast du es so eilig, zu deinen Frauen zu kommen?“, kicherte Biberschwanz.
„Ich habe es nicht eilig!“, wehrte Nata-He-Yukan mit einem Lächeln ab. „Ich möchte meiner Schwester einen Bogen machen.“
Jetzt staunten seine Freunde endgültig.
„Einen Bogen? Wozu braucht sie denn einen Bogen? Sie ist doch ein Mädchen!“
„Sie ist meine Schwester!“, betonte Nata-He-Yukan. „Die Blackfeet sind sehr kriegerisch! Wenn ich sie dorthin mitnehme, dann ist es besser, wenn sie lernt sich zu verteidigen.“
Wan! Ungläubige Augen folgten ihm, als er mit federnden Schritten zu seinem Zelt ging.
Machpiya-ska jedoch hüpfte wie eine Springmaus, als ihr Nata-He-Yukan den kleinen Bogen mit stumpfen Pfeilen in die Hand drückte.
„Sag meiner Schwester, dass sie mitkommen darf!“ forderte er Kleine-Krähe auf. „Wir wollen Bogenschießen üben. Dann lernt sie auch etwas.“

Machpiya-skas Augen leuchteten vor Glück, als sie hastig ihrem Bruder folgte. Blauer-Schmetterling schaute ihr ratlos hinterher, doch Zintkala-win drückte beruhigend ihren Arm. „Glaube mir! Alle Mädchen sollten lernen sich zu verteidigen. Bei den Blackfeet ist das so!"
„Ein guter Brauch! Vielleicht hätte ich dann Bleza-Si das Messer in den Bauch gerammt, als er mich geraubt hat", meinte Blauer-Schmetterling bitter.
Sanft strich Zintkala-win der Zweitfrau die Haare aus der Stirn. „Das ist nun vorbei! Nata-He-Yukan ist nun dein Mann!"
Plötzliche Tränen liefen der Shoshonefrau über das Gesicht, aber es waren Tränen der Erleichterung. „Ja, bei ihm kann ich vergessen, was mir angetan wurde. Yun, dabei hatte ich solche Angst vor Nata-He-Yukan! Beinahe hätte er mich getötet!"
Zintkala-win nickte. „Ja, aber nur beinahe. Und das ist der Unterschied. Nata-He-Yukan kann sich beherrschen.! Er ist ein großer Krieger und er hat ein großes Herz."

Fort McKenzie

(Nördliches Montana, am Bärenfluss)

Im Spätsommer kehrten sie zum Fort Union zurück. Der ganze Stamm hatte sie weit nach Norden begleitet, weil sie ohnehin im Herbst dort Büffel jagen wollten. So war die Reise halbwegs ungefährlich. Dann kam die Zeit der Trennung und bewegt verabschiedete sich Nata-He-Yukan von seinen Freunden. „Im Frühjahr kehre ich zurück!", versprach Nata-He-Yukan.

„Wenn die Blackfeet dir nicht den Skalp nehmen!", argwöhnte Langes-Messer.

„Ich bin schon einmal zurückgekehrt, vergiss das nicht! Mehr Sorgen bereiten mir da die Atsina, Cree oder Assiniboin", erklärte Nata-He-Yukan leichthin.

„Aber du bist natürlich so ein großer Krieger, dass du es gleich mit mehreren feindlichen Stämmen aufnehmen kannst?" Biberschwanz runzelte die Stirn. Hatte sein Freund denn überhaupt keine Angst? Gut, niemand gab zu, ängstlich zu sein, Tapferkeit wurde von allen Männern, sogar von den Jungen, erwartet, aber ihr Freund schien wenig Respekt vor seinen Feinden zu haben!

„Aho!", stimmte Nata-He-Yukan zu. „Ich fürchte meine Feinde nicht. Meine Medizin ist stark! Und die Medizin meiner weißen Freunde wird mich schützen. Außerdem habe ich eine Blackfeetfrau, die mir mit ihrem Bogen den Rücken freihält, und einen Bruder, der mir zur Seite steht!"

Zintkala-win wurde dunkelrot über dieses Lob und lächelte ihren Mann an, dann setzte sich der kleine Zug nach Norden in Bewegung. Zwei bewaffnete Männer und eine Frau ritten auf ihren Pferden voraus, dahinter folgte Blauer-Schmetterling mit einem Travois, ein weiteres Pferd mit Travois an einem Strick hinter sich herziehend, auf dem Schnee-in-den-Bergen und Kaktusblüte saßen.

Machpiya-ska ritt mit Kleiner-Krähe auf einem weiteren Pony, führte ebenfalls ein Packpferd am Zügel mit, daneben lief der schwarze Hengst, der übermütig in wilden Sprüngen um die Gruppe sprang.

Jeans Packpferd lief angebunden hinter dem Travoi mit den Mädchen her und kichernd steckten die Kinder dem Tier völlig vertrockneten Zwieback zu. Immer wieder näherte sich das sanfte Maul, kitzelte über die Gesichter der Kinder und bettelte nach einer weiteren Leckerei. Kreischend duckten sich die Mädchen weg, spielten Versteck mit dem Pferd und vertrieben sich so die Zeit.

Nur langsam trödelte der Zug dem Fort entgegen, mit vielen Pausen, in denen die Männer Jagd auf Wachteln und Hühner machten, während Zintkala-win lieber einen Hasen erlegte.

Das Wetter war gut, und so kamen sie schnell voran. Noch war es nachts so warm, dass sie kein Zelt aufbauen brauchten. Das sparte Zeit und so ritten sie bis in die Dunkelheit, legten ihre Decken um das Feuer und brieten, was sie tagsüber erlegt hatten.

In den letzten Augusttagen erreichten sie Fort Union und ein strahlender Kenneth McKenzie begrüßte sie überschwänglich. „Mensch! Ihr seid gerade noch rechtzeitig! In zwei Tagen legt das Schiff ab!"

Etwas ungläubig prüften seine Augen die kleine Karawane, die hinter Jean auftauchte. „Was ist das?"

„Nata-He-Yukans Familie!", stellte Jean seine Freunde vor.

Verwirrt ließ Kenneth seinen Blick über die vielen Frauen und Kinder schweifen und kratzte sich nachdenklich am Kopf. „Also schön! Ich kenne Zintkala-win und die beiden Kinder, aber wer sind die anderen?"

Lächelnd beugte sich Nata-He-Yukan zu ihm hinunter. „Das ist Blauer-Schmetterling, meine zweite Frau. Und ich bringe meine Tochter Kaktusblüte und meine Schwester Machpiya-ska mit!"

„Willst du sie etwa auch mit zu den Blackfeet nehmen?"

„Aber ja, es ist nicht richtig, wenn man seine Frau und seine Kinder zurücklässt!", erklärte Nata-He-Yukan kurz. Was dachte dieser Weiße sich eigentlich?

„Natürlich! Natürlich! Schon gut!", brummte Kenneth verlegen. „Jetzt steigt doch erst mal ab! Das Kielboot ist schon unten an der Anlegestelle, da könnt ihr eure Sachen gleich verladen", bot er freundlich an.

„Waschté!", brummte Nata-He-Yukan und drehte sein Pony um. Er hatte genug gesagt.
„Was macht ihr überhaupt mit den vielen Pferden?"
„Ich nehme sie mit!", rief Nata-He-Yukan ihm zu, während er sich bereits in Bewegung setzte.
Kenneth raufte sich endgültig die Haare. „Himmel, wie soll das denn funtionieren?"
„Ich reite am Ufer! Mit den Pferden bin ich ohnehin viel schneller als ihr mit dem Boot!"
Drohend schwenkte der bärtige Schotte seinen Zeigefinger nach dem Indianer. „Gut, dass ich einen Friedensvertrag zwischen den Blackfeet und den Assiniboin ausgehandelt habe! Und auch die Cree verhalten sich still. Du hast Glück!"
„Was hat das mit mir zu tun ...?", grinste Nata-He-Yukan frech. „Ich bin ein Lakota!"
Nur mit seinem Lendenschurz und mit nacktem Oberkörper bot er einen prächtigen, geradezu überheblichen Anblick. So, als könnte er es mit der ganzen Welt aufnehmen. Herausfordernd blickte er Kenneth in die Augen, dann warf er mit einem Ruck seine Haare nach hinten und wies mit einem kurzen Nicken seine Frauen an ihm zu folgen.
Kenneth stemmte seine Hände in die Hüften und spuckte in den Staub. „So ein Angeber!", brummte er.
„Lass ihn doch! Wenn er getötet wird, sparst du dir den Lohn!", stänkerte einer der weißen Trapper.
„Ich will meine Angestellten nicht verlieren! Außerdem mag ich den Kerl!", wies ihn Kenneth zurecht.
„Wir brauchen jeden Mann, und zwar nicht nur Weiße, sondern auch Indianer, die uns gewogen sind! Denkt nur daran, was im vergangenen Winter in Kanada passiert ist!", stimmte ein weiterer Trapper zu.
Jean horchte auf. „Wieso, was ist denn passiert?"
„Die Atsina haben ein ganzes Fort dem Erdboden gleich gemacht und alle getötet! Jetzt wollte natürlich niemand mehr den Missouri hinauf. Alle hatten Angst. Aber mit dem Friedensvertrag habe ich doch genügend Leute gefunden, die am Bärenfluss einen Handelsposten errichten werden", erzählte Kenneth.

„Was hilft uns ein Friedensvertrag mit den Blackfeet und Assiniboin, wenn uns die Cree oder Atsina angreifen?", wunderte sich Jean. Noch im Nachhinein schwitzte er bei dem Gedanken an den Angriff der Kainah im letzten Winter. Wie leicht hätten sie bei der zahlenmäßigen Übermacht der Indianer alle getötet werden können. So wie die weniger glücklichen Trapper in Kanada!
„Nun, da steigen doch unsere Chancen um das Doppelte!", meinte Kenneth mit dem Galgenhumor, der ihn für die Leitung dieses Postens qualifizierte. Nur mit Optimismus und Humor konnte man diese Aufgabe schaffen, und mit der Hoffnung, dass alles gut gehen würde. Eigentlich waren alle diese Männer ebenso sorglos wie Nata-He-Yukan.
Begeistert rissen die Pelzhändler Jean vom Pferd und zogen ihn ins Fort, um mit ihm zu feiern.
Es wurde ein sprichwörtliches Besäufnis, lallend fielen die Männer mitten in der Nacht einfach um, blieben liegen, wo sie waren, nur um in der Früh mit entsetzlichen Kopfschmerzen aufzuwachen. „Oh!", stöhnte Jean, zu mehr war er nicht fähig.
Nata-He-Yukan packte ihn energisch und schleppte ihn zum Fluss. Dort steckte er ihn kopfüber in das kalte Wasser, bis Jean sich verzweifelt zur Wehr setzte. „Nata-He-Yukan! Genug! Du ersäufst mich ja! Ich bin okay!"
„Wieso trinkst du von dem heiligen Wasser, wenn du es nicht verträgst?", schimpfte der Indianer.
„Mein Bruder, darauf gibt es keine Antwort! Es ist einfach schön, mit seinen Freunden zu feiern!"
„Dann tanze!"
„Sag mal, bist du jetzt meine Mutter?", empörte sich Jean, während er stöhnend seinen brummenden Schädel hielt.
„Nein, dein großer Bruder! Jetzt komm, meine Frauen werden dir etwas zu essen geben!"
„Oh, aber keinen Hund!", argwöhnte Jean und Nata-He-Yukan drehte angewidert den Kopf weg, als ihm eine stinkende Alkoholfahne entgegenschlug. „Nein, ich habe Fische gefangen", erwiderte er ruhig.
„Oh!" Ein Schwall Erbrochenes kam aus Jeans Mund und im letzten Moment konnte er sich hinknien, sonst hätte er die hell-

gelbe, ekelerregende, breiige Flüssigkeit auf seinen Freund gespuckt. Nata-He-Yukan wartete, bis Jeans Magen sich beruhigt hatte, musterte fassungslos seinen in sich zusammengefallenen Freund, dann hob er ihn unter den Achseln hoch und zog ihn zum Fluss.

„Nein!", flüsterte Jean schwach, doch erbarmungslos wurde er von dem Indianer ins Wasser geworfen und dieses Mal nicht nur mit dem Kopf, sondern mitsamt seiner Kleidung.

Prustend tauchte Jean wieder auf, rote Nebel der Wut vor seinen Augen, aber ehe er fäusteschwingend aus dem Wasser kam, hatte ihn Nata-He-Yukan wieder ins Wasser geschubst. „Hilfe, lass mich raus!", spuckte Jean Gift und Galle.

„Erst wäschst du dich! Ich will deinen stinkenden Atem nicht mehr riechen."

„Okay, okay, aber lass mich raus! Ich rühre auch keinen Tropfen mehr an!", versicherte Jean. Frierend schlug er mit den Armen um sich und klapperte mit den Zähnen.

„Waschté!", willigte Nata-He-Yukan ein und streckte ihm die Hand entgegen. Jean unterdrückte den Impuls seinen Freund ebenfalls ins Wasser zu ziehen und kletterte erleichtert aus dem Fluss. Nicht auszudenken, was dem Indianer noch einfiel, wenn er ihn tatsächlich reizte! „Poisson, eh?", brummte er.

„Ja, Fisch!", bestätigte Nata-He-Yukan, obwohl Jean beileibe nicht so aussah, als könnte er irgendetwas essen.

In der Nähe des Kielbootes stand das Tipi und schwankend setzte sich Jean an das Feuer, das davor brannte.

Blauer-Schmetterling brachte ihm aus seinen Bündeln trockene Kleidung und ziemlich hemmungslos zog Jean sich vor den Frauen aus und schlüpfte in die frischen Sachen. „Kaffee wäre jetzt gut!", maulte er.

Kopfschüttelnd verschwand Nata-He-Yukan im Fort und kehrte mit einer dampfenden Tasse schwarzer Brühe zurück, von der Marke Trapper-Überlebens-Bohnen, gemischt mit einem Schuss Klapperschlangengift, zumindest schmeckte er so.

Man munkelte, dass dieses bittere Gesöff selbst Tote zum Leben erwecken konnte, und genau diese Wirkung erhoffte sich Nata-He-Yukan für seinen Freund.

Jeans Gesicht verzog sich, als hätte er in eine Zitrone gebissen, und fordernd hielt er Nata-He-Yukan die Tasse unter die Nase: „Zucker!“
Nata-He-Yukans Augen sagten deutlich „Nein“ und fluchend schlürfte Jean die bittere Flüssigkeit hinunter.
Dann näherte sich Kenneth McKenzie in Begleitung eines Mannes, den die beiden noch nicht kannten. „Guten Morgen!“, grüßte er höflich. „Bist du wieder ansprechbar?“
Jean schaute prüfend in den leeren Becher und meinte grinsend: „Noch so eine Tasse und ich gehe für dich in die Hölle!“
„Nun, das geht vielleicht etwas schneller als du denkst!“, meinte Kenneth mit einem Augenzwinkern.
Dann stellte er seinen Begleiter vor: „Das hier ist David Mitchell. Mein Buchhalter für Fort Piegan, wenn es noch steht!“
„Freut mich!“, meinte Jean erstaunt. „Wo ist denn Kipp?“
„Sein Mandanenmädchen bekommt ein Baby, und so ist er im Moment verhindert! Das heißt, er organisiert für mich den Handel mit den Mandanen, denn zufällig ist die Kleine die Tochter von Mato-tope!“
„Was, ist der nicht inzwischen der Häuptling geworden?“
„Ja!“, nickte Kenneth zufrieden.
„Was für ein Glück!“, stichelte Jean.
„Ja!“, betonte Kenneth. „Kipp liebt das Mädchen tatsächlich! Was denkst du denn? Aber es hat natürlich auch Vorteile für uns!“
„Natürlich!“
Jean versuchte den neuen Mann, der nun die Trapper anführen sollte, einzuschätzen. Ein mittelgroßer, schlanker Mann, vielleicht Mitte dreißig, der in gepflegter Wildlederkleidung steckte, offensichtlich von einer Indianerin angefertigt. Wie alle Männer, die viel im Freien waren, hatte er tiefe Runzeln im Gesicht, die durch die Bräune noch heller leuchteten.
„Hallo Jean!“, grüßte er freundlich. „Du kommst also als Jäger mit?“
„Ja, und das hier ist mein Freund Nata-He-Yukan! Er kommt auch mit!“
Mitchell nickte freundlich. „Ich habe schon von dir gehört. Willkommen!“

Prüfend streifte Nata-He-Yukan diesen Mann mit einem kurzen Blick, aber er sah keine Vorbehalte, keine Abneigung in dessen Augen. Ein guter Mann! „Ich jage auch für dich", erklärte er offen.
„Hecetu! Sind das deine Frauen?", zeigte Mitchell auf die große Familie des Indianers.
„Ja."
„Gut! Sie können auf dem Boot mitfahren! Das ist sicherer! Meine Frau fährt auch mit! Sie ist eine Assiniboin! Sie freut sich bestimmt, wenn sie nicht allein ist!"
Kurz kratzte er sich am Kopf, dann wandte er sich an den Indianer: „Du reitest mit deinen Pferden?"
„Ja!"
„Okay, dann verstaut eure Sachen auf dem Boot. Die Stangen des Tipis könnt ihr auf das Dach legen. Wir brechen auf!"
Verwundert schaute Kenneth auf seinen Buchhalter. „Willst du nicht bis morgen warten?"
„Wozu? Damit die Männer noch einen Rausch haben? Nein, alles ist verstaut, ich muss nur noch die Männer einsammeln und dann geht es los. Der Wind ist günstig und bis morgen haben alle ihren Rausch ausgeschlafen. Ehe sie denken können, haben wir bereits einige Meilen hinter uns gebracht!"
Lachend schlug Kenneth seinem ersten Mann auf die Schulter. „Ein guter Plan! Du schanghaist die Leute einfach! Ich dachte, so etwas gibt es nur bei der Marine!"
Unschuldig deutete Mitchell auf das Kielboot, das sanft am Ufer schaukelte. „Wieso? Das ist ein Schiff. Sogar ein Segelschiff! Und ich bin der Kapitän!"
„Ahoi!", brüllte Kenneth gut gelaunt. „Hievt den Anker und Leinen los!"
Sofort erhoben sich die Frauen und begannen das Tipi abzubauen, während Nata-He-Yukan die ersten Bündel zum Boot trug. Ein Wachposten versperrte ihm den Weg und hielt drohend sein Gewehr auf ihn gerichtet: „Mister Mitchell! Dieser Indianer will an Bord!"
Der Buchhalter winkte beruhigend mit seiner Hand.„Schon gut, Steward! Das ist Nata-He-Yukan, unser Jäger! Er und seine Fa-

milie dürfen an Bord! Er wird dich schon nicht fressen, keine Angst!"
Misstrauisch und betont wachsam ließ der Wachposten den Indianer durch.
„Wo kann ich diese Taschen hinlegen?", fragte Nata-He-Yukan höflich.
„Vorne an Deck, wenn du weißt, wo das ist!", meinte Steward von oben herab.
„Das nennt man Bug!", korrigierte ihn Nata-He-Yukan ironisch. Nach indianischer Auffassung eine unglaubliche Unhöflichkeit, aber langsam reizte ihn die arrogante Art der Weißen.
Vor Verblüffung riss der Mann die Augen auf und immer wieder wunderte es Nata-He-Yukan, wie schlecht die Weißen ihre Gefühle verbergen konnten. Geschickt balancierte er über das voll beladene Schiff und suchte sich einen Platz unter dem Vorbau, damit seine Sachen trocken blieben.
Dann kamen bereits seine Frauen mit den ersten Tipistangen und er half ihnen sie auf das Dach zu legen. „Sag mal", wunderte sich Steward, „hast du zwei Frauen?"
„Ich habe zwei Frauen und vier Kinder", antwortete Nata-He-Yukan.
Schwankend kam Jean über die Planke gewackelt und für einen Augenblick dachte Nata-He-Yukan, dass sein Freund noch ein Bad nehmen würde. Dann hatte Jean sicher das Boot erreicht und hielt sich an einem Pfosten fest.
„Merde!", fluchte er. Dann wurde seine Stimme freundlicher: „Bonjour Steward! Du alter Seebär!"
„Jean, du miesepetriger, alter Halunke!"
„Freut mich auch", murmelte Jean. „Hilfst du mir mal mit den Sachen?"
„Bien! Warte!" Hilfsbereit trug Steward die Bündel von Jean auf das Schiff, während andere schwankende Gestalten eintrudelten. Bald füllte sich das Schiff und so manch einer ließ seinen Kopf schweißgebadet über das Wasser hängen.
Nata-He-Yukan schüttelte ungläubig den Kopf. Keiner dieser Männer wäre im Ernstfall in der Lage sich zu verteidigen. Diese Waschitschu, Menschen, die einem das Fett in der Suppe weg-

nahmen, konnte man wirklich leicht besiegen, wenn man wusste wie! Ein Fass von dem heiligen Wasser und man konnte ihnen ganz einfach die Kehlen durchschneiden!
Er verließ das Schiff und band die Pferde aneinander, auch die von Jean, denn sein Freund sah nicht so aus, als könnte er sich auf einem schwankenden Pferderücken halten.
Abwartend beobachtete er, wie die Weißen das Schiff klar machten und tatsächlich einige Männer eintrafen, die einen nüchternen, kampfbereiten Eindruck machten, unter ihnen auch Jacob Berger. Seine Bündel tanzten um seine Hüften und er hielt lässig sein Gewehr über die Schulter.
Dann führte Mitchell seine Frau an Deck und staunend bewunderte Nata-He-Yukan die Indianerin. Sie trug bereits das bunte Kleid der Weißen und auch eine elegante Haube, nur ihre Füße steckten in bequemen Mokassins. Hoheitsvoll ließ sie sich an Deck helfen, während ein Diener ihr Gepäck trug. So etwas hatte Nata-He-Yukan noch nie gesehen! Ein Mann, der einer Frau die Sachen trug! Han!
Zuvorkommend führte Mitchell seine Frau in den Bug des Schiffes, während die anderen Männer höflich den Kopf neigten. Sie war die Frau des Anführers und dementsprechend wurde sie auch behandelt. Freundlich begrüßte sie die anderen beiden Indianerinnen und wandte sich dann den Kindern zu.
Innerhalb kürzester Zeit saß Schnee-in-den-Bergen auf ihrem Schoß und spielte mit den bunten Hutbändern. Die Sprache der Assiniboin war im Prinzip ein Dakotadialekt, mit ein bisschen Übung gelang es den Frauen, sich zu verständigen, nur Nata-He-Yukan verhielt sich distanziert, denn die Assiniboin waren in erster Linie Feinde für ihn.
Mitchell grinste zufrieden, als er sah, wie die Frauen es sich gemütlich machten, und gab Nata-He-Yukan das Zeichen zum Aufbruch. Mit einem Schnalzen trieb der Lakota die Pferde an und führte sie stromaufwärts.
Er wusste nichts von dem Mann, der unweit in einem Dickicht lag und dessen graue Augen ihn hasserfüllt verfolgten. Bleza-Si! Über ein Jahr war vergangen und Nata-He-Yukan hatte seinen Widersacher fast vergessen! Das Land war weitläufig und die

Wahrscheinlichkeit sich irgendwo zu begegnen eher gering. Woher sollte sein Feind auch von seinen Plänen wissen?

Weit gefehlt!
Der Mann mit den grauen Augen hatte die Abreise der Männer genau beobachtet und natürlich Nata-He-Yukan erkannt. Sein Herz kochte vor Wut! Immer wieder lief ihm sein verhasster Feind über den Weg, aber ihn jetzt hier mit seiner Shoshonefrau zu sehen übertraf alle seine Vorstellungen. Was machte seine Gefangene bei Nata-He-Yukan und was hatte er mit dem Kind vor? Rächte sich Nata-He-Yukan jetzt an seiner Tochter, so wie er es mit Machpiya-ska vorgehabt hatte? Wollte er ihn damit demütigen? Die Shoshonefrau bedeutete ihm nichts, auch das Kind war ihm gleichgültig, aber er fühlte die Schande, die ihm dieser Krieger bereitete.
Mit Genugtuung sah er zu, wie Nata-He-Yukan allein nach Westen ritt, eine leichte Beute für ihn! Endlich konnte er ihn töten und dann würde er sich die zwei Frauen holen!
Eilig lief er zu seinen Freunden, die er bei den Assiniboin gefunden hatte. „Kommt! Wir werden diesen Feind töten und seine Pferde stehlen!“, forderte er sie mit glänzenden Augen auf.
„Unser Häuptling hat Frieden geschlossen mit den Weißen“, gab einer zu bedenken.
„Wir kämpfen nicht gegen die Weißen, sondern gegen diesen Lakotakrieger, der es wagt, in eure Jagdgründe einzufallen! Er hat schöne Pferde, holen wir sie uns!“
An den glitzernden Augen der jungen Männer, erkannte er, dass seine Worte ihre Wirkung nicht verfehlten. Schon oft war ein Frieden ausgehandelt worden und junge, hitzige Krieger hatten ihn gebrochen. Hier lag nicht einmal ein Vertragsbruch vor, denn dieser Feind war tatsächlich ein Lakota, kein Weißer, kein Blackfeet oder Cree! So war es nicht schwer, die Männer zu überzeugen, und begierig sprangen vier junge Krieger auf ihre Pferde. Nur mit dem Nötigsten ausgerüstet, aber grell mit Kriegsfarbe bemalt, folgten sie ihm. Vorsichtig schlugen sie einen Bogen, denn sie wollten den Feind nicht in der Nähe des Forts überrumpeln, wo ihm vielleicht die Weißen helfen konnten.

Nein, sie hatten Zeit und suchten eine geeignete Stelle für einen Hinterhalt. Bleza-Si war sehr zufrieden und fieberte dem Augenblick entgegen, an dem er sich an Nata-He-Yukan rächen konnte. Er trug inzwischen wieder indianische Kleidung und hatte sich einer Gruppe Assiniboin angeschlossen, die für ihre Grausamkeit berüchtigt war.

Unter ihrem Häuptling Tschatka brachten sie Tod und Schrecken über die Zelte der Feinde und verschonten nicht einmal die Kinder. Durch ihn begründete sich der zweifelhafte Ruf der Assiniboin als Halsabschneider. Tschatka war dafür bekannt, dass er keine Gefangenen machte, sondern seinen Feinden die Köpfe abtrennte. Aber auch bei seinem eigenen Volk war er gefürchtet. Einige Krieger folgten ihm, weil er erfolgreich war, und weil sie seine Macht fürchteten. Er schreckte nicht einmal davor zurück, eigene Stammesangehörige zu ermorden, wenn sie ihm im Weg standen.

Hier konnte Bleza-Si seine Aggressionen ausleben, in Tschatka hatte er einen Menschen gefunden, der seine Neigungen teilte und genauso skrupellos war wie er. Unerschrocken begleitete er die Assiniboin gegen ihre Feinde und niemanden scherte es, was er in den Zelten der Feinde tat. Er hatte gelernt sich zu verstellen und ließ seine Neigungen nur dort aus, wo es keine Zeugen mehr gab.

Währenddessen zog Nata-He-Yukan die vielen Pferde mit sich und fluchte laut, als sich die Muskeln seines Oberarms verspannten: „Merde!“

Er fand, dass es ein schönes Wort war und langsam verstand er, warum Jean es so oft benutzte. „Merde!“, drückte einfach alles aus, was er empfand, wenn er müde oder verärgert war.

Seine Sprache kannte keine Fluchworte, aber bei den Weißen kam er ohne sie nicht aus. Zu fluchen bedeutete, dass er zu ihnen gehörte.

Das Schiff trieb weit hinter ihm im Fluss und in der Ferne sah das aufgeblähte Segel wie eine große weiße Wolke aus, die über dem Wasser hing. Es war heiß und doch durchfuhr ihn plötzlich ein Frösteln.

Kurz zog er die Schultern ein, wie eine Schildkröte, die sich in ihrem Panzer versteckte. War es eine Warnung von seinem tierischen Begleiter? Wachsam schweifte sein Blick über die Landschaft, doch nichts erregte seine Aufmerksamkeit. Vögel zwitscherten, irgendwo kläffte ein Kojote, ein Bussard schwebte am Himmel, auf der Suche nach Beute.

Trotzdem wurde er das Gefühl nicht los, dass er beobachtet wurde. Nachlässig schlug er nach einem Moskito, dann glitt er von seinem Pferd und untersuchte den Huf, während er scharf nach der Gefahr spähte. Aber nichts rührte sich, entweder weil der Feind erkannt hatte, dass dem Pferd nichts fehlte, es nur eine Finte war, oder weil tatsächlich niemand da war.

Beunruhigt schwang er sich wieder auf den Pferderücken und trieb die anderen Tiere zum Fluss, um einen Platz zum Übernachten zu suchen. Weit würde das Boot an diesem Tag nicht mehr kommen, und so suchte er nach einer geschützten Bucht. Sorgsam sicherte er die Umgebung, aber er fand nichts!

Keine verdächtigen Spuren, keine Geräusche, keine Vögel, die in Aufregung aufflatterten, einfach nichts, außer, dass das Kribbeln an seinem Rücken nicht nachließ. Lange ehe das Schiff anlegte, hatte er eine Antilope erlegt, die Pferde angebunden und ein Lagerfeuer entfacht.

Er fing die Leine, die ihm herübergeworfen wurde, und vertäute das Boot am Ufer.

Jean sah etwas besser aus als am Morgen und er hoffte, dass sein Freund ihn am nächsten Tag begleiten konnte.

„Stimmt was nicht?", fragte Jean, denn er hatte den unruhigen Blick seines Freundes gesehen.

„Nein!", wehrte Nata-He-Yukan ab. „Aber mein tierischer Begleiter warnt mich!"

„Dein tierischer Begleiter?", spottete Jean ein wenig ungläubig, nur Jacob Berger reagierte sofort. Misstrauisch kniff er die Augen zusammen. „Wieso warnt er dich?"

Nata-He-Yukan zuckte die Schultern. „Ich habe seit Längerem das Gefühl, dass ich beobachtet werde!"

„Aber du hast nichts gesehen?", forschte Jacob nach.

„Nein!", bestätigte Nata-He-Yukan.

Jean schlug ihm gutmütig auf die Schulter. „Vielleicht sieht er Gespenster? Mein Freund ist reichlich nervös!“
Jacob schnaubte indigniert und schüttelte energisch den Kopf: „Das glaube ich nicht! Vielleicht wollen einige Atsina die Pferde rauben? Oder am besten gleich das ganze Schiff? Wir sollten vorsichtig sein!“
Nata-He-Yukan senkte die Augen. „Ich glaube, dass ich bereits seit dem Fort verfolgt werde!“
„Einige junge Krieger, die unseren Aufbruch gesehen haben und auf leichte Beute hoffen?“
„Vielleicht!“, meinte Nata-He-Yukan ruhig, aber er hatte einen anderen Verdacht.
„Nun, ich werde dich morgen begleiten“, bot Jacob an.
„Ich auch!“, beeilte sich Jean zu versichern.
„Hecetu!“
Mitchell stellte zwei Nachtwachen auf, aber alles blieb ruhig.
Am Morgen schloss sich ihnen auch Zintkala-win an und in der Begleitung seiner Freunde fühlte sich Nata-He-Yukan wesentlich besser. Kleine-Krähe war sichtbar enttäuscht, denn er fand es auf dem Boot ausgesprochen langweilig. Liebevoll nahm Nata-He-Yukan ihn in den Arm und tröstete ihn: „Es ist zu gefährlich! Aber in den nächsten Tagen nehme ich dich mit. Pass gut auf deine Schwestern auf!“
„Mary!“, rief Mitchell nach seiner Frau. „Hilf Blauer-Schmetterling mit den Kindern!“
Nur zu gern eilte die Indianerin herbei und nahm Schnee-in-den-Bergen auf den Arm. „Ich passe auf sie auf, solange du fort bist!“, meinte sie strahlend zu Zintkala-win.
Zintkala-win lächelte zurück und fühlte sich so frei wie ein Vogel. Ausgelassen galoppierte sie hinter ihrem Mann her. Sie liebte es, den kräftigen Körper des Ponys unter sich zu spüren.
Zu viert war es kein Problem, die übrigen Ponys zu treiben und dankbar rollte Nata-He-Yukan mit seiner Schulter, lockerte die verspannten Muskeln. Niemand sollte behaupten, dass nicht auch Indianer Muskelkater bekommen konnten.
Jean kam neben ihn und schnalzte herausfordernd mit der Zunge. „Na, juckt dich dein Skalp?“

„Ja! Aber dieses Mal sehe ich Zeichen! Die Vögel dort vorn sind verschwunden!"
„Warum umgehen wir dann diese Felsen nicht?", schlug Jean vor. Erstaunt schaute Nata-He-Yukan seinen Freund an. „Wozu?"
„Na, um den Feinden oder der Gefahr zu entgehen!", meinte Jean irritiert.
Nata-He-Yukan ließ seine Zähne blitzen, sah aus wie ein Wolf, ehe er zubeißt. „Lieber weiß ich, wo meine Feinde sind, dann können sie mich nicht überraschen. Umgehen wir sie jetzt, dann lauern sie uns irgendwo anders auf, wo ich sie vielleicht nicht bemerke."
Jean schluckte schwer und blickte abschätzend auf die Felsen: „Woher willst du wissen, dass sie nicht in der Überzahl sind? Was, wenn dort hundert Krieger auf uns warten?"
Nata-He-Yukan schnaubte verächtlich. „Dann hätten sie längst angegriffen! Nein, es sind nur wenige, die auf einen guten Augenblick warten, um uns zu überraschen."
„Na, dein Vertrauen möchte ich haben!", knurrte Jean besorgt. Aber Nata-He-Yukan hatte recht.

Verunsichert hockten die Assiniboin zwischen den Felsen und belauerten, wie sich nun drei Männer und eine Frau auf sie zu bewegten. Gut, die Frau zählte nicht, aber die beiden Weißen irritierten sie. Sie wollten keinen Krieg mit den Weißen.
Bleza-Si stachelte sie an: „Vergesst die Weißen! Niemand wird uns sehen. Wir töten die Männer, rauben die Pferde und dieser Frau wird der Hochmut vergehen, wenn einer von uns sie in sein Tipi führt!"
Seine anfeuernden Worte wurden mit anerkenenden Schweigen belohnt, und abschätzend legten die Assiniboin die Köpfe schief. Der kleine schwarze Hengst wäre eine wertvolle Beute, und die hübsche Frau war auch nicht schlecht. Wieso ritt sie überhaupt mit ihrem Mann und blieb nicht auf dem Schiff, wo sie in Sicherheit wäre?
„Also gut", flüsterte ein Mann. „Wir holen uns die Pferde und schnappen uns die Frau! Aber wer nimmt sie in sein Zelt?"
„Darüber können wir immer noch beraten, wenn wir sie haben!",

wies Bleza-Si ihn zurecht. Mit einem gemeinen Grinsen verteilten sich die Männer und warteten auf die Ankömmlinge.
Zwei saßen auf ihren Pferden, denn sie hatten die Aufgabe, die Pferde zu zerstreuen. Mit wildem Geschrei galoppierten sie auf die Gruppe zu, dann schwangen sie ihre Waffen und brachten die Pferde zum Scheuen.

Blitzschnell riss Nata-He-Yukan seinen Bogen von der Schulter, während er mit seinen Knien das Pferd beruhigte.
Ein Schuss knallte und stöhnend brach Jean auf seinem Pferd zusammen. Die freilaufenden Pferde wurden scheu und rasten davon, aber niemand hatte Zeit, sich um sie zu kümmern.
Zintkala-win rutschte von ihrem Pferd herunter und rannte in fliegender Hast zu Jean. Hilflos stürzte er in ihre Arme und sie duckte sich mit ihm ins hohe Gras.
„Merde! Merde!", stöhnte er und drückte seine Hand an die blutende Hüfte. Neben ihm kniete Jacob und zielte mit seiner Flinte auf einen der angreifenden Indianer, während Nata-He-Yukan bestimmt den dritten Pfeil verschoss. Vom Wasser her klangen aufgeregte Schreie und langsam näherte sich das Boot dem Ufer. Männer sprangen ohne zu zögern in das Wasser und rannten die Böschung hinauf, um ihren Freunden zu helfen.
Geistesgegenwärtig sprang Nata-He-Yukan wieder auf sein Pony und galoppierte den Feinden hinterher. „Halt!", brüllte Mitchell verzweifelt.
Empört drehte sich Nata-He-Yukan zu ihm um. „Sie haben die Ponys!"
„Lass die Ponys! Das ist eine Falle! Sie wollen doch nur, dass du ihnen folgst. Bleib hier!" Mitchells Stimme schnappte über, als er versuchte den Indianer zur Vernunft zu bringen.
Zögernd kehrte Nata-He-Yukan um, bereute den Verlust der Pferde, aber Mitchell hatte recht. Wahrscheinlich geriet er nur in einen Hinterhalt und so leicht wollte er es Bleza-Si nicht machen. Deutlich hatte er dessen gemeines Grinsen und dessen graue Augen gesehen! Aber auch er triumphierte, denn nun wusste Bleza-Si, dass er, Nata-He-Yukan, dessen Frau und Tochter in sein Tipi geholt hatte!

Besorgt eilte er zu Jean und starrte betroffen auf die klaffende Wunde. Sein Freund blutete wie ein ausgeweidetes Tier!
Bewegungslos standen alle um ihn herum, nur Zintkala-win hatte die Nerven das Hemd zu zerreißen und einen Fetzen auf die Wunde zu pressen. „Er verblutet!", schrie sie verzweifelt.
Jean zitterte am ganzen Körper und sein Gesicht wurde unnatürlich blass.
„Wo ist der Arzt?", brüllte Mitchell und sofort kam Bewegung in die Männer, die Hals über Kopf zum Schiff rannten.
„Doktor! Doktor! Schnell! Jean hat's erwischt!"
Ein junger Mann, blass und mager, wie man sich einen Gelehrten nun mal vorstellt, kam mit einer Tasche in der Hand angerannt und beugte sich über Jean.
„Nicht so schlimm! Nicht so schlimm!", murmelte er, aber mehr, um sich selbst Mut zu machen. Er hatte ein Abenteuer erleben wollen und war deshalb mit dem Schiff aus Saint Louis gekommen, hatte als einziger auf die Stellenanzeige geantwortet, die einen Arzt für das entlegene Fort suchte. Er hoffte Erfahrungen zu sammeln, aber als er nun das viele Blut sah, holte ihn die Wirklichkeit mit einem Schlag ein. Das hier war keine Leiche, an der er herumsezieren konnte, nein, hier lag ein lebender, fühlender Mensch, der bald tot sein würde, wenn er nichts unternahm. „Charles Mainstream!", ermahnte er sich selbst.
„Du schaffst das!" Energisch schob er die Hand der Indianerin weg und klemmte die Ader ab. Dann tupfte er die Wunde mit Alkohol sauber.
Die Augen von Jean flatterten, dann sackte sein Kopf ohnmächtig nach hinten.
„Er stirbt!", zischte Nata-He-Yukan und wollte den weißen Mann wegschieben.
„Nein, nein! Das ist ein weißer Medizinmann! Er weiß, was er tut!", beruhigte Mitchell den Indianer.
Völlig aufgelöst ging Nata-He-Yukan mit großen Schritten auf und ab, ließ dabei den Arzt nicht aus den Augen, der fachmännisch die Wunde behandelte.
Jean war sein Freund, sein Hunka, und plötzlich hatte er eine ungeheure Angst ihn zu verlieren. Dann stieg eine bodenlose Wut in

ihm hoch. Bleza-Si! Immer wieder Bleza-Si, der seine Familie und seine Freunde bedrohte!
Der Hass war spürbar in seinem Bauch, fraß in seinen Gedärmen, und ihm wurde körperlich schlecht. Wann endlich hatte dies ein Ende? Wann endlich würde er sich den Skalp von diesem Verräter holen?
Wie ein gereizter Puma schlich er um die Menschen, die seinen Freund versorgten, doch schließlich sprang er mit einem Satz auf sein Pony und galoppierte davon.
Tobend vor Wut warf Mitchell seinen Hut auf den Boden. „Nata-He-Yukan! Komm zurück! Du blöder Indianer! Komm sofort zurück!"
Ohne sich noch einmal umzudrehen, machte sich Nata-He-Yukan an die Verfolgung, ignorierte die wütenden Rufe hinter sich.

Mitchell spuckte unfein auf den Boden und machte eine barsche Handbewegung in die Richtung von Jean. „Bringt ihn an Bord! Wir legen ab!"
„Und der Indianer?", fragte Jacob.
„Das ist mir gleichgültig! Ich habe hier die Verantwortung und kann nicht auf einen Wahnsinnigen Rücksicht nehmen. Entweder er holt uns ein oder er kann mir gestohlen bleiben!"
Vorsichtig hoben die Männer den verletzten Franzosen hoch und brachten ihn an Bord.
Die Kinder weinten, als sie ihren Freund wie tot auf den Planken liegen sahen. Die Trapper bauten ein weiches Lager aus Fellen und legten Jean darauf. Bewegungslos und nur flach atmend lag er da und seine Hilflosigkeit machte den Kindern Angst.
Betreten standen die Männer um die schluchzenden Kinder herum, die sich an Jean klammerten und ihn baten wieder aufzustehen. Blauer-Schmetterling nahm sie beiseite und versuchte sie zu beruhigen.
„Wo ist Ate?", weinte Kleine-Krähe und Machpiya-ska verlangte klagend nach ihrem Bruder. „Er wird die Männer bestrafen, die Jean verletzt haben!", erklärte Blauer-Schmetterling.
„Ich will nicht, dass er wegreitet!", bat Machpiya-ska. „Wenn er auch verletzt wird?"

„Er kommt bestimmt wieder!“, flüsterte Blauer-Schmetterling, obwohl sie die gleichen Sorgen plagten.
Jacob und Zintkala-win ritten wieder auf den verbliebenen Pferden und Mitchell verfluchte endgültig den Tag, an dem dieser Indianer die Schnapsidee gehabt hatte, die Tiere mitzunehmen.
„So ein Schwachsinn! Ihr reitet als lebendige Zielscheiben durch die Gegend! Lasst die Gäule halt zurück und fahrt lieber mit dem Schiff mit!“
„Nein!“, wehrte Zintkala-win ab. „Diese Ponys gehören meinem Mann! Ich lasse sie nicht im Stich, denn dann lasse ich meinen Mann im Stich!“
Jacob beruhigte seinen Vorgesetzten: „Glaube mir! Außer diesen Assiniboin ist hier kein Mensch!“
„Na, toll! Die Assiniboin reichen doch schon, um euch ins Jenseits zu befördern!“, knurrte Mitchell empört.
„Na und! Hinter denen ist Nata-He-Yukan her. Die haben jetzt ganz andere Sorgen!“, feixte Jacob mit seinem Galgenhumor.
„Na, dann ist ja alles wunderbar! Ein wahrer Familienausflug! Warum mache ich mir überhaupt Sorgen?“, flötete Mitchell und wurde dabei rot wie eine Tomate vor unterdrückter Wut.
„Eben!“
Langsam nahm das Boot wieder an Fahrt auf und verschwand hinter der nächsten Biegung, an Bord eine besorgte Shoshonefrau und verstörte Kinder.
Erst am Abend stieß Zintkala-win wieder zu ihnen und nahm ihre Kinder in die Arme. Schweigend setzte sie sich neben Jean, der immer noch bewusstlos auf seinen Decken lag. Sanft streichelte sie seine verschwitzten Haare, dann sang sie ein leises Gebet für ihn. Die Stimmung war gedrückt, und alle warteten gespannt auf die Rückkehr von Nata-He-Yukan.

Nach zwei Tagen war immer noch nichts von dem Indianer zu sehen und Mitchell machte sich bittere Vorwürfe, ihm niemanden hinterher geschickt zu haben. Was sollte aus den beiden Frauen werden, wenn der Indianer nicht zurückkehrte?
Nachdenklich nagte er an seinen Lippen, verfluchte die Assiniboin, die verdammten Pferde und den Wilden Westen im Allge-

meinen. Ständig kam er an das Lager von Jean und nervte den Arzt mit seinen Fragen: „Wie geht es ihm?"
„Sir! Genauso wie vor zehn Minuten!", war die gereizte Antwort.

Schwitzend zogen die Männer das Schiff an Seilen durch die Strömung, während Zintkala-win auf ihrem Pony hockte und sehnsüchtig ihren Blick über den Horizont wandern ließ.
„Nata-He-Yukan!", schrie ihr Herz. „Lass mich nicht allein!"
Nur vor Blauer-Schmetterling und den Kindern bewahrte sie Fassung, dabei kämpfte sie unentwegt mit den Tränen.
Wo blieb ihr Mann? Hing sein Skalp schon am Gürtel eines Assiniboinkriegers?

Nachts blickte sie hoch zu den funkelnden Sternen. Ob ihr Mann schon den Weg dorthin beschritten hatte? Ging er auf der Milchstraße in dieses andere Land?
Wie konnte sie ihn dort finden, wenn die Pecuni glaubten, dass die Geister der Vorfahren in den Sandhügeln lebten, eine wüste Gegend aus Sand und Gras, im Norden über der Medizinlinie?
Wo würde ihr Geist hingehen, wenn er sich von ihrem Körper löste?
Sie sehnte sich nach Nata-He-Yukan, aber auch nach ihren Eltern und ihrem Bruder. Wählte sie den Weg zu den Sternen, dann würde sie ihre Vorfahren nie wieder sehen! Konnte sie überhaupt entscheiden, wohin sie gehen wollte? Oder waren der Sonnenhäuptling und Wakan-tanka ein und dieselbe göttliche Macht?
Aber wer hatte dann recht? Wo gingen die Geister nach dem Tod hin? Zu den Sternen oder zu den Sandhügeln?
Sie lächelte plötzlich, als sie daran dachte, dass die Shoshone bestimmt an etwas anderes glaubten.
Vielleicht sollte sie Blauer-Schmetterling einmal fragen, oder die Weißen? Wohin ging Jean, wenn sein Geist den Körper verließ?

Ihr Herz war schwer, als sie am nächsten Tag die Pferde führte. Es war der vierte Tag ohne ihren Mann und ihre Hoffnung schwand.
Mitfühlend ritt Jacob neben ihr und versuchte sie aufzumuntern: „Er wird schon kommen! Dein Mann ist hart im Nehmen!"

„Ja, zu hart!“, meinte sie bitter. „Stets sucht er die Gefahr!“
„Tss! Aber deswegen liebst du ihn ja, nicht wahr?“, wurde sie von Jacob geneckt.
Sie kicherte tatsächlich etwas und nickte. „Ja, ich liebe ihn!“
„Na, siehst du! Das ist doch schon besser! Hab Vertrauen!“
Still ritten sie nebeneinander her, während ihre Augen immer wieder den Horizont absuchten.

Am Nachmittag stieß tatsächlich Nata-He-Yukan wieder zu ihnen. Mit Staub bedeckt, hungrig, übellaunig und völlig erschöpft. Immerhin führte er Blackfeet an einer Leine mit. Seine Knie zitterten, als er von seinem schaumbedeckten Pferd glitt und seine Frau umarmte, die ihn fast umrannte vor lauter Liebe. Er schloss die Augen und sog ihren Duft ein, drückte sie ganz fest an sein Herz. „Wie geht es Jean?“
„Er lebt! Aber er ist noch nicht wieder aufgewacht!“, antwortete Zintkala-win.
„Hunhunhe!“, Trauer schwang in seiner Stimme mit. „Wird er je…?“
„Das Fieber ist gesunken! Ganz bestimmt wird dein Bruder wieder erwachen“, flüsterte Zintkala-win.
Nata-He-Yukan drückte seine Frau nur noch fester an sich, schöpfte Kraft aus der Nähe zu ihr.

Neugierig näherte sich Jacob. „Hast du sie erwischt?“
„Nein!“, antwortete Nata-He-Yukan kurz angebunden und löste sich langsam aus der Umarmung.
„Ja aber, du hast doch den Hengst!“, deutete Jacob auf das schwarze Pony.
„Ja, er kam mir einfach entgegen!“, lächelte Nata-He-Yukan.
„Und dann?“
Nata-He-Yukan zog verärgert die Schultern hoch. „Ich verlor ihre Spur kurz vor dem Fort! Eine Büffelherde war darüber getrampelt!“
„Haben sie denn nicht versucht, dich anzugreifen?“
„Doch, ein Mal! Aber ich erwischte nur einen und nahm seinen Skalp! Die anderen sind geflohen!“

Fast ungläubig legte Jacob den Kopf schief. „Es waren mindestens vier oder fünf Mann! Willst du damit sagen, dass sie vor dir davon gerannt sind?"
Nata-He-Yukan wollte schon aufbrausen, aber dann hörte er, dass ehrliche Bewunderung in der Stimme von Jacob klang. Er kicherte plötzlich belustigt. „Ja, sie sind davon gerannt! Ihr Mut schien mit jedem Tag zu schwinden. Ich glaube, dass ein oder zwei auch verletzt waren. Sie hatten die Ponys und das war ihnen genug!" Wohlweislich sagte er nichts von Bleza-Si, denn er wollte seine Frau nicht beunruhigen und der Skalp, den er am Gürtel trug, war nicht von seinem Widersacher.
„Komm!", forderte ihn Jacob gutmütig auf. „Lass uns das Boot rufen! Alle werden sich freuen, dass du wieder da bist. Mitchell ist zur Zeit gerade ungenießbar!"
„So?", wunderte sich der Indianer.
„Ja, wirklich! Jetzt komm, du hast doch bestimmt Hunger!"
„Wie ein Bär!", stimmte Nata-He-Yukan zu.
Langsam ritten sie zum Fluss, und Nata-He-Yukan wusch seinem Pony den Schweiß ab, dann gab er ihm einen Klaps auf die Kuppe und ließ es grasen.
Endlich näherte sich das Schiff, und grinsend stellten sich die drei ans Ufer und winkten freundlich. Freudenschreie klangen zu ihnen hinüber, und ein begeisterter Mitchell ließ ganz gegen seine sonstige, eher kühle Art, eine Salve abfeuern.
Er war so gerührt, dass er es völlig vergaß, dem Indianer eine Standpauke zu halten. Kreischende Kinder stürzten sich auf Nata-He-Yukan und nur mit Mühe konnte Mitchell die Männer davon abhalten, Nata-He-Yukan zu Tode zu drücken.
„Jetzt lasst ihn doch mal!", mahnte er lachend.
Aber auch Blauer-Schmetterling fasste mit zitternden Händen nach Nata-He-Yukans Hand. „Mein Mann ist zurück", flüsterte sie glücklich.
„Ja, ich bin zurück! Und nun möchte ich nach meinem Bruder sehen und etwas essen!"
Mit einem Satz war er an Bord und beugte sich besorgt über den Verletzten.
„Jean!", bat er flüsternd.

Dann legte er seinem Hunka drängend die Hand auf die Brust. „Wach wieder auf! Ich werde für dich beten!"
Blauer-Schmetterling brachte ihm eine dampfende Schüssel mit Essen und hungrig schlang er das Essen in sich hinein. Dann umringten ihn die Kinder mit sehnsüchtigen Augen, und lächelnd erzählte er ihnen, wie er Blackfeet zurückgebracht hatte. „Es ist ein heiliges Pferd, denn es kehrt immer zu seinem Besitzer zurück!"
Machpiya-ska schaute mit verträumten Augen in die Ferne und jeder konnte ihren geheimen Wunsch darin sehen.
Nata-He-Yukan schmunzelte leicht und wedelte lässig mit seiner Hand. „Ich habe mit dem Pony gesprochen und ich glaube, dass es zu Machpiya-ska zurück wollte. Ich werde es ihr schenken.", meinte er leichthin.
Eine unbändige Freude zeigte sich in dem Gesicht des Kindes, und sie presste sich die Hand vor den Mund, um nicht laut herauszuplatzen.
„Blackfeet gehört jetzt Machpiya-ska! Bald wird sie ihn reiten können!", wiederholte Nata-He-Yukan zufrieden.
Dann sank sein Kopf müde auf die Brust und nur mit Mühe hielt er die Augen offen. „Ich möchte jetzt schlafen! Bringt mir ein Fell!"
Blauer-Schmetterling führte die Kinder fort und richtete ein Lager, auf das sich der erschöpfte Krieger niedersinken ließ. Er schlief wie ein Bär im Winter, ruhig und traumlos, erst am Morgen weckten ihn die Stimmen der Männer, die wieder an Bord kamen.
Halbwegs erholt sprang Nata-He-Yukan in den Fluss und nahm sein Morgenbad. Dann setzte er sich an das Feuer und irgend jemand drückte ihm einen heißen Becher Kaffee in die Hand. „Hier, damit du wieder wach wirst!"
„Ich bin doch wach!", lächelte Nata-He-Yukan und nahm Kleine-Krähe auf seinen Schoß.
„Kannst du schon wieder reiten?", fragte Jacob.
„Warum nicht?", wunderte sich der Indianer.
Jacob stieß einen himmellangen Seufzer aus. „Schon gut! Ich freue mich, wenn wir gemeinsam reiten!"

„Ich schaue noch nach Jean, dann können wir los!", erhob sich der Indianer.
Besorgt beugte er sich über seinen Bruder und sah in blasse, eingefallene, aber nichtsdestotrotz offene Augen, die ihn verständnislos anstarrten.
„Huh, was ist denn los?", flüsterte Jean, als er die nassen Augen seines Freundes wahrnahm.
„Nichts! Nichts! Ich freue mich nur, dass du endlich aufwachst! Du hast lange genug geschlafen!", flüsterte Nata-He-Yukan mit belegter Stimme.
Aber auch Blauer-Schmetterling und Zintkala-win beugten sich lächelnd über ihren Freund. Mit einer Handbewegung schickte Nata-He-Yukan sie fort, denn er wollte erst allein mit seinem Hunka reden. Vorsichtig tastete Jean mit seiner Hand nach dem dicken Verband, der um seinen Bauch lag. „Merde! Was ist denn hier passiert?"
„Dich hat es ganz schön erwischt! Du musst dich ausruhen!"
„Ist sonst jemand verletzt?", fragte Jean besorgt.
„Nein! Drei Pferde sind weg, aber ansonsten haben wir Glück gehabt! Ich bin ihnen nach und habe einen von ihnen getötet!"
„Schade, dass du nicht alle erwischt hast!"
„Ja!", bedauerte Nata-He-Yukan, dann beugte er sich flüsternd zu Jean hinunter. „Ich habe nichts gesagt, denn ich wollte die Frauen nicht beunruhigen, aber es war Bleza-Si!"
„Bleza-Si? Dieses Schwein!"
Schwein? Nata-He-Yukans Augen blitzten bewundernd. Jean kannte schöne Schimpfnamen!
„Wieso hast du den einen getötet und die anderen nicht?", wollte Jean wissen.
Nata-He-Yukan lachte leise. „Er kam mir entgegen, weil er Blackfeet wieder einfangen wollte. Er hat seine Gier mit dem Leben bezahlt! Die Spuren der anderen habe ich verloren, als sie mit einer Büffelherde geritten sind!"
„So, Blackfeet ist wieder da!", murmelte Jean erschöpft. „Schade, dass du Bleza-Si nicht getötet hast! Er wird es erneut versuchen!"
Nata-He-Yukan sah gedankenverloren über den Fluss und kniff wütend die Augen zusammen. „Ja, er wird wiederkommen!"

Jean brauchte fast vier Wochen, um sich von der schweren Verletzung zu erholen. Faul saß er bei den Frauen im Bug des Bootes, lachte mit ihnen und spielte mit den Kindern Murmeln, während Nata-He-Yukan am Ufer ritt und die Pferde trieb.
Der Boden wurde felsig und oft musste er lange Umwege reiten, ehe er wieder den Fluss erreichte.
Oft begleitete ihn Zintkala-win, aber manchmal durfte auch Blauer-Schmetterling mit ihm reiten, oder er nahm eines der Kinder mit.
Die Gegend war wie ausgestorben und er fürchtete keine Gefahr, nicht einmal von Bleza-Si. Ihm blieb viel Zeit für die Jagd, außerdem nutzte er die Einsamkeit, um abwechselnd seine Frauen zu liebkosen, denn am Abend, in der Gemeinschaft mit gut fünfzig anderen Männern, war das nicht möglich.
Dort saßen die drei Frauen sittsam beisammen und ignorierten die sehnsüchtigen Blicke der Männer. Mitchell, von seinen Männern auch Major genannt, achtete ebenso streng auf Disziplin wie Kipp und so blieb es bei laut gedachten, romantischen Wunschvorstellungen.
Dann standen sie eines Tages betreten vor den verkohlten Überresten von Fort Piegan, das nach ihrer Abreise von Indianern niedergebrannt worden war.
„Scheiße!", fluchten die Männer und die herbe Enttäuschung war ihnen anzusehen.
Auch Mitchell war sichtbar verärgert. „Noch einmal brennen sie uns kein Fort nieder, Männer! Dieses Mal bleiben wir!"
Doch niemand hatte Lust, das Fort wieder aufzubauen, zu bedrückend war der Anblick der sinnlosen Zerstörung. So beschloss Mitchell einen weiteren Tag den Missouri hinauf zu fahren und nach einem besseren Platz zu suchen.
Außerdem war hier bereits alles abgeholzt worden. Gute sechs Meilen flussaufwärts fanden sie eine geeignete Stelle, von hohen Felsen umgeben und mit reichlich Bäumen für den Bau der Palisaden und für Feuerholz.
Noch waren keine Indianer zu sehen, wahrscheinlich jagten sie für den Winter, aber bald würden die Stämme eintreffen, um mit ihnen zu handeln.

Äxte wurden geschwungen, Bretter gesägt. Überall wurde eifrig gearbeitet, um die Unterkünfte vor dem Winter bezugsfertig zu bauen. Hier bewies sich das Organisationstalent von Mitchell, denn ruhig teilte er die Männer zur Arbeit ein, schlichtete Streitereien und hielt sie mit Musik und Whiskey bei Laune.
Nata-He-Yukan ritt mit Zintkala-win täglich zur Jagd, während Jean die undankbare Aufgabe hatte, die Risse zwischen den Balken mit Lehm und Moos zu verstopfen, damit die Wärme in den Häusern nicht verloren ging.
Blauer-Schmetterling half ihm dabei, ansonsten hockte sie vor dem Tipi und kochte für ihre große Familie. Nachts wurde es kalt, und in der Früh lag der erste Reif auf den Zweigen. Schnellstens bauten die Männer das erste Haus, damit sie wenigstens im Warmen schlafen konnten.
Dann errichteten sie die Hütte für Mitchell und seine Frau, die auch gleichzeitig die große Gemeinschaftsküche war. Staunend sah Blauer-Schmetterling, wie ein Diener Mary das Holz ins Haus trug und ihr auch sonst bei den Arbeiten half. Mary hatte sich ein Wildlederkleid genäht, denn ihr geblümtes Kleid wäre bei ihrem Umfang inzwischen geplatzt. Sie stand kurz vor der Geburt ihres ersten Kindes und bewegte sich nur noch wie eine Ente durch das Haus.
Mitchell umsorgte sie wie ein aufgeregtes Huhn und schickte ihr dreimal am Tag den Arzt. Mary war völlig genervt und flüchtete am liebsten zu den Indianerinnen, wo sie sich in aller Ruhe auf die Geburt ihres Kindes vorbereiten konnte. Die Anwesenheit der Kinder freute sie und sie stellte sich vor, wie sie selbst bald so ein niedliches Mädchen im Arm halten konnte.

Der kleine Junge dagegen war ständig unterwegs, froh darum endlich die Enge des Schiffes verlassen zu können. Neugierig erkundete Kleine-Krähe die Umgebung, schlich sich mit seinem Bogen an Kleinwild heran und versuchte ebenso erfolgreich zu jagen wie sein Vater. Schließlich traf er mit seinem Pfeil einen Hasen, der sich vor Schreck einfach zusammengekauert hatte, keinen Meter von ihm entfernt. Mit funkelnden Augen hob Kleine-Krähe seine Beute hoch, fühlte sich nun wie ein großer Jäger.

Er wollte sich schon auf den Rückweg machen, als er in einiger Entfernung mehrere Reiter sichtete. Wachsam schlich er näher, nutzte vorsichtig jede Deckung und spähte schließlich unter einigen Zweigen hervor. Mit einem breiten Grinsen stellte er sich den Reitern entgegen und einigermaßen überrascht zügelten diese ihre Pferde.

Es war Tatsicki-Stomick, der Oberhäuptling der Pecuni, der ihn mit steinernem Gesicht musterte, obwohl er insgeheim den Mut des Kindes bewunderte.

Stolz hob Kleine-Krähe seine Beute und zeigte sie dem Häuptling. „Sieh, was ich erlegt habe!", prahlte er in der Sprache der Blackfeet.

Tatsicki-Stomick konnte sich ein Lachen nicht mehr verbeißen und ließ die Maske fallen. „Möchtest du mit mir reiten und mich zu deinem Vater führen?"

Das Gesicht des Kindes leuchtete vor Stolz und eifrig nickte er.

„Dann komm!", bot ihm der Häuptling seine Hand an und mit Schwung hob er den kleinen Jungen vor sich in den Sattel.

Die anderen Krieger lächelten amüsiert, wunderten sich ein wenig über den vertrauten Umgang zwischen den beiden „Du kennst dieses Kind?"

„Ja, es ist der Sohn von Tötet-die-Crow und diesem Lakotakrieger", antwortete der Häuptling, und die Männer rissen verblüfft die Augen auf, als sie den Jungen wieder erkannten.

Im letzten Winter waren sie so mit seinen Eltern beschäftigt gewesen, dass ihnen das Kleinkind überhaupt nicht aufgefallen war. „Er ist mutig!", meinten sie bewundernd.

„Sieh dort!", zeigte Kleine-Krähe nach einer kleinen Weile auf das fast fertig gestellte Fort.

Die Palisaden standen bereits, nur einige Hütten im Inneren waren noch ohne Dach. Langsam wurde es Zeit, denn der Winter stand vor der Tür.

Jacob Berger kam ihnen entgegen und begrüßte sie überschwänglich: „Willkommen! Willkommen!" Dann deutete er auf den Jungen. „Wo hast du denn Kleine-Krähe gefunden?"

„Ai!", meinte Tatsicki-Stomick leichthin. „Er hat uns aufgelauert! Sehr geschickt! Aber zum Glück hatte er friedliche Absichten."

Kleine-Krähe lachte über das ganze Gesicht und ließ sich in die Arme von Jacob fallen.
„Lauf zu deiner Mutter!", meinte Jacob freundlich. Dann wandte er sich an den Häuptling. „Rauchen wir?"
„Gern, ich wollte sehen, ob wir zum Handeln kommen können!"
„Das können wir gleich in Ruhe besprechen. Erst stelle ich dich Tunserem neuen Häuptling vor."
„Ist denn Kipp nicht mitgekommen?", wunderte sich Tatsicki-Stomick.
„Nein, er hat ein Mandanenmädchen zur Frau genommen. Nun handelt er dort!"
„Oh!", die Miene des Häuptlings verdüsterte sich etwas.
Zögernd folgte er Jacob in das Fort, das um einiges größer schien als das Letzte, das die Weißen gebaut hatten. „Euer Tipi ist groß und stark!", meinte er bewundernd.
„Ja, wir möchten es das ganze Jahr besetzen. Es ist zuviel Arbeit, es jedes Mal wieder aufzubauen!", erklärte Jacob mit einem Seitenhieb auf das zerstörte Fort Piegan.
Tatsicki-Stomick verstand den Hinweis und nickte: „Es waren die Kainah! Sie waren sehr wütend, weil sie nicht mehr tauschen konnten!"
Besorgt kratzte sich Jacob am Kopf. „Nun, ich hoffe, dass sie dieses Mal in friedlicher Absicht kommen! Wir haben genug, um auch mit ihnen zu tauschen."
„Sie werden kommen!", versicherte der Häuptling.
Gemächlich schritt er durch das Fort, folgte dann Jacob in das Haus von Mitchell. „Sir? Das ist der große Häuptling Tatsicki-Stomick!"
„Ah, freut mich!", ließ Mitchell übersetzen. Er hatte sich blitzschnell seine blaue Uniform übergezogen, um einen möglichst guten Eindruck zu machen.

Es war eine Phantasieuniform, wie sie viele leitende Angestellte eines Handelspostens bekamen, da sie tatsächlich keinerlei militärischen Rang hatten. Trotzdem wurde ein Handelsposten mit militärischer Disziplin geführt, mit Wachdienst und Morgenappell, denn oft waren sie von Feinden umgeben. Höflich bot

Mitchell dem Häuptling und seinen Begleitern einen Platz am Feuer an. Beiläufig streifte der neugierige Blick des Häuptlings die indianische Frau und Mitchell sah sich bemüßigt sie vorzustellen: „Das ist meine Frau Mary. Sie ist vom Volk der Assiniboin!"

Ohne die Miene zu verziehen ignorierte der Häuptling die Frau. Eine Frau vom Volk der Halsabschneider war keine besonders gute Empfehlung.

Aber auch Mary hielt sich lieber im Hintergrund und legte die Hände schützend auf ihren Bauch. Es war ihr überhaupt nicht wohl dabei, plötzlich dem Häuptling ihrer Feinde gegenüber zu stehen. Aber sie war jetzt eine weiße Frau und sie erinnerte sich an ihre Pflichten.

Sie holte die Kanne mit Kaffee und schenkte ihren Gästen mit einem freundlichen Lächeln ein.

Tatsicki-Stomick senkte den Kopf und beschloss diese Frau nicht als Assiniboin, sondern als weiße Frau zu behandeln. So viele Änderungen!

Dann konzentrierte er sich wieder auf Jacob, der die Worte von Mitchell übersetzte: „Das Fort ist fast fertig. Ihr könnt gern euer Lager aufbauen und mit euren Fellen kommen! Einige unserer Männer müssen noch arbeiten, aber inzwischen können wir bereits tauschen."

Tatsicki-Stomick machte eine lässige Handbewegung. „Wir haben den ganzen Winter, um zu tauschen! Wir kommen in einigen Tagen! So könnt ihr in Ruhe eure hölzernen Tipis bauen und wir bringen unsere Frauen und Kinder!"

„Sehr schön!", stimmte Mitchell zu. „So soll es sein! Aber nun schau! Ich habe ein Geschenk für dich."

Lächelnd übergab er Tatsicki-Stomick einen bunten Wollmantel und außerdem eine neue Flinte. „Damit du es im Winter warm hast und deine Kinder nie hungern!"

Zufrieden betrachtete der Häuptling die Geschenke und nickte. „Es wird ein guter Handel! In Frieden und Freundschaft!"

„In Frieden und Freundschaft!", wiederholte Mitchell ernsthaft. Der Häuptling zählte bestimmt über vierzig Winter, trotzdem erhob er sich geschmeidig wie ein Jüngling und verließ das Haus. Sein Weg führte ihn zum Tipi von Nata-He-Yukan, und mit Genugtuung bemerkte er aus den Augenwinkeln, wie die weißen Männer die Arbeit ruhen ließen und ihn ausgesprochen ehrfürchtig beobachteten.

Vor Nta-He-Yukans Zelt kniete Blauer-Schmetterling an ihrem Kochfeuer. Sie prang erschrocken auf, als sie den Blackfeet auf sich zukommen sah, und nahm Schnee-in-den-Bergen an die Hand. Nur Kleine-Krähe strahlte den Häuptling ungeniert an. „Wer ist denn das?", deutete Tatsicki-Stomick auf das kleine Mädchen.

„Meine Schwester Schnee-in-den-Bergen", erklärte Kleine-Krähe.

„Oh, sie ist aber gewachsen!", lächelte der Häuptling und bückte sich zum Erstaunen seiner Krieger zu dem fremden Mädchen herunter.

Da kamen auch schon Nata-He-Yukan und Zintkala-win mit Jagdbeute beladen aus dem Wald zurück und zügelten erstaunt ihre Pferde. Federnd sprang der Lakota vom Pferd und näherte sich dem Häuptling.

Mit einer lässigen Handbewegung deutete Tatsicki-Stomick auf Blauer-Schmetterling. „Ich glaube, ich habe ihr Angst gemacht!"

„Nun, du bist ja auch eine eindrucksvolle Erscheinung!", schmeichelte ihm Nata-He-Yukan. „Das ist meine zweite Frau!"

„So?" Vergnügte Augen blinzelten den jungen Mann an, dann wandte der Häuptling Zintkala-win seine Aufmerksamkeit zu. Sie sah hübsch aus in ihrem hellen Wildlederkleid. Lange Fransen umschmeichelten ihre Beine und Kupferringe zierten ihre schmalen Handgelenke. Nur der Bogen auf ihrem Rücken passte nicht so ganz zu ihrer Weiblichkeit.

„War die Jagd gut?", fragte der Häuptling mit einem leichten Seufzen.

Zintkala-win lächelte spitzbübisch und zeigte stolz auf ihren Hirsch. „Meine Pfeile treffen gut!"

„Das sehe ich!"

„Ich freue mich wieder bei meinem Volk zu sein." Zintkala-win lächelte freundlich.

„Schön, dass sich dein Mann wieder hierher getraut hat! Sogar mit einer weiteren Frau und seinen Kindern!"
Nata-He-Yukan warf stolz seine Haare nach hinten, denn er verstand die deutliche Anspielung. Aber er liebte die Gefahr. Hier, inmitten seiner Feinde fühlte er sich in ständigem Kriegszustand. Oft fühlte er sich von der Gefahr geradezu berauscht. Das war Krieg ohne Krieg zu führen und ohne die Sorge, dass seine Familie bedroht wurde. Er genoss die Aufmerksamkeit, die ihm zuteil wurde, sonnte sich in seinem eigenen Mut. Ja, hier fühlte er, dass er lebte, lebte wie ein Krieger!
Machpiya-ska sauste mit Kaktusblüte heran und die beiden Mädchen versteckten sich hinter dem breiten Rücken von Nata-He-Yukan. Die tiefen Falten des Häuptlings verzogen sich in eine Landschaft aus Schluchten und Tälern, als er endgültig über das ganze Gesicht lachte. „Du hast viele Töchter!"

Die Blackfeet kehrten erst nach einigen Tagen zurück und so hatten die Männer reichlich Zeit ein gewaltiges Einweihungsfest für das Fort zu geben.
Mitchell taufte es „Fort McKenzie", um seinen Vorgesetzten zu ehren und anschließend schenkte er reichlich Alkohol aus. Bald wurde daraus eine Wiedersehensfeier, denn am Abend trödelten die vier Männer ein, die mit ihren frisch angetrauten Ehefrauen bei den Blackfeet geblieben waren.

Connor sah inzwischen aus wie ein Indianer, selbst seine dunklen Locken hatte er in Zöpfe geflochten. Längst war ihm die Munition ausgegangen und so hatte er gelernt mit Pfeil und Bogen zu jagen. Mit strahlenden Augen erzählte er von dem Sommer bei seinem Stamm, saß wie ein kleiner Junge da, der das Abenteuer leben durfte, von dem andere sonst immer nur in Büchern lasen.
„Ich gehe nie mehr von hier fort!", erklärte er mit fester Stimme.
„Und wo hast du die Kleine gelassen?"
„Sie kommt morgen mit den anderen!", lächelte Connor.
„Und? Hat sie schon ein Brötchen im Ofen?", fragte Steward ein wenig anzüglich. Alle lachten ausgelassen und warteten gespannt auf eine Antwort.

Stirnrunzelnd schaute Connor von einem zum anderen, dann verstand er die Frage und strahlte voller Stolz. „Ja, im Frühling bekommt sie ein Baby!"
Johlend schlugen ihm die anderen auf die Schultern und stießen mit ihm auf den Nachwuchs an. Ihnen war jeder Grund zum Feiern recht.
In den nächsten Tagen trafen die einzelnen Sippen der Pecuni ein und in der Nähe des Forts wimmelte es vor Leben. Unzählige Kinder durchstöberten jeden Winkel und bettelten mit strahlenden Augen um Zuckerstangen.
Zintkala-win begrüßte ihren Onkel Ferner-Bär und schlug ihr Tipi neben Zedernsängerin auf. Selbst Blauer-Schmetterling wurde als zweite Frau überschwänglich begrüßt und verlor ihre anfängliche Scheu vor den Blackfeet.
Zedernsängerin nahm sie einfach in ihre dicken Arme, herzte die Kinder und plapperte in der Sprache der Blackfeet auf sie ein. Manchmal übersetzte Zintkala-win, aber mit ihren flinken Fingern konnte sich Zedernsängerin auch wunderbar in Zeichensprache verständigen.
Eine ihrer Töchter hatte inzwischen geheiratet und so übergoss sie nun die vielen Kinder mit ihrer unerschöpflichen Liebe.
Ferner-Bär sprach manchmal ein Machtwort und schickte sie in das Zelt von Nata-He-Yukan, damit er in Ruhe beten konnte. Aber er freute sich über das Leben, das mit seiner Nichte in sein Zelt zurückgekehrt war.
Kleine-Krähe spielte wieder mit seinen Freunden und zog Machpiya-ska überall mit hin. Er fühlte sich als großer Beschützer, wenn er für seine Tante übersetzte, aber wie alle Kinder schnappte Machpiya-ska schnell einige Brocken der fremden Sprache auf.

Nata-He-Yukan und Zintkala-win waren viel auf Jagd, genossen es, gemeinsam in die schneebedeckte Landschaft zu reiten, sodass sich Jean manchmal überflüssig vorkam, wenn die beiden unverhohlen verliebte Blicke miteinander wechselten.
Es wurde langsam Zeit, dass er selbst an eine eigene Familie dachte. So nahm er öfter an den Tänzen teil, die für die unverheirateten Mädchen veranstaltet wurden, doch achtete er darauf,

dass er nur mit Mädchen unter einer Decke tanzte, die ihm auch wirklich gefielen. Dann reuten ihn die Geschenke nicht, die am nächsten Tag gefordert wurden, wenn das Mädchen kichernd in Begleitung seiner Mutter vor der Unterkunft stand.
So manch einer der Männer erkannte schnell, dass es eine teure Angelegenheit war, und Mitchell hielt lange Standpauken über die Moral und den Anstand, den er von seinen Männern erwartete. „Jungs!", mahnte er mit erhobenem Zeigefinger.
„Wir wollen keinen Krieg! Also überlegt euch, was ihr tut, und macht einen Knoten in eure Schwänze!"
Brüllendes, aber auch ein wenig verlegenes Gelächter antwortete ihm, denn nur zu gern hätten die hart gesottenen Kerle ihren Spaß gehabt ohne an die Konsequenzen zu denken.
Neidische Blicke verfolgten die Männer, die es bereits geschafft hatten, so ein hübsches Ding in ihr Bett zu entführen, dabei schienen die Blackfeet keine Einwände zu haben ihre Töchter mit den Weißen zu verheiraten, solange die Anzahl der Geschenke zufriedenstellend war.
Jean wollte kein Abenteuer.
Er lebte lange genug unter den Indianern, um zu wissen, welche Verantwortung er damit einging. Natürlich konnte man eine Frau wieder zu ihrem Volk zurückschicken, wenn man genug von ihr hatte, aber er wollte so etwas wie Zintkala-win. Eine Liebe, die erwidert wurde, kein kurzes Abenteuer, das von einem Mann zum anderen weitergereicht wurde.
So hielt er sich bei den Tänzen zurück und ignorierte die Mädchen, die zu viele Männer zum Tanzen aufforderten.
Nein, er hatte sein Augenmerk auf ein ruhiges, schüchternes Mädchen geworfen, das es äußerst scheu gewagt hatte, ihn aufzufordern. Wahrscheinlich hätte sie ihn überhaupt nicht aufgefordert, wenn er ihr nicht freundlich zugelächelt hätte.
Aber sie war abseits gestanden, hatte unter ihren langen gesenkten Wimpern dem Treiben zugesehen, ohne sich daran zu beteiligen. Freundlich lächelnd hatte sie ihren Freundinnen zugesehen, die übermütig ihre Tanzpartner herausgefordert hatten.
Zum Tanz kamen nicht nur Weiße, sondern auch indianische junge Männer, doch die Weißen wurden eindeutig bevorzugt, denn

von ihnen erhofften sich die Mädchen am nächsten Tag die besseren Geschenke. Es war ein zwangloses Beisammensein, einer der wenigen Anlässe, an denen sich junge Frauen und Männer überhaupt begegnen und kennen lernenkonnten, selbstverständlich unter der wachsamen Aufsicht der Mütter.
Jean bewegte sich unter der Decke mit dem anmutigen Geschöpf, das es nicht einmal wagte, ihn anzusehen.
Nur zum Abschied schenkte sie ihm ein bezauberndes Lächeln, und wie vom Donner gerührt blieb Jean auf der Tanzfläche zurück. Ein Tanz und es war um ihn geschehen.
Am nächsten Tag erschien niemand, um von ihm Geschenke zu fordern, obwohl er sich darüber gefreut hätte. Er hatte eigens einige Armreifen aus dem Lager geholt, um dem Mädchen etwas Passendes anbieten zu können. Es war wie verhext!
Wollte er kein Mädchen, dann standen sie zu Dutzenden vor seiner Tür, aber jetzt, wo er es kaum erwarten konnte, kam niemand!

Jean verfluchte sein Pech und ging wieder zur Jagd.
Manchmal schaute er sich in den Dörfern nach einer Spur von ihr um, konnte aber nichts entdecken.
Nata-He-Yukan bemerkte, dass sein Freund mit seinen Gedanken nicht bei der Sache war und neckte ihn amüsiert: „Ich sehe den Hirsch, aber mein Bruder jagt anscheinend die Wolken am Himmel!"
Jean zuckte verlegen die Schultern. „Entschuldige! Ich bin wirklich nicht bei der Sache!"
„So? Was erregt deine Aufmerksamkeit in der Ferne? Vielleicht helfe ich dir, es zu erlegen!", lächelte Nata-He-Yukan verschmitzt.
Jean warf ihm einen unsicheren Blick zu. „Bloß nicht! Ich bin nicht auf der Jagd! Ich suche nur ein hübsches Mädchen, das mir nicht mehr aus dem Kopf geht!"
„Also bist du doch auf der Jagd! Win-ole! Auf der Suche nach einer Frau! Sehr schlimm!"
„Wieso ist das schlimm?", wunderte sich Jean.
„Wan, es ist schlimmer als eine Krankheit! Dein Geist findet keine Ruhe mehr, bis du das Mädchen gefunden hast!"
Jean hielt das Pferd an und richtete seine Augen flehend auf Na-

ta-He-Yukan. „Das ist doch verrückt! Ich habe einmal mit ihr getanzt, und nun geht sie mir nicht mehr aus dem Kopf!"
„Manchmal reicht ein Augenblick und deine Seele ist auf immer verloren! So sind die Frauen!", bestätigte Nata-He-Yukan.
„War das bei dir genauso?"
„Nein!", schüttelte Nata-He-Yukan den Kopf.
„Ja, aber wann hast du gewusst, dass du Zintkala-win liebst?"
Nata-He-Yukans Blick schweifte in die Ferne, als er über die Frage nachdachte. „Es kam langsam, stetig, unsere Herzen haben sich gefunden und der Gedanke schmerzte, dass sie mich wieder verlassen könnte!"
Jean kicherte leise, als er an seine erste Begegnung mit dem Indianer dachte. „Im ersten Winter hast du sie aber nicht gerade gut behandelt!"
Nata-He-Yukan senkte den Kopf. „Nein! Sie war meine Gefangene und sie war widerspenstig!" Das Gespräch war ihm unangenehm und er machte eine ungeduldige Geste. „An welches Mädchen hast du dein Herz verloren?"
Ratlos zuckte Jean die Schultern. „Ich weiß nicht! Ich habe mit ihr getanzt und sie seitdem nicht mehr gesehen!"
„Ein Mädchen verschwindet doch nicht so einfach!", meinte Nata-He-Yukan.
„Dieses schon! Sie ist weg!"
Nata-He-Yukan reizte die Aufgabe. Ein mysteriöses Mädchen zu suchen, versprach Abwechslung. „Vielleicht kommt sie zum nächsten Tanz?"
„Hoffentlich!"
Nata-He-Yukan grinste breit! Da konnte er bestimmt etwas nachhelfen!

Watet-im-Fluss

Blizzards tobten über das Land und alles versank unter einer weißen Decke. Man sah die Hand vor den Augen nicht und selbst der kurze Weg zum Fort war lebensgefährlich. Die Menschen drängten sich um die Feuer, lauschten auf die eisige Stimme des Kaltmachers und warteten darauf, dass er sich in seine Höhle im Norden zurückzog und seine Wut verrauchte. Die Ponys drängten sich unter den Kiefern aneinander, standen mit gesenkten Köpfen im Wind, während ihr Atem als Reif zu Boden fiel. Kaum legte sich der Schneesturm, holten die Frauen neues Feuerholz aus dem Wald, oft von Kriegern begleitet, die halfen den Schnee von den Zweigen zu schütteln. Kleine Lawinen bedeckten die Männer unter sich, die prustend wieder aus dem Schnee auftauchten. Das war ein Spaß!
Die Weißen dagegen fanden den Winter wenig romantisch. Mitchell teilte Männer zum Holzfällen ein, andere schlugen Löcher in das Eis, um frisches Wasser vom Fluss zu holen, oder schmolzen den Schnee. Mary gebar eine Tochter und stolz wie ein Spanier nannte Mitchell sie „Mariah".
Ständig nervte er alle mit neuesten Geschichten von seiner Tochter. Mariah kann dies und Mariah macht das! Doch gerade um die Weihnachtszeit herum machte das Baby die Männer sanft. Mitchell richtete eine Weihnachtsfeier aus und melancholisch holten einige Männer ihre Fideln und ihre Harmonikas hervor. Die Indianer standen neugierig vor dem Haus und lauschten verblüfft auf die seltsamen Klänge, die nach draußen drangen. Mitchell gefiel dieses Fest wesentlich besser als sonst die Saufgelage und er beschloss ein wenig Kultur in das Fort zu holen. Tanzabende nannte er das, an denen einige Männer musizierten, und die anderen mit ihren Frauen tanzen konnten. Dazu zeigte er den indianischen Frauen eigens eine Polka und mit Begeisterung lernten die Frauen die neuen Schritte. Auch unverheiratete Männer durften hin und wieder mit einer Frau tanzen, solange es der Ehemann erlaubte. Einmal kam es dabei jedoch zu einer gewaltigen Schlägerei, als ein Mann versuchte die Frau eines anderen

zu küssen. Die Disziplin aufrecht zu halten war unter den rauen Gesellen manchmal schwierig. Mitchell ließ ein Gefängnis bauen, eigentlich nur einen abgeteilten Raum, in dem der Delinquent seinen Rausch ausschlafen konnte und Buße tun musste.
Im Laufe des Winters heirateten an die zwanzig Männer indianische Frauen und das Schlafhaus platzte aus allen Nähten. Es stank von den Ausdünstungen der Männer und allerorts wurde nachts heftig unter den Decken gestöhnt, bis es den Indianerinnen zu viel wurde. Selbst in einem Familientipi gab es mehr Intimsphäre, und so zog ein Mann nach dem anderen zu seinen indianischen Verwandten.

Jean verzweifelte.
Nirgendwo konnte er das Mädchen entdecken und neidisch sah er zu, wie ein Freund nach dem anderen heiratete.
Nata-He-Yukan schüttelte mitfühlend den Kopf, aber auch seine Nachforschungen hatten nichts ergeben.
Es blieb nur die Hoffnung auf einen weiteren Tanz, bei dem das Mädchen vielleicht auftauchte.
Mitchell führte zufrieden seine Bücher, bereits in den ersten Monaten erreichte er die Zahlen des Vorjahres, und er würde die Gewinne der Company verdoppeln, wenn es so weiter ging. Pfeife rauchend saß er an seinem Tisch, neben sich den Korb, in dem Mariah schlief, und er überlegte sich, welche Waren er im Frühling kommen lassen wollte. Sie brauchten Kleider für die indianischen Ehefrauen, denn fast alle Männer hatten ihn um ein Stoffkleid gebeten, oder einen Hut, ja, und Spiegel und Bürsten! Ketten, Armreifen und bunte Stoffe!
Die Liste wurde immer länger, dabei hatte er noch nicht einmal an Waffen und Pfeilspitzen gedacht. Er lächelte still in sich hinein und überlegte, ob er vielleicht einen Priester anfordern sollte, damit die Männer die Ehe ernst nahmen.
Morgen war wieder in irgendeinem der Dörfer ein Tanz und mit Besorgnis dachte Mitchell an die unverheirateten Männer. Er hatte nichts dagegen, dass sie Indianerinnen heirateten, denn eine weiße Frau zu finden war fast unmöglich, aber er vermisste bei einigen der jungen Kerle den notwendigen Ernst. Es würde ge-

waltigen Ärger geben, wenn die Indianer erst dahinter kamen, dass ihre Töchter nur als Gespielinnen für einen kalten Winter benutzt wurden. Aber er konnte nur Warnungen aussprechen, an die Redlichkeit appellieren und als gutes Vorbild vorangehen. Nachdenklich hielt er seine kleine Tochter und sein Herz schmolz dahin. Wie viele Kinder würden geboren werden, ohne dass der Vater dieses Wunder verstand, sondern ganz im Gegenteil, das Baby nur als Belastung empfand?
Ja! Er würde nach einem Priester schicken, damit dieser Unsinn aufhörte! Dann würde er ja sehen, wer wirklich bereit war auch vor Gott die Ehe mit seiner Frau einzugehen!
Stirnrunzelnd sah er den Männern nach, die ausstaffiert wie die Gockel zum Tanz stolzierten.

Jean war sichtlich nervös und duckte sich erwartungsvoll in das riesige Versammlungszelt, das die Blackfeet aus zwei großen Tipis zusammengefügt hatten. Hier drinnen war es schön warm und sittsam saßen bereits einige Mädchen auf der Frauenseite des Zeltes.
Lächelnd stellten sich die unverheirateten Männer in einer Reihe auf und langsamer Trommelschlag erklang. Es waren fünf weiße Männer und vielleicht fünfzehn Indianer, außerdem ebenso viele Mädchen. Kichernd traten sie mit ihren Decken auf die Männer zu und forderten sie zum Tanz auf.
Dann stand sie plötzlich vor ihm, einfach so, nach all der Zeit, in der er nach ihr Ausschau gehalten hatte. Jeans Handflächen schwitzten vor Aufregung, und vorsichtig legte er seine Hände auf ihre Hüften. Sie zuckt ein bisschen vor der Berührung zurück, doch dann bewegte sie sich anmutig mit ihm unter der Decke. Ihre Hände hielten die Decke über ihre Köpfe, während seine Hände frei waren, sie scheu zu berühren. Sie kicherte leise und funkelte ihn an. Er fühlte, wie ihm das Blut ins Gesicht stieg, aber er konnte seine Augen nicht von ihrem Anblick abwenden.
„Wie heißt du?", flüsterte er leise.
„Watet-im-Fluss."
Oh! Welch passender Name für dieses Mädchen, das wie ein Blatt im Wasser vor ihm hertrieb.

„Kommst du morgen und holst dir deine Geschenke?", fragte er sehnsüchtig.
Sie schüttelte nur ihren Kopf, dann wollte sie wieder verschwinden. „Warte!", bat er sie drängend und hielt sie am Handgelenk fest. Schnell nahm er seine Kette ab und reichte sie ihr. „Hier! Für dich!"
Wortlos verschwand das Mädchen und ließ einen ratlosen Jean zurück. War er zu forsch gewesen? Hätte er sie nicht berühren dürfen? Wenigstens wusste er nun ihren Namen und mit einem Hochgefühl ging er zurück zu seinem Schlafhaus.
Am nächsten Tag erzählte er Nata-He-Yukan von seiner Begegnung: „Sie war wieder da!" Jean strahlte wie die Milchstrasse, und Nata-He-Yukan grinste amüsiert.
„Wer?", fragte er zum Schein.
„Na, sie! Das Mädchen! Du weißt schon!" Jean wedelte mit seiner Hand.
„Ah, das Mädchen in den Wolken!", foppte ihn Nata-He-Yukan.
Jean grunzte empört: „Ja, das Mädchen in den Wolken! Sie heißt Watet-im-Fluss."
„Wieso suchst du sie in den Wolken, wenn sie im Wasser zu finden ist?"
„Nata-He-Yukan!", schimpfte Jean beleidigt und schlug seinen Freund unsanft in den Bauch.
Die beiden Frauen kicherten vor Vergnügen und hielten sich die Hände vor den Mund.
„Sagt mal, wollt ihr mich ärgern?"
„Nein, wieso?", wunderte sich Nata-He-Yukan, aber seine Augen funkelten vor unterdrücktem Lachen.
„Ja, ja, schon gut! Lacht ihr nur! Aber ich werde dieses Mädchen suchen!", erklärte Jean entschlossen.
„Ich kenne sie!", meinte Zintkala-win halbwegs ernst.
„Wirklich?", sehnsüchtige Augen hingen an ihren Lippen.
„Ja, sie ist eine der Töchter von Tatsicki-Stomick!", erzählte Zintkala-win ruhig und sofort wurde es unangenehm still.
Jean zuckte sichtlich zusammen. „Von Tatsicki-Stomick? Oh Mann!" In ihm stieg völlige Hoffnungslosigkeit auf, sein Herz wurde schwer wie ein Stein, als er die Ausweglosigkeit seiner

Liebe erkannte. Niemals würde der Oberhäuptling der Pecuni seine Tochter einem solchen Habenichts wie ihm anvertrauen. Seine Hoffnungen schwanden dahin, wie das Blatt, das von der Strömung davongetragen wurde.
Sanft berührte Nata-He-Yukan seinen Arm. „Sie ist doch nur ein Mädchen! Suche dir ein anderes!"
Enttäuscht schüttelte Jean den Kopf. Warum waren alle Frauen, die ihm gefielen, unerreichbar für ihn? Aber die Tochter von Tatsicki-Stomick! Sie hätte nicht weiter entfernt für ihn sein können!
Nachdenklich ging er ins Fort zurück, nicht einmal schlecht gelaunt, sondern einfach nur maßlos traurig. Warum durfte sie überhaupt mit ihm tanzen, wenn sie ohnehin nicht zur Verfügung stand? Er ließ sich auf sein Bett fallen und überlegte, ob er jetzt sterben sollte, damit er nicht mehr an sie denken musste. Ja! Er würde sterben!

Im Tipi blickte Nata-He-Yukan seine Frau besorgt an. „Und jetzt?"
Sie senkte verlegen den Kopf und zuckte mit den Schultern, wusste auch keinen Rat: „Ich weiß nicht! Tatsicki-Stomick hat viele Frauen und viele Töchter, aber noch nie hat eine seiner Töchter einen Mann geheiratet, der nicht aus einer ehrbaren Familie stammte. Er ist sehr besorgt um sie und achtet darauf, dass sie gute Ehemänner bekommen!"
„Jean wäre ein sehr guter Ehemann!", meinte Nata-He-Yukan.
„Ja!", stimmte Zintkala-win zu.
„Außerdem gehört Jean zu einer ehrbaren Familie! Er ist mein Hunka!", betonte Nata-He-Yukan.
„Vielleicht solltest du das den Häuptling wissen lassen?", schlug Zintkala-win vor.
Nachdenklich legte Nata-He-Yukan den Kopf schief. „Vielleicht sollte ich den Häuptling wissen lassen, was mein Bruder fühlt? Ich meine, ehe Jean etwas Dummes macht!"
Zintkala-win dachte darüber nach, dann nickte sie kurz. „Ja, dann wissen wir, wie der Häuptling dazu steht! Das ist vielleicht besser!"
„Wie meinst du das?"

Zintkala-win kicherte leise. „Nun, Watet-im-Fluss durfte zweimal mit Jean tanzen! Ich denke nicht, dass sie irgendetwas tut, ohne dass der Häuptling es weiß oder davon erfährt. Vielleicht ist Jeans Werben nicht so aussichtslos, wie er denkt!"
Überrascht riss Nata-He-Yukan die Augen auf. „Du meinst …!"
„Ja! Geh zu Tatsicki-Stomick und erzähle ihm von Jeans Gefühlen. Es macht einen guten Eindruck, wenn du als Bruder für ihn bittest!"
„Meinst du nicht, dass es noch zu früh ist? Wie ernst können die Gefühle sein, wenn er das Mädchen erst zweimal gesehen hat?"
Zintkala-win lachte lauthals los. „Viele unserer Mädchen heiraten ohne ihren Mann je vorher gesehen zu haben! Nein, Jean denkt an nichts anderes mehr! Seine Gefühle sind echt!"
Nata-He-Yukan zwinkerte ihr freundlich zu. „Du kennst Jean gut!"
Sie wurde dunkelrot, als sie die Anspielung ahnte, dann senkte sie verlegen den Kopf. „Er ist dein Bruder!"
Er grinste frech und sprang entschlossen auf. „Nun, dann werde ich meinem Bruder endlich eine Frau besorgen, damit er vergisst, welches Vergnügen ihm eine andere Frau bereitet hat!"
„Du!", schimpfte sie empört und warf ihm einen halbfertigen Mokassin hinterher.
Blauer-Schmetterling prustete los vor Lachen und liebte diese beiden Menschen, liebte sie dafür, dass sie bei ihnen sein durfte.
Sie liebte nicht nur Nata-He-Yukan, sondern auch Zintkala-win.
Ihr Leben war um so vieles schöner geworden!

Nata-He-Yukan holte sein geschecktes Pony, dann überlegte er es sich anders, und er sattelte den Falben, den er von Tatsicki-Stomick geschenkt bekommen hatte.
Dick in einem Büffelfell vermummt ritt er durch die verschneite Landschaft und suchte das große Zelt des Häuptlings. Der eisige Wind blies ihm scharf ins Gesicht und seine Haut brannte von der Kälte. Was tat er nicht alles für seinen Freund! Er würde sich den Hintern abfrieren!
Vor dem bemalten Zelt des Häuptlings hielt er an und rutschte von seinem Pony. Kurz blieb sein Blick an den Zeichnungen des

Otters haften, der auf den steifgefrorenen Planen ein wenig unwirklich wirkte. Ein Wassertier umgeben von Schnee!
Höflich räusperte er sich und wartete auf einen Zuruf. Dann schlüpfte er dankbar in das Innere und blieb zögernd stehen. Mindestens fünf weitere Krieger saßen am Feuer und im Hintergrund hielten sich mehrere Frauen auf. Überrascht blinzelte der Häuptling ihm zu, dann bot er ihm einen Platz an.
Abwehrend hob Nata-He-Yukan die Hand und meinte ausweichend: „Ich komme ein anderes Mal wieder!"
Tatsicki-Stomick runzelte erstaunt die Stirn. „Wieso kommst du bei dieser Kälte, wenn es nicht wichtig ist?"
Nata-He-Yukan wand sich vor Verlegenheit. Natürlich war die Tochter des Häuptlings eine wichtige Angelegenheit, aber er wollte nicht vor den anderen mit seinem Anliegen herausrücken. Wartete er aber auf eine günstigere Gelegenheit, dann war der Häuptling vielleicht beleidigt, weil Nata-He-Yukan dessen Tochter gering achtete. Nein, lieber wusste der ganze Stamm Bescheid, ehe er den Häuptling verärgerte.
Mit überkreuzten Beinen ließ er sich nieder und eine der Frauen reichte ihm etwas zu essen. Das Gespräch der Männer plätscherte weiter, keine große Politik, sondern Nichtigkeiten, kleine Geschichten und Anekdoten.
Schließlich verließen die Männer unter einem harmlosen Vorwand das Tipi, ahnten, dass der Gast alleine mit dem Häuptling sprechen wollte. Sogar die Frauen waren plötzlich verschwunden und Nata-He-Yukan atmete auf.
Mit einer höflichen Handbewegung bot der Häuptling ihm das Wort an.
Nata-He-Yukan schluckte nervös und plötzlich fand er es überhaupt keine gute Idee mehr, hierher gekommen zu sein. Angespannt befeuchtete er seine Lippen, während er verzweifelt nach den passenden Worten suchte. „Ich freue mich wieder bei den Pecuni zu sein. Sie sind meine Brüder", erklärte er umständlich. „Auch Jean ist mein Bruder. In einer heiligen Zeremonie habe ich ihn in meine Familie adoptiert", erzählte er weiter und zeigte dem Häuptling damit deutlich an, welchen Status Jean nun für ihn hatte.

„Es ist gut einen Bruder zu haben!", stimmte Tatsicki-Stomick zu. „Ja! Denn auf einen Bruder kann man sich verlassen, besonders, wenn man ihn erwählt hat."
Nata-He-Yukan schwitzte plötzlich unter dem warmen Büffelfell und warf es von seinen Schultern. Hilfesuchend richtete er seinen Blick auf Tatsicki-Stomick, der mit keiner Miene verriet, dass er etwas ahnte.
Seufzend fuhr Nata-He-Yukan fort: „Manchmal ist es gut, wenn ein Bruder für den anderen spricht. Deshalb bin ich heute hier."
Immer noch ausdruckslos saß Tatsicki-Stomick dem jungen Mann gegenüber und meinte ruhig: „Deine Worte müssen wichtig sein, denn du wählst sie mit Bedacht!"
Nata-He-Yukan griff mit beiden Händen nach der Angel, die ihm der Häuptling in Gedanken zuwarf.
„Sehr wichtig!", betonte er. „Das Herz meines Bruders ist erkrankt und ich mache mir große Sorgen um ihn!"
„So, soll ich ihm den Heiligen Mann schicken?", fragte der Häuptling mitfühlend.
Schnell winkte Nata-He-Yukan ab. „Nein! Nein! Das ist sehr freundlich von dir, aber Ferner-Bär hat schon nach ihm gesehen."
„So? Und er kann nicht helfen?"
Nata-He-Yukans Ton wurde ein wenig direkter, denn langsam dämmerte ihm, dass der Häuptling sehr wohl wusste, warum er hier war. „Nein, denn es ist eine Angelegenheit des Herzens! Es geht um deine Tochter.", erklärte er frei heraus.
„Ich habe viele Töchter", meinte Tatsicki-Stomick leichthin.
Nata-He-Yukan lächelte erleichtert, denn der Häuptling saß völlig entspannt vor ihm, hatte die ganze Zeit gewusst, mit welcher Absicht er gekommen war. „Jean hat sein Herz an Watet-im-Fluss verloren, aber er wagt es nicht mehr, an sie zu denken, seitdem er weiß, dass sie deine Tochter ist."
„Trotzdem leidet sein Herz? Ist das nicht ein Widerspruch?", lächelte der Häuptling.
„Doch! Aber er wird nichts tun, was deine Ehre verletzen könnte!"
„Bist du dir dessen so sicher?", forschte der Häuptling nach.
„Ja!"

„Nun!", lächelte der Häuptling. „Ich wäre kein großer Mann, wenn ich nicht wüsste, was in meinen Dörfern oder in meinen Zelten vor sich geht!"
„Das habe ich erwartet!", grinste Nata-He-Yukan zurück.
„Ich habe Watet-im-Fluss ermutigt mit Jean zu tanzen. Ich würde sie nicht zwingen einen weißen Mann zu heiraten, aber ich hatte gehofft, dass er ihr vielleicht gefällt!", zwinkerte der Häuptling leutselig.
Nata-He-Yukan war einigermaßen baff. „Warum Jean?"
„Er respektiert unsere Sitten und Bräuche! Außerdem ist er dir ein guter Freund! Er ist einer, der uns helfen kann, wenn die neuen Zeiten kommen! Ich bin der Häuptling meines Volkes und ich muss vorausschauen, was die Zeiten uns bringen. Kipp war auch so ein Mann, aber er hat eine Frau vom Volk der schmutzigen Hütten, eine Mandan geheiratet. Mitchell ist so ein Mann, aber er hat eine von diesen Halsabschneidern, den Assiniboin geheiratet. Also hoffe ich, dass Jean meine Tochter heiratet, ehe ein anderer Stamm ihm ein hübsches Mädchen anbietet!"
Nata-He-Yukan lachte schallend vor Erleichterung und Tatsicki-Stomick fiel freundlich in sein Gelächter ein. Dieses zwanglose Benehmen machte ihn zu einem großen und ebenso beliebten Häuptling, denn er wusste, wann die Zeit für Strenge oder für Heiterkeit gekommen war.
„Also muss nur noch Jean von diesem Wunsch erfahren!"
„Haijah!", stimmte der Häuptling zu. „Aber vielleicht ist es besser, wenn er nichts davon erfährt? Ein Mann will eine Frau lieber erobern! Lassen wir ihm diesen Spaß!"
Nata-He-Yukan schüttelte ungläubig den Kopf. „Und wie? Jean ist arm! Er könnte niemals die Geschenke bieten, die für deine Tochter angemessen wären!"
„Dann möchte ich sehen, was er bereit ist, für seine Liebe zu geben!", beendete Tatsicki-Stomick das Gespräch.
„Waschté!", murmelte Nata-He-Yukan und verließ das Zelt.

Auf dem gesamten Rückweg dachte Nata-He-Yukan über die Worte des Häuptlings nach, dann lächelte er plötzlich, als er eine Eingebung hatte. Der Häuptling wollte Jean prüfen, aber eigentlich auch ihn. Jean war sein Bruder und er würde ihm helfen angemessene Geschenke zu bringen! Frohen Herzens ritt er zum Fort und betrat den Schlafsaal der Trapper. Immer wieder ekelte ihn der Gestank, der ihm entgegenschlug, wenn er den Raum betrat.

Jean lag leidend auf seinem Bett und würdigte ihn keines Blickes.

„Was machst du hier?“, fragte Nata-He-Yukan besorgt.

„Ich sterbe!“, erklärte Jean ernsthaft.

Nata-He-Yukan verbiss sich mühsam ein Grinsen und zog seinen Freund in eine sitzende Position. „Wir müssen nachdenken!“, forderte er seinen Freund energisch auf.

„Ich will nicht denken!“, wehrte Jean ab und ließ den Kopf ergeben auf die Brust sinken.

„Doch!“

„Ich will nicht denken, denn dann denke ich an Watet-im-Fluss!“

„Nun, dann denken wir eben darüber nach, wie du das Mädchen bekommst!“, schlug Nata-He-Yukan mit einem vergnügten Blinzeln vor.

„Sie werden uns den Skalp nehmen und unsere Eier abschneiden!“, befürchtete Jean ernüchtert.

„Nein, das werden sie nicht!“

Verunsichert blickte Jean seinen Freund an und zum ersten Mal bemerkte er das breite Grinsen. „Sag mal, weißt du etwas, was ich nicht weiß?“

„Han!“ Nata-He-Yukan nickte.

„Jetzt rede endlich, sonst schneide ich dir deine Eier ab!“, drohte Jean mit belegter Stimme, aber ein kleiner Hoffnungsschimmer stahl sich in seine Augen.

„Tatsicki-Stomick scheint nicht abgeneigt zu sein, dir seine Tochter zu geben!“

„Was?“ Blanker Unglauben sprach aus der Stimme von Jean.

„Ja! Wir sollten uns überlegen, mit welchen Geschenken wir den Häuptling ehren können!“

Neue Abgründe taten sich vor Jean auf. „Ich habe doch nichts!“, stammelte er verzweifelt.

„Doch, du musst dir nur überlegen, was du entbehren kannst!“

„Alles!“, erklärte Jean einfach.

„Nun, dann geben wir Tatsicki-Stomick eben alles!"
„Und wie soll ich dann das Mädchen ernähren?"
„Du bist mein Bruder! Ich werde mit dir teilen!"
Nachdenklich schaute Jean auf seine Fußspitzen. Zum zweiten Mal war der Indianer bereit, alles für ihn herzugeben. Er stand tief in dessen Schuld! „Hecetu!", murmelte er glücklich.
Gut gelaunt kehrte Nata-He-Yukan in sein Zelt zurück. „Jean wird heiraten!"
Geradezu erleichtert lehnte sich Zintkala-win zurück. „Das ist schön! Also war Tatsicki-Stomick einverstanden?"
Nata-He-Yukan streckte sich überheblich. „Ja! Nun müssen wir noch geeignete Geschenke bringen!"
„Ja, das ist so! Arme Familien müssen noch dafür bezahlen, dass ihre Töchter geheiratet werden, aber reiche Familien bekommen Geschenke!"
Nata-He-Yukan staunte nicht schlecht: „Arme Familien müssen bezahlen?"
„Ja, sie geben Geschenke, damit ein Krieger die Tochter heiratet. Wenn eine Familie ihre Tochter nicht mehr ernähren kann, dann wird sie verheiratet, manchmal schon im Alter von sieben Wintern!"
„Aber dann ist sie doch noch viel zu jung!"
Zintkala-win zuckte mit den Schultern. „Ja, aber was will man machen!"
Nachdenklich musterte Nata-He-Yukan seine Schwester, die mit ihren Puppen spielte. So klein und schon verheiratet! Er konnte sich nicht vorstellen, dass sie bereits jetzt in einem fremden Tipi leben sollte. Seltsame Sitten hatten die Blackfeet.
„Der Mann nimmt sie erst zu sich ins Bett, wenn das Mädchen zur Frau herangereift ist, aber tatsächlich lebt sie bereits im Tipi des Ehemanns! So ist ihre Familie entlastet!", erklärte Zintkala-win.
„Wir Lakota haben genug, um alle unsere Töchter zu ernähren!", behauptete Nata-He-Yukan mit fester Stimme.
Zintkala-win senkte den Blick und dachte darüber nach. Ja, weil die Lakota zur Großzügigkeit erzogen wurden. Bei ihnen galt der Mann mehr, wenn er teilte und verschenkte! Ihr gefiel das,

denn ärmere Familien konnten sich darauf verlassen, dass ihnen geholfen wurde. Bei den Blackfeet war das nicht immer selbstverständlich, obwohl große Häuptlinge sehr wohl auf alle Stammesmitglieder schauten.
„Was gedenkt ihr Tatsicki-Stomick zu geben?"
„Alles!", verkündete Nata-He-Yukan geheimnisvoll.
Zintkala-win schwindelte, denn ihr Mann sah aus, als wolle er wieder alles herschenken! Wie würde sie je zu Reichtum gelangen, wenn er ständig alles hergab? Dann huschte ein Lächeln über ihr Gesicht. Deswegen liebte sie ihn ja! Wegen seinem Stolz und seiner Großzügigkeit! Nein, sie musste diese Heirat selbst in die Hand nehmen, sonst blieben ihnen nur die Kleider, die sie auf dem Leibe trugen. „Was erfreut dein Herz?", fragte Nata-He-Yukan.
„Es ist schön, dass Jean endlich eine Frau bekommen wird!", meinte sie einfach.

Am nächsten Morgen schnappte sich Nata-He-Yukan seine Schneeschuhe und zog ein Fell wie einen Poncho über seinen Kopf.
„Wo gehst du hin?", wunderte sich Zintkala-win.
„Der Schneesturm hat aufgehört. Ich gehe jagen!", seufzte Nata-He-Yukan ein wenig genervt. Immer diese Fragen von seinem störrischen Blackfeetweib!
„Oh, ich komme mit!", freute sich Zintkala-win. Zögernd blickte Nata-He-Yukan seine Frau an, dann nickte er kurz. „Na schön!"
Aber auch Machpiya-ska und Kleine-Krähe zogen sich an, um das Tipi zu verlassen. „Wir gehen Schlitten fahren!", lachten sie begeistert.
Blauer-Schmetterling umwickelte ihre Füße mit Fellen, setzte ihnen Mützen aus Kojotenfell auf und gab ihnen einfache Handschuhe. Jetzt ähnelten die Kinder kleinen Bären, nur ihre braunen Gesichter blieben frei. Begeistert rannten sie zu den anderen Kindern, die sich bereits an einem Hang sammelten, um auf ihren Schlitten aus Büffelrippen hinunterzurasen. Sehnsüchtig blieben Kaktusblüte und Schnee-in-den-Bergen im Zelt zurück, aber Blauer-Schmetterling setzte sich zu ihnen und baute die Puppen-

tipis auf. Schnell waren die beiden in ihr Spiel vertieft und Blauer-Schmetterling lächelte glücklich.
In ausdauerndem Trab liefen Nata-He-Yukan und Zintkala-win durch die Wildnis. Ohne die Schneeschuhe wären sie bis zu den Hüften im Schnee versunken, aber so verteilte sich das Gewicht und sie sanken nicht ein. Trotzdem war es nicht ungefährlich, denn unter dem Schnee waren Unebenheiten im Boden nicht zu sehen. Manchmal verdeckte der viele Schnee ganze Schluchten, hatte eine Brücke aus Schnee und Eis gebaut, die bei der geringsten Belastung einstürzen würde.
Nata-He-Yukan wusste das und hielt sich an Wege, die er kannte. Ihr Weg führte sie weit von den verstreuten Dörfern weg, denn die Tiere mieden die Nähe so vieler Menschen. Sie erlegten hauptsächlich Kleinwild, das wegen des Felles wertvoll war.
Bald hingen an Zintkala-wins Gürtel Hermelin, Fuchs und Waschbären, und Nata-He-Yukan lachte übermütig, als er seine beladene Frau sah. Es war doch gut gewesen, dass er sie mitgenommen hatte.
Dann wurde der Himmel grau, und besorgt deutete Zintkala-win auf die schweren Wolken, die neuen Schnee ankündigten. Nata-He-Yukan nickte zustimmend, auch er hatte die Wolken gesehen. Er nahm Zintkala-win einige Kadaver ab, damit sie sich besser bewegen konnte, und im schnellen Trab machten sie sich auf den Rückweg.
Besorgt liefen sie in Richtung des Forts, doch sie hatten sich weit davon entfernt, und so kämpften sie zusehends gegen den scharfen Wind an. Von einem Moment auf den anderen setzte der Blizzard ein, mit unglaublicher Macht und dichtem Schneefall. Orientierungslos schaute Nata-He-Yukan sich um, hatte von einer Sekunde zur anderen die Richtung verloren. Er konnte nicht einmal mehr seine Frau sehen und rief nach ihr, versuchte die Panik zu unterdrücken, die plötzlich in ihm hochstieg. Ruhig bleiben, ermahnte er sich und blinzelte mit zusammengekniffenen Augen in das Schneegestöber.
„Hier!", ertönte es schwach und er machte zwei Schritte in ihre Richtung. Sie hockte zusammengesunken im Schnee und versuchte ihr Gesicht vor dem eisigen Wind zu schützen.

„Wir müssen weiter!", befahl Nata-He-Yukan. Er musste dabei in voller Lautstärke brüllen, um sie überhaupt zu erreichen.
„Ich sehe nichts!" Deutliche Angst war zu hören.
Nata-He-Yukan nahm die Schnur ab, mit der er den Poncho um seinen Körper gebunden hatte, und fesselte ihre Hand an der seinen fest. „Komm! Wir sterben, wenn wir uns nicht bewegen!"
Mühsam raffte sie sich auf und stapfte neben ihm durch den Schnee. „Wir verirren uns!", jammerte sie.
„Nein! Wir bleiben in dieser Furche! Sie führt uns in die Nähe des Forts!", versuchte er sie zu beruhigen. „Wir sind fast da!"
Für eine kurze Strecke brauchten sie eine Ewigkeit, denn der Sturm hielt sie auf, kämpfte gegen die beiden, als wollte er sie nie wieder hergeben. Die Kälte fraß sich in ihre Glieder und ihre Bewegungen wurden schwer. Überall klebte der Schnee und nachdem eine schnelle Bewegung nicht mehr möglich war, kühlten ihre Körper aus. „Ich kann nicht mehr!", stöhnte Zintkala-win und Todesangst stieg in ihr hoch.
„Folge meinem Pfad!", hörte sie Nata-He-Yukan sagen, aber plötzlich war es die Stimme ihres Bruders, die zu ihr sprach. Sie blinzelte in den Schneesturm und sah ihn deutlich vor sich. So jung, so freundlich! Ihr Bruder! Nach vier Wintern war die Erinnerung an ihn verblasst, umso mehr traf sie nun sein Anblick. Hell und leuchtend hob er sich vor dem Sturm ab. Seine Hand streckte sich ihr entgegen, und wieder hörte sie seine Stimme: „Tötet-die-Crow! Folge meinem Pfad!"
Der Schreck fuhr ihr in die Glieder, eine entsetzliche Angst, dass sie ihre Kinder nie wieder sehen würde. Hatte sie doch ihren Tod gesehen? War es ihre Bestimmung, hier im Schneesturm zu sterben? Das Seil ruckte an ihrer Hand und durch den Sturm hörte sie Nata-He-Yukans wütendes Rufen: „Steh auf! Folge mir!"
Er packte sie an den Schultern und schob sie vorwärts. Welcher Stimme sollte sie folgen?
„Lass mich!", bat sie verzweifelt. Wenn sie starb, dann wollte sie nicht, dass Nata-He-Yukan ihr folgte.
„Steh auf, du ungehorsames Weib! Steh auf!", brüllte er.
Winyan-o'hanschitscha! Ungehorsames Weib! Was dachte er sich eigentlich? Sie fühlte, wie er an ihr zog, und plötzlich wurde ihr

klar, dass er sie niemals hier zurücklassen würde. Sie würden beide sterben, wenn sie sich nicht bewegte. „Bruder!", betete sie verzweifelt. „Ich kann dir jetzt noch nicht folgen! Lass mir Zeit! Sonnenhäuptling, hilf uns!"

Dann betete sie zu dem Vielfraß, dessen Angriffslust von den Blackfeet bewundert wurde. „Vielfraß, gib mir die Kraft, aus diesem Schneesturm zu finden! Wölfe, leitet mir den Weg!"

Wieder taumelte sie voran, blind vom Schnee und halb gezogen von ihrem Mann.

Aber auch Nata-He-Yukan fühlte, wie die Kraft schwand und sein Atem mühsam wurde. „Schlafen!", dachte er müde. „Nur kurz hinsetzen und schlafen!" Mit eisernem Willen zwang er sich einen Fuß vor den anderen zu setzen, wusste, dass sie beide sterben würden, wenn er aufgab. Die Frau hinter ihm wurde schwer, immer wieder musste er sie aufrichten, schließlich hielt er sie unter den Armen fest, weil ihm die Kraft fehlte, sie immer wieder hochzuziehen.

„Zintkala-win! Nicht aufgeben!", flehte er, aber der Sturm riss ihm seine Worte von den Lippen. Dann durchbrach ein Blitz, gefolgt von einem Donner das Chaos des Sturmes und er horchte auf. Es war nur ein winziges Aufleuchten gewesen, und doch hatte er es gesehen. Ein Gewitter im Winter? Nein! Ein Schuss! Dort! Wieder ein Blitz, nicht weit weg!

Energisch richtete er sich auf und zog seine Frau in die Richtung. „Ich höre Schüsse!", versuchte er sie zu ermuntern, aber sie hörte es nicht. Kraftlos hing sie in seinen Armen und verzweifelt ließ er sie in den Schnee sinken. Dann zog er ihren Körper einfach hinter sich her, ignorierte, wie das lederne Band sich tief in sein Handgelenk fraß.

Endlich sah er einen dunklen Schatten vor sich und wankte darauf zu. Das Fort! Ohne den Schuss wäre er einfach daran vorbei gelaufen! Dabei war die Rettung so nah!

Zwei Gestalten stürzten auf ihn zu und er hörte die überschnappende Stimme von Jean. „Seid ihr verrückt? Seid ihr völlig verrückt?"

Nata-He-Yukan hatte nicht mehr die Kraft, um zu antworten, sondern deutete nur hilfesuchend auf seine Frau.

Jean packte Zintkala-win und trug sie die kurze Entfernung zum Tipi. Nata-He-Yukan musste mit seiner festgebundene Hand einfach folgen, sonst wäre er vermutlich im Schnee liegen geblieben. So stolperte er in die Wärme des Tipis und sank stöhnend zu Boden.

Vorsichtig lockerte Blauer-Schmetterling die blutige Fessel mit einem Messer, dann half sie Nata-He-Yukan aus der Kleidung. Der Krieger zitterte plötzlich unkontrolliert am ganzen Körper und lag hilflos auf seinen Decken.

Jean riss Zintkala-win die Kleider vom Leib und rollte sie neben ihren Mann. „Hier, halte sie warm!“, befahl er und legte einen Stapel Decken auf seine fast erfrorenen Freunde.

Blauer-Schmetterling schob zusätzlich einige heiße Steine in die Nähe ihrer Füße und beruhigte dann die erschrockenen Kinder.

Jean schimpfte wie ein Rohrspatz: „Seid ihr wahnsinnig! Bei diesem Wetter geht man doch nicht raus! Wenn du dich unbedingt umbringen willst, dann lass wenigstens sie zu Hause!“

„Sie wollte mit“, erklang es leise.

„Na toll!“, wütete Jean. „Wenn jemand vom Kirchturm springen will, dann gibst du ihm noch einen Schubs!“

„Was ist ein Kirchturm?“, fragte der Indianer.

„Ach, vergiss es! Was habt ihr euch dabei gedacht?“ Jeans Stimme bekam einen weichen Klang, als er merkte, dass es Nata-He-Yukan besser ging.

„Nichts! Als wir heute Morgen losgegangen sind, war es schön!“

„Ja, heute Morgen! Hast du die dunklen Wolken nicht gesehen?“

„Doch, wir waren fast zurück, als uns der Schneesturm überraschte!“

„Stimmt!“, nickte Jean. „Der Sturm kam schnell! Selbst die Kinder hatten Schwierigkeiten zurückzufinden. Wir mussten sie suchen!“

Erschrocken richtete Nata-He-Yukan sich ein wenig auf. „Sind alle da?“

„Ja, ja! Ihr seid die einzigen Kinder gewesen, die wir noch gesucht haben!“, lachte Jean.

„Pilámaya!“, meinte Nata-He-Yukan ehrlich. „Ohne den Schuss wären wir an dem Fort vorbeigelaufen!“

„Oh Mann!", stöhnte Jean. „Ich habe die Nase voll von euren verflixten Abenteuern!"
Zintkala-win öffnete erschöpft die Augen und blickte verwirrt um sich. War sie nicht tot? Nein! Die besorgten Augen ihres Mannes waren auf sie gerichtet und seine Lippen bewegten sich.
„Was?", flüsterte sie.
„Ist dir warm?", wiederholte er seine Frage.
Sie konzentrierte sich auf den Eisklumpen, der ihr Körper war und schüttelte den Kopf. „Nein!"
Sie spürte, wie er sie fest an sich presste und wäre am liebsten in ihn hineingekrochen. „Besser?", fragte er sanft.
„Ja!"
„Kann ich euch beide jetzt alleine lassen?", fragte Jean, fühlte sich durch die Intimität der beiden irgendwie überflüssig.
Nata-He-Yukan lachte leise. „Ja! Danke, mein Bruder!"
„Schon gut! Ich schaue morgen nach euch! Macht solange keinen Unsinn!"
Nata-He-Yukan hatte eine Menge Unsinn vor, aber davon erzählte er Jean lieber nichts. Grinsend kuschelte er sich an seine Frau und hoffte, dass die Kinder bald schliefen. Ein kleiner Teil seines Körpers benötigte eine ganz besondere Aufwärmung.
Dann spürte er die Verletzung an seinem Handgelenk und richtete sich ein wenig auf. Stirnrunzelnd untersuchte er die blutigen Striemen und sah zu, wie Blauer-Schmetterling einen Verband darum wickelte. Ihm wurde schlecht, als ihm klar wurde, wie knapp sie mit dem Leben davon gekommen waren, und drückte Zintkala-win an sich.
Schutzsuchend klammerte sie sich an ihn. „Ich hatte wieder eine Vision! Ich dachte, dass ich sterben müsste! Mein Bruder stand da und verlangte, dass ich ihm folgen solle!"
„Dein Bruder?"
„Ja!" Sie grub ihren Kopf in seine Brust. „ Nata-He-Yukan! Ich bin noch nicht bereit für den Tod! Ich habe gebetet, dass mir noch ein wenig Zeit bleibt. Ich bin so glücklich mit dir!"
Er wurde bleich vor Entsetzen. Die eiskalte Furcht stieg in ihm hoch, dass er sie verlieren könnte. „Hast du deinen Tod gesehen?", flüsterte er mit bebenden Lippen.

Sie dachte darüber nach: „Nein! Ich träumte nur von meinem Bruder! Er will, dass ich seinem Pfad folge!"
„Vielleicht wollte er dich nach Hause führen?", hoffte Nata-He-Yukan.
Sie blinzelte verunsichert. „Vielleicht, aber was bedeutete dann die erste Vision? Auch da verlangte er, dass ich seinem Pfad folgen sollte!"
„Und was geschah dann?"
„Ich ging auf den Kriegszug gegen die Crow!"
Nata-He-Yukan brummte vor Erleichterung. „Na siehst du! Damals hat dich dein Bruder zu mir geführt!"
Sie runzelte ungläubig die Stirn: „Meinst du?"
Voller Zuversicht drückte er sie an sich. „Vielleicht hast du die Vision noch nicht verstanden! Aber es ist nicht dein Tod, den du siehst!"
Tränen glitzerten in ihren Augen, aber seine Stärke gab ihr Kraft. „Nein!", flüsterte sie voller Vertrauen. Dann gab sie sich seiner Wärme hin, fühlte wie sein Körper auf dem ihren lag und das Feuer in ihr entfachte.
Die nächsten Tage blieb Nata-He-Yukan bei seinen Frauen im Zelt, auch weil das Handgelenk sich entzündet hatte.
Ferner-Bär machte Umschläge und zog die Entzündung mit Kräutern und heiligen Gesängen aus dem Arm des Mannes.

Dann setzte bei beiden Frauen gleichzeitig die Menstruation ein und entschlossen packte Nata-He-Yukan seine Sachen und zog zu Ferner-Bär. Zwei Frauen, die ischnati waren, überstiegen bei Weitem seine Kraft. Gleichgültig was die Blackfeet glaubten, in ihm war der Glauben tief verwurzelt. Er musste dem ein Ende bereiten! Warum waren sie noch nicht schwanger? Hundert Mädchen wären nicht so schlimm, wie diese peinliche Situation!
Ferner-Bär lächelte ihm zu und wunderte sich insgeheim über diesen Lakota. Warum flüchtete er in sein Zelt? Nata-He-Yukan fieberte leicht und lehnte sich müde an seine Rückenstütze. Besorgt beugte sich Ferner-Bär über den Mann und fühlte an dessen Stirn. Wurde er von der Winterkrankheit geplagt? Sein Haarknoten auf der Stirn wackelte bedenklich hin und her, seine Falten

im Gesicht vertieften sich. Freundlich wehrte Nata-He-Yukan ihn ab: „Lass! Es geht mir nicht schlecht!"
„Warum bist du dann hier?"
„Ich brauche ein wenig meine Ruhe!", wich Nata-He-Yukan aus.
„Ah!", lächelnd lehnte sich Ferner-Bär zurück. „Jeder Mann braucht hin und wieder seine Ruhe!"
Mit einer Handbewegung schickte er seine Frau hinaus, bat sie kurz angebunden zu ihrer Nichte zu gehen, und dankbar schloss Nata-He-Yukan die Augen.

Draußen tobten die Winterstürme, doch die Männer saßen am warmen Lagerfeuer und hingen ihren Gedanken nach.
Manchmal setzte sich Jean dazu, seltsam in sich gekehrt und schweigsam, mit verträumten Augen. Mit seinen dreiundzwanzig Jahren sah er unverschämt jung aus, aber er verbreitete eine Ruhe, die zeigte, dass er reifer geworden war. Sein zappeliges, übermütiges Wesen war einer ruhigen Geschmeidigkeit gewichen.
„Wann wirst du um Watet-im-Fluss werben?", lächelte Nata-He-Yukan.
„Im Frühling!", erklärte Jean, hatte es mit einem Mal nicht mehr eilig, sondern befürchtete lediglich, dass er etwas falsch machen könnte.
„So?", staunte sein Bruder.
„Ja, ich möchte Zintkala-win bitten, dass sie ein Zelt näht. Dazu brauche ich noch mehr Büffelhäute. Hilfst du mir?"
„Gern!", stimmte Nata-He-Yukan zu.
„Meinst du, dass es angemessen ist, wenn ich Watet-im-Fluss zum Wasserholen an den Fluss begleite? Ich meine, damit sie mich ein bisschen besser kennenlernt?"
Nata-He-Yukan lächelte verschmitzt. „Bestimmt!"
Er hatte damals den Mädchen seines Dorfes höchstens Pfeile in die prall gefüllten Büffelblasen geschossen, wenn sie vom Wasserholen zurückgekehrt waren. Aber damals hatte auch bis auf Grashüpfer kein Mädchen sein Herz berührt.
Kreischend waren sie vor ihm davon gerannt und er hatte sich vor Lachen am Boden gewälzt.

So verwandelte sich Jean in einen Schatten, der stets auf das scheue Mädchen wartete, und sie schüchtern begleitete, oder ihr kleine Geschenke brachte. Tatsicki-Stomick amüsierte sich köstlich. Dieser weiße Schwiegersohn würde interessant werden!

Täglich gingen Nata-He-Yukan und Jean zur Jagd. Das Fleisch brachten sie ins Fort, doch die Felle gaben sie Zintkala-win und Blauer-Schmetterling zum Gerben. Oft half auch Zedernsängerin mit, die geduldig mit ihrem Schabwerkzeug das Fell von den Häuten kratzte. Sie füllte damit einige Kissen, damit Jean und Watet-im-Fluss ein gemütliches Bett haben würden.
Für Jean verging die Zeit nur langsam. Sehnsüchtig wartete er auf den Frühling, aber in diesem kalten Land kam er erst spät. Februar und März vergingen, dann kam der April, doch selbst dann lag noch Schnee.
Die Männer im Fort wurden ungeduldig, warteten auf die Schneeschmelze, damit sie zurückfahren konnten. Längst hatten sie alles eingetauscht und brauchten Nachschub.
„Bald, Männer!", tröstete Mitchell sie. „Bald geht es los! Aber ich kann nicht alle von euch mitnehmen! Ich will das Fort nicht erneut aufbauen!"
Einige Männer grunzten unwillig, andere dagegen, längst mit Indianerinnen verheiratet, hatten keine besondere Sehnsucht danach in die Zivilisation zurückzukehren.
Connor zumindest freute sich auf die Geburt seines ersten Kindes und hatte mit der Welt, die hinter ihm lag, längst abgeschlossen. Noch nie hatte Connor eine solche Liebe, eine solche Freiheit und einen so guten Zusammenhalt erlebt, wie bei seiner indianischen Familie. Sollten die anderen nur gehen! Er würde bleiben! Ihm ging es ähnlich wie Mitchell, für den nichts wichtiger war als seine beiden Mariahs, wie er seine Frau und seine Tochter liebevoll nannte.
Nata-He-Yukan war mit anderen Gedanken beschäftigt. Ihm war aufgefallen, dass Blauer-Schmetterling nicht mehr ischnati wurde. Scharf achtete er auf irgendwelche Veränderungen bei seiner zweiten Frau und seine Augen leuchteten, wenn sie morgens überhastet das Tipi verließ.

„Möchtest du mir etwas sagen?“, lächelte er freundlich, als sie ein wenig bleich zurückkehrte, und legte seine Hand auf ihren Bauch. Sie senkte schüchtern den Kopf und genoss die sanfte Geste. „Freust du dich?“

Er stieß einen doppelten Seufzer aus: „Ja!“

Dann betrachtete er wohlwollend Blauer-Schmetterling. Sie war längst nicht so hübsch wie Zintkala-win, aber er liebte ihre sanfte Art. Nun war sie wirklich seine Frau und würde sein Kind gebären! Ein Kind mit schwarzen Augen und nicht mit den grauen Augen seines Feindes!

Mit einem strahlenden Lächeln blickte sie ihn an und er musste sich selbst schimpfen. In diesem Moment, sich seiner Freude gewiss, war sie wunderschön. War es das Wunder der Geburt, das Frauen so veränderte?

Dann war der Moment vorbei und er blinzelte verwirrt.

Geschäftig liefen die beiden Frauen nach draußen, und aufgeregtes Geschnatter erklang, als sie die Häute am Boden ausbreiteten, um das Zelt für Jean zu nähen. Zedernsängerin und zwei weitere Frauen halfen ihnen dabei. Kichernd und schwatzend hockten die Frauen beisammen, unter vorgehaltener Hand wurde wild über die Hochzeit von Jean spekuliert. Han! Kopfschüttelnd verschwand Nata-He-Yukan, um seinen Freund zu suchen.

Nur langsam hielt der Frühling Einzug in das Land.

Es war wie ein Kampf zwischen dem Kaltmacher und dem Sonnenhäuptling. Keiner wollte weichen und warme Tage, an denen alles schmolz, wurden abgelöst von überraschenden Schneestürmen. Ein letztes Aufbäumen des Winters.

Eis trieb den Fluss hinunter, murmelnde Bäche flossen über vereistes Gestein, winzige Blüten schoben sich keck durch den schmelzenden Schnee, blinzelten vertrauensvoll den Sonnenstrahlen entgegen.

Voller Freude errichteten die Frauen das neue Tipi für Jean und der ganze Stamm half dabei, es einzurichten.

Felle lagen am Boden, bunte Taschen stapelten sich am Rand, selbst ein schweres Inlett hing zwischen den Stangen und Holz lag neben dem Eingang bereit. Sich windend vor Verlegen-

heit ließ sich Jean zu seiner neuen Behausung ziehen und stand sprachlos davor. So ein schönes Tipi!
„So!", ermunterte ihn Nata-He-Yukan. „Morgen gehen wir zu Tatsicki-Stomick!"
Jean verdrehte die Augen. „Oh je! Hoffentlich nimmt er meine Geschenke an!"
„Nun, das wirst du ja sehen!", lächelte Nata-He-Yukan.
Zweifelnd warf Jean seinem Bruder einen Blick zu und nagte an seinen Lippen. Jede Minute, die er mit Watet-im-Fluss hatte verbringen dürfen, war ihm im Gedächtnis geblieben, jede Sekunde schien ihm wie ein kostbarer Augenblick. Was sollte er ihrem Vater geben?
Am Morgen schlüpfte er in seine beste Kleidung, dann packte er sein Pferd. Alles, was er besaß, lud er auf das Pony, das ihm Nata-He-Yukan einst geschenkt hatte: seine Decken und Felle, sein Gewehr. Er kaufte Messer, Töpfe, Pfannen, Pfeilspitzen und Äxte. In Begleitung seines Bruders machte er sich auf den Weg zu dem Häuptling und schickte ein Stoßgebet zum Himmel. Er hatte keine Augen für die Landschaft, sondern malte sich nur aus, wie es wäre, Watet-im-Fluss neben sich zu haben.
Sein Herz klopfte heftig, als sie vor dem Zelt hielten.
Tatsicki-Stomick kam würdevoll heraus und musterte abschätzend die beiden Männer.
Nata-He-Yukan griff nach dem Zügel von Jeans Pferd und trat vor den Häuptling. „Mein Bruder schenkt dir dieses Pferd und drückt mit diesen Geschenken seine Hochachtung aus."
Tatsicki-Stomick nickte kurz und wies seine Frauen an die Dinge auszupacken. Ordentlich legten sie alles auf Decken nieder und interessiert schaute Tatsicki-Stomick auf die reichlichen Geschenke. „Du gibst viel!", lächelte er. „Sogar deine Waffen! Wovon möchtest du dann meine Tochter ernähren? Wie willst du sie kleiden? Wo wollt ihr wohnen?"
Jean senkte erschrocken den Blick. Hatte er zu viel gegeben?
Doch Nata-He-Yukan machte eine großzügige Handbewegung. „Er hat ein schönes Tipi für deine Tochter und ich werde ihm alles geben, was er benötigt, um sie zu ernähren! Wenn ihm etwas zustößt, werde ich mich genauso um deine Tochter kümmern, wie

Jean sich um meine Frauen sorgen würde, wenn mir etwas zustieße."
„Nun!", nickte der Häuptling zufrieden. „Dann ist es also beschlossen! Jean heiratet meine Tochter!"
Mit diesen Worten bückte er sich und zog seine Tochter aus dem Tipi heraus. Schüchtern stand sie neben ihm, die Augen gesenkt, mit hängenden Schultern, als wollte sie gleich wieder davon laufen. Ihre glänzenden Haare waren in ordentliche Zöpfe geflochten und ihre Ohren waren mit langen Ketten aus Dentaliumschnecken geschmückt. Sie steckte in einem weißen Kleid, dessen lange Fransen am Saum bis zu ihren bestickten Mokassins fielen. An ihren Handgelenken klapperten schmale Armreifen, die einen hellen Klang erzeugten, wenn sie sich anmutig bewegte.
Jean zog atemlos die Luft ein und seine Augen waren wie gebannt von ihrem Anblick.
Der Häuptling legte ihre Hand in die seine und erklärte sie für verheiratet. „Sei gut zu ihr!"
Das war alles, aber für Jean war es der schönste Augenblick in seinem Leben. Wie im Traum hielt er ihre Hand, drückte sie ganz leicht, als hätte er Angst sie zu verletzen, und strahlte vor Freude. Zufrieden klatschte der Häuptling in die Hände und lud alle zu einem Festessen ein.
Seine Frauen räumten die Geschenke weg und alle setzten sich ausgelassen um das Feuer. Immer mehr Menschen trafen ein und innerhalb kürzester Zeit wurde in großen Mengen Essen aufgetischt. Tatsicki-Stomick war bekannt dafür, dass er zu Ehren seiner Töchter auch ärmere Familien beköstigte. Für viele Menschen war es eine gute Gelegenheit, sich nach dem langen Winter endlich wieder satt zu essen. Bei den Blackfeet wurde nicht alles so selbstverständlich verteilt wie bei den Lakota. Freunde und Verwandte kamen, um zu gratulieren.
Doch Jean saß neben seiner Braut und bekam von dem ganzen Trubel nichts mit. Er hatte nur Augen für Watet-im-Fluss, konnte seinen Blick nicht abwenden und wäre am liebsten sofort in sein Zelt zurückgekehrt. Die Indianer amüsierten sich köstlich über ihn, selbst Nata-He-Yukan schüttelte ungläubig den Kopf. Sein Freund schien geradezu verhext zu sein!

Trommelschlag erklang und einige Paare stellten sich zum Tanz auf. In schneller Schrittfolge hüpften sie anmutig im Kreis. Die Köpfe der Männer waren stolz erhoben, die Augen der Frauen züchtig gesenkt.
Glücklich reihte sich auch Jean in die Reihe der Tänzer. Sein Herz klopfte bis zum Hals, als seine Braut ihre Hände in die seinen legte. Bis spät in die Nacht wurde getanzt, dann saßen sie plaudernd um das große Feuer, warfen wohlwollende Blicke auf das Brautpaar.
Schließlich hatte Tatsicki-Stomick die beiden genug zappeln lassen. Energisch erhob er sich, plötzlich wieder ganz der Häuptling: „Es ist Zeit, dass der Ehemann seine Frau heimführt!"
Kichernd und lächelnd stellten sich alle gut gelaunt vor das Zelt. Der Vater führte ein prächtiges Pferd heran und setzte stolz seine Tochter darauf. Dann kamen seine Frauen und banden die Bündel mit der Habe von Watet-im-Fluss an dem Sattel fest. Singend begleiteten sie das Brautpaar bis zu Jeans Zelt, dann umarmte die Mutter ihre Tochter ein letztes Mal als Kind. Leise flüsterte sie ihrer Tochter gute Ratschläge zu, dann schob sie das zitternde Mädchen in das Zelt.
Jean grinste von einem Ohr bis zum anderen und kletterte hinterher. Höflich nahm er die Bündel entgegen, die ihm die Eltern hineinreichten, dann ließ er beherzt die Eingangsklappe zufallen. Verhaltenes Gelächter dang von draußen herein, aber schließlich verstreuten sich die Indianer und ließen die Jungvermählten allein.
Watet-im-Fluss kniete mit gefalteten Händen am erloschenen Feuer und wagte es nicht, zu ihm aufzusehen. „Kalt, hmh?", meinte Jean, und zündete umständlich das Feuer an.
Sinnend schaute er in die Flammen, endlich am Ziel seiner Träume, und doch irgendwie nervös. Wie sollte er jetzt vorgehen? Was wurde nun von ihm erwartet? Sie war so jung!
Die Wärme breitete sich in dem Zelt aus und schüchtern wanderten seine Blicke über ihren Körper. Sie hatte offensichtlich Angst vor dem, was sie erwartete, und er lächelte ihr freundlich zu. Er war Franzose! Da brauchte sie wirklich keine Angst zu haben! Vielleicht sollte er einige Tage warten?

Andererseits wäre in einigen Tagen auch nichts anders als jetzt; und schließlich war heute seine Hochzeitsnacht!
Seit Jahrhunderten saßen jung verheiratete Mädchen ängstlich im Bett und warteten auf die erste Nacht mit ihrem Mann. Manche Männer waren brutal, manche ungeduldig, aber er würde sanft sein und ihr zeigen, wie Franzosen Liebe machten!
Das Feuer brannte herunter und er beließ es dabei, denn er wollte sie nicht mit seinem nackten Anblick überfordern. „Komm!", flüsterte er. „Lass uns schlafen gehen!"
Ihre Hände flatterten, als sie die Riemen ihres Kleides löste und sich auszog. Zitternd kroch sie zu ihm unter die Decke und legte sich stocksteif neben ihn, die Hände auf ihren Brüsten verschränkt und die Beine fest zusammengepresst.
Jean lachte leise. „Mädchen! Du bist jetzt meine Frau, nicht meine Lanze!"
Er schluckte schwer, als er vorsichtig ihre Hände nahm und ihre Brustwarzen sich ihm entgegenreckten. „Geduld!", mahnte er sich selbst und knabberte verspielt an ihrem Ohr, flüsterte ihr lauter dumme Dinge zu.
Sie kicherte leise und entspannte sich etwas, drehte sich ihm schüchtern zu. Vorsichtig tastete sie nach seiner behaarten Brust und er zuckte wie elektrisiert zusammen. „Du hast hier Haare!", lachte sie verblüfft.
„Ja!", unterdrückte er ein Stöhnen, dann streichelte er ihre Brüste. „Du nicht!", tat er ebenso erstaunt.
Sie kicherte empört und ermutigt berührte er mit seinen Lippen ihre Brustwarzen, saugte genüsslich an ihnen.
Ihr Kopf bog sich nach hinten und sie lauschte auf die Gefühle, die sie durchströmten. Ihre Mutter hatte von Pflicht gesprochen, von der Härte, die ihr wehtun würde, aber das hier machte Freude, war angenehm! Verwirrt streichelte sie die blonden Locken, griff mit beiden Händen zu, damit er nicht aufhörte. Sein Körper schob sich auf den ihren und seine Hände drückten fordernd ihre Beine auseinander. Plötzlich hatte sie doch Angst und presste ihre Lippen aufeinander. Würde es wehtun? So wie ihre Mutter es gesagt hatte? Sie versteifte sich und wartete auf den Schmerz, aber er kam nicht. Stattdessen streichelten seine Finger über ihre

empfindliche Stelle, weiteten vorsichtig den Weg, den er gehen wollte. Haijah! Was tat ihr Mann da? Stöhnend öffnete sie die Beine, konnte nicht genug bekommen, von dem, was er mit seinen Händen tat. Dann spürte sie etwas anderes, etwas, das vorsichtig in sie eindrang, ganz langsam, aber dennoch fordernd. Ihre Augen wurden groß, fast erschrocken, dann war der Schmerz vorbei und sie fühlte ihn tief in sich. Jetzt war sie eine Frau!
Jean lag ganz still und wartete, bis sie sich an ihn gewöhnt hatte. Zum ersten Mal beugte er sich zu ihrem Mund und begann sie intensiv zu küssen, lenkte sie so von seinem anderen Tun ab. Seine Hände kneteten ihre Brüste und genüsslich merkte er, wie sie sich wieder entspannte. Ganz langsam bewegte er sich in ihr, nahm sich zurück, obwohl er sie am liebsten bis in den Himmel hinauf gestoßen hätte. Blitze zuckten vor seinen Augen, als er sich nach einer Ewigkeit in ihr ergoss, schweißgebadet und glücklich. Watet-im-Fluss! Seine Frau! Er warf noch einige Holzscheite ins Feuer, betrachtete liebevoll ihr verschwitztes Gesicht, dann schliefen sie eng umschlungen ein.

Die nächsten Tage hätte Jean sein Tipi am liebsten überhaupt nicht verlassen, eigentlich wollte er nicht einmal aus den Decken heraus, aber seine Freunde ließen ihm keine Ruhe. Sie feierten ein rauschendes Fest, tanzten ausgelassen mit der hübschen Braut, bis Jean sie eifersüchtig in sein Zelt zurückbrachte. „Jetzt lasst mal die Finger von ihr!", brummte er, legte besitzergreifend eine Decke um seine Frau. Überhaupt sah er es viel lieber, wenn sie im Dorf bei den anderen Indianerinnen blieb, doch eine Sippe nach der anderen brach ihre Tipis ab und suchte sich andere Weideplätze für die abgemagerten Pferde. Zum Schluss blieben lediglich die Zelte von Jean, Zintkala-win und einigen anderen Ehefrauen stehen.

Um das Fort herum versank alles im Morast. So wurden selbst diese wenigen Zelte verlegt und in einiger Entfernung wieder aufgestellt, wo das verdorrte Gras verhinderte, dass die Mokassins schmutzig wurden. Einige Wege waren mit Brettern ausgelegt worden, damit nicht bei jedem Schritt die ledernen Schuhe

durchweichten. Im Sommer würde der Boden trocknen und das Gras nachwachsen, aber im Moment versanken die Männer knöcheltief im Schlamm. Fluchend rutschten die Männer schwer bepackt über den glitschigen Pfad, von oben bis unten völlig verdreckt, und beluden das Schiff für die Abfahrt.
Viele waren froh, dass es endlich zurück ging, andere sahen der Abfahrt mit Skepsis entgegen. Die Mannschaft, die im Fort blieb, würde um die Hälfte reduziert sein, und das war nicht ganz ungefährlich, selbst wenn viele der Männer inzwischen mit Blackfeetfrauen verheiratet waren.
Jean dachte mit keinem Gedanken daran, seine frisch gebackene Ehefrau zu verlassen, und Mitchell vertraute ihm während seiner Abwesenheit die Leitung des Postens an. Außerdem bat er ihn auf seine beiden Mariahs zu achten.
Jean freute sich sichtlich über das Vertrauen und versprach gut auf die beiden aufzupassen.
Nata-He-Yukan trat mit einer ähnlichen Bitte an ihn heran: „Ich kehre zu meinem Volk zurück! Aber für Blauer-Schmetterling ist die Reise zu anstrengend! Ich möchte im Sommer zurück sein! Achtest du solange auf meine Frauen und Kinder?"
Jean grinste breit. „Zintkala-win passt sicherlich bestens auf sich selbst auf, aber trotzdem ist es mir eine Freude, dass du mich fragst!"
Kurz verdüsterte sich die Miene von Nata-He-Yukan. „Ich weiß, dass sie eine Kriegerin ist. Aber das schützt sie nicht vor Bleza-Si!"
Jean winkte sorglos ab. „Bleza-Si ist jetzt ein Assiniboin! So weit westlich wagt er sich nicht! Erzähl mir dann, wie es deinen Freunden geht!"
Nata-He-Yukan nickte bedächtig. „Das werde ich!"
„Hecetu!"
Am Abend setzte sich Nata-He-Yukan zu seinen Frauen. „Wenn das Boot den Großen Fluss hinunter fährt, werde ich mit ihm gehen! Ich möchte mit den Lakota handeln und meine Freunde wieder sehen! Im Sommer kehre ich wieder zu euch zurück!"
Blauer-Schmetterling wurde bleich. „Du nimmst uns nicht mit?"
Energisch schüttelte Nata-He-Yukan den Kopf: „Ihr seid hier in

Sicherheit! Jean wird sich um euch kümmern! Der Weg zu den Lakota ist sehr weit und du hast meinen Sohn in deinem Bauch! Gehe ich alleine, dann werde ich nicht von so vielen Frauen und Kindern aufgehalten! Ich lasse die Ponys hier und tausche mir in Fort Union ein Pony, das mich zu meinem Volk bringt!"

Zintkala-win senkte den Kopf und dachte darüber nach, aber Kleine-Krähe und Machpiya-ska waren sichtlich enttäuscht. „Wir wollen mit dir mit!", baten sie hoffnungsvoll.

Nata-He-Yukan lächelte tröstend. „Aber nein, ihr müsst doch Zintkala-win beim Jagen helfen! Wenn ich nicht da bin, braucht sie eure Hilfe!"

„Aber bis zum Sommer ist es eine lange Zeit!", meinte sein Sohn.

„Ich werde bald zurück sein! Ich möchte doch den Sohn sehen, der in Blauer-Schmetterlings Bauch wächst! Ganz bestimmt bin ich wieder da, ehe er geboren wird!"

Blauer-Schmetterling dagegen warf ihm einen empörten Blick zu. „Woher willst du wissen, dass es ein Sohn ist?"

Nata-He-Yukan zog überrascht die Stirn kraus, denn noch nie hatte Blauer-Schmetterling die Stimme gegen ihn erhoben oder ihm gar widersprochen. „Nun, ich freue mich auch über ein Mädchen! Wenn du mir keinen Sohn schenken möchtest, dann ist das deine Entscheidung!"

Erschrocken fasste Blauer-Schmetterling an ihren Bauch und bat Nata-He-Yukan um Verzeihung. „Nein, mein Mann! Ich wünsche mir einen Sohn für dich! Ich habe einfach nur Angst, wenn du gehst!"

„Ich bin nun ein Händler. Ein Mann, der von einem Dorf zum anderen zieht. Vielleicht könnt ihr mich im nächsten Sommer begleiten?", meinte er versöhnlich. „Aber auch für mich ist es gut, wenn ich einen Ort habe, wo ich euch unbesorgt zurücklassen kann. Bei den Lakota seid ihr beide fremd! Es ist besser, wenn ihr hier seid!"

„Und Machpiya-ska? Sie wird aufwachsen wie ein Blackfeetmädchen!", befürchtete Blauer-Schmetterling.

Nata-He-Yukan lachte schallend. „Sie wird als die Tochter von Zintkala-win aufwachsen und als die Nichte von Ferner-Bär und Tatsicki-Stomick. Sie wird reiten und jagen und eines Tages wer-

den viele angesehene Krieger um sie werben!" Grinsend zeigte er auf Schnee-in-den-Bergen und Kaktusblüte: „Ebenso wie meine anderen Töchter. Hier gehören sie zu angesehenen Familien. Vielleicht gebe ich meine Töchter auch einem weißen Mann? Wer weiß!"
Blauer-Schmetterling kicherte ausgelassen, durch seine Worte schon wieder versöhnt. „Ja, das wäre schön! Dann haben sie auch einen Diener, der ihnen das Holz und Wasser ins Tipi bringt, so wie Mary!"
Han! Auf welche Gedanken kamen seine Frauen! Andererseits gefiel ihm der Gedanke, dass seine Töchter bedient wurden. Zufrieden ließ er sich seine Pfeife reichen und dachte darüber nach.

Die wenigen Tage bis zur Abfahrt vertrieb er sich die Zeit bei seinen Pferden. Zwei weitere Fohlen stakšten um ihre Mütter und vergrößerten seine kleine Herde. Blackfeet war ein temperamentvolles Tier geworden und Nata-He-Yukan hatte begonnen ihn zu reiten. Für Machpiya-ska war er viel zu wild, trotzdem kümmerte sich das kleine Mädchen liebevoll um ihr Pferd, oft in Begleitung von Kleiner-Krähe, der die Aufgabe übernommen hatte, sie zu beschützen. „Sag meiner Schwester, dass sie ihn noch nicht reiten soll!", warnte Nata-He-Yukan. „Im Herbst wird er lernen ihr zu gehorchen!"
Kleine-Krähe wiederholte die Worte gehorsam, obwohl es ihn immer wieder zum Lachen reizte, wenn sein Vater auf diese Weise mit seiner Schwester redete.
Wie alle Kinder hörte Machpiya-ska nicht auf die Warnung eines Erwachsenen und setzte sich doch auf den Rücken des schwarzen Ponys, wenn sie ihn zum Fluss brachte. Begeistert planschte das Tier durch das Wasser, mit dem leichten Gast auf seinem Rücken, und Machpiya-ska lachte glücklich. Aber sie war nicht so ungehorsam, dass sie tatsächlich eine weitere Entfernung auf dem Pony ritt. Trotzdem gewöhnte sich das Tier an sie und kitzelte das Mädchen mit seinem Maul, um sie zu begrüßen.

Die Tage plätscherten in aller Ruhe dahin. Nach der Abfahrt des Schiffes war es um das Fort herum still geworden. Die Stämme

waren zur Jagd aufgebrochen und die wenigen zurück gebliebenen Menschen gingen ihrer Beschäftigung nach, störten einander kaum, wenn sie sich zufällig begegneten. Die Indianerinnen sammelten wilde Beeren in der Umgebung, lachten verhalten, wenn sie sich über die merkwürdigen Gewohnheiten ihrer weißen Ehemänner unterhielten. Warum sangen sie so seltsame Lieder? Einfach so, ohne dass sie beteten oder einen anderen Anlass hatten? Warum wuschen sie sich so selten? Warum nähten sie sich ihre Kleidung nicht selbst?
Zintkala-win beantwortete gern ihre Fragen: „Die Lakota nähen sich ihre Kleidung auch nicht selbst! Dort machen das die Frauen."
„Wirklich?", staunende Augen waren auf sie gerichtet. „Und bei deinem Mann? Nähst du Nata-He-Yukan seine Sachen?"
Zintkala-win kicherte respektlos. „Nein, das macht Blauer-Schmetterling!"
„Ach so!"
Oft genug begleitete Zintkala-win auch Jean zur Jagd. Sie erlegte Bighornschafe, Antilopen, Hirsche und andere Tiere, ernährte ihre Familie fast wie ein Mann. Manchmal wunderten sich die anderen Frauen hinter vorgehaltener Hand, staunten über die Frau, die in Frauenkleidung zur Jagd ging. Doch wenn sie neben ihnen kniete, um die Felle zu gerben, wagten sie es nicht, etwas zu sagen.
Jean genoss die Gesellschaft von Zintkala-win, doch abends kroch er zu seiner Frau unter die Decken, vergnügte sich an ihrem jungen Körper. Er genoss sein Leben in vollen Zügen, konnte es sich überhaupt nicht mehr anders vorstellen. Eine Indianerin war die beste Ehefrau, die es gab! Stets freundlich, las sie ihm jeden Wunsch von den Augen ab, hatte das Essen fertig, wenn er nach Hause kam und hielt ihm das Bett warm.
Er dagegen behandelte sie zuvorkommend und mit Respekt, achtete ihre hohe Herkunft, aber nicht nur, weil sie die Tochter von Tatsicki-Stomick war, sondern einfach, weil sie seine Frau war. Jede andere weiße Frau hätte er ebenso behandelt. Irgendwann würde er sie nach Saint Louis mitnehmen und seinem Vater vorstellen. Verträumt bewunderte er ihre Schönheit, aber auch ihre

Selbständigkeit. Denn resolut warf sie ihn aus dem Tipi, wenn er sich in Sachen einmischen wollte, die ihre Domäne waren. Das Tipi gehörte ihr, basta! Dann konnte sie richtig böse werden! „Alle werden mich für faul halten, wenn du mir hilfst!", funkelte sie ihn an, als er ihr Holz bringen wollte.
„Ich wollte dir doch nur helfen!", stotterte er beleidigt.
„Ich bin die Tochter von Tatsicki-Stomick! Alle werden mit dem Finger auf mich zeigen und sagen, dass ich die Hilfe meines Mannes nötig habe! Nein, nein!"
„Ja, aber Mary hat doch auch einen Mann, der ihr hilft!"
„Sie ist eine Assiniboin!", wies Watet-im-Fluss ihn zurecht.
„Eigentlich ist sie jetzt eine weiße Frau, genauso wie du!", konterte Jean.
Watet-im-Fluss dachte darüber nach, dann lächelte sie: „Ja, sie lebt weit entfernt von ihrem Volk! Aber ich lebe hier, und ich bin immer noch die Tochter von Tatsicki-Stomick! Niemand soll schlecht über mich sprechen!"
Entschuldigend hob Jean die Hände. „Schon gut, schon gut! Mach, wie du willst!" Mit einem Lächeln trollte er sich und schaute nach den anderen Frauen. Hoffentlich kehrten die Männer bald zurück! Er vermisste die Gesellschaft von Nata-He-Yukan und Mitchell.

Stern-der-brennt

Die Reise ins Fort Union war ereignislos verlaufen. Flussabwärts trieb das Schiff zu schnell, um angegriffen zu werden, außerdem hielten sich die Assiniboin an den zerbrechlichen Frieden. Selbst die sonst so kriegerischen Atsina überlegten, ob es nicht vorteilhafter wäre mit den Weißen zu handeln, um an die begehrten Donnerstöcke zu gelangen. Schließlich verband sie mit den Weißen keine Blutfehde.

Nata-He-Yukan hielt sich nicht lange in dem Fort auf. Kenneth McKenzie gab ihm zwei Ponys, außerdem überließ er ihm großzügig viele Handelswaren, damit der Krieger bei seinem Volk handeln konnte. „Komm nur bald wieder!", brummte er gutmütig.

„Bestimmt! Ich möchte meine Familie nicht zu lange allein lassen!"

Sinnend sah ihm der Kommandant nach, wie der Lakota schwer bepackt nach Süden aufbrach. Warum er seine Familie überhaupt zurückgelassen hatte, wenn er sie vermisste?

„Blauer-Schmetterling erwartet ein Baby!", erklärte Mitchell. Jetzt staunte Kenneth wirklich, denn normalerweise nahmen Indianer auf die Schwangerschaft ihrer Frauen keine große Rücksicht. „Das wundert mich!"

„Ja, ich glaube, dass er Angst vor einem Hinterhalt hat! Er möchte seine Frauen dieser Gefahr nicht aussetzen!"

„Einen Hinterhalt?", fragte Kenneth erstaunt.

„Ja, auf unserer Fahrt flussaufwärts sind wir von Assiniboin angegriffen worden! Jean wurde dabei schwer verletzt!", erzählte Mitchell.

„Von Assiniboin? Ich dachte, dass wir mit denen Frieden geschlossen hätten?" Die Miene von Kenneth verzog sich unwillig, als er an die vielen Geschenke dachte, die er dem Häuptling gegeben hatte.

„Es waren nur einige wenige Krieger! Sonst hätten sie uns alle erwischt! Ich glaube, dass wieder dieses Halbblut dahinter steckte! Dieser Jolly!"

„Dieser Bastard! Wenn mir der unter die Finger kommt! Wie geht es Jean?"
„Oh gut! Der hat sich in den Armen seiner Frau prächtig erholt!"
„Jean hat geheiratet? Das ist ja das Allerneueste!", lachte Kenneth schallend.
„Ja, eine Tochter von Tatsicki-Stomick!"
„Donner!", staunte Kenneth ehrlich überrascht.
Dann schlug ihm der bärtige Schotte freundschaftlich auf die Schultern. „Und? Wie geht es deiner Frau Mary?"
„Ach, wir haben eine Tochter! Sie heißt Mariah, aber meistens sprechen alle Männer nur noch von den beiden Mariahs", erzählte Mitchell sehnsüchtig. Ständig dachte er an sein Zuhause, wartete inbrünstig auf die Abfahrt eines Kielbootes, das ihn wieder zu seinen Mariahs brächte. Kenneth McKenzie lachte gutmütig. „Gut gemacht! Ein beachtlicher Gewinn für einen Winter! Weiter so! Was machen die Indianer?"
„Sie verhalten sich friedlich, Sir! Allerdings bräuchte ich einen Priester! Ich meine, damit die Männer nicht denken, dass die Indianermädchen Huren sind! Das könnte zu ziemlichen Problemen führen!"
„Oh? Wie viele haben denn geheiratet?"
„Bestimmt an die zwanzig! Einige Babys sind auch schon unterwegs. Das ist nicht gut. Ich meine, was passiert, wenn die Männer wieder in den Osten zurückkehren? Dann haben wir Krieg mit den Blackfeet!"
„Stimmt!", nickte Kenneth besorgt. „Und was soll ein Priester daran ändern?"
„Nun, es ist immerhin ein Gelübde vor Gott!", hoffte Mitchell.
Kenneth lachte dröhnend. „Ich glaube nicht, dass das etwas ändert, aber ich schicke dir einen Jesuitenpater zu deinen Heiden. Wann kehrst du zu den Mariahs zurück?"
Mitchell kicherte leise: „Zu den Mariahs? Sowie das Schiff klar ist! Hast du die Dinge, die ich brauche, schon verladen?"
„Aber sicher! Im Spätsommer schicke ich dir noch einmal ein Boot, dann brauchst du nicht extra hierher zu kommen."
Mitchell nickte erleichtert: „Das Baby ist so niedlich! Ich lasse es ungern allein."

„Nun, dann mach dich auf den Weg! Das nächste Schiff schicke ich dir, wenn Nata-He-Yukan zurück ist!"
„Sehr gut! Der Lakota ist eine große Hilfe. Hoffentlich ist er pünktlich!"
Kenneth lächelte verschmitzt. „Ich glaube, dass er es dieses Mal eilig hat, wieder den Fluss hinaufzufahren! Er wird schon rechtzeitig kommen!"

Mit neuen Waren machte sich Mitchell auf den Weg. Ein Teil seiner Mannschaft hatte es vorgezogen, im Fort Union zu bleiben, dafür schlossen sich ihm andere Männer an. Der Reiz des Abenteuers lockte viele, außerdem zahlte die Fur-Trade-Company für die lebensgefährliche Arbeit gut. Im Ernstfall wären die vierzig Männer verloren, wenn die Blackfeet es sich anders überlegen sollten.

Mühsam quälte sich das Boot gegen die Strömung flussaufwärts und erreichte im Juni wieder den kleinen Handelsposten. Assiniboin hatten ihr Dorf in der Nähe aufgeschlagen und nutzen den Frieden, um ebenfalls mit den Weißen Handel zu treiben. Voller Erwartung standen die Indianer am Ufer und warteten auf die schönen Dinge, die sie nun würden eintauschen können.

Jean trat aus dem Fort, begrüßte erst Mitchell und umarmte dann freudestrahlend seinen Freund Noachpeh. Voller Stolz zeigte er ihm seine junge Frau. Ausdruckslos musterte Noachpeh die Blackfeetfrau, dann strafte er Jean mit einem vernichtenden Blick: „Hättest du dir kein hübsches Assiniboinmädchen aussuchen können?"
Empört stemmte Jean seine Hände in die Hüften. „Du hast deine Töchter ja immer vor mir versteckt!"
Der gehörnte Kopfschmuck von Noachpeh wackelte bedenklich hin und her, allerdings mehr von unterdrücktem Lachen. „Nun, auch die Blackfeet haben hübsche Töchter! Nur zu gern rauben wir sie ihnen aus den Zelten."
„Wage es nicht!", drohte Jean mit dunkler Stimme und schallendes Gelächter antwortete ihm.

Watet-im-Fluss hatte die Unterhaltung nicht verstanden und senkte verlegen die Augen. Warum lachten die Männer über sie?
„Wo ist dieser Lakotakrieger?“, fragte Noachpeh unvermittelt.
„Fragst du wegen ihm oder wegen seiner Frau?“, spottete Jean.
„Wegen beiden!“, lächelte Noachpeh frech.
„Nata-He-Yukan ist zu den Lakota zurückgekehrt, um mit ihnen zu handeln! Seine beiden Frauen sind hier!“
„Seine Frauen?“, wunderte sich Noachpeh verblüfft, wusste bis dahin eigentlich nur von dieser äußerst begehrenswerten Zintkala-win.
„Komm, ich zeige sie dir! Blauer-Schmetterling bekommt bald ein Baby.“
Wie viele Frauen und Kinder hatte dieser Lakotakrieger eigentlich? Staunend stand Noachpeh vor dem großen Tipi und übersah das Gewimmel der Kinder. „Sind das alles seine Kinder?“, fragte er mehr als verblüfft.
„Ja, das heißt, das Mädchen hier ist Machpiya-ska, seine Schwester!“, deutete Jean auf das achtjährige Kind. Drei Töchter und einen Sohn, und ein weiteres Kind unterwegs! Bewundernd legte Noachpeh seinen Kopf schief. Dieser Lakota hatte eine große Familie! Vielleicht sollte er ihn besser nicht töten, denn dann hätte er plötzlich viele Mäuler zu füttern! „Es ist ganz schön unvorsichtig von diesem Lakota, seine Frauen allein hier zu lassen!“
Jean schnaubte empört: „Sie sind nicht allein! Nata-He-Yukan ist mein Hunka, und ich schütze seine Familie!“
Noachpeh zuckte ein wenig zusammen, denn ihm war diese heilige Zeremonie wohl bekannt. Hunka! Es wäre unmöglich, den Lakota zu töten, ohne Jean damit zu beleidigen. Er konnte nur hoffen, dass ihm Nata-He-Yukan niemals im Kampf begegnete!
„Bleibst du zum Essen? Falls du dich in der Gesellschaft so vieler Blackfeet und Shoshone nicht fürchtest!“, meinte Jean ein wenig spöttisch.
„Nun, wenn du mir Gesellschaft leistet, dann bleibe ich gern zum Essen“, meinte Noachpeh versöhnlich.
„Hecetu!“, grinste Jean, und gemächlich ließen sich die Männer vor dem Zelt nieder. Blauer-Schmetterling holte einige Holzschüsseln und schöpfte ihnen Suppe aus dem eisernen Kessel,

den sie inzwischen zum Kochen verwendete. Neugierig setzte sich Kleine-Krähe dazu und schaute auf den imposanten Kopfschmuck des Kriegers. „Was ist das?"
„Antilopenhörner! Sie geben mir Schnelligkeit", erzählte Noachpeh. „Es ist meine Kriegsmedizin!"
Oh! Begeistert blitzten die Knopfaugen des Jungen. Kriegsmedizin! Sein Körper hatte sich gestreckt. Mit seinen fast fünf Wintern war er auch äußerlich kein Kleinkind mehr. Noachpeh lächelte ihm wohlwollend zu. Jeder Krieger wäre stolz, dieses Kind seinen Sohn zu nennen!

In den nächsten Tagen begleitete er Jean und Zintkala-win zur Jagd, dazu nahm er den Kopfschmuck allerdings ab. Nur mit einem Lendenschurz bekleidet, machte er nun einen bescheidenen Eindruck. Verstohlen beobachtete er die junge Frau an seiner Seite, die mindestens ebenso gut schoss wie er. Ihr ungebeugtes, stolzes Wesen gefiel ihm, obwohl er so etwas bei seinen eigenen Frauen kaum zugelassen hätte. Vielleicht wäre es interessant, sie niederzuzwingen? Warum hatte dieser Lakotakrieger so viel Geduld mit ihr? Neugierig beugte er sich flüsternd zu Jean: „Sie ist eine Frau und doch ein Mann! Warum zwingt Nata-He-Yukan sie nicht zu gehorchen? Er ist doch stark genug, um sie zu besiegen!"
Jean lachte leise. „Er hat es versucht! Glaube mir! Ich weiß nicht, was passiert ist, aber er hat es aufgegeben!"
„Warum?"
„Die Einsamkeit hat die beiden zusammengeführt! Sie lieben sich einfach so, wie sie sind, bedingungslos! So eine Liebe gibt es nicht oft!", lächelte Jean verträumt.
„Nein!", bestätigte Noachpeh. Seine Augen blinzelten plötzlich belustigt. „Du liebst sie auch, was?"
Jean warf ihm einen strafenden Blick zu. „Ja, aber nicht so, wie du meinst! Ich würde ihr niemals wehtun oder sie zwingen!"
„Selbst dann nicht, wenn Nata-He-Yukan tot ist?"
„Nein!", erklang es scharf.
In einiger Entfernung signalisierte ihnen Zintkala-win etwas mit ihren Händen. „Hirsche-einen-halben-Pfeilschuss-voraus! Seid-leise!" Ihre Augen leuchteten vor Begeisterung und mit der

Geschmeidigkeit des geübten Jägers glitt sie anmutig von ihrem Pferd. Noachpeh schüttelte ungläubig den Kopf und machte eine kreisende Handbewegung vor seiner Stirn: „Verrückte-Frau!“
Jean lachte schallend auf und vor ihnen brachen überhastet die Hirsche aus der Deckung. In hohen Sprüngen rannten sie aus der Gefahr, ihre weißen Fahnen wie ein Warnsignal erhoben. Wütend kam Zintkala-win auf sie zu. „Was für gute Jäger ihr seid! Jetzt ist das ganze Wild weg!“
Immer noch kichernd bat Jean um Verzeihung. „Tut mir leid! Ich habe Noachpeh gerade erzählt, dass Nata-He-Yukan dich immer „Winyan-o'hanschitscha“ genannt hat!“
Empört verdrehte Zintkala-win die Augen und beklagte sich bei den beiden Männern über deren mangelnde Sorgfalt. „Ihr seid dumm, wenn ihr auf der Jagd so einen Lärm macht!“
Noachpeh blieb die Spucke weg, als er den deutlichen Tadel hörte. Was bildete sich diese Frau eigentlich ein? „Ich mag heute kein Hirschfleisch! Finde du etwas anderes für mich!“, befahl er herablassend.
„Wie wäre es mit Stinktier?“, giftete sie schlagfertig zurück.
„Wie wäre es mit Klapperschlange?“, konterte Noachpeh.
Jean stellte sich mit erhobenen Händen zwischen die beiden Streithähne. „Genug, genug! Reiten wir zurück! Heute finden wir hier ohnehin kein Wild mehr. Lasst uns zu unseren Frauen gehen, damit sie uns etwas zu essen machen!“
„Waschté!“, nickte Zintkala-win herausfordernd mit ihrem Kopf. „Ich habe eine fleißige Frau in meinem Zelt. Mein Essen wird bereits fertig sein, wenn ich zurückkehre!“
Mit offenem Mund starrte Noachpeh hinter ihr her, als sie energisch auf ihr Pony sprang und es vorantrieb. „Ist sie nun ein Mann oder eine Frau?“, fragte er unwillig.

Der Hochsommer verging und die Nächte kühlten bereits beträchtlich ab. Für Blauer-Schmetterling war es jetzt angenehmer, denn ihr geschwollener Leib machte jede Bewegung mühsam.
Friedlich handelten die Assiniboin mit den Weißen, dann verlegten sie ihr Lager wieder weiter nach Osten, weil ihnen die Nähe zu den Blackfeet doch ein wenig unbehaglich wurde.

Stattdessen bauten die Pecuni ihre Zelte vor dem Fort auf und Zintkala-win freute sich ihren Onkel und ihre Tante wiederzusehen. Die Kinder rannten kreischend mit den anderen Kindern durch das Dorf oder gingen in den Mariahs baden, wie der Bärenfluss inzwischen genannt wurde. Alle warteten auf die Ankunft eines weiteren Schiffes und Zintkala-win hoffte, dass es Nata-He-Yukan zurückbringen würde.
Blauer-Schmetterling stand kurz vor der Geburt und war froh um die Hilfe der anderen Frauen. Zedernsängerin watschelte um sie herum wie eine Glucke um ihr Küken und selbst Zintkala-win übernahm wieder mehr Aufgaben in ihrem Haushalt. Holzsammeln war jetzt zu anstrengend für die zweite Frau, und so ging Zintkala-win oft mit den Kindern, um das Holz von umgestürzten Bäumen zu sammeln. Fleisch hatten sie zur Genüge, und so suchte sie den Schatten der dunklen Kiefern, um Beeren und Pilze zu sammeln.

Eines Nachts tauchte plötzlich ein gewaltiger Kometenschauer den Himmel in ein einziges Flammenmeer. Schreiend vor Entsetzen rannten die Indianer vor ihre Tipis, streckten wehklagend die Hände zum Himmel hoch und baten ihren Schöpfer um Gnade. Wie Flammenspeere zuckten die glühenden Gesteinsbrocken zur Erde, in wilder Panik stürzten die Menschen zu Ferner-Bär und baten ihn um Beistand. Zitternd öffnete der alte Mann das heilige Biberbündel, sang Strophe für Strophe die heiligen Lieder, damit der Zauber des Bündels den Stamm beschützte.
Vor Schreck setzten bei Blauer-Schmetterling die Wehen ein und inmitten des Chaos hockte sich Zedernsängerin zu ihr, um der gebärenden Frau beizustehen. „Yun, in was für einer Nacht wird mein Baby geboren“, weinte Blauer-Schmetterling.
Aber Zedernsängerin sagte nichts, denn die Blackfeet glaubten tatsächlich an ein schlechtes Omen. Irgendetwas Entsetzliches würde geschehen!
Am Morgen gebar Blauer-Schmetterling einen gesunden Sohn, und sie weinte vor Glück. Zärtlich drückte sie das Kind an sich und flüsterte: „Siehst du, die Sterne sind dir wohlgesonnen! Nichts wird dir geschehen!“

Unruhe breitete sich im Dorf aus, denn unvermittelt tauchte das Schiff um die nächste Biegung auf. Strahlend beugte sich Zintkala-win über die junge Mutter. „Ich laufe und sehe nach, ob unser Mann zurückgekehrt ist, um seinen neugeborenen Sohn zu begrüßen!“
Blauer-Schmetterling lachte glücklich: „Bestimmt! Ich fühle, dass er wieder da ist!“
Lärmend rannten alle zu der provisorischen Anlegestelle und halfen, das Schiff am Ufer zu vertäuen. Mit seinem jugendlichen Grinsen stand Nata-He-Yukan am Rand des Bootes und sprang mit einem gewaltigen Satz an Land. „Hier bin ich!“, strahlte er. Zintkala-win fing die Bündel ihres Mannes auf, die ein Weißer ihr zuwarf, während Jean seinen Freund umarmte.
„Na, du Halunke! Wie war´s?“
„Gut! Ich werde dir alles in Ruhe erzählen. Jetzt lass mich erst mal meine Familie begrüßen!“
Begeistert schlug ihm Jean auf die Schulter und Nata-He-Yukan brach fast in die Knie. „Was?“, stöhnte er empört.
„Du bist gerade Vater geworden!“, verriet Jean.
„Wan!“ Die Freude war Nata-He-Yukan anzusehen, und er grinste wie ein kleiner Junge. Fast ein wenig befangen folgte er seiner Frau zu seinem Zelt und duckte sich hinein. Noch ein wenig erschöpft lag Blauer-Schmetterling auf ihren Decken, und kurz wunderte sich Nata-He-Yukan, warum die Blackfeet kein Geburtszelt hatten. Dann reichte ihm seine zweite Frau das warme Bündel und staunend betrachtete er seinen winzigen Sohn. „Ich danke dir für diesen Sohn“, murmelte er bewegt.
„Wie werden wir ihn nennen?“, lächelte Blauer-Schmetterling.
Hoh! Nachdenklich schloss Nata-He-Yukan die Augen und ließ die vergangenen Tage Revue passieren.
Seine kurzen Tage bei seinem Stamm. Langes-Messer und Biberschwanz, die ihn herzlich willkommen geheißen hatten. Der kleine Junge, der inzwischen laufen konnte und Langes-Messer so ähnlich sah! Er hieß „Kleines Etwas“ und er wusste nicht, ob es nur ein Kosename oder dessen wahrer Name war. Nata-He-Yukan hielt versonnen seinen eigenen Sohn im Arm. Nein, er würde ihm nicht einen Babynamen geben, sondern einen guten, starken,

der seinem Sohn Kraft verleihen würde. Wieder ließ er seine Gedanken in die Ferne schweifen, dachte an seine Rückreise auf dem Schiff. Zwei seltsame Weiße waren an Bord, Reisende aus einem fernen Land, und einer von ihnen konnte wunderschöne Bilder malen. Er hatte die Macht, die Menschen auf ein weißes Leder zu bannen, so wirklich, als stünden sie vor einem. Er hieß Karl und manchmal hatte sich Nata-He-Yukan mit diesem mächtigen Zauberer unterhalten.

Vielleicht sollte er seinen Sohn „Karl" nennen? Andererseits wusste er nicht, was dieser Name bedeutete. Dann dachte er an das wunderschöne Naturschauspiel, das sich in der vorangegangen Nacht ereignet hatte. Für ihn war es kein böses Omen gewesen, und auch die weißen Männer hatten es bewundert und keine Angst davor gehabt. Wie brennende Sterne waren die Kometen niedergefallen und einer der Männer hatte ihm erklärt, dass er seine Augen schließen und sich etwas wünschen sollte.

„Warum?", hatte er sich gewundert.

„Wenn man eine Sternschnuppe sieht und sich etwas wünscht, dann wird es wahr!"

Nun, er hatte sich einen Sohn gewünscht und jetzt hielt er das Geschenk der brennenden Sterne in seinen Armen!

„Ich nenne ihn Stern-der-brennt", flüsterte er leise und lächelte über diesen schönen Namen.

Oh! Andächtig bewunderten die beiden Frauen ihren Ehemann. Stern-der-brennt! Was für ein ausgefallener Name!

Liebevoll gab Nata-He-Yukan das Baby seiner Frau zurück und verließ das Zelt, damit sie sich ausruhen konnte. Übermütig raufte er mit den Kindern, die sich an seine Arme klammerten, und ihm wurde es warm ums Herz. Es war schön, wieder zu Hause zu sein.

Er warf ein Fell auf den Boden und ließ sich neben dem Feuer vor dem Zelt nieder. Neugierig setzte sich Jean neben ihn, hoffte, endlich etwas über die Reise seines Freundes zu erfahren. „Wie geht es denn deinen Freunden?", fragte er.

Freundlich hob Nata-He-Yukan den Blick. „Gut! Die Jagd war gut und ich habe viel getauscht!"

„Keine Crow?", argwöhnte Jean.

„Nein!“, wehrte Nata-He-Yukan belustigt ab.
„Das ist gut!“, freute sich Jean.
Nata-He-Yukan streckte seine Beine aus und schmunzelte anzüglich. „Und bei deiner Frau? Ist schon etwas Kleines unterwegs?“
„Keine Ahnung!“, brummte Jean. „Woran merkt man denn das bei einer Frau?“
Nata-He-Yukan prustete los: „Na, entweder weil sie es dir sagt, oder weil sie nicht mehr ischnati wird!“
Darüber musste Jean erst einmal nachdenken. Ischnati? Wann und wie oft wurde eine Frau denn ischnati? „Ich glaube, dass ich sie lieber frage!“, meinte er unbeholfen.
„Das ist schlecht!“, schüttelte Nata-He-Yukan den Kopf.
„Wieso?“
„Na, sie könnte beleidigt sein, weil du es nicht gemerkt hast! Oder sie ist beleidigt, weil du ihr keine Zeit lässt und sofort ein Baby möchtest! Nein, eine Frau über diese Dinge zu fragen, ist keine gute Idee!“, erklärte Nata-He-Yukan.
„So, na, wie erfahre ich denn sonst, was los ist?“
„Du musst sie gut beobachten!“
Jeans Seufzer hatte das verhaltene Sirren des gestrigen Kometenschauers.
Die nächsten Tage vergingen hauptsächlich mit Wiedersehens- und Willkommensfeiern, die übergangslos in Abschiedsfeiern übergingen, die für die Männer gegeben wurden, die mit dem Schiff stromabwärts fahren wollten.

Zwanglos bewegte sich der Maler Karl Bodmer unter den Indianern und überredete sie mit einigen Geschenken für ihn Modell zu stehen. Er hatte eine Spieluhr mit tanzenden Figuren dabei, die wie ein Wunder bestaunt wurde und die Indianer überzeugte, diesem Zauberer gefallen zu wollen.
Als erste malte Bodmer Blauer-Schmetterling, die am wenigsten Angst hatte. Stolz stand sie da, schon wieder gut erholt nach der Geburt, und staunend beobachteten die Menschen dabei den Maler, wie er die Frau lebensgetreu auf sein Papier zauberte. Vielleicht war es ja gute Medizin? Als nächstes ließ sich Ferner-Bär malen, legte dazu extra die blaue Farbe auf sein Gesicht, um

eventuell gegen einen bösen Zauber geschützt zu sein. Danach war das Eis gebrochen und willig standen die Indianer Modell, mancher Häuptling legte dazu sogar eine Uniform an, die Mitchell ihm geschenkt hatte und war enttäuscht, dass Bodmer ihn lieber in seiner indianischen Kleidung malen wollte.
Während der Sommermonate war das Fort vergrößert worden, um die Händler mit ihren Familien aufzunehmen. Einige Blackfeetfrauen lebten nun mit ihren weißen Männern innerhalb der schützenden Palisaden und waren ungeheuer stolz darauf. Würdevoll trugen sie bereits zu besonderen Anlässen hübsche bunte Kleider und banden sich Schleifen in die Haare.
Die Männer nahmen es allerdings mit der Ehe nicht so genau, und so kam es öfter vor, dass ein Mann seine Frau auch einem Freund anbot. Selbst der inzwischen eingetroffene Priester konnte dies nicht ändern. Die sexuelle Freizügigkeit der Indianerinnen wurde hier völlig missverstanden und schnell waren aus einigen Frauen billige Huren geworden, während andere Männer ihre Frauen gut behandelten.
Jean zumindest, oder auch Connor, wachten eifersüchtig über ihre Frauen und ließen Annährungsversuche nicht einmal im Ansatz zu. So entstand eine Kluft zwischen Blackfeetmädchen, die sich bereits nach kurzer Zeit prostituierten und von einem Mann zu nächsten weitergereicht wurden, und Frauen, die als Ehefrauen geachtet wurden.
Jean bezog mit Watet-im-Fluss ebenfalls ein Zimmer im Fort und stolz richtete sie es mit einfachen Möbeln ein. Sie wollte einen Tisch und Stühle, wie sie es bei Mary gesehen hatte, während Jean beharrlich seine Büffelfelle und Rückenstützen verteidigte.
„Nein, ich bin jetzt eine weiße Frau! Weiße essen am Tisch!", erklärte Watet-im-Fluss eigenwillig.
Grummelnd beugte sich Jean ihren Wünschen und zimmerte übellaunig die gewünschten Möbel. Gut, zum Essen setzte er sich an den Tisch, aber dann hockte er sich gemütlich vor das Feuer des kleinen Ofens. „Hätte ich eine weiße Frau gewollt, hätte ich kein störrisches Blackfeetweib heiraten brauchen!"
Störrisches Blackfeetweib! Wo hatte er diesen Ausdruck bereits gehört? Grinsend wartete er, dass sie ihm die Pfeife stopfte, dann

zündete er sie an und lehnte sich zurück. Es wurde Zeit, dass er ihr einen dicken Bauch machte, damit sie mit anderen Dingen beschäftigt war!
Genüsslich kuschelte er sich an sie, fühlte ihren warmen Körper unter sich und ergab sich ganz dem gleichmäßigen Rhythmus, der sie beide erfasste.

Ohrenbetäubendes Kriegsgeschrei, das wie das Pfeifen eines Zuges klang, fremd und unwirklich, ließ ihn benommen hochfahren. Auch seine Frau schrak in Panik hoch, ihre Augen weit vor Furcht. „Cree!", flüsterte sie entsetzt.
„Beruhige dich!", mahnte Jean. „Hier im Fort schützen uns die Palisaden! Bleib hier und rühr dich nicht!"
Nur mit seiner Hose bekleidet stürmte er mit seinem Gewehr in der Hand aus dem Zimmer und rannte mit den anderen Männern zu den Palisaden. Schreckensbleich sahen die Männer das mörderische Schauspiel, das unter ihnen tobte, von der aufgehenden Sonne blutrot untermalt.
An die fünfhundert Assiniboin und Creekrieger fielen gerade über das schlafende Dorf her, schlachteten Menschen ab, die noch am Abend fröhlich gefeiert hatten. Halbnackte, bemalte Krieger, mit Federn geschmückt, schlitzten Zeltwände auf und schlugen mit ihren Keulen auf alles ein, was sich bewegte.
Wahllos töteten sie dabei Frauen und Kinder, konnten in der Dunkelheit auch oft nicht erkennen, wer da aus den Decken auftauchte. Die Feinde, besonders die Gruppe Assiniboin unter ihrem Häuptling Tschatka, waren hier, um das feindliche Dorf auszulöschen. Niemand wusste, warum ausgerechnet er so eine Wut auf die Pecuni hatte, oder ob es nur an seinem verschlagenen Wesen lag, an der Freude, Tod und Verderben in andere Zelte zu tragen. Geistesgegenwärtig gelang es einem jungen Mann, aus dem Lager zu fliehen, und in Höchstgeschwindigkeit preschte er davon, um Hilfe zu holen. Das entsetzte Schreien der Frauen und Kinder vermischte sich mit dem kehligen Kriegsschrei der Angreifer, die triumphierend die ersten Skalpe schwangen. Es war eine solche Übermacht, dass kaum einer eine Chance hatte, dem Gemetzel zu entrinnen.

Hübsche Frauen wurden bewusstlos geschlagen und ihren Häschern auf die Pferde gereicht, während Mütter und Ehemänner, die ihnen zu Hilfe eilen wollten, mitleidlos getötet wurden. Manche versuchten sich bis zu den Palisaden zurückzuziehen und vereinzelt wurde vom Fort her geschossen. Kinder wurden hoch gereicht, von helfenden Händen in Sicherheit gerissen, doch dann mussten die Weißen tatenlos mit ansehen, wie deren Mütter getötet und skalpiert wurden. So manch einer verhinderte das Töten, weil er geistesgegenwärtig auf die Feinde schoss und der Frau somit die Gelegenheit gab, zu entkommen.
„Stoppt das Feuer!", brüllte Mitchell dann völlig außer sich. „Sonst machen sie auch noch uns nieder!"
„Sie schlachten alle ab! Oh Gott! Wir müssen doch helfen! Mein Freund ist da draußen!", brüllte ihn Jean verzweifelt an. Aber auch die anderen standen kopfschüttelnd um ihn herum, konnten die Reaktion ihres Anführers nicht verstehen. Dort draußen wurden Freunde, Verbündete und Partner niedergemetzelt!
„Das ist ein Kampf zwischen den Indianern! Wir dürfen uns nicht einmischen, sonst schlachten sie uns genauso ab! Wir schießen erst, wenn sie über die Palisaden kommen!", befahl Mitchell gegen den Willen seiner Leute.
„Wenn wir den Blackfeet jetzt nicht helfen, können wir hier einpacken!", bemerkte Jacob in seiner ruhigen Art.
„Was sollen wir denn dann deiner Meinung nach tun?" Völlig verunsichert schaute Mitchell auf seinen Dolmetscher und ließ dann seinen Blick über die aufgebrachten Männer schweifen. Einige standen bereits an den Palisaden, und vereinzelt krachten von dort die Schüsse.
„Ballern, was das Zeug hält!", betonte Jacob. „Wir müssen ihnen helfen!"
Kurz zögerte Mitchell, aber dann gab er den Befehl zum Schießen. „Männer zielt gut und betet zu Gott, dass er uns beisteht!"
Das nun ausgestoßene Gebrüll der Männer war mindestens genauso schrecklich wie der Angriffschrei der Cree! Entschlossen rannten die Männer zu den Palisaden und erste Salven rissen einige Lücken in die Masse der Angreifer. Etwas irritiert änderten die angreifenden Cree und Assiniboin ihre Angriffsrichtung,

wichen nun dem Feuer, das ihnen vom Fort entgegenschlug einfach aus. Hysterisch schreiend feuerten die indianischen Frauen ihre weißen Ehemänner an und beherzt schossen die Männer die zweite Salve.
Zelte, die in der Nähe des Forts standen, kamen auf diese Weise etwas aus der Angriffslinie. Mütter rannten mit ihren Kindern im Arm zum Tor und einige wagemutige Männer öffneten es einen Spalt, um ihnen Zuflucht zu gewähren, während andere mit ihrem Feuer den Rückzug deckten.
Staub wirbelte auf und nahm den Anblick von dem Entsetzlichen, das vor ihren Augen geschah.
Erste Männer wagten sich bereits aus dem Tor heraus, unter ihnen auch Jean, der versuchen wollte sich bis zu dem Zelt seines Freundes durchzukämpfen. Er kam nur einige Schritte weit, denn außerhalb der Reichweite des Sperrfeuers oder zwischen den Zelten tobte nach wie vor der Kampf. Er konnte nur hoffen, dass sein Freund nicht im Schlaf überrascht worden war, wie es vielen der Pecuni ergangen war.

Mitnichten! Nata-He-Yukan hatte am Abend nichts getrunken, und so war er beim ersten Schrei der Angreifer hellwach. Allein an der Lautstärke konnte er ahnen, mit welcher Stärke die Feinde über das schlafende Dorf herfielen, und Schweiß sammelte sich auf seiner Stirn. Entsetzt starrte er auf seine Kinder, für einen Augenblick wie gelähmt. Würden sie so sterben? Er wagte es nicht, aus dem Zelt zu sehen, aber an dem Geschrei ahnte er, dass es eine ungeheure Übermacht war, die ihre Wut an dem unterlegenen Gegner ausließ. Das hier war kein Pferderaub, kein Geplänkel, nein, diese Feinde waren gekommen, um sich für irgendetwas zu rächen.
Nata-He-Yukan ließ sein Herz kalt werden und griff nach seinen Waffen. Er würde seine Familie verteidigen, solange er noch einen Tropfen Blut in seinem Körper hatte!
Ebenso energisch fasste Zintkala-win nach ihrem Bogen, und Nata-He-Yukan nickte ihr zu. Der Lärm näherte sich bereits ihrem Zelt, und zitternd klammerten sich die Kinder aneinander. Grau vor Entsetzen hielt Blauer-Schmetterling das Neugeborene im

Arm und horchte auf die Laute, die ins Tipi drangen. „Sie werden uns alle töten!“, flüsterte sie.
„Und jetzt?“, forderte Zintkala-win von ihrem Mann die Initiative. „Was sollen wir tun?“
„Ich gehe raus und töte jeden, der sich diesem Zelt nähert!“
„Ich folge dir!“
Schon schlüpfte Nata-He-Yukan hinaus und duckte sich an die Zeltwand. Seine Augen umrissen sofort die Lage und sein erster Pfeil traf bereits einen Mann ins Herz. Schon kniete Zintkala-win neben ihm und hob ihren Bogen. „Laufe zum nächsten Zelt! Von dort kannst du unseren Eingang sehen und auf jeden schießen, der sich nähert!“
Gebückt huschte Zintkala-win zum Nachbarzelt und bemerkte, dass es an der Seite aufgeschlitzt war. Eine Frau und ihr Kind lagen mit zerschmetterten Köpfen übereinander, nackt, wie sie im Schlaf überrascht worden waren. Sie schluckte schwer, denn sie wusste, dass ihrer Familie das gleiche Schicksal blühte, wenn sie nicht kämpfte. Sie hob den Bogen und wie im Traum begann sie zu schießen. Es waren so viele! Überall sah sie die Feinde, nur mit einem dünnen Stück Leder bekleidet, das sie sich zwischen den Lenden durchgezogen hatten, und das ihre Männlichkeit kaum verhüllte. Viele Männer waren am ganzen Körper tätowiert, andere waren in grellen Farben bemalt.

Inzwischen formierte sich der Widerstand des kleinen Dorfes. Verzweifelte Männer kämpften um das Leben ihrer Frauen und Kinder, selbst Frauen hatten zu den Waffen gegriffen. Sie wehrten sich mit dem Mut der Verzweiflung.
Blauer-Schmetterling versteckte ihren Sohn unter den schweren Büffelfellen, aber dann befürchtete sie, dass das Kind ersticken könnte, und sie legte Schnee-in-den-Bergen dazu. „Nicht bewegen!“, warnte sie. „Gleichgültig, was du hörst! Du darfst dich nicht bewegen!“
Mit großen Augen starrte Schnee-in-den-Bergen ihre zweite Mutter an, dann legte sie schützend ihre dünnen Ärmchen um den winzigen Bruder. Alles wurde dunkel um sie herum, als das schwere Fell sich über sie senkte.

Kleine-Krähe zog sein Messer und stellte sich kampfbereit neben den Eingang. Machpiya-ska stand neben ihm, ihren Bogen in der Hand, aber dennoch zitternd vor Angst. Kaktusblüte klammerte sich an ihre Mutter und weinte schluchzend, verstand mit ihren vier Wintern nicht die Gefahr, in der sie schwebte. „Sei leise!", befahl Blauer-Schmetterling streng.
An zwei Seiten wurde plötzlich das Zelt aufgeschlitzt und zwei Männer quetschten sich mit verächtlich herunterhängenden Lippen in das Innere. Von ihnen war kein Mitleid zu erwarten und selbst Blauer-Schmetterling schrie vor Angst. Schon drängten noch mehr Männer ins Innere und suchten nach ihren Opfern.
Machpiya-skas Pfeil rutschte nutzlos an der Zeltwand hinunter, hatte knapp den Mann verfehlt, der nun wutentbrannt auf das kleine Mädchen zustürzte. Machpiya-ska schrie in Panik, doch der Mann packte sie an den Haaren und schleifte ihren grazilen Körper aus dem Zelt. Sie konnte sich nicht einmal wehren, da lag sie vor ihm auf dem Pferd und wurde aus dem Lager entführt. Kleine-Krähe rannte seiner Schwester hinterher, wollte ihr helfen, doch ein anderer Mann packte ihn und zerrte ihn ebenso mit sich fort. Zwei weitere Männer näherten sich Blauer-Schmetterling, und starr vor Entsetzten starrte sie auf die grauen Augen dieses Angreifers. Augen, die ihr so bekannt waren, und die sie in ihren Albträumen verfolgt hatten! Es war Bleza-Si!
Flehend fiel sie vor ihm auf die Knie und griff beschützend nach ihrer Tochter. „Bitte!", stammelte sie. „Es ist doch dein Kind! Bitte tue ihr nichts!"
Hasserfüllt starrte Bleza-Si auf seine Sklavin und hob die Keule. „Du läufige Hündin hast mit ihm geschlafen!", spuckte er ihr verächtlich ins Gesicht. Dann schlug er ohne Erbarmen zu.
Fast lautlos rutschte Blauer-Schmetterling zu Boden, während Kaktusblüte vor Angst die Faust in den Mund steckte, nicht einmal mehr in der Lage zu schreien.
Durch den Eingang stürzte Nata-He-Yukan, hatte erkannt, dass die Feinde bereits im Zelt waren, und sofort ging einer der Assiniboinkrieger auf ihn los.
Bleza-Si half ihm, achtlos stieg er über die am Boden liegende Frau und näherte sich seinem Widersacher.

„Bleza-Si! Du Feigling!", keuchte Nata-He-Yukan und wehrte sich wütend gegen die zwei Gegner. Er wich einem Schlag aus und stolperte rückwärts über die Verschnürung des Einstiegs. Sein Kopf schlug hart am Boden auf und kurz wurde ihm schwindelig. Er sah, wie der Assiniboin hämisch die Lippen verzog und seine Keule hob, dann trat ein verwunderter Ausdruck auf dessen Gesicht und fassungslos starrte der Mann auf den Pfeil, der aus seiner Brust ragte. Seine Augen brachen, sein Körper erschlaffte und langsam stürzte er über Nata-He-Yukan zusammen.
Zintkala-win hatte ihrem Mann geholfen! Ein weiterer Pfeil traf Bleza-Si ins Bein, gerade, als dieser mit seiner Keule auf Nata-He-Yukan losgehen wollte.
Mit schmerzverzerrtem Gesicht griff sich Bleza-Si an das Bein, dann zog er sich einige Schritte in die Sicherheit des Tipis zurück. Er warf einen kurzen Blick auf seine Tochter, die abgehackt schrie und mit tränenüberströmtem Gesicht auf ihren Vater starrte, dann wandte er sich ab und verließ das Zelt.
Er hatte Machpiya-ska, das war Rache genug!

Zur gleichen Zeit erklang aus der Ferne der Kriegsschrei der Blackfeet, die auf schäumenden Pferden dem Dorf zur Hilfe eilten, herbeigerufen von dem beherzten jungen Mann, dem es gelungen war den Angreifern zu entkommen. Die herannahenden Blackfeet brachten sofort Entlastung für das Dorf, denn die Assiniboin und Cree ließen von den verängstigten Frauen und Kindern ab. Stattdessen entbrannte ein Kampf Mann gegen Mann, erbarmungslos und hart. Auch aus dem Fort kam jetzt Verstärkung, denn mit wildem Gebrüll gingen die Weißen zum Angriff über, drängten die verbliebenen Feinde in geordneter Linie von den Zelten fort.

Nata-He-Yukan zog sich schnaufend unter dem toten Assiniboinkrieger hervor und stürzte voller böser Vorahnungen in sein Zelt. Bleza-Si war weg! Und mit ihm Machpiya-ska und Kleine-Krähe! Aufstöhnend sank er neben Blauer-Schmetterling zu Boden und tastete nach der Kopfverletzung. Seine Frau blutete, schien aber zu leben. „Zintkala-win!", schrie er nach seiner Frau.

„Kümmere dich um sie! Ich muss Bleza-Si hinterher! Er hat Machpiya-ska und Kleine-Krähe!" Er drückte seiner Frau die Kriegskeule in die Hand und redete eindringlich auf sie ein: „Bitte! Schütze sie mit deinem Leben! Bleibe im Zelt und schlage jedem den Schädel ein, der seinen Kopf hier hereinsteckt!"
Mit festem Griff nahm Zintkala-win die Keule und er wusste, dass sie damit töten würde, ihre Augen waren hart vor Entschlossenheit. Beruhigt zwängte sich Nata-He-Yukan durch das zerschlissene Zelt und stürzte sich in den Kampf. Ihm war schlecht vor Hass und er fühlte einen dicken Kloß in seinem Hals. Immer noch tobte die Schlacht, obwohl die Assiniboin und Cree sich langsam zurückzogen, ihr Mut von den blitzenden Donnerstöcken gewaltig gedämpft.

Etwas unsanft drückte Zintkala-win das hysterische Kind auf die Felle und herrschte sie an: „Sei leise! Ich schütze dich!"
Völlig verschreckt sank das Kind zusammen, aber jetzt war keine Zeit für tröstende Worte.
Kampfbereit kniete sich Zintkala-win in den Schatten der Zeltwand und wartete mit erhobener Keule auf ihre Feinde.
Sie ließen nicht lange auf sich warten! Immer noch gelang es einzelnen Kriegern, bis zu den Zelten vorzudringen. Sie suchten damit nicht die leichtere Beute, sondern die besondere Herausforderung. Kaltblütig erschlug Zintkala-win einen Cree, der in ihr Zelt eindrang und wohl kaum mit einer dermaßen kampfbereiten Frau gerechnet hatte.
Regungslos musterte Zintkala-win seinen bemalten Körper, dann nahm sie ihr Messer und säbelte ihm den Skalp von der Kopfhaut. Kaktusblüte saß zu Stein erstarrt in einem Winkel und konnte ihre Augen nicht von ihrer zweiten Mutter abwenden.
„Das ist ein böser Mann! Aber jetzt ist er tot!", flüsterte Zintkala-win beruhigend. „Er wird dir nichts mehr tun!"
Der Kampflärm nahm ab, und vorsichtig tastete Zintkala-win nach der Kopfverletzung von Blauer-Schmetterling. Ihre Haare waren blutverschmiert und besorgt presste Zintkala-win einige Baststreifen auf die Wunde, versuchte mit Pressen die Blutung zum Stillstand zu bringen. Wieder weinte das Kind leise und

sanft lud Zintkala-win es ein, zu ihr zu kommen. Schutzsuchend schmiegte sich Kaktusblüte an sie und zum ersten Mal nahm Zintkala-win sich die Zeit, das verstörte Kind zu trösten.
„Es ist vorbei! Bald wird Mama wieder aufwachen! Wo sind Schnee-in-den-Bergen und Stern-der-brennt?"
Schniefend zeigte das Kind auf die Fellberge und ein wenig erschrocken zog Zintkala-win die Decken von den Kindern.
Völlig verschwitzt schaute Schnee-in-den-Bergen sie an, dann legte das Mädchen die Finger auf ihre Lippen und machte das Zeichen für „leise".
Zintkala-win kicherte vor Erleichterung. „Ja! Leise sein! Du bist sehr tapfer!"
Vorsichtig sah sie nach dem Neugeborenen, aber Stern-der-brennt schien den Kampf verschlafen zu haben. Sie wandte sich an Kaktusblüte: „Komm her und pass auf die Kleinen auf!"
Gehorsam setzte sich das Kind zu seinen Geschwistern. Abgelenkt durch die Aufgabe hörte es auf zu weinen. Zintkala-win zog die Leiche des Kriegers aus ihrem Zelt und drehte sich aufmerksam um. Die Feinde waren aus dem Dorf zurückgedrängt worden, überall lagen die Leichen herum und verletzte Menschen torkelten verstört durch das Dorf. Kinder schrien nach ihren Angehörigen, weinende Frauen saßen bei ihren gefallenen Männern oder Krieger trauerten um ihre erschlagenen Verwandten. Es war ein entsetzlicher Anblick.
Zintkala-win biss vor Grauen die Lippen zusammen und kehrte in ihr Tipi zurück. Jetzt war noch nicht die Zeit für die Trauer gekommen, erst musste sie sich um ihre Familie kümmern. Sie flößte dem Neugeborenen, das ein wenig nach seiner Mutter quengelte, etwas Wasser ein, dann kümmerte sie sich wieder um Blauer-Schmetterling. Vielleicht konnte Ferner-Bär helfen?
Sein Zelt stand in der Nähe, und entschlossen schlüpfte sie aus dem Tipi und huschte zum Zelt ihres Onkels.
Dann stockte ihr Herz einen endlos scheinenden Augenblick. Ferner-Bär saß mit leerem Blick neben der Leiche seiner Frau.
Zedernsängerin! Aufstöhnend sank Zintkala-win neben ihrer Tante zu Boden und streichelte über ihr blutüberströmtes Gesicht. Ihre Züge waren verzerrt, immer noch stand die Todesangst in

ihrem Gesicht, und der abgeschnittene Skalp war ein schrecklicher Anblick. Ihre sanfte Tante so vor sich zu sehen traf Zintkala-win bis ins Mark. Ihr Onkel berührte sie sanft am Arm und er stand auf. „Wir trauern später! Erst müssen wir uns um die Verwundeten kümmern!"

Zintkala-win nickte wie betäubt und stand ebenfalls auf.

Sie konnte den Anblick ihrer erschlagenen Tante nicht mehr ertragen. „Was ist bei euch geschehen?", fragte der Onkel mit rauer Stimme.

„Blauer-Schmetterling ist schwer verletzt und Kleine-Krähe und Machpiya-ska sind weg!"

Der Onkel schloss entsetzt die Augen. „Die Cree waren auf Rache aus! Warum also sollten sie sich mit Kindern belasten?", meinte er leise, befürchtete das Schlimmste.

Sie nickte ohne Emotion, nahm die Tatsache einfach hin.

Gemeinsam gingen sie zu Blauer-Schmetterling zurück und sorgfältig untersuchte der Onkel die schwere Kopfverletzung.

„Der Knochen ist nicht zersplittert, aber es ist eine schwere Schwellung. Du musst ihr kühle Umschläge machen. Hast du gehört?"

Zintkala-win nickte nur, während sie verzweifelt versuchte wieder einen klaren Gedanken zu fassen. „Kleine-Krähe hatte auch schon eine solche Verletzung. Ich weiß, was ich tun muss!"

„Wir müssen jetzt stark sein, Zintkala-win! Viele sind zu unseren Vorfahren in die Sandhügel gegangen! Wir müssen uns nun um die Überlebenden kümmern!"

Zintkala-win schluckte die Tränen hinunter und nickte. „Ich hoffe, dass Nata-He-Yukan die Kinder findet! Geh du und versorge die anderen Verletzten!"

Inzwischen trauten sich die indianischen Frauen aus dem Fort heraus und halfen den anderen die Verletzten ins Fort zu bringen. Der Arzt hatte alle Hände voll zu tun, trotzdem ließ er seinen Blick kurz über die vielen Menschen wandern, deren schwere Wunden er nun behandeln sollte. Schnell entschied er, wer seiner Hilfe am dringendsten bedurfte, und übergab leichtere Fälle einem erfahrenen Mitarbeiter. Am meisten entsetzte ihn jedoch

die Art, wie die Indianer ihre Verwundeten behandelten. Anstatt die unter schwerem Blutverlust leidenden Menschen auf ein sauberes Lager zu betten, schleiften sie die Schwerverletzten im Kreis durch das Fort. Krieger wurden zum Teil im Stehen versorgt und mit lautem Rasseln und Rufen versuchten Medizinmänner die Todesdämonen zu verscheuchen.
Charles Mainstream kratzte sich am Kopf und versuchte so gut wie möglich zu helfen. Aber seine Art, die Wunden zu versorgen war den Indianern ebenso fremd wie ihm selbst das Dämonenverscheuchen für den Arzt. Nur mit Mühe gelang es ihm, wenigstens einige Kinder in den Handelsraum zu bringen, der als notdürftiges Lazarett eingerichtet wurde.
Erst jetzt kam Jean völlig panisch angerannt und fasste Zintkala-win besorgt an den Schultern. „Mädchen, Mädchen! Alles in Ordnung bei euch?"
„Nein, Kleine-Krähe und Machpiya-ska sind weg!"
Blankes Entsetzen zeigte sich in den Augen von Jean, und er fuhr sich mit einer fahrigen Bewegung durch die Haare. „Und Nata-He-Yukan?"
„Er versucht die Cree einzuholen!"
„Merde!", stöhnte Jean. „Ich hole mein Pferd und folge Nata-He-Yukan!"
Im Galopp stürmte er den Blackfeet hinterher, folgte der deutlichen Spur, die immer weiter nach Osten führte.

Die aufgebrachten Blackfeet verfolgten die Cree und Assiniboin bis in die Bärentatzen Berge. Immer wieder kam es dabei zu Rückzugsgefechten und mitleidlos wurden alle Feinde getötet, wenn man ihrer habhaft wurde. Die Dämmerung brach bereits herein und fast zärtlich streichelten die tief liegenden Strahlen der Sonne über die erzürnten Menschen, als wolle der Sonnenhäuptling seine roten Kinder beruhigen. Wenig später erreichte Jean endlich seinen Freund Nata-He-Yukan und warf ihm einen besorgten Blick zu.
„Zintkala-win und den Kindern geht es gut!", meldete er kurz.
Nata-He-Yukan nickte wie geistesabwesend. Seine Gedanken galten seiner Schwester und seinem Sohn. Um die anderen konn-

te er sich wieder kümmern, wenn er zurückgekehrt war. Schweigend folgten sie den deutlichen Spuren der flüchtenden Feinde, dann kamen die Verfolger plötzlich zum Stehen.
Einige Krieger hatten ihre Pferde durchpariert und sammelten sich nun um eine am Boden liegende Gestalt.
Auch Nata-He-Yukan trieb sein Pony näher, dann wich ein dumpfer Klagelaut aus seinem Mund und sein Kopf fiel kraftlos auf seine Brust. Jean sah nach vorne und fluchte, heiser vor Entsetzen: „Merde, oh merde! Verdammte Scheiße!"
Vor ihnen lag der leblose Körper von Machpiya-ska auf dem felsigen Boden, ihre schmalen Hände mit einem Riemen auf den Rücken gefesselt. Ihr Körper war immer noch nackt, so wie sie am Morgen aus dem Tipi gerissen worden war. Vielleicht hatte sie sich gewehrt oder den Krieger bei seiner Flucht einfach nur behindert. Achtlos war sie vom Pferd geworfen worden, doch mit ihren gefesselten Händen hatte sie den Sturz nicht abfangen können. Ihr Mund stand immer noch offen, zeigte ihr Erschrecken, ehe ihr Kopf gegen einen Stein geprallt war.
Nata-He-Yukan ließ sich von seinem Pony gleiten und hockte sich fassungslos neben seine Schwester. Mit seinem Messer schnitt er die Fesseln durch, dann drückte er sie sanft an sich. Ein trockenes Schluchzen stieg in ihm hoch und hemmungslos liefen ihm die Tränen über das Gesicht. „Oh, du, mein kleines Vielfraß", flüsterte er und drückte ihr einen Kuss auf die Stirn. „Mein kleiner Stern, meine kleine weiße Wolke!"
Ein Krieger ritt heran und reichte ihm eine Decke. Behutsam wickelte Nata-He-Yukan ihren schmalen Körper darin ein und machte sich mit seiner Last auf den Rückweg.
Bewegungslos hockten die Blackfeet auf ihren Pferden und Hass breitete sich aus. Sie fühlten eine maßlose Wut über die Grausamkeit ihrer Feinde. „Wir werden diese Halsabschneider finden, die das getan haben! Heute sind zu viele Frauen und Kinder gestorben!", schworen sie.
Verbittert wandte sich Jean an die Krieger: „Ja! Es war ein grausamer Kampf. Aber dieses Mädchen hier wurde von Bleza-Si getötet. Sie ist Nata-He-Yukans Schwester! Nur aus diesem Grund ist sie gestorben! Ich begleite Nata-He-Yukan ins Dorf zurück. Sucht

ihr nach Kleiner-Krähe? Wahrscheinlich wird Bleza-Si auch ihn töten, wenn wir ihn nicht aufhalten!“

Die Krieger gaben ihm keine Antwort, sondern machten sich entschlossen wieder auf den Weg. Sie hatten noch mehr Rechnungen zu begleichen!

Kurz schaute Jean ihnen hinterher, sah zu, wie sie zwischen den Felsen verschwanden. Ihm war klar, dass auch sie kein Mitleid mit den Frauen und Kindern ihrer Feinde haben würden, wenn sie jetzt auf ein Dorf stießen. So ein sinnloser Krieg!

Aber Machpiya-ska war nicht von den Assiniboin oder Cree getötet worden, nein, das hier war ein persönlicher Racheakt gewesen. Bleza-Si wollte, dass Machpiya-ska gefunden wurde und würde sich an der Trauer seines Widersachers weiden.

In der Dunkelheit kehrten die beiden Männer ins Dorf zurück. Nur die rote Nachtflamme leuchtete ihnen den Weg und mit starrem Blick ritt Nata-He-Yukan vorne weg. Bei seinem Zelt glitt er mit der leichten Last vom Pferd und trug sie in sein Tipi. Fassungslos starrte Zintkala-win auf den eingewickelten Körper, dann schrie sie vor Verzweiflung. Es war ein langer markerschütternder Schrei, der nicht enden wollte.

Die beiden Mädchen schrien einfach mit, obwohl sie nicht verstanden, was hier vorging. Verängstigt drückten sie sich aneinander und starrten auf ihre verzweifelten Eltern. „Wir müssen sie anziehen!“, bat Nata-He-Yukan tonlos.

Der Schrei erstarb und mit glasigen Augen starrte Zintkala-win auf ihren Mann. Er saß da wie tot, das Licht in seinen Augen war erloschen. Mühsam riss sich Zintkala-win aus ihrer eigenen Trauer und nickte gehorsam. Behutsam wickelte sie das Mädchen aus der Decke und streichelte ihr kaltes Gesicht. „Wie bei meinem Bruder!“, dachte sie traurig.

Mechanisch wusch sie den kleinen Körper, dann zog sie ihm das schönste Kleid an. Sie wusste, dass er bis zum Morgen steif sein würde. „Machpiya-ska schläft“, weinte Kaktusblüte.

„Ja, sie schläft.“, murmelte Zintkala-win.

Nata-He-Yukan zog sein Messer und begann seine langen Haare abzuschneiden. Bis zu den Ohren schnitt er sie in Büscheln ab

und manchmal ritzte er seine Kopfhaut, ohne dass er es überhaupt merkte. Jean saß neben ihm und weinte hemmungslos. „Mein Gott, sie war doch noch so klein! Ich bringe dieses Schwein um!"
„Nein! Ich werde ihn töten! Wenn du es tust, geht es zu schnell!", erwiderte Nata-He-Yukan völlig ruhig.
Jean nickte verständnisvoll. „Ja, Auge um Auge, Zahn um Zahn!"
„Das sind gute Worte!", stimmte Nata-He-Yukan zu. „Sie nähren den Hass in meinem Herzen!"
Schweigend blickten alle auf den Leichnam des Mädchens, fühlten den Verlust und die sinnlose Grausamkeit.
Zintkala-win war erschüttert und merkte plötzlich, dass ein Teil ihres Mannes mit seiner Schwester gestorben war. Sie griff nach dem Messer und schnitt sich ebenfalls die Haare ab, als Zeichen ihrer Trauer um Machpiya-ska, aber auch weil die Sorglosigkeit ihres Mannes für immer verschwunden sein würde.

Am Morgen bestatteten sie Machpiya-ska mit den vielen anderen auf einem Gerüst vor dem Dorf. Sie würde nicht allein sein, denn viele Seelen hatte ihre Reise zu den Sandhügeln angetreten. Regungslos sah Zintkala-win zu, wie auch Freund-der-Otter bestattet wurde, aber sie hatte keine Tränen mehr. So viele ihrer Freunde und Verwandten waren zu den Geistern gegangen! Über die Hälfte ihres Dorfes war abgeschlachtet worden und ohne die Hilfe der Weißen und das schnelle Eingreifen der anderen Blackfeet hätte niemand überlebt!
Nata-He-Yukan blieb im Zelt und blickte starr geradeaus. Machpiya-ska! Niemals hätte er sie hierher bringen dürfen! Wieder hatte er seine Familie nicht schützen können.
Neben sich hörte er das leise Weinen von Blauer-Schmetterling. Sie war erwacht und auch sie trauerte um Machpiya-ska, hatte sie doch das Kind von klein an aufgezogen.
Nata-He-Yukan biss die Zähne zusammen und versuchte seine Gedanken zu ordnen. Bleza-Si! Er musste seinen Feind endlich stellen, oder er würde nie unbesorgt schlafen können!
Die Grausamkeit und Verschlagenheit seines Widersachers lähmte ihn.

Der Maler Karl Bodmer war völlig schockiert über die Brutalität des Angriffs und wartete auf das Schiff, das ihn aus dieser Gefahr herausbringen sollte. Voller Mitgefühl besuchte er die Zelte der Indianer, sprach seinen Trost aus und wunderte sich, wie schnell sie mit dem Tod fertig wurden.

„Meine Frau ist jetzt bei ihren Vorfahren!", erklärte Ferner-Bär. „Bald werde ich ihr folgen. Dann sind wir wieder beisammen. Weißt du, dein Bild hat mich beschützt. Es ist große Medizin!"

„Mein Bild?", ließ der Maler die Frage von Jacob übersetzen.

„Ja, das Bild, das du von mir gemalt hast! Es hat mich beschützt! Es hat alle beschützt! Keiner wurde getötet, den du auf das weiße Leder gebannt hast!"

Der Maler lächelte etwas, aber es stimmte tatsächlich. Selbst Blauer-Schmetterling erholte sich von der Kopfverletzung, obwohl sie noch lange unter starken Kopfschmerzen litt und nicht aufstehen konnte.

„Vielleicht hätte ich alle malen sollen!", meinte der Maler bedauernd.

„Der Krieg, den wir führen, ist nicht euer Weg!", meinte Ferner-Bär. „Aber selbst wir kennen eine solche Kriegsführung nicht. Ich weiß nicht, was die Cree zu solcher Grausamkeit getrieben hat."

„Es war ein schrecklicher Kampf! Mitleidlos! In unseren Schriften lehren wir andere Worte! Wir hoffen auf Liebe und Vergebung!", meinte Karl Bodmer betroffen.

Ferner-Bär legte zweifelnd den Kopf schief. „Gute Worte, wie sie auch bei uns gelten, aber sie nützen dir nichts, wenn dein Gegner nicht daran glaubt!"

„Nun, aber wir hoffen, dass eines Tages alle Menschen daran glauben!"

„Ein schöner Gedanke! Dann trage doch diese Worte zu den Assiniboin und Cree!", schlug Ferner-Bär etwas sarkastisch vor.

Nach den Tagen der Trauer kehrte langsam wieder Ruhe ein. Alle hofften auf die Rückkehr der Männer, die immer noch gegen die Feinde unterwegs waren. Und viele Familien bangten um ihre verschleppten Familienangehörigen. Vielleicht kehrte doch der eine oder andere wie durch ein Wunder zurück oder konnte befreit werden.

Tatsicki-Stomick bedankte sich in aller Form bei den weißen Händlern für ihre Hilfe und erklärte sie zu seinen neuen Verbündeten. Die Hudsons-Bay-Company in Kanada gehörte seitdem für die Pecuni der Vergangenheit an. Sie waren so beeindruckt, dass fortan aller Handel nur noch mit Fort McKenzie betrieben wurde.
Nach und nach kehrten die erschöpften Krieger zurück, unter ihnen Zwei-Pferde. Er blutete aus mehreren Wunden, Beweis genug, dass er tapfer gekämpft hatte. Skalpe hingen an ihren Gürteln, denn sie hatte vielfach Rache geübt für diesen schmählichen Angriff.
Sie hatten drei Kinder und zwei junge Frauen aus der Gewalt der Häscher reißen können, aber Kleine-Krähe hatten sie nicht gefunden. Fast schuldbewusst ritt Zwei-Pferde zu dem Zelt von Zintkala-win. „Wir sind ihnen weit gefolgt, aber deinen Sohn habe ich nicht gefunden!"
„Vielleicht lebt er noch?", hoffte Zintkala-win.
Nata-He-Yukan zuckte mit den Schultern. „Woher willst du das wissen?"
„Sonst hätten die Krieger seine Leiche gefunden! So wie bei Machpiya-ska."
„So oder so ist er tot!", meinte Nata-He-Yukan nüchtern.
Zintkala-win zuckte vor seiner Kaltschnäuzigkeit zurück. „Woher willst du das wissen?"
„Entweder er ist bereits tot oder er wird als Cree aufwachsen und dann tötet ihn irgendjemand, wenn er älter ist."
„Du darfst die Hoffnung nicht aufgeben! Wir werden ihn suchen!", versuchte Zwei-Pferde ihn aufzumuntern.
Nata-He-Yukan schaute ihn verzweifelt an. „Wo, Zwei-Pferde! Sage mir, wo willst du ihn suchen? Willst du allein durch das Gebiet der Assiniboin und Cree ziehen? Wo willst du anfangen?"
Zwei-Pferde biss sich auf die Lippen und starrte den Lakota durchdringend an: „Heute sind viele gestorben und wir haben alle tapfer gekämpft. Ich habe angeboten weiter nach deinem Sohn zu suchen, mehr kann ich nicht tun!"
Nata-He-Yukan Lippen wurde schmal, dann senkte er entschuldigend die Augen: „Du hast recht! In meiner Sorge war ich unbe-

herrscht! Geh, und lass deine Wunden versorgen! Es ist genug!"
Mit einem Nicken verabschiedete sich Zwei-Pferde und Nata-He-Yukan wandte sich an Jean, der bleich und entsetzt neben ihm stand. „Und nun?"
Jean zuckte zusammen und dachte nach. „Wir sollten Kleine-Krähe bei den Assiniboin suchen! Bleza-Si wird sich irgendwo dort verstecken!"
„Ich glaube nicht, dass Kleine-Krähe bei Bleza-Si ist!", meinte Nata-He-Yukan ernst.
„Nein? Wieso nicht?"
„Dann wäre er tot, und wir hätten ihn längst gefunden!", erklärte Nata-He-Yukan. „Bleza-Si hat kein Mitleid mit Machpiya-ska gehabt! Ebenso hätte er Kleine-Krähe getötet! Nein, er ist irgendwo anders!"
Stille breitete sich aus und bedrückt musterte Jean seinen Freund.
„Jean!", winkte Nata-He-Yukan hoffnungslos ab. „Geh zurück zu deiner Frau!"
Jean verstand, dass sein Freund alleine sein wollte und verschwand grußlos in Richtung des Forts. Er machte sich Sorgen, denn Nata-He-Yukan schien allen Lebensmut verloren zu haben.

Das Kielboot mit dem Maler an Bord legte am Morgen ab, und stumme Menschen sahen ihm mit traurigen Augen hinterher. Die Stimmung war gedrückt, auch unter den Weißen, denn viele hatten Freunde oder sogar Familienangehörige unter den Toten zu beklagen. Nur langsam kehrte der Alltagstrott zurück, aber mehr aus der Notwendigkeit heraus.

Viele Indianer waren weggezogen, um Büffel zu jagen, und so bereiteten sich die Männer auf den langen Winter vor. Brennholz wurde gestapelt, Jean und Nata-He-Yukan ritten schweigend zur Jagd. Nata-He-Yukan jagte weiterhin für die weißen Trapper, so wie es von ihm verlangt wurde, aber er empfand keine Freude mehr dabei. Wie ein Geist begleitete er seinen Freund, abwesend und lustlos. Kein Lächeln kam über seine Lippen, nur kurze Anweisungen knurrte er, wenn es unbedingt nötig war. Die Tage wurden kühler, es kam der Monat des verbrannten Grases. Das

Lachen war aus Nata-He-Yukans Tipi verschwunden. Selbst die beiden Kinder merkten, dass etwas fehlte.
„Wann wacht Machpiya-ska auf?", fragten sie. Oder „Wo ist Kleine-Krähe?" Aber die Erwachsenen antworteten nicht und kniffen nur die Lippen zusammen, bis die Kinder merkten, dass diese Fragen nicht erwünscht waren. Verstört verzogen sie sich in das kleine Zelt, das Blauer-Schmetterling ihnen zum Spielen genäht hatte. Stern-der-brennt wurde kräftiger, lächelte bereits, und die Angst um ihn machte Nata-He-Yukan verrückt. Er vermisste Kleine-Krähe so sehr, dass es schmerzte. Vor allem trieb ihn die Sorge, dass er nicht wusste, ob er tot war oder noch lebte, sie trieb ihn an den Rand des Wahnsinns. Selbstvorwürfe quälten ihn. Immer wieder überlegte er, wie er die Kinder besser hätte schützen können.
Deshalb trat er schließlich mit einem seltsamen Wunsch an Mitchell heran: „Ich möchte im Fort wohnen, so wie die anderen Männer auch!"
„Aber du hast doch dein schönes Zelt!", wunderte sich Mitchell.
„Ich will jetzt wie ein weißer Mann leben und ich will, dass meine Frauen und Kinder in der Sicherheit des Forts leben!", forderte Nata-He-Yukan stur.
Nachdenklich senkte Mitchell den Kopf, dann nickte er entschlossen. „Also gut! Du bekommst ein Zimmer! Du arbeitest für uns, also kannst du auch hier wohnen!"
„Gut", freute sich Nata-He-Yukan und zum ersten Mal blitzten seine Augen ein wenig.
„Du hast Angst um deine Familie, he?"
„Ja!", erklärte Nata-He-Yukan offen. „Aber hier im Fort sind sie in Sicherheit. Bleza-Si fordert nicht mich zum Kampf, sondern er tut mir weh, indem er meiner Familie wehtut. Er hat einen kranken Geist. Davor habe ich Angst."
„Also, dann komm mit deiner Familie zu uns. Du bist herzlich willkommen. Du jagst weiterhin für uns, aber du könntest auch beim Dolmetschen helfen."
„Waschté!", stimmte der Lakota zu und verließ das Haus.
Erleichtert ging er zu seiner Familie. „Ich möchte mit euch von nun an im Fort leben!"

„Im Fort?", runzelte Zintkala-win die Stirn. Allein der Gedanke an die wilden, ungehobelten Weißen ließ ihr einen Schauer über den Rücken laufen. So nah mit ihnen zusammen zu leben, schien ihr wenig begehrenswert zu sein.
„Ja! Dort seid ihr in Sicherheit", erklärte Nata-He-Yukan. „Ich arbeite für die Weißen, also können wir auch dort wohnen. Was meint ihr?"
Zweifelnd sahen sich die beiden Frauen an, aber niemand wagte es, einen Einwand zu erheben. Es schien ihm so wichtig zu sein! Nur widerwillig willigten sie ein, hofften, dass er eines Tages wieder zu sich selbst finden würde. „Können wir im Fort auch das Spielzelt für die Mädchen aufstellen?"
„Aber sicher!", meinte Nata-He-Yukan ohne wirklich darüber nachzudenken.
Wieder wechselten die Frauen einen vorsichtigen Blick, aber niemand sagte etwas.
Fast ein wenig unwirsch wandte sich Nata-He-Yukan an Blauer-Schmetterling: „Ich möchte Hosen, wie sie der weiße Mann trägt. Nähe mir solche Hosen!"
Blauer-Schmetterling stotterte verwirrt. „Ich habe so etwas noch nie gemacht!"
Nata-He-Yukan runzelte unwillig die Stirn, dann lächelte er freundlich. „Ich schicke dir Jean, damit er dir eine Hose gibt."
„Gut!", nickte sie überrascht.
Zintkala-win senkte ihren Blick und vertiefte sich wieder in ihre Näharbeit. Im Moment hatte es keinen Sinn, mit ihrem Mann zu streiten. „Wann gehen wir ins Fort?"
„Mitchell gibt uns Bescheid, wenn das Zimmer fertig ist!", erwiderte Nata-He-Yukan tonlos.
„Dann werde ich unsere Sachen packen!", meinte sie mit einem tiefen Seufzer. Die ganze Situation war mehr als sie ertragen konnte. Auch sie litt unter dem Verlust von Machpiya-ska und Kleine-Krähe, aber ihren stolzen Mann so niedergedrückt zu sehen und seinen seltsamen Entscheidungen zu gehorchen, belastete die ganze Familie.
„Wir müssen damit leben! Und wir müssen an die denken, die uns geblieben sind", versuchte sie ihn aufzuheitern.

Er nickte nachdenklich und strich über ihre Haare. „Und deshalb möchte ich, dass wir im Fort leben. Ich kann euch nicht gegen die Gemeinheit eines Wahnsinnigen beschützen! Er will mir wehtun und schreckt nicht einmal davor zurück, seine eigene Frau niederzuschlagen. Ich habe Angst vor dem, was er dir oder den Kindern antun könnte. Ich bin nicht immer da, um euch zu beschützen, aber im Fort sind Jean und die anderen. Verstehst du das?"
„Ja!", erklärte Zintkala-win. „Aber du vergisst, dass auch ich uns schützen kann!"
„Nein, das vergesse ich nicht. Und das beruhigt mich!"

Mit langen Schritten ging er zum Fort, um Jean abzuholen. Zögernd trat er in dessen Zimmer.
Watet-im-Fluss lächelte freundlich und mit einem wissenden Blick streifte Nata-He-Yukan ihren leicht gewölbten Bauch. Ob Jean schon etwas ahnte?
Sein Freund erhob sich erfreut. „Na, alter Knabe, was ist los?"
Nata-He-Yukan deutete auf die ausgebeulten Hosen von Jean: „Ich möchte, dass Blauer-Schmetterling mir auch so eine Hose näht. Kannst du ihr eine geben, damit sie es lernt?"
Jean lachte seltsam berührt. „Willst du jetzt ein Weißer sein?"
„Nein, aber ich lebe jetzt im Fort und möchte so aussehen wie die anderen!"
„Also schön!" Wenig begeistert suchte er seinem Freund eine Hose und ein Hemd heraus. Stolz drehte sich der hoch gewachsene Indianer vor dem Spiegel und ähnelte plötzlich einem spanischen Adeligen.
„Gut!", meinte er zufrieden.
„Gut!", brummte Jean weniger zufrieden.
„Gefällt es dir nicht?"
„Nein! Du bist ein Lakota und kein weißer Geck!"
„Nun sehe ich so aus wie du", meinte Nata-He-Yukan.
Jean schlug ihm versöhnlich auf die Schulter. „Gehen wir jetzt zur Jagd?"
„Aho!", nickte Nata-He-Yukan.
Kopfschüttelnd folgte ihm Jean und hoffte, dass sein Freund eines Tages wieder wissen würde, wohin er gehörte.

Im Monat des ersten Schnees zog Nata-He-Yukan mit seiner Familie in das Fort und richtete sein neues Zimmer ein. Für die Indianerinnen war es ungewohnt, denn das Haus war dunkler als ein Tipi, und es war verraucht, außerdem verdreckte es schneller. Aber während man ein Tipi einfach an einem anderen Platz wieder aufbaute, und so das Problem mit dem Unrat löste, versank in dem Zimmer von Zintkala-win alles im Schmutz.
Seufzend übersah Zintkala-win das Chaos und beschloss zu beobachten, wie Mary damit fertig wurde. Sie zögerte lange, aber dann nahm sie sich ein Herz und klopfte an der Tür. Höflich wartete sie, bis sie hereingerufen wurde und blickte sich verstohlen um. Hier war alles sauber und ordentlich! „Oh, komm nur! Ich freue mich, dass du mich besuchst!"
Zintkala-win nahm auf dem angebotenen Stuhl Platz und rutschte verlegen hin und her. „Wir wohnen jetzt auch in dem Tipi des weißen Mannes!"
„Ja, das ist schön! Ich freue mich, wenn ich im Winter nicht so allein bin! Vielleicht kann Mariah manchmal mit deinen Kindern spielen?"
„Aber ja!", nickte Zintkala-win eifrig. „Wir haben ein kleines Spielzelt! Dort können die Mädchen spielen. Sie vermissen ihre Geschwister!"
Das Gesicht von Mary verdunkelte sich. „Es tut mir so leid!", meinte sie mitfühlend.
Zintkala-win winkte ab. „Diese Dinge passieren eben! Wir sind im Krieg mit den Assiniboin und Cree!"
Mary schluckte nervös. „Ich bin auch eine Assiniboin!"
„Du bist die Frau von Mitchell!", meinte Zintkala-win. „Und du bist eine Frau! Wir Frauen wollen nicht, dass diese Dinge geschehen."
„Nein!", stimmte Mary zu und plötzlich liefen Tränen über ihr Gesicht. „Ich wünschte, dass all dies nicht geschehen wäre! Ich hatte Kleine-Krähe und Machpiya-ska lieb gewonnen. Und ich mochte Zedernsängerin."
Tröstend griff Zintkala-win nach ihrer Hand. „Ich weiß! Und dafür danke ich dir! Du bist keine Assiniboin mehr. Du bist einfach nur eine Frau."

Mary lächelte getröstet und blickte ihre Freundin an. „Wie gefällt es dir in einem hölzernen Tipi?"
Zintkala-win kicherte plötzlich vor Verlegenheit. „Oh gut, aber es ist ungewohnt!"
Mary fiel in das Gekicher ein und dann prusteten beide Frauen los. „Oh, mein Gott! Mir ging es anfangs genauso! Ich musste erst lernen, dass man den Boden mit einem Besen fegt!"
So, mit einem Besen! Zintkala-win holte tief Luft. Es war so schön nach der schrecklichen Zeit ein wenig zu lachen!

Frohen Mutes ging Zintkala-win zu ihrem Zimmer und ließ ihre Augen angeekelt durch das Zimmer schweifen: „Uh, das ist wirklich übel!"
Aber woher bekam sie einen Besen? Zögernd ging sie zu Jacob und hoffte, dass er sie bemerkte.
„Na, Mädchen! Kann ich dir helfen?"
„Ich brauche einen Besen", erklärte sie schüchtern.
Jacobs Augen blitzten vergnügt. „Aber natürlich! Komm nur mit! Brauchst du auch einen Eimer und Putzlumpen?"
„Putzlumpen?"
„Ja, du weißt schon! Ein Tuch, um den Boden zu wischen."
Jacob tat so, als hätte Zintkala-win lediglich das Wort nicht verstanden und sie senkte dankbar die Augen. Jacob war nett!
„Was muss ich dafür geben?"
„Nichts! Nata-He-Yukan arbeitet doch für uns!"
„Aber ich bekomme doch diese Dinge, nicht mein Mann!", wunderte sie sich.
„Du bist Nata-He-Yukans Frau! Das genügt!"
Ehrlich verblüfft blinzelte sie ihn an. „Ich werde dir etwas für diese Dinge geben!"
Ups! Jacob hatte den Stolz dieser Menschen vergessen! Er machte eine verlegene Handbewegung. „Aber natürlich!"
Großzügig suchte er die Dinge für sie heraus und legte noch ein Stück Seife dazu.
Energisch ging sie in ihr Zimmer zurück und schickte die Kinder zum Spielen hinaus. Stirnrunzelnd schaute sie nach dem kleinen Jungen, der zum Glück in einer ordentlichen Wiege hing.

„Also!“, meinte sie forsch und scheuchte Blauer-Schmetterling auf. „Alle Felle müssen ausgeklopft werden und dann wird der Boden geschrubbt!“
Schwitzend machten sich die Frauen ans Werk und Zintkala-win staunte, wie viel Arbeit so ein Haus machte. Den Eimer nahm sie anschließend her, um den Unrat zu sammeln, denn hier konnte man ihn nicht einfach vor die Tür werfen. Regelmäßig brachte Blauer-Schmetterling den Abfall vor das Fort und wunderte sich insgeheim über das neue Leben.
Am Abend kehrte Nata-He-Yukan zurück. Seine Augen waren gerötet und er roch nach Alkohol. Blauer-Schmetterling warf einen entsetzten Blick auf Zintkala-win. So hatte sie ihren Mann noch nie gesehen!
Zintkala-win nahm sich ein Herz und ging zu ihm. Torkelnd fiel er in ihre Arme, völlig benebelt von dem Teufelszeug der Weißen. Aber Nata-He-Yukan genoss das Gefühl des Vergessens, das dieses Heilige Wasser in ihm hervorrief.
Immer öfter ließ er sich von da an von dem billigen Fusel verführen, bis sogar Jean sich Sorgen machte. „Ich dachte, dass du nie wieder dieses Zeug anrühren wolltest“, versuchte er ihn zur Vernunft zu bringen.
„Ich lebe jetzt wie ein weißer Mann. Die anderen trinken es ja auch!“, verteidigte sich Nata-He-Yukan.
Jean unterließ es, ihn darauf hinzuweisen, dass die anderen den Alkohol auch besser vertrugen. Es hatte keinen Sinn, seinen Freund zu reizen, außerdem trank er nur abends in der Gemeinschaft mit den anderen.
Tagsüber ritt Nata-He-Yukan weiterhin mit Jean zur Jagd, schweigsam und in sich gekehrt, aber abends gab er sich dem Nebel des Vergessens hin. Manchmal war er so betrunken, dass er erfroren wäre, wenn ihn nicht Jean oder ein anderer im Schnee gefunden und aufgelesen hätte.
Zintkala-win hasste, was der Alkohol aus ihrem Mann machte. Immer hatte sie seinen Stolz bewundert, seine lässige Arroganz. Verschwunden war die liebevolle Stichelei, erloschen sein inneres Feuer. Selbst die Kinder ignorierte er, so als würden sie ihn an das erinnern, was er verloren hatte.

Mit gerötetem Gesicht saß er blicklos vor dem Feuer, bis er sich daran erinnerte, dass er eine Frau hatte. Aber er war nicht sanft, nicht zärtlich, nicht leidenschaftlich. Er kam zu ihr, um ihr weh zu tun. Wenn er nicht zu betrunken war, um in sein Zimmer zurückzukehren, fiel er in der Nacht über sie her. Brutal, hart, schlimmer als es je in der Höhle in den Bergen gewesen war.
So, als würde er durch ihre Schmerzen spüren, dass er noch am Leben war. Manchmal wimmerte sie, wenn er rücksichtslos in sie eindrang, aber sie wehrte sich nicht. Schlaff lag sie da, versuchte sich zu entspannen, damit es nicht so schmerzte, aber ihre Gedanken wanderten fort. Ihr Mann war mit der Fehlgeburt fertig geworden, hatte den Tod seiner Mutter gefasst ertragen. Irgendwann würde er sich sammeln und darauf musste sie vertrauen. Sie war seine Frau, mehr noch, seine Gefährtin, und wenn er sie auf diese Weise brauchte, dann würde sie es ertragen. Solange er seine Trauer an ihr austobte, verging er sich wenigstens nicht an Blauer-Schmetterling.
Die Shoshonefrau lag blass vor Entsetzen unter ihren Decken und horchte auf die anstößigen Geräusche, die zu ihr hinüber drangen. „Wie Bleza-Si!", dachte sie völlig entsetzt. Warum taten Männer so etwas?
Am Tag nahm sie Zintkala-win in ihre Arme und Mordgedanken stiegen in ihr hoch. „Sollen wir ihn töten?", flüsterte sie mitfühlend.
„Nein!", wehrte Zintkala-win ab. „Ein böser Geist hat von ihm Besitz ergriffen. Eines Tages wird er ihn besiegen!"
„Aber er tut dir weh!"
Zintkala-win biss die Zähne zusammen. „Ja, aber ich bin seine Frau!"

Der Winter war beklemmend und immer öfter spielte Zintkala-win mit dem Gedanken zu ihrem Onkel zurückzukehren.
Selbst den beiden Mädchen blieb die schreckliche Wandlung ihres Vaters nicht verborgen. Still verzogen sie sich in den hintersten Winkel des Zimmers, wenn er anwesend war, oder verschwanden in dem Spielzelt. Nata-He-Yukans Züge waren hart vor Gram und die Kinder hatten Angst vor ihm, wenn er mit

leerem Gesichtsausdruck auf seinem Fell saß und die Wand anstarrte. Manchmal begleitete er die Pecuni auf Rachefeldzüge gegen die Cree und Assiniboin.
Mitleidlos beobachtete er, wie die Männer in das Dorf der Cree einfielen, sah zu, wie schreiende Kinder an ihm vorbeiliefen und ließ sie leben, weil er an Kleine-Krähe dachte. Er tötete keine Frauen und Kinder, aber ansonsten fand seine Keule treffsicher die Schädel seiner Feinde. Dann kehrte er mit versteinertem Gesicht zurück, gerbte seine blutigen Trophäen, doch wirklich befriedigen konnte ihn dies nicht.
Er brachte Schrecken und Tod in die Zelte seiner Feinde, trotzdem blieb ein bitterer Geschmack in ihm zurück, denn sein wirklicher Feind war Bleza-Si.

Bleza-Si

Im Frühling gebar Watet-im-Fluss endlich den lang ersehnten Sohn und Jean drehte völlig durch. Hingerissen trug er das Neugeborene durch sein Zimmer, summte ihm Liedchen vor und zeigte ihn voller Stolz seinen Freunden. John nannte er ihn oder Johnny oder die tausend anderen Kosenamen, die er in die winzigen Ohren flüsterte.

Nata-He-Yukan wurde von der Begeisterung angesteckt und zum ersten Mal seit langer Zeit nahm er seinen eigenen Sohn wieder wahr. Entsetzt merkte er, dass Stern-der-brennt inzwischen krabbeln konnte, und er fragte sich, was mit ihm im Winter geschehen war. Wie im Nebel bemerkte er, dass die beiden Mädchen einen großen Bogen um ihn machten und selbst seine Frauen still und in sich gekehrt waren. Er hatte den roten Pfad, der durch das Leben führte, völlig verloren.

Beschämt beugte er sich am Morgen über das Wasser des Flusses und betrachtete sein Spiegelbild. Es beschönigte nichts. Er war ungepflegt und schmutzig, stank mindestens ebenso wie die weißen Männer, vor denen es ihm immer gegraust hatte. Seine Haare waren bis auf die Schultern nachgewachsen und hingen in Zotteln herunter, verfilzt und fettig. Was war mit ihm geschehen? Tief in seinem Inneren wusste er, was er im Rausch getan hatte, und er hasste sich selbst dafür. Zintkala-win!

Wie konnte sie ihn jemals wieder lieben, nach dem was er getan hatte? Er war ein schlechter Ehemann, ein schlechter Vater und ein noch schlechterer Bruder gewesen! Wie konnte seine Schwester zu den Sternen gehen, wenn er sie immer noch festhielt, sich in seiner Trauer an ihre Erinnerung klammerte?

Er musste endlich loslassen, damit ihre Seele frei war! „Machpiya-ska!", flüsterte er mit heiserer Stimme. „Es tut mir leid! Ich habe schlecht auf dich geachtet!"

Mit verschwommenen Augen schaute er zu dem Morgenstern, der als Letzter am südlichen Himmel leuchtete, kurz ehe die Morgendämmerung auch ihn vertrieb. Betend hob er seine Hände in den Himmel und flehte um Gnade.

„Machpiya-ska! Nun geh! Ina! Mutter! Achte gut auf meine Schwester!" Weinend brach er am Ufer zusammen, seine Hände krallten sich in den Sand und sein Körper bebte, als er all den Schmerz aus sich herausließ.
Niemand kam, um ihn zu trösten, nur einige Vögel saßen in den Zweigen, zwitscherten empört, weil der Mensch es wagte, ihren Morgengesang zu stören.
Nach einer Ewigkeit richtete er sich auf und folgte mit seinem Blick dem Lauf des Wassers, in dem noch vereinzelt Eisschollen trieben. Entschlossen entkleidete er sich und sprang hinein. Der Schock traf ihn mit eiserner Faust, prustend tauchte er auf, kletterte ans Ufer und rieb sich mit Sand ab, bis seine Haut sich rötete. Wieder tauchte er in die eisige Flut, doch dieses Mal erfrischte es ihn und machte seine Gedanken klar.
Halb erfroren nahm er seine stinkende Kleidung und mit einer verächtlichen Handbewegung warf er sie ins Wasser. Mit einem leisen Gurgeln tauchte sie unter und verschwand aus seinem Blickfeld. Völlig nackt stand er am Ufer, fröstelnd, aber wie neugeboren. Er schämte sich nicht, als er zum Fort zurückging und ihn erste Menschen verwundert anstarrten.
„Jetzt ist er völlig verrückt geworden!", bemerkte einer mitleidig. Nata-He-Yukans Zähne klapperten vor Kälte, aber er ignorierte es. Jean blieb wie angewurzelt stehen und wusste nicht, was er machen sollte. Sein Freund würde eine Lungenentzündung bekommen, wenn er weiterhin nackt in der Kälte stand. Er holte eine Decke und legte sie seinem Freund um die Schultern. „Komm, gehen wir hinein!", meinte er drängend.
Nata-He-Yukan blickte seinen Freund an und lächelte. „Ich habe gebetet!"
Für einen Augenblick glaubte Jean, dass sein Freund seinen Verstand verloren hatte, aber dann erkannte er eine innere Ruhe in den Augen seines Freundes. Tränen stiegen in ihm hoch und er hoffte, dass Nata-He-Yukan zurückgekehrt war, hierher, zu ihm und Zintkala-win. „Geh hinein zu deiner Frau!", wiederholte er.
Gehorsam ließ sich Nata-He-Yukan zu seiner Tür schieben und trat in die Dunkelheit des Zimmers, in dem seine Familie noch schlief.

Schüchtern hob er die Decke und schob seinen kalten Körper an seine Frau heran, tastete ganz sanft nach ihrer Schulter.
Zintkala-win schreckte hoch, fast ängstlich, doch dann sah sie die Reue in seinen Augen und nahm ihn fest in ihre Arme. Ihr Mann war zurückgekehrt! Es war vorbei!
Ihr Herz droht vor Freude zu zerplatzen und liebevoll drückte sie ihren Kopf auf seine Brust. Nata-He-Yukan versank in dieser Umarmung, spürte ihren weichen Körper und atmete ihren Duft ein. Wie hatte er ihr je Gewalt antun können? Er weinte nicht, aber er fühlte einen dicken Knoten in seiner Kehle.
Blauer-Schmetterling verließ mit den Kindern die Hütte und schweigend genoss jeder die Anwesenheit des anderen. Mann und Frau, einfach nur so. Eine Ewigkeit lagen sie nebeneinander, fest umschlungen, gaben sich gegenseitig den Halt, den sie so bitter brauchten.
Nata-He-Yukan hörte auf die Stille des Zimmers und vermisste seine Kinder. „Ich konnte Machpiya-ska und Kleine-Krähe nicht gehen lassen!", murmelte er traurig.
„Ich verstehe dich!", antwortete Zintkala-win.
„Sie fehlen mir so sehr, dass es schmerzt wie eine Pfeilwunde!"
„Nata-He-Yukan, auch ich spüre diesen Verlust! Aber wir müssen in die Zukunft sehen! Unsere anderen Kinder brauchen uns! Und sie brauchen dich!"
„Ich habe sie nicht beschützen können!", murmelte Nata-He-Yukan verzweifelt.
„Du hast gekämpft! So viele sind bei diesem Angriff gestorben! Aber wir leben noch! Und wir haben Kaktusblüte, Schnee-in-den-Bergen und Stern-der-brennt!"
Er sah so traurig, so verzweifelt aus, dass sie beschloss ihm ein kleines Geheimnis anzuvertrauen: „Und das Kleine..."
„Wie meinst du das?", fragte Nata-He-Yukan und stützte sich auf seinen Ellenbogen.
Sie lächelte geheimnisvoll, nahm seine zögernde Hand, und legte sie auf ihren Bauch. „Hier!"
„Hunhunhe!", flüsterte er völlig entsetzt und legte seinen Kopf auf ihren Bauch. Kurze Bilder flammten in seiner verschwommenen Erinnerung auf. Dinge, die er lieber vergessen wollte!

Er wusste, dass er ihr im Rausch wehgetan hatte, sie gezwungen hatte. „Haun. Nicht so. Nicht auf diese Weise. Ich wollte dir nicht wehtun!"
Zintkala-win nahm seinen Kopf in ihre Hände und blickte ihm fest in die Augen. „Du hast mich gebraucht. Es ist der Wille Wakantankas, dass so neues Leben entstanden ist. Es ist ein Zeichen."
Nata-He-Yukan fühlte sich um keinen Deut besser, ihm war schlecht von seiner eigenen Brutalität. „Ich trinke nie wieder dieses Heilige Wasser!", schwor er voller Inbrunst.
Sie nickte erfreut. „Ja, ein böser Geist hatte Besitz von dir ergriffen. Du warst weit fort!"
Er streichelte ihre Haare und lächelte befreit. „Der böse Geist ist nun fort, nur die Trauer ist geblieben. Aber jetzt kann ich mit ihr leben."
„Auch wir sind traurig. Rufe nach deinen Kindern! Sie vermissen dich so sehr. Sie brauchen dich."
Verzweifelt drehte sich Nata-He-Yukan zur Seite, dann wurde seine Stimme hart: „Immer wenn ich Kaktusblüte sehe, dann sehe ich Bleza-Si vor mir!"
„Das darfst du nicht! Sie ist jetzt deine Tochter!", bat Zintkala-win erschrocken.
„Aber sie hat seine Augen! Diese grauen Augen! Ich kann es nicht vergessen! Kaktusblüte erinnert mich immer daran, was Bleza-Si meiner Schwester angetan hat!"
Energisch schüttelte Zintkala-win den Kopf ihres Mannes und zwang ihn ihr in die Augen zu sehen. „Mein Mann!", befahl sie streng. „Du musst damit aufhören! Dieses Mädchen ist niemals seine Tochter gewesen! Du bist der einzige Vater, den sie kennt! Sie ist deine Tochter! Die zweite von deinen hundert Töchtern! Nichts sonst!"
Nata-He-Yukan schluckte schwer, stellte sich das kleine Mädchen mit den grauen Augen vor, so lange, bis er ohne Hass an sie denken konnte. „Meine Tochter!", bestätigte er laut, aber mehr, um sich selbst zu überzeugen, nicht seine Frau.
„Ja!", nickte sie. „Deine Tochter!"
„Meine Tochter!", wiederholte er und langsam verblasste das Bild von Bleza-Si.

Sie zwinkerte ihm freundlich zu und fragte nach seinen Sachen.
„Ich habe sie weggeworfen!“, lächelte er etwas beschämt.
„Gut!“, freute sie sich. „Sie haben gestunken wie eine Höhle voller Bären! Komm, wir suchen dir etwas anderes zum Anziehen!“
Hilfesuchend deutete er auf seine verfilzten Haare: „Vielleicht kannst mir da auch helfen?“
Sie runzelte abschätzend die Stirn: „Ich glaube, da hilft nur noch ein Messer!“
Er senkte die Augen und wurde ernst: „Ich möchte sie nicht abschneiden!“
Ihr Gesicht bekam einen gemeinen Ausdruck. „Nun, dann wird es sehr, sehr wehtun!“
Ohne aufzusehen machte er eine leichte Handbewegung. „Dann wird es eben wehtun!“
Es dauerte eine Ewigkeit, bis es Zintkala-win gelang, die Haare zu entwirren, dann zog sich Nata-He-Yukan wieder sein Hemd und seinen Lendenschurz an. „Ich bin ein Lakota!“, meinte er bestimmt.
„Ja! Du bist ein Lakota!“, bestätigte Zintkala-win.
„Trotzdem bin ich froh, dass wir im Fort leben! Hier seid ihr in Sicherheit! Ich kann unbesorgt zur Jagd gehen und muss nicht fürchten, dass Cree oder Assiniboin euch töten!“
„Dann leben wir hier mit dir, wenn es dich beruhigt!“, stimmte Zintkala-win zu. „Vielleicht gehen wir auch zu den Lakota?“
Nata-He-Yukan dachte darüber nach und tätschelte ihren Bauch.
„Nein, nicht in diesem Sommer! Die Reise ist zu weit für dich!“
„Aber du könntest doch gehen!“, schlug Zintkala-win vor.
„Nein, entweder wir gehen alle oder niemand! Ich lasse euch nicht mehr alleine! Nicht, solange Bleza-Si noch lebt!“, erklärte Nata-He-Yukan bestimmt. Seine dunklen Augen waren blank vor Sorge, vergangen war der abwesende Ausdruck in seinem Gesicht. Dieser Mann hatte Angst! Eine entsetzliche, tief sitzende Angst, dass er seine Familie nicht beschützen konnte. Nata-He-Yukan war tapfer, aber die Sorge um seine Familie raubte ihm den Verstand. Er würde erst wieder in Ruhe schlafen können, wenn Bleza-Si endlich tot war. Kein Cree, kein Crow, kein Assiniboin, überhaupt kein anderer Feind flößte ihm Furcht ein, aber

Bleza-Si war Iya, der Herr des Bösen in Person. Bei jedem Angriff eines feindlichen Stammes konnte er darauf vertrauen, dass seine Frauen und Kinder vielleicht verschont wurden, im Zelt eines anderen Mannes weiterleben durften oder zumindest nicht gequält wurden. Aber vor der Gemeinheit von Bleza-Si schreckte er zurück, niemand konnte wissen, was in diesem kranken Geist vor sich ging. Er fühlte sich hilflos und klein, denn stets konnte dieses Monster wieder auftauchen, irgendwo wie eine Spinne auf Beute lauern und im günstigen Moment zuschlagen.
Warum hatte Bleza-Si keine Frau, keine Kinder, die er bedrohen könnte? Oder hatte er bei den Assiniboin ein Mädchen geheiratet? Seine Lippen pressten sich aufeinander, als er über eine solche Rache nachdachte.
Wie würde Bleza-Si weinen, wenn seine Frau mit zertrümmertem Schädel an einem Felsen lehnte? Dann dachte er an Blauer-Schmetterling und wischte diesen Gedanken beiseite. Er war Nata-He-Yukan, er tat keiner Frau Gewalt an.
Wahrscheinlich wäre jede Frau nur froh, wenn er sie von diesem Monstrum befreite. Fast hätte er sich auch in ein solches Monstrum verwandelt, dachte er bestürzt. Warum hatte sich Zintkala-win im Winter nicht gegen ihn gewehrt? Sein flackernder Blick fiel auf seine Frau und sein Herz strömte über. Sacht kniete er sich neben sie und vergrub seinen Kopf an ihrem Hals. „Ich tue dir nie wieder weh!", versprach er mit stockender Stimme. „Etwas war in mir gestorben", versuchte er seine eigenen Gedanken zu ordnen.
Zintkala-win lächelte traurig. „In uns allen stirbt ein Teil, wenn ein Mensch, den wir lieben, gehen muss! Aber so ist unser Leben! Eines Tages gehen auch wir, dann trauern andere um uns! Um Bleza-Si wird niemand weinen! Aber ich möchte, dass eines Tages deine Kinder um dich trauern, weil du ein guter Vater warst! Auch Kaktusblüte! Du darfst nicht so werden wie Bleza-Si!"
„Nein! Ich hatte meinen Weg verloren, aber nun sehe ich, wohin mich das Zauberwasser fast geführt hätte. Bleza-Si wollte meinen Geist vernichten, weil er meinen Körper nicht besiegen kann. Aber ich habe gesiegt! Machpiya-ska wird in meinem Herzen sein, ebenso wie Kleine-Krähe, aber die anderen Kinder brau-

chen ihren Vater und meine Frauen brauchen ihren Mann. Bitte, hole sie herein! Ich möchte sie sehen."

Erleichtert stand Zintkala-win auf und lief vor die Tür, um die anderen zu rufen. Schüchtern standen die beiden Mädchen in der Tür und blickten ihre Eltern an. Mit dem feinen Gespür der Kinder erkannten sie die Veränderung, die mit ihrem Vater stattgefunden hatte.

Schnee-in-den-Bergen verzog unsicher ihren Schmollmund, ihre großen Augen hefteten sich bittend auf ihren Vater. Ein leises Lächeln deutete sich in den Mundwinkeln von Nata-He-Yukan an und er dachte an die Puppen, mit denen sie immer in dem Zelt spielten. Geschmeidig erhob er sich und schob sich an den Kindern hinaus.

Dann kehrte er mit den Puppen zurück und drückte sie den Mädchen in die Arme. „Haben eure Babys denn schon gefrühstückt?", lächelte er. Verneinend schüttelten die Mädchen ihre Köpfe, sodass ihre kurzen Zöpfe flogen. „Nun, dann setzen wir uns doch und ihr füttert sie, was meint ihr?"

Gemeinsam mit den Kindern setzte er sich auf die Felle und beobachtete, wie sie mit ihren Puppen spielten. Abwechselnd steckte ihm ein Kind einen Bissen in den Mund und dann kicherten sie begeistert, wenn er nach ihren Fingern schnappte.

Zutraulich setzte sich Kaktusblüte auf seinen Schoß, froh, dass ihr Vater wieder mit ihnen spielte. Unverwandt blickte Nata-He-Yukan in ihre grauen Augen, aber es war nur seine Tochter, die er sah, nichts anderes.

Zärtlich drückte er das Kind an sich, dann nahm er Schnee-in-den-Bergen auf seinen Schoß und wunderte sich, wie groß sie inzwischen war. Ein richtiges kleines Mädchen und kein Baby mehr.

Eifersüchtig krabbelte Stern-der-brennt zu ihm, denn er wollte auch einen Platz ergattern. Ein tiefes Lachen stieg in ihm hoch, ein Lachen, das seine Seele befreite und das Band um sein Herz löste. Mit beiden Händen griff er nach seinem Sohn und ließ sich dann mit ihm und den beiden Mädchen nach hinten fallen. Quietschend vor Begeisterung lagen die Kinder auf ihm und er fühlte eine tiefe Zufriedenheit in sich.

An diesem Tag ging er nicht zur Jagd, sondern blieb in seinem Zimmer. Blauer-Schmetterling weinte unkontrolliert, so froh war sie, ihren Mann zurückzuhaben. Aber auch Jean freute sich, ließ seinen Freund kaum aus den Augen, als er neben ihm Platz nahm.
„Du warst weit fort, mein Freund!", meinte er erleichtert.
„Ja, aber ich gebe Bleza-Si nicht die Genugtuung, mich besiegt zu haben!", erklärte Nata-He-Yukan fest.
„Das ist gut! Wir stehen das durch wie Brüder!", bestätigte Jean zuversichtlich. „Irgendwann erwischen wir diesen Bastard!"
Nata-He-Yukan nickte nur entschlossen den Kopf. Dazu gab es nichts zu sagen.
Im Fort atmeten alle auf. Nata-He-Yukan hatte seine jugendliche Unbekümmertheit verloren, aber er hatte wieder zu sich selbst gefunden. Ruhig übersetzte er zwischen den Händlern und Indianern, ritt zur Jagd und spielte mit seinen Kindern. Immer war er auf einen Hinterhalt gefasst und achtete darauf, dass seine Frauen nicht ohne Begleitung das Fort verließen. Selbst zum Baden begleitete er sie, oder wenn sie ihre Notdurft verrichteten. Kein Indianer benutzte dazu das stinkende Ding, das die Weißen sich gebaut hatten!
Zintkala-win kicherte belustigt. „Vielleicht hilfst du uns auch beim Beerensammeln, wenn sie reif sind!"
„Ja!", stimmte er zu. „Ich flechte mir einen Korb und helfe euch! Ganz sicher lasse ich euch nicht allein in den Wald!"
Zintkala-win starrte ihn ungläubig an, aber sie konnte keinen Spott in seiner Stimme entdecken. „Auch ich kann einen Bogen führen!", meinte sie ein wenig beleidigt.
Er lächelte freundlich. „Du hast einen dicken Bauch!"
„Das macht mich noch lange nicht zu einem Krüppel!", begehrte sie auf und ihre Augen blitzten zornig.
„Eines Tages werdet ihr wieder allein in den Wald gehen können, aber nicht solange Bleza-Si noch lebt!", erklärte Nata-He-Yukan ruhig, aber bestimmt.
Zintkala-win schluckte eine weitere Bemerkung hinunter und runzelte die Stirn. Ein plötzlicher Schauer lief ihr den Rücken hinunter und sie tastete nach ihrem Bauch.

Nata-He-Yukan hatte Angst vor dem, was Bleza-Si ihr und dem Ungeborenen antun könnte. „Nun!“, meinte sie versöhnlich. „Dann ist es besser, wenn du deine Waffen trägst und nicht einen Korb mit Beeren!“
Seine Züge wurden weich und fast bereute er es, ihr Angst gemacht zu haben. Seine Hand ruhte auf ihrem Bauch und er staunte, welche Veränderung die Schwangerschaft in ihr hervorrief. Sie war sanft und fraulich, freute sich auf ihr zweites Baby. „Hast du immer noch Zweifel?“, fragte er sie nach ihrer Vision.
Sie blinzelte überrascht und dachte darüber nach. „Ja! Eine Vision kommt nicht einfach nur so. Sie hat immer eine Bedeutung. Aber ich habe sie nicht verstanden.“
„Zweifelst du auch meinetwegen oder wegen des Babys?“, fragte Nata-He-Yukan leise.
„Nein, es ist kein Zufall, dass wir zusammen sind! Und es ist kein Zufall, dass ein weiteres Kind in mir wächst. Ich freue mich darauf!“
Nata-He-Yukan lachte ehrlich erfreut. „Gut!“
„Aber wenn das Baby geboren ist, reite ich wieder mit dir zur Jagd!“, erklärte sie selbstbewusst.
Er lachte dröhnend und nahm sie schwungvoll in seine Arme. „Aber ja, mein störrisches Blackfeetweib!“
„Uh, ah!“, stöhnte sie und erschrocken lockerte er seinen Griff. Er war hinreißend in seiner Besorgnis um sie und sie kicherte belustigt. „Solange das Baby in mir wächst, kannst du mich ruhig vorsichtig behandeln!“, meinte sie verschmitzt.
„Ich behandle dich von nun an immer vorsichtig!“, erklärte er sanft.
Gemeinsam schlenderten sie zum Fort zurück, das vor ihnen in der Frühlingssonne lag. Immer noch lagerten Tipis in der Nähe, denn inzwischen kamen auch weiter entfernte Gruppen zum Handeln vorbei. Der Posten war gut eingeführt und Mitchell galt als fairer Partner. Selbst die sonst so kriegerischen Kainah verhielten sich friedlich und nutzen den Handelsposten, um Gewehre und andere Waffen einzutauschen.
Diese gaben ihnen gegenüber anderen Stämmen eine gewisse Überlegenheit, die sie zu schätzen wussten.

Alle warteten gespannt auf das erste Schiff, das neue Handelswaren bringen und die Ausbeute des Winters stromabwärts transportieren sollte. Zusammengepresste Bündel mit den wertvollen Fellen lagen in einer großen Lagerhalle, die aus allen Nähten zu platzten drohte. Mitchell war sehr zufrieden und fieberte der Abrechnung entgegen.

Doch es wurde Juni, ehe das erste Schiff den Fluss hinaufkam. Das Eis war erst spät verschwunden und so hatte sich der gesamte Schiffsverkehr auf dem Missouri verzögert. Jubelnd wurde das lang ersehnte Schiff begrüßt, vor allen Dingen, weil der Whiskey auszugehen drohte. Alles konnten die Männer verschmerzen, aber ohne Alkohol hätte Mitchell eine Meuterei am Hals!

Neugierige säumten das Ufer und winkten den Ankömmlingen begeistert zu, doch an Bord war die Stimmung verhalten.

Zwei Männer waren an Pocken erkrankt und alle wussten, was das hieß!

Mitchell wurde blass und auch der Arzt rückte besorgt an seiner Brille. „Am besten sie kehren sofort um! Keiner steigt aus, keiner steigt ein!"

„Scheiße!", stöhnte Mitchell. „Ich brauche den Nachschub!"

„Zu gefährlich! Wahrscheinlich ist alles verseucht! Sie sollten besser sofort wieder ablegen!", schüttelte der Arzt den Kopf.

Mitchell schloss die Augen, dann nickte er zögernd. „Okay, stellen wir das Schiff unter Quarantäne! Wir geben ihnen, was sie brauchen, und dann sollen sie morgen wieder fahren!"

„Gute Entscheidung!", murmelte der Arzt erleichtert.

Die Blackfeet dagegen waren empört, verstanden die gut gemeinte Vorsichtsmaßnahme nicht. Viele waren von weither angereist und wollten nun tauschen.

„Das große Kanu ist da, wir wollen tauschen!", beharrten sie.

Mitchell hob beruhigend die Hände. „An Bord sind zwei Männer mit der Weißschorfkrankheit! Das ist sehr gefährlich! Das Schiff fährt wieder zurück!"

Drohende Stimmen erhoben sich: „Nein! Wir haben lange gewartet! Wir wollen tauschen!"

Immer mehr Krieger drängten sich ans Ufer, bereit notfalls mit Waffengewalt die Herausgabe der Waren zu erzwingen.

Die ersten kletterten bereits an Bord und etwas fassungslos sah Mitchell den Männern zu, die sich im Handumdrehen in bedrohliche Krieger verwandelten. „Halt!", brüllte Mitchell und nur sein gutes Verhältnis, das er zu Tatsicki-Stomick hatte, ließ die Krieger kurz innehalten.
„Ich meine es doch nur gut! Wartet auf das nächste Schiff!"
Wieder wandten sich die Krieger der Ladung zu und immer mehr kletterten an Bord, zogen bereits Decken und Tücher hervor und schubsten ruppig die Weißen beiseite, die sich ihnen in den Weg stellten.
Ein Schuss knallte und wutentbrannt stand Mitchell in seiner blauen Uniform am Ufer. „Ich schieße jeden nieder, der auch nur ein Stück anfasst! Wir laden aus und tauschen dann!", brüllte er. Finstere Augen wandten sich ihm zu, aber die Pecuni bewunderten seinen Mut und ließen von der Plünderung ab.
Trotzdem war die Stimmung so aufgeheizt, dass Mitchell schließlich tatsächlich die Ladung löschen ließ, um Gewaltausschreitungen zu verhindern. Die Blackfeet unterschätzten die Gefahr und verließen sich lieber auf ihre Medizin, die sie beschützen würde. „Wir sind Pecuni, wir sind stark!", behaupteten sie überheblich.

Jean war völlig entsetzt. Er hatte als Kind erlebt, wie tödlich die Seuche war, wenn sie sich erst ausbreitete, und schaute fassungslos zu, wie die Indianer sorglos Decken und Tücher tauschten. Damals waren auch viele Weiße an der Krankheit gestorben und er wusste von den verheerenden Folgen für die Indianer. Kopfschüttelnd kam er ins Fort und suchte nach Nata-He-Yukan.
„Kola! Ihr müsst hier weg!", befahl er besorgt.
„Weg?", sprachlos starrte Nata-He-Yukan auf seinen Freund.
„Ja, und zwar sofort! Die Krankheit wird sich ausbreiten! Du musst deine Frauen und Kinder hier sofort wegbringen! Am besten den gesamten Sommer, oder noch besser auch den ganzen Winter!"
„Bist du verrückt?", zischte Nata-He-Yukan. Ganz sicher gab er nicht die Sicherheit des Forts auf und zog mit seiner Familie allein in die Wildnis!
„Nein, ich weiß, welches große Unheil die Weißschorfkrankheit

bringen kann! Ich habe es erlebt! Ihr müsst hier weg!", wiederholte Jean schreckensbleich.
Fast wütend deutete Nata-He-Yukan auf die Blackfeet, die freudestrahlend ihre Tauschwaren schwenkten. „Sieh, die Blackfeet haben keine Angst. Sie tauschen. Ich habe auch keine Angst! Ich gehe jetzt da hinunter und übersetze für die Weißen!"
„Nein, tue das nicht!", versuchte Jean ihn aufzuhalten.
„Mir geschieht schon nichts!", lachte Nata-He-Yukan und setzte sich in Bewegung.
Jean wurde schlecht. Sein Freund ging ahnungslos in die Gefahr und er konnte ihn nicht aufhalten. Er durfte das nicht zulassen! Entschlossen drehte er seine Flinte, nahm sie am Lauf und schlug Nata-He-Yukan mit dem Kolben über den Kopf.
Wie vom Blitz getroffen stürzte der Indianer zu Boden und blieb regungslos liegen.

Jean hörte einen spitzen Schrei und sah, wie Zintkala-win ihn fassungslos anstarrte. Dann zog sie ihr Messer und ging wutentbrannt auf ihn los. „Mein Gott!", stammelte er und ließ das Gewehr einfach fallen. Seine Hände hoben sich beschwörend und er versuchte sie zu beruhigen. „Zintkala-win! Ich bin dein Freund!"
Sie war so baff, dass sie stehen blieb. „Freund? Du schlägst meinen Mann nieder und nennst dich Freund?"
„Ja, hör zu! Ihr müsst hier weg! Sofort! Nata-He-Yukan hört nicht auf mich, aber du musst mir glauben", redete er verzweifelt auf sie ein.
Langsam ließ Zintkala-win das Messer sinken und ihr wurde klar, dass hier etwas Schreckliches geschah.
„Was ist los?", fragte sie erschrocken. Sie fühlte eine plötzliche Bewegung ihres Ungeborenen, das die Anspannung ebenso bemerkte. Bleich sank sie zu Boden und starrte auf ihren ohnmächtigen Mann.
„Mädchen, ist alles in Ordnung?", fragte Jean besorgt. Sie nickte nur und sah ihn fragend an.
„Ihr müsst sofort hier weg! Auf dem Schiff waren zwei Männer mit der Weißschorfkrankheit! Wenn ihr hier bleibt, werdet ihr alle sterben!"

Ungläubig schaute Zintkala-win auf die vielen Blackfeet, die nach wie vor um das Fort herum ihre Zelte aufbauten. „Und die anderen?", fragte sie entsetzt.
„Mitchell hat versucht sie zu warnen, aber sie glauben ihm nicht! Bitte, Zintkala-win, du weißt, dass ich euer Freund bin! Ich will euch nicht verlieren! Bitte geht fort und kommt erst im Frühling wieder!"
„So lange?", fragte sie fassungslos.
„Ja, erst dann kann man sagen, wer überlebt hat! Bitte gehe jetzt!", drängte Jean erneut.
„Und du?"
„Ich hole meine Frau und folge euch. Sie ist bei Tatsicki-Stomick und besucht ihre Familie mit dem Baby! Vielleicht kann ich sie auch überzeugen, dass sie dieses Jahr nicht zum Handeln kommen! Bitte, haut ab! Ich folge euch! In zwei, drei Tagen könnte ich euch wieder einholen!"
„Wohin soll ich gehen?"
„Irgendwohin, wo es keine Menschen gibt."
Zintkala-win nickte. „Ich glaube dir! Ich gehe nach Norden!"
Zweifelnd legte Jean den Kopf schief, denn dort war auch das Land der Assiniboin, aber wenn er sich beeilte, dann konnte er seine Freunde schnell wieder einholen, und in seiner Begleitung würden sie ihnen nichts tun.
„Gut! Ich finde eure Spuren und folge euch! Jetzt geh und pack eure Sachen! Ich fessle Nata-He-Yukan auf ein Pferd, ehe er aufwacht. Du bindest ihn erst los, wenn er zur Vernunft gekommen ist!"
„Das kann lange dauern!", meinte sie mit einem Lächeln.
„Und wenn es bis zum nächsten Frühjahr dauert! Das ist mir gleichgültig", beharrte Jean.
„Gut, ich nehme unser Zelt und dann gehen wir!"
Unendlich erleichtert sah Jean, wie Zintkala-win zu ihrem Zimmer lief und Blauer-Schmetterling aufscheuchte.

Jean rief nach Connor und bat ihn auf den bewusstlosen Indianer aufzupassen. „Wenn er sich rührt, brätst du ihm noch mal eine über!"

„Sag mal, spinnst du?“ Irritiert blickte Connor auf Nata-He-Yukan, der bewegungslos am Boden lag.
„Nein, aber ich bringe meine Freunde hier weg, und wenn du schlau bist, sorgst du auch dafür, dass deine Frau verschwindet, ehe sich die Krankheit ausbreitet!“, riet Jean dem jungen Mann.

Dann holte er die Pferde von Nata-He-Yukan und fesselte ihn quer über den Sattel.
Innerhalb kürzester Zeit hatte Zintkala-win ihre Sachen gepackt und führte ihre Familie aus dem Fort. Einige Händler blickten ihnen mit schlechtem Gewissen hinterher, selbst Mitchell fühlte sich nicht wohl in seiner Haut, aber er hatte sein Mögliches versucht.
Jean baute sich fordernd vor ihm auf. „Ich hole meine Frau und haue auch ab!“
Mitchell nickte kurz sein Einverständnis, dann schaute er sich nach den anderen um. „Jeder, der möchte, kann verschwinden!“
Connor schnalzte unsicher mit seiner Zunge, aber er gehörte zu den wenigen, die schließlich auf die Warnung hörten.
Innerhalb kürzester Zeit folgte er Jean mit seiner Frau und die beiden fühlten sich in der Begleitung des anderen um einiges besser. „Wo sollen wir hin?“, fragte Connor besorgt.
„Weit weg! Ich hole meine Frau und dann gehe ich nach Norden, um Nata-He-Yukan einzuholen!“

Am nächsten Tag erreichte er das Dorf des großen Häuptlings. Tatsicki-Stomick lauschte auf die mahnenden Worte seines Schwiegersohnes und runzelte nachdenklich die Stirn.
„Es ist sehr gefährlich, wenn du in die Einsamkeit gehst! Hier sind nicht nur Freunde!“
„Es ist weit weniger gefährlich, als wenn ich hier bleibe, glaube mir! Du tust gut daran, wenn du dieses Jahr nicht zum Handeln gehst und auch sonst allen Dörfern fernbleibst!“, erklärte Jean.
Tatsicki-Stomick nickte. „Ich werde auf deine Worte hören, aber jetzt reite und finde deinen Bruder!“
Sanft legte Jean dem großen Häuptling die Hand auf die Schulter und verabschiedete sich: „Ich hoffe, dass wir uns wieder sehen!“

Zintkala-win führte ihre Familie indessen nach Norden, neben ihr trottete das Pferd ihres Mannes. Besorgt beugte sie sich manchmal zu ihm, aber er atmete noch, und so versuchte sie möglichst viel Abstand zwischen sich und diese Krankheit zu bringen. Fast fürchtete sie sich vor dem Augenblick, an dem er erwachen würde. Zögernd wanderte ihr Blick über die Landschaft und sie überlegte, wohin sie reiten sollte.
„Irgendwohin, wo es keine Menschen gibt!", hatte Jean gesagt. In der Mittagshitze flimmerte es, und fast dösend hockten sie auf den Pferden, ließen sie einfach nach Norden trotten.
Zintkala-win hielt den Bogen griffbereit in der Hand, denn nun war sie es, die ihre Familie verteidigen musste. Plötzlich glaubte sie in der flimmernden Luft eine Gestalt zu erkennen, die ihr lächelnd die Hand zustreckte.
Ihr Herz stockte vor Entsetzen, als die Wirklichkeit des Traumes sie einholte. Würde das Schicksal jetzt nach ihr greifen, ihr Leben fordern? Hier, mit dem Ungeborenen im Bauch? Wozu der ganze Kampf, ihr Leiden, die Verluste? Die flimmernde Gestalt verschwand und immer noch dröhnten die unausgesprochenen Worte in ihrem Ohr: „Folge meinem Pfad!"
War das ihre Bestimmung? Mit einem Ruck zügelte sie ihr Pony und ein Kälteschauer lief über ihren Rücken.
Aber sie fühlte nicht die Nähe des Todes. Nein, deutlich spürte sie die Hoffnung, das Leben!
Dann lächelte sie plötzlich, als die Erkenntnis ihren Verstand erreichte. Weinend rutschte sie vom Pferd und kniete mit erhobenen Händen im Gras. „Mein Bruder!", betete sie dankbar. „Du zeigst mir den Weg!"
Völlig hysterisch lachte und weinte sie gleichzeitig. Schluchzend fiel sie Blauer-Schmetterling in die Arme, die sich besorgt neben sie kniete. „Blauer-Schmetterling …", flüsterte sie atemlos. „Meine Vision! Ich verstehe sie jetzt. Mein Bruder will, dass ich ihm folge, in die Sandhügel! Aber nicht um zu sterben, sondern um zu leben. Oh, ich habe nicht meinen Tod gesehen, sondern unser Leben. Mein Bruder wacht über uns! Oh, Blauer-Schmetterling!"
Ihre Tränen wollten nicht versiegen, denn sie war so glücklich. Alles war vorherbestimmt gewesen. Alles hatte so sein sollen.

Ihr Bruder war gestorben, damit er ihr diesen Weg zeigen konnte. Den Weg in die Sandhügel!
Ihre Vorfahren würden sie beschützen!
„Was sind die Sandhügel?", fragte Blauer-Schmetterling verständnislos.
„Eine öde Gegend im Norden. Unsere Ahnen leben dort!", erklärte Zintkala-win mit leuchtenden Augen.
„Aber wie können dort Menschen überleben?", zweifelte Blauer-Schmetterling.
„Ai, dort gibt es Antilopen und Büffel. Genug, um zu überleben!", meinte Zintkala-win leichthin. „Jetzt komm, wir müssen weiter! Mein Bruder ruft nach mir."
Wieder ritten sie nach Norden, folgten den grasbedeckten Hügeln und wichen scharfen Felsen aus. Erst am Abend hielten sie an und machten ein Lagerfeuer.
Gemeinsam zogen sie Nata-He-Yukan vom Pferd und legten ihn neben das Feuer. Seine Hände und Füße ließen sie vorsichtshalber gefesselt. Vorsichtig machte ihm Zintkala-win kalte Umschläge und befürchtete, dass ihm gehörig der Schädel brummen würde, wenn er endlich erwachte. Sie schlief unruhig in dieser Nacht, immer wieder erschien ihr Nata-He-Yukan, der sie mit vorwurfsvollen Augen unverwandt anstarrte. Dann schrak sie hoch, als ihr zum ersten Mal nach langer Zeit ihr Bruder im Traum erschien. Was wollte er ihr sagen?

Am Morgen schaute sie in Nata-He-Yukans geöffnete Augen und erkannte, dass er schon länger wach auf seinem Lager gelegen hatte ohne sich zu rühren. Sein Blick war klar und mit schneidernder Stimme streckte er seine gefesselten Hände vor und verlangte eine Erklärung: „Was soll das?"
Ihr Herz machte einen Satz, denn er sah richtig wütend aus. Er hatte die Spannkraft eines Pumas, als er sich trotz seiner Fesseln aufrichtete.
Ängstlich, einem Impuls folgend, legte sie die Hände auf ihren Bauch, denn sie fürchtete seinen Zorn.
Völlig ruhig spannte er die Handgelenke und hielt sie ihr vor die Nase. „Binde mich los!"

Sie holte tief Luft und blickte ihm in die Augen. „Jean hat gesagt, dass ich dich erst losbinden darf, wenn du vernünftig bist!"
„Ich bin vernünftig!", erklärte er und seine Augen wurden zu Dolchen. „Jetzt binde mich los!"
Es hatte keinen Sinn, ihr Glück weiter herauszufordern. Vorsichtig, wie man sich einer gereizten Schlange nähert, tastete sie nach seinen Fesseln und schnitt sie durch.
Er nahm ihr einfach das Messer aus der Hand und trennte die Fußfesseln durch, dann entspannte er sich etwas und wartete auf eine Erklärung.
„Jean hat Angst um uns!", erzählte sie mit bebenden Lippen, ihr spitzes Kinn zitterte leicht.
„Das habe ich gemerkt! So sehr, dass er mir fast den Schädel einschlägt!", bemerkte er triefend vor Hohn.
„Er sagt, dass die Krankheit alle töten wird! Er meint es doch nur gut!", verteidigte Zintkala-win ihren gemeinsamen Freund.
„Warum kommt er dann nicht mit? Es ist gefährlich, euch allein reiten zu lassen!", wehrte Nata-He-Yukan voller Wut die gut gemeinte Tat ab.
„Er wird uns folgen! Er holt seine Frau und warnt Tatsicki-Stomick vor den Folgen der Krankheit! "
„So, das ist gut! Dann kann ich in Ruhe seinen Skalp nehmen!"
„Nata-He-Yukan! Jean ist unser Freund! Er handelt so, weil er Angst um uns hat! Nicht, weil er dir schaden möchte!"
Der Krieger massierte seine Handgelenke und tastete nach der dicken Beule an seinem Kopf. „So, ein Freund? Ich möchte nicht wissen, wie er seine Feinde behandelt! Wohin gehst du überhaupt?", fragte er unwillig.
Zintkala-win senkte den Kopf. „Nata-He-Yukan! Ich folge meiner Vision! Im Fort hatte ich noch Zweifel, ob Jean richtig handelt, aber jetzt habe ich Klarheit!"
„So?" Ein leises Kräuseln seiner Mundwinkel deutete an, dass Nata-He-Yukan etwas besser gelaunt war.
„Ja, mein Bruder zeigt mir den Weg. Ich folge ihm in die Sandhügel! Dort sind wir sicher!"
Ihre Augen fraßen sich in den seinen fest und sie hoffte, dass er ihr glaubte. Er zuckte vor ihrer Ernsthaftigkeit zurück und wusste

in diesem Moment, dass sie die Wahrheit sprach. All die Winter hatte seine Frau darauf gewartet. Dies war ihre Vision und er durfte sie nicht zurückweisen. Er vertraute ihrem Instinkt und ihm war klar, dass in dem Fort nur der Tod lauerte, sonst wäre sie nicht gegangen. „Waschté!", murmelte er. „Deine Vision zeigt dir den Weg und ich werde dir folgen!"
Sie fiel vor Erleichterung in sich zusammen und Nata-He-Yukan machte sich ernsthafte Sorgen um das Ungeborene. Vorsichtig half er ihr hoch, dabei kämpfte er selbst mit einem brummenden Schädel und gewaltigem Schwindelgefühl.
Fürsorglich half er ihr auf das Pferd und nickte seiner anderen Frau zu, die bereits die Schlafffelle verladen hatte und mit Kaktusblüte und dem Baby auf ihrem Pony saß. Blauer-Schmetterling warf ihm einen unsicheren Blick zu und Nata-He-Yukan verbiss sich ein Grinsen.
Schwungvoll hob er Schnee-in-den-Bergen hoch und gab sie Zintkala-win, dann zog er sich langsam in seinen Sattel, versuchte verzweifelt die tanzenden Bilder in seinem Kopf wieder zu beruhigen. „Merde!", stöhnte er fast wie ein französischer Trapper, der zuviel getrunken hat. Seine Hände klammerten sich in der Mähne fest, damit er nicht wieder herunterfiel und nach kurzer Zeit verging die Übelkeit, die in seinem Magen aufstieg. Er hätte mit Jean ein Hühnchen zu rupfen, wenn er irgendwann auftauchte! Ein gewaltiges Hühnchen! Einen ganzen Geier!
Seine Fersen klopften an den Bauch des Schecken und als merkte das Tier seine Unpässlichkeit, trottete es nur langsam dahin. Ohne Eile zogen sie nach Nord-Osten, hofften, dass Jean sie bald einholen würde. In regelmäßigen Abständen hinterließen sie Zeichen, obwohl Nata-He-Yukan ein nervöses Kribbeln befiel, denn diese Zeichen zeigten auch ihren Feinden den Weg.

Nach zwei Tagen beschloss Nata-He-Yukan eine längere Rast zu machen und auf seinen Freund zu warten. Auch für Jean war es gefährlich, allein mit einer Frau und einem Baby zu reisen. „Baut das Tipi auf!", befahl er seinen Frauen. Geschickt stellten sie die Stangen auf und zogen das schwere Zelt nach oben, während die Mädchen Feuerholz sammelten. Sie zählten nun vier und fünf

Winter und waren bereits groß genug, um kleinere Aufgaben wie Holzsammeln, Wasser holen oder das Essensgeschirr abzuwaschen, zu übernehmen. Lächelnd schaute Nata-He-Yukan ihnen nach, erfreute sich daran, wie sie anmutig zu den Sträuchern rannten. Kurz stellte er sich vor, dass Machpiya-ska mit ihnen lief und die Trauer schnürte sein Herz zusammen. Niemals wieder würde sie ihn mit ihren funkelnden Augen erfreuen!

Um sie herum war offene Prärie, nur an dem Flusslauf, an dem sie lagerten, waren einige Büsche und verkrüppelte Bäume.

Antilopen grasten in der Nähe und Nata-He-Yukan beschloss zur Jagd zu gehen, während die Frauen ihre Bündel ausluden. In der Ferne wirbelte Staub auf und abschätzend kniff Nata-He-Yukan die Augen zusammen. „Zu viel Staub für zwei Reiter!", überlegte er kurz. „Vielleicht Büffel?"

Dann setzte sein Herzschlag aus und entsetzt starrte er auf seine Familie, die ahnungslos vor dem Tipi arbeitete.

„Lauft!", schrie er verzweifelt und griff nach seinem Bogen an der Schulter. Es war zu spät! Ein Schuss knallte und die Wucht des Aufpralls riss ihn von den Beinen.

Zintkala-win sah ihn stürzen und schrie vor Entsetzen. Dann hingen ihre Augen wie gebannt an den Reitern, die mit kehligem Geschrei auf sie zustürmten. Ihre Beine wurden schwer, sie fühlte, wie das Baby in ihrem Leib eine heftige Bewegung machte, und sank aschfahl in das Gras. Bei dieser Übermacht konnte sie nicht mehr kämpfen.

Die Mädchen kamen angelaufen, deutlich war das Weiße in ihren entsetzten Augen zu sehen. Zitternd schob Blauer-Schmetterling die beiden Kinder in das Zelt, doch das würde nicht viel nützen. Ihr kleiner Sohn jammerte leise, und verzweifelt suchte ihr Blick nach Nata-He-Yukan.

Nata-He-Yukan rappelte sich mühsam hoch und blickte den Angreifern entgegen. Assiniboin! An die zehn Männer! Eine unglaubliche Angst stieg in ihm hoch, als er an seine Frauen und Kinder dachte. Der Streifschuss an seinem Oberschenkel pochte, aber er ignorierte den Schmerz. „Ihr feigen Aasgeier!", schleuderte er ihnen seine Wut entgegen. „Warum kämpft ihr nicht wie Männer?"

Mit einem höhnischen Grinsen näherte sich ihm ein Reiter und Nata-He-Yukan wurde schlecht. Bleza-Si! Dieses Hundegesicht! Sofort wusste er, dass dieser Mann kein Mitleid haben würde. Erst würde er ihn töten und dann all seinen Hass an den Frauen und Kindern auslassen. Von den Assiniboin hätte er vielleicht Mitleid oder Hochachtung erwarten können, wenn er tapfer gestorben wäre, aber nicht von Bleza-Si.

Kurz blinzelte er, als er an das Ungeborene dachte, das er nun nicht mehr schützen konnte. Gern hätte er es wenigstens einmal im Arm gehalten.

„Bleza-Si!", zischte er verächtlich. „Du feiger Hund! Brauchst du so viele Männer, um mit einem Mann fertig zu werden?"

Bleza-Si lachte hämisch. „Lange habe ich auf diesen Augenblick gewartet. Ich habe dich beobachtet und bin deinen Zeichen gefolgt. Erst werde ich dich töten und dann deine Frauen! Sie werden vor Angst schreien, aber niemand wird Mitleid mit ihnen haben. Und dann töte ich deine Kinder!"

Nata-He-Yukan schluckte schwer, dann wurde seine Stimme hart. „So wie du Kalter-Stein getötet hast? Hast du deinen Freunden erzählt, dass du einen Mann deines Volkes getötet hast, nur um dich an mir zu rächen? Hast du ihnen erzählt, dass du meine kleine Schwester getötet hast, nur weil du zu feige warst mit mir zu kämpfen?"

Anklagend wandte er sich an die Assiniboin: „Ihr sprecht dieselbe Sprache! Vor langer Zeit waren wir ein Volk. Dieser Mann hat sein Volk verraten. Er vergreift sich an meiner Familie, weil er zu feige ist mit mir zu kämpfen. Ich fordere ihn nun heraus! Dann möget ihr tun, was ihr für richtig erachtet."

Abschätzend musterten die Assiniboin den verletzten Lakotakrieger. Er bat um nichts, er flehte nicht einmal um das Leben seiner Frauen und Kinder, alles was er wollte, war Genugtuung, und diese Ehre stand ihm zu.

Außerdem versprach es ein interessanter Kampf zu werden! Die Frauen, die schreckensbleich vor dem Zelt knieten, konnten warten.

Bleza-Si rutschte wutentbrannt von seinem Pony und zog sein Messer. „Ich werde dir zeigen, dass ich keine Angst vor dir habe!

Ich werde dir das Herz aus dem Leib reißen und deinem Hund zum Fraß vorwerfen!"
„Ich habe keinen Hund!", lächelte Nata-He-Yukan. Der Schmerz trieb ihm den Schweiß in das Gesicht und er wischte kurz über seine Augenbrauen.
Bleza-Si grinste höhnisch, dann flüsterte er so, dass nur Nata-He-Yukan seine Worte verstand: „Dann schneide ich deiner Frau das Ungeborene aus dem Leib! Und du wirst es sehen, wie sie um Gnade winselt!"
„Du mieses Schwein!", fauchte Nata-He-Yukan auf Englisch und zog sein Messer.
Unvermittelt ging Bleza-Si auf ihn los und klirrend trafen sich die Klingen, als Nata-He-Yukan blitzschnell seine Attacke abwehrte. Vorsichtig umkreisten sich die beiden Gegner, lauerten auf eine günstige Gelegenheit, die Abwehr des anderen zu unterlaufen. Blut tropfte auf den Boden und geringschätzig kniff Bleza-Si seine grauen Augen zusammen. Der Blutverlust würde Nata-He-Yukan schwächen.
Tänzelnd kam er immer wieder auf ihn zu, wich dann zurück und ermüdete so den Lakotakrieger. Mehrmals versuchte er mit einer Finte, den Feind aus der Reserve zu locken.
Mit schmerzverzerrtem Gesicht folgte Nata-He-Yukan jeder Bewegung seines Feindes, unterdrückte die Schmerzen in seinem Bein. Er hatte schon einmal schwer verletzt um seine Frau gekämpft und wusste, dass er seine Kräfte einteilen musste.
Humpelnd verlagerte er sein Gewicht auf das gesunde Bein und wartete auf den nächsten Angriff. Es war leichter, sich zu verteidigen, dann konnte er hoffen bei seinem Feind eine Schwäche zu finden. Immer wieder klirrten die Klingen aufeinander, dazwischen war nur das Keuchen der Männer zu hören.
Zintkala-win kniete bewegungslos im Gras und verfolgte mit flackernden Augen den ungleichen Kampf. Sie wusste, was ihr blühte, wenn Bleza-Si gewinnen würde und zog ihr Messer. Lieber nahm sie sich selbst das Leben, ehe sie zuließ, dass Bleza-Si ihr oder ihrem Ungeborenen wehtat. „Schnee-in-den-Bergen!", rief sie leise nach ihrer Tochter. Ängstlich krabbelte das Kind in ihren Schoß und sie trocknete liebevoll dessen Tränen.

„Keine Angst!", flüsterte sie und versteckte das Messer hinter ihrem Rücken, damit das Kind ihre Absicht nicht erkannte. „Niemand wird dir etwas tun!"
Vertrauensvoll kuschelte sich das kleine Mädchen an seine Mutter, ihr kleiner Schmollmund ängstlich zusammengekniffen.
Blauer-Schmetterling legte zitternd die Hand über die Nase ihres Sohnes, bereit ihn zu ersticken, wenn die feindlichen Krieger sich näherten. Vielleicht konnte Kaktusblüte leben, wenn Bleza-Si sich an seine Tochter erinnerte. Tränen liefen über ihr Gesicht und fassungslos starrte sie auf die beiden Männer, die sich umkreisten wie der Puma den gereizten Bären. Aber selbst, wenn Nata-He-Yukan den Kampf gewänne, wer würde sie dann gegen diese Assiniboin verteidigen?

Nata-He-Yukan schwitzte bereits am ganzen Körper, mühsam schnappte er nach Luft und unterdrückte den roten Nebel, der vor seinen Augen aufstieg.
Bleza-Si fühlte sich siegesgewiss und reizte den Feind weiter, machte ihn zum Gespött vor seinen Freunden. „Seht ihr diesen einbeinigen Kranich? Er hüpft, als wollte er den Frosch fangen!"
Mäßiges Lachen antwortete ihm, denn selbst die Assiniboin empfanden den Kampf nicht als sonderlich fair.
„Warum greifst du nicht an?", forderte er Nata-He-Yukan weiter heraus. „Sind dir deine Frauen nichts wert?"
Nata-He-Yukan antwortete ihm nicht, denn er brauchte seinen Atem zum Kämpfen. Das Herz in seiner Brust schlug viel zu heftig und pumpte das schwindende Blut durch seinen Körper. Sein Mund wurde trocken, mit offenem Mund schnappte er keuchend nach Luft. Zintkala-win! Er durfte nicht ohnmächtig werden oder sie wäre verloren!
Sein Herz krampfte sich zusammen, als sein Blick unsicher zu seiner Frau flackerte und er kurz in ihre großen Augen blickte. Sie waren weit vor Angst, nicht um sich, sondern um ihre Kinder und um ihn!
Er sah das Messer in ihrer Hand und wusste, was sie damit tun würde. Erschöpft wich er einen Schritt zurück, denn er brauchte Zeit, um nachzudenken.

Bald würde sein Körper zusammenbrechen, auch wenn sein Geist sich gegen die Schwäche wehrte. Er musste es beenden! Seine Züge verkrampften sich, als die Furcht in ihm hochstieg und er vor seinem Feind zurückwich.
Wie ein Wolf, der Blut geleckt hatte, folgte ihm Bleza-Si, ein triumphierendes Grinsen in seinem Gesicht. Unvermittelt stieß er in einer seitlichen Bewegung mit dem Messer zu und hinterließ einen tiefen Schnitt auf Nata-He-Yukans Brust.
Der Lakotakrieger stöhnte auf, stolperte taumelnd rückwärts und fiel hart auf den Boden. Die Luft blieb ihm weg, als Bleza-Si auf ihn sprang und seinen Körper niederdrückte.
Nata-He-Yukans rechte Hand mit dem Messer wurde am Boden festgehalten und verzweifelt griff er nach der Faust des Angreifers, versuchte mit letzter Kraft dessen Messer von sich fernzuhalten. Im Hintergrund hörte er den entsetzten Schrei von Zintkala-win und schloss für einen Augenblick die Augen. Er würde ohne zu überlegen sterben, wenn sein Tod wenigstens ihr etwas nützte. Seine Augen öffneten sich und flackernd starrte er auf seinen Widersacher.
Deutlich erkannte Bleza-Si die Angst darin. „Ich habe gesehen, wie deiner Schwester vor Angst das Wasser die Beine heruntergelaufen ist und jetzt werde ich mir deine Frau nehmen!", zischte er, dabei triefte ihm der Speichel von den Lippen.
Immer näher kam die Klinge und Nata-He-Yukan merkte, wie ihn die Kräfte verließen.
Er wurde ganz ruhig und wusste, was er zu tun hatte. Bleza-Si glaubte, dass er Angst hatte, aber das war ein Irrtum. Er hatte keine Angst, weder vor dem Tod, noch vor dem Schmerz.
Plötzlich, ohne Vorwarnung oder irgendeine Andeutung gab seine Hand nach, das Messer sauste auf ihn hinunter, glitt am Schlüsselbein ab und hinterließ einen langen Schnitt an seiner Schulter.
Bleza-Si verlor das Gleichgewicht und sackte zu ihm hinunter, sein Kopf war plötzlich dicht über Nata-He-Yukans verschwitztem Gesicht. Mit einem Ruck fuhr Nata-He-Yukan hoch und biss mit aller Kraft in das Ohr seines Gegners, seine linke Hand fasste gleichzeitig nach den Haaren des Angreifers und

dabei ging er bewusst das Risiko ein, dass Bleza-Si ein zweites Mal mit dem Messer zustieß. Blut spritzte, als Nata-He-Yukan ihm fast das halbe Ohr abriss und aufbrüllend fuhr Bleza-Si zurück. Der Griff seiner linken Hand lockerte sich ein wenig, doch diese Unvorsichtigkeit reichte Nata-He-Yukan.

Energisch riss er seine rechte Hand los und stach mit seinem Messer in den Hals von Bleza-Si. Ein riesiger Schwall roten Blutes ergoss sich über Nata-He-Yukan, der ausdruckslos seinem Feind in die Augen blickte.

Bleza-Si röchelte überrascht, fasste erschrocken nach seiner blutenden Kehle, erkannte in einem winzigen Augenblick, dass er sterben würde.

„Ich habe mir deine Frau genommen …“, zischte Nata-He-Yukan hasserfüllt, „und es hat ihr Spaß gemacht! Sie hat gestöhnt vor Befriedigung und hat auf deinen Namen gespuckt!“

Blut rann Bleza-Si aus dem Mund, als er etwas erwidern wollte, doch dann brach er zuckend über Nata-He-Yukan zusammen.

Nata-He-Yukan hatte nicht mehr die Kraft, ihn von sich zu schieben, der rote Schleier vor seinen Augen wurde schwarz und dann wusste er nichts mehr.

Bewegungslos hockten die Assiniboinkrieger auf ihren Pferden, wechselten ungläubige Blicke über den unerwarteten Ausgang des Kampfes.

Schluchzend erhob sich Zintkala-win und stolperte zu ihrem Mann. „Mihigna, Mihigna!“, stammelte sie entsetzt und fühlte nach seiner Brust. Schnee-in-den-Bergen weinte schluchzend und starrte auf die feindlichen Männer, die sich ihnen drohend näherten.

Mit verweinten Augen sah Zintkala-win ihnen entgegen und wie im Traum erhob sie sich langsam. Das war einfach nicht gerecht! Sie nahm ihre Tochter an die Hand und hob ihr Messer.

Unbeeindruckt kamen die Männer näher, taxierten abschätzend die hochschwangere Frau, die sich ihnen in den Weg stellte. Sie war kein Gegner, nicht einmal eine besonders begehrenswerte Beute. Sie war eine Blackfeet, ein Feind und kalte Augen wanderten über ihren Körper, prüften, ob es sich lohnte, sie am Leben

zu lassen. Andere Männer näherten sich bereits Blauer-Schmetterling, die entschlossen ihrem Sohn die Nase zuhielt, um sein Leben ohne Schmerzen zu beenden.
Niemand achtete auf den Reiter, der sich in leichtem Galopp näherte, denn die Aufmerksamkeit war auf die vermeintliche Beute gerichtet. „Naschin-po!", ertönte eine ruhige Stimme.
Verblüfft hielten die Männer inne und drehten ihre Köpfe zu dem Neuankömmling. Langsam drängte sich ein Krieger durch die Reihen, sein gehörnter Kopfschmuck ragte hoch auf und war weithin für alle sichtbar. Es war Noachpeh, der abschätzend auf Zintkala-win hinunterblickte, hinter ihm schaute grinsend ein kleiner Kopf hervor. „Ina!"
Zintkala-wins Knie wurden weich und weinend vor Erleichterung sank sie zu Boden. Es war Kleine-Krähe, der strahlend vom Pferd rutschte und seiner Mutter in die Arme fiel. „Ina!", flüsterte er und kuschelte sich nach der langen Zeit in ihre Arme.
„Oh, Kleine-Krähe! Oh, du, mein Sohn!" Ihre Tränen wollten kein Ende nehmen und überwältigt drückte sie das Kind an sich.

Schweigend beobachteten alle die junge Mutter, die alles um sich herum einfach vergaß. Mit einer Handbewegung, die seine Autorität noch unterstrich, befahl Noachpeh den Kriegern zurückzubleiben.
Missbilligend runzelte er die Stirn und verlegen deuteten die Krieger auf Bleza-Si. „Er wollte seine Rache und versprach uns gute Beute! Die Blackfeet und Lakota sind unsere Feinde!"
Noachpehs Augen waren schwarz vor Verachtung. „Was, einen Mann und seine Familie nennt ihr Feinde?"
Mit seinen Lippen deutete ein Krieger auf die Kinder. „Warum reitet dann dieser Mann alleine und setzt sie dieser Gefahr aus?"
Noachpeh runzelte die Stirn, als er an die Warnung von Mitchell dachte.
In Begleitung einiger Weißer war er zum Fort gekommen, um das Kind zurückzubringen, nur um zu erfahren, dass Nata-He-Yukan und Jean es aus Angst vor der Weißschorfkrankheit verlassen hatten. Ihm war nichts anderes übrig geblieben, als ihnen zu folgen. „Jean befürchtet eine große Gefahr für seine Freunde!

Deshalb sind sie in die Einsamkeit geflüchtet!", erklärte er. „Ich fand Jean und begleitete ihn, bis ich auf eure Spuren stieß! Ich befürchtete das Schlimmste und bin hierher geeilt!"
„Wir wussten nicht, dass diese Feinde deine Freunde sind!", erklärten die Assiniboin. Sie gehörten zu der Bande von Tschatka und doch kannten und achteten sie Noachpeh. Sie führten einen gnadenlosen Krieg gegen ihre Feinde, aber den Weißen gegenüber verhielten sie sich freundlich. Jean war ihnen als Händler wohl bekannt und ausgerechnet die Freunde dieses Händlers zu bedrohen gab ihnen einen Stich. „Wo ist Jean jetzt?"
„Einen halben Tagesritt hinter mir! Er kann nicht so schnell voran, denn seine Frau hat ein Baby bekommen!", erklärte Noachpeh. Die Assiniboin nickten und lächelten flüchtig. Sie wussten, dass Jean die Tochter von Tatsicki-Stomick geheiratet hatte.
Schnee-in-den-Bergen steckte ihre Finger in den Mund und stellte sich vor Noachpeh. „Hilfst du uns?" Ihre runden Augen hefteten sich vertrauensvoll auf den Mann.
Vorsichtig hob Noachpeh das kleine Mädchen hoch. „Aber ja! Du bist noch meine kleine Nichte!" Verlegen sahen die Männer das kleine Mädchen, dem sie bisher keinerlei Beachtung geschenkt hatten. Jetzt fanden sie es niedlich, auch weil sie es zum ersten Mal wirklich wahrnahmen. Es hatte seine Ärmchen um Noachpehs Hals geschlungen und klammerte sich schutzsuchend an ihn.
Blauer-Schmetterling hatte die Nase ihres Sohnes losgelassen, der wütend über diese Behandlung protestierte. Seine Fäuste flogen und langsam wurde seine Hautfarbe wieder ein normales Kupferbraun. Überstürzt hastete sie zu Noachpeh. „Bitte! Nata-He-Yukan ist schwer verletzt! Bitte, hilf uns!"
Zögernd wanderte Noachpehs Blick zu Nata-He-Yukan, dann wieder zu Zintkala-win, die ihn mit einer plötzlichen Ahnung anstarrte.
Dieser Krieger war hier, um sie in sein Zelt zu führen, zumindest dachte er eindeutig darüber nach!
Mühsam richtete sie sich auf und fasste nach ihrem Bauch. Es war Nata-He-Yukans Kind und niemals würde sie einen anderen Mann lieben können. Mit leiser Stimme bat sie Noachpeh

auf sein Begehren zu verzichten. „Mein Herz ist voller Freude, dass du mir Kleine-Krähe zurückbringst! Aber ich kann dir nicht folgen! Bitte, ich möchte mich um die Wunden meines Mannes kümmern!"

Noachpeh blickte in ihre großen Augen und senkte den Blick, wusste mit einem Mal, dass er sie nicht zwingen würde, selbst wenn der Lakota an seinen Wunden sterben würde. Vorsichtig setzte er das Kind wieder ab und deutete auf den verletzten Lakotakrieger. „Ich bin hier, weil ihr meine Freunde seid! Bringen wir deinen Mann in das Zelt und sehen nach seinen Wunden!"

Ihre Augen schwammen voller Dankbarkeit. „Ich danke dir!"

Noachpeh senkte die Augen und erkannte, dass ihre Dankbarkeit alles sein würde, was diese Frau ihm je geben konnte, aber es war ihm genug.

Mit einer befehlenden Geste rief er nach einem Mann und gemeinsam rollten sie Bleza-Si von Nata-He-Yukan herunter und trugen den Verletzten zum Tipi.

Kurz blieb Zintkala-win neben Bleza-Si stehen, dann beugte sie sich über ihn und begann ihn vor den Augen der fassungslosen Assiniboinmänner zu verstümmeln. Ohne sich zu rühren sahen sie zu, wechselten einen verblüfften Blick mit Noachpeh, der diese Verstümmelung zuließ.

Mit vor Hass verzerrtem Gesicht stach Zintkala-win Bleza-Si die Augen aus, damit er im Jenseits nicht jagen konnte, dann säbelte sie die Finger ab, damit er keinen Bogen mehr spannen konnte und zum Schluss schlug sie das Lendentuch zur Seite.

Regungslos hackte sie sein Geschlecht ab, damit er keiner Frau mehr wehtun konnte. Dann beugte sie sich über ihn und nahm ihm seinen Skalp. Ihr Kriegsschrei hallte über die Prärie, als sie die blutige Trophäe in die Höhe hob. „Das ist für Machpiya-ska, meine kleine Tochter! Sein Geist wird sie im Jenseits bedienen!"

Stolz und aufrecht folgte sie Noachpeh zu ihrem Zelt, um nach ihrem Mann zu sehen.

Nata-He-Yukan war übel zugerichtet worden und besorgt zogen ihm die Frauen das blutdurchtränkte Gewand aus.

Noachpeh holte blutstillende Kräuter und behandelte die schweren Wunden. „Ai!", murmelte er besorgt.

„Den hat es ganz schön erwischt! Er wird den ganzen Sommer nicht jagen können."
„Nun, dann werde ich jagen!", meinte Zintkala-win energisch.
Noachpeh konnte sich ein Schmunzeln nicht mehr verkneifen. Sanft legte er seine Hand auf ihren Bauch, fühlte das Kind von Nata-He-Yukan, das in ihr heranwuchs. „Mädchen!", meinte er gutmütig. „Diesen Sommer solltest du nicht jagen!"
Trotzig sah sie ihm in die Augen. „Dann verhungern wir!"
Kopfschüttelnd betrachtete Noachpeh die kleine Familie. „Es war unverantwortlich, dass ihr alleine hier draußen seid! Das ist Einladung für jeden Feind!"
Zintkala-wins Lippen zitterten, als der Schock sie einholte: „Jean hat Angst vor der Weißschorfkrankheit! Er meint, dass viele sterben werden. Er wollte, dass wir sofort aufbrechen!"
Nachdenklich runzelte Noachpeh die Stirn. Er hatte nur kurz mit Jean geredet und nicht verstanden, warum er wegen einer Krankheit seine Freunde dieser Gefahr aussetzte. „Er schickt euch hierher, nur weil er Angst vor einer Krankheit hat?"
„Ja!", bestätigte Zintkala-win wahrheitsgemäß. „Wir sollen bis zum Frühjahr warten, ehe wir zurückkehren."
„So lange?"
Dann fiel ihm ein, dass eine Gruppe seines Volkes, die weit im Norden lebte, von den Weißen gegen diese Krankheit geschützt worden war. Warum sollte die Hudsons-Bay-Company dies tun, wenn nicht eine beträchtliche Gefahr bestand? Anfangs hatte er nur darüber gelächelt, aber jetzt dachte er anders darüber.
Noachpehs kluge Augen ruhten auf Zintkala-win, dann glitt sein Blick aus dem Tipi, vor dem immer noch die Assiniboinkrieger warteten. „Wenn Jean eine solche Gefahr für euch sieht, dann sollte ich sie ernst nehmen! Ich rufe meine Sippe hierher, und dann verbringen wir den Sommer mit euch!" Er lächelte freundlich. „Natürlich nur, wenn es dir recht ist!"
Sie nickte dankbar und lächelte zurück. „Es ist mir recht! Sehr recht sogar! Und wenn Jean endlich kommt, dann wird er sich gewiss auch freuen!"
„Nun, dann ist es also besprochen! Ich hole die Frauen und dann bauen wir unsere Zelte hier auf!"

„Ja!", stimmte Zintkala-win zu, dann wurde ihre Stimme ernst: „Aber wir gehen nach Norden in die Sandhügel!"
„In die Sandhügel? Da ist nichts!", wunderte sich Noachpeh.
„Es ist eine Vision und ich muss sie erfüllen. Mein Bruder führt uns dahin, um uns zu beschützen. Wenn du mir folgst, dann wird er auch dich beschützen."
„Dein Bruder?"
„Ja, er starb vor langer Zeit, aber er erschien mir in einer Vision. Ich muss ihm folgen!", erklärte Zintkala-win. Noachpeh schmunzelte leicht. „So, dann schützen deine Ahnen auch mich?"
„Ja, wenn du mir folgst!", meinte Zintkala-win mit fester Stimme. Noachpeh starrte die Frau an, die ihn mit ihren großen Augen musterte. Sie war so mutig und stark! Und er glaubte ihr! „Ich folge dir!", erklärte er einfach.
„Du bist ein guter Freund!", meinte sie ehrlich.
„Nein, ich bin ein dummer Mann!", murmelte er.
„Aber ein guter Freund!", wiederholte Zintkala-win. „Und vielen Dank, dass du Kleine-Krähe zurückgebracht hast!"
„Ich fand ihn in einem Dorf der Cree! Er war sehr tapfer! Es tut mir leid, dass ich euch nicht helfen konnte, aber ich war bei dem Angriff nicht dabei!", erklärte Noachpeh mit belegter Stimme.

„Viele sind getötet worden!", erzählte Zintkala-win traurig. Auch Machpiya-ska!"
„Machpiya-ska?", flüsterte Kleine-Krähe entsetzt. Erst jetzt erfuhr er die schreckliche Tatsache.
Traurig wandte sich Zintkala-win dem Kind zu. „Ja, sie ist zu den Sternen gegangen!"
Kleine-Krähe stand einfach nur da und nahm die Nachricht in sich auf, dann lief er aus dem Zelt. All die Zeit hatte er gehofft, dass sie noch am Leben war, aber jetzt traf ihn die Wahrheit mit endgültiger Härte. Seine Schwestertante war tot! Zintkala-win wollte ihm nach, doch Noachpeh hielt sie fest. „Lass ihn allein! Er hat es all die Zeit geahnt. Jetzt muss er damit fertig werden. Gib ihm Zeit!"
„Er war so lange fort! Und er ist so groß geworden! Du hast dich gut um ihn gekümmert!"

Noachpeh lächelte wehmütig. „Ja, ich wünschte, dass ich ihn dir früher hätte bringen können, aber die Blackfeet und die Assiniboin sind sich nicht sonderlich wohl gesonnen!"
„Nein, sie hätten dir für deinen Großmut sicherlich den Skalp genommen!", kicherte Zintkala-win respektlos.
„Vermutlich!", grinste Noachpeh, dann erhob er sich federnd. „Ich lasse euch jetzt allein, damit Nata-He-Yukan sich erholen kann. Ich freue mich schon darauf, wenn er aufwacht und Kleine-Krähe sieht!"
Zintkala-win nickte bedächtig. „Ja, er hat ihn sehr vermisst. Es war die Ungewissheit, die an ihm genagt hat. Nicht zu wissen, ob er tot war oder nicht. Um Machpiya-ska konnte er trauern, aber bei Kleiner-Krähe blieben die Zweifel und die Hoffnung!"
Noachpeh legte seinen Kopf schief und zwinkerte gutmütig. „Es blieb die Hoffnung und sie hat sich erfüllt! Er wird genesen, wenn er das Kind sieht!"
Ihre großen Augen waren klar und voller Liebe, als sie ihm nachblickte, dann wandte sie sich wieder ihrem Mann zu.
Blauer-Schmetterling schaukelte ihren Sohn und nahm dann Kaktusblüte an die Hand. „Bald wird es deinem Vater wieder gut gehen. Geh und spiel mit Schnee-in-den-Bergen!"

Kaktusblüte lächelte und verließ mit ihrer Schwester das Zelt. Sie warf einen vorsichtigen Blick auf die fremden Männer, dann suchte sie ihren Bruder und lief mit eiligen Schritten auf ihn zu. Bewegt nahmen sich die Kinder in die Arme und schöpften Trost aus der gegenseitigen Zuneigung.
„Bruder!", flüsterte Kaktusblüte. „Jetzt bleibst du für immer bei uns!"
„Ja, und ich werde euch gut beschützen! Ich habe viel das Bogenschießen geübt!" Dann weinte er, hatte keine Hemmungen, seine Gefühle vor seinen Schwestern zu zeigen. Zaghaft standen die beiden Mädchen neben ihm und streichelten seine Haare.
„Es ist schön, dass du wieder da bist!", flüsterte Schnee-in-den-Bergen. „Ja, und niemand wird uns mehr trennen!", schwor Kleine-Krähe. „Bald bin ich ein Krieger. Dann kämpfe ich für euch, so wie Nata-He-Yukan und Noachpeh!"

„War Noachpeh gut zu dir?“, fragte Schnee-in-den-Bergen.
„Ja! Er hat mich von den Cree geholt! Dort war ich nur ein Sklave und sie haben mich geschlagen! Aber Noachpeh hat gesagt, dass er mein Onkel ist, und hat mich gut behandelt! Aber ich habe euch so sehr vermisst. Mein Hals hat geschmerzt, weil ich an meine Mutter und meinen Vater gedacht habe. Aber ich habe nicht geweint!“, schniefte Kleine-Krähe.
„Hier kannst du ruhig weinen, denn wir sind deine Schwestern!“, lächelte Kaktusblüte. Gemeinsam stellten sich die Kinder an die verstümmelte Leiche von Bleza-Si, dann stieß Kleine-Krähe verächtlich mit dem Fuß dagegen. „Er war ein dreckiges Schwein!“, sagte er auf Englisch. In keiner anderen Sprache gab es so wunderbare Flüche.
Noachpeh schickte die Krieger fort und bat sie seine Frauen und Kinder zu holen, die zwei Tagesreisen östlich am Milchfluss ihr Lager aufgeschlagen hatten. „Wir ziehen nach Norden und bleiben dieses Jahr den Forts der Weißen fern. Dann werden wir sehen, ob Jean die Wahrheit spricht!“
„Wieso ist dieser Lakota dein Freund?“, wunderten sich die Männer, wollten mehr über diese tiefe Freundschaft erfahren.
„Er ist der Hunka von Jean!“, erwiderte Noachpeh kurz angebunden. „Und somit ist er auch mein Freund!“
Die Krieger nickten bewundernd. Dann meinte einer: „Die Medizin ist sehr stark mit dieser Familie!“
„Ja!“, stimmte Noachpeh zu. „Jetzt geht! Und kommt bald wieder, denn ich möchte aufbrechen. Hier sind wir zu nahe bei den Blackfeet! Ihr gehört zu der Gruppe von Tschatka, aber wenn ihr klug seid, dann folgt ihr mir!“
Es war nicht der ganze Stamm der Assiniboin, der sich ihnen anschloss, aber immerhin einige Familien. Manche Männer legten eine größere Entfernung zurück, um auch ihre Angehörigen zu holen, bevor diese zu den Forts der Weißen aufbrechen würden. Sie waren froh der bedrückenden Gegenwart ihres Häuptlings zu entfliehen und schlossen sich gern dem gemäßigten und beliebten Noachpeh an.
Noachpeh wackelte mit seinen Hörnern, als er ihnen hinterher blickte, dann machte er sich daran, die Leiche von Bleza-Si weg-

zuräumen. Er zog ihn in einen Graben und bewarf ihn einfach mit Steinen und Erde. Dann ging er zu den Kindern zurück und legte seine Hand auf die schmalen Schultern von Kleine-Krähe. „Deinem Vater geht es bald wieder besser! So lange kannst du mit mir zur Jagd gehen, wenn du möchtest!“ Ein strahlendes Lächeln antwortete ihm und Noachpeh beneidete Nata-He-Yukan um diesen Sohn. Aber er fühlte sich gut damit, dass er das Kind zurückgebracht hatte.

Erst am nächsten Tag rührte sich Nata-He-Yukan etwas. Mühsam schlug er die Augen auf und schaute sich desorientiert um sich.
„Bleza-Si?“, flüsterte er matt.
Zintkala-win beugte sich liebevoll über ihn. „Du hast ihn getötet!“
„Haun“, müde schloss Nata-He-Yukan die Augen, dann riss er sie erschrocken wieder auf. „Und die Assiniboin?“
Beruhigend legte ihm Zintkala-win die Hand auf die Brust. „Noachpeh ist gekommen!“
„Noachpeh?“, irritiert sah Nata-He-Yukan seine Frau an.
„Ja, die Assiniboin bedrohten uns und ich befürchtete schon das Schlimmste, aber dann hat Noachpeh sie aufgehalten! Sie werden ihre Zelte hier aufschlagen und den Sommer mit uns verbringen. Noachpeh wird für uns jagen, solange du verletzt bist!“
Ein jungenhaftes Grinsen huschte über seine Züge. „So, Noachpeh! Na, hoffentlich jagt er nicht dich!“
Sie kicherte ausgelassen, dann wurde sie ernst. „Noachpeh ist unser Freund! Ohne ihn wären wir tot!“
Sein Blick fiel auf ihren Bauch und eine Woge der Erleichterung durchströmte ihn. „Ich freue mich so sehr auf unser Baby! Ich bin froh, dass es vorbei ist. Dieser Hass hat zu viel Schmerz und Trauer über uns gebracht.“
Zintkala-wins Augen glitzerten verräterisch und ihre Augen ruhten liebevoll auf ihrem Mann, der schwach auf seinem Lager lag. Aber sie hatte eine Neuigkeit, die ihn aufrichten würde. Sie winkte nach Kleiner-Krähe, der sich strahlend neben ihr aufbaute. Nata-He-Yukans Augen wurden groß, fast als sehe er einen Geist vor sich, aber dann stieg eine irrsinnige Freude in ihm hoch,

eine Freude, die sein Herz öffnete und allen Schmerz von ihm nahm. Seine Hand streckte sich seinem Sohn entgegen und fassungslos flüsterte er seinen Namen: „Kleine-Krähe!"
Mit einem Jauchzen fiel ihm das Kind um den Hals und Nata-He-Yukan zuckte zusammen, als seine eingebundene Schulter schmerzte. Aber er brauchte diesen Schmerz, um zu fühlen, dass es wahr war. Sein Sohn war heimgekehrt!
„Noachpeh hat ihn gebracht. Jetzt weißt du, dass er wirklich unser Freund ist!", lächelte Zintkala-win glücklich.
Nata-He-Yukan nickte nur, dann sah er seinem Sohn in die Augen. Kleine-Krähe senkte den Kopf und flüsterte traurig: „Ich habe Machpiya-ska schlecht beschützt."
„Nein!", wehrte Nata-He-Yukan ab. „Du hast für sie gekämpft! Du bist noch ein Kind! Eines Tages wirst du verstehen, warum alles so geschehen ist. Aber ich möchte, dass du dich von nun an um Blackfeet kümmerst. Machpiya-ska wäre sehr froh, wenn du ihr Pony genauso gern hättest, wie sie! Machst du das?"
Kleine-Krähe nickte getröstet. „Ich werde gut auf ihr Pony aufpassen! Niemals werde ich es hergeben! Auch wenn es schon alt ist. Ich werde mich immer um Blackfeet kümmern!", versprach Kleine-Krähe eifrig.
„Waschté!", murmelte Nata-He-Yukan und schloss müde die Augen.

Nata-He-Yukan verschlief die nächsten Tage, erholte sich von dem schweren Blutverlust, während langsam die Assiniboinfamilien eintrafen. Endlich wagte sich auch Jean zu seinem Freund und blickte ihn mit bangen Augen an, fürchtete nicht zu unrecht dessen Wut. „Mann, du siehst nicht gut aus!", flüsterte er beschämt.
„Danke!", flüsterte Nata-He-Yukan frech, und sogleich fühlte sich Jean etwas besser.
„Du bist mir nicht böse …?", deutete Jean auf den Kopf von Nata-He-Yukan.
„Nein!", wehrte der Krieger ab. „Im Frühjahr werden wir sehen, ob die Kopfschmerzen berechtigt waren. Wenn nicht, dann nehme ich mir deinen Skalp."

„Uh, ah, sehr beruhigend!", meinte Jean. „Ich dachte, wir wären Hunka?"
„Aber, ja! Aber ein Hunka schlägt dem anderen nicht den Kopf ein!", erklärte Nata-He-Yukan.
„Ich habe dir bloß eine Beule verpasst! Das ist ein Unterschied!", maulte Jean.
„So, eine Beule! Das muss ich mir merken!", lächelte Nata-He-Yukan.
„Jetzt schau mal, dass du wieder auf die Beine kommst und hier nicht nur faul herumliegst!", befahl Jean gut gelaunt.
Nata-He-Yukan schloss stöhnend die Augen: „Faul herumliegen? So nennst du das?"
Gelöstes Gelächter erklang, frei und ohne Vorbehalte, denn sie waren Brüder.
Noachpeh setzte sich mit einem Lächeln dazu und legte seine Hand auf Jeans Schulter. „Wir werden deinen Hunka schon wieder aufrichten! Keine Sorge!"
Jean lachte leise. „Wer macht sich hier Sorgen? Höchstens meine Frau. Sie ist ein bisschen nervös, weil so viele Assiniboin um sie herum sind. Lauter Halsabschneider! Und die Frau von Connor hat ebenso Angst vor deinen wilden Kriegern."
Noachpeh senkte den Kopf. „Ich verstehe ihre Gefühle. Der Angriff auf das Pecunidorf war schlimm! Aber glaube mir, auch die Pecuni haben oft unsere Dörfer überfallen! Deine Frau ist hier sicher, ebenso wie Zintkala-win und die Frau von Connor, aber erwarte nicht, dass alle ihnen freundliche Gefühle entgegen bringen. Viele haben Tote zu beklagen! Es ist viel Leid auf beiden Seiten geschehen!"
Jean senkte traurig den Kopf. „Ja, aber nach dieser Krankheit werden noch viel mehr Menschen trauern!"
Noachpeh schüttelte seinen Kopf. „Jean, ich hoffe, dass du nicht recht behältst!"
Jean sah ihm gerade in die Augen: „Ich auch, mein Freund! Ich auch!"
Sie verbrachten den gesamten Sommer in den Sandhügeln, unbehelligt von irgendjemandem. Die Gegend war wie ausgestorben, außer Antilopen und Büffeln oder den schwebenden Raubvögeln

am Himmel gab es hier nichts. Watet-im-Fluss wurde mit ausgesuchter Höflichkeit begegnet, denn sie war die Frau von Jean. Blauer-Schmetterling und Zintkala-win hatten keine Schwierigkeiten, sich zu verständigen und bald vergaßen die anderen Frauen, dass sie keine Assiniboin, sondern Lakota waren. Noachpeh hatte die Familie zu seinen Freunden erklärt und das genügte den anderen. Meist stellten die beiden Weißen und Nata-He-Yukan ihre Tipis ein wenig abseits auf, sodass die Familien eng zusammenwuchsen.
Auch Connors Frau schloss sich mit Watet-im-Fluss zusammen und die beiden jungen Frauen ließen ihre Babys in dem warmen Sand spielen. Mancher Assiniboinkrieger runzelte vielleicht die Stirn über die fremden Frauen und Männer, aber mehr, weil sie eine sehr geschlossene Gesellschaft waren, die grundsätzlich niemanden nach kurzer Zeit in ihre Reihen aufnahmen.
Die Kinder dagegen tobten mit den anderen Kindern herum, sie kannten keine Vorbehalte, und Kleine-Krähe blühte auf in der innigen Liebe, die ihm Zintkala-win und Nata-He-Yukan entgegenbrachten.
Kurze Zeit später gebar Zintkala-win eine Tochter und behutsam hielt Nata-He-Yukan das Neugeborene im Arm. Die Dritte von seinen hundert Töchtern. Die winzigen Finger spielten in der Luft und Nata-He-Yukan gab ihr den schönsten Namen, den er kannte. Er nannte sie nach seiner Mutter: Nape-waschte-win, Mädchen mit den guten Händen.

Noachpeh versammelte seine Familie um sich, dann ritt er zu anderen Sippen, um sie vor der Gefahr zu warnen.
Unermüdlich suchte er die Lagerplätze seines Volkes auf, glaubte sich von seiner Medizin gut beschützt.
Er kehrte nicht zurück, denn als sein Körper die ersten Anzeichen der Weißschorfkrankheit aufzeigte, wusste er, dass er sterben würde. Ruhig und gefasst legte er sich in ein Zelt mit den anderen Sterbenden, betete für seine Familie und hoffte, dass ein anderer für sie sorgen würde.
Jean wusste, was geschehen war, als er bis zum Winter nicht zurückkehrte. Weinend trauerte er um seinen Freund und auch

Nata-He-Yukan schluckte schwer. „Noachpeh war ein guter Mann!"
„Wenigstens lebt seine Familie!", tröstete sich Jean.
Noachpeh hatte bereits zwei erwachsene Söhne, die nun die beiden hinterbliebenen Frauen und fünf Kinder versorgten.
„Vielleicht kommt er im Frühling wieder!", klammerte sich Kleine-Krähe an die Hoffnung.
Sachte legte Nata-He-Yukan ihm den Arm um die Schultern. „Manchmal kann man seine Augen nicht vor den Dingen verschließen, die geschehen! Du musst immer daran denken, dass er dein und unser Leben beschützt hat. Noachpeh war ein großzügiger Mensch. Und deshalb ist er gestorben. Er hat sich um die anderen gesorgt. Viele werden leben, weil er die Gefahr nicht gefürchtet hat. Ein tapferer Krieger hat keine Angst für sein Volk zu sterben!"
Kleine-Krähe nickte unter Tränen. „Eines Tages werde ich auch sterben, um meine Familie zu beschützen!", erklärte er fest.
Nata-He-Yukan lächelte. „Du bist tapfer, mein Sohn! Aber erst musst du groß und stark werden."

Den Winter verbrachten sie in den Cypress Hills, einem bewaldeten Gebiet, das gut für die Jagd geeignet war. Es war das Kernland der Assiniboin, aber niemand sonst ließ sich blicken, nicht einmal ihre Feinde. Ein eigentümliches Gefühl beschlich alle, selbst die Assiniboin konnten es nicht glauben, dass ihre Feinde sie so völlig unbehelligt ließen.

Seltsam beklommen kehrten Nata-He-Yukan und Jean mit ihren Frauen im Frühjahr in das Fort zurück. Die Stille des Todes lag über dem Posten, verstummt waren das fröhliche Gelächter und die Ausgelassenheit der weißen Trapper. Etwas Furchtbares musste geschehen sein.
Vergeblich sah sich Zintkala-win nach den Zelten ihres Dorfes um. Sie waren verschwunden, stattdessen säumten unzählige Gräber oder Totengerüste ihren Weg. Traurige, gebeugte Gestalten traten ihnen entgegen, manchen liefen die Tränen hinunter, als sie ihre Freunde unversehrt heranreiten sahen.

„Mensch, Jean!", murmelte Jacob bewegt. „Es ist so schön, euch gesund und munter zu sehen! Gut, dass ihr weg wart! Sonst wären eure Frauen auch gestorben!"
Erschüttert ließ sich Jean aus dem Sattel plumpsen. „Oh Gott! Was ist denn geschehen?"
Jacob ließ den Kopf hängen. „Die Pocken! Es war schrecklich! Hier im Fort sind alle Indianerinnen gestorben, auch ein paar unserer Männer, aber draußen in den Dörfern ..."
Seine Stimme brach und besorgt blickte er zu Zintkala-win und Watet-im-Fluss, die bewegungslos auf ihren Ponys saßen.
„Wo ist Mitchell?", fragte Jean mit krampfhaft zusammengebissenen Zähnen.
„Geh ihm besser aus dem Weg! Seine Frau und Tochter starben bereits in den ersten Tagen an den Pocken! Es war furchtbar!"
„Oh Gott! Wie konnte so etwas nur passieren?"
„Mitchell macht die Company dafür verantwortlich! Sie hätte die Indianer impfen können, so wie es die Hudsons-Bay in Kanada gemacht hat!"
„Das ist doch Unsinn! Man kann doch nicht alle Indianer impfen! Wer hätte so etwas denn vorhersehen sollen!"
Jacob zuckte die Schultern. „Hinterher weiß man immer alles besser!"
„Wo ist Mitchell?"
Jacob wedelte mit seiner Hand in die ungefähre Richtung: „Dort drüben, bei den Gräbern seiner Mariahs! Aber ich glaube nicht, dass er mit dir reden wird. Er fährt mit dem nächsten Schiff zurück!"
Jean stieß einen langen Seufzer aus. „So viel Arbeit! Wer übernimmt dann den Posten hier?"
„Vielleicht Kipp."
„Ich dachte, der ist bei den Mandanen?"
Jacobs Augen wurden hart. „Die Mandanen gibt es nicht mehr! Sie wurden von den Pocken dahingerafft."
„Oh mein Gott! So schlimm?"
Jacob nickte ernst.
Jean dachte an seinen Hunka und ihm wurde himmelangst. „Hast du eine Ahnung, wie weit sich die Seuche ausgebreitet hat?"

Jacob schüttelte den Kopf: „Ich weiß nur, dass sie bei den Blackfeet, Mandanen und Assiniboin gewütet hat! Ich wünschte, ich wüsste mehr!"
Nata-He-Yukans Augen wurden dunkel vor Sorge.
Ohne ein Wort zu sagen setzte er sein Pferd in Bewegung und mit steinernen Gesichtern folgten ihm die Frauen. Weiter stromaufwärts ließ er sie die Tipis aufbauen und benommen setzten sie sich zusammen um das kleine Feuer.
Watet-im-Fluss weinte leise und behutsam nahm Jean sie in die Arme. „Was ist mit meinem Vater?", stotterte sie ängstlich.
„Wir werden es bald wissen. Morgen suchen wir die Dörfer."

Der Morgen erschien Jean wie das Jüngste Gericht.
Es war wie ein Geistermarsch, gespenstisch und still. Manche Dörfer waren vollständig verlassen, lose Zeltplanen flatterten im Wind, ihr schlagendes Geräusch war ein makabrer Totengesang. Manchmal lagen in den Zelten noch die Leichen, angeknabbert von wilden Tieren, weil es niemanden mehr gegeben hatte, der sie begraben konnte.
Zintkala-win war völlig verwirrt. Was war hier geschehen? Ihr Volk, die Pecuni! Einst so stark und mächtig!
Fassungslos starrte sie in die glasigen Augen der wenigen Überlebenden, suchte nach Freunden und Familienangehörigen. Von ihrer Familie war niemand mehr übrig, selbst Ferner-Bär war gestorben, und sacht strichen ihre Hände über das Biberbündel, das ebenfalls keinen Schutz geboten hatte. Es hatte seine Kraft verloren und so ließ sie es bei ihm, gab es dem Vielgesichtsmann als letzte Gabe mit auf den Weg zu den Ahnen.
Watet-im-Fluss fand ihren Vater.
Tatsicki-Stomick, der große Häuptling, war vor Gram gebeugt. Auch in seiner Familie gab es viele Opfer, aber am meisten erschütterte ihn das Schicksal seines Volkes. „Bleib bei Jean, meine Tochter! Unsere Zeit ist vorbei! Dein Sohn wird ein anderes Leben führen!"
Stumm vor Trauer kehrten sie in ihre Zelte zurück, doch dann hallten die Klageschreie der Frauen durch das Tal. Endlos und herzzerreißend schrien sie ihren Schmerz heraus, bis sie vor Hei-

serkeit krächzten. Zintkala-win hatte sich die Haare gekürzt und erinnerte Nata-He-Yukan an die erste Zeit, als er sie gefunden hatte. Hunhunhe!

Erst nach Tagen wagte er es wieder, sich ihr zu nähern, auch, weil ihm die Kinder leid taten.
Blauer-Schmetterling kümmerte sich rührend um die Familie, aber Nape-waschte-win brauchte ihre Mutter. Das Baby war noch zu klein, um abgestillt zu werden. Energisch drückte er ihr das Kind in die Arme. „Wir trauern um die Toten, doch die Lebenden brauchen die Hoffnung! Zintkala-win! Deine Kinder weinen nach dir!"
Apathisch legte Zintkala-win das Baby an die Brust, zuckte zusammen, als der Schmerz der einschießenden Milch sie durchfuhr. Wie oft hatte sie darum gekämpft zu überleben, und jetzt gab sie auf? Ihre Lippen bewegten sich flüsternd: „Warum musste das alles geschehen?"
Nata-He-Yukan setzte sich aufgewühlt neben sie und tastete nach dem Baby auf ihren Arm. „Niemand konnte wissen, wie recht Jean hatte. Nicht einmal Mitchell ahnte die Gefahr, sonst hätte er seine Mariahs in Sicherheit gebracht!"
Sie nickte nur und spielte gedankenverloren mit den Fingern ihrer Tochter. „Der Sonnenhäuptling hat uns bestraft. Wir müssen beten und um seine Gnade flehen!"
Nata-He-Yukan senkte betroffen den Kopf. Strafe? Vielleicht waren die Blackfeet bestraft worden, aber selbst daran glaubte er nicht wirklich. Kurz fiel sein Blick auf seine Familie, die unversehrt geblieben war. Stern-der-brennt, der mit seinen kurzen Beinen die Welt erforschte und nichts von dem Drama wusste, das sich ereignet hatte. Kleine-Krähe, sein Sohn, ein stämmiger, geschickter Junge, ruhig und ausgeglichen, den er bereits zur Jagd mitnehmen konnte. Kaktusblüte und Schnee-in-den-Bergen, die leise im Hintergrund mit ihren Puppentipis spielten, während Blauer-Schmetterling vor dem Zelt rumorte. Später würde bestimmt sein Bruder mit seiner Familie vorbeikommen!
Seine Lippen verzogen sich zu einem leisen Lächeln und mit fester Stimme erklärte er: „Der Sonnenhäuptling hat uns be-

schützt, Zintkala-win! Du hast deiner Vision gehorcht und deshalb leben wir noch! Nur das ist wichtig!"
Vertrauensvoll lehnte sie ihren Kopf an seine Brust. „Ja, das ist wichtig. Wir gehören zusammen. Das weiß ich jetzt!"
„Ich werde zu meinem Volk gehen, denn ich muss wissen, ob die Weißschorfkrankheit auch bei ihnen gewütet hat. Wirst du mich begleiten?" Hoffnungsvoll richteten sich seine Augen auf sie.
„Ja! Ich begleite dich. Auch ich möchte wissen, wie es meinen Freunden geht." Sie zögerte etwas, ehe sie fort fuhr: „Kehren wir hierher zurück?"
Er dachte lange darüber nach, dann blickte er unentschlossen in die Ferne. „Ich weiß noch nicht. Es hat sich vieles verändert. Aber wir werden die Entscheidung gemeinsam treffen."
Gedankenverloren ging Nata-He-Yukan zum Fluss und schaute dem Spiel der Wellen zu. Der Mariahs! Mitchell war glücklich mit seiner Familie gewesen und nun war das einzige, was an sie erinnern würde, der Name des Flusses. Nein, er durfte nicht verzweifeln! Seine Familie war am Leben, nur das zählte. Dafür musste er dankbar sein. Er musste wieder den roten Pfad in seinem Leben finden. Er würde zu den Lakota zurückkehren und im Sonnentanz sein Fleisch opfern. Für sein Volk und seine Familie.

Oyate witschani'ktelo! Das Volk soll leben!

Kerstin Groeper,
Jahrgang 1961 in Berlin geboren, lebte einige Zeit in Kanada. In Kontakt mit nordamerikanischen Indianern entdeckte sie ihre Liebe zur indianischen Kultur. Kerstin Groeper spricht Lakota, die Sprache der Teton-Sioux und führt regelmäßig Vorträge und Seminare über Sprache, Kultur und Spiritualität der Lakota-Indianer durch. 2011 war sie Beraterin der Ausstellung „Indianer“ im Lokschuppen Rosenheim. Kerstin Groeper studierte Sozialpädagogik, arbeitete als Journalistin für verschiedene Zeitschriften und schreibt seit 2002 ihre Bücher für verschiedene Verlage. Von 2009 bis 2023 war sie Moderatorin der Karl May Festtage in Radebeul für die indigenen Gäste. Inzwischen widmet sie sich ganz ihren Enkelkindern oder schreibt in ihrem Lieblingsort Siena ihre Bücher.

www.traumfaenger-verlag.de

WEITERE BÜCHER

Im Eissturm
der Amsel

Historischer Roman
von Kerstin Groeper

16,90 €
ISBN 978-3-941485-75-4

Donnergrollen
im Land der grünen
Wasser

Historischer Roman
von Kerstin Groeper

16,90 €
ISBN 978-3-941485-55-6

WEITERE BÜCHER

Mohawk Love

Eine Liebe in Toronto

Roman von Kerstin Groeper

12,90 €
ISBN 978-3-948878-33-7

Auf den Pfaden
des Luchses

Flucht von den Ojibwe
zu den Cheyenne

Historischer Roman
von Tanja Mikschi

16,90 €
ISBN 978-3-948878-38-2

WEITERE BÜCHER

Comanchen Mond Teil I

In den Plains

Historischer Roman
von G.D. Brademann

16,90 €, ISBN 978-3-941485-77-8

Comanchen Mond Teil II

Der letzte Sommer
in den Plains

Historischer Roman
von G.D. Brademann

16,90 €, ISBN 978-3-941485-87-7

Comanchen Mond Teil III

Verwehte Spuren
in den Plains

Historischer Roman
von G.D. Brademann

16,90 €, ISBN 978-3-941485-88-4

Besuchen Sie unsere Homepage:

www.traumfaenger-verlag.de